长篇历史小说

大宋天子

赵匡胤

秦　俊◎著

人民东方出版传媒

东方出版社

目　　录

一　梦日入怀

　　杜四娘未曾讲梦,脸便红了。她梦见一轮火红的太阳,钻到她的肚中,变成了一个小男孩。

　　三岁的赵匡胤随母亲去白马寺进香,小和尚色眯眯地看着他妈,他便抡起木头玩具敲打小和尚的光头。

　　赵弘殷抬棺上殿,劝汉隐帝亲贤人、远女色,被汉隐帝声色俱厉地呵斥一顿。斥毕又打,打得赵弘殷皮开肉绽。

　　赵弘殷睡到日上三竿方才醒来,自言自语道:"这一觉真香呀!"话刚落音,他的夫人杜四娘双手端了一碗冒着热气的荷包蛋,笑靥如花般地走了进来。

　　赵弘殷双手接过荷包蛋,一脸感激地说道:"辛苦你了!"

　　杜四娘笑嘻嘻地回道:"咱谁跟谁呀,还用得着这么客气!"

　　赵弘殷摇了摇头道:"不是客气,我这次随唐天子征契丹,一走便是三个多月,上有老,下有小。唉,真是苦了你了!"

　　杜四娘道:"看您,又说外气话了! 我是您老婆,老婆是男人的什么? 老婆是从男人身上取下的一根肋骨做成的! 能为您做点事,能为这个家做点事,是妾的荣幸!"

　　"你……"赵弘殷刚一张口,被杜四娘拦住了:"您什么也不要说,请您早点儿把这碗荷包蛋吃下,咱再慢慢地说。"

　　赵弘殷将头点了一点,说道:"好,我吃,我这就吃。"

　　吃完了荷包蛋,赵弘殷将碗递给杜四娘,杜四娘将碗放在床柜上边,脱鞋上床,依偎着赵弘殷坐了下来。

　　赵弘殷伸手揽住杜四娘细腰,朝她额头上轻轻地吻去。

　　不只额头,还有眼睛、鼻子和嘴巴。

"四娘!"赵弘殷轻声说道:"为夫离家这三个多月,家中,抑或是京城,可有什么值得一说的事儿?"

杜四娘将头靠在赵弘殷的肩头上,想了一想,说道:"京城的人都说,皇上这个人挺有趣儿,一边东征西杀,拼命地扩大咱大唐的疆土;一边又在宫中焚香,向天祈祷,自言吾本胡人,为众所推,暂承唐统,愿上天早生圣人,为生民之主,拨乱反正,混一中原,不知这事是真是假?"

赵弘殷又将头轻轻点了一点,说道:"是真的。"

杜四娘一脸不解地说道:"皇帝的宝座,何等的尊贵!为坐上这个宝座,古往今来,君与臣、父与子、兄与弟,打得头破血流,就是当今皇上的宝座,得之也十分不易,他竟要上天早降圣人,岂不可笑!"

赵弘殷沉吟良久道:"夫人只知其一,不知其二。当皇帝固然尊贵,尊贵得世人把他当神看,他要某人死,某人就得死;他要某人贵,某人就能贵!正因为他尊贵,正因为他手中操着数千万生民的生死、富贵、荣辱之大权,所以,世人对他的宝座,无不垂涎三尺,包括他的敌人、他的亲朋好友和他的同胞骨肉!既然这么多人垂涎他的宝座,他就不可能高枕无忧,他得有雄才大略,还得有征服敌人的本领,还得有驾驭群臣的能力,还得有治国的手段,稍有不慎便会国破家亡!"

他顿了顿又道:"曹阿瞒你知道不?曹阿瞒就是曹操,三国出了那么多智人、明主和战将,若论本事,没有一个比他强的,包括诸葛亮。但当孙权劝他做皇帝的时候,他愤然说道,这是孙仲谋(孙仲谋:即吴大帝,三国时吴国的建立者,姓孙,名权,字仲谋。)要把我放到火上烤呢!婉言拒之。当今皇上,虽说宅仁宽厚,也有一定的治军治国才能,但要把治理一个国家的重担放在他的肩上,他,他……嗨!"

杜四娘轻轻颔首道:"老爷不必说了,妾明白了。"

赵弘殷点头说道:"明白了就好!老实说,国家大事,自有皇上操心,不是你我夫妻可以妄议的!请贤妻说一说,咱家中可有哪些值得一说的事儿。"

"您离家满打满算三个月零七天,能有什么大事?不过,贱妾昨天夜里做了一个梦,甚是奇怪。"

赵弘殷忙道:"什么梦?说来听听。"

杜四娘未曾讲梦,脸便红了,嚅声说道:"您离家后,贱妾十分想念,一躺倒床上,您便出现在妾的脑海中,还不时的晃动,晃着晃着,妾睡着了。睡到鸡子将叫的时候,妾做了一个梦,一轮火红的太阳,钻到妾肚中。这太阳在妾肚中,像野马一样,狂奔不止,疼得妾冷汗如雨,正要喊妈妈去请郎中,那太阳突然变了,变成一个寸把高的男孩儿。这孩儿一落地,见风便长,越长越高,直到头顶着了天,这才不长了。”

赵弘殷一脸欣喜地说道:“好兆头,好兆头,我的子孙怕是要飞黄腾达了……”

他忙将话顿住,一脸警惕地将室内扫了一遍,一把揽过杜四娘,附耳说道:“日者,太阳之精,人君之象。自古至今,凡梦日入怀的女子,所生下的儿子,没有不当皇帝的!昔周文王、汉武帝、吴孙权、晋刘聪、南燕慕容德之母,无不如是。但此事事关社稷,慎勿言,以免招来杀身之祸!”

杜四娘频频颔首:“您放心,妾知道事情的轻重,妾不会妄言的!”

赵弘殷再次向杜四娘吻去……

也不知是昨日播下的种子,抑或是今日播下的种子,杜四娘怀孕了。

她怀孕之后,极喜酸食,把个赵弘殷喜得像吃了喜梅子。他能不乐吗?谚曰:“酸男辣女。”只有生了男孩,才有可能登上九五之尊,荣宗耀祖!

十个月之后的一个初夜,杜四娘房中,突然出现一道赤光。这赤光携着异香,绕室而行,一连三日,直到一个体有金光的男孩儿呱呱落地,这才停了下来,慢慢地消失,但把异香留给了男孩,数日方散,邻里奇之,谓之曰“香孩儿”。

这个香孩儿便是那个开创了大宋三百余年基业,为时人、为后人、为洋人津津乐道的大宋开国皇帝赵匡胤!

儿时的赵匡胤,与同龄的少儿相比,并没有什么过人之处,但他三岁时,做了一件十分有趣的事,让世人刮目相看。

赵弘殷的家乡,原本是涿郡,因从军来到了洛阳夹马营。

洛阳是后唐的国都,洛阳的白马寺更是誉满天下,连外国人都跑来烧香拜佛。某日,杜四娘带着三岁的赵匡胤前去进香,因她长得太漂亮了,勾动了一个叫赞宁的小和尚的凡心,他一边念经,一边色眯眯地瞅着杜四娘。赵匡胤不声不响地走到小和尚身后,抢起木头玩具,在他光头上轻轻地敲打,一边敲一边说:“叫你不好好念经,叫你两眼色眯眯……”那个小和尚愣是让他敲哭了。住持知道了这件事,觉得丢人,就把小和尚赶走了,邻人也对赵匡胤刮目相看。

随着年龄的增长,赵匡胤越来越顽皮,到了读书的年龄却不好好地读书,逃学是他的家常便饭。

赵匡胤即使逃学也无处可玩,一因夹马营距洛阳城少说也有三十里,二因这里是军事重地,可看可玩的地方并不多。但随着他父亲官职的升迁,举家迁往汴梁鸡儿巷(鸡儿巷:因此巷出了两个皇帝——赵匡胤和赵光义,改为双龙巷。)之后,那情况就变了。

战国时,汴梁是魏国的国都,进入五代十国(五代十国:始于 907 年朱温建立后梁,至于 960 年赵匡胤陈桥兵变建立大宋,短短的 53 年间,中原相继出现了梁、唐、晋、汉、周五个朝代,史称后梁、后唐、后晋、后汉、后周。同时,在这五个朝代之外,还相继出现了前蜀、后蜀、吴、南唐、吴越、闽、楚、南汉、北汉和南平(即荆南)等十个割据政权,这就是中国历史上的五代十国。),又为梁、晋、汉等国的国都。

五代之时,虽说战火连天,但人们仍然热衷于娱乐活动,国都更甚。

那时的娱乐场所,大都叫瓦舍,瓦舍又分为许多勾栏(勾栏:用栏杆围成圈,以幕布围起来。一个大型瓦舍多达五十余座勾栏,可容纳千人之众。每个勾栏里演绎的节目也不同,有说唱(话本)、曲艺、杂技(踏索、吞铁剑)、傀儡戏、口技、相扑、耍猴,等等。),赵匡胤带着他的几个小伙伴,诸如韩令坤、慕容延钊等,经常来勾栏听说唱、曲艺,抑或看相扑和杂技。忽一日,韩令坤、慕容延钊找他商量:"匡胤哥,杂技固然好看,特别是吞铁剑,险之又险,但这些东西,打仗用不上,既然用不上,就不可能当将军,更不可能扬名立万,俺俩想去少林寺学一点真本领,以便将来统领千军万马,做一个真将军,您去不去?"

赵匡胤不假思索地回道:"当然去。"但当他商之父亲的时候,父亲竭力反对。好在是,他并未说上哪里学艺。于是,背着父亲,与韩令坤和慕容延钊一道去了少林寺。

三个月后,赵弘殷几经周折,找到了少林寺,扭着赵匡胤的耳朵,把他拽上了马车。

赵匡胤回到汴梁,仍是不屑于读书,经常去郊外射猎,杜四娘劝他读书,赵匡胤奋然说道:"治世用文,乱世用武,现在世事扰乱,兵戈未靖,儿愿娴习武事,留待后用,它日有机可乘,得能安邦定国,才算出人头地,不枉来到人世上走这一遭!"

杜四娘笑道:"但愿吾儿能继承祖业,毋玷门楣,便算幸事,还想什么大功名、大事业哩!"

赵匡胤道:"唐太宗李世民,也不过一将门之子,竟能化家为国,造就帝业!儿虽不才,亦想学一学他,轰轰烈烈做个大丈夫,母亲以为可好吗?"

杜四娘尽管心中高兴,却装出一脸愠愤的样子,斥责道:"你不要信口胡说,世上说大话的人往往后来没用,我不愿看你瞎闹,你还是好好读书去吧!"

赵匡胤见母亲动怒,不敢多言,默然退出。

是时,赵匡胤刚刚十二岁。在此之前,杜四娘又一次梦日入怀,生下了三子赵匡义。

至于长子赵匡济,赵匡胤出生后不久,便夭折了。

赵匡胤受了母亲的责骂,乖乖地返回学堂,学习起"之乎者也"来了。

一晃三年,赵匡胤旧病复发,变着法儿逃学,与邻里少年驰马角射,大家都赛不过他,免不得有妒害的心思。一日,有少年杨信牵一恶马,来访赵匡胤,身后跟了十几个纨绔子弟。赵匡胤闻听有人来访,忙出门相迎,见了杨信,立谈数语,便问他牵马何事?

杨信答道:"这是俺家新买的马,性子很烈,没人敢骑,我知道你的驭马水平很高,不知敢不敢骑?"

赵匡胤举目一瞧,只见这马,黄鬃黑鬣,并没有什么奇异,只不过马身较肥,略觉高大一些罢了。微晒道:"天下没有难骑的马,越是怪马,我越要骑,只要驾驭有方,不怕它倔强到哪里去!"

杨信故意说道:"这马的性子确实非常的烈,被它掀下背的已经有三个人了。你若是没有十分把握,就不要骑它。待我寻一个驭马的高手,将它驯服,你再去骑,也不为晚!"

赵匡胤一脸不悦道:"你这是看不起我!你越是看不起我,我越要骑它。不只骑它,还要把它驯服。"

"那,那,那你就骑吧!"杨信一边说一边把马缰递给赵匡胤。赵匡胤接过马缰,正要翻身上马,杨信突然说道:"别急。"

赵匡胤问:"为什么?"

"我想早点儿见你,忘了带马鞍。我这就回去,把马鞍找来,交与贤兄,这样才比较安全。"

赵匡胤笑道:"若要马鞍,还算一个好骑手么?"

杨信故作惧态道:"这,没有马鞍,这怎么成?一旦出了意外,小弟可是担当不起!"

赵匡胤一脸不耐烦地说道:"少啰嗦。"奋身一跃,上马而去。那马也不待鞭策,向前急走,但见它展开四蹄,似风驰电掣一般,悠忽间跑了五六里,面前现出一座土城。这城虽然不甚高大,但行人颇多,赵匡胤恐飞马入城,人不及避,惹出祸来,不如阻住马头,仍从原路返回。偏这马不听约束,而且因没有衔勒,无从羁绊,赵匡胤也不觉心慌起来,正在马上低头设法,这马一路狂奔,来到城门口。赵匡胤避之不及,脑袋撞上城门,栽下马来。

杨信在后追蹑,远远地见赵匡胤坠地,禁不住欢呼道:"赵匡胤、赵匡胤!你今朝也着了道儿,任你头坚似铁,怕也要撞得粉碎了!"

他正说着,蓦见赵匡胤一跃而起,安立地上,那马从斜道窜去,眨眼之间,跑了一箭多地。赵匡胤暴喝一声,向马追去,也不过两箭之地,那马便被赵匡胤追上。只见他耸身一跃,复上马背,扬鞭向马头一拦,那马便随着鞭儿回头,也不似先前的那般倔强,顺着原路,安然回来。

杨信正在那里幸灾乐祸,见赵匡胤安然归来,忙迎了上去,一脸媚笑地说道:"我正为您担忧呢!总道您此次坠马,定要受伤,偏你却有这么大的本领,仍然乘马回来,但身上可有痛楚么?"

赵匡胤拍了拍自己的脑袋和胸脯说道:"看见了么?我赵匡胤毫发无损!但通过这马,我也长了见识,这么一匹不起眼的马,却是如此性悍,若非有金甲神相护,好头颅早已撞碎了!"言罢,下马与杨信作别。

杨信呆呆地站在原地。许久,才在十几个纨绔子弟的催促下,怏怏而去。

自此,赵匡胤名声大震,众少年对他敬爱有加,纷纷向他靠拢,就连和杨信一块儿玩尿泥长大的石守信,也改弦易张,投到赵匡胤麾下。

石守信入伙不到仨月,便成为赵匡胤圈子里的核心成员,一天到晚,不离左右,或联辔出游、或校射、或狩猎、或蹴鞠、或击球、或作樗蒲戏(樗蒲:也作"摴蒲"。古代博戏,博具有子、有马、有五木等。人执六马,用五木掷采;采有十种,以卢、雉、犊为贵采,余为杂采。贵采得连掷、打马、过关,杂采则否)。某日,赵匡胤、韩令坤、慕容延钊、石守信、杨信等人,来到一土室中赌博,正在呼幺喝六的时候,外面的喜鹊突然惊叫起来,很是嘈杂。赵匡胤道:"敢是有毒虫猛兽,出没其间,所以惊起喜鹊,有此喧声。好在我等各带着弓箭,尽可出外一观,射死几个毒虫,几个猛兽,不但为喜鹊除害,并也为人民免患,诸位以为如何?"

众人一齐说道:"兄言正合我意。"当下停了博局,挟了弓矢,一同出室,四处探望,并没有毒虫猛兽,只有一群喜鹊,互相搏斗,因此噪声盈耳。

赵匡胤恨声说得:"我等正赌得高兴,尔等聒噪不已,扫吾等之兴,真是该杀!"言毕,抽箭搭弓,向喜鹊射去。石守信等人,不甘落后,亦抽箭搭弓。霎时,数箭齐发,十几只喜鹊随箭坠下,余鹊全都惊散,飞得无影无踪了。

赵匡胤道:"我听说,喜鹊之肉比鸡鸭之肉好吃得多,我等不妨把这十几只喜鹊拣了,炖锅好汤。"

石守信当即应道:"好,这主意不错!"

他正要去拣喜鹊,忽听得一声怪响,从背后传来,仿佛与地震相似。众人不约而同地将头扭了回去,原是那座土室倒塌了。

石守信一脸惊讶地说道:"好好一间土室,无缘无故地坍塌下来,真是出人意料。亏得我等都出来射鹊,否则压死室中,连冤都无得呼处!"

众人颔首称是,赵匡胤叹道:"我等之命,乃鹊儿所救,我等不识好歹,恩将仇报,要了众鹊的命,实属不该!唉,悔之晚矣!"众人亦面露悔色。

赵匡胤复又说道:"我等不如将死鹊拾起,就近葬了,再立个碑儿,以赎我等之罪!"

众人齐声赞同。

埋葬了喜鹊,赵匡胤又自责了许多天。天福十二年,也就是公元947年,契丹灭晋,进驻汴京,改国号为"辽"。河东节度使刘知远乘变而起,建立后汉,定年号为乾祐。辽兵入驻中原,对中原百般蹂躏,民不聊生。赵匡胤有心从军,驱除大敌,为父母所阻,扼腕长叹不息。未儿,辽军因辽帝驾崩,撤兵北去。赵弘殷休假在家,趁机为赵匡胤完婚。那娇娘乃贺景思将军之女,乳名金蝉。这贺金蝉不只模样儿俊俏,且又识书达理,温柔贤淑。赵匡胤越看越爱,把在外胡闹的心思,收回了十之六七,用在金蝉身上,若非家中出了一件大事,他恐怕要醉倒在温柔乡里呢!

乾祐二年,后汉开国皇帝刘知远因病而死,其子刘承祐在顾命大臣郭威等的辅佐下登上了皇帝宝座,史称隐帝。汉隐帝登基时还不到十八岁,既昏庸又贪色。南唐国李璟,刚继了父位,害怕邻国来犯,采取怀柔政策,凡是相邻的国家,视其强弱,送给不同数量和不同层次的美女。后汉国得到的美女最多——六个,且还是美女中的美女,尤其是绰号"无价宝"和"万人迷",有闭月羞花和沉鱼落雁之貌。刘承祐把这六个美女视为掌上明珠,拨款十万贯(贯:古时的货币单位。古时用方孔铜钱,一枚铜钱为一文,为了便于携带,用绳子穿起来,一千个铜钱穿一串,称之为一贯。五代和宋时的一贯钱,约等于现在的481.25元。),在瓦舍里建了个御勾栏,供他和这几个美女玩乐,连续几个月不上朝。郭威领兵在外,其余的几个顾命大臣要么和刘承祐沉瀣一气,要么装聋卖哑。赵弘殷坐不住了,抬棺上殿,劝汉隐帝将"无价宝"和"万人迷"遣送回国。这一下惹了大祸,汉隐帝声色俱厉地将他呵斥一顿,这还不算,又命武士打了他三十军棍,打得他皮开肉绽,被人抬回家中。

杜四娘一边用酒为赵弘殷擦洗伤口,一边让三子匡义去请郎中。赵弘殷忍着剧疼,小声问道:"匡胤呢?"

杜四娘一脸不悦道:"大清早被韩令坤和石守信叫了出去,至今未归。"

赵弘殷长出一口气："没有回来就好，这事千万不要让他知道。"

杜四娘道："为甚?"

"这小子性烈如火，若是让他知道，怕又要惹是生非呢!"

杜四娘轻轻点了点头，立马将贺金蝉及四儿匡美并女儿玉容召到跟前，诫之曰："汝父挨打之事，务要瞒着你们二哥，若有泄露，家法从事!"

姑嫂三人频频颔首。

未时三刻（刻：时间单位。古代用漏壶计时，一昼夜共一百刻，今用钟表计时，一小时分四刻。），赵匡胤满脸通红地回到家中，走路一摇三晃，显然是喝多了酒。若在平日，他便一头扎进自己房中，蒙头大睡，免得让父亲撞见，责骂于他。可今日，明明知道父亲在家，这不是他有先见之明，而是瞧见了拴在院内枣树上的大白马——那是父亲的坐骑。

马在家，父亲不会不在家，他应该躲避才对。可他不但不躲，径直朝父亲寝房走去，贺金蝉和赵匡义一齐赶过来阻拦，也没有把他拦住。

杜四娘见他闯了进来，慌忙站起来说道："匡胤，是不是喝多了? 快回到你的房里，让金蝉给你做碗醒酒汤。"

赵匡胤将手使劲摇了一摇回道："儿没有醉，儿有一件事想请教爹爹。"

杜四娘道："你还说你没醉呢，连站都站不稳，有什么事明天再说。"

贺金蝉慌忙拽住赵匡胤胳膊，将他拖到二人的爱巢。

赵匡胤一边走一边嘟囔："这是怎么了? 这是怎么了呀? 想跟老爹说句话也不让说。"

贺金蝉娇声说道："不是不让您说，是父亲病了，刚吃下药，不想让人打搅。睡吧，乖，睡吧!"

她像哄小孩一样把赵匡胤哄睡了。

他这一睡，便是两个时辰，直到酉时三刻才醒转过来，举目一瞧，黑咕隆咚，连叫了两声蝉儿，没人应腔，他便坐了起来。心想，我今天喝的并不算多呀，咋可醉了?

路人说，有一个将军，抬棺进谏，差一点儿被皇上打死，这个人是谁呢? 这个人咋这么傻呢? 有道是，"能和明白人打一架，不和糊涂人说一句话。"当今皇上是有名的昏君，你谏他干啥?!

还有，我未曾起床，爹爹便上朝去了，没听说他有什么病呀? 况且，爹爹是个武将，身子结实得像铁疙瘩一样，咋突然病了，且病得如此厉害，莫不是那个挨打的将军便是爹爹?! 对,一定是爹爹!

他一跃而起,直奔爹爹寝房。

杜四娘见赵匡胤闯进来,吃了一惊:"胤儿,你醒了。金蝉正在灶房给你爹摊煎饼呢,你快去瞅一瞅摊好了没有。"

赵匡胤站着不动:"娘,您别急,她摊好了自然就会送进来。我只问您一句话,爹爹到底得了什么病?"

杜四娘嘿嘿一笑道:"什么病也没得。只是,今日上朝,不慎从马上摔下来,跌伤了双腿,已找郎中看了,不碍事。"

赵弘殷半抬着头,微笑着说道:"你娘说的全是实话,皮肉之苦,养几天就好了,你快去灶房,帮金蝉烧把火。"

听父母这么一说,赵匡胤越发断定,那个挨打的将军肯定是他爹爹无疑!承想,不慎从马上摔下来,摔伤的应该是头、是胳膊,怎么会是双腿? 况且,爹爹戎马一生,哪一天不骑马? 且是,这马又是一匹老马,跟了爹爹十几年,能会把爹爹甩下去? 有心把这事儿戳穿,又觉不妥,便微微一笑说道:"爹爹既然没事,孩儿就放心了,孩儿这就去灶房,帮金蝉一把。"说毕,躬身而退。

赵匡胤来到灶房,见金蝉正在埋着头摊煎饼,已摊好的那些,全摆在瓷盘里,他数了数,一共十二张,小声说道:"十二张已经不少了,你赶快给爹送去,好让他吃了早一些儿安歇。"

贺金蝉一脸关切地问道:"你呢? 要不要给您留两张? 抑或是再摊两张?"

赵匡胤将手摇了一摇说道:"不必了,我一点儿也不饿。真的,我一点也不饿,我这就回房睡觉,你快把煎饼送到上房。去,快去,快去!"

贺金蝉嫣然一笑道:"有道是,恭敬不如从命,妾去了。"说毕,双手端起瓷盘,径奔公婆的寝房。

等她从公婆的寝房返回来,不见了赵匡胤,她还以为赵匡胤回屋睡觉去了,又给公公做了一碗鸡蛋面疙瘩送去,这才回到自己的爱巢。

人呢? 他不是说要回屋睡觉吗? 咋不见了呢! 莫不是上茅厕去了,对,一定是上茅厕去了。

她坐在灯下,一边纳鞋底,一边等着,足有喝两盏茶的时间,还不见赵匡胤回来。她坐不住了,跑到茅厕,寻找赵匡胤,茅厕里漆黑一团,哪有赵匡胤身影! 她又跑出茅厕,寻遍了整个院子,也没找到赵匡胤,这才慌了。她疾步来到公公寝房,气喘吁吁道:

"爹、妈,赵郎他,他不见了!"

她这一说,赵弘殷大吃一惊,几不成语道:"他,他,他……"

赵弘殷忽地坐了起来,杜四娘忙伸出双手按住了他的肩头:"他爹,您要干什么?"

"我要去追匡胤!"

"您这两条腿全都折了,怎么追?"

"我,我不能追,你可以追呀,还有贺姑娘(姑娘:指少姑,亦指没有出嫁的女子,也可以指儿媳妇。)和匡义,他们也可以追呀!去,快去!"

杜四娘苦笑一声道:"亏您还是一个禁军头领,自古至今,皇城内都是实行夜禁(夜禁:旧时官府禁止一般人夜间在外行走的规定。古人把一夜分为五更,一更为一个时辰,一个时辰是现在的两个小时。入更后凡是在城里行走的,便是触犯了"犯夜"罪,笞打二十大板。)的,俺们怎么追?!"

"这……"赵弘殷颓然倒在床上。

再说赵匡胤回到房中,换了一身夜行衣,避开巡夜之人,径奔瓦舍。等他潜入瓦舍的时候,已经鼓打三更,除了御勾栏之外,全都黑灯瞎火。

别的勾栏,都是用布围起来的,没有顶,唯有御勾栏有顶。不只有顶,顶上还绘有五彩,甚是美观。他原打算一把火烧了御勾栏,为爹爹出口恶气。谁知,御勾栏灯火通明,皇上高坐在看台上,左胳膊搂着"无价宝",右胳膊搂着"万人迷",兴致勃勃地观看美女们的相扑比赛,还不时发出喝彩之声。

参赛者不只要裸身,还得在乳房上系以铜铃,每走动一步,或扭动一下,身上便叮咚作响。

赵匡胤在肚中骂道:"荒淫,简直是荒淫到无耻的地步,国家摊上这样的皇帝,非完蛋不可!我要杀了他,我一定要杀了他!"

但要刺杀皇帝,谈何容易!保驾的禁军将士,散布在御勾栏内外,少说也有七八十人,硬冲进去行刺不是办法,只有等比赛结束,只有等昏君走出御勾栏,才能下手。

想到这里,他悄然退到与御勾栏相邻的一个普通的勾栏内。

鼓打四更,比赛方才结束,刘承祐在宫女和禁军的簇拥下,走出了御勾栏。

他还没来得及上轿,赵匡胤冲了过来。有一个禁军的小头目,反应挺快,将身一横,横在了刘承祐的前面。赵匡胤一声暴喝,将手中的宝剑直捅其胸。

就在赵匡胤收剑的时候,又一个禁军反应过来,挺戟朝赵匡胤后背刺去。

赵匡胤将身一闪,躲过了禁军的戟头,反手一剑,刺中了禁军的左臂。由于这两个禁军的阻拦,刘承祐得以钻进了轿子。其他禁军蜂拥而至,或保护轿子,或与赵匡胤厮杀。

看样子,刘承祐是刺杀不成了。赵匡胤又是一声暴喝,唰、唰、唰三剑,逼退了进攻他的三个禁军。

他头也没回,抬腿一脚,踢倒了偷袭他的那个禁军,冲出重围,消失在夜幕之中。

二　大白天做贼

王彦超的最后一道菜，其实不是菜，是钱。赵匡胤先是一愣，但很快明白过来，这是赶他走呢！那个气呀，差点儿把肺气炸！

赵匡胤饿得实在不行了，就偷路边的莴苣充饥。这一日，他又去地里偷莴苣，一个白脸汉子，手持大棒，从菜庵里蹿了出来。

恶汉并不害怕，反将头向前伸了一伸，对赵匡胤说道："打呀，有种你就把你那条打狗棍朝爷的头上打！"

第二天中午，汴梁城议论纷纷，有的说，皇上搞美女相扑大赛，惹怒了玉帝，遣黑衣天神下凡，杀了皇上的一个禁军，以示对皇上的惩戒；有的说，刺死禁军的不是天神，是一位绿林好汉，因不满朝政，才行刺的；有的说，那刺客是外国派来的，至于是哪个国家，说法不一。

如果只是说说而已，赵弘殷夫妇还不甚害怕，可怕的是朝廷张榜缉凶，皇榜上还绘有凶手的模拟像，那像很有几分像赵匡胤。

赵弘殷原本就怀疑行刺皇上的是赵匡胤，但他没有问，只是让杜四娘去闹市上转了一圈。

杜四娘是第二天上午去的，回来的时候已经是戌时一刻。天已经黑了半个时辰。那时的中国很穷，一天只吃早、午两顿饭。不是那时，是从远古形成的规矩。中国人一天能吃三顿饭，是在赵匡胤黄袍加身之后。

因为不吃晚饭，人们便睡得很早，赵匡胤也不例外，当母亲来叫他的时候，他还没睡着。

"胤儿，快起来，你爹叫你。"杜四娘一边敲门，一边说道。

赵匡胤爬了起来，穿得整整齐齐去见父亲。

赵弘殷侧过头来，足足盯了赵匡胤一盏茶的时间，方才问道："你给我说实话，大闹御勾栏的人是不是你？"

赵匡胤："我……"他的目光有些慌乱。

赵弘殷厉声说道："别吞吞吐吐，实话实说！"

赵匡胤嗫声说道："是孩儿。"

赵弘殷将床帮"啪"地一拍道："你狗胆包天！你知不知道，你干那事是要灭九族的！"

赵匡胤将头微微一抬说道："可我当时穿的是夜行衣，又用黑纱蒙面，谁也不会想到那行刺之人就是孩儿。"

赵弘殷怒斥道："你别存侥幸心理，有道是，'要想人不知，除非己不为'。你问问你妈，那通缉令上的凶手，几乎是照着你的模样画的！"

"这……"

"你别这了……快去收拾一下，立马给我滚出汴京，滚得越远越好！"

赵匡胤不敢再辩，趴下给爹娘磕了三个响头，回到寝房。

贺金蝉见他一脸寒霜，赔着小心问道："爹找你有什么事？"

"我惹了大祸，要我立马就滚！"

贺金蝉轻叹一声："这祸惹得实在有些大了，爹生气也在情理之中。你打算什么时候走？"

"现在就走。"

贺金蝉不再说话，从衣柜里取出两身单衣和一身棉衣，包在包袱之中。又从箱底翻出来一锭五两重的银子和十贯铜钱，也一并包进包袱。

赵匡胤接过包袱，挎上肩头。

贺金蝉突然说道："且慢，妾去厨房给你煮几个鸡蛋，好在路上吃。"

赵匡胤将头轻轻点了一点，把包袱朝床头一撂，连鞋也不脱，横躺在床上，双手抱着后脑勺。

他微闭双眼，在心中自己问自己："昨夜的事，我赵匡胤做错了吗？"

一个声音立马答道："没做错！父愁子忧，父辱子死！父亲为了国家，遭受莫大的羞辱，做儿子的理应挺身而出，为父报仇！"

另一个声音却不同意："为父报仇，固然不错，但要看是什么仇？那仇人又是何人？昨天，责打你父亲的是皇上，有道是，'君叫臣死，臣不得不死；父叫子亡，子不得不亡。'

莫说皇上只是责打了你的父亲,就是杀了你的父亲,你也不能报仇!"

第一个声音立马反驳道:"皇上是一国之君,忠于他无可厚非。但要看他是一个什么样的君,若是一个昏君,也要忠于他吗?不,不只不能忠于,还得想办法除掉他。若是一味地忠君,也就不会有商朝、有周朝、有汉朝、有唐朝……"

"这……"第二个声音也许觉着理屈,改口道:"昏君固然不必忠,但皇宫禁卫甚严,且又高手如云,仅凭你赵匡胤一人之力,你能杀得了皇上吗?昨夜你能逃出御勾栏,那是你的侥幸!你虽然侥幸逃得一命,但你给你的家里惹了麻烦,这事若是让朝廷查出来,死的不只你,还有你爹、你娘、你的九族!你自己说一说,你是不是有些太鲁莽了?"

赵匡胤"呼"地坐了起来,自责道:"我是有些太鲁莽了,不能因为我,毁了这个家,毁了九族,我得立马走!"

他抓起包袱,跳下床,提着蟠龙棍,寅夜出了汴京城。

他原打算去关西投奔舅舅,不料走错了路,反绕道南行,及至他醒悟过来,已经到了随州。

随州的刺史(刺史:州的长官,始于汉。)董宗本,与赵弘殷有八拜之交。一来赵匡胤的盘缠几将用尽;二来赵匡胤在路上受了些风寒,忽冷忽烧,两腿无力,便来到了董宗本府上,谎称受父之命,来随州投军。

董宗本见世侄来到,很是高兴,不只延医为他治病,还给他戴了一个不大不小的官帽。

赵匡胤不仅高大健壮、方面大耳、仪表堂堂,且又开朗大度,还来自国都汴梁,多年养成的大都市气质,哪怕是一些有意无意流露出来的生活习惯,都会让他人刮目,犹如鹤立鸡群。

在他没有来到随州之前,这里已经有了鹤立鸡群的人物——本地的第一公子、随州刺史董宗本的儿子董遵诲。

董遵诲受人拥戴,不单单因为他是刺史的儿子,他不只识文断字,而且武功在随州也堪称第一。

赵匡胤一来,无意间抢了董遵诲风头,使他大为恼火,想方设法挤兑赵匡胤。赵匡胤自知斗不过他,在随州待不到半年,不得不卷起铺盖走人。

第二站,赵匡胤到了复州,复州的刺史是王彦超——赵弘殷的老部下。他原以为来到复州,一定能得到重用。谁知,王彦超还不如董宗本,面上很热情,饭桌上有酒有肉,那肉、那菜多得让他吃不完。赵匡胤一连说了三遍:"王叔太丰盛了,菜到此为止吧,要不,非把愚侄撑死不可!菜就别上了。"

王彦超微微一笑道:"再上一道,再上一道就停。"

他又上了一道,每道菜都用托盘托着,这一道也不例外。但这一道与前十六道不同,是钱,整整十贯铜钱。

赵匡胤先是一愣,但很快明白过来,心中那个气呀,差点儿把肺气炸!

他二目圆睁,双手攥得嘎巴巴响。

他想揍人。

不只是揍人,连杀人的心都有了。

正当他要揍人的时候,离家之前夜,斥责他鲁莽的那个声音又出现了:"赵匡胤,你已经鲁莽了一次,害得你亡命天涯,也害得你举家不安,你不能再鲁莽了!"

他轻叹一声,把一脸的怒气收回,勉强地笑了一笑说道:"多谢王叔的盛情款待,侄儿想去关西会几个朋友,告辞了!"

"别急,别急!"王彦超慌忙起身,指着托盘说道:"钱多钱少,是老叔的一个心意,你若是不收,你是看不起老叔!"

若是半年前,赵匡胤根本不把这区区十贯钱放在眼里。何况,王彦超如此相待,是对他的蔑视,这钱更不能收。谚曰:"人穷志短,马瘦毛长。"如今的赵匡胤已经穷困潦倒,十贯钱对他来说,太重要了。

"唉!"赵匡胤又是一声轻叹,将钱收下,装进包袱,倒提着蟠龙棍,出了刺史府,正西而去。

谚又曰:"黄鼠狼(黄鼠狼:黄鼬的俗名。毛黄褐色,遇见敌人能由肛门附近分泌臭气自卫,常捕食田鼠,也袭击家禽。)单咬病鸭子。"赵匡胤还没有走出复州,住店时,十贯铜钱不翼而飞。

身无分文,莫说住店,连吃饭都成了问题。要想不挨饿,就得去偷去抢,或者作乞丐。

偷偷摸摸,抑或是拦路抢劫,非大丈夫所为!

作乞丐呢?他又拉不下脸。拉不下脸就得挨饿。

他饿得实在受不住了,就偷路边的萝卜或莴苣充饥。

这一日,他正蹲在莴苣地里吃莴苣,一个身着儒服的白脸汉子,手持大棒,忽地从菜庵里蹿了出来。

"呔,哪里来的毛贼,竟敢偷吃我的莴苣!"

15

这一声吼，犹如晴天霹雳，把赵匡胤吓了一大跳，慌忙站起身来，一脸尴尬地说道："贤兄，小弟真不是贼，请您高抬贵手，放小弟一马。"

白脸汉子冷哼一声道："你不是贼？你不是贼为啥偷吃我的莴苣？"

"我，我……"赵匡胤欲要以真名相示，又恐惹出麻烦，轻叹一声说道："我再给您说一遍，我真不是贼。我是去复州投亲不着，又被人偷了盘缠，才流落于此。"

白脸汉子道："你说你不是贼，我不是不信。谚曰：'害人之心不可有，防人之心不可无。'你我素不相识，凭什么要我相信你的话？"

赵匡胤略一沉吟说道："我这根蟠龙棍，少说也有二十余斤，我若没有两下子，也不敢携带它。我能够携带它，证明我的武功不弱。凭我这一身功夫，若想行恶，还愁没有钱花？还会去偷吃你的莴苣？可见，我不是贼！"

白脸汉子道："你说你的蟠龙棍，有二十余斤，这我相信。但这只能证明你有几斤蛮力，有蛮力的人多了。你如果能给我耍上一套棍术，我才知道你的武功如何！"

赵匡胤点了点头，舞动蟠龙棍把三十六套少林棍法，一一施来，看得白脸汉子目瞪口呆。许久，方才拍手赞道："好身手，好功夫！走，随愚兄去菜庵少酌几樽。"

回到菜庵，白脸汉子把庵中的一坛美酒搬出来，并亲自掌厨，炒了一盘韭菜鸡蛋，又拌了一盘莴苣心，二人相向而坐，推杯把盏，边喝边聊。白脸汉子自我介绍道："在下姓赵，名普，字则平，祖籍幽州蓟县。后唐末，家父举族迁居常山；后晋天福七年，又举族迁居洛阳。因初来乍到，受到洛阳一些土霸的欺侮，家父蒙冤入狱，死在狱中。在下忍无可忍，杀了土霸，逃奔至此，为姑父看守菜园。"

赵匡胤一因喝多了酒，二因这白脸汉子也姓赵，三因这白脸汉子竟把杀人之事坦诚相告，遂把戒心二字抛诸脑后，慷慨说道："赵普兄既然把小弟当作兄弟看待，小弟若是不以实言相告，便有些不地道了。老实说，小弟也姓赵，名叫匡胤，乃飞捷指挥史赵弘殷的二子，因父亲抬棺进谏遭笞之事，大闹御勾栏，为避祸逃奔于此。"

赵普吃了一惊："啊，您便是那个大闹御勾栏的英雄！"

赵匡胤将头轻轻点了一点。

赵普一连三揖道："失敬，失敬！来来来，愚兄再敬你三樽。"

三樽酒下肚，赵匡胤的话便多了起来，赵普素来健谈，二人天南海北，神侃了两个时辰，方才和衣睡去。直睡到翌日巳时三刻，这才起床。赵普去村中，买了一坛老酒、三斤熟牛肉，款待赵匡胤。

酒足饭饱之后，赵普说道："贤弟，实话告你，在下的姑父虽说家财万贯，做人很不地道,为了自己的利益,亲爹都敢出卖,此处不可久留。愚兄这里,尚有碎银三两五钱和铜钱八贯,赠与贤弟,以作川资,待贤弟有了立脚之地,愚兄自会前去相投。"

赵匡胤听了这话,甚是感动,但又有些不解:"赵普兄,你我相见之初,可是剑拔弩张!小弟是一个贼,您是为捉贼而来,且手中又提了一根大棒,叫人好生害怕。这会儿又对小弟这么好,这是为甚?"

赵普笑道:"只为三件事。"

赵匡胤问道:"哪三件?"

赵普道:"你有所不知,愚兄的师父,是一位奇人,一觉能睡四五个月,人称睡仙。愚兄既然作了他的学生,睡觉的本领可想而知。但今日,愚兄午休不到半个时辰,便作了一个奇梦,梦见一条金龙从天而降,降在愚兄的莴苣地里。这条金龙落地之后的行为非常古怪,它既不行云,又不布雨,居然张开血盆大口,吞食莴苣,顷刻儿把地里的莴苣,一扫而光。愚兄是守菜人,不能坐视不理。于是,便提了一根大棒蹿了出来。"

"其二呢?"赵匡胤问。

"其二,愚兄一声吆喝,您立马直起身来。您虽说落魄了,稍显寒酸。但是,仍然掩盖不住您的高贵之相和英伟之气。"

赵匡胤也不点头,也不摇头,继续问道:"其三呢?"

"其三,经过你我一席长谈,愚兄断定,你决非等贤之辈,愚兄这一生的荣华富贵就寄托在你的身上,愚兄愿意做你的马前走卒!"

赵匡胤笑道:"既然这样,你还看守什么菜园? 干脆随小弟一块儿闯荡江湖,岂不更好!"

赵普婉拒道:"愚兄虽说年长您几岁,但愚兄自幼失怙,只读了三年书,后经表弟苗训引荐,去华山拜师学艺。学了一年,自以为艺成,辞别了师父,自个儿闯荡江湖。闯了三年之后,愚兄这才发觉自己学识太浅,想趁自己还不算太老,再去华山学几年。你我只要有缘,还怕没有相见的机会!"

赵匡胤点了点头,将赵普所赠的钱收起,径奔襄阳。

距襄阳三十里有一大镇,名叫黄龙。入镇前行一箭之地,是一人市,所卖者多为小孩,其次是妇女,再次是成年男人。有自卖自身的,有他人代卖的。凡卖者,头上皆插着茅草,胸前还挂了一个小纸牌儿,牌子上标有价钱。赵匡胤出于好奇,一边走一边看,内中有一个二八女子,虽说一脸菜色,却难以掩饰她那美人坯子——瓜子型的脸儿,柳叶似的眉儿,一头乌黑锃亮的头发,皮肤白得像羊脂。如此漂亮的女子,大概得要几百两银子呢!

赵匡胤趋到那女子跟前,举目看着纸牌。

"咦,这么便宜呀!"赵匡胤有点不相信自己的眼睛,用手揉了揉再看,还是三十两。

"这一女子,你的芳名如何称呼?"

"奴婢姓符,芳名秀英。"

"芳龄几许?"

"十六岁。"

"家中还有何人?"

"一个外婆。"

"既然有外婆在家,你为啥还要自卖自身? 你这一卖,你外婆让何人赡养?"

"这……"符秀英欲言又止。

赵匡胤察言观色,心有所悟:"秀英,咱们能不能借个地方说几句话?"

符秀英说了个"好"字。

谁知,她刚一抬脚,传来一声暴喝:"符秀英,你不能走!"

符秀英立马止步,转过身去,二目怯怯地瞅着叫她之人。

赵匡胤也将双脚止住,扭头视之。

"符秀英,你就这么走吗?"说话的是一满脸横肉的恶汉。

符秀英小声回道:"小奴不走,小奴只是想去街对面和这位红脸大爷说几句话。"一边说,一边指着赵匡胤。

恶汉冷哼一声道:"爷是吃饭长大的,不是让人骗大的! 乳毛未褪的小臭婊子也敢来骗爷!"

赵匡胤见恶汉出言不逊,勃然大怒,手指恶汉斥责道:"你是干什么的? 请把嘴巴放干净点!"

恶汉道:"爷是人市的牙人(牙人:又称牙侩、市侩,今是骂人之话,五代时它是一种职业,相当于经纪人。),今日,爷这嘴巴已经够干净了!"

赵匡胤道:"莫说你只是一个牙人,就是一个县太爷,嘴巴若是不干净呀,爷这根蟠龙棍可不是吃素的!"一边说,一边把蟠龙棍扬了一扬。

"嘀嘀!"恶汉一脸鄙视地瞅着赵匡胤:"亏你生得相貌堂堂,却是一个下三烂,爷瞧不起你!"

赵匡胤强压怒火道:"爷怎么是个下三烂?"

恶汉回道："你若不是一个下三烂,就该付了爷的抽头,再领她走。"

赵匡胤反问道："什么抽头?"

恶汉又将赵匡胤上下左右打量一番,讥笑道："咋看你也不像一个初出江湖的雏儿!怎么连抽头都不懂?"

赵匡胤懂,非常的懂!他不只顽皮,还非常好赌,且每赌必赢。赌场上有个规矩,每赢一定的钱,必须付给设赌者一部分,付给设赌者的这一部分就叫抽头。

是的,赌博有抽头,人市也应该有抽头,要是没有抽头,叫这些设场的人喝西北风?不过,我并没有买符秀英呀,没有买就不应该出抽头。可人家并不知道我没有买呀,甚而,还以为我是有意逃避抽头呢!果真这样,理屈的应该是我赵匡胤!

想到此,赵匡胤赔着笑脸儿说道："这位爷,在下无知。在下虽说无知,在下也知道,无论买卖什么东西,只要成交,就应该给抽头。可是,在下并没有买这位女子呀!"

恶汉道："你把这位女子领出人市,还不算成交吗?"

赵匡胤道："在下只是想和这位女子说几句话,并没有买她的意思,这怎么算成交?"

恶汉道："你俩互不相识,有什么话尽管说,为什么要把她领到别处呢?"

"这……"赵匡胤无言以对。

"恩公!"符秀英含情脉脉地瞅着赵匡胤。

赵匡胤将钢牙一咬,对恶汉说道："好,就算在下将符秀英买走。你要多少抽头?"

恶汉竖了三根指头。

"好,在下给你。"赵匡胤从包裹里摸出三钱碎银,递给恶汉。

恶汉一脸鄙夷道："你把爷当成了乞丐是不是?爷的抽头,乃三十而税一。三十而税一你懂吗?三十而税一,乃是说,每成交三十钱,就得给爷抽一个。这个女子的身价,是三十两纹银,按照三十而税一的规矩,你应该给爷抽一两。"

"没有这么多吧!按我们汴京的规矩,是一百税一。也就是说,每成交一百个钱,抽一个。"

恶汉冷哼一声道："你不要拿汴京压爷。这里不是汴京,是黄龙镇。黄龙镇有黄龙镇的规矩。你不给爷拿三两白银,爷是不会放符秀英走的!"

"你……"赵匡胤又将蟠龙棍扬了起来。

恶汉并不害怕,反将头向前伸了一伸说道："打呀,有种就把你那条打狗棍朝爷的头上打!"

"你……"

符秀英趋前一步哀告道："红脸爷息怒，千错万错小奴错，看在小奴薄面，您该干什么，还去干什么！您对小奴的大恩大德，小奴没齿难忘！您走吧，走吧！"

她越让赵匡胤走，赵匡胤越不走，瞪着一双大眼对恶汉说道："算你狠，爷服你了，爷这就给你掏银子。"说毕，真的掏出三两白银甩给恶汉。

赵匡胤交了银子，将符秀英领到一个僻静之处，方才说道："说吧，你到底有什么难言之隐？"

符秀英未曾开口先掉泪："人都说世上唯有黄连苦，可小女子的命比黄连还要苦，不到一岁，爹爹出征契丹，将小女子送给了他的族弟符彦熊。谁知，小女子刚一踏进养父家的门，养父染病而亡，养母便带着小女子投奔她的娘家。前年，养母撒手人寰。去年夏，小女子患了一种怪病，为给小女子治病，外婆向镇上开赌场的曹万福借了一两银子。曹万福欺外婆不识字，将一两写成十两，不到一年，又翻成三十两。外婆又气又急，病倒在床。曹万福不仅不可怜俺们，反而天天上门逼债。扬言，再有三天不还他的债，就把外婆送进大牢。小女子万般无奈，这才自卖自身！"说毕又哭。

赵匡胤越听越气，顿脚骂道："这个曹万福，实在可恶，在下这就找他理论。说得好了，倒还罢了，若说得不好，这一棍子下去，将他的狗头敲碎！"

符秀英慌忙拦道："不可，万万不可！那曹万福是个无赖，又有契约在手，他能听您的？您若是一怒，把他打死，肯定要吃官司！小女子不想连累恩公。小女子求求您了，小女子求求您了！"一边说一边作揖。

赵匡胤沉吟良久道："你不让在下去找曹万福理论，钱呢？这钱怎么还？"

符秀英哭丧着脸道："大不了小女子重返人市。"

赵匡胤将头一连摇了几摇说道："这不行。你若重返人市，凭你的模样，卖出去没一点儿问题。但不知你想了没想？能到人市买人的，那会是些什么人？如果买你的是哑巴、聋子、瘸子，抑或是恶棍、无赖、七老八十的老头，你怎么办？"

"我……我只有认命了。"

"不，有我赵匡胤在，就不会让你这朵鲜花插到牛粪上！"

"可是……"符秀英期期艾艾说道："您又没有那么多钱。"

赵匡胤略思片刻道："秀英，你刚才是不是说，那曹万福是一个开赌场的？"

符秀英将头轻轻点了一点。

赵匡胤一脸喜悦道："这就好，这就好！你快带在下去一趟赌场。"

符秀英一脸疑惑道:"去赌场? 去赌场干什么? 难道您还想和姓曹的理论?"

赵匡胤将手一连摇了三摇,说道:"你错了。在下不会和他理论! 有道是,'能和君子打一架,不和小人说一句话。'据你所言,那姓曹的是一个典型小人,在下不屑和他理论。"

"那……那您去赌场干什么?"

"赢他的钱!"赵匡胤胸有成竹地说道:"在下不只要赢他的钱,在下还要拿他的钱还他的债! 不,在下不只要拿他的钱还他的债,在下还要赢他的房产、他的女人!"

"您? 有道是,'十赌九输',您赢得了他吗?"

赵匡胤哈哈一笑道:"你不必担心! 你知道在下的诨号叫什么吗? 叫赌神! 既然敢称赌神,既然敢在汴京称赌神,还会栽在一个小小的黄龙镇吗?"

三　浴血黄龙镇

赌场的八个帮闲，见曹万福挨打，忙手持大棍，扑向赵匡胤。

符秀英不敢再骂，眼睁睁地看着曹万福一伙将赵匡胤架走，绑在赌院的沙木杆上。

曹万福操刀在手，笑嘻嘻地问赵匡胤："汝知不知道，爷在杀汝之前为啥要用冷水浇汝的头？"

赵匡胤没有吹牛，坐上赌桌不到一个时辰，便赢了二百两银子。

午饭送来的时候，他又赢了一把，整整二十两。但他没要，一边吃着烧饼一边问曹万福："曹掌柜，你认识不认识一个叫符秀英的少女？"

曹万福回道："认识。"

"她家里是不是欠你三十两银子？"

曹万福"嗯"了一声。

赵匡胤拉开抽屉，取出来三锭白花花的纹银，"啪"地拍到曹万福面前："这债，在下替她还了，请你把借契还给在下！"

曹万福翻着眼皮儿问道："你是她什么人？"

赵匡胤原本对曹万福就很厌恶，见他如此相问，冷声回道："在下是一个路人！"

曹万福虽说不是黄龙镇人，但他已经在黄龙镇混了二十五年，由一个小牙人变成赌场的大掌柜，也算是一个老江湖了。

既然是个老江湖，自有他的识人之道。自赵匡胤踏进赌场，他就在暗中观察，见其方面大耳，英俊潇洒，不怒自威，便断定此人非同寻常，怕是一个过路的将军呢！及至赌了三把之后，他见赵匡胤的赌技如此娴熟，便又断定，此人不是一个过路的将军，而是一个王孙贵族，抑或是一个赌徒！

就算你是一个王孙贵族,听你口音,乃是汴京人氏。汴京距我黄龙镇,一千余里,岂奈我何?

想到此,曹万福将麻脸儿猛地一沉说道:"既然你是一个路人,就该好好走路才是,少管爷的闲事!"

赵匡胤见曹万福出言不逊,将桌子"啪"地一拍说道:"爷这一生,有两大爱好,一是喜欢舞枪弄棍……"说到这里,有意摸了摸靠在身边的蟠龙棍。

"二呢!"赵匡胤拖着长腔说道:"爷的第二个爱好,就是爱管闲事,特别是那些不平事!"

曹万福一跃而起,指着赵匡胤的鼻子骂道:"你娃子是不想活了,竟敢管爷的事!爷今日心情好,不想要你的命。滚,滚得越远越好!"

听了曹万福的话,赵匡胤怒发冲冠,挥拳朝曹万福面门打去。曹万福见他来势凶猛,忙闪身避过。

"哼! 就你这个熊样,也敢口出狂言,找死!"赵匡胤一边骂,一边出拳,不只是拳,还有脚。曹万福躲避不及,小腹上挨了一脚,哎呀一声蹲在地上,双手捂着小腹。

赌场的八个帮闲,见曹万福挨打,忙手持大棍,扑向赵匡胤。

赵匡胤离开少林寺的时候,长老送他一本《少林秘笈》,内中有一半篇幅是讲棍术的,经过五六年的勤学苦练,赵匡胤的棍术,不敢说独步天下,至少说还从没有遇到过对手,赵匡胤心想,就凭你们这几个帮闲,也敢和爷玩棍!

他冷笑一声,舞动蟠龙棍,迎战八个帮闲。

不,不只这八个帮闲,还有一群赌徒。他们全都是赌场的常客,如今,曹万福遭人痛打,若是不出手相帮,以后如何面对? 这是其一;其二,他们今天全都输了,且都输给了赵匡胤,心中既妒又恨,若是帮曹万福打跑了赵匡胤,输的钱自然就会物归原主了!

他们想错了。

不到一盏茶工夫,这一帮人全败在赵匡胤棍下,有的躺在地上呻吟,有的跪在地上磕头,还有几个落荒而逃。

曹万福也想跑,被赵匡胤赶上,揪住后衣领子,将他揪了回来。

"跪下!"赵匡胤厉声喝道。

曹万福不跪,赵匡胤朝他腿弯踢了一脚,又一次喝道:"跪下!"

曹万福不得不跪了。

赵匡胤的右手食指敲着曹万福的脑门说道:"符秀英是一个外来女子,外婆又是一个病秧子,两个弱女人相依为命,苦度时光,你还要讹诈她们,你还是一个人吗?恼上来我一棍打死你!"

曹万福慌忙给赵匡胤磕头:"小人错了,小人这就把借契还给符秀英。"

他见赵匡胤没应腔,忙补充说道:"小人不只还她们借契,就连当初借给她们的三十两银子也不要了。"

赵匡胤将头点了一点说道:"这还差不多。借契呢?"

"在阁楼上藏着。"

"去,快去把它取来给爷。"

"好。"曹万福爬起来,径奔阁楼,取出借契,双手递给赵匡胤。

赵匡胤将借契细细地看了一遍,撕成碎片,随手一扬,提了蟠龙棍,大踏步走出赌场。

出赌场前行不到一里,被符秀英迎头拦住,执意要请他去寒舍小坐。

赵匡胤婉拒道:"小事一桩,何足挂齿,在下还要赶路呢,贵府就不用去了。"

符秀英非常固执地说道:"去,非得去!"

赵匡胤笑问道:"为什么?"

"不为什么,只因为小女子外婆三年前作了一个奇梦,她梦见了一个红脸神人,自称是霹雳大仙。大仙对她说,你年轻时打骂公婆,公婆把你告到了阴曹地府,阎王勃然大怒,将有一场厄运降到你的头上,恐怕性命难保。你如能给本神塑一个小像,供在你家的神龛上,一连烧上三年香,本神自会救你。如果小女子猜得不错的话,您便是那位霹雳大仙转世。"

赵匡胤哈哈大笑道:"你真会奉承人!"

"不,小女子说的全是实话。"

"既然全是实话,咱们上午初见的时候,您咋不说在下是霹雳大仙呢?"赵匡胤笑眯眯地问道。

"因为那时候,小女子还不知道外婆做梦之事。"

"什么时候知道的?"赵匡胤饶有兴趣地问道。

"你来赌大赢之后,小女子觉着还债有望了,趋回家向外婆报喜。外婆喜极而泣,对着霹雳大仙上了三炷香,且不停地磕头。小女子觉着奇怪,便一再追问,外婆方将做梦之事,讲了出来。"

"有趣,有趣!请带在下去贵府一趟,在下倒要见识一下那个霹雳大仙是个什么模样。"

符秀英一脸兴奋地说道："好。"轻移莲步,在前边带路,进胡同南行一箭之地,有一座茅屋,坐西向东。

符秀英正要伸手叩门,门"吱呀"一声开了。一个六十余岁的白发老妪出现在门口。身后还站了四个老头,看年纪俱在六十岁以上。虽然都是老头,但各有特色,一个是塌鼻、一个是麻脸、一个瘦得像螳螂、一个胖得像肥猪。

赵匡胤暗自思道,开门的这个老妪,一定是符秀英外婆无疑,尽管她衣衫褴褛,但很干净;一脸菜色,但很慈祥,这样的人能是不懂孝道、打骂公婆之人吗? 看样子符秀英说的不是实话。

"请进,恩公请进!"老妪敛衽一拜说道。

"请!"四个老头,异口同声地邀请。

茅屋一共三间,中间称之为堂屋。堂屋的后边,扯了一道黄布幔。幔前原本有一张八仙桌,如今不见了,由一张黑漆太师椅取而代之。

"恩人请,请上坐,请受老妪一拜!"

赵匡胤将手一连摇了三摇说道："别急,别急,容在下瞻仰过霹雳大仙再说。"

"这……也好。"老妪亲手将黄布幔拉开,神龛之上果然供奉着一位红脸神人。

赵匡胤暗自点头,符秀英没有骗我,这神人不只是个红脸,且还是方面大耳,真有几分像我呢!

符秀英见他不住地点头,笑盈盈地说道："小女子没有骗您吧! 坐,快坐下,等外婆拜过您,小女子也要拜您呢!"

"这……"

"坐,快坐!"符秀英硬将赵匡胤按坐在太师椅里。但当老妪上前拜他的时候,他"呼"地站了起来,不迭声地说道："不可,不可! 在下年纪轻轻,又是一个凡夫俗子,怎去抢霹雳大仙的香火! 您老人家如果硬要拜我,我这就走,立马就走!"

老妪还要强拜,被"螳螂"拦住了："嫂子,红脸爷救了你,你拜他理所应当,可红脸爷自称是凡夫俗子,执意不肯让你拜他,你就不要强人所难了。"

老妪一脸不悦道："你这算什么话,什么凡夫俗子? 那是人家的自谦,人家是神,是霹雳大仙现身,救了老嫂子,老嫂子岂能不拜!"

赵匡胤正色说道："你如果硬要拜我,我这就走。"说毕,推开符秀英,大步朝门口走去。

老妪慌了:"恩公,您回来。老妪听您的,老妪不再拜您了。老妪请您喝杯薄酒,总可以吧。"

赵匡胤本来就喜欢饮酒,只因囊中羞涩,许久没有饮酒了。如今,一听到酒字,差点儿连口水都流出来了。他当即止步,转过身来,一脸感激地说道:"恭敬不如从命,多谢了!"

符秀英将太师椅移到北墙下,并用长袖在太师椅上拂了几拂说道:"恩公请坐,小女子这就去灶房温酒。"

老妪朝四个老头说道:"你们弟兄四个陪恩公说话,老嫂子去灶房给秀英打个下手(打个下手:当地俗语,意思是做个帮手、抑或助手)。"

"肥猪"说道:"让他仨陪吧,我今早刚买了一棵白菜,我去取来给恩公加一个菜。"

"塌鼻"忙道:"让二哥、七弟陪吧。我家中还有一块腊肉,足有一斤多,够炒两大盘呢。我这就回去取。"

"塌鼻"所说的二哥,就是"螳螂",七弟则是"麻脸"。

听了"塌鼻"的话,"麻脸"坐不住了,论和老妪的关系,属他最近,他是老妪的叔伯弟弟,"螳螂"是老妪的堂弟,其他两位——"肥猪"和"塌鼻",已经和老妪的男人出了五服(五服:按宗族关系而分,一共五辈,也叫五服。同一个父亲的是兄弟,属于一服;同一个祖父的是叔伯兄弟,属于二服;同一个曾祖的是堂兄弟,属于三服;同一个高祖和始祖的,均称族弟,属于四服、五服。),一个拿白菜,一个拿腊肉,自己若是什么也不拿,岂不要惹人耻笑!

"二哥,我知道大嫂家的酒不多,这么多人,怕是不够喝呢! 我家中还有半坛酒,那是留给小孙儿过十二岁生日喝的,我把它贡献出来。"

"螳螂"忙道:"甚好,甚好!"

街坊邻居,听说符秀英家来了一个活神仙都来到符秀英家,一是想一睹风采。二是充满感激和敬意,曹万福是黄龙镇一霸,不只开赌场、放高利贷,还奸淫良家女子、拐卖小孩,黄龙镇几乎没有人不恨他的。但曹万福有个好舅舅,姓韩名通,在襄阳做官,人们敢怒不敢言。今日,活神仙出面,大闹赌场,为众人出了一口恶气,众人谁不感激!

有此二因,大家不约而同地涌向符秀英家。屋里坐不下,便站在院子里;院子里站不下,便站到院门外。

大伙儿轮番儿给赵匡胤敬酒。

当然,有敬酒的,就有送酒的,无偿地送,源源不断地送。

赵匡胤的酒量再大,也受不了如此敬法。

他醉了,醉得不省人事。

曹万福来了。

曹万福领着他舅舅来的。

韩通的官并不算大,仅仅是襄阳府的一个狱官。官不大权大,整个襄阳府的犯人,都归他管。因为管理犯人之故,他结识了一些权贵和地痞无赖,振臂一呼,响应者数百人。听说外甥挨了打,当即纠集一百多地痞无赖,浩浩荡荡开到黄龙镇。

符秀英正在灶房给赵匡胤做醒酒汤,忽听有人喊道:"快跑,韩通来了。韩通带着一百多人来了!"

她忙跑出灶房,欲要问个仔细,众人如鸟兽散,等曹万福、韩通闯进院子的时候,院子里空无一人。

屋里呢?

屋里只剩下两个人,一个是赵匡胤,再一个就是符秀英的外婆。

赵匡胤歪靠在太师椅里,脚下是一片秽物。老妪不厌其烦地为赵匡胤擦嘴擦脸。曹万福进来的时候,只是将头微微抬了一抬,又继续为赵匡胤擦脸。

"他妈的!"曹万福飞起一脚,将老妪踹倒在地,掉头喊道:"弟兄们,把这个红脸贼给爷带走!"

老妪爬起来,欲要阻拦,又挨了曹万福一脚,倒在地上。

符秀英哭喊着冲过来,一边去扶外婆,一边骂曹万福,被曹万福一把揪住头发,恶狠狠地说道:"你再骂,小心爷剥了你的衣服!"

符秀英不敢再骂,眼睁睁地看着曹万福一伙将赵匡胤架走,绑在赌院里的沙木杆上。

这根沙木杆,少说也有一丈八尺,那上边还吊了一盏夜壶灯。

何为夜壶?

夜壶就是便壶,扁圆形且带有嘴、把,供男人小便用。

所谓夜壶灯,就是在夜壶里装满油,且以细麻或棉线为焾,置入壶中,尔后点燃,便叫夜壶灯。

因为夜壶灯要比一般的灯大得多,故而特别亮。

此时的赵匡胤,被半裸着身子绑在沙木杆上。也不知是夜风将他吹醒了,抑或是猜拳声将他吵醒了,反正他是醒了。

他虽说醒了,但有些头晕。

这是哪里呀?我怎么会被绑在这里?还有,这里咋会有这么多人在喝酒?直到曹万福站起来给韩通敬酒,他才猛然想起,这里是曹万福的赌院。

可我明明在符秀英家喝酒,怎么会来到这里?莫不是我醉了之后,曹万福将我绑到这里的?

是了,一定是曹万福趁我酒醉之时,将我绑到这里的。

"王八蛋,看爷怎么收拾你!"赵匡胤几次用力,想把身上的绳索挣断,都没有成功。越挣不断,他越恼,陡地暴喝一声:"曹万福,你个王八蛋!你干了那么多缺德事,爷饶了你,你却恩将仇报,将爷抓来,你还算不算个人!"

尽管他骂得如此难听,曹万福不怒反笑:"红脸贼,看你模样,不像初出江湖之人,却对江湖上的规矩一点儿也不懂。有道是,'强龙不压地头蛇',你偏要压。你这不是自己找死么?爷不只抓你,爷还要剖你的胸,挖出你的心肝做下酒菜呢!"

"你……"赵匡胤气得浑身乱抖。

"你什么你!你后悔了吧?这世上卖啥的都有,就是没有卖后悔药的!"说到这里,曹万福将声音抬高了八度:"小子们,拿刀来!不,还有水,井拔凉水(井拔凉水:刚从井里打出来的水。)!"

不一刻儿,跑过来两个小厮,一个提着水桶,一个拿着尖刀。曹万福朝提水桶的小厮命令道:"把这桶水,照着红脸贼劈头浇下。"

提水的小厮,遵嘱而行。曹万福又对另外一个小厮喊道:"刀呢,把刀给我!"

曹万福操刀在手,笑嘻嘻地问赵匡胤:"你知道爷为啥要用冷水浇你?……你不说,爷说。用冷水浇过之后,掏出来的心脆,好吃!你不要拿眼瞪爷,爷这就要下手了,请你忍住疼,不要叫,叫也无用!"

说到这,曹万福将操刀的那只手的袖子,又往上挽了一挽,对着赵匡胤的胸膛,正要下刀,院门外突然闯进来一条豹头坏眼、面如黑炭,提着一条铁扁担的汉子。这汉子一边往里闯一边喝道:"呔,直娘贼,休要伤了爷的红脸大哥!"

这一声喊,直似晴天霹雳,震得众人耳朵嗡嗡作响。众人不由得向黑汉望去。

还没等众人醒过神来,黑汉的铁扁担已经抵住了曹万福的前胸,厉声说道:"快,快放了爷的红脸大哥!"

就在黑汉说话的时候,一小厮手持钢刀,朝黑汉袭来。那黑汉背后好似长了一双眼睛,反腿一脚,将那小厮踢倒在地,妈地叫了一声。

韩通的两个徒儿,一个叫小豹,一个叫小锤,腾身而起,扑向黑汉。

黑汉陡然转身,用扁担左右一扫,俱都被他扫中,小豹倒在地上;小锤手捂断臂,倒退三步。

曹万福乘黑汉转身的机会,挺刀直刺黑汉后背。

黑汉又是一个反腿,踢中曹万福拿刀的手腕,只听呛啷一声,曹万福的刀掉在地上。

黑汉又一个转身,抢刀在手,去割赵匡胤身上的绳索。

他只割了一刀,韩通手执大刀,扑了过来。

黑汉霍地转身,迎战韩通,原只想三招之内,便可击退韩通。谁知,韩通刀沉力猛,他一连攻出了十几扁担,韩通毫无退却之意。与韩通同来的泼皮无赖,见韩通挡住了黑汉的进攻,蜂拥而上,从不同角度,攻击黑汉。有道是,"好汉难抵四拳"。黑汉所抵挡的,岂止是四拳,上百拳也不止。不,不只拳头,还有刀枪剑棍和暗器。

黑汉倒是躲过了刀枪剑棍,却没有躲过暗器。

那暗器是一只镖,镖头射入黑汉的右肋。他忍着疼,咬着牙,继续与上百倍的敌人搏斗。

但他毕竟是人,是一个人,是一个受了重伤的人,攻击的力度大不如前。不只不如前,再战下去,怕是连扁担也举不起来了。

完了!

想不到我张琼闯荡了五年江湖,从未遇到过对手,今日却死在一群宵小之手!

他死不了!

像他这样一个一身侠肝义胆的汉子,老天爷不会让他轻易死的!

救他的不是别人,是那个被绑在沙木杆上的赵匡胤。

只因为那一刀,赵匡胤身上的绳索断了一股。

就因为断了这一股,赵匡胤再次发力,方才将绳索挣断。

因韩通一伙都在围攻张琼,没有人关注赵匡胤。

这也怪不得韩通。赵匡胤虽然是一只老虎,但他早已失去了自由,是一只困在笼子里的老虎,即使活着,也和死了差不多。

他们这一次又想错了!

死虎和困虎毕竟不是一个概念。困虎可以冲出牢笼,死虎办不到。

困虎一旦冲出了牢笼,就变成了一只猛虎。

等困虎冲出牢笼的时候,等冲出牢笼的困虎抓到蟠龙棍的时候,就意味着黑汉死不了了！

赵匡胤这一次出手，与前一次大不相同。前一次仅仅是帮符秀英讨回借契而已，这一次是怀着仇恨出手的，蟠龙棍所到之处，便是一声惨叫。不到一盏茶工夫，伤在蟠龙棍之下的近二十人，气得韩通嗷嗷大叫，瞪着一双血红的眼睛扑向赵匡胤。但他毕竟技逊一筹，战了不到二十个回合，便有些不支了。

施放暗器的那个狱卒，故伎重演，一镖射中了赵匡胤的臀部。他原以为赵匡胤必逃无疑，谁知，赵匡胤不逃反进，一连三棍，打得韩通手忙脚乱。又三棍，打折了韩通的右臂，连臂都伤了，那刀还能拿得住吗？

韩通弃刀而逃，连曹万福的亲舅舅都逃走了，谁还会为他卖命？

众人如鸟兽散，赵匡胤追了几步，没有追上韩通，掉头欲追曹万福。追了几步，忽又站住，回头寻找黑汉。

黑汉左手捂着右肋，斜坐在院墙根，额头上冷汗如雨。他见赵匡胤回来，似是寻他，忙低声叫道："红脸大哥，小弟……"一边说，一边挣扎着站了起来。

赵匡胤飞奔而至，一脸关切地问道："伤得怎么样？"

黑汉苦笑一声道："不算太重，也不算太轻。"

"镖取出来了没有？"

黑汉回道："取出来了。"

"那就好，那就好！走，哥扶着你走。"

黑汉又是一声苦笑："小弟这右肋似刀割一般的疼，小弟怕是走不动了。"

"走不动了哥背你。"赵匡胤当即转身，就在他将要蹲下去的时候，黑汉发现，赵匡胤的裤子上有个碗大的洞，露出鲜血淋淋的屁股。他惊叫一声道："你屁股受伤了？"

赵匡胤"嗯"了一声。

"是什么伤的？"

"镖。"

"取出来了没有？"

"没有。"

"还是把它取出来吧！"黑汉一脸关切地说道。

"我抠了三次都没有抠出来，怕是要动刀呢！若是一动刀，岂不要大流血！可这里，又没有止血药。还是留着它吧。"说毕，赵匡胤半蹲下身子。

黑汉心中很矛盾，叫他背于心不忍。但是，不叫他背，他肯定不会答应。

"黑弟,别婆婆妈妈的,快趴在哥背上。"

"我……"黑汉将心一横,趴在了赵匡胤背上。

赵匡胤慢慢地站了起来,每走一步,便要咧一下嘴巴。

"奶奶的,走慢是疼,走快也是疼,横竖是疼,倒不如走快点。"走了十几步之后,赵匡胤加快了步伐。

四　梦游鬼神庄

庄汉子一口气跑回庄上，搬来了他的妹妹陶三春。只六个回合，张琼便被陶三春打倒在地。

黄面汉子面带讥笑地对赵匡胤说道："你不要以为你身上没背盐袋，爷就不敢抓你？错了！"

赵匡胤暗道了一声"不好"，他五家一齐赢了，我身无分文，如何打发？倒不如赖他一赖！

赵匡胤一边走一边问："黑老弟，你是哪里人呀？"

"大名馆陶。"黑汉回道。

"馆陶距此地少说也有一千里，你怎么会来到这里？"赵匡胤又问。

"唐庄宗活着的时候，家父在大名从军，有一个很要好的朋友，叫翟大虎，是黄龙镇南六里张油坊人。他有一个闺女，和小弟同岁，许给了小弟。大前年，奉家父之命来张油坊迎亲，谁知，我那未见过面的老婆，半年前死在乱兵之手。'老岳丈'呢？又卧病在床，无人照顾。小弟见他可怜，便留了下来，靠卖油赚钱为他治病。"

赵匡胤轻叹一声道："贤弟此为，一般人很难做到，实在令人敬佩！"

黑汉"嘿嘿"一笑说道："你别夸小弟了，这件事若是换成你，你也会这么做的。"

赵匡胤笑问道："何以见得呢？"

黑汉道："那翟大虎好赖还差一点作了小弟的山人（山人：岳父的俗称。）。符秀英呢？可是与你非亲非故，但当她遭人欺负的时候，你拔刀而起……"

"唉，愚兄和你一样，最见不得不平事，一见便想管，就是把性命搭上，也不言悔。"

赵匡胤忽然想起了什么，喂了一声道："黑弟，你岳丈家既然距此地不远，愚兄把你背到你岳丈家如何？"

"六里地固不算远,但你也中了贼人的暗器,小弟的个头又大,莫说背六里,就是背上三里,你也吃不消,还是把小弟放下吧。"黑汉一脸恳求地说道。

"你也太小看了愚兄! 你再重,能重过老水牛? 愚兄十八岁那年与郑屠户打赌,郑屠户说,只要我赵匡胤能把那头刚宰杀的老水牛抱起来,就把老水牛送给我。我赵匡胤不但把老水牛抱起来,且绕着院子转了一圈。"

"那头老水牛有多重?"

"少说也有七八百斤(斤:宋朝的一市斤相当于今之 373.3 克。)。"

黑汉一脸敬佩地说道:"像大哥如此神力之人,世所罕见! 小弟放心了。"

一个能够抱着七八百斤重的老水牛转圈圈的人,再去背一个活人走路,应该是轻而易举的事,可今日不行。

不行的原因有二,一是这个人和恶棍打斗了半夜,二是这个人又身负镖伤。故而,走出黄龙镇不到一箭之地,赵匡胤便开始喘气了。黑汉见了,非要下来自己走,赵匡胤说什么也不答应,二人争执不下,背后传来了隆隆的车轮声,一齐将头扭了过去。

这一扭,不约而同地惊叫道:"是她!"

她是一个美女。

今天的事,全是因她而起。故而,她对这两个恩人特别关注。当曹万福将赵匡胤抓走之后,她将外婆扶上床,便披星戴月跑到张油坊搬取救兵。

她和黑汉张琼虽说只有一面之交,但她知道张琼的为人——一身侠骨,爱打抱不平。

张琼没有让她失望,听她讲述了事情的来龙去脉,抄起铁扁担就走。

他虽说未能救出赵匡胤,但赵匡胤却因他挣断了绳索。

他二人大闹赌院的时候,符秀英就趴在院墙头上。等赵匡胤打跑了韩通一伙,她原本要进院说一声感谢。继而一想,道一声感谢有什么用,两个恩人皆身负重伤,不能走路,倒不如借一辆车。

为借车,她找过"肥猪",也找过"塌鼻"、"螳螂"和"麻脸",他们都不肯借。不肯借的原因,是怕得罪了曹万福。符秀英万般无奈,改借为偷,终于弄到了一辆马车。

有了马车,张琼就不用背了。一行三人,乘车来到张油坊。虽说已经鼓打四更,但翟大虎还没有睡,他在等,等他不是女婿的女婿。

翟大虎的一生,有十二年时间是在军旅度过的,他不只备有金疮药,还会诊治一般的红伤,甚而毒疖子、毒疙瘩之类的疾病。

连毒疖子、毒疙瘩都能治,起一只镖算得了什么!

镖是取出来了,可是,这里距黄龙镇才六里,曹万福若是纠集一帮人前来寻衅滋事,遭殃的不只赵匡胤、张琼和翟大虎,还有乡邻。

几经合计,一行人在张琼的带领下,径奔四十里之外的陶家庄。

说起陶家庄,方圆几十里内没有人不知道的。

陶家庄不算很大,但也不算小,共有二百多户人家。只因这里住了一位绝世高人,名叫"陶三枪",与对手过招,三招之内必赢无疑。他的女儿,名叫陶三春,模样儿不敢恭维——身材高大、臀圆肉肥、扁平大脸、淡眉细目、面色黢黑,口中还生了一排鲍牙,真可谓丑陋无比,村人暗地里都叫她"母夜叉"。

就是这个"母夜叉",与人比武,从未败过。张琼不知道她的厉害,某一日卖油归来,路过陶家庄,口干舌燥,正想找点解渴的东西,突然发现前面有一个瓜园,大喜过望,跑过去摘了一个,用拳头砸开,便吃了起来。谁知,瓜还没有吃完,来了一个汉子,破口大骂道:"黑脸贼,竟敢到我陶家园子里偷瓜,真是吃了豹子胆!"

张琼猛一抬头,见这汉子也不过二十三四岁年纪,个子比自己低上一头,满脸鄙夷道:"嚷什么嚷,不就吃了你一个瓜吗?在下照价付款也就是了!"

汉子道:"你道你吃了在下一个什么瓜?"

"什么瓜?"张琼反问道。

"瓜种,在下的瓜种。"

"就是瓜种又怎么样!你娃子想讹爷的钱,你就开个价!"

汉子道:"那不是钱的问题。"

张琼反问道:"那是什么?"

汉子道:"爷要你赔爷的瓜种!"

张琼睁着一双怪目道:"莫说爷吃的不是瓜种,即便是,爷已经吃下肚去,拿什么去赔?"

汉子道:"吃了爷的瓜种,还敢撒泼,爷岂能饶你!"

汉子一边说,一边挥拳向张琼打去。张琼将身一侧,反手一拳,打得汉子鼻血如泉。

汉子自忖不是对手,撒腿就跑。跑了几步,复又站住,手指张琼骂道:"你小子有本事别走,爷治不了你,爷会找人治你!"

汉子一口气跑回庄上,搬来了他的妹妹陶三春,只六个回合,张琼便被陶三春打倒在地,绳捆索绑押回陶家庄。几经盘问,张琼的父亲,和陶三春的父亲,不只在一块儿吃过粮,还拜过把子呢!

一行人在陶家庄住了下来。住了七天,符秀英住不下去了,她挂念外婆,女扮男装,回了黄龙镇。谁知,她的外婆就在她离开黄龙镇的第二天,被曹万福的爪牙活活打死。

曹万福不只打死了符秀英的外婆,还说动襄阳府,绘图缉拿赵匡胤和张琼。

这一缉拿,赵匡胤不敢在陶家庄呆了,乔装打扮一番,径往关西而去。

张琼也要去,被众人拦住。

赵匡胤也有伤,可他伤在臀部,纯属皮肉之伤。

可张琼不一样,伤在了右肋。有道是,"伤筋动骨一百天。"

再之,陶三春对张琼,似乎有了那么一点意思,赵匡胤有意成全他们,非要张琼留下。

赵匡胤离开了陶家庄,晓行夜宿,十几日便来到了木铃关。

听路人讲,木铃关的守将叫郭从义。这郭从义也不知从何处得了消息,非要认定,大闹御勾栏的那个人便是赵匡胤。于是,在木铃关上,高悬着赵匡胤的头像,且许以重赏抓捕。

是进是退,赵匡胤正踌躇不决,侧面山路里走出一群乡民,背上皆驮着一条旧麻布布袋。赵匡胤出于好奇,随口问道:"诸位兄弟,你们那麻袋里装的是何货物? 若是豆麦、米粮,可否卖给小弟些许?"

众人见问,把赵匡胤上下打量一番,见他方面大耳、一表人才,又不是本地口音,便纷纷答道:"壮士,我们这里连年灾荒,粒米无收,哪里有粮?"

赵匡胤道:"既不是粮,那是什么东西?"

众人又道:"不瞒壮士,我们这袋里的,都是违禁之物。"

赵匡胤道:"什么违禁之物,可否见告?"

众人道:"实不相瞒,都是私盐。"

赵匡胤一脸惊讶道:"贩卖私盐可是要杀头的呀!"

众人道:"这个我等知道,可贩卖私盐的利实在太大了,故而,我等才铤而走险!"

赵匡胤道:"有多大?"

众人道:"此去关西,一升盐可以换一石(石:容量单位,十斗为一石。汉时一石,约当今之120斤;五代及宋一石,约当今之120斤。)米。"

赵匡胤道:"贩盐的利是不小,可没有了头,赢利再多有啥用?"

众人道:"壮士有所不知,十个贩盐的,抓住一个就不得了,哪能人人都被抓住呢!"

赵匡胤道:"你们这是存了一个侥幸心理,往其他地方贩盐,也许抓不住,但要往关西贩,非被抓住不可!这一点,我不说你们也知道,木铃关的守将,对过往行人盘查最严,凡有携带私盐的,一律斩首,你们这不是前去送死么?"

众人道:"壮士多虑了,我们这些贩卖私盐的,连官路都不敢走,怎么会往关上撞?"

赵匡胤道:"木铃关是通往关西的咽喉,不走木铃关,如何去关西?"

众人往西一指道:"那里有一条小道,无人盘诘,偷渡过去,就是关西大路了。我们已经走了不下二十次,没有犯过一次事。"

赵匡胤暗自喜道:"天助我也!"口中却道:"在下也是要去关西的,既然有这么一条便道,在下也不必去木铃关了。在下欲与诸位同行,不知诸位意下如何?"

众人道:"壮士既要同行,我等自当引路。"

赵匡胤随了众人,望西北而去。一路上,但见人烟寂寂,树木重重。走了约二十余里,前面现出一座村庄,庄口竖了一块巨石,上书"枯井铺"三个大字。

众人进庄前行一箭之地,路两边忽地蹿出十几个官兵,拦住去路。为首那位,虽说黄面无须,却是虎背熊腰、二目炯炯。

他呵呵一笑说道:"尔等所负麻袋,装的一定是私盐吧?"

众人面如涂蜡,无一人应腔。

"尔等都不说话,莫非要爷一一验过了尔等麻袋,方肯开口吗?"

众人闻言,扑扑通通跪了一地,一边磕头一边说道:"吾等该死,吾等该死!还望军爷法外开恩!"

"哼!法外开恩?!朝廷三令五申,不许私人煮盐,更不许私人买卖。凡私自煮盐或买卖私盐一斤以上者,一律处死。尔等麻袋中的盐,少说也有七八十斤吧!爷怎敢给尔等开恩!"

他这一说,众人无不战栗。

黄面汉子冷哼一声说道:"如今知道怕了,但怕得有些晚了!走,随爷去木铃关,听候郭都指挥使(都指挥使:五代军职之称。五代的军事编制,100人为"都",都有都头;五都编为一个营,营置指挥,五营为一军,军置都指挥使。)发落。"

说起郭都指挥使,众人没有不知的,他面如紫茄、短腿长身,常以生肉为食,杀人不眨眼,若是交到他的手里,必死无疑,有几个胆小的盐贩,一屁股瘫坐在地上。

"起来,跟爷走!"黄面汉子面如冷霜道。

到了此时,赵匡胤不能不说话了。他跨前两步,双手抱拳,满面微笑说道:"军爷!

这十几个弟兄,都是穷苦人,为了生计,才铤而走险,若是把他们带到木铃关,认真追究起来,恐怕是要灭族呢! 到那时,死的不只是这十几个人,恐怕要上百呢! 您就行行好,放他们一马吧!"

黄面汉子见赵匡胤出面为众盐贩求情,甚是不悦。他偏着头将赵匡胤上上下下打量一遍,面带讥笑道:"你是干什么的? 你不要以为你身上没有背盐袋,爷就不敢抓你? 错了! 你虽然没有背盐袋,你是他们的保镖! 比他们还要罪加一等呢!"

赵匡胤强压心头之火,不紧不慢地问道:"你凭什么断定在下是他们的保镖?"

"凭什么? 凭你手中的蟠龙棍!"

赵匡胤反问道:"在下手中拎了个蟠龙棍便是他们的保镖,你左手掂了一根铁鞭、右手掂了一根铁槊,身上还斜挂一根铁柱,又该是他们的什么人?"

"你……"黄面汉子恼羞成怒:"你竟敢给爷顶嘴? 你是活得不耐烦了! 弟兄们,上前好好教训教训这小子!"

众官兵"嗷"了一声,各持兵器,向赵匡胤扑去。

赵匡胤冷笑一声,只把蟠龙棍扫了一扫,扫倒了三个官兵,又一扫一砸,打倒了四个官兵。余之官兵,吓得面如土色,纷纷后撤。

黄面汉子见状大怒:"你这个红脸汉子,伤吾小兵算什么本事! 真有本事,和爷斗三百个回合!"

赵匡胤笑道:"汝怕是太高看了自己,汝莫说和爷斗三百个回合,就是三十个回合,爷胜不了汝,爷就不叫赵匡胤!"

黄面汉子吃了一惊道:"你,你真是那个大闹御勾栏的赵匡胤?"

赵匡胤傲声傲气道:"在下正是那个大闹御勾栏的赵匡胤!"

黄面汉子大喜道:"如此说来,爷这一次是要发大财了! 汝是乖乖地跟爷走呢? 还是和爷斗上几个回合,让爷将汝活捉呢?"

赵匡胤不怒反笑道:"爷想让汝活捉,还望汝千万莫要让爷失望才好!"

黄面汉子越听越怒,暴喝一声道:"少啰嗦,看鞭!"挥鞭朝赵匡胤劈头打去。

赵匡胤侧身闪过。黄面汉子挥槊又上,赵匡胤又是一闪。在躲闪的同时,以棍作枪,戳向黄面汉子的小腹。黄面汉子忙举铁柱去挡,只听"当"地一声,震得虎口发麻。暗道了一声不好,这个赵匡胤果真身手不凡,我得小心才是。

只因为他存了一个赵匡胤身手不凡的心理,改攻为守,勉强斗了三十个回合。忽见赵匡胤倒退三步,跳出圈外,横手说道:"这一军爷,在下认输,是杀是剐,在下任凭军爷处置!"

黄面汉子一脸愕然道:"汝并没有输呀?"

赵匡胤道:"在下有言在先,三十个回合之内,在下一定打败军爷。如今你我斗了三十个回合,在下并未赢得军爷一招半式,在下岂不是输了?"

黄面汉子哈哈一笑说道:"我王继勋自出道以来,从未打过败仗,更无人敢言,三十招之内打败我王继勋,唯有你赵匡胤!你虽说三十招之内,没有将我王继勋打败,但我王继勋肚如明镜,我王继勋不是你的对手,你走吧。"

赵匡胤抱拳一揖道:"大恩不言谢,后会有期!"

王继勋亦双手抱拳道:"后会有期!"

赵匡胤朝众盐贩高声说道:"诸位,还不快快谢过王军爷大恩!"

众盐贩异口同声道:"多谢王军爷大恩!"

说毕,跟着赵匡胤,出了枯井铺,径奔关西而去。

行不及一驿(驿:古时供应递送公文的人或来往官员暂住、换马的处所。)之地,迎面走来一批关西大汉,与众盐贩私语片刻,众盐贩便将携带之盐,尽数交与关西大汉。

关西大汉收了私盐,付了款,道了声后会有期,便折回关西去了。众盐贩有感赵匡胤的活命之恩,将他邀到酒店,推杯把盏,直喝到未时三刻,方才依依不舍地离去。

众盐贩离去之后,按理,赵匡胤应该寻一客店,歇上一宿再行。但他急于赶路,继续前行,不觉日已西沉,前不着村,后不着店。举目一望,见那北山坡下,有一座石碑,隐隐约约地镌着"鬼神庄"三个大字。沿着石碑的方向前行,在许多房屋中间坐落着一座庙宇,这庙宇东倒西歪,破败不堪。赵匡胤暗道:在这兵荒马乱的年代,若是去平民家借宿,多有不便,倒不如去破庙中歇上一宿。想到此,移步庙前,轻叩庙门,许久,没有回声,便将庙门轻轻一推,走了进去。举目四望,两边的钟鼓二楼俱已塌损,墙垣椽桷零落崩残。他轻叹了一声,进了二门,甬道两侧的神人,身体都是不全:千里眼少了一脚,顺风耳缺了半身。两廊配殿,坍塌不堪;殿下丹墀,野草没膝。将身上殿,见那正中间所供的康元帅(康元帅:传为东岳大帝属下的十太保之一。康元帅名字不详,父名康衢,母金氏,生于黄河之滨。他天生一副菩萨心肠,走路小心翼翼,生怕踩死一只蚂蚁。及长,不管何人有难,立马去帮。他的善行传到了天上,玉帝封其为"仁圣元帅",掌管各地的土地神。其塑像一般来说,配祀在东岳庙中。不知为甚,关西人竟为他独建一庙。),不只遍体尘埃,且被人敲掉了两只耳朵,就连微不足道的蜘蛛,也跑来欺负他,在他的头顶之上,筑了一个碾盘(碾盘:即碾台,碾子的组成部分之一。碾子,一种粮食加工装置,由碾台、碾槽、碾架等组成,用于碾去稻壳、麦皮等。)大的网儿。赵匡胤暗自叹道:自进入五代以来,战火连天,莫说平民百姓,连神仙也跟着遭殃。有朝一日,我赵匡胤大权在握,一定要扫平群雄,还百姓一个太平世界!想到此处,二目炯炯放光,连头也不由自主地昂了起来。

但这只是一瞬间的事。一瞬间之后,他的二目开始暗淡下来。

赵匡胤呀赵匡胤,你也真敢吹!大权在握?你什么时候才能大权在握呀?战国有个甘罗,十二岁拜相。西汉有个霍去病,十九岁率兵攻打匈奴,立下了不世之功,封冠军侯。唐朝有个李世民,更是了得,十九岁时鼓动其父李渊起兵反隋,成就了大唐二百九十年帝业。你赵匡胤今年多大了?二十二岁。二十二岁了尚且一事无成,还谈什么雄心壮志!不,不只是一事无成,是成事不足,败事有余,为逞一时之勇,差一点儿引来灭门之灾!到如今,有家不能归,有高堂不能养,有娇妻不能聚!唉!

他越想越是伤感,不由得潸然泪下。

他想了一阵,哭了一阵,不知不觉,已经是星斗当空,明天还要赶路,遂将眼泪收住,趋前三步,来到供桌前,双膝跪地,朝康元帅拜了三拜,说道:"康元帅,我赵匡胤投奔关西,只因错过宿头,借尊庙歇上一宿,请您见谅。"

说毕,又是三拜,站起身来,去阶前扯些乱草,将供桌上灰尘抹去,放下行李,将身跳上,枕着包裹,和衣而卧。

赵匡胤虽说有点困倦,但此时已经进入暮秋,寒风凛冽,直透肌肤,身上又无盖的,如何睡得着?

睡不着他便起来耍棍,直耍得浑身是汗方才回到庙内,二次睡下。将至三更,又被寒风吹醒,揉了揉眼,正想坐起来,忽听一阵哗哗啦啦、呼幺喝六之声,从大殿之外传了进来。赵匡胤暗自想道:"这冷庙之中,怎的有人赌博?听这声音,却也不远,横竖睡不着,倒不如起身前去,看玩一番,聊为消遣。"主意既定,忙跳下供桌,用蟠龙棍挑着行李,出了大殿,顺着响声,一路行去。望见西北角上,影影绰绰地露出灯光,不由得加快了步伐。

那露出灯光之处,乃一偏殿,赵匡胤来到殿外,轻咳一声道:"是哪家弟兄,在此玩耍?小弟欲要进去观赏一会儿,不知可否?"

屋内所赌之人,故意弄出响声,引诱赵匡胤来赌。如今赵匡胤来了,高兴还来不及,哪有不允之理?忙异口同声说道:"赵二少爷既有观赏的雅兴,那就请进来吧!"

赵匡胤暗自喜道:"这屋中之人,定有与我相识者,否则,怎么会知道我姓赵,在弟兄中又是排行老二！"

他正暗自高兴，殿门一阵吱咛，转向两边。

开门者乃一中年汉子，看他的打扮分明是一判官——纱帽、圆领。

这判官向左退了两步，右手前伸，躬身说道："赵二少爷请！"

赵匡胤将头轻轻点了一点，迈步走进了殿门。只见殿上有一赌案，围着赌案依次坐了五人，有一凳略高，放在上首，但是空的。

围案所坐之人，面相怪异，一个面如牛脸，一个活似猴脸，一个酷似丑狗，还有两个脸上布满黄豆大的疙瘩，三分人面，七分癞蛤蟆相，把个赵匡胤看得有些发呕。

转而一想，我赵匡胤寒夜难捱，跑过来观赌，聊以消磨时光，管他美丑作甚！

"诸位，怎么不赌了？"赵匡胤满脸带笑问道。

面似牛面的那人回道："没有监赌的我们怎么赌？"

"谁是监赌的？"

面似牛面的那个人抬臂朝戴纱帽的指了一指，没有说话。

他这一指，赵匡胤明白了，这判官不是一个赌徒，乃是一个吃抽头的监赌。作为官员，公然设赌敛钱，实在有些不该……赵匡胤正想着心事，戴纱帽的朝空凳子上扑通一坐说道："诸位，请继续赌。"

五人齐声应道："好！"便赌将起来。

赵匡胤自从学会投骰子（骰子：也叫"色子"，赌博时用以投掷。本作"投子"，后来改用骨制作，故称"骰子"。）以来，每赌必赢，有赌神之称。一来看得手痒；二来手头拮据，想赢几个钱。于是，他嘿嘿一笑，双手抱拳说道："列位长兄恁般兴致，小弟亦想随喜片时，不知当否？"

那五人齐声答道："甚好！"

赵匡胤并没有立即"随喜"，双眼乱抢，好像是在寻找着什么。

监赌的呼地站了起来，后退两步，指着他坐过的凳子说道："坐，赵二少爷请坐。"

"你把椅子让给小弟，你坐什么？"

"我嘛，腰有点毛病，坐久了会疼，你尽管坐，我站着监也就是了。"

赵匡胤双手抱拳道："诚如此，小弟也就不谦让了。"说毕，便在上首坐了下来，笑吟吟地说道："列位长兄，谁坐庄？"

众人道："听便。"

赵匡胤道："如此，小弟便不客气了。"一边说，一边抓过骰子。众人见了，纷纷下注。那赵匡胤将骰子朝盆中猛地一掷，却是个"顺水鱼儿"，开先到底，五七共赢了三两五钱银子。这算第一局。

第二局，赵匡胤抛了个黑十七，赢了三注，一注二两一钱，共是十两五钱银子。

赵匡胤一连掷了十次，面前的银子摞了一尺多高。但到第十一局的时候，他开始输了。不到半个更次，不只所赢之银输光，连身上的盘缠也搭了进去。监赌故意说道："诸位，天快亮了，汝等倒不如就此歇手，明天夜入二更，汝等依然到此相聚，可好？"

除了赵匡胤，全都轰然应道："甚好！"

赵匡胤正输得眼红，岂肯答应，陡地一声大喝道："不好！"

众人齐声问道："为甚？"

赵匡胤有点耍无赖了："小弟的赌兴未尽！"

"这……"众人交换了一下眼色说道："倘若如此，吾等再给你赌一局如何？"

赵匡胤道："一局不行，得赌五局。"

众人亦不退让："不行，只赌一局！"

赵匡胤开始退让了："五局不行，三局呢？"

众人依然坚持道："不行，只赌一局！"

"那，也好。但这一局的赌注得下大点。"

"多大？"众人问。

"每一注不能少于三十两。"赵匡胤道。

众人又交换了一下眼色，面似牛面的那位重重地咳嗽了一声说道："每一注不能少于三十两，五人五注，三五一百五十两。不就一百五十两银子么？我们五家一齐下注，好汉若有造化，这一抛儿赢了我五家；若没有造化，我们五家赢你一家，你可愿意？"

赵匡胤朗声回道："小弟愿意。"说罢，抓起骰子，向那盆中"哗啦"一声，掷将下去。只见，先望了三个四，那三个却又滚了一回，滚出了一个二，两个幺，这名儿唤做"龇牙臭。"赵匡胤暗道了一声不好，他五家一齐赢了，我身无分文，如何打发？倒不如赖它一赖！想定主意，故意将双掌一拍，哈哈大笑道："我赢了，我赢了，这一盆骰子，真是难得，难得！"

众人见他要赖，忙把骰盆搂住，怒气冲冲地问道："你掷的是'龇牙臭'，怎么反说是赢？"

赵匡胤道："汝等山野之人，真可谓井底之蛙，没见过世面，我这次掷的，分明是'踩遍夺子'，说什么'龇牙臭！'若是此事传将出去，岂不让人笑掉大牙！"一边说一边将骰盆推开,就去抢钱。

牛面人"噌"地一声跳了起来,手指赵匡胤,怒不可遏道:"还有王法没有,还有王法没有? 赢了要钱,输了不但赖账,还要抢吾等的钱,似汝这样的赖皮,真是少见! 列位兄弟,先别管钱,教训他一顿再说!"

四人高声应道:"好!"遂一齐跳将起来,扑向赵匡胤。

赵匡胤冷笑一声道:"就凭你们这几个丑八怪,也想教训爷? 错了! 尔等去汴京城打听一下大闹御勾栏的那人是谁?"

赵匡胤指着自己的鼻尖一字一顿地说道:"那个大闹御勾栏的好汉,便是爷,爷行不改姓,坐不更名。爷叫赵匡胤,叫赵匡胤的就是爷!"

众人见赵匡胤报出了大名,面面相觑。良久,监赌的官儿双手抱拳说道:"好汉,您的大名吾等早已知晓。但名头越大,才越应该讲理。刚才那一掷,分明是'龇牙臭',也分明是好汉输了。既然输了,就该把银子照注对付他们,才是正理!"

赵匡胤喝道:"你作为头家,只管抽头肥己罢了,谁要你出头多嘴,判断输赢,且帮着自己的伙伴,欺负外人。实话对你说,想打架,我赵匡胤奉陪到底,想要赌钱,分毫没有!"

"你这不是明赖账嘛!"

"错了,我赵匡胤从不赖账!"

监赌转怒为喜道:"既然好汉从不赖账,这赌钱……"

"记在我重重孙儿头上,日后由他来还。"

这本是一句浑话,那监赌竟当了真,掉头对五个赌者说道:"列位,既是好汉许了还债的日期,决无变更之理。列位在此相聚,已有三载,倒不如自此散去,耐心等待,至期再向好汉的重重孙儿讨要,决无不还之理!"

话刚落音,庄内的山鸡便引颈高歌起来,眨眼之间,不说那五个赌者,就连抽头的监赌俱都不见了。赵匡胤四下张望,杳无影迹,不觉打了一个寒噤。

五 华山斗棋

赵匡胤想当天子,本是一句赌气的话。谁知,那茭一仰一俯,谓之圣茭,大吉。弄得他目瞪口呆。

赵匡胤在观中住了三日,未见苗训露面,心中有些焦急,背着道童,悄悄出了观门,朝山上走去。

赵匡胤输了棋,照理就该将三千三百两银子付给执黑子的老者,可他拿不出来。

赵匡胤病了,病倒在供桌之上,直到第三日午后,方被人发现。

发现他的人,是鬼神庄的几十个庄民,在此之前,因这里来了五个恶鬼,一个判官,每夜必在康元帅庙里聚赌,判官则负责监赌,凡来赌者,十人十输,弄得无人敢赌。若是无人来赌,这五个恶鬼便在鬼神庄惹是生非,不是这家房子起了火,便是那家丢了小孩,抑或是房上的瓦片,无缘无故地飞了起来,弄得人心惶惶,或投亲,或迁徙,留在鬼神庄的人,十不及三。

鬼神庄突然安静了,安静得让人有些害怕。庄上的人,便开始推测起来,推测来推测去,也没有推测出个所以然来。忽然有个叫楚昭辅的说道:"诸位不要推测了,咱庄得以安宁,是因为来了一个贵人,这贵人自前天酉时三刻进入康元帅庙,五鬼再也没有出来胡闹。"

众人齐声谴责道:"庙里既然来了贵人,汝何不早说?"

楚昭辅一脸无辜地说道:"我也是刚刚听说。"

众人道:"既是刚刚听说,怪不得你。走,带吾等去康元帅庙,见一见这位贵人。"

楚昭辅道了一声"好"字,带着众人,直奔康元帅庙,在大殿上,找到了赵匡胤。

是时的赵匡胤,烧得火炭儿一般,口不能言,手不能举,众人将他抬到庄内,延医诊

43

治。一连吃了三服药，方才清醒过来。众人问其姓名，及其得病缘由，赵匡胤感其救命之恩，如实回答。

众人一脸惊愕道："你，你果真赖了那五鬼的赌钱？"

赵匡胤笑回道："梦里的事，汝等也当真？"

众人也不反驳，继续问道："鸡叫之后，那五鬼和判官真的踪影全无？"

赵匡胤"嘀嘀嘀"一笑说道："在下已经说过了，那只是一个梦。"

众人道："既是梦，又不全是梦。人睡着之后，真魂走了出去。您那一夜的所作所为，全是真魂所为。您无意之间，气走了五鬼，自此，敝庄得以安宁下来。多谢了，多谢贵人救了敝庄！"

赵匡胤一脸不解道："经汝等这么一说，在下愈发困惑了！"

众人道："贵人不必困惑。"遂将鬼神庄这三年的离奇古怪之事，一一说与赵匡胤。赵匡胤似信非信。

众庄民道："贵人信也罢，不信也罢，敝庄得以安宁，敝庄的人把这份功德，全记在恩人账上。自今日始，每家请贵人吃一天饭，吃完之后，再孝敬您几个铜钱，送您上路。"

赵匡胤道："贵庄共有多少人家？"

"三百零一户。"

赵匡胤"啊"了一声道："这要我吃近一年呢！"

众庄民道："其实没那么多。"

赵匡胤道："实有多少？"

众庄民道："投亲的十之三四，迁往他地的十之二三，留在庄上的，满打满算，也不过一百来户。"

赵匡胤叹道："就是一百来户，也得吃三个多月，在下没有这么多时间，在下还要去关西投亲呢。"

众庄民道："没时间也得吃，全当我们都是您的亲戚。就这么定了！"

赵匡胤还想说点什么，嘴张了张又合住。

他病愈之后，又勉强在鬼神庄住了两天，便溜之大吉。

出鬼神庄前行不到半驿之地，有一小镇，不知为甚，游人比大镇还多。赵匡胤也没多想，寻了一个酒店，靠临窗的那张桌子，坐了下来。

"好汉爷，吃点啥？"店小二满脸堆笑道。

"三斤熟牛肉,十个烧饼!"

"喝酒不?"店小二问。

"喝。"

"喝多少?"店小二又问。

"汝店的酒是论碗卖,还是论坛卖?"

"啥都行。"

赵匡胤朝柜台上的酒坛儿一指说道:"那就要一坛吧。"

店小二"啊"了一声道:"好汉爷,那一坛酒足有二十斤,还是陈了五年的老酒,常人喝上三斤,便醉了。您一个人喝不了那么多。"

赵匡胤生性高傲,无论干什么事,最怕别人说他不行。听了店小二的话,把脸一沉说道:"少废话! 你尽管卖酒给爷,喝完喝不完那是爷的事。"

店小二见他动怒,忙道了一声"是"。

不到三刻钟,赵匡胤吃了三斤牛肉,十个烧饼,喝了一坛老酒,把店小二看得目瞪口呆。

赵匡胤打了个饱嗝站起来,笑问道:"小二,爷醉了没有?"

店小二点头哈腰道:"爷没醉,没醉!"

赵匡胤哈哈一笑说道:"你是在拍爷的马屁呢! 实话给你说,爷有点醉了。"说这话的时候身子晃了两晃。

店小二一脸讨好地说道:"您没醉,像爷这样的海量,就是再喝上一坛也不会醉。"

赵匡胤朝店小二肩头猛地拍了一掌,正要说话,店小二"妈呀"一声大叫。

赵匡胤一脸不解地问道:"小二,你这是怎么了?"

店小二单手捂着被拍的肩头说道:"您这一掌好重,差一点儿把小人的肩头拍碎。哎哟哎哟,疼死我了!"

赵匡胤又是一阵大笑,手指店小二说道:"你这个小二,真会演戏,爷那一掌,到底有多重,爷心里清楚,你是想讹爷哩!"

店小二忙道:"不,小人没那意思。真的,小人没那意思!"

赵匡胤道:"汝就是不想讹爷,爷今日高兴,想让汝讹。喂,这顿饭共计多少钱?"

店小二屈指一算道:"一百五十文。"

赵匡胤从包裹中摸出一贯钱,抛给店小二:"扣除饭钱,余之皆归汝有! 算爷拍汝那一掌的补偿吧。"

"多谢爷！"店小二一揖到地。

赵匡胤用蟠龙棍挑了行李，一脚门外，一脚门里，突然回过头来："小二，爷出来这一年多，走了二十几县，所过之处，莫说一个小镇，就是县衙所在之地，也没有此地这样繁华，这是为甚？"

店小二道："回爷的话，平日，我们这里也不繁华，但今日例外。爷有所不知，镇的南头，有一关庙（关庙：为三国名将关羽所建之庙。），卦特别灵。一年三百六十五天，天天都有人来庙里烧香问卦。特别是到了他的生日和忌日，人格外多。烧香问卦的人一多，做生意的也跟来了。不只做生意的跟来了，连说书、唱戏的也跟了过来，俨然一都会也。"

赵匡胤将头轻轻点了一点，复又问道："汝是说那关庙的卦特别灵？"

"嗯！"店小二一连将头点了三点。

赵匡胤说了声"多谢"，径奔关庙而去。

果如店小二所言，关庙前十分繁华，有卖饭的，有卖各种小吃的，还有卖药、卖茶、卖衣裳的；亦有卖诗、卖酸文的。更有一些艺人，或说书、或唱戏、或耍猴、或相扑、或玩杂技口技……每一个演出点，都招揽了数十或上百名观众。

这样一来，反倒是关庙里成了一片清静之地。

赵匡胤此来，并非是为了看热闹，而是奔着卦特别灵来的。

他走进大殿，上过香后，朝关羽拜了三拜，双目微闭，喃喃自语道："关老爷在上，小民赵匡胤，后唐天成二年二月十六日生于洛阳夹马营，因大闹御勾栏，被迫离家出走，如今，已有年余。小民想问一问，小民何时才能重返汴京，与高堂娇妻团聚？若是一年内小民可以重返汴京，您就给小民一个吉兆。"

说毕，拿起神案上的杯茭（杯茭：唐宋时期，求神问卜的一种器具。原作"杯珓"，用两个蚌壳做成，凸面为阴，平面为阳。问卜时，将它下抛，落地后看它的阳面、阴面如何组成，以判断吉凶。后来改为竹子或木头砍琢成蛤蟆形以代替蚌壳。"杯珓"于是变成了"杯茭"。杯茭落地后，如果两个凸面朝下，称之为阴茭，亦称怒茭，不吉；如果一仰一俯，称之为圣茭，大吉。），双手合十，又将关羽拜了三拜，将杯茭在香炉内的香上绕一圈后，往地上一抛，两个凸面朝上——不吉。虽然是个不吉兆，但赵匡胤并不气馁。

"两年呢，两年以内行不行？若行，您给小民一个吉兆。"赵匡胤又向关羽祷告一番后抛茭。又是一个不吉兆。

"三年呢，三年以内行不行？若行，您给小民一个吉兆。"这一次，吉兆来了，茭的盖面一仰一俯。

赵匡胤轻叹一声道:"三年就三年吧,虽说长了点,总算有个日期。"

说毕,再次握茭,向关羽祷告道:"小民既然知道了归汴的日期,小民还想问一问前程。小民自幼习武,打遍天下无敌手。小民想问一问,小民能不能做一个厢(厢:五代时的军事编制单位,军以上为厢,一厢辖二万五千人,厢设都指挥使,厢都指挥使又称厢主。)的都指挥使? 若能,请您给一个吉兆。"

说毕,将茭下抛,落地后茭的凸面全都朝下,不吉。

赵匡胤退而求其次,想做一个军的都指挥使,再次祷告,抛茭,仍是一个阴茭,不吉。

赵匡胤再退,想做一个营的指挥,祷告,抛茭,还是一个阴茭。不吉。

营的指挥才是一个多大的官呀?

五代的军事编制,最基层的单位是什,十人为什,置一军头;五什为伍,置一将;二伍为都,置正副都头;五都为营,营设指挥,辖五百人。连统率五百人这样的一个小官,也当不上,难道要让我当一个军头不成! 笑话,笑话! 赵匡胤越想越气,再次祷告道:"关老爷,你是不是嫌在下要的官太小,辱没了在下。在下这一次想当天子,你看成不成? 若成,请来一个吉兆!"

说毕,把茭抛地。

他压根就没想到会是一个吉兆,可偏偏就是一个吉兆,他要当天子,本是一句赌气的话。因是赌气,才想抛完就走。但就在他无意之间将目光投到地上时,却吃惊地发现,那茭一仰一俯,是个圣茭,大吉,弄得他目瞪口呆。

良久,他醒过神来,哈哈大笑道:"好卦,好卦,我赵匡胤要做天子……"

背后突然伸过来一只大手,将他的嘴死死捂住。赵匡胤吃了一惊,猛地扭过头来,撞住了一个瘦高汉子的额头。

"你……你为什么捂爷的嘴?"赵匡胤大声吼道。

瘦高汉子倒退一步,小声说道:"你是不想活了,连犯禁的话都敢说!"

赵匡胤自知失态,忙举目四望,殿内除了两个老妪,四个小孩,再无他人。而这两个老妪,四个小孩,正在看壁上的画,这才放下心来,双手抱拳道:"多谢贤兄提醒。"

瘦高汉子道:"此地非谈话之地,距此两箭之路,是小弟的下榻之处,倒不如去小弟那里,作一番长谈如何?"

赵匡胤道:"好!"于是,瘦高汉子在前带路,不一刻儿,便来到茂盛客栈,瘦高汉子要了一壶黄酒、四个小菜,将门一关,二人边吃边聊。

赵匡胤道："咱俩素不相识,你为什么要替在下掩饰?"

瘦高汉子道："贤兄不认识在下,在下却认识贤兄。"

赵匡胤道："请道其详。"

瘦高汉子道："请问贤兄,您可认识一个叫赵普的汉子?"

赵匡胤道："在下认识。"

瘦高汉子道："小弟便是赵普的表弟,姓苗,名训,字光义。"

赵匡胤"啊"了一声道："你就是苗训,久仰,久仰!"

苗训笑说道："赵兄谬奖了!"

赵匡胤道："你表哥呢,今在何处?"

苗训长叹一声道："不知何故,表哥二度来到华山,师父说啥也不收留。他在华山呆了一个月,便云游天下去了。"

赵匡胤"噢"了一声道："这就有些奇怪了……好了,好了,咱不说你表哥,咱继续喝酒。"咣、咣、咣,赵匡胤一连和苗训碰了三碗,方才说道："说了半天,汝师父尊名上姓,还未曾相告呢!"

苗训道："小弟的师父,姓陈,名抟,因得龙蛰之法,在睡中得道,能知过去未来一切兴废之事。故而,世人都叫他睡仙,又叫他陈抟老祖。"

他这一说,赵匡胤来了兴趣,对苗训说道："在下想拜访一下尊师,不知贤弟愿不愿引荐?"

苗训道："看贤兄把话说到哪里去了! 中原大地,不下三千万人,您我得以相识,便是有缘,您就是不说,小弟也要把您引荐给恩师。"

赵匡胤双手抱拳道："愚兄多谢了。"

苗训道："你我不必客气,您饮下这碗酒,小弟便带您上路。"

赵匡胤道了声"好",一仰脖子,将一碗黄酒灌下肚去,跟着苗训,披星戴月,不几日,便来到华山脚下。苗训将他安置在华山脚下的道观之中,便独自进山,拜谒师父去了。

赵匡胤在观中住了三日,未见苗训露面,心中未免有些焦急,背着道童,悄悄出了道观,朝山上走去。

华山不只秀丽,更以雄伟、奇特、险峻而闻名于世。自古以来,华山作为人们崇仰的"神山",只能"望而祭之",无以登攀。可赵匡胤非要登攀,其结果,攀了一个多时辰,才来到东峰一岭,累得他汗流浃背,气喘吁吁。

是上，是退？正当赵匡胤举棋不定，耳边传来了"将军"之声，循声望去，一箭开外的山洞之前，坐着两个下棋的老者。

赵匡胤不只善赌，对象棋也有相当的造诣，一见别人下棋，便心中发痒。暗自思道，我在观中住了三日，也未见老祖相召，这会儿即使回去，也未必见得了老祖，倒不如去那边看一会儿两个老头的棋艺，聊以消遣。主意已定，赵匡胤背负双手，缓步而行，须臾来到洞前。只见那洞前松柏参天，遮住了日色，这两个老者，倚松靠石，相向而坐。中间乃一张玉石桌，桌上置一个白玉石棋盘，上面列着三十二个白玉石棋子，一半镌着红字，一半镌着黑字，看样子，那一盘已经结束，这一盘还没有开始。

赵匡胤悄悄地站在执黑子的老者身后，暗暗观看。二老几经谦让，执红子的老者方才炮架当头，走了第一步。执黑子的老者，微微一笑，跳马来照。这些都是常路。走着走着，妙处来了，只见那执红子的老者，用了舍车取将之势，把这红车放在黑马口里，哄他来吃。执黑子的老者，正要走马吃车，赵匡胤小声说道："走不得！"那对面执红子的老者，狠狠地剜了赵匡胤一眼。赵匡胤方知失口，忙将头低了下去。要知道，双方下棋，最忌旁人插嘴。

执黑子的老者听了赵匡胤的话，将马捏在手中，细细地将那满盘棋打量一番，这车果然吃不得，遂将黑马放回原处，改为走炮，不消十着，反赢了红棋。执红子的老者，侧身从右侧布袋里取了两锭金子，递与赢棋的老者收了，从新摆好了棋又下。在未下之前，执红子的老者，用右手的食指敲打了三下棋盘说道："红脸汉子，你看这河界上写的什么？"

赵匡胤听他这么一说，忙将头低了下去，定睛往盘中一看，只见那河界上边写着两句话："观棋不语真君子，看棋多言是小人。"赵匡胤刚才只留心棋盘上的厮杀，不曾看到这两句话。如今这执红子的老者输了，自然有些不高兴，只把这两句话提醒他，免得他再来多嘴多舌。然而，从来的通弊，当局者迷，旁观者清。看官们于此，哪位肯见死不救，袖手旁观？

赵匡胤看过了那河界上的话，方才意识到自己错了。既然知道自己错了，就该立马走人，抑或是真的来一个观棋不语！可赵匡胤不这么想，他觉着对不起执红子的老者，仅仅因为自己的一句话，让老者由胜转败，输掉了两锭金子，这事不管放在何人头上，都会生气。如今，执红子的老者怪我，理所应当。他既怪我，不免待我再看些破绽，也指点他一着，叫他做一个赢家，此事便可扯平了。

赵匡胤正想着心事，二老又厮杀起来，你一着，我一着，下到十一二着上，只见执红子的老者提炮要打黑卒,赵匡胤有心帮他,便连连摇手道:"空打无益,且顾自家。"执红子的老者闻言,把红炮捏在手中,将自己的棋势细细地一看,闪着一个双马卧槽的输局,忙将红炮挨那马眼放了。执黑子的老者回头瞪了赵匡胤一眼说道:"红面君子,那河界上的话,你是没有看见,还是你自恃棋高? 若是没有看见,倒也有情可原! 若是自恃棋艺高超,老夫愿意和你比试三盘,你敢不敢?"

赵匡胤乃是天生的傲性,如何受得这样言语,微微冷笑道:"老者,以你这把年纪,历事不会太少,竟还如此高傲! 谚曰:'有才不在年高';谚又曰:'人外有人,天外有天。'我姓赵的虽说不才,在汴京城与人赌棋,罕有败绩。我今日里就与你下上三盘,亦有何妨?"

未等执黑子的老者开口,执红子的老者抢先说道:"二位既要赌棋,就不能空赌,不知红面君子意下如何?"

赵匡胤道:"你说赌什么? 请划出个道道。"

执黑子的老者道:"那咱就赌一赌金子吧!"

赵匡胤道:"在下乃过路之人,哪有黄金,只赌银子罢了!"

执黑子的老者道:"赌银子也可,但每一盘的赌银不能太少。"

赵匡胤道:"赌多少?"

"每盘五十两。"

赵匡胤暗叫了一声"不好",我赵匡胤离开陶家庄时,陶员外送我十两银子,吃了一路,所剩无几,莫说五十两,就是五两,怕也拿不出来,有心把赌注降一降,又怕老者笑话。正当他愁眉不展之时,执黑子的老者向他将了一军。

"喂,红面君子,一盘五十两怎么样? 若是嫌少,就赌一百两!"

赵匡胤暗自骂道:"狂妄! 你是不是知道爷囊中羞涩,故意拿这话气爷! 就你那个臭棋,爷睁一只眼闭一只眼也能赢你!"

想到此,赵匡胤高声说道:"那就赌一百吧!"

执黑子的老者伸出拇指赞道:"这才像个汉子! 红面君子,你是我华山的客人,你执红子,老朽执黑子怎样?"

赵匡胤道:"悉听尊便。"

那执红子的老者闻言,忙站了起来,邀赵匡胤入座。

赵匡胤也不客气,一屁股坐在执红子的老者的座位上。二人摆好了棋,按照红先黑后的惯例,赵匡胤炮架当头,走了第一步。

执黑子的老者，不慌不忙，出马保卒。二人一来一往，走了一百零八步，赵匡胤输了。

老者强压欢喜道："请红面君子把账结一结。"

赵匡胤道："汝看在下像一个赖账的吗？"

老者道："不像。"

赵匡胤道："既然不像，咱就把三盘棋下完，一块儿清。"

老者道："好。"

二人又重整棋盘，将要开棋的时候，赵匡胤说道："每盘赌一百两有些太少，一盘赌二百两如何？"

老者道："二百两就二百两，难道老夫怕你不成！"

赵匡胤喜道："好，像一个玩家！按照赌棋的规矩，这一次该赢家先走，请开棋！"

老者道："尊敬不如从命，老夫开棋了。"说毕，不走马，不发炮，挺一卒在河边，赵匡胤忙出左边马。二人一来一往，走了二百零一步，赵匡胤又输了。

赵匡胤连输两盘，心中仍是不服，这一盘一定要与他相拼，把本儿翻了才好。

要想翻本，就得加大赌注。主意一定，赵匡胤开言说道："老东家，咱这是最后一盘了，在下还是觉着，赌注有些太小。"

老者道："汝想赌多少？"

赵匡胤道："三百两。"

老者笑道："汝这是在使乖呢！"

赵匡胤道："您这话在下不懂，请老东家明示！"

老者道："老夫赢了汝两盘，才赢了三百两银子。汝这一次若是赢了，便是三百两。也就是说，汝赢一盘，抵上老夫赢两盘，这不是使乖又是什么？"

赵匡胤见他道出自己的心机，也不辩解，淡淡地说道："且莫说使乖的话，一盘三百两，汝敢不敢赌？"

老者道："莫说三百两，三千两老夫也敢赌！"

赵匡胤道："那咱就赌三千两吧？"

老者道："好。咱一言为定。"

赵匡胤道："咱一言为定。走棋吧！"

老者道："且慢，老夫还有话要说。"

赵匡胤一脸不耐烦地说道："说吧。"

老者道："此一盘汝若赢了还好，若是输了，连前两盘，共是三千三百两银子，只怕汝拿不出来，不但费气，恐怕还要讨羞。"

赵匡胤急于翻本，不想听他啰嗦，将棋桌猛地一拍说道："汝也太小瞧人了，就是在下输了，也才三千三百两银子，我赵匡胤堂堂六尺汉子，岂能赖账不成！"

老者道："老夫知道汝不会赖账，但空口无凭，还是找一个作监局的才好。"

赵匡胤道："那汝就找吧。"

老者朝那个曾经和他对弈的老者说道："让他作监局怎么样？"

赵匡胤道："甚好。"

于是，执黑子的老者提炮在手，正要炮架当头，忽又停住，对赵匡胤说道："本该我赢家先走，可汝是客，倒不如让汝先走，尽一尽地主之谊，汝说可好？"

赵匡胤心中暗喜，连声说道："承让"。因他连输两盘，尽是输在攻击之心太切，不知自保，这一次便来了个飞象当头。那老者见了，不慌不忙，出右边马。

这一盘，比不得前两盘，红方害怕再输，步步为营，稳扎稳打；黑方棋艺老到，有攻有守，不曾有半点破绽。

他二人你一着我一往，直走了三百九十九着，方见输赢。

赵匡胤输了，照理就该将三千三百两银子付给执黑子的老者，可他拿不出来。

拿不出来又不愿意低头，只得耍赖。

他"嘿嘿"一笑说道："老东家，方才这一盘本是我赢。只因为我出去尿一泡尿，被你移动了几个子儿，反叫我输了。这一盘不算，咱们再下一盘如何？"

那老者闻言色变，气呼呼地说道："你这是什么话？你尿尿的时候，老夫也跟着你出去尿尿，若是你认为老夫私自动了棋子，就该当即指出才对，为什么等你输了棋这才指出来，分明是想要赖。老实说，老夫早已防着你这一手，故而，在未曾走棋之前，便倡议设一个监局的做证。如今，你想要赖，不说老夫不答应，就连做监局的也不会答应！"

做监局的老者当即附和道："红面君子，古谚说得好，'好汉儿吃打不叫疼'。我们在这里下棋，又非设局儿骗人财帛，是汝自个儿要赌。既然输了，就该如数付钱，赖是赖不掉的！怎么，汝想打架？汝就是想打架，也找错了人。我二人已是风中之烛，哪是汝的对手！汝若把我二人打死抑或打伤，且不说要受牢狱之苦，传将出来，恐要被国人笑掉大牙！"

六　陈抟说谶

陈希夷正要将山契收起来,不想赵匡胤抢先一步,抓起山契,撕成碎片。

陈抟老祖从嘴里蹦出几句谶言:"五鬼闹中原,漏网之鱼搞偏安,一代不如一代,栋梁为棺。"

史延德袖着双手,叉着双腿,准备欣赏一场好戏。谁知,两个徒弟不争气,把戏给演砸了。

赵匡胤本来理屈,又被这监局说了一些不疼不痒的话,想发怒也无法发怒,只得行哄骗之计,微微一笑说道:"二位老伯,不管如何,在下承认输了,在下也愿意拿钱。但在下已经说过,在下是过路之人,身上未曾多带钱帛。但在下有一亲舅,住在关西杜家庄,在下这就去他那里,取三千三百两银子送来。"

赢棋的老者亦是微微一笑说道:"红面君子,借汝一句话,'汝也太小瞧人了。'老夫好赖,也比汝多吃了几十年饭,过的桥比汝走的路还多。什么去杜家庄取钱,分明是借故开溜!"

赵匡胤强忍住气说道:"就这三千三百两银子,全付给你,也发不了你,也穷不了我,我凭什么要开溜。汝若是信不过在下,可跟在下一块儿去杜家庄走一趟。"

赢棋的老者满面讥笑道:"汝说的杜家庄,在我关西一带,据老夫所知,叫杜家庄的村子,就有九个。最远的那个,距此四百余里;就是最近的那个,也有八十余里。老夫已是风烛之人,晚上脱鞋,早晨穿不穿都不一定,岂敢跑那么远!汝若是想赖账,老夫就是狗屁不放,自有世人评说;汝若没钱,抑或是有钱不想给,只需趴下给老夫磕一个响头,老夫便让汝走路,只当买个雀儿放生。"

这一番话,连说带骂,弄得赵匡胤既羞又怒,握手成拳,提起又放下,放下又提起,如此者三。

赵匡胤长叹一声,自己劝自己:"罢了,忍了吧,忍了吧!我若动手,就是不伤他们,传将出去,说我赵匡胤欺负年老之人,岂不让人笑掉大牙!"

监局的老者,见赵匡胤的脸色渐渐地由阴转晴,委婉地劝道:"红面君子,老夫活了这一大把年纪,阅人无数,老夫相信汝不会欺骗年老人。但汝与我等只是一面之交,一件当头(当头:抵押品。)也不留,便放汝下山,未免有些荒唐。"

赵匡胤道:"在下乃过路之人,哪有当头给他?在下就是把包裹里的衣服与他,也不值一两银子。"

赢棋的老者立马接道:"谁要你的衣服?你的衣服即便是五爪龙袍,老夫也不稀罕。你家若有什么房产地土,可写下一样与我,我再也不与你纠缠。若是没有产业,或指一条大路,或将一座名山,立下一张卖契,也无不可。"

赵匡胤差一点儿笑出声来,暗自说道:"这老头要么是脑瓜子进水了,要么是老糊涂了。居然让我随便卖给他大路、大山!那路那山,又不是我的,我有什么资格去卖,但他既然这么说了,我就混他一混。"主意一定,忙笑颜说道:"老伯,你既要大山,我这就把这座华山写予你如何?"

赢棋老者喜滋滋地说道:"甚好,汝就写吧。"

赵匡胤道:"没有笔和帛,在下拿什么去写?"

赢棋老者道:"这个汝不必担心。"

说毕,弯下腰去,自石桌下取出了笔墨帛砚和半碗清水,置于桌上。作监局的老者,忙将清水倒入砚台,取墨锭研之。

墨还没有研好,赢棋的老者,已将帛铺在桌上。

赵匡胤提笔在手,在帛的上方比画了几下,扭头朝赢棋的老者问道:"老伯尊姓大名?"

"老夫姓陈,字希夷。"

赵匡胤笔如游龙,不一刻儿,便将卖山的契约写成,并自个儿念了一遍:

汴京赵匡胤,因赌棋输银三千三百两,愿将华山一座,卖与陈希夷先生抵债。空口无凭,特书卖契为证。立约人:赵匡胤。

陈希夷正要将山契收起来,不想赵匡胤抢先一步,抓起山契,撕成碎片。二老者欲要阻拦,哪里还来得及,不由得勃然大怒,齐声责道:"姓赵的,你怎么言而无信?"

赵匡胤将头一歪道："在下什么时候言而无信了？"

"汝若是言而有信，说好的将华山卖给老夫，就不该把契约撕毁！"

赵匡胤"哈哈"一笑，说道："老伯不要动怒，在下并无意毁约，在下是觉着刚才那张山契写得不好，想另写一张。"

陈希夷转怒为喜道："诚如此，是老夫错怪了好汉，老夫向好汉告罪！"说毕，深深向赵匡胤作了一揖。

赵匡胤象征性地拦了一下说道："老伯多礼，老伯折煞我了！"

等陈希夷告过罪，赵匡胤二次走笔。二老者小声念道：

> 汴京赵匡胤，因手头拮据，借陈希夷先生银三千三百两，愿以华山相抵，永不反悔。空口无凭，特书卖契为证。立约人：赵匡胤。

念毕，陈希夷抬起头来，笑指赵匡胤说道："你这个汉子，面似忠厚，心实狡黠。明明赌棋输了老夫三千三百两银子，却说是因手头拮据借了老夫三千三百两银子。这一'输'一'借'，却是大有学问。但不管怎样，汝将这华山，卖与老夫，老夫一是高兴，二是感激，就不再和汝咬文嚼字了。"

说毕，将山契折了几折，贴身儿藏过，方才冲山洞喊道："光义，美酒伺候。"

"光义？难道是与我同来的苗训不成！他怎么会在这里？"未等赵匡胤想出一个所以然来，苗训抱了一个酒坛子出来。

他明明看见了赵匡胤，却装作没有看见，放下酒坛，飞也似地返回山洞。须臾，又捧了一个檀木托盘出来。托盘之内，除了碗筷，还有六盘山果和素菜：葡萄干、凉拌黑木耳、凉拌陈刺牙、水煮竹菌、清炒蘑菇、烧猴头。

酒有了，菜也有了，苗训便开始斟酒，每人一大碗。当他为赵匡胤斟酒的时候，不仅没有和他搭话，连正眼瞧他一下都不肯。

赵匡胤憋不住了，将石桌猛地一拍问道："苗光义，还认识在下不？"

苗训装作一脸吃惊的样子说道："哟，是赵二哥呀，你怎么会在这里？"

赵匡胤一脸愠色道："你先别问我，你先说一说你自己，一跑就是三天，把我晾在山下，是何道理？"

苗训道："不是小弟有意晾您，小弟进山之时，一不小心，为毒蛇所伤，若非师父妙手回春，小弟怕是再也见不到二哥了！"

赵匡胤听他这么一说,愠色稍减:"你既然为毒蛇所伤,就该在你师父那里静养,为什么跑到这里?"

苗训"嘿嘿"一笑说道:"小弟就是在师父这里静养呀!"

"师父,汝的师父……"赵匡胤忽有所悟,指着陈希夷向苗训问道:"难道他就是你的师父?"

苗训重重地将头点了一点。

赵匡胤道:"你明明告我,说你的师父是陈抟老祖,可他的尊号叫陈希夷。"

陈希夷鼓掌大笑道:"抟是老夫的贱名,希夷是老夫的字。陈抟就是老夫,陈希夷也是老夫!"

赵匡胤有些不好意思,不好意思的时候他就开始搔脖子了。

"好汉。"忽听陈抟说道:"好汉光临华山,华山为之增辉,老夫一生不曾吃荤,今以素菜薄酒相款,不成敬意,见谅,见谅。"

赵匡胤用筷子,指了指红烧猴头,又指了指水煮竹菌说道:"这几样东西,都是山中的珍品,莫说在下乃一介草民,就是公侯之家,也难得吃到这些东西,在下多谢了!"

陈抟道:"不必客气,老夫先喝为敬。"一边说一边端起酒碗,一口气喝下肚去。

赵匡胤见了,忙将酒碗端了起来。

监局的老者不甘落后,也将酒碗端了起来。

三碗酒过后,开始敬酒,敬酒也是碰酒。陈抟先敬,一敬便是三碗。陈抟敬过三碗之后,赵匡胤开始回敬,也是三碗三碗的敬。不到一个时辰,喝了三坛酒,平均一人一坛。

陈抟打了一个哈欠,说道:"老夫的睡意来了,这酒不能再喝了。"一边说一边站了起来。

赵匡胤已经有了七分醉意,"呼"地站了起来,拽住陈抟老祖的袍袖,口齿有些不清地说道:"老祖不能走。"

陈抟道:"为甚?"

赵匡胤道:"在下跋涉数百里来到华山,想让您指点一下前程。正经事还没办呢,您……"他将话顿住。

陈抟道:"好汉也太高看了老夫。老夫乃一山野之人,只知道吃饱了睡,睡醒了吃,哪里会给人指点前程呀!"

赵匡胤道:"老祖莫要骗我,您的一切一切,光义已经给我说了。"

陈抟白了苗训一眼，苗训忙将头低了下去。

"好汉！"陈抟轻叹一声说道："既然这样，老夫就给汝指点一二。但验与不验，老夫实在没有把握。若是不验，全当老夫没说，汝也不要怨恨老夫。"

赵匡胤忙将头点了一点。

陈抟坐回原处，半眯着眼，沉思良久，从嘴里蹦出来五个字："点检做天子！"

赵匡胤不懂，欲待要问，陈抟向他摇了摇手，继续说道："赌债也是债，欠债不可怕，就怕债生息。一生二，二生三，百年之后害死人。五鬼闹中原，漏网之鱼搞偏安。一代不如一代，栋梁为棺。"

赵匡胤将头摇了一摇道："老祖，您的话太深奥了，弟子听不懂。"

陈抟道："这是讲汝的大前程，几百年的事，汝一下子弄不明白，也在情理之中。老夫再说一说汝的小前程，请汝谨记。"

赵匡胤道了声"是"。

"点检做天子！"陈抟又从嘴里蹦出来这么一句。

略顿，陈抟又道："赌债也是债，由小失大，累及子孙。二龙相遇，义结金兰，空送佳人千里路。遇郭而安，历周而显，两日重光，囊木应谶。武夫坐冷凳，儒士席上宾。烛影摇红，便是霹雳升运。"

赵匡胤又将头使劲摇了一摇说道："弟子还是听不懂。"

陈抟道："天机不可泄露，汝慢慢地参悟去吧！"说毕，二次起身，径回洞中，朝石榻上仰面一躺，闭目而眠。

赵匡胤在洞中坐了两个时辰，巴望着陈抟起来，就前程之事，再详细请教。谁知，他竟然连个身儿也不翻，一直酣睡。

苗训炒了两个菜，热了一壶酒，端到石桌上，邀赵匡胤进餐。

赵匡胤道："别急，等老祖醒来，咱一块儿吃。"

苗训道："贤兄不必等他。俺师父这一睡，没有三五个月，不会醒。"

赵匡胤道："贤弟把哥当作了三岁孩童，有道是，'人是铁，饭是钢，一顿不吃就心慌。'难道他这一睡，三五个月不吃不喝？！"

苗训道："他真的这一睡下便不再吃喝。"

赵匡胤听了使劲地摇头。

苗训道："兄若不信，小弟给兄说一个故事。不，这是一个真事，就发生在这个洞中。"

赵匡胤道:"请讲,愚兄洗耳恭听。"

"十二年前,小弟还没有来到华山,师父喝醉了酒,钻到洞门口的柴垛里睡了下来。仆人以为师父云游去了,隔个三五日来山洞里打扫一下,这一打扫便是三年。忽一日,有高人来访,也就是做监局的那一老者,仆人抱柴为他烧茶,在柴垛里发现了师父,身上落满了灰尘。"

赵匡胤将头轻轻点了一点说道:"如此说来,老祖真是一个睡仙!"

苗训道:"贤兄既然知道他是一个睡仙,就不必在此等候了。依愚弟之见,贤兄尽可去做自己的事,等师父醒来,愚弟当即下山,去寻贤兄,做贤兄一个开国的小卒。"

赵匡胤道:"恭敬不如从命。"

翌日,鸡叫三遍苗训还在呼呼大睡,赵匡胤不想惊动他,用蟠龙棍挑了包裹,走下华山。途中,一脚踩空,跌下崖去。若非崖上一棵老松树挡住,恐怕要粉身碎骨了。他虽说拣了一条命,但伤势很重,日上三竿的时候,被一个游人发现,把他送回山洞,静养了一个多月,这才康复,辞别了苗训,慢慢地走下华山,前行约有二百里,面前现出一个高岗。岗下有一推车汉子,上着黑衣,下系黑裳(裳:遮蔽下体的衣裙),头着幞头(幞头:又名折上巾。沈括《梦溪笔谈》记载:"幞头谓之四角,乃四带也。两带系脑后垂之,两带反系头上,令其折附顶,故亦谓之折上巾"。上至天子,下至臣民,都可以戴。)。因夜里下了一场雪,坡陡路滑,那汉子用尽平生之力,车子不进反退。赵匡胤见了,忙走上前去,招呼道:"老兄,不要慌,我来帮你一把。"

那汉子一脸感激地说道:"诚如此,在下多谢了!"

赵匡胤道:"举手之劳,何足挂齿。"一边说,一边解下腰间鸾带,一头拴在车上,一头搭在肩上,背对着汉子,躬膝前行。

上得岗来,汉子停车说道:"多谢贤兄相助。在下斗胆问一声贤兄的高名上姓,仙乡何处?"

赵匡胤犹豫了一下说道:"在下赵匡胤,家居汴京。"

汉子一脸惊喜道:"贤兄可是人称香孩儿的那个赵匡胤?"

赵匡胤笑问道:"贤兄缘何知道在下诨名?"

汉子道:"在下七岁的时候,随父亲去洛阳游玩,住在夹马营。营中之人奔走相告,说是飞捷指挥使赵弘殷老爷,喜得贵子。这贵子降生之时,赤光满室,室中异香经宿不散,故称'香孩儿'。在下觉着稀奇,缠着父亲,去你家看你,在下还摸了摸你的小脸蛋呢!"

赵匡胤道："如此说来,您是兄长了。"

汉子道："在下高攀了。"

赵匡胤道："咱俩说了这么久,贤兄还未将尊名和仙乡相示……"

汉子深作一揖道："愚兄糊涂。愚兄家居邢州龙冈,姓柴名荣,表字君贵。"

赵匡胤道："龙冈距此有千里之地,贤兄因何来到这里干起了推车的营生?"

柴荣长叹一声道："说起来话长。愚兄世代豪富,因老父柴守礼乐善好施,家道日衰。愚兄又交友不慎,上百亩好田被人讹去,无脸在家乡呆了,十年前来到关西。夏天卖伞,冬天卖炭,聊以糊口。"

赵匡胤道："柴兄这车炭,打算推到哪里卖?"

柴荣道："前边不远,有一古寺,名叫蛰龙寺,寺中的上堂僧众,有七八十人,每冬所需之炭,全是小弟供应。且是当面交货,当面点钱。愚兄这车炭便是送往蛰龙寺的。"

赵匡胤道："这一车炭送到蛰龙寺,大概有多少赚头?"

柴荣道："可赚四百文。"

赵匡胤道："四百文钱顶多能买二十多斤麦子,赚的有点少了吧!"

柴荣叹道："若非寺里的长老为愚兄求情,连这四百文都赚不到。"

"那您能赚多少?"

"三百五十文。"

"那五十文哪里去了?"

柴荣朝前一指道："那不,前行三里之地,有一个村庄,名叫锁金庄,庄南有一条河,名叫锁金河,河上架了一座木桥,取名锁金桥。一年前,有一个叫史延德的外地人,入赘到锁金庄张屠户家为婿。也不知他用了什么手段,敲诈了一个山贼上千两银子,建了一座硕大的院子,又招了几十个徒弟,入不敷出。不知哪个混蛋给他出了一个生财之道,让他在锁金桥头设一个卡子,命他的徒弟轮流在那里收过桥钱,凡挑担的,不论你挑的什么货,每副担子收十文;凡推车的,也不管你推的什么货,每辆车收五十文。若是不给他们,轻则将胳膊腿儿打断,重则性命不保!"

赵匡胤怒道："他们如此胡闹,官府在做什么?"

柴荣叹道："起初,县里倒是想管,派了十几个衙役,来抓史延德。谁知,不是史延德对手,被打跑了。第二次,又请了一都官军相助,也不是史延德对手,又被打跑了。一因官府知道了史延德的厉害,不想和他再斗下去;二因史延德也不想和官府作对,送给县令二百两银子,双方握手言和,只不过,史延德必须把他的收入拿出来三分之一交给县衙。"

赵匡胤越听越气,几乎要口内生烟了,恨声说道:"这个史延德,实在有点狂妄,咱今日不给他交过桥费,看他能把我赵匡胤怎么样!"

柴荣慌忙劝道:"贤弟不必动怒,史延德已经不收咱的钱了。"

"为什么?"

"寺内的昙云长老见愚兄谈吐儒雅,又有几分富贵之相……"说到这里,柴荣自己倒先笑了:"贤弟,你看愚兄这个模样,除了面似金盆,一双眼睛又大又黑之外,其他地方,长得实在普通之极,可昙云长老硬说愚兄日后必贵。嗨,笑话,天大的笑话!"

他这一说,引起了赵匡胤的注意,柴荣的额头确实比常人大得多;那双眼睛,不仅又黑又大,且特别有神;还有那双手,一耷拉下来,竟然超过膝盖。据说,当年的刘备,便是双手过膝……

柴荣被赵匡胤看得有些不好意思,轻咳一声,接着刚才的话题说了下去:"长老见愚兄有几分富贵之相,便有心照顾愚兄,特地吩咐下去,凡愚兄的炭车到了寺院,早到早收,晚到晚收,连食宿也一并安排。此外,还致函史延德,要他免去愚兄的过桥费。"

"这个昙云长老有甚过人之处,史延德竟听他的?"赵匡胤问道。

"据传,这个昙云长老是残唐时的大将马三铁,曾做过左厢的都指挥使,后来弃官修行,做了蛰龙寺的住持。故而,连史延德也敬他几分。"

赵匡胤皱着眉头儿问道:"这个史延德到底有多大本事,连官军都打不过他?"

柴荣道:"他的臂力极大,武功也十分了得。"

赵匡胤道:"他的臂力极大到什么程度?"

柴荣道:"愚兄也不知他大到什么程度,他的武器是一杆浑铁枪,重三十二斤。"

赵匡胤有些不信,他的臂力已经够大了,但他的蟠龙棍才二十八斤。

柴荣道:"真的,愚兄不骗你,那史延德的浑铁枪真的是三十二斤。"

赵匡胤哈哈大笑道:"贤兄这一说,小弟倒想会一会史延德,一是小弟很想知道,到底是小弟的蟠龙棍厉害,还是他史延德的浑铁枪厉害;二是也可顺便为民除一大害!"

柴荣也是一个顶天立地的汉子,早年,最爱打抱不平,这几年落魄了,当年的豪气也渐渐消失了。如今,听赵匡胤这么一说,立马儿豪气万丈,将胸膛"啪啪"一拍,说道:"愚兄也不是一个怕事的主儿,既然贤弟有了个为民除害之心,愚兄决不袖手旁观。走,愚兄这就带你去会史延德!"

三里的路程,也不过喝碗茶的时间就可以到了。柴荣停车说道:"贤弟,桥北头那个来回乱晃的连鬓胡子便是史延德。他认识愚兄,已经三次没收愚兄的过桥费了。这一次肯定不收,想和他打架,也没由头(由头:当地的俗语,即理由。)呀!"

赵匡胤道:"这个,贤兄不必担心。小弟已经想好了打架的由头。"

柴荣道:"什么由头?"

赵匡胤道:"你把炭车交给小弟,自个儿找个地方躲起来,由小弟推着炭车过桥,他们肯定要拦住小弟收费,小弟不给他。一个要收,一个不给,还怕打不起来吗?"

柴荣轻轻颔首说道:"贤弟好主意,愚兄刚好想去桥下撒尿,这车子就交给贤弟了。"

赵匡胤接过炭车,径直上了锁金桥。下桥的时候,不仅不停车交费,反而加快了脚步。没等史延德开口,他的两个徒弟便大声叫道:"喂,停车,快停车!"

赵匡胤将炭车停住,扭头儿问道:"是叫在下的吗?"

"就是叫你的!"那两个徒弟一边回答,一边走向赵匡胤。

赵匡胤故意装迷糊:"汝等叫在下干什么?"

史延德这两个徒儿,一俊一丑,俊的和吕布站到一块也不逊色,丑的比钟馗还丑。

"喂!"丑徒弟乜斜着眼问道:"汝这是第一次过锁金桥吧?"

赵匡胤迎着他的目光,不紧不慢地说道:"已经走过两次了。"

"既然走了两次,就该懂得这里的规矩!"

"什么规矩?"

丑徒弟趋前一步,歪着头将赵匡胤打量一番:"咦,你是头上长角了咋的,竟敢给爷装迷糊!"

赵匡胤将脸猛地一沉说道:"请你把嘴放干净一些!"

"嘿嘿,你竟敢教训爷,爷的嘴从来没有干净过,你能把爷怎么样?"

只听"啪啪"两声,丑徒弟猝不及防,丑脸上挨了两掌,似火烧一般。

"你,你竟敢打爷!"丑徒弟"呀"地一声,挥拳向赵匡胤打去。

谁知,他没打住赵匡胤,自己的手反被赵匡胤抓住了,只这么轻轻一扭,扭得他狼嚎般地大叫起来。

赵匡胤一脸轻蔑地说道:"就你这个熊样,也敢和爷斗!"又一扭一送,将他甩出去一丈开外,跌了个嘴啃地。

俊徒弟暴喝一声,拔剑在手,扑向赵匡胤。赵匡胤轻轻一闪,飞起一脚,踢掉了俊徒弟手中的宝剑,俊徒弟强忍住疼,噜噜噜,一连后退了七八步,方用左手攥住右手腕,一脸诧异地瞅着赵匡胤。

他能不诧异吗？在史延德的徒弟中，他的武功堪称第一，就连县尉爷也不是他的对手。如今，刚一出招，便被人踢伤了手腕，实在让人不可思议！

两个徒弟的惨败，出乎史延德的意料，他原本袖着双手，叉着两腿，准备欣赏一场好戏。谁知，这戏让两个徒弟给演砸了。

他瞪了两个徒弟一眼，一把抄起靠在收费桌前的浑铁枪，阴沉着脸对赵匡胤说道："我看你今日是有备而来，操家伙吧！你若能接上爷二十招，爷便向你认输！"

赵匡胤哈哈大笑道："你也真敢吹，你这一次输定了！"

说毕，从炭车上取出蟠龙棍，晃了一晃说道："进招吧。"

史延德也不客气，将枪一抖，当胸朝赵匡胤刺去。赵匡胤侧身闪过，反手一棍，扫向史延德双腿。史延德向上一纵，离地约有三尺多高。赵匡胤改扫为挑，蟠龙棍直奔史延德裆部。史延德身子后仰，倒栽了一个跟头。还没容他站稳身子，赵匡胤的蟠龙棍又跟了上来。一着被动，着着被动，弄得史延德手忙脚乱，不知不觉，二人已经斗了二十个回合，柴荣不知什么时候，来到了桥北，双掌一拍叫道："史延德，你不是一个真汉子，若是一个真汉子，就应该言而有信！"

史延德正在拼命儿和赵匡胤厮杀，哪里有空和柴荣斗嘴，倒是他那个丑徒弟代他还击道："姓柴的，你信口开河，我师父什么时候言而无信了？"

闻讯赶来的那一群徒弟，也跟着起哄："姓柴的，我们师父什么时候言而无信了？说！"

七 义结锁金庄

赵匡胤一连喊了三声,柴荣不应腔,忙走到柴荣榻前,俯身一看,只见他满面通红,双目紧闭。

昙云长老道:"从公子的田宅宫和疾厄宫来看,公子的灾星还很重,不易远行。"

赵匡胤有心破门而入,深更半夜,孤身一人,屋中又是一年轻女子,瓜田李下,不可不慎。

柴荣也是见过世面的人,见史延德的徒弟们跟着起哄,一脸鄙夷道:"汝等是耳聋了吧!汝等的师父未曾和我匡胤弟动手之前,口出大言,若是我匡胤弟能接他二十招,他便认输。如今,他俩斗了二十个回合,也就是二十招,他史延德为什么还不认输?"

"这……"众徒弟无言以对。

经柴荣这么一说,史延德没脸再打下去,虚晃一枪,跳出圈外,高声说道:"红脸汉子,我史延德向你认输。"

赵匡胤忙将蟠龙棍一收,说道:"你我二人斗得正酣,怎么能算你输?"

史延德道:"输了就是输了,我史延德有话请教你。"

赵匡胤道:"有什么话尽管问,请教二字不敢当。"

史延德朝柴荣指了一指,说道:"刚才,姓柴的两番说道,我匡胤弟如何如何,我且问你,你是不是汴京城那个大闹御勾栏的赵匡胤?"

赵匡胤将头点了一点。

史延德倒头便拜:"我史延德有眼无珠,我史延德冒犯了当今第一大英雄,我史延德罪该万死!"

赵匡胤双手搀起史延德,安慰道:"贤弟且莫这么说,有道是,'不知者不为罪。'况

63

且,我赵匡胤有何德何能,竟被贤弟如此称道,惭愧,惭愧!"

史延德道:"贤兄不必过于自谦,江湖上凡听到您大名的,无不五体投地!您若看得起小弟,请随小弟去庄上喝几杯。"

赵匡胤瞄了一眼收费的桌子,欲言又止。

这一瞄,柴荣便知道他想说什么,向他打了一个禁口的手势,重重地"咳"了一声,说道:"匡胤贤弟,有道是,恭敬不如从命,咱就去史大侠家里叨扰几杯吧。"

赵匡胤朗声说道:"好!"

史延德一脸欣喜地喊道:"小子们,把你们赵爷爷的炭车儿推上回家。"

众徒弟轰然应曰:"好!"

史延德在前边带路,赵匡胤、柴荣并肩而行。进庄北行,又向西、向北拐了两拐,便来到了史延德的门前。史延德停住脚,右手前伸,做邀客之状:"二位贤兄请!"

赵匡胤、柴荣互相揖让一番,手挽着手进了大门,史延德紧随其后。

这个院子很大,大门是乌头的,正房加厢房,约有六七十间,会客厅竟然是四铺飞檐。自春秋开始,不同阶级和阶层的住宅是有严格规定的。州、府以上官员的住宅,才允许建造乌头大门。凡是庶民人家,不得使用重拱、藻井,也不得作四铺飞檐。

赵匡胤与柴荣对视一笑,一个屠户之家,竟敢如此僭越,也无人来管,这朝廷迟早非要完蛋不可!

午饭很丰盛,酒是陈酒,已经放了十年。

酒过三巡,赵匡胤站起来敬酒。史延德慌忙阻拦:"匡胤兄,您是客,我是主,要敬酒也该是我敬才对!"

赵匡胤笑回道:"愚兄一是答谢,二是有个不情之请,还是我先来敬!"

史延德道:"贤兄有什么话尽管吩咐,说什么不情之请,这就有些见外了!"

赵匡胤道:"不见外,愚兄真的有个不情之请。"

史延德道:"既然这么说,就请匡胤兄把您那个不情之求讲出来。"

赵匡胤道:"您这个锁金桥的过桥费,一年能收多少?"

"折成银子,大概有两万余两。"

"你收这么多银子干什么?"

史延德道:"小弟的吃用。不,不只小弟的吃用,小弟还有几十个徒弟,吃喝拉撒睡,全靠这过桥费维持。"

赵匡胤道:"就你所说的这两项开支,肯定不是个小数目。但愚兄问你,别的师父收徒弟,也是靠收过桥费维持的吗?"

史延德道:"这个倒没听说。"

赵匡胤道:"修桥补路,本来是一个积德的事,你不但不修,反而拿这来养活你的徒弟,甚而作为一个进财之道,愚兄以为不可取,不知贤弟怎么认为?"

史延德欲言又止。

柴荣道:"谚曰:'人过留名,雁过留声。'每日从锁金桥上过往的行人,不说以万计,以千计总不算夸大吧!这一千人天南海北的跑,每跑一地,便要宣扬贤弟收过桥费的事,时间长了,贤弟的名声恐要受污呢!"

"这……"史延德端起酒碗,一饮而尽:"二位贤兄的意思,小弟明白。自今日始,小弟把锁金桥的卡子撤掉。"

赵匡胤伸出拇指赞道:"真好汉,真兄弟。愚兄陪你再喝三碗。"

柴荣道:"愚兄也陪三碗。"

"哐!哐!哐!"他仨果真碰了三碗。

三碗酒一碰,彼此的距离拉近了许多。史延德突然说道:"匡胤兄,小弟也有一个不情之请。"

赵匡胤停筷说道:"你我一见如故,有什么话尽管说。"

史延德道:"正如匡胤兄所言,你我一见如故。既然一见如故,何不学一学三国刘关张,也来一个桃园三结义。"

柴荣当即附和道:"延德贤弟说得极是,愚兄也有此意。"

赵匡胤道:"既然你二位有这个意思,咱现在就结拜。"

史延德、柴荣齐声道"好"。

于是,把酒停了下来,三人来到后堂,就关羽像前,摆设香案,结为异姓兄弟,柴荣年长,排行老大;匡胤次之,排行老二;史延德又次之,排行老三。

结拜之后,史延德重整酒宴,你一碗我一碗,不到一个时辰,又喝了三坛,连赵匡胤都有些醉了。

柴荣的酒量远不如赵匡胤,醉得一塌糊涂,没奈何,赵匡胤陪着柴荣在锁金庄住了下来。

鸡叫两遍的时候,柴荣醒了,特别的渴,他不忍心叫醒赵匡胤,自个儿摸到厨房,抓起水瓢,一连喝了三瓢冷水,返回客房,倒头又睡。

太阳一露头,史延德便来到了客房,见赵匡胤和柴荣仍在酣睡,站了一会儿又出去了。

直到日上三竿,赵匡胤才醒过来。他一边穿衣,一边喊道:"大哥,该起床了。"

他一连喊了三声,柴荣不应腔,忙走到柴荣榻前,俯身一看,只见他满面通红,双目紧闭,气若游丝,伸手朝他额头上一摸,有些烫手。暗道了一声"不好",柴大哥病了。正要去找史延德,史延德推门而入。

"大哥怎么了?"史延德问。

"大哥病了。病得还不轻呢!"赵匡胤答。

史延德也摸了摸柴荣的额头说道:"有些烫手,这病真的不轻,小弟这就遣人去请郎中。"

经过郎中的诊断,认定是重感冒,此病乃是因四时邪气侵袭人体而得。当即开一药方付给史延德。

　　　　方曰:"荆芥穗 5g、紫苏叶 5g、藁本 9g、川桂皮 5g(后下)、香白芷 5g、川羌活 9g、半夏 9g、六神曲 6g、生姜 2 片。"

史延德忙遣一徒弟去药店将药抓来,用温火煎好,用小勺灌到柴荣口中,约有半个时辰,柴荣方才醒来,头疼恶心,但又吐不出来。

郎中道:"这就好了。先生患的是外感风寒兼内湿病,它的症状是恶心发热、头疼骨楚;恶心欲吐,却又吐不出来。刚才,在下已经对症下药,再有一个时辰,你就会好起来,不消三天,你便会一切如常。"

柴荣欲起床拜谢郎中,被郎中按住了:"病这东西,七分靠治,三分靠养,千万别乱动。在下还要去看一个老病人,在下明天再来。"

送走了郎中,赵匡胤、史延德又回到柴荣榻前,柴荣一脸感激地说道:"大哥不争气,大哥给你俩添麻烦了。"

赵匡胤、史延德一齐说道:"你这是什么话?你别忘了,你我三人,可是在关老爷面前磕过头、发过誓、喝过鸡血酒的。有福同享、有祸同当。不能同日生,但愿同日死。照顾你就是照顾我们自己。"

柴荣的眼圈儿越来越红,忽地滚出几颗豆大的泪珠。他哽咽着说道:"我柴荣有福,老天爷平白无故地给我柴荣送来了两个好兄弟。我……"

赵匡胤和史延德一齐劝道:"郎中不是要你安心静养吗?你千万别多想,也别多说话。"

"好，我听你俩的。但愚兄这病，三五日内怕是好不了，就是好了，也不能立马推车上路。可蛰龙寺那里，立等着用炭，愚兄想麻烦一下二位兄弟，把这车炭送到蛰龙寺。"

赵匡胤当先说道："小事一桩，大哥尽管放心，小弟这会儿就去。"

史延德忙摇手拦道："此等小事，怎敢劳驾二哥，小弟只需遣一小徒，也就办了。"

赵匡胤道："这话愚兄相信，但愚兄早就想去蛰龙寺拜见一下昙云长老，送炭只是个由头。"

"二弟认识昙云长老?"柴荣问道。

"愚弟虽不认识，但父辈认识。"赵匡胤答道。

"既然这样，那就有劳二弟了。"

史延德一连将手摇了三摇说道："不可，万万不可！二哥想去拜访昙云长老，只须投一拜帖即可，还要找什么由头！二哥若是执意要去，愚弟遣一徒儿，既推炭车，又为您引路，两全其美，岂不更好！"

柴荣第一个表示赞成，赵匡胤也无话可说。史延德又留赵匡胤吃了午饭，方遣一个能干的徒儿，推着炭车，随赵匡胤上路，金乌(金乌：指太阳。)将坠的时候，二人来到蛰龙寺。

昙云长老闻听有一位自称来自汴京的红脸汉子前来拜访，忙道了一声"请"，执事僧便将赵匡胤引到客堂。赵匡胤举目一瞧，只见那客堂的正中，悬挂着祖师达摩之像，东墙下安放了一张几案，案后坐着一位老者，双眉似雪、两鬓如霜、面犹蟹壳、目如朗星，身着红袈裟，坐如尸(坐如尸：即坐的时候要端庄、视正、严肃。)，料想是昙云无疑，忙趋前几步，正要向长老行礼。长老指了指达摩神像，赵匡胤会意，忙朝达摩跪了下去。他拜了三拜之后，又要向长老行礼。长老道："施主已经拜过祖师，不必再向老衲行礼。坐，请坐。"

赵匡胤道了一声："谢长老。"北向而坐。

"请问施主尊姓大名，仙乡何处，今日到此，有何贵干?"

赵匡胤毕恭毕敬地答道："承长老下问，在下家住汴京，乃飞捷都指挥使赵弘殷的次子，名叫匡胤。因到关西投亲，路经宝刹，冒昧前来拜见，请长老见谅。"

一听说他的父亲是赵弘殷，昙云长老双眼突地一亮。昙云长老虽说年长赵弘殷三十余岁，但二人曾经同朝为官，且又志趣相投，可谓忘年之交，今日突然见了朋友的儿子，岂有不喜之理，高声说道："上茶，上好茶。"

趁喝茶之时，昙云长老问了赵弘殷的近况，又问了问几个老友和一些朝中之事，赵匡胤就其所知，一一作答。

"赵公子！"昙云长老突然将话题一转问道："公子这一次去关西投亲，可是为着避祸而来？"

赵匡胤吃了一惊，欲言又休。

长老道："公子不想说，那就不要说了。"

赵匡胤道："不是小侄不想说，小侄有些纳闷，您我初次见面，您怎的知道小侄是避祸而来？"

长老道："是你脸上的田宅宫和疾厄宫告诉了老衲。"

赵匡胤道："何谓田宅宫？"

长老道："眼睛就是田宅宫，以清秀分明为好。如果田宅宫气色发赤，主其人有官灾。公子的二目就犯赤色。疾厄宫处于印堂之下山根的地方，应以莹然光彩、色泽明润为好，如果疾厄宫色青，主其人有忧愁惊恐，而公子的疾厄宫又犯青色。由此而断，公子来关西，乃是为了避祸。"

赵匡胤颔首说道："小侄正是为避祸而来。"遂将大闹御勾栏之事一一相告。

长老道："公子来到关西，欲投何人？"

赵匡胤道："欲投舅舅。"

长老道："从公子的田宅宫和疾厄宫来看，公子的灾星还是很重，不宜远行。能庇护公子的只有达摩老祖。老衲奉劝公子，哪里都不要去，就在老衲寺中，寻一间清静的客房住下，好好地读一年书，这对公子的一生会大有补益。"

赵匡胤想了一想说道："敬从前辈之教。但小侄斗胆问一声前辈，既然您能观出小侄的官灾，能不能再看一看小侄的前程？"

长老道："公子的相很好，方面大耳，贵不可言。"

赵匡胤道："有多贵？"

长老道："点检做天子！"

赵匡胤道："点检做天子这话，小侄在华山时，陈抟老祖也曾说过，还不止说了一次。今日，您又这么说，到底是什么意思，还请长老明示！"

长老道："天机不可泄漏，公子还是自己慢慢地参悟去吧，老衲还要参禅打坐，失陪了。"

赵匡胤忙起身告辞，被执事僧引到客房。房中不仅有书，还有笔墨砚帛。赵匡胤从书架上取了一本《汉高祖刘邦》，埋头看了起来。当他看到刘邦斩蛇起义这一章，掩卷思道，汉高祖未曾当上皇帝，便有当皇帝的征兆出现，一老妪坐在死蛇身边痛哭，言说刘邦所斩的那条白蛇，是白帝之子，因喝醉了酒，卧在这里歇息，不想挡了赤帝子去路，为赤帝子所杀……赤帝子者，刘邦也。想我赵匡胤，在关羽庙卜卦问我的前程。连掷了三次珓，皆不吉。当我说我要做天子时，一掷便是一个圣珓，大吉。在华山，我赵匡胤向陈抟老祖询问前程，他连说了两次，"点检做天子。"这一次，昙云长老又如是说。难道我赵匡胤日后真的要做天子吗？果真如此，那是我赵匡胤的大造化。想到此，他真想跳起来大喊几声——我赵匡胤要做天子了，我赵匡胤要做天子了！

"做天子"是犯禁的话，莫说喊，说也不敢说。他把涌到喉咙的话，硬生生地吞了下去。但他太高兴了，若是不把这种兴奋的心情宣泄出去，实在太难受了。

他不想让自己难受，汉高祖刘邦能做诗，我赵匡胤为什么就不能做？

做，做一首像《大风歌》（《大风歌》：刘邦的诗。刘邦做了皇帝，荣归故里，与父老乡亲欢宴时，做了一首气势磅礴的诗。诗曰：大风起兮云飞扬，威加海内兮归故乡，安得猛士兮守四方！）那样的诗，也叫它来一个流芳千古！

他略思片刻，提笔在墙上写道："太阳初出光赫赫，千山万水如火发，一轮顷刻上天衢，逐退群星逐退月。"

写毕，他自己默念三遍，觉得很满意，抛笔于案，上榻歇息去了。

鼓打三更，赵匡胤被窗后的哭声惊醒，忙披衣起床，绕到窗后。

窗后是一柴房，门上有锁。赵匡胤驻足静听一会，却原是一个女子的声音，心里暗自想道："此处乃出家人的所在，因何有女子藏匿在内，且哭得如此悲伤，其中必有缘故。有心破门进去问个究竟，深更半夜，孤身一人，屋中又是一女子，瓜田李下，不得不慎！罢！罢！罢！待明日见了昙云长老，问个究竟再说。"

想到此，赵匡胤转回客房，躺在榻上足有半个时辰，却是无法儿入眠："似昙云长老这等高僧，尚且金屋藏娇，真个让人心寒。我明天与他相见之时，好好将他羞辱一番！"

他转而一想："不对，若是昙云长老想金屋藏娇，就该藏一个极其隐蔽的地方，断不会关在四面透风的柴房之内，也许是寺中的恶僧所为。就是恶僧所为，你昙云长老身为一寺之主，也有失察之责！我还得问他一问……"

他越想越气，坐等天明，昨晚引他就寝的执事僧轻轻将门一敲喊道："施主，长老请您前去用斋。"

赵匡胤也不搭话，将门猛地一开，满面愠怒地跟在执事僧身后，来到了斋房。

昙云长老已经在斋案前就座,见赵匡胤进来,朝对面指了一指,示意赵匡胤落座。

赵匡胤不坐,二目怪怪地瞅着昙云长老。

长老并不介意,微微一笑说道:"老衲有什么好瞅的? 坐,请坐。"

赵匡胤还是不坐:"请问长老,出家人应清净无为,红尘不染,可贵寺中却藏着一年轻女子,是何道理?"

长老仍是一脸微笑地说道:"公子别急,等公子用过了早斋,个中隐情,老衲自会奉告。"

赵匡胤一脸固执地说道:"不,我这会儿就想听。"

略顿又道:"我是个急性人,不把事情弄明白,就是山珍海味也吃不下去。"

长老轻叹一声说道:"好,老衲这就说。柴房中所关之女子,姓赵,字京娘,家住蒲州解梁县小祥村,年方十六岁,因随父去木铃关奔丧,路经枫叶岭,被两个山大王掳上山去。这两个山大王见京娘貌美,都想据为己有,为争京娘,竟大打出手。后经军师反复劝说,二人握手言和,说是不能为一女子,伤了弟兄情义。遂将京娘寄住在蛰龙寺,待他们再往别处掳一女子,凑成一双,然后同日成亲。"

赵匡胤道:"长老既然知道京娘是掳来的,为什么还要接纳她?"

长老道:"老衲若是不接纳京娘,两个山大王必要将京娘带回山寨,可二人互不放心,早晚必有一拼,遭殃的还是京娘,此乃一也;其二,两个山大王,虽说杀人劫货,可他们还知道来世,还知道敬佛,每年施给本寺的钱物,折算起来,足有上千两银子,他们是本寺的最大施主;其三,他们一再威胁本寺,若是不接纳京娘,抑或是有个什么闪失,他们就要血洗本寺。有此三因,本寺不得不将京娘收留下来。"

经他这么一说,赵匡胤怒气稍减,放缓了口气说道:"出家人四大皆空,远离财色,可你们竟然为了上千两银子的施舍,与山大王为伍,羁押民女,总不大好吧?"

长老道:"老衲也知道这样做不好,但老衲有老衲的打算。"

"什么打算?"

"宣扬佛法,使二山贼改恶从善,放了京娘。"

"他们若是不放呢?"赵匡胤道。

"他们若是执迷不悟,老衲打算付诸武力。只不过,这样做有些风险。"昙云长老回道。

"什么风险?"

"敝寺的僧众,满打满算不到八十人,而枫叶岭的山贼,少说也有二百人,我们不是他们的对手。老衲之所以将公子安排在客房的后边……"

赵匡胤恍然大悟，双手抱拳道："小侄错怪了前辈，小侄给前辈赔罪！"说毕，一揖到地。

长老一脸欣赏地说道："公子好悟性！公子既然悟了出来，就该早点儿用斋。尔后，咱们好好商量一个搭救京娘的办法。"

赵匡胤道："敬从前辈之命！"

用过早斋，昙云长老将赵匡胤引到密室。经过一番商议，赵匡胤重返锁金庄，将蛰龙寺之行细细地说与柴荣和史延德。

史延德听后，哈哈大笑道："昙云长老也太高看了那枫叶岭的两个山大王。不是三弟夸口，三弟一句话，他们便会把京娘乖乖地送到锁金庄。"

赵匡胤似信非信道："三弟与那两个山大王认识？"

史延德道："不但认识，还是好朋友呢！若非他二人'牵线搭桥'，三弟岂能入赘锁金庄？"

"照三弟说来，那两个山大王，还是你和弟妹的红娘呢！"柴荣插话道。

"说是也是，说不是也不是……"

柴荣道："是就是，不是就是不是。经三弟这么一说，把愚兄给弄糊涂了。"

史延德"嘿嘿"一笑说道："那是小弟没有把话说清楚。小弟若是把事情的来龙去脉讲出来，大哥自会明白。"

柴荣道："你讲吧。"

一年前，史延德在涿州街头闲逛，路见不平，打死了一个强买野鸡的狱头，被官府通缉，几经辗转，逃到锁金庄，给人佣工。忽一日，枫叶岭的两个喽啰来到锁金庄，敲开了张屠户的大门，开门见山道："我们的樊大王听说令爱长得漂亮，想让她做压寨夫人，明日戌时一刻前来迎娶，请汝早做准备。"

说毕，也不管张屠户是否答应，留下一百两银子、两匹细绢，扬长而去。

张屠户虽说地位卑下，但他也不愿意与强盗结亲。经人撺掇，他来到县署，送给县令十两银子，恳请县令发兵进剿枫叶岭，县令也满口答应。谁知，那县令与枫叶岭的强盗早有勾结，不但不发兵进剿，还把张屠户给出卖了。到了翌日戌时，樊大王骑着一匹高头大马，身后还跟了上百个喽啰和一顶彩轿，气势汹汹地来到锁金庄，指着张屠户的鼻子破口大骂："张瘸子，你不就是一个杀猪的吗？老子娶你的闺女做压寨夫人，那是老子看得起你，也是你闺女的造化！你竟然不知好歹，还去县衙告老子！你知道老子和县太爷是什么关系？是喝过鸡血酒的拜把子兄弟！若不是念着你要做老子的老丈人，这会儿就叫你白刀子进去红刀子出来！"

他这一番话，把张屠户吓得浑身乱抖，双腿一屈，跪了下去，一连磕了三个响头说道："樊大王，小人错了。你大人不见小人怪，宰相肚里行舟船……"

樊大王"吼"了一声说道："别啰嗦了，快把爷那花老婆送上轿来！"

张屠户忙应了一声"是"字，爬将起来，直奔内室。不一刻儿，又跌跌撞撞地跑了出来："大王，对不起，实在对不起，老朽的女儿上吊自尽，虽被贱内救下，尚昏迷不醒，这亲今天怕是结不了了！"

樊大王冷笑一声道："放屁！你想蒙骗老子，老子不是三岁小孩，你蒙骗的了吗?!"

张屠户结结巴巴道："小人真的没有蒙骗大王，大王若是不信，尽可去内宅查看。"

樊大王冷哼一声道："少球啰嗦，在前边带路！"

张屠户应了一声，正要转身，大门外传来几声惨叫。眨眼之间，史延德已经打进门来，他手持一杆混铁枪，逢人便打。挡者，不是丢了兵器，便是断胳膊断腿。

樊大王见了，又气又怒，呛啷一声，拔出腰中佩剑，朝史延德扑去。

谁知，他不是史延德对手，只十一招，便被磕飞了佩剑。

逃呢，没出大门，又被史延德追上，劈手揪住他的头发："奶奶的，一个枫叶岭的山贼，也敢到锁金庄撒野，老子先捆你一百个耳光，以泄心头之恨！"

樊大王慌忙求饶："好汉爷，小子错了，小子该打。但小子好赖也是一山之主，统率着二百多名弟兄。莫说小子经受不了您那一百耳光，就是经受得了，那脸也会肿得不像样子。有道是，'打人不打脸，揭人不揭短！'求求您，小子这脸您就不要打了。您老若是非要打的话，那就打屁股吧。不，就是打屁股，小子的屁股也经受不住。这样好不好？您老每少打一掌，小子给您十两银子。若是一掌不打，小子给您老一千两。"

八 千里送京娘

酒至半酣,赵京娘突然抽泣起来,众人惊问道:"你这是怎么了?"

王大仙倒是来了,但她要价很高,点一个"守宫砂"竟要五两银子,莫说张屠户,连柴荣也有些心疼。

赵匡胤勃然大怒,一把将餐桌掀翻,仍不解气,手指赵文正,破口大骂。

樊大王的一番话,把史延德逗乐了。他强忍住笑说道:"'君子一言,驷马难追'。那一百掌,爷不打了,你可得给爷一千两银子。"

樊大王忙道:"小子说话算数,说给一千两,就给一千两,一两也不会少。"

史延德反倒有些后悔了,早知如此,何不说要捆他一千掌! 唉,这世上啥都有,咋没有后悔药呢? 若是有,一包一百两银子我也买。

银子即将到手了,俺也得说几句漂亮话,史延德将手一松,放开了樊大王,"嘿嘿"一笑,说道:"樊大王,我史延德祖上,在涿州也是数一数二的大户人家,我史延德并不稀罕你那一千两银子。我史延德自从闯荡江湖以来,十招之内,没有人不败倒在我的棍下,而你竟然接了我十一招,你是条好汉。正因为敬你是条好汉,我才不打你,可不纯粹是为了钱呀!"

樊大王点头哈腰道:"小的明白,小的明白。"

史延德道:"明白就好。既然我史延德把你当做朋友,就应该推心置腹。我史延德虽说读书不多,但对礼义之事,也颇知一二。婚姻之事,讲究的是父母之命,媒妁之言。张家小姐,为了拒婚,竟然上吊,可见,她对这门亲事,并不赞成。既然她不赞成,硬把你俩撮合到一块,也没意思。樊大王,你说呢?"

樊大王忙道:"既然张小姐看不上小弟,小弟也不敢勉强。"

史延德道:"这话可是你说的?"

樊大王忙将头点了一点。

史延德高声说道:"张兄,樊大王已经答应在下,令爱若是有意和樊大王结为伉俪,这就立马上轿。若是另有他想,樊大王也不勉强。"

张屠户高声回道:"感谢樊大王高义,小女子确已'名花有主',还望樊大王见谅!"

史延德回首望着樊大王。

樊大王很知趣:"诚如此,小弟冒昧了,后会有期!"

史延德礼节性地挽留道:"你我初次相见,应该好好喝上几杯才对。"

樊大王道:"不瞒大侠,山寨的弟兄还在等着小弟,咱后会有期。"

史延德道:"恭敬不如从命,咱后会有期!"

送走了樊大王,张屠户置酒款待史延德,酒酣耳热之际,张屠户突然说道:"拙女张金丽,虽然称不上貌美似仙,但在这方圆几十里内也是一个出了名的美人。可她,既不爱富人,也不爱小白脸,一心想嫁一个大英雄。故而,年交二九尚未出嫁。老朽有心招您为婿,但不知史大侠肯不肯给老朽这个面子?"

"这……这……"史延德虽有妻室,但命案在身,不敢回家,有妻室和没有妻室一样。但毕竟有了妻室,这事说不说呢?

他正在犹豫,忽听张屠户说道:"史大侠既然没有反对,一定是同意了。老朽明日便去蛰龙寺一趟,求昙云长老帮你和小女择一个黄道吉日。"

翌日,张屠户还没有从蛰龙寺回来,枫叶岭的银子已经送过来了。

有这一千两银子撑着,婚事办得很光彩,凡是锁金庄的庄民,不管你送没送贺礼,全都宴请,热闹了半个月,弄得方圆上百里的人都知道,史延德是个大英雄,因而,找他拜师学艺的踢破了门坎,他经过筛选,留下四十四人。

听了史延德自述,赵匡胤与柴荣交换一下眼色问道:"后来呢?枫叶岭的强盗找没找过你的麻烦?"

史延德回道:"枫叶岭的强盗不但没有找过小弟的麻烦,彼此还成了朋友。"

"何以见得?"柴荣问。

"小弟成婚那天,樊大王带着他的二大王何徽和二十几个喽啰前来吃喜酒,还送了一百两银子的贺礼。此后,每逢过年过节便遣小喽啰前来看望小弟。"

赵匡胤道:"既然如此,三弟何不修书一封,让枫叶岭的两个山大王,将赵京娘送到锁金庄。"

史延德道:"这个不难。"

他当即修书一封,遣一小徒送达枫叶岭。

仅仅隔了一天,昙云长老便遣了两个小僧,将赵京娘送到锁金庄。

赵京娘见了赵匡胤,忙行肃拜(肃拜:是低头下手不至于地的拜。妇人以肃拜为正。)之礼。

史延德命随侍的徒儿治酒给赵京娘接风。未曾开宴,赵京娘突然说道:"各位大侠,小女子有一不情之请。"

史延德道:"请讲。"

赵京娘道:"小女子为贼所掳,早已做了必死的准备。也是苍天有眼,幸遇赵大侠和诸位,小女子得以脱离虎口。小女子这条命是赵大侠和诸位给的,小女子无以为报,愿拜赵大侠为义父,终身服侍他老人家,不知赵大侠和诸位意下如何?"

赵匡胤慌忙摆手:"京娘,此事不可,万万不可!"

赵京娘道:"为甚?"

赵匡胤道:"你我相差,也不过五六岁,你顶多可以做在下一个妹妹,岂能以父女相称!"

赵京娘心中暗喜,裣衽一拜道:"哥哥在上,受小妹一拜。"

赵匡胤一脸愕然道:"在下什么时候答应作你哥哥了?"

赵京娘道:"刚刚。"

"刚刚?"赵匡胤反问道。

"俺要认您为义父,您说,俺顶多可以做您一个妹妹。有诸位大侠做证,您不会不承认吧?"

"这……"赵匡胤轻叹一声:"这才是从天上掉下来一个妹妹。既然从天上掉下来一个妹妹,我赵匡胤也就认了。"

史延德道:"这是喜上加喜,二哥,您今日可要多喝几杯哟!"

赵匡胤道:"那是自然。"

酒至半酣,赵京娘突然抽泣起来,众人惊问道:"你这是怎么了?"

赵京娘哭着说道:"小女子命好,小女子因祸得福,认了一个大英雄作哥哥,小女子应当高兴才是,但小女子由哥哥想到了爹娘。枫叶岭的强盗掳了小女子之后,将小女子的爹爹赶走,如今已有月余。小女子的爹爹和老娘定然十分挂念小女子,寝食不安,小女子想早一点儿回去,报一个平安。只不过……"

史延德道:"这有何难? 小妹啥时想走,只管吭一声,三哥给你准备盘缠。"

赵京娘道："这不仅是盘缠的事。"

史延德道："是什么?"

赵京娘道："小女子家居蒲州,距贵庄当有千里之地,又值乱世,强盗如麻,小女子孤身弱质,恐怕未到蒲州,已成网中之鱼,抑或是刀下之鬼!"

"这……"史延德欲说又止。

赵匡胤慨然说道："小妹不必害怕,我赵匡胤既然认你作了妹妹,就不会袖手不管,等吃过了饭,二哥亲自送你回去也就是了。"

柴荣鼓掌说道："好,甚好! 大唐有个秦琼(秦琼:唐初名将,官至左武卫大将军。),为朋友两肋插刀,传为佳话。依愚兄看来,二弟就是秦琼转世。"

史延德伸出右手拇指赞道："依小弟看来,二哥比秦琼还秦琼!"

说得众人哈哈大笑。

酒足饭饱,赵匡胤对史延德说道："三弟,愚兄与昙云长老约定,在他寺中潜心读书,以一年为期。为了京娘小妹,愚兄将读书之事暂放一放,请你遣人,转告长老。"

史延德道："请二哥放心,您走之后,愚弟当亲往蛰龙寺,将二哥的话,一字不漏地转告昙云长老。"

赵匡胤道："诚如此,二哥这里多谢了!"说毕,行一叉手(叉手:叉手是唐朝与人见面的一种礼节,五代及宋沿之。行礼时,用左手紧握右手,左手小指向右手腕,右手大拇指向上,其余四指伸直。如果用右手掩其胸,需离胸八九厘米。)之礼。

史延德忙以叉手之礼还之："二哥,你若再如此多礼,三弟便不认你这个二哥了!"

赵匡胤忙道："二哥错了,二哥向你赔礼。"说到这里,用左手紧握右手,欲行叉手之礼,突然觉着不妥,收回左手。

"三弟,依你之言,愚兄不再多礼,但愚兄敬你三碗酒,总可以吧?"

史延德道："饭后,二哥便要送京娘上路,小弟应该为您饯行,要喝,咱俩同饮三碗!"

赵匡胤道："好。"

一说饯行,柴荣也将酒碗举了起来。

喝了柴荣和史延德的酒,张屠户的岂能不喝!

这一喝,把赵匡胤给喝醉了,直睡到翌日巳时,方才醒来。

赵匡胤害怕晚上再喝,欲要叫上赵京娘,悄然出了锁金庄。

将行之时,他突然多了一个心眼,千里之路,我与一孤女同行,若是有人乱嚼舌根,我赵匡胤就是跳到黄河也洗不清。唉,我怎么这么浑,救她脱离虎口,已是天大的恩德,怎么又自告奋勇,送她回家!

他想反悔,可又怕史延德、柴荣笑他。真男子,吐口唾液是颗钉,从不言悔!

他既不敢言悔,又怕人说三道四,想了半晌,方想出了一个点"守宫砂"的主意。

对,就这么来,我不走了。

他不走,史延德还得设宴。酒过三巡,赵匡胤起身说道:"我借花献佛,给大家敬三碗酒。"

众人道:"为什么?"

赵匡胤道:"为我护送京娘小妹还乡的事,我昨日已经将饯行酒喝过了,可我为什么没走?我怕有人嚼我舌根。何况,一个孤男一个寡女,千里同行,很容易让人嚼舌根的!"

史延德道:"二哥的意思,这京娘你不送了?"

赵匡胤道:"不是二哥不送,二哥让诸位做个见证,二哥虽与京娘千里同行,却是冰清玉洁。"

史延德道:"依二哥之见,您让我等怎的见证?"

赵匡胤道:"守宫砂你知道不?"

史延德将头摇了一摇。

赵匡胤移目张屠户道:"老伯知道不?"

张屠户道:"知道。"

"既然老伯知道,那就请老伯说与在座的听一听。"

张屠户道:"好! 守宫砂嘛,就是在未婚女子的手臂上点一颗鲜红的痣。这女子若是与人上了床,红痣的颜色就会褪去。"

赵匡胤将头使劲点了一点说道:"正如老伯所言,但不知贵庄有没有会点守宫砂的人?"

张屠户道:"有。"

"谁?"

"王大仙。"

"能不能把她请来,给京娘小妹点一个'守宫砂'?"赵匡胤道。

"能。"张屠户当即遣一仆人,去请王大仙。

王大仙倒是来了,但她要价很高,点一个"守宫砂",非要五两银子。

这五两银子对史延德来说，不算什么，但张屠户心疼了。

他能不心疼吗？辛辛苦苦杀一头猪，才赚一百文钱。王大仙一张口，便要五两银子，这五两银子折成钱是多少呢？是五千文，得杀五十头猪才赚五千文！

柴荣也有些心疼。

若是在十年前，柴荣不会心疼。因为，他那时是一个阔少。如今，他是一个小商贩，辛辛苦苦地贩一车炭，得花两天时间，走上百里路，才赚四百文。可她点一个"守宫砂"，举手之劳，竟要五两银子！

王大仙装神弄鬼了大半辈子，精的眼里出气，岂能看不出张屠户和柴荣的心思？！

她"嗬嗬"一笑说道："谚曰，'隔行如隔山。'这话真是对极了。依汝等看，不就是用朱砂在人胳膊上点一个痣么？竟要五两银子，心也太狠了吧！不狠，一点儿也不狠，若不是乡里乡亲，俺得问汝要十两银子。汝等不要撇嘴，等俺讲了'守宫砂'的制作过程，汝等自会明白，有茶没有？"

张屠户忙起身为她斟茶。

王大仙喝过了茶，继续讲道："'守宫砂'是这样制作的，先用朱砂喂养壁虎，壁虎吃了朱砂，身体的颜色就会变成红色。当壁虎吃满七斤朱砂，将壁虎捣碎，然后用捣碎的壁虎在处女的胳膊上点一个红痣，只要不发生房事，这痣就不会消失。汝等看，点一个'守宫砂'容易不？"

柴荣道："听汝这么一说，真让人长了见识！"

"问汝等要五两银子多不多？"王大仙又问。

史延德抢先回道："不多。"

"既然史姑爷说不多，那就拿银子吧。"王大仙一边说一边将手伸出老长。

史延德道："你先去点'守宫砂'，至于银子，一毫也不会少你。"

王大仙道："好，好。"遂将赵京娘引到内室，在她的右臂上点了一个枣大的红痣。

这一点，赵匡胤放心了。他双手抱拳说道："诸位，明日一早，吃过饭后，我就立马动身送京娘还乡，回来后给大家看一个信物。"

史延德道："什么信物？"

赵匡胤道："让京娘的爹出一个字据，证明赵京娘胳膊上的'守宫砂'完好无损。"

史延德一脸敬佩地说道："二哥办事，滴水不漏。您一回来，小弟就给您接风，咱喝他个一醉方休！"

赵匡胤高声说道："好！"

　　出了锁金庄,才走了三百多里,就遭遇了十几伙强盗,但他们都不是赵匡胤对手,有惊无险。赵京娘年交"二八",正是怀春的年龄,一来感念赵匡胤相救相送之恩;二来觉着赵匡胤是一个真正的英雄。有此二因,便生出爱慕之心:"想当初,红拂(红拂:传奇《虬髯客传》中人物。姓张。原是隋末大贵族杨素的家妓,李靖参谒杨素,她识其英雄才略,私奔相从。途中见虬髯客言行不凡,便结为兄妹,终于帮助李靖建立功业。古时把她作为"慧眼识英雄"的典范。)本一女乐,尚能选择英雄。而我赵京娘,乃大家闺秀,深受其恩,舍了这个豪杰,日后终身,哪个可许? 欲要自荐,又有些害羞;若是不说,等他自己开口,他乃是个直性汉子,哪知我报恩和爱慕之心!"走了六日,也没有想出一个好的办法。

　　这一日,行至蒲州地界,客栈里只剩下两间房子,一明一暗,赵匡胤宿于外,京娘宿于内。赵匡胤倒头便睡,传出阵阵鼾声。京娘睡不着,暗自思道:"再有一日,就到家了,只顾害羞不说,岂不错过机会? 若要明言,一个女孩儿家,怎好开口?"想到此处,嘤嘤地哭了起来。她越哭声音越大,赵匡胤在外厢听了,不知所以,敲门而入:"贤妹,此时已经鼓打三更,你却未睡。不睡也罢,因何啼哭,可否说与二哥知晓?"

　　赵京娘擦了一把眼泪说道:"明日,小妹便到家了,小妹一到家,您必走无疑。小妹若是想您了怎么办?"

　　赵匡胤笑着回道:"你这妞咋恁傻呢,你我既已作了兄妹,你想我了可以去找我呀,我有时间了也可以来看你。"

　　赵京娘将头摇了一摇说道:"你我虽然结为兄妹,但是毕竟不是一母同胞。何况,小妹深闺弱质,从未出门,随父奔丧,陷贼人之手。若非恩人搭救,怕已两度为人了。恩人大德,京娘没齿难忘。但京娘一个弱女子,无以为报,倘若恩人不嫌京娘貌丑,京娘愿意为恩人铺床叠被,永不分离!"

　　赵匡胤听了,摇头说道:"贤妹之言差矣! 俺与你萍水相逢,挺身相救,不过是路见不平,稍伸张大义,岂似匪类之心,先存苟且! 况你我乃是同姓,怎能为婚,这不经之言,莫要再提,更莫污了贤妹之口!"

　　赵京娘经赵匡胤这么一说,半晌方道:"恩兄休怪小妹多言! 小妹亦非淫巧苟贱之辈,因思弱体余生,尽出恩兄所赐,此身之外,别无报答。不敢望与恩兄婚配,但得纳为妾婢,服侍恩兄一日,死亦瞑目。"

　　赵匡胤勃然变色道:"俺以汝误遭贼陷,故不辞跋涉,亲送汝归,反遭污蔑之言。我赵匡胤乃顶天立地的男人,一生正直无私,倘若稍有异心,天地不容! 尔若邪心不息,俺就此离去,那时叫你进退不得,莫怪俺有始无终了!"

赵京娘见赵匡胤发怒,忙深深下拜:"小妹错了,但小妹之言,实非邪心相惑,乃欲以微躯报答大恩于您,故不顾羞耻,有是污言,望恩兄恕罪!"

赵匡胤听她这么一说,方才息怒,双手扶起京娘道:"贤妹,俺救你送你,本为意气所激,今日若有私情,与那两个山贼何异? 又让世人怎么看我赵匡胤!"

赵京娘道:"恩兄高见,非常人所及,小妹今生不能相报,死当结草衔环。"

赵匡胤道:"贤妹言重了。时已四更,明日还要赶路,请贤妹早些儿安歇才是。"

赵京娘道:"多谢恩兄,是小妹不好,害得恩兄连觉也睡不安生。您尽管放心地睡吧,小妹再也不会哭了。"

一夜无话。

翌日辰时二刻,兄妹二人用过早饭,启程西行。太阳将要落山的时候,来到了小祥村。

赵京娘的父亲见女儿安然归来,惊喜交加,相持痛哭,把赵匡胤晾在一旁。

倒是京娘的嫂嫂韦大妞见京娘的身后跟了一个用棍挑着包裹的红脸大汉,心下有疑,上前问道:"好汉是哪里人氏,到此做甚?"

她这一问,京娘立马将哭停住,指着赵匡胤对父母说道:"女儿得以重生,得以与爹爹和母亲相见,全赖这位大哥。"遂把始末根由细细说了一遍。

赵员外,也就是京娘的父亲,听京娘这么一说,忙向赵匡胤走来:"若非恩公相救,小女恐怕性命难保,今生焉得重逢,请受老朽一拜。"说毕,便要行稽首(稽首:是古代臣子对于君父的拜礼,行礼时屈膝跪地,拱手于地,左手按在右手上,头缓缓伏至于手前面的地上,并停留较长的一段时间。这是拜礼中最重的礼节。)之礼,被赵匡胤拦住。

"老伯,使不得,在下已与京娘结为兄妹,在下就是你的侄儿,哪有长辈给晚辈稽首的道理。"

赵员外道:"如此说来,老朽就给公子唱一个喏(唱喏:古代男子所行的一种礼节。作揖时同时出声致谢。作揖:两手抱拳高拱,身体略弯,向人行礼。)吧!"说毕,倒退两步,低声唱了一个喏。

赵京娘的哥哥,名唤文正,正在庄上料理农务,听说妹子回来了,三脚两步奔回家中,见了京娘,抱头大哭,然后向赵匡胤拜谢。

父子二人,感念赵匡胤相救京娘之恩,吩咐庄丁,宰猪杀羊,大摆筵席,款待赵匡胤。

五代之时,烽火连天,平民百姓连命都尚且不保,还讲什么礼义! 故而,在锁金庄,京娘可以和一群男人同席用餐,但是一回到小祥村就不行了。这里远离中原,战乱相对轻了一些,而赵员外又是当地首富,不能不讲礼义。

这一讲,赵京娘就不能和赵匡胤同桌用餐了。赵员外在内室另备一席,用餐者,除了京娘之外,还有她娘,她嫂子和两个婶娘。

"小妹,那赵公子真是飞捷指挥使的儿子?"韦大妞问。

"嗯!"京娘轻轻颔首。

韦大妞一脸赞赏地说道:"赵公子出身高贵,前途无量,若是能与赵公子攀上亲戚,三世之福也!"

经韦大妞这么一说,京娘的母亲也有些心动了,笑着对京娘说道:"我儿,我有一句话问你,你不可害羞,要据实而答。"

京娘又将头点了一点。

"自古道,'男女授受不亲',赵公子是孤男,你是寡女,千里同行,可否有过肌肤之亲?"

赵京娘既羞又气道:"亏您还是俺娘哩,闺女是什么样的人,别人不知道,您还不知道吗?闺女虽说与赵公子千里同行,却没有半点逾规之举。"

"妈相信你,妈也看得出来,那赵公子是一个正人君子,正因为他是一个正人君子,妈才想让你托付终身。"

赵京娘道:"女儿和赵公子已经结为兄妹,哪有兄妹成婚的道理!"

韦大妞"咦"了一声道:"你们这是什么兄妹呀,他是汴京,咱是蒲州,相距一千余里,八竿子打不着的兄妹!"

赵京娘道:"管它打着打不着,此事断断不可再提!"

她也许觉得把话说得太重,略顿又道:"我得以重生,全赖赵公子之力。希望娘亲、婶娘和嫂子留赵公子在家,款待十日半月,稍尽京娘之心。"说毕,起身回到闺房。

众人见京娘走了,匆匆扒了一碗饭,各自离去。

赵匡胤酒量再大,也经不起京娘父兄及几位叔叔轮番轰炸,烂醉如泥,被人搀到客房安歇去了。

安置过赵匡胤,赵员外来到卧房,京娘的母亲端来一碗醒酒汤,让他服下。

服过醒酒汤,赵员外依然十分兴奋,与京娘的母亲天南海北的闲扯起来。扯着扯着,扯到了赵匡胤和京娘。

赵员外笑道:"老太婆,女儿的话你也当真!就是让女儿自己选婿,能选来像赵公子这样的人吗？女儿害羞,怕落一个自己择夫的恶名,你我应替她担当才是!"

京娘母亲轻轻颔首道:"还是老爷想得周到。"

翌日晨,赵员外父子陪赵匡胤用餐,将要结束的时候,赵员外说道:"公子,你打算在蒲州呆几天?"

赵匡胤道:"小侄有几个朋友,在锁金庄等候小侄,小侄一天也不想停留,巴不得这会儿就飞回锁金庄。"

赵员外道:"你这就有些见外了。你既然救了老朽小女,你就是老朽的恩人,怎能说走就走呢?何况,老朽有一言梗在喉中,若是不讲出来,怕是要憋出病来呢!"

赵匡胤道:"既然这样,老伯就讲吧。"

"小女余生,皆出恩公所赐,老朽与拙荆商议,无以为报,意欲将小女献于公子,为箕帚之妇,伏乞勿拒!"

赵匡胤道:"老伯差矣,小侄已与京娘结为兄妹,若是成婚,叫世人怎么议论小侄?"

赵文正抢先回道:"世人怎么议论你倒不重要,因为你是一男人。但怎么议论小妹,这就不一样了。"

赵匡胤一脸不悦道:"有什么不一样?"

赵文正道:"小妹是一未出阁的黄花闺女,却与一孤男同行一千余里,你俩个就是一点儿邪念也没有。外人信么?外人若是不信,小妹以后如何嫁人?倒不如……"

赵匡胤勃然大怒,一把将餐桌掀翻,手指赵文正,破口大骂道:"好一个不知事的乡村野夫,俺本为意气,故不远千里之遥,送你妹子回家,你却在那里胡思乱想。爷送你妹子上路之前,料到会有人嚼舌,特请王大仙为你妹子点了'守宫砂'。爷与你妹子有染无染,你可看她胳膊上的'守宫砂'。"说毕,挑了行李,如飞的去了。等赵京娘得了消息,赶将出来,赵匡胤已无踪影。

赵京娘跌足哭道:"你们这是误解赵公子,你们这叫我怎么做人!"

经赵员外夫妇百般相劝,赵京娘回到房中,哭了半夜,方才睡去。

原只说赵匡胤一走,久而久之,赵京娘便会把他淡忘。谁知,她不但没有淡忘,整日以泪洗面,就是梦中也不停地呼唤二哥,请求二哥原谅。

就是她不呼唤二哥,村中的流言蜚语足可以把她击垮,何况,她胳膊上的"守宫砂",不知怎的竟然不复存在,这让她跳到黄河也洗不清。

既然洗不清,干脆不洗了。挨至更深,打听爹娘都已睡了,解下腰间汗巾,悬梁自缢。

九　母夜叉求婚

　　赵京娘死于流言蜚语，赵匡胤原想出面为京娘讨一个清白，转而一想，这事因我而起，弄不好越描越黑，不如一走了之。

　　算卦人也不知用了什么手段，店家主动跑到赵匡胤客房，一进门便跪了下去："小子错了，小子见您包袱中这么多银子，便起了不良之意……"

　　陶三春咬牙切齿地说道："你个不识抬举的偷瓜贼，还给姑奶奶来这一手，姑奶奶若是治不住你龟孙，姑奶奶就不叫陶三春！"

　　赵匡胤负气离开小祥村，走了三天，突然想起一件事：我赵匡胤送京娘上路之前，曾经对大哥、三弟等人说过，送京娘到家之后，索要京娘父亲一个字据，证明京娘的"守宫砂"完好无损。而今，因一时气愤，忘了索要字据，回去怎么向大哥、三弟他们交待？

　　左思右想，赵匡胤还是折了回去。距小祥村尚有半舍之路，天空飘起了雪花。越走，那雪下得越大，及至来到小祥村村口，雪已经有三寸多深，盖住了麦田，盖住了大地，放眼望去，白皑皑一片。

　　"我的京娘儿啊，你好狠的心，你不该丢下娘独自走啊……"

　　一阵撕心裂肺的哭声，从一箭开外的坟园里传了过来。赵匡胤吃了一惊："难道，难道京娘死了！"

　　他循着哭声望去，只见赵京娘的老娘披头散发，坐在一个新坟之前，一边哭一边说，每说一句话，便要猛地拍打一下坟头。

　　"一定是赵京娘死了！可我离开小祥村时，她还好端端的，几天不见，怎么说死就死了呢？我得过去问一问。"

　　他走了两步，忽听那老妪哭道："赵匡胤，你个红脸贼，既救了俺女儿，就不该再害她呀！"

赵匡胤一怔："这话从何说起？难道这老妪疯了！若她真是疯了，还有何理可讲！"想到这里，他站住了。

"红脸贼呀，孤男寡女，千里同行，你硬说你和俺女儿无染，还要俺看女儿的'守宫砂'。狗屁，若是俺女儿的胳膊上有'守宫砂'，她也不会悬梁了！"

"京娘胳膊上没有'守宫砂'？不可能！一是在锁金庄，王大仙确实给京娘点了'守宫砂'；二是我也确实和京娘无染！可是，京娘的母亲能会撒谎？"

还没容赵匡胤理出一个头绪，京娘母亲又猛地拍打了一下坟头哭道："我日你妈那些长舌妇，我女儿和红脸贼就是有染，与尔等何干！硬把我女儿给嚼死了……"

"看样子，京娘确实死了，是死于流言蜚语的！而这些流言蜚语乃是因为她的胳膊上没有了'守宫砂'！我得出面为京娘讨一个清白！"

转而又一想："这事因我而起，村人信我的话吗？弄不好越描越黑，倒不如一走了之。不行，我就这么走了，有些对不住京娘。"

忽见村中走出三个人，一个大人、两个小孩。那个大人是赵京娘的父亲，两个小孩是京娘的侄儿。

"雪下得这么大，京娘的父亲还要出村，一定是为着京娘的母亲而来。他们刚刚死了女儿，若是见了我，必将勃然大怒，向我发火，我不能自寻其辱！"想到此，他掉头东返，一口气跑了五里多路，这才放慢了脚步。

前行不到五里之地，有一村庄，庄口竖了一块大石头，上写着四个大字："悦来客栈"。赵匡胤一是心情不好，二是也有些饿，便走进客栈，要了三斤熟牛肉，自斟自饮。

这一坛酒才二十斤，若是以往，赵匡胤莫说喝半坛，就是喝一坛，顶多是个微醉。可这一次他醉了，酩酊大醉，还吐了一地，店家将他扶到后院，开了一间客房，又帮他脱去鞋和外衣，扶上了榻，方才离开。

赵匡胤半夜醒来，犯了和柴荣一样的病，特别地渴。

这一渴便要寻水，把店家给惊醒了。店家说没茶，想喝让他自己烧。他说，我心里发燥，就是有茶也不喝，我要喝水。

他这一喝便是四瓢，比柴荣那一晚还多喝了一瓢。

喝过凉水之后，肚里舒服多了，倒头便睡。鼓打四更，他又一次醒来，只觉着浑身发冷，冷得他直打冷战，想加盖一条棉被，找遍了客房也没有找到。他已经惊动过店家一次，不想再惊动了。没奈何，将头缩进被窝又睡。

他也是日上三竿，被人叫醒。但他没有柴荣那么幸运，叫他的不是他的朋友，而是店家。

赵匡胤满面通红，浑身无力，站都站不住。店家皱着眉头儿问道："你是不是有些发烧？"

赵匡胤"嗯"了一声。

店家摸了摸他的额头，惊叫一声道："你的额头烧得像火炭儿一般，若是常人，早烧得不省人事了！哎，你打算怎么办？"

赵匡胤有气无力道："麻烦你给在下请一个郎中。"

店家道："这郎中有好有坏，你是想请好一点的呢，还是想请差一点的呢？"

赵匡胤道："最好的。"

店家道："若请好的，不说药钱，出一次诊得给人家三钱银子。"

赵匡胤强忍住气说道："三钱就三钱吧，你别担心，在下出得起，去吧。"

约有半个时辰，店家领来了一个宽额高鼻、目若朗星的年轻人。

店家指着年轻人向赵匡胤介绍道："这位郎中，姓程，名德玄，七世为医。你别看他年轻，却得祖上真传，这世上没有他治不好的病，人称程一服，也就是说，一服药就管治好人的病。"

程一服来到赵匡胤榻前坐下，举着三个指头，将两手六脉，细细地诊了一番，又将他那身体看了一遍，方才说道："你四脚冰冷，遍体发烧，鼻孔流青，脸面带肿，唇干口燥，神气虚浮，乃是夹气伤寒，理应舒气消食，凝神发表为当。"说毕，提笔开一药方。方曰：柴胡五钱，加引灯心、竹叶、生姜，用水两盏，煎至八分温服。

程一服写毕，将药方递给赵匡胤。

赵匡胤拱手说道："多谢神医。"扭头又对店家说道："在下的银子，全在包袱之中，请你去外边取一把戥子（戥子：亦作"等子"。一种称量金银、药品的小秤。）过来，称出三钱，用纸封了，送与程神医为药资之敬。"

店家满脸欢喜道："客官放心，我这就去办。"当即去前店取来戥子一个，就赵匡胤包袱里的碎银称出三钱，用纸封了，双手递与程德玄。

程德玄接过了钱，向店家道了一声"多谢"，又向赵匡胤道了一声"保重"，径自去了。

店家将程德玄送出门外，复又折回客房，对赵匡胤说道："客官，我这就去给你抓药、煎药，请耐心等待。"

赵匡胤道了声"多谢"，目送着店家出了客房，方又躺了下去。

吃了程德玄的药,赵匡胤的病不但没有好转,反而加重了,便将店家叫到榻前,让他去找程德玄,问一问是怎么回事。

店家去而复归,一脸遗憾地说道:"程神医被汴京的一个大官请走了。"

赵匡胤道:"既然这样,麻烦你给在下另请一个郎中。"

谁知,一连换了六个郎中,也没有把赵匡胤的病治好,但也没有再往坏处发展。

忽一日,来了一位算卦先生,住在赵匡胤隔壁。如厕之时,二人相遇,彼此吃了一惊。

"你,你不是匡胤弟吗?"算卦人问道。

赵匡胤双手抱拳道:"在下正是赵匡胤,你怎么也来到这里?"

算卦人回道:"说起来一言难尽,愚兄本来与表弟苗训相约,再去华山学几年,不知为甚,老祖只将苗训收下,很客气地将愚兄打发走了。"

赵匡胤道:"陈抟老祖这人,愚弟也有过一面之交,他既然不肯收留你,自有他的道理。"

算卦人道:"咱不说老祖的事,咱只说一说,你因何流落于此?"

赵匡胤便将千里送京娘之事,一一道来。

算卦人道:"你所说的程德玄,的确是一神医。何况,您所患之病,并非绝症,程德玄说他药到病除,一点儿也不夸张。可是,你吃了他的药,病情并无好转,这就有些奇怪了!"

赵匡胤道:"愚弟也这么想。"

算卦人道:"既然这样,你啥也别想,自此刻起,你只管安心睡觉,无论出了什么事情,由我一人承担!"

赵匡胤道:"多谢仁兄。"

算卦人也不知用了什么手段,店家主动跑到赵匡胤客房,一进门便跪了下去,一边磕头一边说道:"小人错了,小人见您包袱中这么多银子,小人起下不良之意,暗自将程一服所开之药调换,才使您的病忽好忽坏,其目的就是想赚您几个房钱。"

"你!"赵匡胤真想狠狠掴他几个耳光,手都举起来了又放下。

"我不想再见到你,滚!"赵匡胤吼道。

"那药……"店家战战兢兢地问。

"你让郎中把药给爷送来,爷自己煎。"

他这一煎,只吃了两服病便好了。

赵匡胤屈指一数,自患病至今,已有两个月。按照店家所算,每日两钱,共计一百二十钱白银。赵匡胤如数支付。

算卦人道:"匡胤老弟,你也太实诚了。自你住店之后,店家每日按两钱计算,你也不算一算,这两钱银子的开支,用在什么地方?"

赵匡胤微微一笑道:"钱这东西,在小人眼中,比他老婆还亲,可在我眼中,只是些许物品的代号而已。不就一百二十钱银子么? 全给了他,也发不了他,也穷不了咱。况且,若非您的到来,小弟花去的远不止这个数。小弟还急着回锁金庄见两个盟兄盟弟,小弟告辞了!"说毕,向赵普深施一礼,出了客栈,径奔锁金庄而去。

将至锁金庄,他突然犹豫起来:"我这次去送京娘,一来没有拿到京娘爹娘的字据;二来京娘死了;三呢? 我这一走,两个多月。大哥、三弟若是问起我小祥村之行,叫我怎么回答? 就是如实回答,他们信吗? 张屠户和王大仙信吗? 庄上的人信吗? ……唉! 我不该救京娘,更不该激于意气送她回乡!"

他越想越气恼,越走两条腿越沉:"唉,这锁金庄我是万万不能回了! 可去哪里好呢?"赵匡胤想来想去,想起了蛰龙寺。他第一次见到昙云长老,长老便直言相告,说他的灾星很重,不宜远行,避祸的唯一办法,就是在蛰龙寺住下来静心读书。唉,看样子,只有去蛰龙寺了。

昙云长老闻听赵匡胤转来,忙迎进僧堂,等小和尚献上了茶,方才问道:"公子从哪里而来?"

赵匡胤道:"小祥村。"

长老道:"诚如此,柴施主他们投军之事,公子必不知晓了。"

"投军,投什么军?"赵匡胤一脸愕然道。

昙云长老便把柴荣之书转交赵匡胤,并将符彦卿的情况向他作了简单介绍。

符彦卿不只武艺高强,且又英勇善战,屡败契丹军,契丹人畏之如虎,此事为汉天子所知,擢为天雄节度使(节度使:官名。唐初沿北周及隋旧制,于重要地区设总管,后改为总督,总揽数州军事。唐睿宗景云中(710—711),改称节度使。五代沿之。)。他不知从何处得了消息,爱女秀英受恶棍所欺,避难陶家庄,当即遣一小校,来接秀英。张琼以义兄之名,将符秀英护送到天雄。母女相见,抱头痛哭,符彦卿将她母女劝住,设宴款待张琼。

符彦卿虽为军人,但毕竟不是一般军人,还得讲究儒家的礼节——男女授受不亲。既然男女连手都不能接触,岂能同坐一席! 于是,符秀英的母亲把女儿引到内室,另置一席。秀英的两个妹妹——秀洁和秀凤,闻听大姐回来了,忙出来拜见。

在开宴之前,秀洁问道:"大姐,听爹说,将你送给二叔之后,你没过上一天好日子,还受尽了土霸的欺负,不知是真是假?"

秀英道:"是真的。"

秀洁道:"你能不能给俺们讲一讲?"

秀英长叹一声道:"大姐不想讲,大姐若是一讲,怕是二位妹妹要为大姐难受,还有咱娘,恐怕连饭都吃不下去了。"

秀洁道:"有这么严重吗?"

秀英轻轻"嗯"了一声。

秀凤虽小,却很懂事,瞟了一眼秀洁说道:"既然这样,让大姐吃过饭再讲吧。"

秀英娘当即附和道:"凤儿说得极是,吃饭,先吃饭,饭后再听你大姐讲。"

秀洁忙道:"好,听娘的。"

这娘儿四个不喝酒,午宴不到半个时辰便结束了。

秀洁旧话重提,秀英未讲之前,又是一声轻叹。她自养父之死讲起,一直讲到跟着张琼避难陶家庄。当她讲到赵匡胤为她大闹赌场的时候,不仅没有悲伤,反而有些亢奋。

"我儿,照你这么说,那赵匡胤乃是一个古今少见的大英雄!"

符秀英一连将头点了三点说道:"他比秦琼还秦琼!那秦琼为了朋友两肋插刀,被传为美谈。赵恩人与女儿素不相识,路见不平,拔刀而起,为救女儿,将生命置之度外。"

符秀英道:"不只赵恩人,张琼哥也是一个少见的大英雄,若非他拔刀相助,女儿和赵恩人怕都要两度为人了!"

秀英娘忙道:"也是,也是。娘这就去,说与你爹知道。"

说毕,来到客厅,把符彦卿叫到一旁,将赵匡胤和张琼的豪举,一一说与符彦卿。

符彦卿大为感动,回到席上,向张琼施以拱手(拱手:古礼之一。施礼时,双手合抱,举于胸前,立而不俯。)之礼。

张琼忙起身还礼。

"张大英雄,老夫刚刚得知,为救秀英,你和匡胤贤侄,险遭不测。老夫敬你一碗酒。"

张琼双手接过酒碗,高声说道:"大人过奖了。但大人赐酒,我张琼不敢不喝。"一饮而尽。

饭后，张琼便要辞行，符彦卿劝道："天雄为汉重镇，契丹无论南侵还是西侵，天雄是他迈不过的坎。他们不论是奇袭，还是正面出击，与老夫之战，大大小小，有二百多次，没有捞到半点便宜，究其原因，不是老夫厉害，是老夫属下的四大金刚厉害！"

张琼道："但不知大人属下的四大金刚高名上姓，说一说也好让小侄长长见识。"

"这四大金刚么？位列第一的是节度副使赵正，依次是行军司马(行军司马：节度使的佐官，初置于三国魏。《新唐书·百官志》曰："行军司马掌弼戎政。居则习搜猎狩，有役则审战守之法，器械、粮备、军籍、赐予皆专焉。")党进，及都指挥使李汉超和杨信。也许是老夫无福，也许是苍天要兴契丹，一月前，赵正死于破伤风；党进奔母丧回了马邑；杨信和李汉超为争一个美女，大打出手，被老夫一人打了四十军棍，不辞而别。老夫正为军中缺将发愁，有心让张大英雄留下，但不知张大英雄肯不肯屈就？"

张琼道："既然大人如此看重我，我理应留下。但我此来，乃是为了送秀英小姐，朋友们都非常惦记，我想回去给他们报个平安，再来投效大人如何？"

符彦卿道："张大英雄所言甚是，但老夫有一个不情之请。"

"请大人明示。"

"你的义兄赵匡胤，老夫虽说不认识，可老夫认识他的父亲赵弘殷。不只认识，俺俩气味相投，不是亲兄弟，胜似亲兄弟！张大英雄回去之后，若能请他出山，老夫之福也！"

"这个不难！"张琼将胸膛"啪"地一拍说道："这事包在我身上。"

"不只赵匡胤，凡你所认识的，只要有一技之长，全都给老夫邀来！"

张琼道："好！"

符彦卿赠其白银百两，良马一匹，送其上路。

张琼上马又下马，期期艾艾地说道："我若是把匡胤二哥请来了，您打算授他一个什么官呀？"

"军都指挥使(军都指挥使：五代的部队编制，五人为伍，伍设伍长；十人为什，什设什长；百人为都，都设"都头"；五都为营，营设"指挥"；五营为军，军设都指挥使或都虞侯，或直接称军主。十军为厢，厢设"都指挥使"，或直接称厢主。)怎样？"

"这官不小！我，我呢？"张琼一边抓着头皮，一边很不好意思地问道。

"授你一个营指挥怎样？"

"不小，不小！"张琼二次上马，以日行二百里的速度回到了陶家庄。

陶员外一家,见张琼骑着高头大马回来,又听他讲了天雄之行,一个个眉开眼笑,杀猪宰羊,为张琼置酒洗尘。

张琼酒量再大,经不住陶员外家人多,喝得酩酊大醉,从未时三刻,一直睡到亥时三刻,忽听有人叫他:"偷瓜贼,偷瓜贼,快醒醒,快醒醒呀!"

这声音好熟,还是个女的,莫不是陶三春吧!张琼将眼微微一睁,站在榻边的果然是陶三春。心中暗喜道:"我知道你喜欢我,可当我约你私会的时候,你推来推去,说这里是你的家,让人看见不好。这会儿我没约你,又是深更半夜,你跑到我这里,也不怕人看见了?哼,分明是我要当官了,这才来。势利眼,我得趁机耍她一耍。"主意已决,忙将双眼闭上,扯起了微鼾。

陶三春轻轻拍打了几下张琼的额头,笑嘻嘻地说道:"偷瓜贼,我知道你没睡着,你不要装了,快起来,我有要事和你相商。"

"狗屁要事,不就是想做我张琼的老婆吗?我尽管早就盼着这一天,也不能立马答应。何也?你太厉害了,咱们第一次见面,你便把我打了个人仰马翻,我若不拿一下架子,让你求我,这一辈子呀,算犯到你手里,永无出头之日!"

想着想着,他把鼾扯得更响了,似打雷一般。

陶三春恼了,一把揪住张琼耳朵,咬牙切齿地说道:"你个不识抬举的偷瓜贼,还给姑奶奶来这一手!姑奶奶若是治不住你龟孙,姑奶奶就不叫陶三春!"一边说,一边将他的耳朵正反各拧了三圈,疼得他龇牙咧嘴,连连求饶。

"老实说,姑奶奶找你,你为什么要装睡?"

张琼道:"我没装睡,真的,我真的没有装睡……"

陶三春也不反驳,稍一用力,差一点儿将张琼的耳朵拧掉,疼得张琼杀猪般地嚎叫起来。陶三春慌忙捂住他的嘴,小声斥道:"叫什么叫?是想让俺爹俺娘来救你吗?休想,他们早就睡着了,听不见,你若是再叫,姑奶奶不拧你耳朵了,姑奶奶撕烂你的嘴,叫你打不成鼾,说不成话,吃不成饭,你信不信?"

张琼道:"我信,我信!"

陶三春道:"既然你信,就该老实招来。说,为什么我进来喊你,你明明醒了,却要装睡,不理我?"

"唉,招就招吧,我和你逗着玩的。"

"不,没这么简单。"

"真的,我真的是想逗你玩的。你若不信,我可以给你赌个咒怎么样?"

"你赌吧。"

"我故意装睡,是想逗一逗三春贤妹。我若说谎,叫我死……"

陶三春二次捂住张琼嘴巴,嗔道:"死什么死呀?晦气!你不只不能死,你还要长命百岁,你还要和我白头偕老……"

陶三春自知失口,忙将话顿住。张琼伸出右手,指着陶三春的鼻子笑道:"你羞不羞,还没有嫁人,便要和人家白头偕老!你说,你打算和谁白头偕老呀?"

陶三春用手一拨,将张琼的手拨开,假装生气地说:"你坏,你太坏了!"

张琼大笑道:"谚曰,'男人不坏,女人不爱。'你要敢再说一句我坏,我就坏个样子让你看看!"

陶三春半真半假道:"好,你就坏个样子,让我看看吧。"

张琼忽地坐了起来,一把抓住陶三春的手,往榻上拽:"坐,坐榻上。"

陶三春红着脸说道:"坐就坐,你能把我吃了不成?"

张琼笑道:"我不吃你,我让你坐近点,再坐近点。"

陶三春很听话,将屁股一连挪了两挪。当她与张琼并肩而坐的时候,张琼一把揽住她的玉颈,朝她粉脸上狂吻起来。陶三春挣了几挣,没有挣脱,干脆不挣了,听任他吻。

张琼吻了一阵,那一双大手,便有些不老实起来,先是隔衣按住陶三春两个丰乳。稍顷,又由她小腹摸起,一直摸到两个丰乳。

不只是摸,还知道去吮,吮得陶三春皮软骨酥。

张琼越吮越是动性,一边吮,一边去解陶三春的下衣(下衣:古代所说的衣,既指身上穿的衣服,又专指上衣,还可以指一切蔽体的东西:头上戴的为头衣,上身穿的为上衣,下身穿的为下衣,足上穿的叫足衣。)。

陶三春不干了。

"偷瓜贼,你不要胡来。我深更半夜找你,乃是有要事相商。你若胡来,我就走了。"

她这一说,张琼立马将手收回,仰脸问道:"你说,你有什么事要和我相商,我支叉着耳朵听。"

支叉着耳朵,本是一句骂人的话,只有兔子,才会支叉着耳朵。张琼不知是有意,还是无意,说了这么一句话。

他这一说,把陶三春逗乐了。她强忍住笑说道:"我不让你支叉耳朵,我只希望你别再装睡就行。"

张琼道:"我不会再装睡了,你说吧。"

"你说,那营指挥是多大的官呀?"陶三春问。

"我也不知道是多大的官,只听说五人为伍,十人为什,百人为都,五都为营,一个营五百人,营的最大官为指挥。"

"那,这官有些太小。你知道俺爹管多少人?"陶三春问。

"管多少?"张琼反问道。

"管一千八百多人。"

"你爹是一个什么官呀?"张琼问。

"是陶家庄的族长。"

张琼哈哈大笑道:"族长也算官呀?"

陶三春反问道:"那什么才算官?"

"经过皇上钦封,吃皇粮的才算官。"

陶三春"噢"了一声道:"原来如此。哎,你这一走,咱得多少天才能相见?"

张琼道:"这不好说。"

"为什么?"

"一旦从军,那就把身家性命交给了皇上,岂敢谈私!"

"这……"陶三春期期艾艾说道:"咱俩的事……"

张琼故意装糊涂:"咱俩啥事?"

陶三春将杏眼一睁说道:"你是不是想让我撕你的嘴?"

张琼一脸赔笑道:"不想,不想。"

陶三春道:"那你说一说咱俩有啥事?"

"咱俩么,咱俩么……"张琼故意不说。

陶三春又一次揪住他的耳朵:"说,咱俩怎么了?"

"咱俩,咱俩,咱俩的婚事……"

"咱俩的婚事应该咋办?"陶三春有些急了。

"咱俩的婚事,等我从军之后再,再说。"

"放你娘的屁!"陶三春猛一用力,揪得张琼"妈"地一声大叫。

"你再叫,我就将你的耳朵揪掉!"陶三春恶狠狠地说道。

"好,我不叫,我不叫总行了吧!"

"行是行,你得重新说一遍,咱俩的婚事应该怎么办?"

"你说咋办,我就咋办。"

"我叫你明日就向我爹求婚。"

"好,好,明天吃过早饭,我就向你爹求婚。"

"这还像句话。"说毕,陶三春将手松开。

张琼长出一口气。

陶三春含情脉脉地说道:"我该走了。"

张琼将头点了一点。

陶三春道:"你就这样让我走么?"

张琼道:"不这样还该怎样?"

陶三春道:"你不是要坏么? 咋没见你坏呢?"

张琼恍然大悟:"好,我坏,我这就坏!"一边说一边去吻陶三春,吻了个天昏地暗。

当他欲要再深入一步的时候,陶三春一把将他推开:"那事等入了洞房再说。"

送走了陶三春,张琼再也睡不着了,便披衣起床,跑到院子里练功,直练到雄鸡报晓,这才进屋入睡,还做了一个香梦。在梦中,他不只做了营指挥,还做了都指挥使。那官越做越大,直做到一字并肩王,不由得哈哈大笑。

十 一分利奇遇

在赵匡胤眼中,昙云长老不只是一个得道高僧,也是一位和蔼可亲的长者,今日说话,竟然如此粗俗,让人不可思议。

李处耘一连点了三个茶:四上玻肚一盘、金串珠一盘、红烧鸭舌一盘。店家头上开始冒汗了。

郭威将石子安放在弹弓上,朝喜鹊弹去。谁知,喜鹊未弹住,却弹住了一个过路的小孩,一声惨叫,倒地而亡。

张琼从梦中笑醒,再也无有睡意,天还未明,便爬了起来,径奔三里外的一个小镇,买了一只雁、一只羔羊,以及酒、黍(黍:一年生草本植物,子实叫黍子,碾成米叫黄米,性黏,可酿酒,故而又称酒米。)、稷(稷:古代一种粮食作物,有的说是黍属,有的说是粟(谷子)。)、稻、米、面各一斛(斛:量器名,亦容量单位。古代以十斗为一斛。南宋末年改为五斗为一斛。),雇了几个挑伕,径直挑到陶三春家。

张琼为什么要买这么多东西?乃是婚聘所需。古代的婚聘,最重"六礼"。

何为"六礼"? 即纳采、问名(问名:六礼之一,也就是双方相互探问姓名、年龄、生辰、籍贯,以及上三代的名号、官职等。)、纳吉(纳吉:六礼之一,也就是合婚,俗称"批八字",若男女双方的八字不合,便不能成婚。)、纳征(纳征:六礼之一,也就是我们通常所说的"纳财、下彩礼、过礼、放定。")、请期(请期:六礼之一,就是男家占卜择定结婚的吉日良辰,让媒人告知女家,征求女家的同意,相当于后世的"告期"、"下日子"、"送日子"、"探话"等。)、亲迎(亲迎:六礼之一,这是婚聘之礼的最后一道程序,相当于后世的婚礼大典。)。纳采,相当于后世的"提亲"、"说媒"。纳采时必须要携带礼品。而带什么礼品,也有讲究,王公贵族及县丞以上的官员,纳采时,须用羔羊一只、雁一只、酒黍稷稻米面各一斛;百姓减半。在这几样礼品中,除了雁,其他礼品都可以找东西代替。但

94

雁不行,因为雁是候鸟,冬天飞往南方,夏季则生活在北方,来去有时。纳采用雁,实际上等于告诉女家,"男子当婚,女子当嫁",应该像雁那样适时选择其所在。

陶员外早就有了要招张琼为婿之意,苦于没有媒人,如今,张琼自己为媒,将雁和羔羊等九种礼品送上门来,还有何话可说!唯有笑纳而已!

纳采之后,照礼还得问名、纳吉、纳征、请期和亲迎。一因张琼还急着去天雄投军,他不只自己投军,还得寻找赵匡胤。二因张琼无父无母亦无家,去哪里纳吉,找谁纳吉?

于是,把问名、纳吉、纳征、请期、亲迎之礼,该省的省,该合的合,择了一个黄道吉日,在陶员外家拜了天地,入了洞房,大婚告成。

若照陶员外夫妇之意,等张琼度完了蜜月再送他上路。张琼不肯,他喜欢女人,但他更看重前程。婚后,只在陶家庄呆了三天,便辞别了岳丈和娇妻,毅然上马北去。未及半月,便来到了关西杜家庄。

赵匡胤的舅舅杜二公,闻听二外甥的好友到了,忙请到客厅,命仆人献茶。

张琼是个急性子,刚一落座,便大声问道:"我二哥呢,他怎么不出来见我?"

杜二公一脸诧异道:"你说什么?"

"我说我匡胤哥咋不出来见我。"

"他没有来呀!"

"你说什么? 我二哥没有到你这里来?"

杜二公将头使劲点了一点。

"不会。我二哥离开陶家庄时,亲口对我说,他要去杜家庄投奔您。怎么会没来?"

"他什么时候离开的陶家庄?"杜二公问。

"去年腊月初二。"

杜二公像是自语,又像是在对张琼说:"去年腊月初二到现在,已经有三个多月了,他就是爬,也应该爬来了! 是不是路上出了岔?"

张琼将头点了一点说道:"我二哥和我一样,最爱多管闲事,路见不平,拔刀而起。一定是他在路上又遇到了什么不平事,管出麻烦来,耽搁了路程,我这就拐回去找他。"

他说走就走,连茶都没有喝。

也是苍天有眼,路上,他结识了一个伞贩,而这个伞贩不仅和柴荣是同行,还是锁金庄的女婿。于是,便将他引到了锁金庄。

张琼在锁金庄住了十几日,虽说有酒有肉,但他并不稀罕。

他要的是前程,是邀他的二哥去投军符彦卿。

可左等右等，不见赵匡胤归来，而符彦卿那里，两次遣人相催。

几经商议，由柴荣执笔，修书一封，将张琼天雄之行，以及符彦卿邀众雄前去投军之事，一一写来，并要赵匡胤见书之后，速去天雄相会。

写毕，将书交给张屠户。将要出发的时候，柴荣多了一个心眼："要是赵匡胤先到蛰龙寺呢？岂不要耽搁时间！"遂将写给赵匡胤的书信又抄了一份送到蛰龙寺。

赵匡胤看了柴荣的信，方知他们投军天雄，当即对昙云长老说道："小侄这就去追赶柴大哥他们，告辞了！"

昙云长老道："且慢！老衲好像听公子说过，华山赌棋之后，公子一再向陈抟老祖请教前程，老祖说了公子的大前程，公子又要请教小前程，陈抟老祖怎么说？"

赵匡胤道："老祖说小侄，'赌债也是债，由小失大，累及子孙。二龙相遇，义结金兰。空送佳人千里路。遇郭而安，历周而显，两日重光……'"

昙云长老将双手一拍说道："停。关于赌债的事，咱先不说。老衲问公子，'二龙相遇，义结金兰'之谶，是否已验？"

赵匡胤道："无验。老祖讲的是'二龙相遇，义结金兰'，可我们明明是三龙相遇，义结金兰。"

昙云长老道："那史延德岂能称龙，顶多算条狗！"

在赵匡胤眼中，昙云长老不只是一个得道高僧，也是一位慈眉善目、和蔼可亲的长者。今日说话，竟然如此粗俗，让人不可思议！

昙云长老的话刚一出口，便意识到自己说话有些太直，也有些太急。略顿，又道："公子且莫小看了狗，孙悟空大闹天宫，除了如来佛和哮天犬，没有人能治得了他！好了，咱不说这些了。老衲再问公子，'空送佳人千里路'之谶，是否已验？"

赵匡胤道："已验。"

昙云长老道："既然已验，公子就不必去追赶柴、张、史三位施主了，该公子出山的时候，不用公子说，老衲自会为公子饯行。"

赵匡胤沉吟良久道："好，小侄听您的。"

他在蛰龙寺住下之后，不是习武，就是读书，不知不觉，便是一年。

这一日，他正在客房读《孙子兵法》，昙云长老遣一小僧来请。午宴很丰盛，不仅有肉，还有酒。酒肉为僧家所忌，赵匡胤在蛰龙寺住了一年，还从来没有享受过如此待遇。他馋了，偷偷跑到寺外吃上一顿。可今日……

虽然有肉，可昙云长老只拣素的吃。也有酒，昙云长老一滴不沾。等赵匡胤吃饱喝足,昙云长老方笑眯眯地说道:"公子,老衲如此款待公子,公子可知道是什么用意?"

赵匡胤略一思索道:"是不是有饯行的意思?"

昙云长老道:"正是。"

赵匡胤一脸惊喜道:"如此说来,小侄的灾星已退?"

昙云长老道:"是的。自今日始,公子红运高照,一帆风顺。只是,遇郭而安的时候,要记住烧冷灶。不只要烧冷灶,要戒杀好生,方能一统中原。"

赵匡胤重重地将头点了一点。

昙云长老道:"公子可以动身了,一直正北走,便会'遇郭而安'。"

赵匡胤谢过了昙云长老,用蟠龙棍挑了包袱,正北而去。

行了两日,来到舟山,舟山后有一大营,依险驻扎,并有大旗一面,悬空荡漾,熠熠生光,旗上有一大字,因被风吹着,急切看不清楚。又前行数十步,方认明是个"郭"字,暗自思道:"陈抟老祖和昙云长老皆说我'遇郭而安',莫非要应在此人身上?"便望着大营,大踏步向前走去。将及大营,忽又犹豫起来:"符彦卿乃天雄节度使,官居极品,我又是他女儿的救命恩人,诚心相招,我都没去,今日反要投这个一无所知的将军,是不是有些太孟浪了,倒不如找几个人,待打听清了这个姓郭的来历,以及他的德行和谋略,再决定投与不投,方是正理!"主意已定,径直向路北的一家酒店,走了过去。

这个酒店,虽不算大,也有五六张桌子,且每张桌子都坐上了人,最多的那一桌坐了十人,最少的那一桌坐了三人,全是当兵的。赵匡胤趋到坐着三个人的那张桌旁,深施一礼说道:"三位爷,在下想和三位爷随一个喜,酒钱饭钱在下全包了。"

这真是从天上掉下来一块"馅饼",坐在上首的那个军人,看年纪也不过二十五六岁,面如傅粉,同桌的人都叫他潘大哥,从衣着上看像个营指挥。

潘大哥听了赵匡胤的话,眉开眼笑道:"好,好! 坐,请坐。"

赵匡胤道了一声谢,东向而坐:即面东而坐(古礼,坐北朝南的房子,南向而坐是主宾,东向而坐位最卑。)。

潘大哥他们,原本是喝闲酒的,只点了两个菜:烧猪头脸和凉拌牛肉。此时,酒已喝了一坛,菜也所剩无几。坐在潘大哥对面的矬子,也是一个营指挥,笑嘻嘻地说道:"潘大哥,红脸大哥既然看得起咱们,和咱们同桌共饮,两个菜是不是有些少了?"

潘大哥点了点头:"是少了点。"

矬子道:"那就再加六个吧?"

潘大哥道:"好。"

赵匡胤暗自骂道："爷没来,你们三个人才点了两盘菜。爷一来,你们就要加菜,且一加便是六个,分明是要捉爷的冤大头,若是往日,爷不揍尔等,爷就不是赵匡胤! 但为了从军之事,爷忍了。"

矬子见潘大哥同意加菜,而赵匡胤又没反对,高声叫道："小二,爷要加菜!"

店小二正忙着端菜,坐在酒柜后边的店家高声应道："好嘞!"旋风般地来到矬子面前,点头哈腰道："爷想加什么菜?"

矬子正要点菜,门外闯进一个人,只见他,年约二十三四岁、膀大腰圆、赤脸白眉、个头九尺有余,一进门便高声说道："好啊,你们三个跑来喝酒,把我李处耘晾在军营,羞也不羞!"

矬子反驳道："不是我们不叫你,是找了大半个军营找不到你。你是不是会王寡妇去了?"

李处耘向矬子啐了一口道："胡说八道,小弟就是想会王寡妇,也不会大白天去呀!"

潘大哥笑劝道："你俩别斗嘴了。"他朝左边挪了一挪说道："来,和哥坐一块儿。"

等李处耘坐下后,矬子朝店家一指说道："来,咱接着点,来一盘牛宝、一盘火爆腰花、一盘清炒竹笋、一盘……"

"且慢!"李处耘将手一摆说道："王大哥想点几个菜呀?"

矬子道："六个。"

李处耘道："你已经点了三个,剩下这三个,你就让给小弟点吧!"

矬子道："好。"

李处耘瞅着店家说道："我开始点了,你给我好好地听着! 四上玻肚一盘、金串珠一盘、红烧鸭舌一盘。"

店家头上开始冒汗了,满面赔笑道："军爷,对不起,敝店是一小店,您所点的这三样菜我只是耳闻,怕是做不出来。"

李处耘一脸不悦道："四上玻肚和金串珠你做不出来,难道连红烧鸭舌也做不出来?"

店家道："真要做也能做出来,不过,一时半会儿去哪里弄这么多鸭舌呀?"

李处耘蛮横地说道："上哪儿弄爷不管,爷这会儿只想吃红烧鸭舌!"

店家欲要解释,李处耘将桌子"啪"地一拍说道："你再敢多嘴,爷割了你的舌头,权当吃一次红烧鸭舌!"

店家面如土色,以求救的目光瞅着潘大哥,潘大哥将脸扭到一旁。店家又把双眼移向矬子和西向而坐的瘦子,彼二人亦来一个不理不瞅。没奈何,这才以目向赵匡胤求救。赵匡胤的本性是憎恨强势,同情弱者,见李处耘如此刁难店家,微微一笑说道:"店家别怕,你李爷爱开玩笑。做不出来红烧鸭舌,还可以做其他菜嘛,只要可口,只要有特色就行。"

李处耘翻了一眼赵匡胤,正要斥责他多管闲事,潘大哥开口了:"处耘,这位红脸老弟很够朋友,今日是他请客,就按他说的办吧。"

一因李处耘弄不清潘大哥和赵匡胤的关系,不能贸然斥责;二因是赵匡胤请客,说多了不好。"哼"了一声,挨着瘦子的右肩坐了下去。

店家长出了一口气,如释重负。

对于李处耘的刁难,店家心如明镜,概因半月之前,郭大帅——也就是舟山脚下驻军的头儿郭威,来此吃酒,吃到微醉的时候,突然问道:"店家,爷的这些兵常来你这里吃酒,有没有白吃白喝的?"

店家正为这事头疼哩,闻言,深作一揖说道:"禀大帅,白吃白喝的倒也没有。只是,只是……"

郭大帅道:"只是什么? 不要怕,有本帅做主,有什么话你尽管说。"

店家又作了一揖说道:"既然大帅为小民做主,小民就实话实说了。大帅的将士,确实常来小民这里饮酒,但给现钱的还不到一半。"

"那一半给什么?"

"记账。"

"能不能把你的账单拿来让本帅瞧一瞧?"郭大帅问。

"可以。"店家忙将账本双手递给郭大帅。郭大帅回营之后,将欠账者公布于众,命之曰:"凡欠'一分利'酒店钱的,三日之内还清。若是逾期不还,军法从事。"李处耘虽说欠债不多——还不足一千文(文:古时货币单位,一文相当于今之 0.625 元。),但他毕竟欠了一分利的债,被郭大帅勒令限期偿还,这使他丢了面子,故而,一直怀恨在心。若非赵匡胤帮店家说话,"一分利"怕是要大祸临头了。

店家知道好歹,他真想趴在地上给赵匡胤磕一个响头,但又怕激怒了李处耘,只是向赵匡胤报以感激的目光,倒退两步,转身去了厨房,尽心尽意地做了六个菜——牛宝、火爆腰花、清炒竹笋、红烧牛蹄、鸡皮鱼肚、黄焖野兔。前三个菜,是瘦子点的,后三个菜,是店家的绝活。也是"一分利"的招牌菜。

在座的几位,除了赵匡胤,全是李处耘的知心好友。而赵匡胤呢？方面大耳、容貌雄伟、谈吐儒雅而又不乏豪气,一坛酒下肚,李处耘主动和赵匡胤套起了近乎。

"红脸老兄,听你口音,不像本地人？"

"贤兄所言不差,小弟乃是汴京人氏。"赵匡胤如实回道。

"贤兄大名,可否见告？"

"小弟姓赵,名匡胤,人称香孩儿的便是。"

赵匡胤话音未落,李处耘"呼"地站了起来,又惊又喜道："你,你就是那个大闹御……"

赵匡胤慌忙摇手止之。

李处耘忙改口道："尊兄大名,如雷贯耳,小弟有眼不识泰山,失敬了,失敬了！"一边说一边作揖。

赵匡胤慌忙还礼。

潘大哥他们见李处耘对赵匡胤如此尊敬,忙站了起来。

李处耘退后两步,拍着自己的座位对赵匡胤说道："赵兄,请坐,请这边坐！"

潘大哥亦后退两步说道："赵兄应该坐我这个位子。"

赵匡胤拱手说道："二位不必客气,小弟已经有所叨扰了,岂能以客欺主！坐,请各坐各位。"

李处耘道："什么以客欺主？是吾等不懂事,慢待了客人,您若是实在不愿坐上位,那就是不肯原谅你这四位兄弟！"

潘大哥立马附和道："处耘弟说得极是,你说一说,你到底肯不肯原谅你这四个兄弟？"

"这……"赵匡胤向李处耘他们行了三揖(三揖:拜礼的一种。行礼时,拱手作揖,或上下,或左右,或推行。)之礼,方坐到潘大哥坐过的座位上。

他们边喝边聊,越聊越是投机。

"赵兄,听韩令坤兄说两年前您已离开汴京,前往关西杜家庄投亲,怎么会来到这里？"李处耘问道。

赵匡胤反问道："贤弟认识韩令坤？"

李处耘道："认识。"

赵匡胤道："愚兄和韩令坤玩尿泥长大,他的亲戚、他的朋友,愚兄没有不认识的,而你……"

李处耘笑回道:"小弟认识令坤兄还不到半年,而您早已离开了汴京。"

赵匡胤"噢"了一声道:"原来如此。"

"赵兄,您还没有回小弟的话呢。"

"什么话?"赵匡胤又是一个反问。

"小弟问您,两年前您已离开汴京,前往关西杜家庄投亲,怎么会在这里?"

"这……"赵匡胤将店内扫了一圈,小声说道:"此处非谈话之地。"

声音不大,还是被店家听到了,忙趋了过来,小声说道:"五位爷,厨屋的后边有一雅室,乃是为郭大帅备的。天到这般时候,郭大帅不会来了,您几位是不是……"

李处耘和潘大哥交换了一下眼色说道:"谢谢你,请前边带路。"

众人来到雅室,又点了四个菜,赵匡胤乘着酒兴,从大闹御勾栏讲起,一直讲到昙云长老劝他此行——"遇郭而安"。

"'遇郭而安'是什么意思?"李处耘皱着眉头儿说道。

潘大哥微微一笑说道:"'遇郭而安',依愚兄的理解,赵贤弟自大闹御勾栏后,到处漂泊,只有遇到姓郭的人,才会安居下来。"

赵匡胤额首说道:"小弟也是这么认为。"

潘大哥又道:"因此,贤弟见到郭大帅的帅旗,便起了个投军之意,是不是这样?"

赵匡胤将头点了一点。

潘大哥又道:"贤弟想投军,一来无人引荐,二来么? 对郭大帅一无所知,不愿贸然相投。故而,才来到这个酒店,才硬要往俺们的桌上凑,好借机打听郭大帅的情况,以定行止。是不是这样?"

赵匡胤又将头点了一点:"正是这样。"

潘大哥道:"既然这样,愚兄便把郭大帅的奇事儿说给你听,何去何从? 这主意还得你自己拿。"

赵匡胤双手抱拳道:"小弟多谢了!"

郭大帅名威,字成宝,绰号雀儿,乃山东邢州唐山县尧山人氏。其父郭和,以农耕为业。郭威出生之时,和赵匡胤一样,满屋香气。他的左边颈上,天生了一个肉珠,大如铜钱,珠上的禾穗纹十分明朗。郭和对妻子常氏说道:"这孩儿的肉珠上有禾,禾乃农人之宝,咱干脆给他取个名儿叫成宝怎样?"

常氏道:"此言正合妾意。"

郭成宝长至八岁,郭和驾鹤西去,常氏便将女儿郭梅送了一个姓李的人家做童养媳,带着郭威投靠娘家——潞州府黎城县常家庄。郭成宝的舅舅常武安,家境也不富裕,不想让郭成宝吃闲饭,买了一头小牛犊,让郭成宝去放。这一日,郭成宝正在草丛中捉蚂蚱,忽听小牛犊"哞"地一声惊叫,忙抬头一看,一只母老虎,张牙舞爪,向小牛犊扑来。郭成宝从没见过老虎,不知道它的厉害,顺手抓起地上的木棒,朝老虎冲去,硬是把老虎给打跑了。这一切,被不远处的两个农夫看见,逢人便讲郭成宝的壮举,把个常武安高兴坏了,抚摸着郭成宝的小脑袋说道:"你小小年纪,竟然把老虎打跑,威名远扬。我干脆给你改名为威如何?"

郭成宝忙道了一声"好"。

郭威十一岁的时候,常武安又安排他去看守晒谷,以防飞禽来啄食。

不知为甚,这年的飞禽特别多,成群结队的来偷吃谷粟。东边的赶走了,西边的又来了,累得郭威气喘吁吁。有一个好心的老伯劝他,你这样两边跑不是办法,倒不如做一个弹弓来弹,飞禽飞得再快,能快过弹子吗?郭威连道好办法,即用树杈和皮条做了一个弹弓,每当飞禽来吃谷粟的时候,便用小石子做弹子去打,虽说没有弹住飞禽,也把它们吓得够呛,再也不用两边跑着赶了。为此,舅舅还赏了他两个熟鸡蛋。他正在为自己的杰作暗自高兴,又飞来一群喜鹊。他当即从衣兜里掏了一个小石子,安放在弹弓上,朝着喜鹊打去。谁知,喜鹊没打住,却打住了一个过路的小孩,若是打住小孩的别处尚可,偏偏打中了小孩的太阳穴,当即倒在地上,一命呜呼。

地保见出了人命,便将郭威绳捆索绑,押到县衙。县令范质是一个出了名的清官,见郭威是一小孩,且又系误伤杀人,罪不至死,便判了一个杖责四十,发配五百里。正要让衙役行刑,范质忽转一念,一个十一岁的小孩,哪受得了四十大棍?若是发配五百里,必死无疑!若是一棍不打也不发配,他毕竟打死了人。倒不如给他施以黥面之刑,一来,好让他记取所犯事头;二来给死者亲人也有个交待。

范质主意已决,当即唤来施刑之人,在郭威面颊的左边,刺了一个雀儿。刺讫,当堂释放。

郭威出了县衙,一边走一边想:"我本来是一个人见人爱的好孩子,如今脸上被刺了雀儿,叫人一看,便知道我犯过事儿,谁还会看得起我呀!既然没有人看得起我,我索性练习枪棒,做个粗汉。"

他本来悟性就高,又经两个武僧的悉心传授,十五六岁的年纪,已经罕遇对手了。

一日,郭威去县城闲逛,见一大汉,在城隍庙前卖剑。那剑长达五尺有余,寒光闪闪,取一根头发,置于剑刃,用嘴轻轻一吹,断为两截。

"老兄,你这把剑想卖多少钱?"郭威问。

"五百贯。"汉子回道。

"不就一把破剑吗? 你也敢要五百贯,五百文还差不多!"

汉子冷笑一声道:"小孩家懂个什么? 我这把剑,虽说不及干将莫邪(干将莫邪:相传为楚国两个铸剑师(也是一对夫妇)所铸,男的叫干将,女的叫莫邪,奉楚王之命铸造宝剑,三年成雌雄二剑。雄名干将,雌名莫邪,二剑削铁如泥,乃剑中之王。),可也是吹发断丝,小则御侮捍身,大则安邦定国。若不是急着用钱,莫说五百贯,就是一千贯,我也不会卖!"

郭威打鼻子里"哼"了一声,说道:"你可真敢吹呀! 一千贯? 你知道一千贯能买多少头牛? 能买二百头,这二百头的牛皮,都让你吹破了!"

汉子见郭威出言不逊,怪叫道:"反了,反了,我张无畏好赖也当过四年都头,竟然遭到你这个乳臭未干的毛孩子的羞辱! 土地爷不放光,你娃子就不知道土地爷的厉害,来来来,吃爷一剑!"说毕,挺剑刺向郭威咽喉。

郭威将头向右一闪,避过汉子之剑。与此同时,出双手圆形掌,手心向内,虎口向上,由下向上锁抓汉子右手腕。

汉子看似来势凶猛,但他并不是真的要杀郭威,只是想吓他一吓。谁知,没有吓住郭威,反让郭威抓住了右手腕,兜裆一脚,踢中了汉子的要害。汉子惨叫一声,弃了宝剑,双手捂住私处,蹲到地上,额头上布满了黄豆大的汗珠。

郭威冷笑一声道:"你不是要放光呢,咋不放了? 起来,快起来,再放几次光让小爷瞅瞅!"

"你……"汉子一脸痛苦之色,汗如雨下:"你……你……"头一歪,倒在地上。

一围观者惊叫道:"他怕是不行了!"忙蹲下身子,一只手揽住汉子的脖子,一只手去掐汉子人中。良久,汉子没有反应。

汉子一脸痛苦地死了!

十一 郭大忽悠

对柴仁说道:"郭威的左边颈上有一颗肉珠,乃是禾宝,待到雀儿口啄着禾宝的时候,这个后生便可做天子!"

董璋闻听郭威杀了他的族爷,当即将郭威绳捆索绑,押赴李继韬军帐。

郭威闻听全家被汉帝所杀,手指汴京方向,哆嗦着嘴唇,许久说不出一句话来。

郭威一听说汉子死了,拔腿就跑。他不敢回舅舅家,只身逃回老家尧山。

他离开尧山,还不到八岁,如今成了身高八尺有余的大汉,加之脸上又刺了雀儿,族人不肯相认。他在村中徘徊了两天,他的二叔郭科贩牛归来,一眼把他认了出来。

郭科之所以认出他来,得益于他颈上的肉珠儿。

"你是不是叫个郭成宝?"

得到他的认可后,郭科惊喜交加,一把搂住他的胳膊:"宝儿,你这一走,便是八年,叫二叔好想啊!"

郭威道:"侄儿也很想念二叔。"

"你妈呢,她还好吗?"

"她很好。"

"她咋没和你一块儿回来呢?"

"她……"郭威压着嗓子说道:"侄儿这一次回来,我妈并不知道。"

"你没给她说?"

郭威"嗯"了一声。

"为什么?"

郭威前后左右瞅了一圈,附近,除了几个小孩在玩羊抵仗的游戏之外,再无他人,方小声说道:"我打死了一个卖宝剑的,不敢回家。"

郭科吃了一惊:"你,你为什么要打死卖宝剑的?"

郭威便将事情的根由一一道来。

郭科长叹一声说道:"那个卖剑的虽说有些不明事理,哪有一言不合,便拔剑相向的道理!你一气之下将他打死,他如果是个单身汉,倒还没有什么!他如果有父有母,又有娇妻幼子,他这一死,叫他们一家人还怎么活?况且,杀人要偿命的。亏你跑得快,若是不快,让人抓住,必死无疑!你这一死不打紧,咱郭家的香火靠何人继承?"

郭威一脸后悔道:"侄儿错了!"

"知道错了就好,下一步你打算怎么办?"郭科问。

"我想在家里躲几天,等风声过后,或为佣工,或为武师,积几个钱,把旧房子翻修一下,把我妈接回来。"

郭科轻轻颔首道:"这想法不错。走,跟我回家去,有二叔吃的饭,就有你吃的饭。"

郭威在二叔家待了不到半月,便憋不住了,每隔两三日,便要去县城玩上一日。

要去县城,龙岗是他的必经之路,龙岗有一富豪,叫柴仁,好布施、济贫寒,家中聚集了十几个囊中羞涩的奇人异士。

这一日,郭威又从柴仁门前经过,从门内走出来一个相士,姓常,名叫先知,一见郭威,二目放光:"喂,这位兄弟,请留步,老夫有话请教。"

郭威不知道是叫他,继续前行。

常相士紧走几步,追上郭威:"喂,小兄弟,怎么如此不给面子?"

郭威当即止步,扭头问道:"你是说我呢?"

常相士道:"正是。"

郭威道:"咱俩素不相识,你说我作甚?"

常相士道:"此地非谈话之地,请随老夫去柴善人家坐一坐,老夫有话给你说。"

郭威暗自思道:"反正我无事可做,去县城也是闲逛。且是,这柴善人家大业大,又乐善好施,到他家坐坐,只有好处,没有坏处。"想到此,朗声说道:"恭敬不如从命,请先生移步。"

常相士把郭威带到柴家客厅,独个儿去见柴守仁:"在下给您请来了一个贵人,您可要好好招待。"

柴仁问道:"贵人在哪?"

"在客厅里。"常相士回道。

柴仁道了一声"走",迈开大步,径奔客厅。只见一位脸上刺了一只雀儿的后生,独自坐在八仙桌旁饮茶,并未见什么贵人,小声向常相士问道:"您所说的贵人,咋不见呢?"

常相士亦小声回道:"坐在八仙桌旁饮茶的那位便是。"

柴仁不信,眉头儿微微一皱说道:"您怎么也和老兄开起玩笑来? 他哪里是个贵人,分明是一个受过黥刑的罪犯!"

常相士道:"谁说受过黥刑的就不是贵人? 汉初九江王英布,未曾发迹之前,有相士对他说道:'当刑而王'。数年后,因法黥面。布欣然笑曰:'人相我当刑而王,我要作王矣。'闻者皆笑。又数年,英布去骊山作劳工,聚劳工而反,被楚霸王项羽封为九江王。在下观这后生之相,较之英布贵之多矣。"

柴仁道:"难道这后生还有天子之命?"

常相士道:"然也。"

柴仁道:"先生如此捧那后生,他的贵处究在何处?"

常相士道:"您看见不? 他的左边颈上有一颗肉珠,乃是禾宝。若只有禾宝,他还做不了天子。何也,禾宝好比一锅生肉,不煮熟就无法吃。而那个雀儿就好比是柴,有了肉,有了柴,还怕吃不到熟肉么?"

"那,这后生什么时候能做天子?"柴仁问。

"待到雀儿口啄着禾宝的时候,这个后生便可做天子!"

这话,若是换作别人,肯定不会相信。试想,雀儿是刺出来的,肉珠是从娘肚子里带来的,二物皆是死的,死雀儿如何去啄禾宝?!

可柴仁竟然信了。不只信了,还把他的女儿柴一娘嫁给郭威。

柴仁一来为人厚道,二来又贪图郭威要做天子,把郭威当成了宝贝蛋儿,不仅啥活都不让他干,郭威说啥他听啥,哪怕是花钱,只要郭威张口,要多少给多少,弄得柴仁的两个儿子——柴守礼和柴守智,想花钱了,还得找郭威要。

郭威八岁丧父,有娘生无娘管,如今骤然大贵,平日里吃喝玩乐,花钱如流水,且又滥交朋友,打架斗殴。柴仁啥都知道,却又不肯说他,反倒是柴一娘看不下去,劝之曰:"咱家世代,积福行善,未曾与人口角,你却不事生产,一味地声色犬马,动不动与人拳脚相加,你也不怕寒了咱父亲的心! 况且,常相士说您有天子之命,您若照此胡闹下去,莫说做天子,连吃饭都是问题!"

这一番话,说得郭威满脸通红,许久方道:"娘子,你说得对,自今日始,为夫改邪归正,做一个当代的周处(周处:西晋义兴阳羡(今江苏宜兴南)人,字子隐。相传少时,横行乡里,父亲把他和蛟虎合称"三害",后斩蛟射虎,发愤改过。吴时为东观左丞)。"

柴一娘道:"如此,妾也就放心了。"

此后郭威像变了一个人,白天下地劳作,夜里读书不倦。二年不到,竟把《四书》、《五经》、《史记》、《贞观政要》、《阃外春秋》、《太公兵法》,读了一遍。

忽一日,郭威对柴一娘说道:"自前年因买剑杀了张无畏逃奔至此,未曾与娘通过音信,不知她老人家如今怎么样了。昨天,皇上颁旨大赦天下,官府再也不会追究为夫杀人之罪了。为夫想去潞州黎城县常家庄探望老娘,不知贤妻意下如何?"

柴一娘喜道:"难得你有这片孝心,妾甚是高兴,妾这就去禀告父亲,好让他为你准备盘缠。"

郭威探母心切,每天以一百二十里的速度赶到了常家庄。

常武安不知从哪里得了消息,躲避到丈人家中。

他不敢见郭威。

郭威杀人之后,官府三天两头来找他的麻烦,不只要招待吃喝,离开时还得有所表示,每个人以一贯钱计算,十个人便是十贯。一次十贯,十次呢?便是一百贯。常武安又不是富豪,弄得他倾家荡产。

他破了产,便把怨气撒到郭威母亲头上。郭威母亲一来想念儿子,二来受不了弟弟的气,神经错乱,又唱又跳,撞在一过路马车的轮子上,当场死去。常武安害怕郭威找他麻烦,避而不见。

郭威闻得母亲已死,忙去坟头祭拜,恸哭一场。他等了三天,未见舅舅露面,甚感诧异。

舅舅既然不肯露面,想是不欢迎他的到来。没奈何,只有回龙岗了。

将要动身之时,昭义(昭义:唐方镇,治所潞州,辖五州:潞、泽、邢、洺、磁等州。)留后(留后:官名。唐代节度使、观察使缺位时设置的代理职务,宋代仍沿唐制。)李继韬叛唐(唐:古国名,为李存勖所建,定都洛阳。李存勖祖先为突厥别部人,以朱邪为姓,唐时,因战功赐姓李。)归梁(梁:古国名,为朱温所建,定都开封,开封也叫汴梁。朱温原为黄巢义军的首领,882年叛黄巢而归唐王朝,907年自立为帝,国号梁。),出榜招募敢死之士。榜曰:

　　　　今备榜招募敢死之士,充军前效力。如有豪杰勇力之士,愿当一面,愿保一城,自出奇谋,共立异绩者,许赴军前应募。待斟酌官赏,奏请真命,断不食言,故兹榜示。龙德三年三月十日榜。

因梁帝昏庸,世人皆知梁之国阼不会久存,无人应募。但郭威不知,见榜之后,暗自思忖道:"我郭威一身武艺,且又识得兵书,反在岳丈那里讨生活,真真可羞! 倒不如我去从军,凭我的本事,还怕不能博得一官半职么?"主意已定,便去州前揭了榜文应募。李继韬见有人应募,且应募之人十八般兵器又样样精通,心中大喜,当即委为裨将,统兵五百人。未几,李继韬率兵攻打泽州,遣大将董璋做先锋。董璋来到泽州城下,与唐之大将裴约相约,来日大战。翌日,交战之时,裴约佯败,董璋率兵追击,为伏兵所擒。郭威见了,暴喝一声,手持双剑,杀向裴约,斩之马下,又将董璋抢回。董璋归营之后,挥兵追击裴约残部,尽数杀之,夺了泽州。

若非郭威,董璋性命难保,可他不思报恩,反把杀贼夺城之功据为己有,你说郭威气不气?

他这一气,便要喝酒,一连喝了三斗。结账时,身无分文,便好言对店家说道:"我叫郭威,乃李留后帐前裨将,不知因甚,身上所带之钱不翼而飞,愿将佩剑质于店家,候有钱便来取赎。"

那店家一来与董璋是个老乡;二来烂账太多,入不敷出,硬要郭威用现钱结账。

郭威强忍住气说道:"在下确实身无分文。何况,我欠你之钱,也不过一百多文,我这把佩剑,少说也值一百贯,以剑作质,你还怕个什么?"

店家冷笑道:"不就一把破剑么? 莫说一百贯,一百文也不值! 你若硬要耍赖,我便去我的堂孙董璋将军那里告你,叫你吃不了兜着走!"

一说董璋,郭威更来气,大声说道:"你别拿董璋压我! 他算个什么玩意,若非我郭威相救,早就做了唐将刀下之鬼!"

店家又是一声冷笑:"好,好,这话可是你说的,我这就去找董璋。有种你就给我别动!"一边说一边往店门口走。

郭威大喝一声道:"你给我站住!"

店家回首说道:"你怕了? 你若是怕了,这会儿就结账,我放你一马!"

郭威道:"爷自记事起就不知道什么叫怕!"

店家道:"你既然不知道怕,唤爷何来?"

"你,你再说一遍!"郭威怒道。

"莫说一遍,十遍爷也敢说,你既然不知道怕,唤爷何来?"

"你……"郭威拔剑在手,一步步向店家逼去:"你再说一遍,你是谁的爷?"

店家道:"我就是再说一遍,又该如何?"

"你敢再说一遍,我就杀了你!"郭威道。

"谅你也没这个胆!"店家道。

"有没有你试一试?"郭威道。

店家道:"你不要逼我!论年纪,我少说也长你三十岁,你也该叫我一声爷;论关系,你是董璋的属下,连他都冲我叫爷,我让你叫一声爷,太便宜了你,你应该叫我老太爷!"

他已经第三次提到董璋了。

他不提董璋,郭威也许不会杀他,他一提再提。且是,郭威又喝多了酒,高声骂道:"什么狗屁董璋,爷先杀了你再说!"当胸一剑,洞穿店家后背。尔后,大摇大摆回到军营,倒头便睡。

董璋闻听郭威杀了他的堂爷,当即将郭威绳捆索绑,押赴李继韬军帐。

李继韬指着郭威,大声斥责道:"你身为军将,怎的妄杀平民?"

郭威道:"末将错了,但末将并非妄杀平民。"遂将如何救董璋,董璋如何埋没他的功劳,而店家又如何拿董璋压他,一一述说一遍。

李继韬长叹一声道:"原来如此。但杀人偿命,这理连三岁小孩也知道,我若不治你罪,叫我以后还怎么带兵!这样好不好?我假装盛怒,将你关进大牢,等到深夜,偷偷放你逃生,你以为如何?"

郭威叩首说道:"将军大恩,末将没齿难忘。"

李继韬道:"诚如此,这戏可要开场了。"

说毕,便命人将郭威长枷送狱。等到鼓打三更,又密地唤人放了郭威。

郭威几经辗转,来到汴京。一日,他在御街上闲走,瞥见街边有一卦摊,走上前去,问道:"卜一个卦多少钱?"

卜卦人回道:"一百文。"

郭威当即掏钱一百,递与卜卦人。

卜卦人排下卦子问道:"好汉想卜何事?"

郭威小声说道:"在下自幼习武,因误伤人命,逃奔此地。在下想问一问,是投军好,还是回龙岗老家好?"

卜卦人卜过卦后,随口诵道:"百个雀儿天上飞,九十九个过山西。内有一个踏破脚,大梁城里赁驴骑。"

郭威道:"先生所言,语太深奥,在下虽说不懂,但在下绰号雀儿,又从山西而来,可见先生的卦极是灵验。但何去何从,还望先生明示。"

卜卦人道:"实不相瞒,此卦大吉,乃乾卦飞龙之象,不可恋旧回乡,只可在大梁居住,日后必贵!"

他见郭威似信非信,略顿又道:"乾象为龙,飞龙在天,利见大人。而大梁为梁之都,大人云集之地也;龙者,君也。若不为君,他日亦是近君有德之人。老夫在此卜卦,已三十载矣,未曾卜得比好汉再好之卦。自今日始,好汉就要转运,但愿好汉飞黄腾达之后,莫要忘了老夫!"

郭威听了卜卦人之言,心中甚为欢喜,去酒店买些酒吃,醉倒在路旁。平章(平章:即同平章事,官名。始之于唐。唐中叶以后,凡实际任宰相之职者,必在其本官外加同平章事之衔,意即共同议政。宋代有平章军国重事之名,则专以安置年高或望重之大臣,位在宰相之上。)刘知远下朝回府,喝道军卒见路旁躺一醉汉,便用藤棒子抽打,郭威奋起反抗,将抽打他的军卒打倒了十几个。刘知远忙从轿中走了下来,喝住军卒,指着郭威,和颜悦色地问道:"这一壮汉,高名上姓,何方人氏,为何醉倒路旁?"

一来郭威还没有完全从醉酒中醒来,二来见刘知远和蔼可亲,便将他的姓名、籍贯,以及应募李继韬之军,又为甚杀人,一一如实相告。

刘知远笑道:"诚如壮士所言,那李继韬乃是一个极其糊涂之人。有功就应该大张旗鼓地去赏,冒功就应该狠狠地去罚,反效女人之为,将你私放,本已大错,又失去一个将才,错中加错!似他这样的人,怎能成就大事!壮士如果愿意屈就,可到老夫帐前做一亲将。等日后有了功劳,老夫定当重用。"

郭威铿声说道:"相爷如此看重我郭威,乃郭威三生有幸,说什么屈就的话!"

刘知远喜道:"既然壮士愿意屈就,这会儿就跟老夫走怎样?"

郭威道了声"好",便跟在刘知远轿后,做了他的亲将。不到两个月,刘知远又将他擢为亲军头目,统兵七百人,这一干便是十一年。期间,石敬瑭建晋,晋开运二年一月,契丹连陷晋之沧州、贝州、代州,晋帝大怒,御驾亲征,任命刘知远为幽州道(道:行政区划名。始置于唐。唐贞观初,分全国为十三道,后增至十五道。)行营(行营:出征时的军营。)招讨使(招讨使:官名。始置于唐,掌招抚、讨伐之事,多以大臣、将帅或地方军政长官兼任,兵罢即撤。),率所部兵马北上。契丹主闻刘知远北上,忙遣伟王将兵阻击。伟王得令,率精兵五万,直驰太原。行至忻州秀容城北,闻听刘知远驻兵县城,便就地驻扎下来。

刘知远所率之兵，不足两万，新募者十之六七，自知非伟王对手，遣使向晋帝求援。

郭威只身入帐，劝之曰："将军不必等待援兵，将军只须给末将精兵三千，末将便可击退伟王之师！"

刘知远道："虏兵方来，其气甚锐，未可与战。我已飞传上奏朝廷，等援兵到来，再战不迟。"

郭威道："虏兵跋涉风沙，兼程疾驱而来，士马疲困，若不乘此攻击，待营垒已成，我军见其士马之盛，必生怯意，不敢与敌。倒不如乘其疲困而击之，必胜无疑！"

刘知远沉思良久道："汝所言是也。凡我之将卒，汝想挑谁就挑谁，想挑多少我给汝多少。"

郭威道："只须三千人，多一个末将也不要。"

刘知远道："那你就去挑吧。"

郭威挑得精卒三千，申时二刻便让他们用饭。饭毕，每人又发大饼两个、熟牛肉二斤，作为夜餐，并让他们各持火炬一枚，去城下埋伏，约以三更，举火为号，则各焚炬鼓噪而进。且许诺，破虏归来，放假三天，一人奖钱三十贯。

安排已毕，郭威脱了衣服，令军卒将他背上打了三十下背花，前往伟王帐前诈降。

伟王验过郭威背上的杖伤，将他收留下来。

郭威泪流满面道："多谢大王！大王如此厚待末将，末将再不实言，便是畜生了。"

伟王道："有什么话，汝但说无妨。"

郭威道："刘知远这一生，没少打胜仗，那不是他有本事，是他用对了一个人。这个人叫马殷，会藏形匿影，喝茅成剑。若是敌方兵弱，有必胜的把握，刘知远便不动用马殷；若是敌方兵盛，刘知远便让马殷出马，刺杀敌方将帅。这一次，他自知不是您的对手，便把马殷动用了。此时，马殷已在大王军营之中。若不除了马殷，大王恐有性命之忧。"

这话，伟王竟然信了，一脸惊恐道："马殷如此厉害，如何才能除之？"

郭威道："大王若是信得过末将，末将便可将他除掉。"

伟王道："我信得过你。"

郭威道："不瞒大王，末将也会法术，大王只须在军营南边，择一高地，建一军帐，内储干茅三担、桃木棒十根、猛火油（猛火油：未经提练过的石油。）和狗血各一桶。请大王把您的亲信小校，遣两个扮作末将书童，随末将住到军帐之内。待鼓打三更，末将作法,将马殷拘来,以狗血浇其头,用桃木抽其身,将他打昏,放火烧之,马殷可除也。"

伟王道:"只要能除掉马殷,我一切依你。"

"末将忘了一事。"

"请讲。"

"作法须用剑,末将想借大王之剑一用。"郭威道。

"这有何难,我这就将我的宝剑解下给你。"

郭威接剑在手,谢过了伟王,带着伟王的两个亲信——阿里红和阿里罕,前去监造军帐。等到三更鼓响,杀了二阿,将干茅、桃木棒归于一处,以油泼之,用火点燃。霎时,大火熊熊,光照数里。

那三千伏兵,正等得有些发焦,遥见火起,呐一声喊,一手拿着兵器,一手持火炬,鼓噪而来。契丹兵从梦中惊醒,人不及甲,马不及鞍,哪是晋兵对手,被杀者十之五六。伟王一口气跑了三十多里,方才驻足,清点人马,还不到两万人,哪还敢再去和晋兵交战,带着残兵败将,逃回契丹。刘知远感念郭威之功,表奏朝廷,擢郭威做了节度使参谋兼推官(推官:官名。唐始置,为节度使、观察使属僚,掌推勘刑狱诉讼。五代及宋沿置,实为郡佐。)。旨到之日,刘知远摆酒相贺,称郭威为郭大忽悠,自此,郭威又多了一个绰号。

郭大忽悠上任不到三年,契丹进犯汴京,刘知远坐视不救,契丹将晋帝掳之北归,朝中无主,众大臣拥立刘知远为帝,改国号为汉,刘知远论功行赏,擢郭威为枢密使(枢密使:枢密院长官。始置于唐,以宦官充任,掌承受表奏,出纳帝命。后权任渐重,以致干预朝政,废立君主。朱温尽诛宦官后,改任士人任枢密使,权同宰相。后汉、后周以武将任枢密使,领兵征伐,开宋朝枢密使掌兵的先河。五代间或有以宰臣兼枢密使或以枢密使作为藩镇的加官。宋时以枢密使或枢密院事主枢密院,执掌军政,统辖三司,任者多为文官,体现以文制武的原则。),郭威为报柴家之恩,将柴氏一门,悉数接到汴京,且又令柴一娘随军。

刘知远称帝不到一年,撒手人寰,其子刘承祐即皇帝位,史称隐帝。

刘知远英雄一世,可他儿子的智商,连蜀国的阿斗都不如。刘承祐初登帝位,众将不服,河中、永兴、凤翔三镇,相继反叛,郭威一一平之。契丹大举攻汉,被郭威打得落花流水。若非郭威,刘承祐的皇帝宝座,早就被人掀翻了。可他不但不思感恩,还将郭威外放魏州,落一个眼不见为净。未几,又密召侍卫马军都指挥使(侍卫马军都指挥使:全称侍卫亲军马军都指挥使,俗称马帅。始设于后唐明宗,汉承前制。与马帅相对应的是步帅,全衔为侍卫亲军步军都指挥使。)郭崇威去魏州诛杀郭威和监军(监军:官名。古代监军仅为临时差遣。唐代后期于各镇及出征讨叛之军中设之,多以宦官担任,可与统帅分庭抗礼。)王峻,以及节度副使樊爱能、行军司马何徽等。

郭崇威的老家就在魏州,不知因何事得罪了老家的人,纷纷拿起镢头、铁锹去扒他家祖坟,被刚去魏州上任的郭威知道了,亲自出面制止,为此还杀了两个人,才把郭崇威的祖坟保留下来,郭崇威对他很感激,接到要他诛杀郭威的诏书,一路走一路盘算,郭威既是我的恩人,又是栋梁之臣,若是杀了郭威,不只落下一个恩将仇报的骂名,国家也会因此而乱。若是不杀郭威,帝命难违。待走到魏州,方下定决心,"宁负汉帝,不负社稷。"遂将汉帝的密诏交给郭威。郭威读了密诏,又气又怕,但他强自镇静,将密诏捧还给郭崇威道:"吾与诸公披荆斩棘,从先帝取天下,受托孤之任,竭力以卫国家。孰料,天子反生疑心,要您来取吾的性命。谚曰:'君叫臣死,臣不敢不死。父叫子亡,子不敢不亡。'天子既然疑吾,那就请指挥使大人取了吾头,以报天子,庶不相累。"

郭崇威劝曰:"天子年幼,此必左右群小所为。愿从明公(明公:古代对有名位者的尊称。)入朝自诉,荡泽鼠辈,以安朝廷。"

郭威默想良久道:"此事干系重大,容吾把监军、节度副使及行军司马请来,一块儿商议如何?"

郭崇威道:"可。"

不一刻儿,王峻、樊爱能、何徽来到郭威大帐。他们见天使在此,忙上前行礼。

郭崇威还了一礼,也不说话,将朝廷的密诏递给王峻。王峻展而读之,冷汗如雨。

郭威道:"郭都指挥使劝吾,入朝自诉,诸位以为若何?"

王峻擦了一把冷汗说道:"此言正合吾意。"

郭威道:"既然峻兄也有此意,吾这就率军还朝,向天子自诉冤屈。"

王峻道:"此事宜早不宜迟,要还朝,咱明日就动身。"

郭威道:"粮草怕是备办不及。"

王峻道:"粮草不成问题,可责成地方供给!"

郭威还有些不放心:"无诏率兵还朝,等同造反,将士们会不会跟着咱们冒这个险?"

"这……这倒是一个问题!"王峻皱着眉头儿想了一会儿,竟然想出一个十分绝妙的主意,把汉帝诛杀他和郭威等人的密诏,改为要诛杀营指挥以上所有将官。

郭威将双掌"猛"地一拍道:"好主意!"

郭崇威也连声称妙,还自告奋勇,改密诏的事由他负责。

郭威见樊爱能、何徽进得帐来没有说一句话,便向他俩问道:"二位贤弟以为这事可不可行?"

樊爱能不无担心地说道:"把密诏由诛杀吾等四人,改为营指挥以上的将官,面有点太大,将士们若是不信,反而弄巧成拙!"

郭崇威道:"这一点樊将军不必担心。汉帝是个大昏君,人人皆知。我奉诏之时,汉帝已将他的三个顾命大臣杨邠、史弘肇、王璋满门抄斩。而今,在顾命大臣中,活着的只有郭大帅了,汉帝不只要杀郭大帅,他还要斩草除根。而郭大帅的部将,大都是跟郭大帅出生入死十几年,不杀了这些部将,汉帝睡不着觉。"

樊爱能道:"经天使这么一说,末将也就放心了。"

郭威指了指何徽问道:"何司马,你呢?你也说几句吧。"

何徽道:"樊将军的担心,也是末将的担心。经天使这一开导,末将的担心解除了。下一步就是如何从'密诏'入手,把众将士对汉帝的仇恨调动起来,只要众将士都仇恨汉帝,还愁他们不跟着我们走吗?"

郭威频频点头:"就这么定了。天使负责改汉帝的'密诏',王监军你们三个,想办法把改过的'密诏'散布出去。"

众人异口同声道:"遵命!"

一夜之间,汉帝要诛杀郭大帅,并郭大帅所部营指挥以上全体将官的消息,通过不同渠道,传遍了全军。营指挥以上的将官坐不住了,成群结队地涌向郭威大帐,恳请他率领三军还京,诛杀昏君。

郭威不干,理由很简单,君叫臣亡,臣不敢不亡。他不想做汉朝的叛臣。后经诸将反复劝说,跪请不起,甚而以哗变相胁,他才答应率三军还京,但不是为了诛昏君,而是为了清君侧。

兵将发之时,郭威对王峻说道:"咱这一次还朝,朝廷肯定要怪罪,甚而遣兵遣将征讨吾等。吾等若是胜了,千好万好!吾等若是失利了呢?得有个退处,故而,魏州这个窝千万不能丢!"

王峻轻轻颔首道:"说得是。"

"依吾之意,把吾的女婿张永德留下镇守魏州,峻兄意下如何?"

"正合吾意。"

于是,郭威便拜张永德为留守(留守:官名。从隋唐起,皇帝出巡或亲征时指定亲王或大臣留守京城,得便宜行事,称京城留守;其陪京和行都则常设留守,以地方行政长官兼任。),镇守魏州。又委郭崇威为先锋,自率大军,开向汴京。

军至澶州,柴荣披头散发,跣足来见。郭威惊问道:"荣儿,家中莫不是出了大事不成? 你怎地如此狼狈?"

柴荣哭诉道:"昏君听信谗言,在遣郭崇威诛杀您的同时,将朝中的几个老臣,一齐诛杀,且灭了满门,咱家也在被灭之列,孩儿因外出会友,幸免于难。"说毕大哭。

郭威手指汴京方向,哆嗦着嘴唇,许久说不出一句话。

众将流涕劝曰:"请明公务要节哀! 吾等愿意追随明公,杀到汴京,除了昏君,为明公一家报仇!"

郭威泪流满面道:"谢谢诸位,但犯禁的话千万别说!"

"下一步……"王峻试探着问。

"目标不变,日行九十里!"郭威回答过王峻,移目柴荣:"荣儿,你辛苦一趟,速去天雄,面见你符彦卿叔叔,要他厉兵秣马,以备有变。"

柴荣道:"遵命。"急匆匆出了大帐。

"韩将军听令!"

韩通高声应曰:"末将恭听大帅之令!"

"韩将军,老夫依稀记得,你前年投军之时,曾对本帅说过,你和木铃关守将郭从义是个老亲,老夫有没有记错?"

"没有记错。"

"老夫既然没有记错,就请你辛苦一趟,告知郭从义,叫他招兵买马,以备有变。"

"末将遵命!"韩通正要转身,郭威又将他叫住,嘱曰:"请你转告郭从义,他招五百人,本帅让他做营指挥。他招二千五百人,本帅让他做都指挥使。他招二万五千人,本帅让他做厢主。他招的兵超过二万五千人,本帅让他做节度使。"

韩通又道了一声"遵命",疾步出了大帐。

"窦书记(书记:古代官府中掌书案记录的属吏。唐制,外官元帅、都统、招讨使、节度使、观察使等府,皆置掌书记一人,掌朝觐聘问、慰荐祭祀祈祝之文与号令升绌之事。)听令!"

窦仪应声而出。

"请你速去西京洛阳一趟,告知武行德留守,让他整治器械,多备粮草,以备朝廷有变。"

窦仪道了一声"遵命",疾步而去。

"范推官听令。"

范质亦应声而出。

"请你速去彰德一趟,告知节度使王饶,让他招兵买马,以备朝廷有变。"

范质道了一声"遵命",走出大帐。

"李重进听令!"李重进应声而出。

"你速去潞州一趟,告知你李筠叔叔,让他整治器械,以备朝廷有变。"

李重进亦道了一声"遵命",大踏步走出大帐。

"王著书记听令! 你速去陕州一趟,告知袁彦,让他整治器械,以备朝廷有变。"

遣走了柴荣、韩通、窦仪、范质、李重进和王著,郭威对王峻说道:"峻兄,我这会儿特想喝酒,你陪陪我吧!"

王峻道:"好!"

十二　义社十兄弟

会操之后，郭威传令三军：“本帅得一壮士，欲拜之为营指挥，都头中若有不服的，可当场与他较试武艺。”

郭威戒之曰：“匡胤贤侄，谚曰：‘天外有天，人外有人。’就老夫所知，有八个人的武功，在你之上……”

军至澶州，郭崇威、范质、魏仁浦等一班将士，突然将郭威的马头拦住，齐刷刷地跪了下去。

郭威率领大军，行至封丘，颈上突生一疽，不得不驻扎下来，寻找名医医治。这一治，治出一件奇事来，颈边所刺雀儿与颈上禾宝相及。柴一娘见了大喜，对郭威说道：“请您照一照镜子。”

郭威笑说道：“就我这个模样，愧对镜子，照什么照！”

柴一娘道：“您照，您尽管照，妾有话要说。”

郭威拿过镜子，胡乱地照了一下说道：“我已经照了，有什么话，你说吧。”

柴一娘指着镜中的郭威说道：“您瞅，您颈上的雀儿，已与肉珠上的禾黍相及了。”

郭威仔细一瞧，果如柴一娘所言，心中大喜。

他想起了常相士之言，常相士说，他颈上的肉珠乃是禾宝，当所刺的雀儿啄着禾宝的时候，便要做天子。难道，难道我郭威真要做天子！

他的心狂跳不已，移目柴一娘，二人相视而笑。

翌日，郭威率大军继续前行，行至滑州，郭威告诫诸将，滑州节度使宋偓乃是皇亲国戚，恐要拼死顽抗。到时，将会有一场恶战！

谁知，大军还没来到滑州，宋偓遣使来迎，愿举城而降。郭威大喜，率部昂首入城，大宴将士。忽有谍人来报，汉帝御驾亲征，屯兵七里店。郭威冷笑一声道：“他来得正好"。当即传令三军,直扑七里店。汉帝见郭威兵强马壮,不敢露头,命大将慕容彦超出战,被郭威杀得丢盔卸甲,丢下汉帝,独自逃生去了。

战前,王峻召集诸将,许之曰:"今若战败昏君,入了汴京,放假一天,汝等可尽情的剽掠!"诸将大声欢呼,高呼万岁,军威更盛。

汉帝死里逃生,率从官十余人,逃归汴京,来到玄武门下,却见城门紧闭,命从官呼之:"守城的将军听着,皇上讨贼归来,还不速速前来接驾!"

从官不喊倒好,这一喊喊出一个天大的仇人。郭威执掌枢密院的时候,魏仁浦是他的属官,二人好得只差没有合穿一条裤子。汉帝下旨灭郭威之族的时候,魏仁浦面谒汉帝,进行谏阻,被汉帝责了三十军棍,贬为玄武门吏。

魏仁浦正恨着汉帝,不仅不给他开门,还将他数落一顿。到了此时,汉帝只有忍气吞声,不停地哀求。魏仁浦的堂弟魏一虎怒喝一声道:"念你做过一国之君,不忍取你性命,你再不走,我一箭射死你!"

汉帝不识趣,继续哀告。魏一虎将箭扣到弦上,拉满弓,照着汉帝面门,"嗖"地一箭,虽说没有射中,也把他吓得够呛,忙叫回辔,行至赵村,为乱军所杀。郭威率兵自迎春门入汴,归私邸,一天未曾出门。

第二日,郭威召集诸将,令之曰:"一日已过,凡有再行剽掠者,斩!"

令行禁止,汴京城渐渐安静下来。郭威素服入宫,哭祭汉帝。

祭毕,邀王峻及太师(太师:官名。西周始置,原为高级武官,军队的最高统帅。春秋时晋楚等国沿用,成为辅佐国君的官。)冯道等人,拜谒太后。

拜谒之前,汉隐帝的几个近臣,找到郭威,劝他称帝。郭威指着颈上的雀儿对众人笑说道:"自古以来,岂有刺青的皇上?请诸公莫要要我!"

这几位近臣竟也信了,兴冲冲地还报太后,太后也是深信不疑。故而,当郭威提出在汉帝一脉中择一人为帝,太后欣然同意,但在择具体人的时候有了分歧。按郭威之意,要立开封府尹(尹:官长的泛称。汉以后凡京府、诸道、州县的长官,皆分别称为京尹、道尹、州尹、县尹等。)刘勋为帝,太后以刘勋体弱,想改立徐州节度使刘赟为帝。

刘赟因患伤寒,不能入京,遂由太后临朝,垂帘听政。慕容彦超打着"清君侧"的旗号,在忻州起兵讨伐郭威。郭威闻之大怒,将兵三万前去征讨,虽说大获全胜,却为暗箭所伤,不得不留滞舟山脚下。

潘大哥口才极佳,又带着感情,把郭威给讲活了,讲神了。赵匡胤将桌子一拍说道:"我决心已定,我赵匡胤的一生就绑在郭大帅的战车上!"

众人喜道："诚如此,我们给你引荐!"

"喝!"赵匡胤率先端起了酒碗。

"喝!"众人亦端起了酒碗。

五只碗相碰,发出了悦耳的哐、哐之声。

饮完了酒,赵匡胤笑指潘大哥道："潘大哥,咱们说了半天话,喝了半天酒,大哥的大名,还未曾告诉小弟呢!"

潘大哥"哈"地一声笑道："全怪我,我和贤弟一见如故,只顾高兴哩,把最起码的礼节也忘了。在下潘美(潘美(925—991):字仲询,北宋开国元勋,以宣徽南院使、开封仪同三司任三交(今山西太原北)都部署,负责北方边防。太宗雍熙三年(986年)攻辽,指挥失当,至名将杨业陷敌牺牲。旋以业妻折太君提出控诉,受降秩处分。后又加至同平章事。因后人写了一部《杨家将演义》,把潘美写成潘仁美。自此潘美被定在历史的耻辱柱上。),大名人,半年前投军郭大帅,任营指挥。"

赵匡胤将头点了一点,移目矬子问道："这位仁兄……"

潘美道："你这位仁兄,姓田,名重进,也是一个营指挥。"

赵匡胤"噢"了一声,指了指西向而坐的瘦子问道："这位贤兄……"

瘦子"呼"地站了起来,对赵匡胤说道："你不认识小弟,小弟倒认识您,小弟是鬼神庄的楚昭辅,现任都头之职。"

赵匡胤双手抱拳道："在下不才,一日之内,结识四位好汉,实乃三生有幸。在下敬诸位一碗,还请诸位多多关照在下。"说毕,亲自执壶,将四位好汉之碗,一一加满了酒,说了声"有请",众人一饮而尽。

潘美道："匡胤贤弟不是要投军么? 酒就不再喝了。愚兄这会儿就带你去见郭大帅。"

赵匡胤道了一声"多谢",结了饭钱,跟在潘美、李处耘、田重进、楚昭辅身后,径奔郭威大帐。

郭威正在和柴一娘对弈,闻听有壮士来投,忙收棋而待。

赵匡胤见了郭威,行以稽首之礼,并自报家门。

郭威道："原是贤侄到了。坐,请坐!"

一番寒暄之后,郭威问及兵法之事,赵匡胤对答如流。

郭威喜道："真可谓将门出虎子!"

赵匡胤自谦道："伯父过奖了。"

郭威又道:"贤侄既知兵法,但不知武艺如何?"

赵匡胤道:"不是小侄夸口,十八般兵器样样精通。"

郭威道:"军中之官,靠的是一枪一刀搏来的,老夫有心授你一个裨将,但又怕众将士不服。你自己说一说,凭你的本事,应该做一个什么官?"

赵匡胤道:"伯父这话,叫小侄无法回答。小侄有一个不情之请,说出来,望伯父不要生气才是。"

郭威道:"老夫和你父亲同朝为官,情同手足,有什么话,你尽管说。"

赵匡胤道:"小侄就是想做一个营指挥,众将士怕也不会服气。这样好不好?您把三军将士集合起来,委小侄一个都头,若有人不服,可以当场较试武艺,若有胜得小侄的,小侄终身不仕。若无,小侄便是都头了。尔后,小侄便要挑战营指挥了。在营指挥之中,有胜得小侄的,小侄连都头也不当了。无有胜得小侄的,小侄便是营指挥了。小侄还要继续挑战,自军主而厢主,您敢不敢答应?"

郭威见他如此口满,心有不悦,沉声说道:"老夫有什么不敢?"

翌日,会操之后,郭威传喻众将士:"本帅得一壮士,姓赵名匡胤,本帅欲要拜他为营指挥,都头中若有不服者,可当场与他较试武艺,有胜得赵匡胤者,官升一级。"

有几个都头跃跃欲试,但一听说此人乃潘美、李处耘、田重进和楚昭辅所荐,便偃旗息鼓了。郭威连问三遍,无人敢和赵匡胤过招。

郭威道:"既然无人和赵匡胤过招,本帅便要委他为营指挥了。"

三军肃然,无一人应腔。

郭威又道:"既然无人敢和赵匡胤过招,委他一个营指挥,岂不有些委屈? 本帅打算委赵匡胤为军主,营指挥中,若有不服的,尽可站出来,若有人胜了赵匡胤,本帅便委他为军主。有没有敢站出来与赵匡胤一搏者?"

话刚落音,一黑汉高声应道:"大帅,末将王政忠愿与赵壮士一搏。"

郭威道了一声"好",王政忠倒拖一杆混铁棍来到校场中间,唱了一个"诺"道:"壮士,得罪了!"说毕,当头一棍向赵匡胤砸去。赵匡胤不慌不忙,来了一招举火烧天。只听"当"地一声,震得王政忠虎口发麻。他暗道了一声"不好",这家伙的棍力比我大得多,我不能以硬对硬。

他的武功,本就和赵匡胤差了几个档次,又生怯意,只六个回合,便被赵匡胤打掉了兵器,一脸羞愧地退了下去。

刘守忠倒拖金枪,大踏步走出队列,要与赵匡胤一较高低,勉强战了八个回合,也败下阵去。

在营指挥中,和王政忠关系最铁的是刘守忠和刘廷让。刘守忠和赵匡胤刚打了三个回合,刘廷让已经断定,刘守忠必败无疑。自己呢? 也不是赵匡胤对手。他不敢向赵匡胤叫阵,但他又不愿意眼睁睁地看着赵匡胤当上军主,做他的上司!

怎么办? 怎么办?

他的脑瓜子飞快地旋转着。当他的脑瓜子转到了曹彬、石守信和韩重赟之时,二目突然一亮,曹彬臂力过人,二牛相斗,危及牧童,他一手拽住一只牛角,硬生生将它们分开,若是他肯出面向赵匡胤叫阵,赵匡胤必败无疑。可曹彬为人忠厚,忠厚得连乞丐都欺负他。某一日,他带了两个都头,去城里闲逛,走累了,买了一个大西瓜。瓜还没有打开,便被两个乞丐瞅见,二乞丐咕叽了一番,内中一个乞丐悄悄向曹彬走来,抱起西瓜就跑,二都头见了忙起身去追。抢瓜的乞丐停住脚,一拳将瓜砸开,照着瓜瓢呸呸吐了两口。二都头大怒,劈手抓住抢西瓜的乞丐,挥拳欲打,被曹彬拦住了:"不就一个西瓜吗,咱吃是吃,乞丐吃也是吃! 回来,回来,咱这一次买两个,送他们一个,看他们还抢不抢!"他果真又买了两个,让瓜贩将其中一个送给乞丐。连乞丐他都不愿得罪,岂会挑头和赵匡胤一较高低! 韩重赟呢? 他身怀绝技,三个月前,郭大帅举行会操,他一连打败了十六个都头,方被擢为营指挥,他若向赵匡胤叫阵,还真有一拼呢! 看他的表情,没有叫阵的意思。还有石守信,面白如玉,看似弱不禁风,打起仗来比狮子还猛,前时,契丹犯边,他一连刺倒了三十六个契丹的将卒,把戟头都刺断了,他若肯出面叫阵,赵匡胤也是必输无疑。可是,从他的表情来看,也没有出面叫阵的意思!

奶奶的! 猴不钻圈多敲锣,我得激他们一激!

刘廷让悄悄来到韩重赟身后,将他的右肩轻轻拍了一拍说道:"老弟,你看到没有? 守忠弟不是赵匡胤的对手。他一旦落败,你得上。"

韩重赟小声说道:"赵匡胤的武功确实不错,又是将门之后,莫说做一个营指挥,就是做一个军主也不为过,小弟不想坏他的事。"

刘廷让见说不动韩重赟,便来到石守信身后,把他劝韩重赟的话又复述一遍。得到的答复和韩重赟一样。

刘廷让不甘心,继续劝道:"凭赵匡胤的本领,当一个军主也应该。关键是郭大帅不看本领,他若真的看本领,你早就不是营指挥了。愚兄的意思,等守忠败下阵后,你上。一来挫一挫赵匡胤的傲气,叫他知道,郭大帅帐下,并非无有能人;二来吗? 郭大帅有言在先,谁若胜了赵匡胤,便将他官升一级,你若做了军主,不只是你个人的荣耀,也是弟兄们的荣耀。且是，你若当了军主，还能提携弟兄们一把。"

石守信将头轻轻点了一点，说道："你这话有一定道理！"

话刚落音，刘守忠败下阵去。石守信大叫一声道："赵匡胤，石某愿与你大战三百回合，一较高低！"一边说，一边挺戟走出队列。

赵匡胤见来者声如洪钟，手中那杆方天画戟，重达二十余斤，知道不是一个善碴，朗声回道："在下恭候赐教！"

石守信大踏步来到校场中间，将戟一摆说道："赵壮士，请进招吧！"

赵匡胤道了声"承让"，将蟠龙棍抖了一个棍花，径直朝石守信胸膛戳去。这一招，武林秘笈上没有，是赵匡胤的独创。按照常理，用棍的人，一旦与人交手，要么劈头打下，要么拦腰横扫，从没见人去戳对手胸膛的。

赵匡胤戳了。

他没有按常规出牌。

他不是不想按常规出牌，他与人相斗，从来不先出手，可石守信年轻气盛，非要让他出手，他便胡乱出了一招，又立马收回。

他的心思，石守信哪里知道？一来，赵匡胤是将门之后；二来，赵匡胤大闹御勾栏的事誉满江湖；三来，王政忠、刘守忠能够做到营指挥，武艺不会太低，竟然没有斗过九个回合。可见赵匡胤的厉害！

如此厉害的一个人物，把棍当剑，来戳对手的胸膛，内中定有玄机！

是闪？是退？正当石守信举棋不定之时，赵匡胤已将蟠龙棍收回。他这才恍然大悟："他……他，他是让我先出招呢，真义人也！"

"承让！"石守信随手攻了一招，赵匡胤避之。他二人虚虚攻了三招，方才各展平生所学，大战了八十个回合。石守信渐感不支，虚晃一戟，跳出圈外，双手抱拳道："赵壮士，我石守信认输。"

赵匡胤笑道："咱俩斗的正酣，你咋说你输了呢？要说输，应该是我赵匡胤。"

石守信道："你不必自谦。"说毕，又转脸向郭威说道："大帅，我石守信自知不是赵壮士对手，心甘情愿地认输。"

郭威道："既然这样，你且归队。"

等石守信归队之后，郭威大声说道："各位营指挥，有敢向赵匡胤挑战的请出队！"

连石守信都败在赵匡胤棍下，谁还敢自讨没趣！

郭威见无人应腔，大声说道："若无人敢向赵匡胤应战，本帅便要拜他为军主了！"

校场里鸦雀无声。

郭威轻咳一声道："本帅若要拜赵匡胤为厢主呢？你们服不服？若是不服，尽可站出来与赵匡胤一搏，谁若能胜得赵匡胤，本帅便拜谁为厢主。"

赵匡胤忙向郭威行一拱手礼说道："大帅，我赵匡胤初来乍到，寸功未立，能够当上军主，已经很知足了。拜厢主的事，千万别提。"

郭威本想以拜赵匡胤厢主为由，激起众将豪情，站出来与赵匡胤一搏。这么多人，难道没有一人胜得了赵匡胤？若胜之，一来可以挫一挫赵匡胤的傲气，二来也可以选拔出来一些真正的英才。

可惜，没有人应腔，而赵匡胤又很知趣地不当厢主。郭威就坡下驴，又是一声轻咳，说道："赵匡胤不只武艺出众，且又谦恭有加，只愿做一个军主，本帅就拜他一个军主吧！"

众将士高呼道："大帅圣明！"

郭威将手一摆："收操。"

午饭，赵匡胤是在郭威帐中吃的，还喝了酒。郭威语重心长地说道："通过这三场较艺，老夫业已看出你的棍术已经出神入化，放眼天下，你已经罕有对手了。你说，老夫说的是也不是？"

赵匡胤微微一笑，说道："大帅过奖了。"

郭威道："谚曰，'满招损，谦受益。'谚又曰，'天外有天，人外有人。'就老夫所知，有八个人的武功，在你之上……"

赵匡胤道："请讲，小侄洗耳恭听。"

郭威道："李存孝，勇冠三军。他臂力之大，说来也许你不大相信，能将铁枪折断，堪称天下第一条好汉。"

赵匡胤道："可他已经死了呀！"

郭威道："老夫只是说他的武功在你之上，并没有说他还活着。"

赵匡胤不敢再言。

郭威又道："王彦章你知道不？擅长使枪。他的铁枪，重达五十余斤，每逢临阵，无人敢挡，人称王铁枪，堪称天下第二条好汉。"

赵匡胤不敢说他已经死了，附和道："王铁枪之名，小侄如雷贯耳，只是无福相见，实乃一大憾事也。"

"高行周，虽与老夫势不两立。但在老夫眼中，他仍不失为一条汉子。他手中那一杆银枪,不知折服了天下多少英豪,连王彦章都对他敬畏三分,堪称天下第三条好汉。"

赵匡胤道:"那第四条好汉呢? 该是郭伯父了!"

郭威将手摇了一摇,道:"非也。第四条好汉,应该是杨衮,善使大刀,其刀重三十二斤。但如果较真的话,在好汉之中,他不应该排行第四。排行第四的应该是他的二儿子杨重贵,也就是杨业,亦善使大刀,那刀虽说没有乃父的重,那是他故意为之。自从军以来,每战必身先士卒,斩敌无数,号为'无敌'。"

"那第六条好汉,一定是非伯父莫属了!"

郭威道:"还排不上。"

赵匡胤道:"那第六条好汉应该排谁?"

"李筠。"

"李筠是干什么的?"赵匡胤问。

"李筠是并州人,臂力极大,能开一百斤硬弓,连发连中。"

"那么,第七条好汉总应该轮到伯父了吧?"

"不,老夫的武功,比之符彦卿和袁彦,还略逊一筹。"

"那是伯父自谦。"赵匡胤道。

郭威道:"非也。老夫如果不是亲眼目睹了你和石守信那一场大战,老夫也以为自己在天下的好汉榜中,应该排行老九……"

赵匡胤道:"莫说排行老九,就是排行老大,您也当之无愧!"

郭威苦笑一声道:"非也。有了你,认识了你,老夫能够排行老十,已经知足了。"

"不,你应该排行老大!"

郭威又将手摇了一摇,说道:"咱先放下这个话题,老夫送你一句话,而这句话刚才老夫已经说过,老夫再重复一遍,'满招损,谦受益。'诚如此,你的官职就不只是一个军主了。你会做厢主、做节度使,直至宰相或枢密院使! 贤侄千万自爱,毋辜老夫所望也!"

赵匡胤拜而谢曰:"伯父之教诲,小侄谨记。小侄不会让您失望的!"

从郭威帐中出来,潘美、李处耘、田重进、楚昭辅又将赵匡胤请到一分利酒店,喝了一个多时辰。

这一场酒还没结束,石守信遣人来请,作陪的是七个营指挥:杨光义、王审琦、刘庆义、刘守忠、刘廷让、韩重赟、王政忠。

除了这七个营指挥,还有一个李继勋。

李继勋的官不只比这几个营指挥大，也比赵匡胤大，是个厢主。因他为人随和，又和韩重赟是老乡，每当这八个营指挥相聚的时候，常常邀他参加。

酒过三巡，菜过五味，石守信起身说道："李厢主、赵军主及各位贤兄贤弟。吾等为了有个进身（进身：当官，或者有个好的前程。），从四面八方聚集到郭大帅麾下，且又意气相投。在咱十人中，除了李厢主、赵军主之外，我们都是营指挥。俗话不俗，'在家靠父母，出门靠朋友。'我有个想法，咱八个营指挥是不是效法一下三国的刘备、关羽和张飞，也来一个义结金兰（结金兰：俗称结义、换帖、拜把子等。它源于三国时代的"桃园三结义"。即刘备、关羽、张飞三人结为生死弟兄的故事。）！正好李厢主、赵军主也在这里，请他俩一个主盟，一个监盟怎样？"

几个营指挥异口同声道："好！"

赵匡胤高声说道："我反对！"

众人皆用异样的眼光瞅着赵匡胤。

"佛说，'同船相渡，乃八百年修来的缘分。'吾等不但同席饮酒，还要长期共事，应该是多少年修来的缘分？"

众人七嘴八舌，有说一千年的，也有说八千年的，甚而还有人说八万年的。赵匡胤道："咱不说八万年，八千年怎样？八千年才修来这个缘分，汝等却将李厢主和我赵匡胤排除在外，这像话吗？"

石守信笑道："赵军主误会了。我们也不想将您和李厢主排除在外，但您俩一个是厢主，一个是军主，官都比我们大，我们不敢高攀。"

赵匡胤道："我和李厢主，若是想让你们高攀呢？"

石守信道："吾等求之不得。"

赵匡胤移目李继勋说道："李厢主，您说，咱们让不让他们高攀？"

李继勋学着石守信的腔调说道："吾等求之不得！"

众人大笑。

石守信将双掌一连拍了三拍，众人止住笑，一齐盯着石守信。

"诸位指挥兄弟，既然李厢主和赵军主愿意让吾等高攀，咱们就高攀吧！"石守信话一落音，便引来一片欢呼之声。

石守信又将双掌一拍，说道："契丹犯我内丘，又屠饶阳，太后有旨，召郭大帅前去迎击契丹，这一二日便要开拔。这一开拔，吾等若是再要相聚，且是相聚得这么齐，怕是不大容易了。以吾之意，倒不如咱趁热打铁，今晚就来一个义结金兰如何？"

众人道："好!"

于是,石守信便让店家帮助筹办。

不到一个时辰,店家便把举行结拜仪式的所需之物一一办齐,包括雅室、关公神像、香、三牲(三牲:猪肉、鱼、蛋。蛋按人计算,一人一个。)祭品,以及活公鸡、酒和笔墨纸张。

石守信突然"哎"了一声道:"店家,我忘了一件大事,我们这些人,都是要棒子出身,大都不识字,能不能帮助吾等找一个识字的,代我们写一写金兰谱(金兰谱:也称立誓言。每人一份,按年龄大小为序,写上各人名字,并按上手印。)?"

店家自荐道:"鄙人便识字,也代人写过几次金兰谱。十位爷能在小店结义,是小店的荣耀,鄙人极愿效犬马之劳,但不知十位爷赏不赏脸?"

石守信拍了拍店家的肩膀,说道:"汝也太自谦了,汝愿意给吾等帮忙,吾等感激不尽,还说什么赏不赏脸的话! 写吧。"

店家道:"那金兰谱上的誓言怎么写?"

石守信移目李继勋:"厢主,您说怎么写?"

李继勋略一思索,扭头对店家说道:"吾听说写金兰谱都有一定的定式,汝不是代人写过金兰谱吗? 别人怎么写,咱也怎么写。"

店家道:"写金兰谱俱有定式,男的结拜一般都是这样写的,要不要鄙人给您背一背?"

李继勋将头点了一点。

店家朗声背道:"盖闻室满琴书,乐知心之交集;床联风雨,常把臂以言欢。是以席地班荆,衷肠宜吐,他山攻玉,声气相通,每观有序之雁行,时切附光于骥尾。某某等编开砚北,烛剪窗西,或笔下纵横,或理窥堂奥。青年握手,雷陈之高谊共钦;白水旌心,管鲍(管鲍:即管仲和鲍叔牙,春秋时期齐国人。齐桓公得以称霸,依靠的便是管仲。管仲和鲍叔牙是朋友,年轻时他俩一块经商,分财多自给,叔牙不以管仲贪,知他贫也。从军后,每战冲锋时,管仲跑在最后,逃跑时,跑在最前。鲍叔牙不以管仲怕死,知他家有老母。齐桓公未曾为君之时,差一点被管仲射杀。齐桓公为君后,在鲍叔牙的劝说下,不仅赦免了管仲,还拜管仲为相。可管仲死时,齐桓公让他推荐相国,他却没有推荐鲍叔牙。有人从中挑拨鲍叔牙,鲍叔牙不但不怒,反替管仲开脱。后人称朋友间的深厚友谊为管鲍之交。)之芳尘宜步。停云落月,隔河山而不爽斯盟,旧雨春风,历岁月而各坚其志。毋以名利相倾轧,毋以才德而骄矜。义结金兰,在今日既神明对誓,辉生竹林,愿他年当休戚相关。结义人某某某、某某某……按年龄而排。"

赵匡胤越听,眉头儿皱得越紧:"这话太文绉了吧!"

店家道:"依将军说,这誓文该怎么写?"

赵匡胤道:"若依我意,就这样写,'吾等十人,意义相投,愿效刘关张,结为异姓兄弟,毋以名利相倾轧,毋以才德而骄矜。有福同享,有祸同当。以义社之名,时常相聚,轮流做东,联络感情,切磋武艺。若违此誓,五雷击顶。结义人某某某、某某某……'"

石守信率先说道:"这样写好。"

店家便按照赵匡胤所言,在金兰谱上写了誓文。众雄按照年龄从大到小,一一写上自己的名字,并按上了自己的手印。他们的排序是:李继勋、赵匡胤、王审琦、杨光义、石守信、刘庆义、刘守忠、刘廷让、韩重赟、王政忠。金兰谱一共十份,众雄一人手持一份,随店家来到雅室。店家拿出线香十把,分给众雄。众雄将线香点燃,一手持香,一手持金兰谱,按照年龄大小,自东而西,面对关公神像跪下。先由李继勋领读誓文。读毕,店家把鸡宰了,鸡血滴入酒中。众雄各自把右手中指用针刺破,把血滴入酒中,搅拌均匀,先滴三滴于地上,尔后,仍以年龄为序,每人喝一口。轮到王审琦,只是沾了沾嘴唇,赵匡胤的眉头微微皱了一下,杨广义小声对赵匡胤说道:"审琦生来对酒无缘,喝上一口酒便如生了大病一样。"赵匡胤将头轻轻点了一点。

众雄结拜之事,第二天,潘美就知道了,对赵匡胤说道:"愚兄、李处耘、田重进好赖也是个营指挥,认识您又在石守信他们之前,您既然和他们结为义社兄弟,我们也想和您结拜,不知您意下如何?"

赵匡胤笑答道:"你我一见如故,在我心中,你就是我的亲哥哥,你可听说过,有哪一对亲兄弟尚还要磕头换帖?!"

潘美将头点了一点说道:"我知道了。"

两天后,果如石守信所言,郭威率部北上。途中,义社十兄弟忙中偷闲,找了一个小店聚会,不知怎的为郭威所知,竟也参加了他们的聚会。

刚刚送走郭威,王峻来了,少不得又加了四个菜。

王峻不苟言笑,众雄有些怕他,既不敢多说话,又不敢劝他酒,气氛有些不大协调。王峻见了,很知趣地说道:"我还有点事,先走一步,酒场结束后,请李厢主、赵军主去我帐中一趟。"

李继勋、赵匡胤慌忙说道:"俺俩已经喝多了,不敢再喝了,倒不如这会儿就去您的大帐。"

王峻道："好。"

李继勋和赵匡胤跟着王峻,来到监军帐中,一番寒暄之后,王峻小声说道："近来,军中谣言四起,不知尔等听说了没有?"

李继勋、赵匡胤不知他问这话的用意,都将头摇了摇。

"连我都听到了,尔等怎么会听不到呢?"

"这……"李继勋、赵匡胤交换了一下眼色,赔着小心说道："俺俩真的没有听到过谣言。不过,军中真的有人敢造谣,只要监军一声令下,俺俩立马把他抓来军法从之!"

王峻长叹一声说道："其实,也不全是谣言。有道是'无风不起浪'。譬如,有人说先帝为郭大帅所杀,而我们又要立先帝的堂弟刘赟为帝。刘赟登基以后,肯定要为他堂哥报仇。这一报呀,死的不只是郭大帅,三军也得跟着遭殃,唉……于是,不少将士想劝郭大帅杀了刘赟,自立为帝,使三军免祸为福。尔等对这事怎么看?"

王峻把话说到这个份上,李继勋、赵匡胤若是还不醒悟,那真是两个大傻瓜了!

实践证明,他俩都不傻,王峻话音刚落,异口同声道："众将士的话颇有道理!"

王峻道："有无道理,尔等再细细斟酌一下。此外,尔等可在你们信得过的将士中吹吹风,有什么消息随时向我禀告。"

李继勋、赵匡胤频频点头。

他二人出了王峻大帐,一边走一边商量,决定分头将众将士欲要拥立郭威为帝的"谣言"传播出去。

当然,传播这一"谣言"的不只他俩,还有郭崇威、范质、魏仁浦、魏一虎以及书记王著等等。

这一日,行至澶州,郭崇威、范质、魏仁浦等一班将士,突然将郭威的马头拦住。

不只拦住,还一齐跪了下去。

郭威一脸惊诧道："尔等这要干什么? 有什么话但说无妨,跪在马前,成什么话,尔等快快请起,快快请起"。

众人大声说道："今中国无主,契丹乘机侵我,我等即使拼上性命,将契丹杀退,立得功劳,有谁怜我? 且是,吾等为了社稷,杀了皇上刘承祐,而今,又要立刘氏为帝。吾等不仅杀了先帝,又曾屠陷京师,与刘氏有不共戴天之仇,若硬要立刘氏为帝,吾等只有反叛一途了!"

郭威道："汝等莫要性急,且听本帅告之。先帝已薨,当今天子,乃吾等所立,岂能与吾等为仇?"

魏一虎道："先帝也好,欲立的当今天子也罢,毕竟是刘氏子孙,血浓于水,依吾等之意不可立!"

郭威道："刘氏子孙不可立,尔等欲要迎立何人?"

"郭大帅!"

郭威"啊"了一声道："尔等胡说什么! 赶路要紧,快起来,快起来!"

魏一虎道："您若不答应做天子,吾等跪死在这里!"

郭威道："尔再胡说,吾便杀了尔!"

魏一虎将脖子一梗,说道："要杀你这会儿便杀!"就在郭威与魏一虎对话的时候,赵匡胤率领义社众兄弟赶了过来,听了魏一虎的话,一齐儿跪在地上,向郭威说道："魏大人所言极是,您要杀魏大人,干脆连吾等也杀了!"

郭威长叹一声道："汝等这是逼良为娼!"

听他口气,已没有先前那么强硬,魏一虎一跃而起,继之是赵匡胤和义社兄弟,将马前黄旗裂断,披在郭威身上,复又跪下,三呼"万岁",众将士亦呼。"万岁"之声不绝于耳,直冲九霄。

十三　去澶州烧冷灶

郭威开科取士,目的是选天下才俊,可王峻硬要塞进私货,把一个连碗大的字都认不了一布袋的人,选为榜眼。

柴荣本来就长得白,加之一袭白衣、一杆银枪,朝月光下一站,犹如玉树临风。

柴荣闻听符秀英仍是一个待嫁之身,又惊又喜,当即上书郭威,要娶符秀英为妻。

郭威被迫做了皇帝。

可另一个皇帝刘赟,正在去汴京的路上。

天无二日,国无二主。这话不说郭威,连三岁小孩都懂。

郭威要么自动辞去皇帝;要么就兵开汴京,阻止刘赟进京,他打算选择后者。

可是,自己拥立的皇帝,自己再起来推翻,怎么向世人交代? 何况,大敌当前,掉头还京,抢夺帝位,让世人怎么议论?

关于第一个担心,王峻以为大可不必,因为不是你要废掉刘赟,是三军将士逼你废掉刘赟,若不如此,三军将士非反不可!

关于第二个担心,王峻直言不讳地说道:"契丹,乃肘腋之患;汴京,乃心腹之患。只要陛下据了汴京,还怕契丹个鸟!"

郭威道:"诚如监军之言,咱就调转马头,直扑汴京。"

王峻道:"陛下圣明!"

军至七里店,谍人来报,刘赟听说澶州兵变,昼夜驰向汴京,现已到达宋州。郭威移目王峻:"峻兄,诚如此,为之奈何?"

王峻道:"可遣武行德、郭从义,将马军一万前征宋州,拦住刘赟。"

郭威道:"好!"

遣走了武行德和郭从义,郭威率军继续南行。将至汴京,郭威上书太后,愿奉汉宗庙,事太后母。到了此时,太后心中就是一百个不愿意,也不敢说个不字。她违心地颁了一道懿旨,要在京的文武百官,出城迎接新天子。

汉乾祐三年辛亥日,郭威在汴京即皇帝位,定国号曰"周"。制(制:帝王的命令。)曰:

> 朕周室之裔,虢叔之后,国号曰"周"。改元为广顺元年。大赦天下,凡仓场库务掌纳官吏,不得收斗余称耗。旧所进羡余物,悉罢之。犯窃盗及奸者,并依旧天福元年以前刑名决遣。罪人非反逆,无得诛及亲族,籍没家资,唐庄宗、唐明宗、晋高祖各置守陵十户,汉高祖的守陵人员如故。

宣赦已毕,颁行天下。

广顺元年十二月一日,刘赟为周将所杀,刘崇听得儿子被杀,自立为天子,举兵伐周,为郭威所败,论功行赏,王峻排名第一,加封平章事,一人之下,万人之上。

随着官职的上升,王峻的野心开始膨胀:"你郭威得以做天子,乃是我王峻运筹帷幄的结果。你没有儿子,身体还有些欠恙,你百年之后,这天子的宝座应该由我来坐。可你却要择立储君,择立储君也行,你第一个就应该想到我王峻,你压根就没想过我,只是在你的女婿张永德和外甥李重进之间择来选去!哼,他两个能是做天子的料!"

正因为王峻存了一个张永德、李重进不是做天子料的心理,便处处排挤他俩。郭威心中自然不悦,有口难言,是的,没有王峻的支持和运筹帷幄,郭威不会有今天。且是,他的身体确实有些欠恙,一旦驾崩,无论是张永德还是李重进,都没有能力来驾驭周朝!能驾驭周朝的,唯有王峻。可这个王峻……

在讨伐刘崇的战斗中,柴荣一马当先,枪挑了刘崇的三个爱将。

正因为柴荣枪挑了刘崇的三个爱将,刘崇的将士才如鸟兽散。

柴荣立了如此之大功,却一如既往,不摆功,不出风头,凡有天子所赐,皆分赏于将士,赢得一片颂声。

这一颂,郭威把宠爱张永德和李重进之心移到了柴荣身上——这孩儿文武双全,又经数年的江湖历练,若是让他来继承大统,国之福也!遂收为养子。末儿,又要立为太子。

一听说郭威要立柴荣做太子,王峻又气又怒,当即面见郭威:"陛下,您想要立太子,老臣一百个赞成,但要立柴总管(总管:官名,唐和五代时,军府(军营)的最高长官,曾一度称之为总管。),老臣便有些困惑了。柴总管自从军以来,除了这次征讨刘崇,侥幸立了一功之外,并未对大周作过什么贡献,您却要立他为太子,三军服吗? 文武百官服吗?"

郭威道:"谁说柴荣没有为大周作过什么贡献? 去年若非他亲去游说符彦卿,符彦卿怎会率众来归,这一率可不是一千人,也不是一万人,是六万人呀! 这六万人若是反对朕称帝,朕敢称吗?"

王峻道:"陛下能够登上龙位,乃天命所至、众望所归,怎能把这个功劳记在柴总管头上? 何况,论官职,他只是一个总管,他的上边还有节度使、枢密使和中书令(中书令:官职。中书省(监)长官,隋唐以后为宰相之任。)等等。陛下如果硬要立柴总管为太子,也应把他遣到边疆历练一番才对!"

郭威见王峻松了口,也不想和他过于较真,便委柴荣为澶州节度使兼澶州刺史。每逢柴荣前来朝见天子,王峻便设法阻之,郭威心如明镜,但因王峻有拥立之功,一忍再忍。朝中百官见天子贵体欠恙,且又如此敬畏王峻,都认为这周朝的天下迟早要改姓王。故而,纷纷投到王峻门下。而王峻又刻意拉拢文武百官,包括义社十兄弟,且又几次暗示,赵匡胤若是投到他的门下,少说也给他一个总管当当。赵匡胤心有所动。

正当赵匡胤心有所动的时候,赵普来了,赵普一而再再而三地劝他远离王峻。赵普这么说,自有赵普的道理。承想,也不说你王峻功劳有多大,也不说你王峻和郭威有多铁! 郭威是天子,天子得有天子的威严,王峻在宰相院建造厅堂,非常华丽,可郭威欲在宫内建一座小殿,王峻硬说没钱,建小殿的事泡汤了。郭威开科取士,目的是选天下才俊,你王峻硬要塞进私货,把一个连碗大的字都认不了一布袋的人擢为榜眼(榜眼:科举制度中的第二名称为榜眼。宋时一甲第二、三名均称榜眼,意指榜中之双眼。后演变为第二名为榜眼,第三名为探花。)。不说郭威贵为天子,就是一家之长,能允许他们的子女这样胡来吗?

王峻必败!

王峻不出事就没有天理了!

既然王峻必败,就应该早些儿离开汴京,离开王峻,去哪里呢? 去澶洲,跟着柴荣干。赵普用不容置疑的口气劝说赵匡胤。

柴荣正不得势,跟着他干,岂不是烧冷灶吗?

一说烧冷灶,赵匡胤突然想起了昙云长老的临别赠言:"自今日始,公子红运高照,一帆风顺。只是'遇郭而安'的时候，要记住烧冷灶……"

既然昙云长老也这么说，我赵匡胤就去烧一烧冷灶！

他当即上书郭威，要去边疆效力，跟着柴荣干。得到郭威恩准，赵匡胤连夜离开汴京，去了澶州。

柴荣闻听义弟到了，忙出城相迎。二人并辔而行，一边走一边互道别后之事。赵匡胤这才知道，柴荣、史延德、张琼他们投了符彦卿之后，柴荣做了推官，史延德和张琼分别做了营指挥。符秀英则远嫁河中，做了河中节度使李守贞的儿媳妇。未几，李守贞据河中反，郭威奉旨讨伐李守贞，城破之后，李守贞害怕，举家自焚，唯有符秀英当门而坐，向乱军呵斥道："我乃天雄节度使符彦卿之女，令尊与你们郭大帅情同手足，汝等慎勿无礼！"

乱兵闻言，耸然引退，无人敢犯，符秀英遂自趋郭威大帐，并自报家门，郭威奇之，收为养女，遣人送归天雄，柴荣这才知道姑父做了大官，遂请假三个月，前去河中拜见姑父。不想姑父又奉旨北讨，移军魏州，便又赶到魏州。对于柴荣的败家之为，柴一娘很是生气，原本想见面之后，将他好好的责骂一番。谁知，一见面她变了，哽咽着说道："荣儿，你真是我的荣儿吗？"

柴荣"扑通"朝她一跪说道："姑妈，我是荣儿，我是您一手抱大的荣儿！"

"荣儿，你这一走便是十几年，姑妈想你都快要想疯了！"

柴荣垂泪说道："荣儿不孝，荣儿有罪，荣儿对不住爹娘，对不住姑妈！"

柴一娘摆了摆手说道："过去的事，就不要提了。起来，快起来，姑妈有话问你。"

柴荣擦了擦眼泪，站了起来。

"坐，坐下叙话。"

柴荣便在柴一娘的对面坐了下来。

"荣儿，你出走之时，身无分文，你这十几年是怎样走过来的？"

柴荣便将他如何卖伞卖炭，如何结识赵匡胤，又如何投奔符彦卿之事，细说一遍。

柴一娘便叫女仆摆酒为柴荣接风。原本想让郭威授柴荣一个军主当当，柴荣执意要回去看一看爹娘，柴一娘长叹一声道："难得荣儿这一片孝心，只是你的爹娘早已不在龙岗了。"

柴荣吃了一惊："他们今在何处？"

柴一娘道："你姑爹做了枢密使后，便将咱们举家迁到汴京。"

柴荣长出一口气道："刚才姑妈差点把荣儿的魂吓掉了。迁汴京好，汴京为之京都,若非姑爹,咱一家就是做梦也不敢迁居汴京!"

柴一娘道:"荣儿休要客气。你已有十几年没有见爹娘了,应该去看看他们。姑妈送你一百两白银作为盘缠,你要早去早回。"

柴荣拜谢过姑妈,策马来到汴京,与爹娘想见,爹爹只是淡淡地说了一句:"你到底还是回来了。"

娘却不是这样,叫了声"我儿,想煞我也!"母子二人抱头痛哭。

柴荣原打算在家待上三天,便回魏州,向姑爹复命。

谁知,娘不让他走,不只不让他走,还为他娶了一个姓殷的女子做老婆。他还没有度完蜜月,汉隐帝遣人前来抄家,他外出会友,躲过了这一劫。

赵匡胤听了柴荣自述别后之事,喟然长叹道:"小弟原只以为小弟命苦,您贵为皇子,却有如此之惨遇! 唉,人呀,命呀……"潸然泪下。

赵匡胤擦了一把泪眼道:"嫂子已经死了,又未曾为您生下一儿半女,有道是'不孝有三,无后为大'。为了柴家的香烟,您应该给小弟再娶一个嫂嫂才是。"

柴荣笑回道:"你别为大哥着急,大哥已经有了心上人儿。"

"谁?"

"你猜!"柴荣回道。

"天下的美女这么多,你让我猜谁呀?"赵匡胤反问道。

"这个女子你认识。"柴荣道。

"这个女子我认识? 我认识的女子多了,她是谁呢?"赵匡胤把所认识的女子,只要生得标致的,全在脑海里过了一遍,还是想不起来。

"你曾有恩于这个女子。怎么,还想不起来?"

"我这一生,曾经帮助过十几个女子,但对我印象最深的是两个人。一个叫赵京娘,已经死了。再一个是符秀英,可她已经嫁人了呀!"

"她的男人若是死了呢? 可不可再嫁?"

赵匡胤一脸欢喜道:"当然可以! 大哥若能和符秀英结为夫妇,那真是天生的一对,地造的一双! 不过,小弟很想知道,你俩是怎么爱上的?"

柴荣抿嘴一笑,便将他俩相识的过程一一道了出来。

柴荣、张琼、史延德投到符彦卿门下后,被安置在节度使署。

节度使署坐北向南,一进四的院子,柴荣他们被安置在三院的厢房。符秀英则随父母居住在四院,也叫后院。

第三、四院的西边是一个小湖,湖边有一棵一搂粗的柳树。月挂中天的时候,柴荣便来到柳树下练武。

他本来长得就白,加之一袭白衣,又绰一杆银枪,朝月光下一站,犹如玉树临风。

符秀英爱干净,尤喜游泳,每当鼓打一更的时候,她便带着两个女仆,来到小湖里戏水,无意间看到了柴荣,看到了那一袭白衣和一杆银枪。那枪忽上忽下,忽左忽右,忽而上挑,忽而直刺,忽而绕身而转,把个符秀英看得有些呆了。

她这一生,除了赵匡胤,还未曾对第二个男人动过春心。

可她认识赵匡胤的时候是一个落魄的少女,并不知道自己还有如此一个高贵的父亲。若非赵匡胤出手相救,她不是给人做妾,便是为奴,甚而流落风尘!而赵匡胤呢?将门之后,英俊潇洒,且又身怀绝世武功,她不敢想,更不敢高攀。就是敢高攀,赵匡胤已经有了妻子,如何高攀?

而今,我符秀英已非昔日可比。我是节度使的闺女,名副其实的千金小姐。我就是和当朝宰相抑或是百万富翁的儿子成婚,也不算高攀。

眼下这个白衣银枪男人,与赵公子相比,虽说少了一些阳刚之气,但又多了几分俊美和飘逸。至于出身,一样的高贵:一个是将门之后,一个是世代富豪,二人各有千秋,但不知他有无妻室? 若无,我……

想到此处,符秀英再也无心游泳了。

她折回后院,径奔母亲的寝房,那寝房的灯还在亮着:"谢天谢地,母亲还没有睡!"

她右手食指成弓,正要去叩母亲的房门,钟楼的鼓声响了两下。

二更了。

母亲操劳了一天,也许没有上床,也许上了床还没来得及吹灯,我这会儿去打扰她,有些不大合适! 何况,父亲也在房中,这嘴叫我怎么张?

就在她犹豫不决的时候,屋里的灯灭了。符秀英长叹一声,一脸失落地回到自己的闺房。

这一夜,她失眠了。

翌日,她第一个来到父母的屋里,向父母请安。

用过了早饭,她正想着如何"赶走"父亲和弟弟妹妹,父亲站了起来:"我还得去处理军务,我走了。"

父亲一走,母亲便向秀洁他们下了逐客令:"我和你大姐说个事,你们走吧。"

符秀英暗自欢喜:莫非母亲知道我的心事?

她只猜对了一半。

母亲把她留了下来,确实是为了她的婚事,但这个男人不是柴荣!

"娘,您想和孩儿说什么事呀?"符秀英强压欢喜道。

"秀英啊,你今年十九了吧?"

符秀英将头重重地点了一点。

"秀英啊,妈像你这么大的时候,你已经两岁了。唉,这事不能怪你,都是妈不好,将你送人后心里虽说也常挂念着你,一因战乱,无暇顾及你;二是觉着,既然把你送了人,就不能打搅你的生活,让你养父心中不愉快。谁知,谁知你竟受了那么多委屈!"

说到这里,两颗晶莹的泪珠,从符老太太的眼眶里滚了出来。

符秀英红着眼圈劝道:"娘,这事怎能怪您,是女儿命中该有这十几年的磨难。十几年后,女儿还能回到您的身边,女儿就知足了。"

"经你这么一说,娘心中稍微好受一些。"符老太太用手绢擦了擦泪眼,继续说道:"这十几年,不只让你吃尽了苦,还耽搁了你的青春,娘像你这么大的时候……嗨,我咋老提这个。英儿,告诉你个喜事……"

"什么喜事?"

"你爹给你找了一个好婆家。"

符秀英暗自思道:"不会是柴公子吧?"

符老太太见女儿没有应腔,只道她是害羞,继续说了下去:"你的相公叫李崇训,乃是河中节度使李守贞的儿子,二十几岁便做了总管,前途无量……"

她突然觉得有点儿不对劲,这么好的人家,符秀英咋一脸的不高兴!

"英儿,你咋了? 这个人家不好?"

"不是不好,可女儿已经有了……"符秀英本想说她已经有了意中人,但话到唇边,又吞了回去。

符老太太见女儿欲言又止,心口怦怦乱跳:"你,你已经有了什么?"

符秀英不好说她已经有了意中人,但又不能不回答母亲的话。何况,她急于见母亲,就是想向她倾吐心事:"我……我……我……"

她灵机一动,改口道:"娘,来投奔父亲的那个柴公子,不知成家了没有?"

她这一说,符老太太明白了,女儿的意中人是柴荣呀! 这个柴荣呀,世代富豪,人也长得英俊,他和张琼、史延德到来不久,老爷便请一相士,暗中相了他们一番,那相士说柴荣,目若朗星,面若银盆,乃大贵之相,英儿若是嫁了他,乃是她的福气。只是,为李崇训做媒的那人实在太厉害了,不能拒,也不敢据。这不单单因为那媒人乃当朝皇后,也不单单因为李崇训是皇上的至亲,更重要的是,皇上对老爷生了疑心,想用联姻的方式套住老爷!

"唉!"符老太太长叹一声道:"英儿啊,你的眼光不错。但你不能嫁给他!"

"为什么?"

"为了你爹,为了咱家,为了这六万将士,你只能嫁给李崇训。"符老太太遂将内中原因一五一十地说给符秀英。

符秀英哭了,一边哭一边说道:"我的命咋恁苦呢? 比黄连还苦!"

符老太太劝道:"英儿,那个李崇训,娘见过两次,长相虽说不及柴公子,但孔武有力,是一个真汉子,能嫁给这样的男人,也不算太委屈了你。何况……"

她不想往下再说。

"英儿,该说的话,娘全给你说了。你若还不答应,娘就给你跪下了。"

她真的给符秀英跪了下去。

符秀英忙伸双手去搀,符老太太一脸凄容地说道:"你不答应娘,娘就是跪烂了双膝,也不会起来!"

符秀英泪流满面道:"娘,你起来,女儿答应你。"

半个月后,符秀英远嫁河中。

符秀英是哭着走的。

符秀英出嫁一个月后,柴荣方才知道,符秀英是为他哭的,心中既感激又难过? 甚而生出了不婚的念头。后来,在妈妈的苦劝下,他虽说娶了一个姓殷的女子为妻,然他心中所思、所想、所挂的仍是符秀英。当他得知李守贞被灭族,符秀英得以回到天雄的消息,激动得跳了起来:"太好了! 我明天便去天雄,向符秀英求婚!"

睡了一夜,他的心怯了。我是有妻之人,符秀英来了只能做妾,她愿意做吗? 她爹娘叫她做吗? 唉,也许命中俺俩没有做夫妻的缘分! 想到这里,他打消了去天雄求婚的念头。

一个月后,他又动起了向符秀英求婚的念头。那时,他的妻子已经死了,而他又奉姑爹之命,去天雄游说符彦卿。

去天雄,有两个人他不能不见,一个是史延德,一个是张琼。他两个都说,符彦卿又将女儿许给了天平节度使高行周的儿子高怀德。柴荣彻底绝望了。

谁知,三年后又有了转机。前不久,史延德来澶州抓捕一个携款而逃的军吏,柴荣向他打听符秀英的近况。史延德说,符秀英至今未嫁,还住在天雄。

柴荣以为自己听错了:"什么? 符秀英不是嫁了高怀德么? 你咋说她至今未婚?"

史延德长叹一声道:"人都说这世上黄连最苦,可符秀英的命呀,比黄连还苦。她和高怀德的事,日子都择好了,您的姑爹,不,咱姑爹当了天子,高行周独霸天平,拒不称臣,还用着乾祐的年号。符老将军哪敢和他再结亲家呀! 符小姐的婚事就这么黄了(黄了:俗语,意思是某事不办了,或办不成。)"

柴荣又惊又喜,当即上书父王,要取符秀英为妻。郭威不仅答应了他的请求,还亲自做媒,且又遣翰林承旨陶谷,率禁军二百名,护送符秀英来澶。

赵匡胤一脸欢喜地说道:"这太好了! 但不知新嫂子何日可以到达?"

柴荣道:"明天下午。"赵匡胤轻叹一声道:"谚曰:'有情人终成眷属。'此话不谬也。哎! 新嫂子就要来了,这么好的事,您也不请我喝杯酒。"

柴荣道:"喝,喝他个一醉方休!"

酒过三巡,赵匡胤停樽问道:"大哥,您刚才说到三弟,他如今还在符老将军那里吗?"

"在。"

"张琼呢?"赵匡胤又问。

"也在符老将军那里。"

赵匡胤直言说道:"您是节度使,符彦卿也是节度使,让他俩跟着您干多好!"

柴荣叹道:"唉,我何尝不想要他俩跟着我,可符老将军说啥也不放他俩!"

"噢……来,咱喝酒,咱接着喝。"赵匡胤举樽说道。

柴荣忙将酒樽端了起来,和赵匡胤碰了碰,一饮而尽。

"二弟,刚才只顾说我的事,我忘了问你。那京娘的家距锁金庄也不过千里之路,你咋送了两个多月还不回来?"

赵匡胤长叹一声说道:"这事呀,一言难尽,每每想起来,我就心中难受。"遂将京娘之死细细地说了一遍。

柴荣也是一声长叹:"京娘死的是有些屈,但这事不能怪你……算了,不说京娘了。我再问你,你怕见我和三弟,也不想去锁金庄,自然没有看到我留给你的书了。你这几年是怎么走过来的?"

赵匡胤道:"书我倒是见了,但京娘死了,没有任何人和任何东西可以证明我的清白,我怕见了你和三弟自讨没趣,这是其一;其二,昙云长老说我的灾星很重,只有躲在寺庙中才能避过灾星。所以,我便在蛰龙寺住了下来。"遂将他如何在寺中读书,如何投军,如何与李继勋等十弟兄结拜之事,细细地说了一遍。

柴荣道:"你从军虽说迟了一年,但一从军便当上了军主,且又直接受父王指挥,前途无量!"

赵匡胤道:"一个月前,我也是这么想,可现在……唉,皇上太仁慈,而那个王峻越来越跋扈。跋扈倒也不怕,怕的是有野心。"

柴荣道:"他已经有了野心,他的府邸,比皇宫还要富丽堂皇,可父王想在宫内建一座小殿,他竭力反对,说是这样做劳民伤财。不过,话又说回来,'人的命,天造定。''命里只有八合(合:"捧"也。两手承托为捧。)米,走遍天下不满升。'父王已经让常相士偷偷地相了相王峻,那王峻不只做不了天子,怕也不能寿终呢!"

赵匡胤喜道:"这太好了!来,咱再喝三樽!"

他俩一边聊,一边喝,不知不觉喝了一大坛。柴荣还要喝,赵匡胤劝道:"明天新嫂子就要来了,咱留点量,明晚再喝。"

也许是那常相士很神;也许是王峻过于跋扈,天要灭他。其实,什么也不是,是郭威不想忍了,而王峻又不知进退,想让郭威封他为王。你想当王就应该直接跟郭威说,抑或是暗示一下也行。你却鼓动了二十几个节度使和刺史上书郭威,封你为王。朝制,京官不能交结外臣,你不但交结了,交结的还不是一般外臣,是武臣,是手握重兵的节度使和刺史,郭威代汉建周的时候,支持他的节度使和刺史也不过五六个。而支持你王峻的节度使和刺史竟达二十几个,他能不慌吗?他这一慌还能让你活吗?但郭威不是将王峻抓起来一杀了之。他既要杀王峻,又要树立自己的形象。他把王峻抓起来之后,大会群臣。

"诸位爱卿,近几个月,朕很苦恼。有一个功勋卓著的大臣,对朕甚是不恭。岂止是不恭,是骑在朕头上拉屎撒尿。朕一时愤怒,把他抓了起来,但又不知该如何发落。朕这就将他请到大殿,当着诸位爱卿的面,问他几个问题。尔后,众爱卿觉着应该怎么办,朕便怎么办,众爱卿以为如何?"

百官们不傻,虽说郭威没有提到这个被抓大臣的名字,他们也知道是谁,不少人头上开始冒汗了,更有甚者,腿也抖了起来。

"陛下圣明!"尽管百官们回答的声音参差不齐,也没有底气,但郭威并不计较,高声说道:"请王宰相上殿。"

十四 鹞子败给雀儿

郭威盯着王峻说道:"王峻,朕这一生,第一次叫你名字,在朕的心中,你是一个敢作敢为的汉子,今日怎么变了? 这不是你的性格,朕看不起你!"

韩重赟跃马阵前,大声叫道:"昨日那个小屁孩,你韩爷又来了,还不快快出来迎战!"

高行周摆了摆手对赵匡胤说道:"老夫就冲着你,愿意归顺周朝,汝若信得过老夫,明日可单人单骑,来到老夫帅府,商议受降之事。"

五花大绑的王峻,被四个禁军押上大殿。到了此时,王峻还是一脸傲气,一脸的不服。郭威手指四禁军,厉声责道:"朕让汝等去请王宰相,汝等就是这么请的吗? 快,快把他身上的绳子解开。"

王峻冷声说道:"陛下,这绳子不解也罢! 范蠡有句名言,'飞鸟尽,良弓藏;狡兔死,走狗烹'。我王峻早该死了,还在乎身上捆了几道绳子吗?"

郭威苦笑一声道:"你不让解,朕就不解,朕当着百官的面,问你几个问题,你想怎么回答,便怎么回答。尔后,让百官评一评,是你对,还是朕对。百官若是以为朕做错了,把你身上的绳子移到朕的身上。"

"臣不敢! 但您想问臣什么问题,尽管问。"

"好! 朕开始问了。"郭威重咳一声,清了清嗓子说道:"朕得以登上九五之尊,虽乃天命,但诸位爱卿的诚心拥戴,也至为重要。而在这些拥戴朕的众卿中,王爱卿的心最诚。故而,朕很感激你,将你的官儿一提再提,直至宰相,一人之下,万人之上,朕也算对得起你了。"

王峻并不领情,一字一顿地说道:"罪臣能做宰相,确实是陛下的恩赐。但罪臣尚有一问,不知该不该讲?"

郭威道:"请讲。"

"当年,陛下任魏州节度使,罪臣是监军。监军的职责是代表朝廷监督节度使,臣说得对不对?"

郭威道:"对。"

"既然罪臣说得对,陛下贵为天子,罪臣做一个宰相,也不算高就吧?"

魏仁浦大跨一步,走出朝班,手指王峻,高声说道:"王峻,你算老几,敢和陛下……"

王峻冷笑一声道:"我是老幺总行了吧!况且,我这一问,乃是经陛下恩准后才问的,你咋呼个啥!"

魏仁浦欲要反驳,郭威朝他摆了摆手,说道:"魏爱卿请归班,王宰相之所问,由朕来答。"

说毕,移目王峻:"王爱卿是在给朕卖老呢!"

王峻昂首说道:"罪臣不敢!"

郭威道:"能不能做天子,可不是单凭资历。汉高祖刘邦,未帝之前,是沛县的一个小小的亭长,而他的宰相萧何,却是一个县吏,对于汉高祖多有庇护,汉高祖做了天子,未见萧何有半点不恭。当年,朕为节度使,汝为监军,那监军虽有监督节度使之责,但他的官职却在节度使之下,属于临时差遣,朕做了天子,便拜汝为宰相,这能算委屈了你?"

王峻无言以对。

武行德大跨一步,走出朝班,一脸讥笑地说道:"王峻,你是聋子,还是个哑巴,咋不回陛下的话呢?"

王峻狠狠地剜了武行德一眼。

武行德毫不示弱:"王峻……"

郭威又将手摆了一摆,示意武行德归班。

"王爱卿,朕还是刚才那句话,你就是有天大的功劳,朕为天子,你为宰相,这不能算委屈了你!况且,你翻一翻历史,有哪一个天子,称他的臣子张口一个某兄,闭口一个某兄!而朕,除了公开场合,不喊峻兄不说话。"

王峻道:"对此,罪臣十分感激。"

郭威道:"朕不但拜卿为相,也不只呼卿为兄而不名。汝的儿女、女婿,甚而外甥和侄男,朕全封为京官,凡习文的,全在翰林院(翰林院:官署名。唐代初置,本为各种文艺技术内廷供奉之处。宋代则以翰林院官总领天文、书艺、图画、医官四局,以至御厨茶酒亦有翰林之称。)供职;凡习武的,全都做了将军,这又怎讲?"

王峻道:"这……罪臣也是十分感激。"

"朕再问你,反贼赵岩与你有私,你硬要朕封他的侄儿赵崇勋为官,有无这事?"

王峻道:"有这事。不过,赵崇勋写得一手好字,也算一个人才……"

没等郭威驳他,范质大声问道:"王峻,字写得好是能退敌,还是能治民?况且,那赵崇勋的字写得并不好。不是我夸口,他的字写得连老夫的犬子都不如。你若是不服气,把赵崇勋叫上大殿,当面和犬子比试比试!"

王峻怒视范质,欲说又止。

郭威继续问道:"颜愈、陈观,无才无德,只因戏唱得好,汝一强二逼要朕拜他二人为平章事,朕好言相劝,说是'进退宰辅,不可仓促,俟更思之,须有德望者可当相位。峻兄所荐之二人,德望如何?'你一听勃然大怒,语颇不逊,说:'陛下以花顶文身为君,又何德望之有?'你说,有无这事?"

王峻道:"罪臣记不得了。"

郭威道:"王峻,朕这一生,第一次叫你名字,在朕的心中,你是一个敢作敢为的汉子,今日怎么变了?这可不是你的性格,朕看不起你!"

王峻将头一昂道:"罪臣记起来了。罪臣确实说过这话,是杀是剐,请陛下明断!"

郭威道:"这才是你王峻的风格。你辱骂朕的事,朕拨拉拨拉肚子,忍了。可你交结外臣,逼朕封你为王,这又怎么说?"

没等王峻回答,太师冯道当先说道:"杀无赦!"

冯道可不是一般人物,后唐、后晋时历任宰相;契丹灭后晋,又附契丹任太傅(太傅:官名。春秋时期晋国设置,为辅佐国君的官。战国废,汉复置,次于太师。历代沿置,多为大官加衔,并无实职。)。后汉时,任太师,后周时又任太师,是有名的和事佬、不倒翁、老狐狸,连老狐狸都说王峻该杀,他还能活命吗?

冯道话一出口,大殿上一片附和之声。

魏仁浦跨出朝班,大声说道:"王峻如此欺负皇上,又有篡位的野心,岂能一杀了之!应该灭他的族,灭他的九族!"

他这一说,大殿上又是一片附和之声。

王峻怕了,面如涂蜡。

郭威叹了一声说道:"若论王峻所犯之罪,灭他九族也不亏,但他毕竟有大功于大周,朕不忍也。这样好不好,朕不灭他的族,只将他流放崖州怎么样?"

百官齐声反对:"这样处置王峻,有些太轻,陛下再仁慈,也不能仁慈到不杀他之理!"

郭威又是一声叹息:"众卿不要说了,朕已经说了不杀王峻,岂有再杀之理!"说毕,移目王峻道:"峻兄,你可以上路了。"

王峻扭头便走,魏仁浦大喝一声道:"王峻,你就这么走吗?"

王峻不敢再横,止步转身问道:"汝要我怎么走?"

"你历仕三朝,难道连起码的朝礼都不懂?"

王峻想了一想道:"我错了。"趋前六步,朝地上"扑通"一跪说道:"谢陛下隆恩。"

郭威道:"流放爱卿,实乃万不得已。但你放心,凡卿的亲人,朕一个不杀,一个不抓,该做什么官,还做什么官,卿放心地去吧!"说毕,一连将手摆了三摆,等王峻走出大殿,他"嚎"地一声大哭起来:"朕是个昏君!朕把当朝宰相,朕的义兄,发配崖州,朕对不住峻兄,朕不配做天子,朕……"

文武百官异口同声劝道:"陛下不必自责,王峻充军崖州,是罪有应得!不,是您太仁慈,若按他所犯之罪,应该灭族!不是您对不起他,是他对不起您,对不起咱大周!"

郭威道:"不管怎样,他是朕的峻兄,又是大周的功臣。冯爱卿!"

冯道跨出朝班,高声应道:"臣在。"

郭威道:"卿这会儿便去追赶王峻,代朕给他饯行。"

冯道道:"臣遵旨。"

他还没来得及转身,郭威又道:"饯行后,再送他二百两银子,作为路费。"

冯道又道:"臣遵旨。"

郭威目送着冯道走出大殿,又长叹一声说道:"退朝。"

魏仁浦默默地跟在郭威身后,直到进了内殿,方才说道:"陛下,臣有本奏。"

郭威道:"请讲。"

魏仁浦道:"王峻可不是一个一般人物。"

郭威绷着脸道:"他怎么个不一般?"

"他是两朝元老,大周之百官,半数为他所荐,留下他后患无穷!"

郭威道:"卿放心,他不会活太久的!"

魏仁浦道:"何以见得?"

"凭朕对他的了解,王峻一从军便当上了营指挥,每仗必胜,朝廷宠他,同僚敬他,在一片赞扬声中度过了二十年。如今,他成了罪犯,这落差太大,他如何经受得了?这是其一;其二,他对鸡头情有独钟,每天要吃五十个鸡头。五十个鸡头便是五十只鸡子,他是一个罪犯,吃得起吗?其三,他喜欢吃人奶,还要对着奶头直接吃,为此,家中养了六个漂亮的奶娘。如今,他被流放,那些奶娘躲都躲不及,谁肯跟他走呀?有此三因,他非死不可!"

果如郭威所料,不到两个月,王峻便自缢而死,死在去崖州的路上。

郭崇威,不,他已经改名郭崇了。

他为什么改名?古制,大臣不能和天子同名,郭威作了皇帝,他得避皇帝之讳,不得不把威字去掉。

郭崇听说王峻自缢而死,不敢恋栈,几次上书辞官,郭威不准,改任魏州防御使(防御使:武将名。唐武则天始置。原置于边地,安史之乱后,分设于中原等军事要地。掌本区军务,以防御寇乱。),让他衣锦还乡,安度晚年去了。

流放了王峻,郭威便将柴荣召回汴京,立为太子。经柴荣力荐,赵匡胤得以做了东西班行首(东西班行首:禁军头目)。

未儿,郭威箭疮复发,卧床不起,天平高行周闻之,整顿兵马,修理器械、欲要讨伐汴京,灭周兴汉,消息传到郭威耳中,不住地唉声叹气。柴荣劝道:"父王,自您登上九五之尊,汉之臣民,归之如蚁,唯有高行周拒不称臣,依孩儿之意,应该出兵讨伐,但不知为甚,父王一直没有出兵。而今,他竟要讨伐父王,真是欺人太甚,请父王假孩儿三万人马,孩儿一定马踏天平,提高行周之头来见父王!"

郭威叹道:"吾儿,你有所不知,放眼天下,武功在高行周之上的,只有两个人——李存孝和王彦章,而王彦章又死于高行周之手。高行周不只武艺出众,他还深明韬略,晓知天文,行阵如孙子(孙子:通常指孙武,也有指孙膑的,此二人皆为古代的军事家。),摆阵似太公(太公:即吕尚,也叫姜尚,辅佐武王伐纣灭商,封于齐,有太公之称,俗称姜太公。兵书《六韬》是战国人依托于他的作品。),从没打过败仗。故而,为父不想惹他,这是其一;其二,常相士曾对为父说过,为父的克皇是高行周。"

柴荣道:"一个江湖术士的话,父王竟也信了!"

郭威道:"这个江湖术士,非同一般,他曾预言,为父要做天子,这不,已经应验了。为父绰号雀儿,而那高行周呢,绰号鹞子,雀儿岂能斗得过鹞子!"

柴荣笑道:"父王听信术士之言,对高行周一忍再忍,孩儿不想就这再说什么。但孩儿姓柴,鹞子再厉害,它能吃干柴么!父王若是信得过孩儿,假以孩儿三万人马,孩儿若是不能踏平天平,孩儿提头来见!"

郭威沉吟半晌道:"为父箭疮复发,一日比一日重,也许一个月,也许半年。总之,为父有一个不祥之兆,怕是不得善终呢!吾儿若是趁为父在世之日,建一个不世之功,为父千秋万岁之后,由吾儿继承大统,谁敢不服!"

柴荣道:"父王此言差矣,父王废汉建周,功垂千古,寿当南山,且不可杞人忧天!"

郭威道:"吾儿不必多言,为父这就命你为帅,统兵三万,前去讨伐高行周!"

十日后,柴荣为元帅,赵匡胤为先锋,统兵三万,浩浩荡荡开赴天平。

高行周闻听柴荣前来征讨,冷笑一声道:"他这是来送死呢!"当即调兵遣将,迎战柴荣。其长子高怀德劝道:"父帅,逆贼之中,能够与父帅一搏的,只有王峻,而王峻已经死了,孩儿愿代父帅前去会一会柴荣。"

高行周道了一声:"也可。"

翌日,高怀德为元帅,其弟高怀亮为先锋,统兵三万,浩浩荡荡地出了天平。两军在西坪相遇,高怀亮绰一杆亮银枪,来到阵前,指明要会柴荣。

柴荣未及答话,刘守忠抢出阵来,直扑高怀亮。

高怀亮不到十六岁,这是他第一次出征,又不认识柴荣,见刘守忠前来应战,高声问道:"汝就是柴荣?"

刘守忠骂道:"就你这个乳毛未褪的小屁孩,杀你如同宰鸡,何须俺元帅出马。"

高行周在节度使的宝椅上已经坐了十几年,在天平,他说一不二。特别是近三年,他虽说没有称帝,但他行使的是皇帝的权力。"皇帝"的儿子谁敢惹呀?可刘守忠惹了,不只惹了,还骂了,且骂得如此难听,把高怀亮的脸蛋儿都气红了,他将小银牙一咬,照着刘守忠左胸恶狠狠刺去。刘守忠欺他是一个娃娃,举枪去格,一副不慌不忙的样子。谁知,高怀亮鬼精鬼精,这一招是虚的,他见刘守忠举枪来格,将枪锋上移,直奔刘守忠咽喉,刘守忠躲闪不及,被他刺伤了脖子,不敢再战,拍马逃回本阵。

杨广义见刘守忠败下阵来,未等柴荣下令,拍马出阵,挑战高怀亮。谁知,他也不是高怀亮的对手,只八个回合,便被高怀亮刺伤,若非李继勋拼死相救,他便成了高怀亮的俘虏。

李继勋将杨广义救回本阵,正要返回去战高怀亮,韩重赟抢出阵来,和高怀亮交上了手。

在义社十兄弟中,韩重赟的武艺排名第三,与排名第二的石守信战了三百个回合才分出输赢,原只想十个回合之内便可打败高怀亮。谁知,已经战了八十个回合,高怀亮

145

还没有落败的迹象。高怀德害怕高怀亮年纪小，再战下去体力不支，便鸣金收兵。

第二日，刚列好阵，韩重赟跃马阵前，大声嚷嚷道："昨日那个小屁孩，你韩爷又来了，还不快快出来迎战！"

话音刚落，高怀亮跃马而出，大声回骂道："傻大个，你又不是个驴，瞎叫什么，看枪！"

韩重赟道："且慢，爷有话要说。"

高怀亮道："有屁快放！"

"咱今日就是战到日落，分不出输赢，谁收兵谁是王八蛋！"

高怀亮奶声奶气地说道："莫说战到日落，就是战到星星出来，分不出输赢谁是个混蛋、臭蛋，比狗屎还要臭的臭蛋！"

韩重赟被他逗乐了："你这小屁孩，挺逗人的，若非在两军阵上，我真想认你作个弟弟。"

高怀亮一脸怒气道："你嘴放干净点，啥小屁孩！狗嘴吐不出象牙，看枪！"

说毕，举枪照着韩重赟的胸膛刺去。韩重赟忙举枪去格，二人你来我往，大战了六十个回合，高怀亮佯装不敌，跌下战马，韩重赟忙下马来捉，高怀亮一跃而起，一枪刺中韩重赟右臂，韩重赟弃枪而逃，引得高怀亮咯咯大笑。

石守信大吼一声道："小屁孩，年纪不大，一肚子诡计，爷今日若不生擒了你，誓不为人！"

高怀亮冷哼一声道："牛皮不是人吹的，小爷倒要看看，咱今日里谁生擒了谁，看枪！"

一个是得高家花枪真传，一个是赵匡胤义弟，双方憋足了劲儿要生擒对方，一交手便打得难解难分，高怀亮到底是个孩儿，战到一百五十个回合的时候，便有些力不从心了。高怀德见了，忙鸣金收兵。石守信高声叫道："高怀亮，你大哥想要你做一个比狗屎还要臭的臭蛋呢，你做不做？"

高怀亮大声回道："我不做！"

"好，是条汉子，咱接着打。"

高怀亮道："停，我想去尿尿，尿了尿咱再打。"

石守信一脸讥笑道："什么尿尿，分明是不敢打了，分明是要做一个比狗屎还要臭的臭蛋！"

"不管你咋说，我得去尿尿！"高怀亮虚晃一枪，拨马跑回本阵。

石守信勒马大叫道:"小臭蛋,你尿完尿可要回来呀!"

高怀亮暗自发笑:"真是个傻大个,已经鸣金收兵了,还能再打呀!"

也许是柴荣没有听见他俩的对话,也许是听到了,不以为意,见高怀德鸣金收兵,也命军士敲响了收兵的大锣。石守信朝高怀亮的后影啐了一口,拨转马头,悻悻地回到本阵,见了柴荣,张口便道:"元帅,再有十个回合,末将便可擒了高怀亮,您为啥要鸣金收兵?"

柴荣笑道:"敌方已经鸣金收兵,咱不能不收呀! 这是打仗的规矩,要不,会惹人耻笑的。"

石守信恨声说道:"末将不管它规矩不规矩,明日,那小屁孩如果再耍滑,末将就追到他的阵里!"

赵匡胤强忍住笑说道:"四弟,那小屁孩已经知道他不是你的对手,他还敢和你打吗?"

石守信道:"我直接向他叫阵,他不打也得打。"

赵匡胤张了张嘴,又合上了。

第二天,石守信来到阵前,刚叫了一声小屁孩,高怀德拍马而出。

石守信用马鞭指着高怀德,大声说道:"你回去,爷要战的人是小屁孩!"

高怀德回道:"本帅的先锋官昨夜受了风寒,卧病在床,等他痊愈了,自然会来会你!"

"狗屁病,分明是不敢和老子再战了……"

高怀德暴喝一声道:"你那张臭嘴给我放干净一点!"

石守信道:"老子不放干净,你又怎样?"

高怀德将战马一拍,冲向石守信,当胸便是一枪。石守信见他来势凶猛,忙侧身躲过。二人你来我往,战到九十八个回合的时候,高怀德一枪刺中石守信左臂,石守信不敢再战,伏鞍逃向本阵。高怀德拍马直追,忽见一红脸汉子,手绰蟠龙棍,纵马出阵,高声叫道:"小白脸,有道是,'得饶人处且饶人,'真有种,和爷斗上个三百回合!"

高怀德恨他出言不逊,遂舍了石守信,来战赵匡胤。二人大战了一百二十个回合,赵匡胤一棍击中高怀德的坐骑,那坐骑负痛而走,将高怀德驮回本阵。柴荣见了,将帅旗一挥喊道:"众三军听令,有斩得叛军一人者,赏银五两;斩得叛军三人者,官升一级,冲啊!"

重赏之下,大周军斗志倍增,直杀得高家军鬼哭狼嚎,逃得快的,捡得一命;逃得慢的,不是身首异处,便是做了大周军的俘虏。回到天平城内,高怀德清点人马,已经不足一万人,垂头丧气地去见父帅,原本想会受父帅一顿责骂,谁知,高行周反过来安慰他道:"胜败乃兵家常事,吾儿不必自责。只不过,你的武艺乃为父亲传,而李存孝和王彦章未听说收有徒弟,他们的儿子,也都不大争气,放眼天下,你应该没有对手了!今日,却为红脸贼所败,明日,为父亲自出城,会一会这个红脸贼,为吾儿报仇。"

翌日,炮响三声,高行周来到城外,高声叫道:"哪个是赵匡胤?老夫想会一会他!"

赵匡胤纵马来到阵前,向高行周行一礼道:"在下便是赵匡胤,前辈有何吩咐,在下洗耳恭听!"

高行周道:"汝父可是赵弘殷?"

赵匡胤将头重重地点了一点。

高行周道:"汝降生之时,满室异香,三日不散,人称香孩儿,有无此事?"

赵匡胤又将头点了一点。

高行周又道:"汝二十一岁那年,大闹御勾栏,有无此事?"

"有。"

高行周道:"汝倒也爽快,是条汉子!咱不再多言,出手吧!"

赵匡胤道:"您是前辈,前辈不出手,晚生焉敢出手?"

高行周道:"你不必客气,老夫与人相搏,从未当先出手。何况,你还是一个孩子!"

赵匡胤道:"高伯父把话说到这个份上,小侄不敬了!"说毕,举棍朝高行周打去。

高行周举枪去格,赵匡胤慌忙将棍收回。

刚交手时,二人互相谦让,打着打着,较上了劲,各尽平生所学,不知不觉,已经斗了一百六十个回合。

高行周高声叫道:"痛快,痛快!老夫已经十几年没有遇到对手了,咱今日战他个三百回合!"

赵匡胤未及作答,高行周的眉头忽然拧成了八字。

高行周十八岁那年,得了心绞疼,治愈后只犯过一次。第一次,是他大战李存孝的时候,事隔几十年,突然又犯了,若是常人,早就趴下了。可他,硬是撑着,而这一次疼的比前一次还厉害,直疼得他汗流如雨。

高行周虚晃一枪,跳出圈外:"香孩儿,你的武功,老夫已经领教了。老夫这一生就武功而言,从未向人认输,老夫今日向你认输。"

赵匡胤就马上一揖道:"高伯父太自谦了!"

高行周摆了摆手道："汝不必多言,老夫就冲着你,愿意归顺周朝。汝若是信得过老夫,明日可单人独骑,到老夫帅府,商议受降之事。"

赵匡胤道："敬从伯父之教。"

高行周道了一声明日见,拨马回城。

高怀德、高怀亮伺候父帅将药吃下,各自搬了一个凳子,坐在父帅榻旁。

鼓打三更,高行周醒来,见两个儿子还没有睡,欠身问道："为父作出归顺大周的决定,你们是不是觉着有些突然?"

高怀德、高怀亮将头点了一点。

"唉!老父这一生未曾办过违心之事,这一次不得不办了。唉……"高行周又是一声长叹。

"郭威是一个枭雄,若不是因为他篡汉自立,俺俩会是朋友。可他……没有汉高祖,就没有他的今天。汉高祖是他的恩人,汉高祖驾崩不到二年,他便将汉家的江山给篡了,还装出一副不得已的样子。呸!为父最看不起这样的伪君子!为父做梦都在想着如何灭周复汉。谁知,天不佑为父。这几日,每当深更夜静,为父便登上观星台观星,周朝不但没有灭亡的迹象,反而要大兴呢!而为父的星却黯淡无光,还有一些发红,怕是要有血光之灾呢!"

高怀德、高怀亮齐声劝道："父帅,论武功,您早已独步天下了,谁还能加刀于您?"

郭威道："为父也这么想。可今日与赵匡胤一战,方知天外有天……"

高怀德劝道："父帅若非沉病复发,那赵匡胤绝对不是父帅对手!"

高行周道："也许赵匡胤不是为父对手,但周军中,不止一个赵匡胤,还有石守信、韩重赟、潘美等等,可谓是猛将如云,咱高家军不是他们的对手。何况,他们的背后,还有一个强大的周朝。唉,单就军事力量来比,为父也不会轻易认输……"

高怀亮带着几分稚气问道："那,那您为什么要认输呀?"

"为父和赵匡胤厮杀的时候,为父乘机观了他的相:方面大耳,英气逼人,乃帝王之相也。孔老夫子说过,'天命不可违。'为父已经违了一次天命——不向郭威称臣。若是再违一次,是要遭天谴的!为了你们兄弟二人的前程,为了咱高家的兴旺发达,为父这才决定归顺周朝。为父这个决定,你俩不会反对吧?"

高怀德抢先说道："父帅之为,是为了孩儿和子孙后代好,孩儿岂能反对?怀亮,你说大哥说的对不对?"

高怀亮不迭声地回道："大哥说的极是。"

高行周长出了一口气说道:"听你弟俩这么一说,为父就放心了。德儿、亮儿,为父的心口已经不疼了,你两个也该回帐睡觉了。"

弟俩异口同声道:"俺俩想陪一陪父帅!"

"也好!"

见父帅同意了,高怀德忙命随侍的军校,在父帅的帐中,又加了两个小榻。

父子三人就如何归顺周朝之事商议到鸡子叫。

天平城外,柴荣、赵匡胤、赵普,以及义社的兄弟,也是一夜未睡。大家都认为高行周要赵匡胤明日进城,乃是一个阴谋,劝赵匡胤不要去。可赵匡胤不这么认为。

"柴大哥及诸位弟兄,你们不必为我担心。高行周虽说是咱大周的逆贼,但他还是一个汉子,身上荡漾着战国时期那些侠客的遗风,不会食言,更不会做见不得人的事情。明日进城,若能使他举城而降,不只为皇上去了一个心腹大患,也为皇上平添了五万将士、一百八十万百姓。如果一旦被弟兄们言中,他杀了我,我也不会后悔。何也?柴大哥,不,殿下奉旨征讨叛逆,力荐我为先锋,我俩既是兄弟,更是君臣,能够为殿下而死,是我的荣幸!"

这一番话,说得柴荣泪流满面,一把抓住赵匡胤的胳膊:"二弟,我的好兄弟,哥答应你去,哥摆酒为你饯行!"

这一喝,喝到了鸡叫。送走了众人,柴荣将赵匡胤留下,同榻而卧,就收降高行周可能遇到的问题,做了种种猜测,譬如,他会向朝廷要钱、要粮;再如,他要朝廷封他为王,抑或是恩荫他的子孙,甚而赐他一个不死的铁券(铁券:是中国封建时代皇帝赐给功臣、重臣的一种带有奖赏和盟约性质的凭证,类似于现代普遍流行的勋章,允其世代享有优厚待遇及免死罪的一种特别证件,也叫免死券。因为封建社会皇帝的权力是至高无上的,圣旨便是法律,所以,铁券也便负有特别的法律效用。),甚而听调不听选(听调不听选:可以听从调遣,但不入朝。)等等。就这些猜测到的事,柴荣一一表态:钱可以给他,粮可以给他,铁券也可以给他,就连子孙也可以恩荫,唯有听调不听选一事还得上奏父王,由父王来定。

谁知,赵匡胤来到天平城,什么粮呀、钱呀、官呀,以及赐予铁券等等,高行周父子一件也没提。赵匡胤倒有些过意不去,向高行周问道:"高伯父,您举州而归朝廷,避免了一场兵燹之祸,功比天高,难道您不给朝廷提点什么要求?"

高行周道:"老夫既然归顺朝廷,就是朝廷的臣民,哪有做臣的向为君的讨价的道理! 不过,对于你,老夫倒有一个请求,也是归顺大周的唯一条件。"

"什么条件，请高伯父赐教！"说这话的时候，赵匡胤心中直打鼓。

"老夫听说你有个妹妹，叫玉容，年已及笄，既漂亮又贤淑，未曾许人。犬子怀德，年已二十有余，未曾婚娶，愿与你妹，结秦晋之好。请你无论如何，不要驳老夫这个面子！"

听他这么一说，赵匡胤哈哈大笑道："这是个好事，小侄的丑妹能嫁怀德贤弟，那是她几百年修来的福气！"

"好，好！赵公子答应把令妹嫁给吾儿怀德，老夫很高兴，老夫就是死了，也会含笑九泉！"

大家正在为高、赵两家喜结良缘而高兴，听高行周说到死字，也没在意。

"德儿，安排一桌酒，好好款待赵公子。赵公子……"高行周将头转向赵匡胤："老夫有些累了，也有些困了，想到后帐歇息一会儿，老夫就不陪你了。"

赵匡胤忙道："伯父尽管去，有怀德和怀亮二位贤弟作陪，小侄已经很知足了。"

高行周欲走又止："德儿，你可要陪好赵公子呀！"

高怀德毕恭毕敬地回道："父帅放心，孩儿一定会陪好赵二哥的，叫他吃好，喝好。"

高行周走了两步，复又站住："德儿，赵公子第一次来咱家做客，老父若是不陪他一陪，有些失礼。这样好不好？半个时辰后，你去后帐叫醒老父。"

高怀德道："孩儿记住了。"

半个时辰后，高怀德来到后帐，叫了两声父帅，没有人应腔，看那案后，坐着一个无头之尸，大吃一惊。仔细一瞧，乃是父帅，而父帅之头，就在三步开外的地方，又怒又急，大叫一声道："军校何在？"随侍高行周的几个军校慌慌张张地跑了进来。

高怀德二目如炬，盯着众军校厉声问道："是谁杀了元帅？"

十五　一女许两家

赵弘殷朝餐桌上狠狠砸了一拳,向赵匡胤斥道:"你一女许两家,叫为父以后还怎么见人?"

赵普打扮成云游僧,来到米福德门前,对米福德说道:"东华门内的皮氏狗肉是汴京一绝,请施主帮贫僧买一些儿回来,咱一块儿享用。"

米福德闻听蛰龙寺的和尚又来了,忙朝小鸽子脸上吻了两口说道:"家里有急事,我去去就来。"

随侍高行周的几个军校,见高怀德责问,战战兢兢地回道:"不知道。"

"哼,不知道! 尔等胆敢再说一声不知道,爷把尔等全都宰了!"

那个年纪最小的军校哆嗦着嘴唇说道:"少爷,自元帅进到后帐,吾等全在帐外守候,并未见一人出入后帐……"

"放屁,没有人出入后帐,难道是鬼杀了元帅?"

"不是鬼。"那个年纪略长的军校怀着十二分小心说道:"元帅武功盖世,谁要杀他,他能不反击? 他若是反击,谁能杀得了他呀? 你看,他是坐着死的,他的左手好像还按着一块带字的帛。他……他……他会不会是自杀?"

"自杀?"高怀德暴喝一声:"不可能! 归顺大周,是父帅的决定。让爷娶赵匡胤的大妹子为妻,也是父帅的决定。一切都是按父帅的决定来办,父帅应该高兴才是,怎么会自杀? 不可能,不可能! 绝对不可能!"

那个年纪略长的军校赔着小心说道:"少爷,也许元帅是他人所杀。但不管元帅是怎么仙逝的,他左手下边的那个帛,能否抽出来看一看?"

高怀德趋前几步,将高行周左手轻轻拿起,取出那块带字的帛,仔细一瞧,原是写给他和高怀亮的遗书。

吾儿怀德、怀亮：为父生性高傲，从来不肯低眉弯腰事权贵。而今，竟然向篡国之贼俯首称臣，为父之耻也！况且，为父绰号鹞子，篡国之贼绰号雀儿，哪有鹞子臣服雀儿的道理！但为了咱高家，为了天平五万将士，为了天平一百八十万百姓，为父不得不这样做。但为父实在不想向篡国之贼三呼万岁。为父走了，为父在阴曹地府保佑你们！

另，你弟兄二人，不得为难赵公子。不只不能为难，为父入土之后，立马去汴京迎娶赵玉容。有违老父遗言，非高行周之子。

高怀德流着眼泪看完了父帅的遗书，"扑通"朝父尸一跪，撕心裂肺地叫了声："父帅，您咋只想着您的儿子，您的将士，您的百姓，您咋不想一想您自己！啊，啊，啊……"一口气没有上来，昏厥过去。几个军校忙上前施救。许久，他才转过气来，又是"啊"地一声大哭。

高怀亮来了。

赵匡胤也来了。

帅府的大小将领都来了，帐内帐外跪满了人，号啕之声几将天平震塌。

高怀亮哭了一阵，突然站了起来，扑向赵匡胤，一只手揪住赵匡胤的圆领，一只手拔剑，高声骂道："红脸贼，拿命来吧！"

赵匡胤没有反抗。不仅没有反抗，还神态自如。

高怀德一跃而起，双手抱住高怀亮："二弟，你千万不要胡来！"

高怀亮一边挣脱一边哭道："谁胡来了？他是咱的杀父仇人，你咋还护着他？"

"不，父帅是自杀的，与赵先锋无关。"

"有关！若不是他前来劝降，父帅会自杀吗？放开我，放开我……我非要一刀宰了他，为父帅报仇！"

高怀德见劝他不住，将脸一沉，厉声说道："怀亮，爹的遗书写得明明白白，如违他老人家之言，就不是他老人家的儿子！你，你还要为兄往下说吗？"

高怀亮抛剑于地，复又向父尸跪下，大哭起来。

赵匡胤爬了出来，出城报信去了。

柴荣与众将士正等得发焦，见赵匡胤平安归来，惊喜交加，一齐向他涌来，七嘴八舌地问道：

"谈的怎么样？"

"他们都有些什么要求?"

"你咋去这么久?"

赵匡胤长叹一声道:"你们别问了,那高行周父子并不像咱们想象的那样,他们识大局、顾大体,心胸坦荡得比镜子还亮,他们什么条件也没提,只是让我喝酒,尔后,尔后……"他说不下去了,眼圈儿泛红。

韩重赟一脸焦急地问道:"尔后怎么了? 是不是那高贼把您给灌醉了,让您出了丑?"

赵匡胤狠狠地瞪了韩重赟一眼斥道:"你都胡说些什么?"

韩重赟反问道:"算我胡说,可我问您,您的眼圈儿怎么会发红?"

"嗨! 你让我怎么说呢,高行周死了!"

众人大吃一惊:"昨日,他还与你大战了一百六十个回合,好似下山的猛虎,出海的蛟龙,怎么说死就死了呢?"

赵匡胤哽咽道:"他是自杀的!"

"他不是自己心甘情愿地要归顺咱大周吗? 为什么要自杀?"

"嗨,你们别问了,我也不知道! 但不管怎样,他是白白的把一座天平城和五万将士以及一百八十万百姓献给了咱大周,他是咱大周的功臣。如今,他死了,咱们应该有所表示才好!"

柴荣忙道:"对,对! 吾等应当有所表示。不,不只是有所表示,我要亲自前去吊唁,还要为他守灵,为他扶灵!"

柴荣这一连三个举措,把高怀德感激得涕泪交流。莫说高行周只是一个节度使,且是一个还没有正式归顺的节度使,就是当朝宰相死了,也没有太子为臣子守灵之理,更莫说扶灵了!

埋葬了父亲,高怀德执意要进京谢恩。

古礼,父母去世,要守孝三年。故而,柴荣说什么也不答应。经反复协商,依"夺情(夺情:古时官员遭父母丧,须去职在家守制三年。但朝廷对大臣,可命其不必去职,以素服办公,不参加吉礼;抑或守制尚未满期而应朝廷之诏出而任职,叫"夺情"。)"之制,柴荣才同意他过了五七(五七:人从死的那一天算起,每七天算一个哀日,届时,亲属都要去坟上进行祭奠。第一个哀日,称为"一七",依次是"二七"、"三七",直至"七七"。在这七个哀日中,"一七"和"五七"最重要。),可以进京面君。

柴荣自投了郭威,立过两次大功,第一次是讨伐刘崇,但那时他只是郭威帐前的一个偏将,而这一次,他是元帅,一举而收降高行周,除了朝廷的心腹大患。还京之日,郭威遣宰相冯道,奉御酒出城三十里迎候,且在宫中置酒,宴请柴荣及其随同出征的将军。宴后,郭威又颁旨一道,追封高行周为秦王,拜高怀德为天平节度使,并赐予不死铁券。

高怀德接到圣旨的时候,刚好父亲已过"五七",当即收拾行装,进京谢恩。

听到高怀德进京的消息,赵匡胤慌了。就在他跟随柴荣讨伐高行周期间,他的父亲将赵玉容许配给了一个姓米的人家。

米家也并非高门大户,只因这家的主人米天豹救过赵弘殷的命,他的儿子米福德除了力能举鼎之外,别无他长。且是,喜欢酗酒,每逢喝醉了酒,就寻衅闹事,赵弘殷把肠子都悔青了。

悔青了又有何用? 婚聘中的六礼,已经进行了五项,只差一个"亲迎"了。

距"亲迎"尚有半月,赵匡胤凯歌还朝,喝过了御酒,哼着小曲儿回到家中。虽说已经鼓打一更,一家人全都坐在客厅里空着肚子等他。赵匡胤鼻子一酸,朝爹娘跪了下去:"爹、妈,孩儿让二老久等了,孩儿对不住二老!"说毕,给爹娘行以稽首之大礼。

赵弘殷忙道:"胤儿,起来吧。为父早已听说你这一次征讨天平,为朝廷立了大功,为咱赵家争了大脸。快起来,为父陪你喝三樽。"

赵匡胤谢过父亲,方才落座。

三樽酒下肚,赵弘殷说道:"胤儿,你回来的正是时候,再有半个月,你容妹就要出嫁,有许多事情要做,你给皇上告个假,帮为父……"

赵匡胤大吃一惊:"爹,您说什么?"

"再有半月,容儿就要出嫁。"赵弘殷回道。

"她所嫁何人?"赵匡胤问道。

"米福德,也就是你米天豹叔叔的儿子。"

"不,容妹不能嫁给米福德!"

"为什么?"赵弘殷问。

"孩儿已将容妹许给了高行周的儿子高怀德。"

"什么?"赵弘殷一拍桌子站了起来,手指赵匡胤斥道:"你好大的胆子,没有父母之命,竟敢将妹子私自许人,你……你眼中还有没有你这个爹?"

赵匡胤慌忙离座,向父亲跪了下去:"爹,孩儿错了。孩儿这也是万不得已。"遂将如何收降高行周,而高行周如何逼婚之事说了一遍。

"嗨!"赵弘殷朝餐桌上狠狠地砸了一拳:"你,一女许两家,叫为父以后还怎么见人?"

杜四娘劝道:"老爷息怒,胤儿这样做,也是万不得已,这也是为了朝廷,你不能责怪他。"

赵匡义忙附和道:"爹,娘说得对,大哥这样做没错。孩儿虽说没有见过高怀德,但孩儿听说,那高怀德乃将门之子,得高氏花枪真传,除了我二哥,无人能敌,且又生得一副好身材,虎背猿躯、豹头燕颔,比之米福德强了千倍万倍,大姐能嫁给这样的人,是大姐的福气!"

赵玉容向赵匡义投之感激的一瞥。

"唉,为父何尝不是这样想? 可作为一个堂堂的飞捷指挥使,若是赖婚,脊梁骨岂不让人戳断! 况且,那米天豹又曾有恩于为父。"

杜四娘道:"那米天豹确实有恩于老爷,可咱倾其所有,为他置了二百亩地,又为他建了一座宽大的宅院,他的丧事,又是老爷一手操办。为办他的丧事,咱欠了一屁股两肋的债。扪心自问,咱也对得起他了!"

赵弘殷长叹一声道:"咱是对待起他了,可外人不知道。再说,他就是无恩于为夫,他是一个穷困潦倒的人家,咱若是毁约,会遭人非议的!"

"这……"杜四娘无言以对。

一家人不欢而散。

翌日早朝,郭威论功行赏,授柴荣为晋王,兼开封府尹;拜赵匡胤为滑州刺史。随征天平诸将,全都官升一级。

散朝后,义社众兄弟及赵普等人,硬把赵匡胤拽到一家酒肆,弹冠相庆。酒,赵匡胤没有少喝,但他很少说话,一副心事重重的样子。宴后,赵普坚持要送赵匡胤回家,二人一路走一路聊,聊着聊着,聊到了赵玉容的婚姻大事。

赵普道:"贤弟不必担忧,愚兄现有一计,可使米福德自动提出退婚。"

赵匡胤将头摇了一摇,说道:"那米福德穷困潦倒,巴望着容儿的嫁妆改变他的困境,这是其一;其二,他若是退婚,有谁愿意嫁给他呀? 就是有人愿意嫁他,论相貌、论家世,能赶得上容妹吗? 他是不会退婚的!"

赵普道:"这个你不必担心,你只须依计而行,便可大功告成。这计么……"他越说声音越低,低得只有他二人才能听见。

赵匡胤沉思良久说道:"除此之外,别无良策,那就照你说的办吧。"

翌日,赵普经过一番乔装打扮,活脱脱一个云游僧人,他手持木鱼,肩头斜背褡裢,来到米福德门前,将引磬敲了许久,米福德将门闪了一个缝,一脸不耐烦地说道:"敲什么敲,我米福德穷得只剩这座房子了,哪有钱施舍你?"

赵普道:"贫僧不要施主的施舍。"

米福德奇道:"你不要俺的施舍,你在俺门外一个劲地敲打木鱼,却是为甚?"

赵普回头瞅了瞅,见周围并无一人,压着嗓子说道:"实话告诉施主,贫僧自蛰龙寺而来。贫僧未曾出家之前,是个地保,因误伤人命,逃到蛰龙寺,做了和尚,但贫僧天生喜酒,酷爱狗肉。贫僧听说东华门内的皮氏狗肉是汴京一绝,特别好吃,可贫僧是一僧人,不好意思去买。皮氏狗肉店距宝宅也不过两箭之地,贫僧想请施主辛苦一趟,帮贫僧买十斤狗肉,再加一坛美酒。当然,这个忙不会让施主白帮。您说,您愿不愿意帮一帮贫僧?"

米福德一连将头点了三点,不迭声地说道:"在下愿意!"

赵普笑问道:"施主既然愿意帮贫僧的忙,为什么还将贫僧拒之门外?"

"在下,嗨,请进,请进!"米福德将大门打开,将赵普迎至客厅。

"高僧请坐,在下这就去给您烧茶。"

赵普笑拒道:"您那茶再好喝,能胜过美酒?"

米福德"嘿嘿"一笑道:"当然不如美酒了。"

赵普道:"既然不如,这茶就不要烧了,还是吃酒要紧!"说毕,掏出一两碎银,双手递给米福德。

不一刻儿,米福德便拎着一大包切好了的狗肉回来,身后还跟了两个抱酒坛的小厮。

"嘿嘿嘿,高僧,实不相瞒,买一坛酒还不够在下一个人喝。于是,在下斗胆买了两坛,欠酒家三十五文,您是不是……"

赵普将手一摆,很慷慨地说道:"不就三十五文么,汝不用说了!"当即从褡裢里掏出一贯钱递给米德福。

米德福从钱串上捋下三十五文递给跟来的小厮,余之双手捧给赵普。

"汝自己留下吧,权当跑腿钱。"

米福德眉开眼笑道:"多谢高僧!"将余钱收了起来。

有肉有酒,只须添两个碗、两双筷子,便可"开宴",而这两样东西,米福德不缺。

一坛酒喝完,赵普停筷问道:"令尊呢?弟妹呢?这么大一个院子,咋冷冷清清?"

米福德夹了一块狗肉送到嘴里,一边吃一边回道:"爹娘都死了,老婆还没有娶过门。不过,再有十二天,这屋里就不是在下一人了。"

"施主是说,再有十二天,汝就要娶老婆了?"赵普故作欢喜道。

"嗯!"米福德伸了伸脖子,将狗肉吞下肚去,将第二坛酒打开,一人斟了一碗。

"请问,施主的新娘子是哪里人氏,姓甚名谁?"赵普问。

"就是这汴京城的,姓赵……"米福德将酒碗端起,一饮而尽:"叫赵玉容,她家世代为将。乃父,官居飞捷指挥使;乃兄更厉害,官居滑州……"

"汝不要说了,汝,汝……喝酒,喝酒!"赵普端起酒碗,一仰脖子灌下肚去,将嘴一擦,站了起来,双手抱拳说道:"贫僧告辞了,请汝多保重!"

米福德长身而立:"高僧,咱俩还没尽兴,您咋突然要走呢?且是,听您话音,似乎有什么事瞒着在下?"

赵普双手一摊道:"没有,真的没有!"

米福德冷哼一声道:"在下又不是个傻子,在下听得出来,您一定有什么事瞒着在下,而且,这事与在下的新娘子有关!"

赵普心中暗喜:"这鱼儿已经咬钩了!只要你咬钩,就不怕钓不住你!"口中却道:"贫僧肚中真的没有什么秘密可瞒,特别是关于您新娘子的秘密!"

米福德一把抓起屁股下的长凳,扬了一扬说道:"你不必嘴硬,你今日不把你心中的秘密说出来,明年此时,便是你的忌年!"

"这……唉,说就说吧,但贫僧说了之后,施主可得放贫僧走路。"

"在下答应你!"

"那,唉……"赵普又是一声长叹说道:"在贫僧未曾说出肚中的秘密之前,贫僧问施主一个问题……"

"有什么问题,你尽管问。"米福德一脸不耐烦地说道。

"施主家徒四壁,又无一官半职,而赵玉容乃千金之躯,为什么要嫁给施主呀?"

"不为什么!一来,我爹救过赵玉容爹的命,她为了感恩;二来,在下力能举鼎,岂能久居人下!"

赵普将头摇得像个拨浪鼓:"非也,非也!"

米福德二目圆睁道:"你说为了什么?"

"据贫僧所知,乃是因为玉容小姐患了麻风病(麻风病:是由麻风分枝杆菌引起的一种极为慢性且较低传染性的疾病,主要累及皮肤及外周神经,严重者可致容貌毁损和肢体畸残。也有人认为,此病有极强的传染力,尤其是女的,若患上麻风病,只要与男子行房,便可传给男子,而女子则不治自愈。这一说法,没有科学根据。),没有人敢娶她。"

米福德大吃一惊道:"这事你是如何得知?"

"贫僧有个表弟,是赵家的管家,是他亲口告诉贫僧的。"

"不可能,你说这话,在下不信。"

赵普道:"贫僧就没打算让施主相信。赵小姐的事,只当贫僧没说。"说毕,双手合十,道了声:"阿弥陀佛,贫僧告辞了。"

"别,别急。在下还想问高僧一句,赵玉容果真得了麻风病,能不能治?"

"能治。"

"怎么治?"米福德迫不及待地问。

"找一个人与之行房。但与之行房之人,必死无疑!"

米福德"啊"了一声道:"诚如高僧所言,谁敢娶她呀?"

赵普道:"正因为没人敢娶她,赵弘殷才将她许配给你。"

米福德朝餐桌上狠狠擂了一拳道:"这个赵弘殷,实在可恶,我恨不得一刀宰了他!"

赵普道:"杀人偿命,古今一理。施主没有必要,为了一个麻风女,把自己的命搭进去。"

"可,可在下已经和麻风女定了'亲迎'的日子,这一'亲迎',在下照样没有命!"米福德一脸忧愁地说道。

"这不一定。施主若是只'亲迎',不同房,哪来的性命之忧?"

"这……那赵玉容若是纠缠在下呢?抑或是在下把持不住呢?"

赵普叹道:"诚如此,施主只好认命了!不,施主可以退婚,若是退了婚,一了百了!"

米福德一脸担心道:"她家如果不答应呢?"

"那施主就闹,就把赵玉容患麻风病的事捅出去。赵玉容一家,世代为将,在汴京城也是有头有脸的人家,她害怕施主来捅。他们一家越是害怕,施主越是要捅,可乘机敲她家几个钱。只要有了钱,还怕娶不来漂亮老婆吗?"

米福德频频颔首道:"高僧所言甚是,在下这就去找赵弘殷。"

赵普道:"施主亲去也可,但那赵弘殷,毕竟是施主的前辈,你二人当面锣对面鼓地去讲,有些难为情,倒不如在施主的亲朋好友之中,择一健谈之人,让他代施主去谈,岂不更好!"

"这……"米福德长叹一声道:"高僧所言甚是,但在下自令尊亡故之后,亲朋好友唯恐与在下交往,沾上晦气,全都断了交往,您叫在下找谁呀?"

"这……施主实在找不来人的话,贫僧毛遂自荐,代施主走上一趟如何?"

米福德双手高拱,身体略弯,深作一揖道:"诚如此,在下'隔河作揖——承情不过!'"

赵普还了一礼道:"施主先别说承情的话。贫僧还有一问,施主可要如实回答。等施主回答过之后,贫僧方才决定,是否代施主前去赵府。"

米福德道:"问吧,在下一定如实回答。"

"施主打算敲赵家多少钱?"

"一百两银子怎么样?"

赵普道:"不多!"

米福德道:"那就敲他二百两吧。"

赵普道:"还不多。"

米福德道:"敲他三百两如何?"

赵普道:"这还差不多!"

米福德道:"那就敲他三百两!"

赵普道:"施主原只想敲赵家一百两,贫僧要施主敲赵家三百两,硬是比施主想的多了二百两。这二百两银子对施主来说,乃是白赚,既然是白赚,贫僧也想分您一杯羹如何?"

米福德道:"可以。但不知高僧想分多少?"

赵普道:"贫僧也不多要,只要你一百两如何?"

米福德"啊"了一声道:"你真敢要呀,顶多给你五十两。"

赵普道:"不行,我要一百两,你得给我两个五十两,少给一两,这事就免谈!"

米福德道:"这……"

赵普"呼"地站了起来,说道:"贫僧告辞了!"

米福德忙起身相拦:"别走,我答应你,给你一百两。"

赵普道:"这还像回事!贫僧这就去找赵弘殷,请施主静候佳音!"

米福德道:"您去吧!早去早回。回来后,在下不只请您吃皮氏狗肉,还请您吃王楼梅花包子、曹婆婆肉饼、薛家羊饭、梅花鹅鸭、徐家瓠羹、王家奶酪、石逢巴子肉……"

赵普笑道:"好了,您别说了,您可以把这些吃的每样买上一份,放在家中,静候贫僧去尝。"

送走了赵普,米福德将刚才所说的美食,真的一样买了一份,在家中等候。

"回来了,他终于回来了!"就在闭门鼓将要敲响的时候,赵普一脸醉态的回到了米福德家。

米德福迫不及待地问道:"事情办得怎么样?"

赵普将钱褡裢朝餐桌上猛地一摔道:"你自己数一数,看是多少银子?"

"三百两,没零没整三百两。"

"那你说这事办成了没有?"赵普曳斜着醉眼问。

"办成了,办得很漂亮!"米福德一边说,一边来拿银子。

赵普道:"别急,施主的退婚文书,还没写呢。"

"这……在下不识字,这退休文书就免了吧。"

"不行,你不写退休文书,明日贫僧怎么向赵弘殷老爷交账!"

"那,天到这般时候,找谁写呀? 等到明天再写怎样?"米福德一脸乞求道。

"明天就明天吧,不过,这银子,你不能拿,暂由贫僧保管。"

米福德道:"在下听高僧的。"

赵普道:"凡写退休文书,必有证人,这证人还得画押。明日,施主找代笔之人的同时,还得找两位证人,这证人最好是施主的街坊邻居。"

米福德道:"在下明白。"

翌日,米福德果真找来了代笔之人和两个街坊。

退休文书写成之后,米福德和两个街坊,分别在自己的名字上按上了手印。

赵普接过退婚文书,贴身儿藏了。方从褡裢里取出二百两银子给了米福德,道了声"阿弥陀佛",辞别众人,径直去了赵弘殷家。米福德有了钱,又是置办新衣,又是逛妓院,迷上了一个叫小鸽子的妓女,二人正玩得高兴,做证的那两个街坊寻来了,悄声对他说道:"蛰龙寺那个和尚又来了,说有急事找你。"

米福德朝小鸽子脸上吻了两口,说道:"小宝贝,家里有急事,我去去就来。"

小鸽子也朝他脸上吻了两口,娇滴滴道:"您可要快点来呀,要不,我一个人睡觉害怕。"

"我一定早点儿回来。"米福德站起身,戴上幞头,跟着两个街坊,疾步回到家中,果见赵普一脸焦急地立在门首,忙将大门打开,将赵普迎进客厅。

赵普向两个街坊拱手说道:"多谢了!"

两个街坊同声说道:"小事一桩,你俩好好说吧,吾等告辞了。"

送走了两个街坊,赵普小声对米福德说道:"事情有些不妙呢!"

"怎么个不妙?"米福德问。

"贫僧将施主的退婚文书交给赵弘殷,赵弘殷连个谢字都没说,便将贫僧打发走了。贫僧越想越不是滋味,便将表弟约到了宋小乙酒楼。半坛酒下肚,表弟悄悄告诉贫僧,赵弘殷嫁女不成,反被施主敲走了三百两银子,越想越气,欲要向施主下毒手呢!"

米福德一脸惊惶道:"如是,为之奈何?"

十六　天下第一俭

　　苗训手中举了一个布幌子,上书:"卜前程,卜祸福,卜生死,如若不灵,倒贴白银十两。"

　　郭威一再叮嘱柴荣:"朕的墓不可太大,也不要石柱,也不要石人石兽,可用瓦做棺椁,用纸做丧服。尔若是不听朕言,死后阴灵不见。"

　　按照常理,皇帝决心已下,文武百官不会再说什么,可是老滑头冯道,竟然笑哈哈地说道:"陛下,您未必学得了唐太宗!"

米福德听赵普这么一说,心中害怕,忙向赵普求教。

赵普故意沉吟半晌说道:"施主若要保全性命,摆在施主面前的路只有两条。"

米福德忙问:"哪两条?"

赵普道:"第一条路,你把敲赵弘殷的三百银子如数退还"。

米福德道:"在下只收了他二百两,咋能……"

赵普道:"施主不必说了,你分给贫僧的一百两银子,贫僧没动一丝一毫,贫僧这就还你。"

米福德道:"别急,请高僧再说一说第二条路。"

"这第二条路么?请施主火速离开汴京,躲得越远越好。"

米福德道:"如此一来,在下和逃犯何疑?"

赵普道:"施主和逃犯不一样。朝廷对于逃犯,必要绘图天下,进行捉拿。施主一没杀人,二没放火,只是得到了自己应该得到的补偿,他赵弘殷凭什么抓你?况且,他女儿患了麻风病,生怕别人知道,若一抓你,岂不是要自暴家丑!再之,赵弘殷的膝下,只有三男二女,而其中一个女儿,已经夭折了,赵弘殷把赵玉容看成掌上明珠。既是他的掌上明珠,他能不给赵玉容治病?而治病的良方,便是找一个男人与赵玉容同房。你不愿做替死鬼,那是你知道了真相,但不一定每个男人都知道。所以,这替死鬼是很容易找的。若是找到了替死鬼,她的病不治自愈。她的病如果好了,你就是跪在地上把头磕破,她也不会嫁给你。"

"噢,在下知道该怎么做了。"

赵普道:"知道了就好,但不知施主何时动身?"

米福德想了一想道:"后天怎样?"

赵普道:"赵弘殷既然起下不良之意,施主还是早些儿动身为好!"

"这……在下现在就走!"

赵普道:"现在已经'夜禁'。要走,也得等到五更三点之后。"

米福德道:"那就等吧。"

赵普道:"家里还有酒么?"

米福德道:"还有半坛。"

赵普道:"那咱就把它喝了吧,也算为施主饯行。"

米福德道:"好。"

喝完酒,二人同榻而眠,鼓打五更二点,米福德一骨碌爬了起来,推了推赵普说道:"高僧,该起床了。"

赵普早就醒了,几次想叫醒米福德,又怕引起他的怀疑,故意装睡。米福德这一叫,他放下心来,故意说道:"急啥,'开门鼓'还没响呢!"

米福德道:"咱还得吃早饭呢,等咱吃完了早饭,那'开门鼓'也该响了。"

赵普道:"还是施主想得周到。"

他们刚刚吃完了早饭,"开门鼓"便响了,赵普将米福德送出北门十里,方折回汴京城。

原只说骗走了米福德,又有他的退婚文书在手,就可以把赵玉容名正言顺地嫁给高怀德了。

谁知,米福德走了一个月,又回来了,还到处找云游僧。找不到云游僧,竟然闯到赵匡胤家中,杜四娘好说歹说,又送他三十两银子,才将他打发走。

五日后,米福德又来了。这一次,杜四娘送他四十两银子。四十两银子并不算个啥,高怀德进京面君,岂能不去赵匡胤家认亲,米福德若是再来捣乱,赵家的人可是丢大了!

"米福德,米福德,我操你祖宗八辈!"

骂归骂。但骂解决不了问题,还得找赵普,可赵普一连三天没有露面。赵匡胤正独个儿生闷气,赵普来了。

赵匡胤翻了赵普一眼,没有说话。

他不说,赵普说。

"匡胤老弟,你不必发愁,米福德的事,愚兄一定给您摆平。"

赵匡胤面现不悦道:"你已经摆平了一次。这一次,但愿你摆平之后,永远别让它反复!"

赵普道:"愚兄明白。"谁知,还没等赵普将米福德摆平,高怀德遣人来告,他已到了汴京,面君之后,便要去赵府商议"亲迎"之事。

赵匡胤一听慌了,忙将赵普请到府中,直言不讳地问道:"高怀德已经到了汴京,米福德的事,你啥时才能摆平?"

赵普回道:"今天夜里,愚兄便可摆平米福德!"

赵匡胤道:"你说话可要算数。明日,可别让小弟丢丑!"

赵普将胸脯"啪"地拍了一拍,说道:"贤弟尽管放心,摆不平米福德,愚兄算白活了三十年!"

赵普这话,并非夸口,自米福德第一次闯进赵匡胤家,他便开始盘算,怎样除掉米福德,以绝后患。

米福德不知,不但不知,还洋洋得意。第一次我晕晕乎乎敲了你赵弘殷三百两银子,第二次我敲了你赵弘殷三十两银子,第三次呢,我又敲了你赵弘殷四十两银子。我米福德只要不死,你赵弘殷就是我的摇钱树!

米福德越想越得意,从小鸽子那里出来,又去万花楼找甜蜜蜜。途中,与苗训相遇。

米福德不认识苗训,但他认识苗训手中举的那个布幌子。那幌子上写着:"卜前程、卜祸福、卜生死,如若不灵,倒贴白银十两!"

米福德不知是出于好奇,还是受了布幌子的引诱,将苗训拦住:"你果真能卜祸福吗?"

苗训道:"贫道若是卜不了祸福,倒贴白银十两!"

米福德道:"那你就给我卜一卜吧。"

苗训道:"请报上生辰八字来。"

米福德道:"在下生于后唐明宗天成二年九月二十九日巳时三刻。"

苗训掐着指头,默算良久道:"兄弟,你要贫道说实话呢,还是说瞎话呢?"

米福德道:"当然说实话了!"

苗训道:"你若是想听实话,贫道就实言相告,九者,数之极也,你生于九月二十九日巳时二刻,巳时二刻,乃是九时,不只月尽日尽,连时也尽了。你,你……"

米福德道:"你不必吞吞吐吐。你的意思,在下明白,在下的寿命怕是要尽了呢!但在下听说,真正的高人,能够替人消灾解难,在下想问一问你,你有没有这个本事?"

苗训道:"有无这个本事,不是凭嘴说的。贫道只问你一句话,你愿不愿意花钱消灾?"

米福德道:"在下愿意。"

苗训道:"这钱可不是一贯两贯,是十贯。你干不干?"

米福德道:"莫说十贯,你若救得了在下性命,在下给你二十贯。"

苗训道:"好,请跟贫道来。"

米福德跟在苗训身后,自北而南,走了两箭之地,折进一个巷道。又北拐,正数第三家门口挂一木牌,上书六个大字:"神算子由川之宅。"

苗训将米福德让至客厅,相向而坐。

"这一兄弟,您高名上姓?"苗训问道。

"在下姓米,字军,名福德。"

"若按你的生辰八字,该当亡于今年,也不当亡于今年!"

米福德道:"你这话把在下给说糊涂了。"

苗训道:"你不是生于天成三年九月二十九日巳时二刻吗?你占了三个九字,九乃数之极也,不亡何待?可是,你又占了个三字,老子曰:'一生二,二生三,三生万物。'若照老子之说你应该当皇帝,你应该千秋万岁。可是……你是不是得罪了皇亲国戚,抑或是官宦人家?"

米福德道:"在下是得罪了官宦人家。"

苗训道:"若仅仅得罪了官宦人家,这事还有救。"

米福德道:"怎么救?"

苗训道:"贫道给你画道符,你拿着这道符,在未曾入更之前,出了南城门,一直往前走,约行三里之地西拐,又三里,有一坟园,你把这道符埋在坟园西南角那棵大柏树下,灾难便可自消!"

米福德道:"这个容易。"

苗训当即画符一道,付与米福德。照理,米福德应该付给苗训二十贯钱,但他只给了十贯。另外十贯,留待一年后,他若是不死,连本带息归还。

苗训点头同意了。

米福德拿了苗训所画之符,遵苗训之嘱,于戌时一刻,右手提锹,出了南城门,继续前行。约行三里之地西拐,又三里,见一坟园,柏树参天,唯西南角上那棵最大,有两搂来粗。米福德来到大柏树下,挥锹便挖。忽从树上飞下来一个铁饼,不偏不倚,砸在他的脑袋上,一命呜呼了。

高怀德面君之后,便来拜见赵弘殷。赵弘殷热情款待,且把婚期也定了下来。订婚之日,郭威遣宰相冯道,携御酒十坛、银二百两、帛二十四(匹:绸布等织物的量名。十尺为一丈。五代时的一尺约等于今之31.68厘米。),前来祝贺。

翌日,赵弘殷携儿赵匡胤、婿高怀德,前往宫中谢恩,郭威置酒相款,越喝越高兴,越喝话越多,不知不觉,郭威喝醉了。

这一醉便是一日,那箭疮也不知什么时候崩裂了,血流不止。

就在郭威醉卧在床的时候,他做了一个噩梦,太白金星奉玉帝之旨,召他上天,官复原职。

他知道自己就要升天了,醒来后把柴荣和驸马张永德召至榻前,嘱曰:"朕自知命当该尽,朕升天之后,太子柴荣,可于枢前即位。"

柴荣放声大哭道:"父王何出此言?您老人家春秋正盛,这病肯定能医好……"

郭威摆了摆手,不让他说下去。又转脸对张永德说道:"若论血缘,朕和卿最近。但皇位之继承,只能传之于子孙,哪怕是养子也行,但卿是朕的女婿。还有李重进,乃朕的亲外甥,卿说近不近,但也不能传位给他。朕为什么要收柴荣为养子,又立他为太子,还要传位给他?柴家有大恩于朕!当年,朕乃一杀人逃犯,柴家将朕招赘,这需要多大的勇气呀!这是第一恩;若非柴荣姑姑深明大义,劝朕从军,且资以白银二十两,朕不会有今日,这是第二恩。此外,论德论才,卿和重进,都不及柴荣。故而,朕才决心将皇位传给柴荣,卿不会恨朕吧?"

张永德匍匐在地,垂泪说道:"陛下对臣恩重如山,臣无以报答,又怎能恨陛下呢!"

郭威道:"听卿这么一说,朕也就放心了。朕走之后,由太子即位,卿要好生辅佐,使我大周江山传之千秋万代!"

张永德叩头说道:"陛下尽管放心,倘若陛下千秋万岁之后,永德定如侍奉陛下一样侍奉新主。若有二心,雷打龙抓!"

郭威道:"既如此,今日趁朕清醒,你二人便可在朕面前,行过君臣之礼,以定名分。"

柴荣大哭道:"父王,您怎能这样? 人,吃五谷杂粮而生,谁不患病? 哪能一患病便想到驾崩? 儿和永德姐夫,永远是您的臣民,同样是臣,还行什么君臣之礼?"

郭威勃然变色道:"荣儿,自朕立汝为太子,汝与张永德的君臣之名分就已经定了下来,汝不必自谦! 朕说过的话,不想再说。请汝面南而坐,让张永德当朕之面,向你行以三叩九拜之大礼。"

柴荣还想说些什么,郭威怒道:"柴荣,你真的要抗旨吗?"

柴荣忙道:"荣儿不敢!"

郭威道:"你既然不敢,就给朕老老实实地坐下。"

柴荣无奈,只得在郭荣榻前的椅子上坐了下来。张永德撩衣而跪,朝柴荣行以三叩九拜之大礼。

郭威颔首说道:"今日,朕本该召重进与卿一道儿进宫,当面嘱之,当面将君臣名分定下。但他领兵在外,等他归来,永德可把朕今日之言,今日之为,如实告知重进。"

张永德道:"臣遵旨。"

"咳! 咳! 咳!"郭威突然咳嗽起来:"荣儿,朕驾崩之后,汝要尽速发丧。孝与不孝,不在停留多久。朕的墓,不可太大,也不要石柱,也不要石人石兽。可用瓦做棺椁,用纸做丧服。入葬之前,当众揭开,遍示百姓,切不可以人畜殉葬! 尔若是过意不去,可在朕的墓前立一石碑,并刻上这样几句话,'大周天子将要晏驾之时,与嗣帝约,缘平生好俭素,只令着瓦棺纸衣葬。'尔若是不听朕言,死后阴灵不见!"

柴荣泣泪说道:"孩儿不敢不遵父王之嘱。"

"还有,为父这一生,南征北战,可谓是戎马一生了。葬过为父,你可把为父的盔甲、刀、剑分别埋在为父作战过的地方,以作纪念。"

柴荣哽咽着说道:"孩儿记住了。"

"还有,自黄巢造反以来,战争连绵不断,徭役苦不堪言,百姓度日如年。自朕登上九五之尊,百姓才得以过上安生日子,不能因为朕的驾崩差役他们。当然,葬朕得要人力,可这些人力必须雇用,且按日计费,三日一结。尔若是不听朕言,就不是朕的儿子!"

柴荣"嚎"地一声哭道:"父王,您的话孩儿一定照办。但您心中只想着天下,想着百姓,就不会想一想您自己。您该换药了。"

"咳! 咳! 咳! 还有,韩通作战勇敢又忠于朝廷,应该大用。"

168

柴荣频频颔首。

郭威又是一阵咳嗽，气喘吁吁道："传御医见驾。"

御医又不是神仙，尽心尽意地医治了郭威六天，反将他送上了不归路。

是年，郭威五十岁，太常卿（太常卿：九卿之一，太常寺长官，掌宗庙祭祀、礼乐诸事务，秦称奉常，汉景帝改称太常。南朝梁始称太常卿，后世沿置。）魏仁浦奉上谥号（谥号：古时，天子和达官贵人死后，按照其生平事迹，给予的称号。帝王之谥号，由礼官议上；大臣之谥号，由朝廷赐予。）叫圣神恭肃斌孝皇帝，庙号太祖。葬于嵩陵。

根据郭威的遗旨，柴荣在郭威的灵柩前即位，成了后周的第二任皇帝。仍以周太祖的年号"显德"为自己的年号。

北汉主刘崇，后汉高祖刘知远之堂弟，原为太原尹，兼河东节度使，镇守河东地区。郭威以周代汉后，他在太原称帝，国号仍为汉，史称北汉。刘崇自知非郭威对手，效法石敬瑭，依附于辽国（辽国：创建于公元916年，原叫契丹，国都称皇都。公元947年改契丹为辽（983—1066年间重称契丹），改皇都为上京。），称辽帝为叔。郭威没有驾崩之前，他曾借兵辽国，入寇周疆，为周军所败，老实了一年多。忽闻郭威偃驾，高兴得跳了起来："天助我也！"当即遣使入辽，厚赂辽之君臣，借兵伐周。辽帝得了贿赂，即遣大将杨衮为帅，率骑兵两万，到太原会兵。

刘崇见辽兵来到，即拜成义节度使白从晖为元帅，武宁节度使张元徽为先锋，自领兵五万，与辽军合兵，离了太原，进军潞州。

潞州守将李筠，已经病了月余，听了谍人之报，抱病升帐，与众将商议战守之策。大将穆令均说道："末将不才，愿领兵出城杀贼，并要生擒刘崇，献于麾下。"

李筠听了大喜，传令点兵，准备迎敌。

汉辽联军距潞州尚有一舍之地，刘崇召白从晖和张元徽入帐，计之曰："潞州兵虽说怯弱，然彼为主，我为客，不可大意，必须用计胜之。先锋可带精兵五千，于明日辰时三刻，前去挑战周军，只许败不许胜，将周军诱至巴公原，便是大功一件。"

张元徽领令而去。

刘崇转而对白从晖说道："元帅可领兵一万，于明日辰时二刻之前赶到巴公原埋伏，候周兵到来，起而击之，彼必败矣！"

白从晖受命，领兵而去。

刘崇又召杨衮入帐，语之曰："将军可率贵军，随我行动。"

杨衮道了声"遵命"，出了大帐。

次日辰时三刻，张元徽所率之五千北汉军，来到潞州城下，列好了阵，大声挑战周军。

只听三声炮响，城门大开，冲出一队人马，为首者穆令均也。只见他，顶盔贯甲，手执长枪，立于阵前，手指张元徽大骂道："元徽小儿，竟敢来犯爷的潞州，这会儿若是退兵，还不算晚，否则，爷杀你个片甲不留！"

张元徽冷笑一声道："穆令均，你骂完了没有？若是没骂完，你给爷接着骂，若是骂完了，就赶紧闭了你的臭嘴！"

穆令均道："爷骂完了！"

张元徽道："骂完了就好，看枪！"拍马舞枪，直取穆令均，令均举枪迎之，两下金鼓齐鸣。二人战不到十个回合，张元徽虚晃一枪，拖枪而走。穆令均不知是计，拍马直追。追到巴公原，只听一声炮响，伏兵齐起，白从晖一马当先，从斜刺里杀了过来。张元徽亦调转马头，来战周军，两下夹攻，穆令均哪里敌挡得住，被张元徽一枪刺于马下。

周军见主将阵亡，哪个还敢再战！北汉军乘势追杀，周军死伤过半。那些残兵逃入城中，将城门紧闭。白从晖与张元徽收兵还营。

李筠见穆令均阵亡，又折了许多人马，自己又不能出战，便遣使星夜到汴京告急。柴荣闻讯大怒，与众臣商议，要御驾亲征，竟然引来一片反对之声。

那理由倒也冠冕堂皇："刘崇勾结辽贼驱七万之众，犯我边疆，兵锋正盛，陛下初登大位，人心未定，岂可亲征！"

柴荣耐着性子说道："刘崇欺朕年少新立，乘丧发兵，攻打潞州，朕安得不亲往乎？且是，在朕眼中，刘崇顶多算作一条恶狗，用不着惧他！"

他这一说，众大臣全都闭了嘴巴，大殿静得掉个针也能听得见。一老臣突然站了起来，连连摇手道："不可，万万不可！"

柴荣颇感意外，皇帝要干的事，很少有人敢站出来反对。就是有人反对，就是在殿的所有大臣都站出来反对，冯道也不会。何也？谁不知道，冯道是出了名的老滑头，是几千年才出了一个的大滑头。遍查中国历史，有哪一个人历仕四朝，三次进中书省，居相位二十九年。且是，还曾在辽国为相，而这个辽国乃中原的大敌。这样一个人，居然敢站出来反对柴荣御驾亲征，且说出的话还十分难听。

"陛下，刘崇固然不算什么，也不够强大，在先帝面前，他总吃败仗。可是现在，先帝不在了，您刚刚即位，万乘之尊，亲临不测之地，臣以为不可。以臣之见，您可遣一员大将，前去征讨，只须把刘崇吓走，也就万事大吉了！"冯道摇头晃脑地说道。

殿上一片附和之声。

柴荣的脸色开始变了,由白变红,又由红变紫。他们这是对皇权的藐视,也是对皇权的挑战。他想发火。可是……可是,这个带头挑战皇权的是四朝元老,又是当朝宰相,在众大臣中人缘又极好! 这个火该不该发? 正当他举棋不定之时,赵匡胤轻轻咳了一声。

他知道赵匡胤为什么要咳嗽,为什么要在这个时候咳嗽?

我初登大位,这个火不能发!

既然不能发,就得继续做说服工作。

"依冯老爱卿之见,朕乃万乘之尊,不应亲临不测之地。唐太宗呢? 难道唐太宗不是万乘之尊? 凡有征战,未尝不亲临! 朕又何敢偷安呢?"

话一出口,石破天惊。按照常理,皇帝把话说到这个份上,文武百官应该不会再说什么。可是,老滑头冯道竟然笑嘻嘻地说道:"陛下,您未必学得了唐太祖!"

柴荣不想忍了,也不能忍了,把脸一沉说道:"朕未必学不了唐太宗! 何况,朕初登大位,老爱卿凭什么断定,朕未必学得了唐太宗? 朕就是学不了唐太宗,朕也要学。老爱卿,朕这样想有错吗?"

冯道打了一个寒战,他做梦也没想到,这个新皇帝如此强势。如果他知道,就是杀了他,他也不会说刚才那一番话。

"嘿嘿,臣老了。人一老说话颠三倒四,陛下是否御驾亲征,陛下早已成竹在胸! 臣刚才的话只是放屁,放屁!"冯道一边说一边打躬。

柴荣很鄙夷地看了他一眼,面向群臣,以不容置疑的口气说道:"朕要御驾亲征!"

文武百官不管是真心,还是违心,一齐高呼道:"陛下圣明!"

柴荣舔了舔嘴唇说道:"众位爱卿既然同意朕御驾亲征,朕这就调兵遣将了!"

文武百官异口同声道:"一切听从陛下调遣!"

"天雄节度使符彦卿听旨!"柴荣高声说道。

符彦卿出班跪曰:"臣恭听圣旨。"

"北汉前来侵犯潞州,卿可率本部人马,潜伏在汉军背后,断他粮道。"

符彦卿高声答道:"臣遵旨。"

"河中节度使王彦超听旨!"柴荣又道。

王彦超出班跪曰:"臣恭听圣旨!"

"卿可率本部人马,自晋州东下,夹击刘崇。"

王彦超道："臣遵旨！"

颁过两道圣命，柴荣又点选大军五万，自任元帅，以张永德为先锋，以韩通、高怀德、赵匡胤为副先锋，浩浩荡荡，开赴潞州。但是，刘崇已不在潞州了。刘崇吸取了上次围困晋州，被郭威钻了空子的教训，不与李筠纠缠，留下白从晖及一万兵马，继续围城，自率大军绕道南下，直指后周的心肺——汴京。

柴荣没有料到刘崇会这样做，更没有料到刘崇会跑得这么快。更要命的是，他征战心切，竟跑在了大部队的前边，而跟随他的将士，不足一万。

三月二十八日，双方在泽州境内高平县相遇。

柴荣这一方，兵不过万，而且一点儿准备也没有。

刘崇那一方，雄兵四万，且是人人勇壮，个个威风，并有辽国两万铁骑，横厉无前，且存了个灭此朝食的雄心。

柴荣不怕，不只不怕，且有些愤怒。古今用兵，很少有乘着对方丧君的日子出兵！

刘崇不遵用兵之道，郭威升天不到一个月，悍然出兵伐周。这不仅仅是不遵古礼，更是对新皇帝的藐视！你既然藐视我，我还对你客气什么！打，一定要打出威风！不只打出威风，还要割了刘崇的人头，祭奠父王！

但周军不这么想，特别是柴荣身边的那些近臣，小声提醒柴荣："陛下，敌军来势甚猛，又是数倍于我，咱应当避之，等后续部队到了，再和他们开战。"

柴荣道："用兵之道，一是速，二是奇。若是等到后续部队到来，还有什么速奇可言！且是，刘崇让咱们等吗？进军，直捣北军之阵！"

皇帝下了命令，谁敢不遵！

奇怪的是，北汉军与辽兵，既然存了个灭此朝食的决心，稍一接触，便开始后退。

柴荣不知是计，命令周军追击，赵匡胤赶来劝阻，柴荣不听。

北汉军在前边逃，周军在后边追，一直追到野猪岭。

到了野猪岭，后周的将士全都愣住了。

只见对面满山遍野都是敌人，北汉军队分成了三个方阵，东边是北汉先锋张元徽及其一万兵马，西边是杨衮率领的两万契丹铁骑，中间是北汉皇帝刘崇。刘崇自将中军，坐镇中央，三万人马静悄悄地站在他的身边，目光冷冷地看着后周军上门送死。

柴荣的头"轰"地一下。

到了此时，他才知道中计了！

是撤，是进？近万名后周将士的目光，全都集中在柴荣身上。

应该撤,而且是越早越好!

他们错了。

他们全都错了。

他们的皇帝,明知中了北军之计,但他们的皇帝一点儿也不惊慌,反而一字一顿地发布了进军的命令:

"步军都指挥使樊爱能、步军都虞侯何徽,率军居东,对阵北汉先锋张元徽部;先锋张永德率军居西,对阵辽军杨衮部;副先锋高怀德、赵匡胤领精骑在中央列阵,随朕寻机出击刘崇!"

命令倒是下了,但后周军因存了一个怯敌的心理,特别是樊爱能和何徽,竟然畏敌不前。

十七 好一个"平边策"

柴荣经赵匡胤这么一劝,"噌"地一声跳了起来,大声说道:"翰林何在?传朕的旨,即刻将樊爱能、何徽绑缚辕门问斩!"

赵匡胤脱掉战袍,赤裸着上身,指挥后周将士攻城。刘崇高声叫道:"有射杀红脸贼的,赏钱一百贯!"

柴荣读了王仆的《平边策》,击案赞道:"好一个'平边策',此人之才,不在韩非子和孔明之下!"

北汉头号猛将张元徽,见周军心生怯意,高声喊道:"诸位将士,我军七倍于周军,周军自知不是我军对手,畏缩不前,他们自己把立功的机会双手送给了我们,我们不能不要。冲啊!"

喊毕,一马当先,杀向周军,把樊爱能、何徽打得摸不着东南西北。这两人立即后退,遗下两千多名将士被张元徽切割包围。

柴荣正要驱军去救,樊爱能和何徽连连挥动白旗,向北汉军乞降,且一声迭一声地高呼"汉皇万岁"。

后周军惊呆了。

不只惊呆,全线动摇。

这一动摇,后周军必败无疑!

后周大臣笑了,冯道笑了:"臣早已说过,汝非唐太宗可比,汝也做不了唐太宗!"

其实,这都是柴荣的幻觉。

冯道压根儿就没有随军征汉,他怎么会笑?

可柴荣以为他会笑。

失败并不可怕,可怕的是众大臣早就料到你柴荣要失败,你却一意孤行!

奶奶的,砍了头碗大的疤。老子和你拼了!

柴荣既然下了以死相拼的决心,就不再犹豫,突出阵前,麾兵直上,杀声连天。

刘崇见柴荣冲锋在前,便命数百弓弩手,一齐放箭,攒射柴荣。柴荣麾下的亲兵,用盾回避,虽把柴荣护住,麾盖上却布满了箭镞。

尽管柴荣的麾盖上中了一百多箭,但他毫无惧色,依然麾兵向前。

这一点,莫说后周将士,连赵匡胤也没有想到。

一个卖炭的,面对史延德的敲诈勒索,俯首听命。而今,面对六倍之强敌,竟如此大胆,如此玩命!

这就是皇帝!

皇帝身系天下之安危,进退荣辱,事关天下!

为了天下,柴荣拼上了。

连皇帝都拼上了,你赵匡胤还在观望什么?何况,你和柴荣还有八拜之交!

赵匡胤大声喊道:"诸位将士,诸位兄弟,'主忧臣辱,主危臣死。'陛下乃万乘之尊,竟也亲临前线,吾等还在观望什么!冲啊!"

言未毕,纵马跃出,手执一条蟠龙棍,捣入敌阵。众将见了,发一声吼,杀向敌阵,任他箭如飞蝗,勇往直前。俗语不俗,"一夫拼命,万夫莫当。"况且,杀入敌阵的不只赵匡胤一人,还有高怀德、韩通,还有数十名将军和数千名锐卒。

本来应当对阵杨衮的张永德,因杨衮的撤兵,亦带着他的部队起来增援。

刘崇怕了。

刘崇败了。

他的部队,全都变成了兔子,一个比一个跑得快。跑得慢的,不是做了刀下之鬼,便是为周军所虏。

杨衮呢?他去了哪里?

在郭威眼中,天下好汉中,杨衮应当排名第四。且是,他还率领了两万辽国铁骑。

他走了。

开战之初,杨衮很想给这个辽帝的老侄子刘崇出把力的,可刘崇不让他出。他见柴荣的人马少,便觉着借兵辽国是一个失误。

兵好借,可这个情呢?还着就难了!且是,兵借来了,人吃马喂,哪一天不得花上百万贯!不如把他们打发走!

于是,他遣使告诉杨衮:"老将军,为了北汉,您抛家别子,朕十分感激。今日观之,那柴贼的兵马,不及朕的五分之一,且又心存畏惧,您不用出马,朕亦可将他生擒。您该干什么,便去干什么,等朕灭了后周,设宴为您饯行。"

这不是巧下逐客令吗?杨衮冷哼一声道:"刘崇,你也太高看你自己了!郭威,何等人物!张永德是后周的有名战将,郭威的女婿;李重进,郭威外甥,文韬武略,在五代之中,出类拔萃。可郭威并未将皇位传给张、李二人,而是传了妻侄。如果柴荣没有两下子,郭威会这么做吗?哼,你还生擒什么柴荣,你就等着,柴荣怎么生擒你吧!"

说毕,当即传令三军,拔寨还辽。杨业闻之,闯进大帐,对杨衮说道:"父帅,咱又不是刘崇的臣民,他说让咱来,咱就来,他说让咱走,咱就走?"

杨衮道:"依你之见,该当何处?"

杨业道:"他刘崇得给咱犒军,得让弟兄们有所得。要不,弟兄们跑了几百里,两手空空地回去,岂不要恨死父帅了!"

杨衮点头说道:"你说得对,可刘崇并未有犒军之意。"

杨业道:"他不犒咱,咱自己犒劳自己!"

杨衮道:"怎么犒劳?"

"打谷草(打谷草:947年后晋灭亡以后,契丹主纵兵到处抢劫,谓之"打谷草"。又以奖励"灭晋"之三十万契丹兵为名,搜刮后晋的府库及民间财富,以致民不聊生,各地纷纷起义。)!"

杨衮道:"好!传令三军,返国途中,可打谷草,所获之物,三分上交,七分留己!"

莫说七分留己,就是三分留己,辽兵已经高兴坏了!

辽兵走了一路,抢了一路,北汉百姓怨声载道。

莫说怨声载道,就是破口大骂刘崇,他也无暇顾及了!

何也?

刘崇为周军所败,逃回了太原。

后周军胜了。

说后周军胜了,倒不如说柴荣胜了。

柴荣虽然胜了,但事过之后,越想越后怕。

假如,杨衮不撤兵……

假如,赵匡胤也像樊爱能和何徽一样……后果不堪设想!

他正在后怕,亲兵前来报告,说樊爱能和何徽回来了。

他有些不相信自己的耳朵。

这两个败类,这两个险些毁了大周朝的败类,明明降了北汉,居然又回来了!

这到底是怎么回事?

张永德给了他答案:"陛下,您不必大惊小怪。胜败乃兵家常事,不管是打赢了还是打输了,小事一桩! 谁没有追过敌人,谁没有逃跑过? 逃跑了能够回来,还是好兄弟! 何况,不管谁做皇帝,都要打仗,要打仗就得有兵,多多益善。所以,樊爱能和何徽才敢回来。"

他这个答复,柴荣不满意。

他挥了挥手,让张永德出去。

张永德走了,赵匡胤来了。同样一件事,赵匡胤所答和张永德完全两样。

"陛下,古人有言,'兵不在多而在精。'樊爱能他们能够回归大周,确也给大周增了几千人马。但两军对阵,不在兵之多寡。无论是武王伐纣,抑或是官渡之战,抑或是淝水之战,胜利的一方,并非兵多。春秋时,晋国伐齐之阿、甄二地;燕又侵齐之河上。齐屡战屡败,晏婴荐司马穰苴为帅,穰苴请之齐景公,以齐景公之宠臣庄贾为监军,双方相约,'旦日日中会于军门。'至期而庄贾不至。等庄贾至时,已未时矣。穰苴怒斩庄贾,三军为之大震。景公闻穰苴要斩庄贾,遣使者持节赦贾,使者驰入军中,穰苴又斩使者之仆,及马之左骖(骖:古代驾在车前两侧的马。),三军为之大惧。晋师闻之,当即罢兵。燕师闻之,渡水而去。穰苴不动一刀一枪,收阿、甄及河上之地。"

柴荣躺在椅子上,闭目思之。

赵匡胤略略抬高了声音说道:"陛下,您如果只想保住现有的江山,臣无话可说。如果您想削平四海,拥有华夏,军法不立,纵有百万勇猛之士,也不能为陛下所用!"

柴荣双目猛地一睁,"噌"的一声跳了起来,大声说道:"翰林(翰林:宋人对翰林学士的简称。这里的翰林,应该是翰林待诏。)何在? 传朕的旨,即刻将樊爱能和何徽绑缚辕门问斩!"

颁过了旨,他坐了下去。

他又"呼"地站了起来,说道:"凡跟着樊爱能和何徽降过北军的,营指挥以上将校,立斩不饶!"

这一斩便是七十多人,三军为之股栗。自此,骄横的将领、怠惰的士兵,开始知道军法的可怕。

该罚的罚了,该赏的呢?

赏!

柴荣手中有的是官帽,就是没有,造一顶又有何妨!

自后唐始,统帅全军的机构叫侍卫亲军马步军司,最高长官叫侍卫亲军马步军都指挥使。郭威代汉,觉着马步军司权力太大,一分为二,一叫侍卫亲军步军都指挥司,一叫侍卫亲军马军都指挥司,司的最高长官仍叫都指挥使。而今,樊爱能死了,腾出来一个步军都指挥使的官帽,这个官帽最为重要,担当这一职务的,不仅要有声望,还要对皇上绝对忠诚。符合这两个条件的唯一人选就是符彦卿。于是,柴荣便将这顶官帽赏给了符彦卿。步军都虞侯呢?这顶官帽也很重要,若真的论功行赏,应该赏给赵匡胤,抑或是张永德。若是赏给赵匡胤,赵匡胤资历有些太浅,怕众将不服;若是赏给张永德,又有些嫌小了点。何也?郭威在世时,张永德就与李重进明争暗斗,而李重进的官帽马军都指挥使,半年前就捞到手了。到底该给张永德授一个什么官呢?若是授一个平章事的官帽,就是宰相了,会引起李重进的不满。为张永德的官帽,柴荣想了三天,他决定成立一个新的机构——殿前司。这个司的最高长官叫殿前都点检,副职叫殿前副都点检和都虞侯,这个司可统领京城禁军,并掌各军防御、出征之事。殿前司与侍卫亲军步军司和侍卫亲军马军司平起平坐,称之为三司,也叫三衙,三司的最高长官也可称帅,即步帅、马帅、殿帅。

封了张永德殿帅之后,柴荣把殿前司副帅的官帽——殿前都虞侯,很慷慨地甩给了赵匡胤。

韩通呢?父王临终前嘱咐我要大用,况且,高平之战他的表现也不错。于是,柴荣把侍卫亲军步军司副帅——都虞侯的官帽赏给了韩通。

高怀德呢?原本要赏他一顶侍卫亲军马军都指挥司副帅的官帽,他一而再,再而三辞让,没奈何,赏了他一顶殿中员外将军的官帽,掌宿卫侍从,但天平节度使的官帽,仍然让他戴着……

赏罚之后,柴荣分兵三路,第一路,由符彦卿为统帅,总管曹彬为先锋,军主张琼、史延德为副先锋,率兵两万,讨伐河东。第二路,由韩通为统帅,河东节度使王彦超为先锋,领兵两万,由阴地关北进,至汾州,与符彦卿相会。第三路,由柴荣统率,在高平休整,待一、二路大军相会之后,伺机而动。

刘崇逃回太原,收集残兵败将,不及三万人,闻听后周分兵两路,向北汉杀来,忙遣使向辽国求救。

辽帝将汉使数落一番,这才答应出兵救汉,仍以杨衮为帅。杨衮不肯,经辽帝反复劝说,这才勉强答应下来。但远水救不了近火,两路后周大军你争我赶,破北汉之城,如同扒鸡笼一般。汉之辽州刺史张汉超、泌州刺史李廷海、宪州刺史韩光愿、岚州刺史郭言，见情况不妙，忙大开城门，迎接周军。汉之石州刺史安彦进慢了一步，被韩通生擒，解往潞州。

柴荣这次出征，并没有灭亡北汉的打算，只是想炫耀一下武力，叫刘崇不敢轻视罢了。谁知，北汉军这么不经打，遂动了灭掉北汉的念头。于是，遣使前去汾州，诏告符彦卿和韩通，他要御驾亲征太原，要符彦卿和韩通先行一步，在太原相会。

北汉虽然败了，且败的很惨，但要灭掉北汉，可不是一件简单的事情。刘崇虽然昏庸，但他盘踞太原十几年，又是北汉高祖的堂弟，在北汉的遗老遗少中，很有一定的影响力。且是，他背后还有一个强大的辽国。且是，太原的城墙又高又厚，可谓是固若金汤，没有一两年的时间，绝对攻不下来！

这一点，张永德看到了，赵匡胤看到了，众将也看到了，但没人敢跟柴荣说。

符彦卿敢，一因他是沙场老将，二因他是柴荣的老丈人。当他接到柴荣要他先行攻打太原的诏书，当即修书一封，遣曹彬呈达柴荣，劝他把灭汉的事暂时放一放。柴荣读了来书，"嘿嘿"一笑说道："老将军多虑了，刘崇已成惊弓之鸟，哪堪再战；北汉之民，苦刘崇久矣，大军一到，必将箪食壶浆来迎，至于他的后台辽国，并不可怕。一来，自辽都出兵至太原，没有六七天赶不到。且是，高平之战，杨衮好意帮刘崇，刘崇却对杨衮十分不敬，辽兵就是来了，也不会为他卖命。请爱卿回去转告符老将军，叫他早日发兵，莫让朕走在了他的前头。"

曹彬诺诺而退。

符彦卿见皇上不听己言，长叹一声，挥兵西进，与先一天到达的韩通在太原城下会师。二人正在符彦卿帐中商议会攻太原城之事，听说御驾到了，忙出营迎驾。

三军闻听御驾到了，士气大增，把太原城围了个水泄不通，只等命令一到，便开始攻城。

那攻城的命令很快就传达下来，后周将士或架设云梯，或用大木头撞击城门。刘崇在城上见了，忙命弓箭手放箭。

顿时，箭如飞蝗，后周军退却了，丢下了一百多具死尸。

片刻之后，后周军又发起了进攻。

箭如飞蝗，后周军又丢下了一百多具尸体，退却了。

如此者六。

赵匡胤恼了。他脱掉战袍，赤裸着上身，指挥后周将士，用火攻城。

刘崇咬牙切齿道:"红脸贼,朕又没扒你祖坟,缘何要为姓柴的如此卖命!你既然不怕死,朕成全你!众将士,有射杀红脸贼者,赏钱一百贯!"

此令一出,所有弓箭手,把目标全都对准了赵匡胤。赵匡胤一点儿也不害怕,继续指挥周军攻城,一支响箭,射中赵匡胤左臂,血流如注。

赵匡胤将牙一咬,把箭头拔去,裹伤再战。这一切,被站在高处督战的柴荣看到了,担心他有性命之忧,忙鸣金收兵,召赵匡胤回营疗伤。

刘崇知道周兵厉害,不敢出城追击。

柴荣独坐帐中,思考攻城之策,一连三日,闭门不出。

谍人来报:"启奏陛下,代州贼赶走了辽将杨衮,遣使来降。"

柴荣一跃而起:"请道其详!"

谍人道:"辽将杨衮,率铁骑两万,前来救汉,行至代州,代州防御使郑处谦邀他入城,不知为甚,二人闹翻了。郑处谦杀了杨衮的几个副将,杨衮死里逃生,回了辽都,郑处谦举代州来降。"

柴荣击案说道:"这太好了!代州既降,忻州便成了一座孤城、死城!"当即诏令符彦卿为元帅,王彦超为先锋,率兵两万,前去攻打忻州。

一个孤城,遣一个节度使也就够了。且一遣便是两个,而这二人,乃后周数一数二的大将!

柴荣不傻!

柴荣这么做,是有意支开符彦卿。符彦卿啊符彦卿,你别以为你是朕的岳丈,又是沙场老将,没有了你,朕照样可以攻下太原,灭了北汉!

至于王彦超,也是沙场一员老将,在看待灭汉的这一问题,和符彦卿不谋而合!

支走了符彦卿和王彦超,柴荣命令所部,继续攻打太原城。

任你如何攻打,刘崇一味坚守。

这一攻一守,不知不觉已经两个多月。冯道、王溥虽从泽州、潞州、晋州、隰州、慈州等地紧急征调民伏向太原运粮,但云集在太原的部队有八万之众,每天吃掉的粮食能堆成山,仓促之间,调运的粮食如何满足得了!

没有了粮吃,抑或是不能吃饱肚子的周军,开始抢劫了。柴荣严禁士兵抢劫,可是,五代十国的大兵一旦饿了,莫说老百姓,就是皇帝的饭碗他们也敢抢。

他们这么一抢,本来箪食壶浆的老百姓,一转身成了周军的敌人。周军不但要对付北汉的正规军,还要对付玩命的老百姓!

形势急转直下,形势朝着不利于周军这一方发展。

符彦卿倒是攻下了忻州。

可郑处谦死了。

郑处谦是被杨衮的儿子杨业杀死的。

杨衮因遭了郑处谦的暗算逃回辽都,被辽帝囚禁起来。杨业咽不下这口恶气,潜入代州,杀了郑处谦。代州又为辽兵所据。

辽帝亲率大军,自辽都而代州,直奔忻州。

因久雨不晴的原因,军中发生瘟疫。

这瘟疫一发,不可收拾,死者十之一二。

粮草不继,兼之瘟疫,兼之辽帝御驾救汉,柴荣不得不引兵而还。

柴荣刚一回到汴京,冯道死了。

对于冯道的为人,柴荣有些不耻。但他能"历仕四朝,三为中书,位不离三师三公,侍奉过十个君主,做了三十多年高官,且能博得每个皇帝的赏识,自有他的高招。"

冯道为人俭朴、宽容大度,别人无法猜透他的喜怒哀乐,且能言善辩、足智多谋、左右逢源,晚年写了一本自传《长乐老自述》,自述他一生的际遇。

不管怎样,冯道死了。

不管怎样,冯道这人,在朝野口碑挺不错。

不管怎样,冯道还是后周的首席宰相。

柴荣为他发丧,且为他辍朝三日。

三日后,柴荣重登金殿。

从这一天起,后周周边的国家便开始进入噩梦了。

在后周的北边,是北汉和辽国,辽国未建国前称之为契丹;在后周的西南方,是后蜀;在后周的东南方,是南唐。

你可别小看了南唐,汉人地区除了后周之外,就数南唐最强盛了。

南唐尽管强盛,但他的开国皇帝李昪,自幼贫贱,深知民间疾苦,及为帝,志在休养生息,很少对外用兵,皇子李璟即位后,遵父王之遗嘱,改元"保大",也就是和睦邻国,保持和平之意。

南唐志在睦邻,用意虽好,此乃"野地烤火——一面热。"

柴荣志在统一天下,若一味的睦邻,这天下还怎么统一?

但后周之国人,苦兵久矣,若由柴荣提出用武力统一天下,必将引来一片谴责之声。

柴荣不想让人谴责,给文武百官出了两道考题,限期完成。

考题之一:《为君难为臣不易论》。

考题之二:《平边策》。

考题之一很重要,是让文武百官讲一讲内部如何安定,说白了,就是让文武百官明白,怎样做一个好大臣。

自秦始皇统一中国,皇帝以百计,大臣以数万计,做大臣的还不知道怎样做大臣吗?柴荣的本意,是想让文武百官讲一讲怎样统一天下!

三天后,文武百官的考卷,全都交了上来,摞起来几乎与殿顶相齐,柴荣闭门看了七天,看了还不到一半,直看得头昏脑涨,眼睛发涩,全都是空话连篇,而翰林学士王朴的《平边策》,让他双眼为之一亮,击案赞道:"此人之才,不在孔明之下。朕读之,犹如刘皇叔在南阳草庐聆听孔明之教也。"

王朴的《平边策》,写得确实好,一开笔便抓住了要害:"自唐晋以来,中国(中国:指中原政权。)之所以失天下,皆因人主昏庸于上,而人臣弄权于下,军人骄横跋扈,渐成积弊。现在陛下胸怀四海,当首先近贤臣远小人,人如墨朱,近者如也。言而有信,奖赏有功而惩戒过失,天下人就都愿意为陛下效死。陛下应该提倡节俭,不然上行下效,奢靡风起,就将动摇陛下的统治基础。"

写到此,笔锋突然一转,直奔主题:"至于边患,南方诸国远远弱于契丹。尤其是江南李唐(李唐:即南唐。因其开国皇帝姓李,故而又称李唐。),据有淮南千里沃土,其主李璟昏庸无道,宵小为党,国势日衰。攻取之道,从易开始。易者,南唐也。若得南唐,可用南唐雄厚之财赋,养后周之兵力。次者,吴越也。得吴越,则桂、广皆为内臣,岷、蜀可飞书而召之。如不至,则四面并进,席卷而蜀平矣。吴、蜀既平,可移兵幽燕。若得幽燕,河东不足道也。至于契丹,乃必死之寇,不可以恩信诱,必须以强兵攻之。若得契丹,秦皇、汉武之业,亦不足道也。"

柴荣一连将王朴的《平边策》看了三遍,传旨一道,宣王朴进宫,促膝而谈,不知不觉谈了三个时辰,直至雄鸡报晓。早朝时,柴荣颁旨天下,擢王朴为左散骑常侍(散骑常侍:三国魏文帝时置,合秦汉散骑和中常侍二官为一官,称为散骑常侍。南北朝时属中书省,但地位渐降,多为加官。唐高宗显庆时分隶中书、门下二省。在门下省称左散骑常侍,在中书省称右散骑常侍,掌侍奉规谏,备顾问应对,虽无实际职权,但地位尊贵,多为将相大臣的兼职。宋不常置,金元以后废。),充端明殿学士(端明殿学士:五代及宋学士名。始置于后唐天成元年(926年),掌进读奏章,班位在枢密使之下,翰林学士之上。端明殿，即洛阳的朝会殿。）

柴荣如此赞誉王朴的《平边策》，又如此重用王朴。但不知为甚，当他真正对外用兵的时候，却偏离了《平边策》的轨道，把"攻取之道，由易开始"——先南而北的方略，改为先攻取后蜀。

这也不能全怪柴荣。

第一，十几年前，后周国还不叫后周，叫后晋。后蜀皇帝孟知祥，趁着中原大乱，把后晋的秦、凤、成、阶四州给占领了。这四州的地理位置非常重要，无论是出川进川，这里都是必经之路。故而，诸葛亮每次伐魏，都会先出兵夺取这片土地。柴荣也想夺，不是夺，是收回后晋失去的土地，这有什么可非议的？

第二，蜀国现任皇帝孟旭，是孟知祥的儿子，典型的纨绔子弟。当上皇帝后挥霍无度，连溺器亦用七宝装成。国用不足，便向老百姓征收，苛捐杂税多如牛毛。秦州、凤州、成州、阶州的百姓，不堪忍受，想回归中原，接连不断地来到汴京，恳请柴荣收复失地。

有此二因，柴荣决定先拿后蜀开刀。于是，任命刚刚上任半年的凤翔节度使武行德、宣徽南院（宣徽南院：唐、五代、宋、辽时期，掌管内廷事务的机构，与宣徽北院并列。其长官为宣徽南院使，或称作南院宣徽使。）使孟汉卿为征讨后蜀的正副元帅，攻打秦州和凤州。

孟旭听说后周出兵秦、凤二州，急忙派客省使（客省使：五代、宋、辽、金、元之礼宾官，掌外邦使臣朝觐、进奉、辞还、宴赐之事）。赵季札率兵二万，迎击周军。

第一仗，后周军旗开得胜。

第二仗，后周军小胜。

此后，战况愈下。

愈下的原因，后蜀军队是在自己的地盘上打仗，援兵源源不断，且不说国内，仅南唐之援兵，不少于三万人，而后周军则越打越少。更要命的是，后周军也学会了打谷草，老百姓不再支持他们。他们仿效北汉的百姓，纷纷拿起刀矛，杀向后周军。

柴荣坐不住了，派韩通前去指挥，没有挽回战局，又派了一个李重进，也没有挽回战局。

赵匡胤自荐道："陛下，臣不才，愿意领兵一万，前去援助武行德，三个月之内，收复秦、凤、成、阶四州！"

他的口气未免有些太大了，不说那些保守的大臣，就是柴荣也暗自摇头。

张永德不慌不忙地站了起来:"陛下,臣看赵都虞侯行!"

在后周军里,论战功,论声威,除了符彦卿,没有人赶得上张永德。他说赵匡胤行,那就试一试吧!

这一试,赵匡胤得以挂帅西征,不到三个月,便将后蜀军打得落花流水,秦、凤等四州纳入了后周的版图。

赵匡胤为柴荣立了大功,但又给柴荣出了个难题。孟汉卿是郭威爱妃的侄子,不仅纵容士兵打谷草,且将打谷草所得之财物吞没一半。赵匡胤一怒之下,将他抓了起来,押回汴京。是杀,是放,众说纷纭。

杀!

柴荣经过一夜的思考,降旨一道,将孟汉卿处以死刑。

后蜀本来就不够强大,又经后周军这么一打,立马向柴荣俯首称臣。照理,柴荣应该积极实施他那"先南后北"的方略了。可他迟迟不肯向南唐用兵。

他在忙什么,抑或是在做什么?

他在整军。

他在筹钱。

十八　小狼牙传奇

柴荣兴致勃勃地检阅禁军,差一点儿把鼻子气歪,检阅不到一半,御袖一甩道:
"启驾还宫!"

李处耘手指弘大,厉声问道:"秃驴,汝可是弘大?"

小狼牙的父亲指着倒在车轮旁的契丹人的尸体说道:"耘儿,把他的肚子剖
开,看一看他的心到底有多黑!"

自高平一战,柴荣看到了军纪的重要。这一次赵匡胤征蜀,之所以能够大获全胜,
也是严肃了军纪的缘故。

柴荣决定从军纪抓起,从京城的禁军(禁军:原指皇帝的亲兵,即侍卫皇宫及扈从
的军队。历代有称禁军、禁兵的,也有另立名目的。五代和宋时正规军皆称禁军。)
抓起。

这一日,他突然下诏,明日戌时一刻,朕要检阅禁军。

翌日,天刚黎明,禁军各部便齐集校场,等候皇帝前来检阅。

戌时一刻,柴荣戎装佩剑,在文武大臣的簇拥下,登上阅兵台。检阅总指挥张永德
一声令下,只见一队队骑兵、步兵,昂首挺胸,步履整齐地由阅兵台前经过,足足走了一
个时辰,柴荣很满意。

京城的禁军分为六军十二卫,柴荣阅完了兵,突又颁旨一道,从每个卫中各抽出一
个小队士兵,考校武艺。考校分为骑术、射箭、刀法、枪法、角力五项。

刚刚还是一脸灿烂,看着看着,柴荣的脸黑了下来。

自唐代以来,各地藩镇为了扩大自己的割据势力,拼命地扩军,对于那些会武术的
人,对于那些泼皮胆大的人,只要从军,便给予丰厚的待遇。故而,纨绔子弟和地痞无
赖,削尖了脑袋来当兵。当然,最看好的还是禁军。

185

自己当了禁军还不算,子孙后代,世世代代当下去,玩起了世袭。

这一世袭,他们的素质便可想而知了!故而,当柴荣考校他们武艺的时候,洋相百出,有的拉不开硬弓;有的把箭射歪;有的因年老跨不上马;有的跨马失控,从马上摔了下来。至于刀枪剑术,不少人连街上卖艺的都不如。这种军队,如何能保卫皇帝,保卫京都,更不说用他们来一统天下了。

柴荣越看越气,差一点儿把鼻子气歪。看了不到一半,将御袖一甩道:"启驾还宫!"

柴荣想了一夜,大会群臣,当殿降旨一道,从整顿禁军开始,整顿军伍。且把整顿这一重担压在了赵匡胤肩上。并且明确表示,禁军可分三等:第一等,也叫上等,集中训练,作为今后作战的主力。第二等,则担任京都和地方的守卫治安。第三等,则从军队中除名,发给遣散费,让其归家。

整顿的结果,列为一等的,不到六万人;列为二等的十万;列为三等的九万。

一下子遣散九万人,当然要引起震动,一些大臣上书柴荣,说陛下大量削减禁军,有违历朝历代的规矩。

柴荣掷地有声道:"历朝陋习,当兵的几乎终身为兵,老弱青壮相混,勇敢与怯懦并存,这种兵不可能会打硬仗!高平之战,不少将士不听指挥,甚而临阵逃脱,若非朕亲冒矢石,加之有一批忠勇战将,奋不顾身,才挽回了败局,否则后果不堪设想。现在,北有辽国、北汉,南有唐闽和吴越;西有后蜀,无不对我虎视眈眈,我们如无强兵,莫说统一天下,恐怕连汴京也守不住!"

略顿又道:"现今,一百个农夫辛勤劳作,还不能养活一个士兵,难道我们能用百姓的膏血,去养一些没用的兵吗?"

由于皇上的大力支持,经过两个多月的整顿,遣散了九万老弱病残,建立了一支强大的京城禁军。

赵匡胤借整顿禁军之机,把他那些已在军中任职的至亲好友,只要有点本事的,便往上提拔。

属于这一类的有李继勋、石守信、韩重赟、杨广义、王审琦、刘庆义、刘守忠、刘廷让、王政忠等,是他的义社兄弟;慕容延钊、韩令坤、杨信是和他一块儿玩尿泥长大;潘美、田重进、李处耘、楚昭辅是他从军的引路人;赵普是他的谋士,皆官升一级。

此外,对于那些虽说与他非亲非友,只要武艺出众,深谙韬略的,诸如王全斌、王彦升、李汉超、党进、罗彦环等,也都给以重用。

尽管如此,朝野并未对他说三道四。

何也?

他很精?

他的两个至亲,一个是他的父亲赵弘殷,官居原职;再一个是他的三弟赵光义,投奔他半年多了,还是个都头。这是其一;其二,侍卫亲军步军司的都虞侯韩通与他向来不和,也可以说是他的仇人,他反而举荐韩通,做了侍卫亲军步军司的副都指挥使,比他还高了半级。

禁军经过赵匡胤这一番整顿,军风军貌焕然一新,当柴荣二次检阅他们的时候,一脸的灿烂。

禁军变强了,实现一统天下的大业也就有望了!

但要一统天下,仅有强大的军队还不够,还得有足够的钱粮来养这一支庞大的军队。

后周位于中原,得国得自后汉,后汉得国于后晋,后晋得国于后唐,后唐又得国于后梁。自公元907年春,朱温灭唐建梁,至今不到五十年,换了五个朝代,十二个皇帝,而每个朝代的更替,大都经过了一场血雨腥风,且不说这五个朝代的十二个皇帝,还得对付与他们并存,或一度并存的十一个国家和割据势力——吴越、前蜀、楚、南汉、闽、南平、吴、辽、后蜀、南唐及北汉。

可以说,在这不到五十年的时间里,后周这片土地上,战争就没有停止过。

要打仗,就得征兵、征伕、征车、征牛马,这一征,谁还来种地呀?拿什么来种地呀?没有人种地,哪来的粮食?越是没有,就越是要征,不但征粮,还得征钱,道理很简单,不能让士兵饿着肚子、光着身子、手无寸铁去打仗!

这仗打赢了还好,若是打输了呢?胜利的一方便要来抢,不但抢粮抢钱,还要抢牲畜、抢女人,甚而烧房子!

只要打仗,输赢都得穷,老百姓穷,朝廷也穷。故而,当先皇郭威提出要在宫内建一小殿时,平章事王峻断然拒绝——没钱!可见,国家穷到什么样子了!钱,要命的钱。他正在为没有钱发愁,赵匡胤来了,赵匡胤是为李处耘求情才来的。李处耘的表弟叫耿长有,住在汴京城南三里桥,娶了一个老婆叫桂云。孩子都快一岁,突然失踪了。一家人都快找疯了,也没有找到。忽一日,来了一个和尚,用迷香将耿长有迷倒,抱起他的小孩,越墙而去。途中,被巡夜的查住,送交军巡院(巡院:唐末始置,其长官为左右军巡使,掌京城缉捕盗贼及刑狱之事。),经过突审,他供出了幕后的主使——燃灯寺的住持弘大。

弘大在作云游僧的时候与桂云相识,那时,桂云还是一个十四五岁的黄毛丫头。九年后,他两个在相国寺相遇,站在偏殿的长廊里说了一会儿话,桂云便跟着弘大去了三十里外的燃灯寺。

到了燃灯寺,虽说有米有面,有酒有肉,再也不用喝照见人影的面汤汤了。但时间一长,她开始想儿子,想得发疯。弘大为了不让她疯,便遣了寺中一个会武功的小和尚去偷小孩……

作为一个和尚,霸占民女,还要偷人家的小孩,照理应当判以死刑。可弘大有钱,买通了军巡使,竟然将小和尚放了。

"放了可以,但你得把我的老婆追回来呀!"耿长有说。

军巡使很爽快地答应了,责令弘大将桂云送回了三里桥。

可桂云回到三里桥住了两天,又跑到了燃灯寺。

弘大并不比李处耘的表弟年轻,也没有李处耘的表弟长得帅,她之所以要舍亲夫而从弘大,是因为弘大有钱,弘大那里有吃的,有好吃的!

耿长有跑到燃灯寺磨破了嘴皮,桂云就是不跟他回去。

为劝桂云回去,耿长有天天往燃灯寺跑。为了躲避男人,为了能长久和弘大厮混,桂云剃掉了一头乌发,成了燃灯寺的尼姑,可耿长有还不死心,苦苦相劝,任你磨破了嘴皮,桂云就是一句话:"你要我回去,除非太阳从西边出来。"

耿长有见劝不动,便以告御状相威胁:"谁都知道,你这尼姑是假的,你若执意不肯回去,那我就去汴京城告你。我若一告,你的小命怕是难保,你还是乖乖地跟我回去吧!"

桂云咯咯娇笑道:"你也太孩子气了! 我出家为尼,是弘大长老剃度(剃度:佛教名词。指信徒把头发剃去,接受戒条的一种仪式。佛教说,剃发出家是度越生死之因,故名。)过的。有光头为证,有光头上的戒疤为证,你就是把我告到皇帝那里,他也不敢说我这尼姑是假的!"

耿长有的嘴张了张,又合住了。

"我该去做晚课了,你走吧!"桂云下了逐客令。

耿长有不走。

"你不走,我走!"桂云一脸愠色道。

"别,别走,你听我说,有道是,'一日夫妻百日恩',咱俩可不是一日,是六年。六年是多少? 是二千一百六十天! 好好好,这话你不愿意听,咱不说咱俩,咱说咱儿,他还不到一岁,他还在吃奶,你就忍心丢下他不管?"

一说到儿子,桂云的眼睛有些发涩。

不只发涩,是想哭。

男人是衣履,想什么时候换就可以什么时候换,穿烂了,穿腻了还可以买新的。可儿子不行,是从娘身上掉下的一块肉,岂能轻易舍去!

正因为她舍不下儿子,才软磨硬缠,让弘大长老遣人去偷,惹出这一连串麻烦。

她有些生儿子的气。

自己劝说自己,开弓没有回头箭,事情已经闹到这个地步,若是再回三里桥,出门得戴一个驴碍眼(驴碍眼:驴拉磨时,一是怕它偷吃粮食,二是怕它不好好拉磨,便用一块一尺见方的布蒙在它的眼上,这个布便叫驴碍眼。)!如果回去后能让吃饱肚子,戴个驴碍眼也行。问题是耿长有一贫如洗,又没有一技之长可以挣钱,拿什么让她吃饱肚子?且是,跟着弘大,岂止是吃饱肚子!哪一天不是细米白面、大鱼大肉,不能为了儿子,来苦自己。

但当耿长有说到儿子,她又变了主意,长叹了一声说道:"做娘的,有几个不疼儿子的!但我已经出家为尼,为尼就要一心向佛,不可半道而废!这样行不行,我每月给你五贯钱,你可为儿子请个奶妈;再给你买一百亩好地,你用心耕种,一家人吃穿也就不用愁了。等儿子长大了,娶媳妇的钱我还出。但有两个条件,一、自此以后,我不再见你,你也别来烦我。二、半个月我要见儿子一次,让奶妈抱着来。你说这样办行不行?"

耿长有默想了一会儿,回道:"行。"

桂云倒也说话算数,不到十天,钱也给了,地也买了。耿长有既有钱又有地,说媒的踢破门槛,挑来挑去,挑了一个比桂云还要漂亮的女子。距"亲迎"还有十九日,便广发请柬,邀亲朋好友来喝喜酒。李处耘是他姑家表哥,又是京城禁军的一个不大不小的头目,自然也在邀请之列。

李处耘接到请柬,随便问了一句:"长有的老婆呢?是死了还是跑了?"

战乱年代,大闺女、小媳妇遭抢、遭杀,抑或是跟人私奔,屡见不鲜。故而,李处耘才有此问。

"跑了!"送柬人回道。

"跟谁跑了,跑哪去了?"

"跟弘大长老跑到了燃灯寺。"送柬人又道。

李处耘吃了一惊:"你说什么?她竟然跟和尚私奔!"

"不完全是私奔,她做了尼姑。"

"你这话把我给说糊涂了,究竟是怎么回事?"李处耘问。

"嗨,这事说起来叫人难以相信!"送柬人遂把桂云如何认识弘大长老,又如何私奔,以及为耿长有置地的事,一五一十讲了一遍。

李处耘越听越气,将脚一跺骂道:"弘大,我操你祖宗八辈,竟敢欺负到爷的头上,爷不杀你,爷就枉活了二十八年!"

骂毕,命人牵来坐骑,气冲冲要去燃灯寺找弘大算账。

送柬人想拦,哪里拦得住,悔恨不已。李处耘将要出城之时,突然想到:"我作为一个禁军将领,去找一个'高僧'的晦气,叫外人怎么看我? 倒不如折回去换一身便服再去不迟。"想到这里,折回家中换过了衣服,这才去了燃灯寺。他一进寺门,便大声嚷嚷道:"弘大在哪里?"

没有人理他,没有人敢理他!

他拎了一个狼牙棒,且一脸怒色,嗓门又高又大,如同狮子吼,怕是要来寻弘大长老的晦气呢?

你来寻长老的晦气,谁敢理你呀?

李处耘见没有人理他,疾走几步,揪住那个扫地的小和尚,把狼牙棒架在他的脖子上,厉声说道:"走,带爷去见你们的弘大,你若不去,爷就一棒打死你。"

小和尚也不过十二三岁,吓得浑身发抖,哆嗦着嘴唇说道:"你,你,你别打我,我这就领你去见长老。"

弘大正在僧堂会见客人,闻听有人前来闹事,一把抓过禅杖,大踏步走了出去。

李处耘见一身披袈裟的高大和尚,倒提禅杖从僧堂里出来,后边还跟了七八个和尚,便已猜到:"这人定是弘大无疑!"遂放了小和尚,迎着弘大走去。

二人越走越近,越走越慢,但四只眼睛却在注视中交锋着。

弘大长老的眉头微微一皱:"他,他好像在什么地方见过? 他,他咋越看越像小狼牙? 若真的是小狼牙,可就麻烦了!"弘大长老的心猛地"咯噔"一下,在距李处耘尚有五六步的地方站住了。

李处耘也站住了,手指弘大,厉声问道:"秃驴,汝可是弘大?"

弘大虽然恼他无礼,一因他知道小狼牙是一个不好惹的主儿;二因这里是他弘大的地盘,二百多个僧人,三百多名香客都在看着他,他得有一个高僧的风度。遂拨拉拨拉肚子,将这口恶气咽了下去,反手将禅杖递给身后的和尚,双手合十道:"阿弥陀佛,老衲便是弘大,施主有什么事,请到僧堂讲。"

"僧堂就不必去了吧! 爷是一个直筒筒,喜欢'袖筒里藏棒槌——直来直去。'爷来问你,你这里可有一个叫清一的尼姑?"

弘大将头轻轻点了一点。

"请你把清一叫出来,爷要当她的面问你几句话!"

弘大强忍住气说道:"对不起,她正在参禅打坐。"

"放屁,谁不知道她是你的姘头,还参的什么禅,打的什么坐!"

弘大忍无可忍,暴喝一声道:"请你把嘴巴放干净一点!"

李处耘冷笑一声,说道:"爷这嘴本来很干净,不知道为什么一见了那些不干净的人,那些男盗女娼的人,它便变得不干净了!"

"此处乃佛教净地,岂容他人撒野! 老衲敬你是一个侠士,一忍再忍,你却狗吃屎不识人敬,满嘴喷粪,滚!"

李处耘单手挟腰说道:"爷既然来了,就没有打算滚!"

"老衲既然叫你滚,你滚也得滚,不滚也得滚!"

"爷不只不滚,爷还想取下汝的秃头做尿罐呢!"

弘大怒目切齿地说道:"欺人太甚,老衲这就赶你滚!"

他身后的和尚忙将禅杖双手递了过来。

弘大接过禅杖,沉声说道:"请出招吧!"

李处耘也不谦让,举棒便打,弘大忙举起禅杖来迎。二人你来我往,战了不到五十个回合,弘大有些招架不住了。知事僧忙上前助战,以二打一,打了一个平手。知藏僧见了,大喝一声,举棍扑向李处耘。以一战三,李处耘虽说没有落败,但也不敢托大了,暗自思道:"他这寺中,少说也有二百个僧人,这才上来三个,我已经有些力不从心了。若是再上来几个与我混战,定败无疑! 我若是一败,表弟的仇不但不能报,怕是还要死到他们手里呢! 君子报仇,十年不晚,何争这一朝一夕! 我得走!"想到此,他虚晃一棒,跳出圈外,大声说道:"弘大,你还自称是高僧呢,以一打三,这事亏你做得出来! 爷为你感到害羞,爷不和你打了! 爷回去约几个朋友,十天后咱们再会,见个高低!"

弘大见李处耘不打了,便又恢复了高僧的面目,道了声"阿弥陀佛",说道:"汝杀心太重,老衲今日未能将汝教化,老衲之罪也。汝走吧,老衲今夜便为汝设醮(醮:一种祷神的祭礼。后来专指僧道为禳除灾祟而设的道场。)。阿弥陀佛!"

众僧目送着李处耘走出燃灯寺,一齐向弘大劝道:"正如大师所言,此人杀心太重,他不会就此罢手。十天后,他若是真的约了一帮江湖人士前来闹事,咱怕是对付不了呢!"

弘大道:"诸位不必为老衲担心,佛法无边,连大闹天宫的孙悟空都教化过来了,何况一个小狼牙!"

知事僧吃了一惊:"什么?刚才来闹事的那个人就是小狼牙?"

弘大既没有点头,也没有摇头,双手合十道:"阿弥陀佛,老衲要设醮了,汝等还不快去准备!"

知事僧刚一抬脚,被弘大叫住:"走,随老衲去禅室,稍坐片刻。"

他俩一前一后来到禅室,相向而坐。

"师弟,今日的事有些麻烦。你明天带五千两银子,去相国寺请海宁长老挑选五十个武艺高强的弟子前来护法!"弘大一脸凝重地说道。

知事僧旧话重提:"师兄,今日前来寻事的这个家伙真的就是潞州上党的小狼牙?"

弘大将头使劲点了一点。

"您好像和他很熟,且是您还有点怵他。那小狼牙在江湖上的名头虽说不小,但您不一定就打不过他,可您……"知事僧没有再说下去。

弘大长叹一声说道:"老衲确实有点怵他。"

"为什么?"

"源于十五年前那场恶战。那场面,你没有见,你若见了你也会怵他!他,他简直不是个人,是个魔鬼!"

弘大顿了顿又道:"这事发生在十五年前,小狼牙还是一个十几岁的娃娃。我那时呢?在契丹做谍人,上党之战,契丹大败后唐军,依照惯例,契丹军放假三天到附近乡村打谷草。打谷草那天,我突然患了疟疾,浑身发冷,冷得我直打哆嗦。我们的头儿让我躺在牛车上,又给我盖了一条被子,这才离开。"

往事如烟,弘大进入了可怕的回忆。

弘大独个儿睡在车上。起初,只觉得冷。冷了一阵,又发起烧来,浑身烧得像火炭儿一般。太阳将落的时候,一阵喊杀声把弘大惊醒,他强撑着坐起来,隔着车窗帘往外一瞅,却原是一老一少两个汉人在和契丹人厮杀,那一老一少的兵器,都是狼牙棒。契丹人少说也有五十个,可他们斗不过那一老一少,顷刻儿被打死了十几个,没死的撒腿就跑,少的欲追,老的说道:"耘娃,别追了。他们才杀了咱三十三人。咱们呢,加上在村里杀的,是七十三人,赚了他们一倍多。天不早了,咱们也该回去了。"

少的指了指牛车道:"爹,这车一定是契丹人抢的。去年,契丹人来打谷草,把咱们的牛,咱们的车抢走了。咱们就把这辆车弄回去吧!"

老的道:"好。"

少的道:"这车上的牛也不知跑到哪里去了? 爹,您在这里守着,孩儿回去牵两头牛来,把车拉回去。"

老的道:"牵啥牛呀! 咱爷俩的力气难道还没有牛大?"

少的道:"当然比牛大! 走,咱俩这就去架车。"

老的道:"好!"

他走了几步,忽又停住,指着死在车轮旁的那个头目说道:"这家伙坏极了,抢了你二叔家的钱,还要糟蹋你二婶。你二婶不从,他竟将你二婶的衣裳扒光……耘娃,把他的胸膛剖开,看一看他的心到底有多黑,竟这么坏!"

少的应了一声,就近找了一把刀,将我们头头的胸膛剖开,把心摘了出来。

"爹,这家伙的心不黑呀,鲜红鲜红的!"

"既然不是黑的,咱拿回去做下酒菜,爹陪你喝几碗。"

"爹,这可是您说的,不许骗人!"

老的道:"你这娃,连爹都不放心,爹啥时骗过你呀?"

"前年。前年夏天,你和我二叔坐在树荫下喝酒,我也想喝,您不让喝,说我是小毛孩,喝什么酒! 我说,我已经长大了,我能把老教场的那个石锁举过头顶。您不信,您问我,您知道那个石锁有多重吗? 我说不知道。您说,那个石锁重五百二十斤。我说,我不管它有多重,反正我能把它举起来。您说,你别吹牛,你如果真的把石锁举起来,我让你喝个够。我说,我这就举给你看,结果呢,我不只把石锁举过了头顶,还绕场走了三圈。可您不守信用,我喝了不到十碗,您便不让我喝了。"

老的哈哈一笑道:"爹是爱护你,爹是怕你喝醉。"

少的道:"这一次,您就不怕孩儿喝醉?"

"这一次不怕。"

"为啥?"

"你又长了两岁。且是这一次杀契丹,爹替你记着数,你竟然比爹多杀了一个! 爹这根狼牙棒呀,打遍天下无敌手,人送外号李狼牙。这一次呀,反输给了你。这李狼牙的绰号怕是也要让给你了!"

知事僧长叹一声道:"这父子俩真够厉害了。特别是那个小狼牙! 哎,您那时身患疟疾,既不能战,又不能跑,咋会逃过了这一劫?"

弘大道："不能战倒是真的,不能跑你可是说错了。我一边听着他父子俩的对话,一边在想,他俩对契丹这么恨,我又给契丹当谍人,若是让他俩抓住了,肯定活不成。说不定呀,他们也会摘了我的心下酒!我得逃。于是,我就从车的后边溜了下来,拔腿就跑,等他父子俩发现,我已跑出两丈多远。小狼牙大喝一声,向我追来。我在前边拼命地跑,小狼牙在后边拼命地追,不知不觉跑了三十里,前边是一条大河,又没桥,我下意识地回头一看,并没有看见小狼牙。我还不放心,在草丛里躲了半个时辰,确信小狼牙没有追来,这才沿河去寻渡船。"

"您不是患了疟疾吗?咋这么能跑,竟把小狼牙甩掉了?"知事僧复又问道。

"说来你也许不信,我不但把小狼牙甩掉了,连疟疾也跑好了。"

知事僧连道："奇迹,奇迹!哎,这小狼牙如此厉害,单凭咱和相国寺的力量怕是对付不了,我是不是再去少林寺一趟?"

弘大轻轻颔首道："那就有劳师弟了。"

谁知,还没等知事僧去相国寺搬兵,弘大已经死了。

不只弘大,还有那个桂云。

李处耘说他回去约朋友来战,是个缓兵之计。

他没有回汴京。

他压根儿就没有准备回汴京。

他就近找了一家客栈,睡到鼓打三更,换上夜行衣,潜入燃灯寺,把弘大和桂云送上了西天。

一夜之内,死了两个人,内中一个还是燃灯寺的住持、大周的高僧,连开封府都有些慌了。府承(府承:官名。府尹的佐官。)魏一虎带着府吏、捕快及仵作,来到案发现场,经过三天的忙碌,把罪犯锁定住了李处耘。

李处耘不是一般人,是禁军的头目,是京城禁军殿前司的头目,要动李处耘,得给张永德抑或是赵匡胤打声招呼。

这事也不知咋会让李处耘知道了,一不做二不休,自个儿跑到开封府投案自首。

你既然来自首,我就不用客气,魏一虎将李处耘收捕入监。

赵匡胤听说李处耘入监,忙来找魏一虎讲情,魏一虎把他不软不硬地顶了回去:"杀人者偿命,古今一理也。且李处耘杀的可不是一个人,是两个人,我不敢为他而坏了王法,除非皇上亲自说话。"

"哼!你当我不敢去见皇上!"赵匡胤将袖子一甩,出了开封府,直奔皇宫,在便殿里见到了柴荣。

柴荣听他说明来意,"嘿嘿"一笑说道:"魏一虎说得对,杀人者偿命,朕也不敢为李处耘而坏了王法。何况,朕正命王朴依据《同光刑律》(《同光刑律》:后唐庄宗同光年间,依据唐代刑律及唐末法令而制定的法律。因颁布于同光年间,故名《同光刑律》。)而制定《大周刑统》呢!"

赵匡胤不能再说什么,也不敢再说什么,向柴荣行了一礼,悻悻说道:"臣告辞了!"

"慌什么?咱弟俩大概半月没有在一块儿喝酒了吧。坐,请坐!咱俩今日好好喝它几樽。"

赵匡胤不敢不听。

酒过三巡,柴荣突然问道:"你刚才说弘大长老为了对付李处耘,想拿五千两银子去请相国寺的和尚出面相助?"

赵匡胤避席回道:"正是!"

柴荣摆了摆手道:"坐,请坐!今日,你我乃是兄弟之间欢饮,不必多礼。"

赵匡胤二次起身,毕恭毕敬道:"臣遵旨!"

柴荣指着赵匡胤说道:"看看,你又来了!坐,坐,你再多礼,哥就罚你三大碗。"

"好,好,臣不再多礼。"赵匡胤复又坐了下去。

"你刚才还说,为了摆平耿长有,桂云花了不少钱?"

"至少有五百贯。"

柴荣道:"桂云手中若是有五百贯钱,也不会和弘大私奔了。"

赵匡胤道:"陛下圣明。"

柴荣道:"这钱一定是弘大出的,对不对?"

赵匡胤又道:"陛下圣明。"

柴荣皱着眉头儿说道:"朕有些不解,一个和尚,哪来这么多钱?"

赵匡胤回道:"陛下可真轻看了和尚,在大周,最有钱的一群人便是和尚、尼姑。"

"为什么?"

"这是朝廷的法令造成的!自后梁以来,朝廷规定,凡是庙产,就可以不交任何税。他们不交也就罢了,还游说、鼓动豪绅和百姓,把庄田依附在他们的名下,从而收取一定的保护费。"

柴荣将御案"啪"地一拍说道:"可恶!二弟,你立马带人,去燃灯寺一趟,查一查燃灯寺到底有多少和尚,多少产业,给朕如实上奏!"

十九 大刀向寺院砍去

　　什么整顿寺院，分明是要抢寺院的钱、寺院的人，迫使上百万僧尼还俗，我赵匡胤若是这么干，岂不把佛得罪苦了！

　　到了午时二刻，赵匡胤犯病了，嘴歪着，眼瞪着，有出的气，没进的气，等程一服赶到，赵匡胤已经窒息。

　　李重进、韩通率先请战："陛下，请给臣三千人马，臣在一个时辰之内，便可将这群僧尼驱逐出京！"

　　赵匡胤奉旨带了十几个精干军卒来到燃灯寺，一住便是半月，把燃灯寺的情况查得一清二楚，如实上奏柴荣。计：和尚一百八十九人，尼姑二十八人，大小房子二百六十三间，土地五万二千亩，白银一万两，钱三千贯，细粮一千零五石（石：重量单位。各朝各代不一，五代时一石约等于今之100市斤。），粗粮一千三百零八石，布二百匹。

　　柴荣被这一连串的数字惊呆了。

　　一个小小的燃灯寺竟有这么多僧尼，这么多财产！相国寺呢？少林寺呢？全国呢？查！立即查！

　　柴荣又降旨一道，命赵匡胤带队，驾部郎中（驾部郎中：尚书省（台）属官。始置于魏，"掌邦国舆辇、车乘、传驿、厩牧、官私马牛杂畜簿籍，辨其出入，司其名数。"）、给事中（给事中：官名。秦始置，为将军、列侯、九卿以至黄门郎、谒者等的加官。隋唐以后为门下省之要职，职在侍中及门下侍郎之下，掌驳正政令之违失。）窦仪协助，对全国的僧尼和庙产进行清查。

　　赵匡胤正在去少林寺的路上，突然得到一个消息，皇上为李处耘的事颁了一道诏书。书曰：殿前司押衙（押衙：一作押牙。原本节度使下的武官，也是对节度使以下武官的尊称。）李处耘，夜入燃灯寺，杀一僧一尼。"杀人偿命"，古今一理。但僧为淫僧，尼为恶尼。又因杀僧杀尼一案,查出恶僧二十八人,收缴赃田五万二千亩,收缴赃款赃物折银三万余两。有鉴于此,特赦李处耘死罪,杖二十,罚俸一年……

赵匡胤既高兴又感激,当即跳下坐骑,遥望汴京城,拜了三拜。

经过半年的清查,赵匡胤将全国的寺院、僧尼以及庙产的清单呈给了柴荣。计:

寺院三万三千零三十所,僧尼一百二十三万人,田一千六百三十六万亩……

柴荣将这个清单一连看了三遍,召赵匡胤进宫,直言不讳地问道:"这些数字准吗?"

"准!"

"卿前次说过,因为国家法令之误,才使寺院谋得了大量的田地。可是,这么多人愿意去当和尚、尼姑,又作何解?"柴荣问。

"当了和尚、尼姑可以不从军,可以不服徭役。为了躲避军役和徭役,不少人选择了出家,这是其一;其二,逃亡之奴婢和罪犯,为了躲避官府的追捕,不少人选择了出家;其三,无业游民和缺地无地的百姓,为了吃饱肚子也选择了出家。"

柴荣将头点了两点:"噢,原来这样!"

他闭目想了大约一刻,忽地将双眼睁开:"赵爱卿,据卿所言,为僧为尼的,并非全都看破了红尘,才甘心向佛,而是把寺院当作了逃役避难混饭吃的安乐窝了,是不是这样?"

"正是这样。"

"如果真是这样,朕就把这些安乐窝全都毁了!"柴荣斩钉截铁般地说道。

"不,不能毁!"

"为什么?"柴荣问。

"在僧尼之中,却有不少坏人、庸人、懒人。可是,他们之中也有不少一心向佛,一心向善的好人呀!"

"这……卿说的有一定道理。佛要敬,但饭也要吃呀!要让全国人有饭吃,有好饭吃,就得有人干活。如今,一百多万人不务农、不做工,跑到寺院去念经,是不是有些太多了呢? 且不说这里边还有不少坏人、庸人、懒人! 这样行不行? 一个县只留一个寺院。寺院分上中下三等,一等寺院的僧尼不能超过三百人,中等寺院的僧尼不能超过二百人,三等寺院的僧尼不能超过一百人。自此以后,无论何人,包括皇亲国戚,不得奏请建造寺院和剃度僧尼!"

赵匡胤颔首说道:"陛下圣明! 只是,这样一来,要毁掉的寺院不会少于三万所。

这三万所寺院的财产如何处置?"

"收归朝廷。"柴荣非常坚定地回道。

柴荣这么说,他是经过深思熟虑才决定的。

他需要钱。

他太需要钱了。

有了这些庙产的支撑,他就可以向南唐用兵了。他就可以从南唐那里抢来更多的钱,用这更多的钱再去征服其他国家。

"那些被裁掉的僧尼,怕是要有一百多万,怎么处置?"

"还俗! 不,也可以从军。这些人会武功的极多,若是把他们补充到禁军里,战斗力肯定会得到提高。"

赵匡胤立马附和道:"陛下真是高瞻远瞩,臣佩服得五体投地。"

柴荣一脸微笑地说道:"二弟也学会了拍哥的马屁!"

赵匡胤"嘿嘿"一笑,说道:"这能是拍马屁? 这叫实话实说。"

柴荣将手摇了一摇,说道:"既然御弟认为朕说得有理,朕就把整顿寺院的重担压在御弟肩上,请御弟莫要让朕失望。"

什么整顿寺院? 分明是要抢寺院的钱! 不只要抢寺院的钱,还要抢寺院的人,迫使上百万僧尼还俗,尔后为他去做工、去务农、去从军! 我若这样干,岂不要把僧尼给得罪苦了,把佛给得罪苦了? 这事不能干!

不行,皇帝嘴里无虚言。他既然这么定了,我若不干,他会不高兴,也许会记恨于我。这事我不能硬推,倒不如先答应下来,再想办法推掉。对,就这么办。想到此,赵匡胤再次起身,作了一揖,说道:"谢谢陛下对臣的信任,但这副担子有些太重,臣一人怕是担不起来,误了陛下大事,能不能让驾部郎中窦仪和侍卫步军司的副都指挥使韩通与臣一块儿来挑这个担子?"

柴荣想了想,同意了。

赵匡胤一出皇宫,便暗自考虑,怎样才能把这个出力不讨好,而且得罪人又得罪神的差事推掉? 不只推掉,还得推得巧妙,推得让皇上觉得应该另选他人。

他想了一路,也没想出一个好的主意。

他回到家中,不住地唉声叹气。

赵匡义小声问道:"二哥,是不是遇到什么烦心事了?"

赵匡胤连头都没抬,"嗯"了一声。

"啥事？能不能给小弟说一说？"

"去，这事连我都没办法解决，说给你有啥用？"

赵匡义把嘴一撇，说道："二哥，我是你的亲弟弟，就问你一句话，你想说就说，不想说拉倒，值得恼吗？哼，我不问了，我走，我走了还不成！"

赵匡胤比赵匡义大十二岁，赵匡义三岁之前，几乎是在赵匡胤的背上度过的。三岁以后，赵匡义整天跟在赵匡胤的屁股后边，像个尾巴坠。赵匡胤就是吃个蚂蚱，也少不了他一条腿，弟兄二人的感情远非一般的兄弟可比。故而，赵匡义一生气，他赶紧站了起来："三弟，别走。二哥今日心情不好，惹你生气了，二哥给你道歉。"

赵匡义转怒为喜道："道什么歉呀，你是我亲哥，又是我顶头上司的上司！"

赵匡胤道："你别挖苦哥，你的前途哥早就替你设计好了，但要等机会。"

赵匡义使劲点了点头："小弟知道，小弟让二哥操心了！哎，你到底遇到了什么烦心事？"

"唉！"赵匡胤长叹一声，把皇上如何要他整顿寺院，以及他自己的顾虑，一一道了出来。

赵匡义将头点了一点，说道："你说的这个差事不能干！不过，要推掉这个差事并不是太难的事呀！"

赵匡胤忙道："怎么推？"

"你可以装病，也可以装疯，皇上不会硬要让一个病人或者一个疯子去整顿寺院！"

赵匡胤苦笑一声道："你这两个主意，哥也想到了，但不行。"

"为什么不行？"

"哥若是装疯，哥以后还怎么带兵？皇上还会让一个疯子带兵吗？装疯不行，绝对不行！装病呢？哥的身子，比铁疙瘩还硬，突然'病'倒了，皇上会相信吗？"

赵匡义道："你说得对，啥都能装，就是不能装疯。至于装病，你担心皇上不相信，这也未必。只要你装的像，不怕皇上不信！"

"怎么才能装得像呢？"赵匡胤问。

"你装作喝醉，从马上摔下来，闪住了腰，或跌断了腿，或跌伤了头。最好是跌伤了头，还要跌得'头破血流'。"

"你这个主意也不行。你二哥是谁呀？是殿前司的都虞侯，是打遍天下无敌手的好汉，如今，竟然因骑马而摔成重伤，岂不让人耻笑，你二哥不干，坚决不干！"

"那，咱家门外有个水井，你装着去汲水，一头栽到井里，淹了个半死。"

赵匡胤道："这更不行,你哥不是一般人,是殿前司的都虞侯,堂堂一个都虞侯,吃水还用自己汲吗?"

赵匡义想了片刻道："那,你就装着喝酒,失足掉进井里。"

赵匡胤笑指赵匡义道："你咋老让我喝醉呢,八年前为喝酒,我大闹御勾栏,不得不浪迹天涯。这一次,不但让我喝醉,还要让我掉进井里,岂不让人笑掉大牙!何况,咱们家那井,比石滚粗不了多少,我若是掉了下去,你们怎么救?你这是张士贵(张士贵:戏剧《薛丁山》中的人物。他是薛丁山的顶头上司,没有多大本事,却一肚子馊主意。)的主意,不行!"

"这……"赵匡义没招了。他没招了便开始挠头:"二哥,有道是,'三个臭皮匠,顶个诸葛亮'。咱何不把赵普和苗训请来,一块儿想,还愁想不出一个好办法吗?"

赵匡胤道："你说的有道理!"

不到半个时辰,赵普、苗训一前一后来到了赵匡胤家。

酒早已筛好了,他俩一来,便喝了起来。

三碗酒下肚,赵普叫了声"二弟",忽然意识到不妥,忙起身谢罪:"对不起,我这是大不敬,请都虞侯原谅!"他一边说,一边连连作揖。

"你呀你……"赵匡胤指着赵普说道:"你叫我怎么说呢?我本来就是你二弟嘛!何况,这又是在家里,别说见外的话,坐,你给我坐下!"

赵普说了声:"尊敬不如从命。"这才坐下:"二弟,有什么事需要商量,趁着没醉,您就说吧。"

赵匡胤道："别急,咱再喝两碗再说。"

这一喝,何止两碗?喝了三碗了,赵匡胤还让喝。

赵普按住酒碗说:"二弟,咱今日若是为喝酒而聚,你让愚兄喝多少愚兄就喝多少!可今日,你是有事相商,这酒就不要再喝了。"

赵匡胤点了点头:"好,我听老兄的,这酒就不喝了,咱说事。"遂把皇上要他整顿寺院,以及他自己怎么想,又向赵普和苗训复述了一遍。

赵普道："整顿寺院,是个缺德事,你不想干是对的,但三弟出的那几个主意,确实不太高明。但要出一个比三弟还要高明的主意,也不太容易,您让愚兄和苗训好好想一想。"

这一想,便是一刻钟。赵普将酒桌"猛"地一拍说道:"二弟,您看这个主意行不行?"

赵匡胤忙道:"什么主意? 说来听听。"

赵普便把他的主意讲了出来,众人都道:"这主意不错。"

翌日辰时七刻,赵匡胤把窦仪、韩通请到他的都虞侯署商议整顿寺院之事。

午饭是在都虞侯署吃的,四菜一汤。汤是鲜蘑菇做的,但有点辣,窦仪、韩通都有点怕辣,吃的不多,有一半入了赵匡胤肚子。

"好汤,好汤,还有没有? 再来一盆!"赵匡胤用筷子敲着桌子说道。

第二盆汤被赵匡胤全吃了。

午饭,大家有说有笑,吃的也很尽兴,喝的也很尽兴,但到了午后申时二刻,赵匡胤犯病了,嘴歪着,眼瞪着,有出的气,没进的气,等程一服赶来,赵匡胤已经窒息。正在全力以赴地抢救赵匡胤之时,韩通的儿子韩驼儿火急火燎地赶来,上气不接下气道:"程郎中,我父亲不知为甚,上吐下泻,还直喊肚子疼。"

程一服道:"对不起,在下正在抢救都虞侯,脱不开身,就让在下的大徒弟跟你去一趟吧。"

韩驼儿看了看昏迷不醒的赵匡胤,没再说什么,便领着程一服的大徒弟回去了。

韩驼儿刚走,窦仪的儿子也来了,说他爹也是上吐下泻肚子疼。请走了程一服的二徒弟。

柴荣闻听赵匡胤病了,忙移驾殿前司都虞侯署,坐在赵匡胤榻头,轻声唤道:"御弟,朕看你来了。"

赵匡胤一点儿反应也没有。

柴荣掉头问程一服:"都虞侯患的什么病,竟然不省人事?"

程一服跪而回道:"启奏陛下,他是吃多了毒蘑菇。"

"毒蘑菇? 啥叫毒蘑菇?"柴荣问。

"毒蘑菇,就是有毒的蘑菇。这种蘑菇,俗称狗尿苔,颜色比一般蘑菇鲜艳。吃了这种蘑菇轻者上吐下泻、肚子疼。重者,就是都虞侯这种状况。像都虞侯这一种,只占中毒者十之一二,乃是过敏所致。"

"像都虞侯这一种,好治不好治?"柴荣问。

"启奏陛下,这种毒不好治。但是,如果能找来夏枯草(夏枯草:俗称牛抵草。唇形科。多年生草木。茎直立,方形,基部匍匐地面。叶对生,卵长成椭圆状披针形。性寒,味苦辛。)也许能治好。"

柴荣道:"只要有药能治,朕这就放心了。朕这就传旨天下,有献得夏枯草者,重赏。”

程一服复拜道：“有陛下这句话，臣敢担保，都虞侯没有性命之忧了。”

柴荣道：“如此，朕也就放心了。朕还要去看一看窦郎中和韩副都指挥使，赵都虞侯的事就拜托卿了。”

程一服道：“请陛下放心，臣会尽力的。”

不到三天，窦仪和韩通全都康复，结伴来看赵匡胤，赵匡胤还处于半昏迷状态。回去路上，韩通颇有几分幸灾乐祸的样子，对窦仪说道：“你我若是不怕辣，这会儿就和赵匡胤一样了！幸运，幸运！”

窦仪白了他一眼，没有说话。

柴荣二次来看赵匡胤，赵匡胤仍处于半昏迷状态，而整顿寺院之事，又迫在眉睫。没奈何，改让李重进挂帅。

李重进刚刚进入角色，全国的僧尼，成群结队的涌进汴京，聚集在皇宫门前，向朝廷请愿。

他们请愿的方式很特别，既不吵，也不闹，集体打坐，齐诵《行事钞》——“怖四怨之多苦，厌三界之无常，辞六亲之至爱，舍五欲之深著。良由虚妄之可弃，真实之道应归，是宜开阔远意，除荡鄙怀，不吝身财，护持正法……”

稍停，又诵《摩诃般若波罗蜜多心经》：

揭谛，揭谛，

波罗揭谛，

波罗僧揭谛，

菩提萨婆诃。

……

柴荣铁了心要整顿寺院，铁了心要从寺院那里弄钱，任你如何打坐诵经，也不出面，只是遣了几个大臣前去相劝。但要他收回整顿寺院之诏命，休想！

这些僧尼见柴荣不肯收回诏命，竟然玩起了绝食。柴荣冷哼一声道：“你们绝食吧，你们都死完了才好呢！”

一方坚决要整顿寺院；一方以绝食相挟，反对整顿寺院，双方僵持下来。僵持的结果，涌入京城的僧尼越来越多，众达五万。且是，京城及京城附近的老百姓，也赶来声援僧尼。柴荣不得不召开御前会议,李重进第一个发言:"陛下,这一群秃驴,已经闹腾了六天了,咱若再不下手,他们会觉得朝廷可欺,越闹越大!"

韩通立马附和道:"马帅说得对,该下手了!"

就连为人忠厚的张永德也认为该下手了。

禁军三帅,有两帅主张镇压,另一帅虽说没有表态,但他的副帅韩通表了态。也就是说,武臣主张镇压。

文臣呢? 柴荣把二目移向了首席宰辅范质。

范质立马站了起来:"僧尼们如此胡来,杀了他们也不为过。可是,他们毕竟是佛家子弟,陛下能不能亲自出面,对他们动之以情,晓之以理,他们也许就不会闹了。"

柴荣冷笑一声道:"他们如果明理,就不会这么胡闹! 且是,截至今日,朕已遣了包括宰辅王朴在内的八名大臣,前去劝说,他们都不听,岂能听朕的!"

范质赔着小心问道:"依陛下之意,该当何处?"

"武力驱之!"

"他们若是还不走呢?"范质问。

"那是他们自己想死,怪不得朕!"

李重进、韩通率先请战:"陛下,请给臣三千人马,臣在一个时辰之内,便可将这群僧尼驱逐出京!"

柴荣一脸赞许地说道:"二位爱卿忠心可嘉,但三千人有些少,朕给二位爱卿一万人马,现在是辰时一刻,朕就坐在这里静候佳音!"

李重进、韩通领旨而出。

柴荣目扫众臣,一字一顿地说道:"诸位爱卿,朝会可以结束了,明日再会。"

文武百官鱼贯而出,但有两个人却站着不动。这两个一文一武,文的是窦仪,武的是符彦卿。

符彦卿朝柴荣拜了一拜,说道:"陛下,僧尼虽说可恶,但若是武力驱逐,恐要引起反抗。再之,汉明帝时,佛教已传入了中原,至今已有九百年的历史,如今的信徒遍天下,陛下硬要用武力驱逐僧尼,传将出去,对陛下的声誉可是有些不大好!"

窦仪立马附和道:"陛下,老太师(太师:也可以是官名,也可以是对皇帝岳父的尊称。)说得对呀! 请陛下三思。"

老实说,柴荣做出武力驱逐僧尼的决定,并不是没有顾虑,如今听符彦卿这么一劝,越发觉得这个决定有些唐突。他站起来,背负双手,在大殿上一边踱步,一边思考。约有两刻钟,他停了下来。

"窦爱卿,传朕的旨,一、让李重进和韩通原地待命;二、让僧尼推举三十个代表进宫面朕。"

窦仪谢恩而去,约半个时辰,将三十个僧尼的代表带进大殿。

众僧尼上了大殿,向柴荣行以稽首之礼。

柴荣一脸温和地说道:"诸卿平身,朕有话要问诸卿。"

众僧尼异口同声道:"臣等恭听圣训!"

"诸位爱卿,朕这一次整顿寺院,并非要和贵教过不去。皆因贵教之中良莠不齐,甚而混进了不少坏人、恶人,弘大长老便是其中一个。可卿等不谅解朕,反而聚众来京静坐,向朕示威。朕三番五次遣使前去劝说,卿等不听。朕亲口问卿等一句话,朕的话卿等到底听不听?"

众僧尼异口同声道:"当然听。"

"卿等既然听朕的话,卿等这就出宫,劝说众僧尼早些儿离开汴京。"

众僧尼把目光集中在相国寺长老海宁身上,既有希望,更有鼓励鼓动之意。

海宁双手合十道:"阿弥陀佛,启奏陛下,臣等并非有意抗旨,也不敢抗旨。陛下说鄙教良莠不齐,要进行整顿,臣等极表赞成。但是,一个县只留一个寺院,是不是有点太少? 还有,上中下寺院的僧尼,以一百人、二百人、三百人为限,是不是也有点太少?"

柴荣道:"卿之言,有一定道理。这样行不行,朕把保留的寺院,以及各寺院的僧尼数儿,翻上一番如何?"

海宁道:"还有点少。"

"再翻一番呢?"

海宁扭头看了看白马寺和少林寺的长老,复又说道:"能不能再翻一番?"

柴荣将脸一沉,说道:"汝等这是得寸进尺,朕不和汝说了。朕相信,众沙弥(沙弥:佛教名词,僧的特称,梵文 Sramanerara 音译的略称,意译"息恶"或勤策男。)、沙弥尼(沙弥尼:佛教名词,尼姑的特称。)不会像汝等这样得寸进尺,朕想当面问一问众沙弥和沙弥尼,他们如果都说应当把朕所要保留的寺院翻上三番,朕就翻上三番,汝等以为如何?"

众僧尼高呼道:"陛下圣明,陛下万岁!"

柴荣将手摆了一摆,说道:"汝等先别呼朕万岁,朕还有话要说。"

众僧尼道:"阿弥陀佛,臣等恭听圣训!"

"朕想问汝等一个问题,'七情六欲,人之性也。'汝等放着爹娘不养,佳肴不食,美酒不饮,弃夫妻之欢乐,却要出家为僧为尼,这是为甚?"

海宁朗声答道:"阿弥陀佛,陛下所言甚是,正因为人有七情六欲,才有三界火宅(三界火宅:三界:即欲界、色界、无色界。三界火宅,喻众生在三界之中过生活,犹如住在火宅一般,备受煎熬。),为了跳出三界火宅之苦,故而为僧为尼,这是其一;其二,人生在世,不能只想着自己,要有一颗'不忍众生苦,不忍圣教衰,不为自己求安乐,只愿众生得离苦'的大菩提心(菩提心:佛教名词。全称"阿耨多罗三藐三菩提心",梵文Anuttara—Sambodhi,译为"无上正等正觉",佛界以它为理想的最高果位。凡有求得这种果位的心愿,叫"菩提心"。),做一个佛陀的使者,人天的导师,救度一切苦难的众生。"

柴荣频频颔首道:"长老说得甚是,使朕长了不少见识。朕还有一问,请诸卿如实回答。"

众僧尼道:"阿弥陀佛,臣等恭听圣训。"

"众卿一心向佛,但朕想问一问,佛在哪里?"

一个问题,三种答案:

"佛在西天。"——少林寺长老。

"佛在心中。"——白马寺长老。

"佛无处不在。"——相国寺长老。

柴荣道:"佛究竟在哪里,卿等各执一词,朕也不妄加评论。朕还想回到刚才那个话题,寺院到底保留多少为宜,朕想听一听宫外那些僧尼怎么说。"

众僧尼道:"陛下圣明!"口中这么说,心中却在嘲笑柴荣,人都道,"聪明不过帝王,"谬也。

柴荣何等聪明,岂能看不出来他们在想些什么? 也不计较,轻咳一声又道:"朕要直面宫外的所有僧尼,请卿等先行一步出宫,把众僧尼分作三队,每队六十行,自南而北排列。凡认为'佛在西天'的为第一队,站东边;凡认为'佛在心中'的为第二队,站中间;凡认为'佛无处不在'的为第三队,站西边,卿等则分别站在这三队之前。朕给卿等半个时辰,够不够用?"

众僧尼齐声回道:"够用。"

"既然够用,半个时辰之后,朕便出宫面询众位僧尼。卿等去吧。"

二十　故伎重演

柴荣话刚落音,韩通疾步而来,横手一刀,海宁长老的人头掉到地上,项中的鲜血喷了五尺多高。众僧尼无不变色。

众僧尼见了柴荣收缴佛铜象佛铜器之诏书,又气又恨又急,但他们已经领教了柴荣的厉害,不敢再去汴京请愿。

柴荣没有料到维宁会自杀,先是吃惊,继之愤怒,铁青着脸说道:"秃驴竟以死来要挟朕,实在可恶……"

午时一刻,柴荣在范质、王朴、王溥、符彦卿、窦仪、张永德等大臣的簇拥下来到宫门口,立于台阶之上。

他的双眼自南而北扫视一遍,僧尼果真分为三队,齐刷刷地站着。

在僧尼的两侧,南侧站着李重进及其五千禁军,北侧站着韩通及其五千禁军。

"诸位沙弥,诸位沙弥尼!"柴荣轻咳一声,说道:"刚才,朕与汝等推举出来的几位长老就汝等为什么出家,以及佛在哪里,进行了交流。汝等为什么出家,汝等心中比朕还清楚,朕就不再多说。但佛在哪里?几位长老各执一词。第一见,'佛在西天';第二见,'佛在心中';第三见,'佛无处不在'。朕依据三见之说,让汝等分为三队。但佛究竟在哪里?朕一一提问,尔后,让汝等自行评判,汝等说朕这样做行不行?"

众僧尼轰然应曰:"行!"

柴荣道:"既然诸位沙弥、沙弥尼都同意,朕这就开始问了。"他朝第一队的少林寺长老一指问道:"悟静长老,你是不是说,'佛在西天?'"

悟静长老声如洪钟道:"正是,阿弥陀佛。"

柴荣朝他点了点头,说道:"寺院该不该整顿?到底保留多少寺院为宜,朕想当面请教一下佛祖。故而,朕命卿带高僧三十人,前去西天,把佛祖给朕请来!"

"这……"这一棒把悟静给打懵了,竟不知如何回答。

柴荣高声问道:"卿想抗旨吗?"

悟静一脸惶恐道:"臣不敢。"

柴荣道:"既然不敢,为什么不走?"

"这……"悟静不得不从他身后第一名数起,数了三十个,带着他们怏怏而去。

柴荣移目第三队,指了指站在队首的海宁长老:"卿是不是说,'佛无处不在?'"

海宁已经意识到柴荣这一问内藏奸诈,但他又不敢不答,更不敢改口,嗫嚅着回道:"臣正是这样说的。"

柴荣道:"就寺院整顿之事,朕想见一见佛祖。刚才,朕虽说已经遣了悟静长老,但汴京到西天,一来一回,少则七八个月,多则一年。朕不想等那么久,既然佛无处不在,卿就站在这里喊一声,让佛祖现身,朕好当面向佛祖领教!"

"这……"海宁头上开始冒汗了,许久说不出话来。

柴荣将脸一沉道:"海宁长老,你也想抗旨吗?"

海宁汗如雨下道:"臣不敢。"

"既然不敢,你为什么不喊?"

海宁哆嗦着嘴唇道:"陛下,'佛无处不在,'只是一种说法……"

没等他把话说完,柴荣厉声说道:"汝不要说了,今日,汝若不把佛祖请来,便是欺君之罪!"

他掉头向王朴问道:"王丞相,欺君之罪该当何处?"

王朴朗声回道:"斩首。"

柴荣又将头转向海宁:"朕从一数起,数到十时,汝若不把佛祖请来,便是欺君之罪,定斩不饶!朕开始数了,一、二、三、四、五、六、七、八、九、十!"

"十"字还没落音,海宁一屁股坐在地上,面如送葬金箔。

柴荣一脸鄙夷地说道:"就地斩首!"

韩通疾步而来,横手一刀,海宁人头落地,项上的鲜血喷出了五尺多高。众僧尼无不变色。

柴荣指着海宁身后第一排第一个僧人说道:"海宁长老已经升天,这邀请佛祖之事,汝责无旁贷,汝……"

话还没说完,那僧人便跪了下去:"陛下,臣没这本事,您就饶了臣吧!"

柴荣一脸厌恶道:"汝等张口闭口,要做一个佛祖的使者,人天的导师,救度一切苦难的众生。朕并不苦难,只是想见一见佛祖,汝都不肯为朕通融,实在可恶!韩将军,把他也给斩了吧!"

韩通道了一声"遵旨",只见刀光一闪,又是"噗"地一声,一只血箭自项而出,射向苍穹。

柴荣又朝第一排第二个僧人一指说道:"他两个都不愿为朕去请佛祖,你呢? 你愿不愿意?"

被指之僧,"扑通"一声朝地上一跪,一边磕头,一边求饶。柴荣打鼻子里"哼"了一声,双眼缓缓抬起,盯着第一排第三位僧人,那僧人未等柴荣开口,双腿一屈,跪在地上,浑身打战。

柴荣又把双眼移向了第一排第四位僧人,那僧人比前几位还要糟糕,不但跪了,还拉了一裤裆稀屎。

柴荣目光所到之处,没有不跪的。

柴荣不想让眼睛太累,掉头向白马寺长老,问道:"卿在宫中是不是这样说,'佛在心中?'"

白马寺长老的额头,早已布满了汗珠子,但他不敢擦,诚惶诚恐地回道:"老衲确实说过这话。"

柴荣道:"既然佛在卿心中,那就把卿的肚子剖开,一来好让佛出来透透气;二来朕也想聆听一下他老人家的教诲。"

白马寺长老双腿一屈,跪了下去,一连磕了九个响头,方才说道:"老衲知罪,老衲这就带领白马寺的僧尼撤离宫门。至于整顿寺院之事,陛下叫老衲怎么办,老衲便怎么办。"

柴荣微微一笑道:"卿还算明智。卿可以走了。"

"谢陛下隆恩!"白马寺长老又向柴荣拜了三拜,方才起身,将手一招,白马寺的数百名僧尼,尾随其后,撤离了宫门。

尾随白马寺长老而去的岂止是白马寺僧尼,凡认为"佛在心中"的,没有一个不走的。

还没等第二队走完,柴荣便把目光移到了第一队:"诸位沙弥,诸位沙弥尼,悟静长老已经登上了去西天的路,恐怕是一年半载回不来,汝等是在这里等他呢? 还是各回各自的寺院等候整顿呢?"

自柴荣逼走了悟静,第一队的僧尼,已经开始害怕,及至杀了海宁长老,他们的腿就开始打战,既悔又怕,正不知道如何脱身,柴荣给了他们一个台阶,异口同声道:"贫僧愿意各回各的寺院,等候整顿。"

柴荣将头点了一点:"好,很好,汝等去吧!"

第一队的僧尼如鸟兽散。柴荣强忍住没有笑出声来,啥叫"敬酒不吃吃罚酒?"这些僧尼便是!

还有一谚,"狗吃屎不是人敬!"用到这些僧尼身上也蛮合适!

柴荣胜利了。但还有一点小小的遗留。柴荣开始处理遗留了。他的双眼自第一队僧尼逃离的方向缓缓地收了回来,又缓缓地移向匍匐在地的第二队的僧尼。

"诸位沙弥,诸位沙弥尼,请抬起头来。"

众僧尼战战兢兢地将头抬了起来。

"汝等觉着朕整顿寺院有没有错?"柴荣笑微微地问道。

"没错。"

柴荣将头点了一点复又问道:"汝等觉着,一个县留下一个寺院,不,是两座,少不少?"

"不少。"

柴荣又将头点了一点,继续问道:"朕将寺院分为上中下三等,每一个寺院保留一百至三百个僧尼少不少?"

"不少。"

"好,这就好!卿等可以走了。"

又一个如鸟兽散。

五万僧尼涌到京城请愿、静坐,还有那些声援他们的百姓,少说也有五万。十万人站出来闹事,这是一股多么可怕的势力呀!何况,这股势力的背后,还有一百多万僧尼,上千万信徒,若是处理不好,势必要危及后周的江山!可柴荣,只杀了三个人,便把这事平息下去。这一仗,既打得潇洒,又打得精彩,国人对柴荣刮目相看,他们开始用仰视、敬畏的眼睛来看他们的皇帝!这个国人,也包括赵匡胤。

赵匡胤心中不停地打鼓,我假装误食毒蘑菇之事,柴荣不会看出来吧?若是让他看出来,可就糟了! ——他误食毒蘑菇之事,也不全是装的,他和窦仪、韩通共食的那一盆蘑菇汤,确实是毒蘑菇做的。他独食的那一小盆,是好蘑菇做的。故而,对于他"中毒"如此之重,窦仪和韩通深信不疑。

因为他"中毒"太重,在家里躺了三个多月还没"康复"。期间,柴荣通过整顿寺院发了一笔横财,但要拿这笔钱去打南唐,还是有些不足。

不足也得打,至于钱粮,一边打一边筹,活人还能让尿憋死!南唐拥兵五十万,大周将士就是以一当十,也得出兵五万,以五万对五十万,又不占地利,还只能胜,不能败,得选一个好元帅。符彦卿倒是最佳人选,可他因母丧丁忧在家。次之赵匡胤,可赵匡胤还没完全康复。那只有在张永德和李重进中间择一个了。柴荣经过反复权衡,乃以李重进为元帅,择日伐唐。

兵将发之时,王朴面见柴荣,劝之曰:"伐南唐之事应当暂缓。"

柴荣问其故,王朴曰:"前不久,南唐灭了楚国和闽国,士气正盛,倒不如放一放为好,这是其一;其二,有道是,'兵马未动,粮草先行'。哪有一边筹集粮草,一边兴兵的道理,请陛下三思!"

柴荣深思良久说道:"卿言之有理!"遂传旨罢兵,专务筹钱筹粮之事。有大臣向柴荣上书,让他征收助军费。甚而有人上书,要他卯吃寅粮,征收显德三年的田赋和丁赋(丁赋:即人头赋。)。柴荣坚决不干。

柴荣自有柴荣筹钱的办法。

这办法来自翰林学士陶谷的暗示。

陶谷者,何许人也?

陶谷,字秀实,颂州新平人。本姓唐,避后晋高祖石敬瑭名讳改姓陶。历仕后晋、后汉、后周三代,以文章显名。且最会揣摩人心,见风使舵。他见柴荣为筹钱之事愁眉不展,便凑了上去,一脸媚笑地说道:"陛下,臣有一疑,不知当问不当问?"

柴荣不置可否地说道:"该问不该问,卿自己看着办吧。"

陶谷道:"臣以为该问。"

"那卿就问吧。"

"陛下整顿寺院,被废除的有三万多所。这些被废除的寺院,哪一所里没有佛像?没有钟、磬、钺、铎?不管是佛像抑或是钟、磬、钺、铎,可都是精铜所制呀!"

柴荣一跃而起,一脸欢喜道:"谢谢爱卿,朕知道怎么筹钱了!请爱卿代朕拟旨一道,昭告天下。"

陶谷故作不懂道:"启奏陛下,这诏书怎么写?请陛下明示。"

柴荣报之一笑道:"怎么写爱卿应当知道,还用问朕吗?"

陶谷点头哈腰道:"臣明白了。"

不一刻儿,他便草拟诏书一道,呈给柴荣。书曰:

释氏(释氏:即释迦牟尼,古印度人,佛教创始者。)真宗,圣人妙道,助世劝善,其利甚优。前代以来,累有条贯。近年已降,颇紊规绳。近览诸州奏闻,继有缁徒(缁徒:僧尼也。缁,黑衣。古之僧尼,皆穿黑色之衣,故缁徒亦指僧尼。)犯法,盖无科禁,遂至尤违。私度僧尼,日增猥杂。创修寺院,渐至繁多。乡村之中,其弊转甚。漏纲背军之辈,苟剃削以逃刑。行奸为盗之徒,托住持而隐恶。有鉴于此,朕不得不整顿寺院,以隆教法。凡停废之寺院所存之铜佛像及铜钟铜磬铜钹铜铎等铜器,限敕到五十天内,一律毁废送官。如有隐藏者,一至三个(件),所犯人及知情人各徒二年,所有节级(节级:唐五代及宋时的低级武职人员。亦曾一度称狱吏为节级。)、四邻杖七十,告事人(告事人:即举报人。)赏钱十贯;四至五个(件),所犯人及知情人各徒三年,所有节级、四邻杖九十,告事人赏钱二十贯;五个(件)以上,所犯人处死,知情人徒四年,配役一年,告事人赏钱三十贯……

柴荣将"诏书"仔细看了一遍,道了声"甚好",当即颁行天下。众僧尼见了诏书,又气又恨又急。但他们领教了柴荣的厉害,不敢再去汴京请愿。于是,数十个寺院的长老齐集蛰龙寺,恳请昙云长老出山护法。

昙云长老长叹一声道:"不是老衲不肯东去汴京见皇上,实是我佛当有今日之劫,去也无用!"

众僧尼道:"何以见得,吾佛当有今日之劫?"

"吾教之创立,不及道教之早。传入吾国,还不到九百年,而吾教之发展,势头甚猛。目前,道教之徒,不及吾教十之一二,引起了元始天尊(元始天尊:道教最尊的天神。道教认为他处在无极上上清微的玉清圣境,为三清(玉清、上清、太清)的首席。又说他生于太元之先,故称元始。)的不满,找到玉皇大帝,非要让他的爱徒姜子牙下凡做皇帝,玉皇大帝拗不过他,便同意了。如今的皇上便是姜子牙转世。一因我有恩于皇上,二因皇上有不忍之心,才未对吾教赶尽杀绝。汝等就不必再为佛像之事枉费心机了。"

新任相国寺住持维宁,冷"哼"了一声道:"师兄,吾教面临大劫,作为吾教之一方住持,应当不遗余力地前去护法,师兄却说出此番话来,让人心寒!吾等不再求汝,吾等这就去面谒皇上,就是拼上一死,也不能让皇上毁佛!"说毕,甩袖而去。

昙云长老追到大门外劝道:"请师弟听愚兄一言,就是拼上一死,皇上也未必不再毁佛,还是不去为好,阿弥陀佛!"

维宁盯了昙云长老许久,猛地转身,昂首而去。

柴荣正在大殿上与大臣们议事，闻听维宁求见，一脸的不快，冷声说道："让他进来。"

维宁上得殿来，行过三叩九拜之礼，便直言相询道："陛下，老衲听说，陛下要收缴前次所废之寺院的铜佛像以及铜钟铜磬铜钹铜铎等铜器，可有此事？"

柴荣道："确有此事！"

维宁道："老衲斗胆进谏陛下，陛下前次整顿寺院，被废除的寺院达三万两千多所，已经做得有些过分，如今，又要毁佛之铜像和佛之铜器铸钱，就不怕佛祖怪罪陛下吗？"

柴荣哈哈大笑道："朕不怕！朕有什么好怕呢？贵教不是常讲要施利于众生吗？为了众生，连命都愿意舍。而今，为了统一中国，为了拯救南唐之众生，朕只是收缴了一些闲置的铜像和铜器，佛祖不但不会怪罪朕，还会为朕记上一大功呢！爱卿如果以为朕说的不对，朕可以给卿车马，给卿路费，把佛祖请到汴京。佛祖若是也说朕做得不对，朕给他叩头谢罪，收缴废除寺院之铜像及铜器之事，永不再言！"

可恶！竟又故伎重演，把对付海宁长老的那一招又用到老衲身上！这话，维宁只是在肚中骂，柴荣虽说听不见，但柴荣能猜到。可他并没生气，笑嘻嘻地问道："维宁长老，汝为朕去请佛祖，朕不能太小气，给汝十辆马车、一千两银子，不少吧？"

猫戏老鼠，维宁只是听说，但万万没有想到，自己今日竟然成了柴荣手中的老鼠，他又气又恨。

大臣们为了讨好柴荣，或以嘻嘻的笑声，或以鄙夷的目光围攻维宁。

维宁是中原四大长老之一，何时受过这等侮辱，沉声说道："陛下，吾教一心向善，普度众生，功德无量，而今却遭灭顶之劫！老衲身为一方之住持，不能护寺正法，生而何益！"说毕，以掌猛击头顶，颓然倒地。众大臣无不失色。

柴荣没有料到他以身殉佛，先是吃惊，继之愤怒，铁青着脸说道："秃驴竟以死来要挟朕，实在可恶，将他拖到闹市，曝尸三日！"

二侍卫应声而出，一人架住维宁一条胳膊，拖下大殿，朝闹市走去。途中与昙云长老相遇。

昙云长老双手合十："阿弥陀佛！请问，施主要将维宁长老拖往何处？"

"拖往闹市曝尸。"二侍卫认识昙云长老，也知道他曾有恩于皇上，很客气地回道。

"阿弥陀佛，老衲这就进宫为维宁长老求情，请施主暂缓执行。"

二侍卫交换了一下眼色回道："敬从长老之教！"

柴荣闻听昙云长老来了，忙道了一声"请"。昙云长老进了大殿，也不知道给柴荣讲了些什么,柴荣收回圣旨,不仅不再曝维宁之尸,且以住持之礼葬之。

连维宁长老都被皇上逼死了,谁还敢出头反对,收缴所废寺院之铜像及铜器之事,进展得很顺利,柴荣又发了一笔横财。

有了这两笔横财,柴荣有了底气,生出了御驾亲征南唐的念头,并下诏书一道:

李逆(李逆:即南唐主李昪、李璟父子。)父子,天生奸邪,盗据一方,僭称帝号,晋汉之代,寰海未宁,而乃招纳叛亡,朋助凶逆。昔日,李守贞叛之河中,李逆助兵助饷,与我大周为敌;我军征蜀,李逆出兵三万助蜀;半年前李逆竟然灭楚灭闽,致使生灵涂炭。后又勾引契丹,屡为边患。南唐不灭,我大周永无宁日;南唐不灭,淮南之百姓永无宁日!

诏下,以王朴任东京留守,管理朝政,张永德副之;以韩通为京城内外都巡检(都巡检:巡检之官名始于后周,主要置于沿边或关隘要地,以武官任之,属州县指挥。金、元时则多限于一县之境。全于诸都、州置都巡检使,掌州内盗贼缉捕之事。其次者为都巡检;再次者为巡检,位正九品,多置于一县险要之境。),负责京师治安;命符彦卿驻军天雄以备契丹,调郭从义任侍卫亲军马军司都虞侯,代行马军司都指挥使之责。柴荣则自任元帅;李重进、赵匡胤为正副先锋;范质、窦仪督运粮草。点阅大兵十万,浩浩荡荡杀向南唐,从征之大将数十人:王彦超、武行德、张令铎、高怀德、慕容延钊、韩令坤、赵弘殷、李继勋、石守信、韩重赟、王全斌、党进、李汉超、刘庆义、刘守忠、王政忠等。此外,赵普则以军事判官(判官:隋始置。唐五代沿之。凡节度使、观察使、防御使署,都置有判官,佐理政事。)之职,得以随军。

大军到了正阳,与南唐大将刘彦贞相遇,只一战,打得他落花流水,项上的一颗大好头颅,也被周之先锋李重进取去。

滁州刺史王绍颜闻听刘彦贞败北,自知不是周军对手,弃城而去。

柴荣命张令铎镇守正阳,武行德镇守滁州,稍作休息,从正阳渡过淮水,杀向寿州。

寿州面对淮河,往西是上游的阜阳,往东是下游的蚌埠,它的后面就是战略重镇合肥,再往后就是南唐赖以生存的长江。所以它才是南唐真正意义上的第一道防线。而这道防线的守将又是南唐名将刘仁赡。

柴荣不知道刘仁赡的厉害,将寿州城围了一个多月,并发起了十几次强攻,寿州城岿然不动,而后周军却遗下了一千多具尸体。

柴荣正在为寿州之事发愁,忽有谍人来报,滁州被南唐大将皇甫晖夺去,武行德下落不明。

柴荣眉头微微皱了一皱问道:"诸位爱卿,谁愿为朕收复滁州?"

李重进、赵匡胤、王彦超、高怀德高声应道:"臣愿去!"

柴荣面露喜色道:"先锋已经立了头功,这第二功就让给副先锋吧!至于你,还有你……"

他指了指王彦超和高怀德说道:"这仗刚刚开始,以后有你们立功的机会,你们就不要争了。"

赵匡胤领了圣命,率健卒五千,副将三个——王全斌、慕容延钊和李继勋,直扑滁州。皇甫晖闻报,忙遣唐将何延锡率兵两万前去拦截,一场鏖战,何延锡的人头又被赵匡胤取去,唐兵被俘者二千余人,生还者十不及六。赵匡胤夜审俘虏,得知驻守滁州城的唐兵竟有十二万之多,心中"咯噔"一下。

这一"咯噔",几位副将各献"良策",以慕容延钊为一方,主张乘胜进军,一举收复滁州;以李继勋为一方,主张就地驻扎,遣使上奏皇上,讨得援兵,方可进攻滁州。

赵匡胤"嘿嘿"一笑道:"汝等所言,都有一定道理,但我赵匡胤不想按常规出牌。"

众将异口同声道:"先锋打算怎么出牌?"

赵匡胤一字一顿地说道:"还兵寿州!"

众将吃了一惊:"为什么?"

"我讨南唐,居客之位,南唐则为主。以客犯主,在理上就已经输了半棋。何况,我军不足五千人,就是我大周之兵一齐来援,也不过十万人。而据守滁州之南唐兵为十二万,何以取胜?倒不如撤回寿州,与皇上汇兵一处,集中优势兵力,攻下寿州。寿州若下,滁州不足道也!"

此为,大出诸将意料,你瞅瞅我,我瞅瞅你。良久,慕容延钊站了起来:"我先叫您一声先锋官,再叫你一声二哥,我军衔皇上之命收复滁州,如今,未至滁州,便要还兵,怕是要落一个怯敌的恶名呢!这是其一;其二,没有皇上圣谕,吾等私自还兵,皇上若是怪罪下来怎么办?"

赵匡胤道:"慕容将军,你的担心是对的,但我得为五千弟兄考虑,我不能为了怕人说我怯敌,便拿着五千弟兄的性命去搏,去以卵击石!"

慕容延钊欲要再辩,赵匡胤抬起右手,又朝下猛地一压,用不容置疑的口气说道:"就这么定了,再有异言者,以扰乱军心罪论处!"

五千大军,在赵匡胤的指挥下,无精打采地走在返回寿州的路上。

走了两舍之地,赵匡胤不走了,还令封锁消息,只许进,不许出。歇息一夜之后,命令全军,兵发清流关。慕容延钊有些不解,闯进先锋大帐,直言相询道:"赵先锋,赵二哥,你忽而撤军,忽而又进军,你这是唱的哪出戏呀?"

赵匡胤笑道:"慕容老弟,你从军多年,有一句话叫'兵不厌诈!'你不会不知道吧?"

"小弟知道。"

"你如果知道就不会有异言了!"

慕容延钊一头雾水,欲言又止。

赵匡胤吞儿一声笑道:"你呀你,我不想和你多说。我只告诉你一件事。皇甫晖夺去滁州不久,李璟又派姚风率军六万,移驻清流关。我军若是进攻滁州,姚风必然出军相救,以二击一,我军必败无疑。故而,我佯装撤军,乘他们不备,奇袭清流关,清流关既下,滁州便成了我囊中之物。"

慕容延钊恍然大悟,深作一揖道:"二哥用兵如神,小弟难及万一。这次攻打清流关,小弟将功折罪!"

清流关在滁州西南,倚山负水,势颇雄峻,更有六万唐兵把守,莫说赵匡胤的兵只有五千,就是五万,也难攻破。消息传到寿州,柴荣扼腕叹曰:"御二弟过于自信,必败矣!"

他叹息良久,将高怀德唤至帐前,嘱曰:"赵先锋欲要攻打清流关,必败无疑,朕给将军禁军两万,火速前去增援,不管是胜是负,将军能救赵先锋回来,便是大功一件!"

高怀德拜谢而去。

谁知,他还未赶到清流关,清流关已为赵匡胤所破,南唐之六万大兵,死伤大半,就连那不可一世的姚风也为周军所伤,狼狈逃到滁州。

姚风来到滁州城下,长出了一口气,正要呼叫皇甫晖放下吊桥,坦然入城,谁知,那周兵如旋风一般,追杀过来。他飞马过桥,一边喘息一边说道:"快快把吊桥拆毁!"

吊桥虽毁,并没有挡住周兵。周兵来到濠边,一声呐喊,投入水中,凫水而至。最奇怪的是统帅赵匡胤,勒马一跃,竟跳过七八丈的阔渠,绝不沾泥带水,安安稳稳地立住了。姚风见了,惊得许久合不上嘴巴,多亏小校提醒,兔子一般逃入内城,闭门据守。

赵匡胤冷笑一声道:"尔等虽众,已成瓮中之鳖。"当即号令全军,架设云梯,昼夜攻城。

攻了不到一日,高怀德率军两万赶到,士气大振。

二十一　王命大于天

驴娃正在门口的茅厕里大便,赵匡胤的亲兵三毛也来大便,硬要驴娃给他腾位,驴娃没有答应,被诬为"盗贼"。

李璟再一次发怒了:"奶奶的,你柴荣欺人太甚!有道是'兔子急了还咬人'。我贵为一国之君,难道连兔子都不如!"

皇甫晖见周军攻城甚急,心中发怯,登上城楼,高声叫道:"谁是周军主帅?吾要面见周帅!"

不到喝一盏茶的时间,赵匡胤来到城下,仰首说道:"皇甫将军,吾便是大周军副先锋赵匡胤,有什么话,讲吧!"

皇甫晖朝赵匡胤拱手说道:"赵将军,我与你并无深仇大恨,只不过各为其主,方才兵戈相向。你已经夺了我的清流关,还要追到此地,未免欺人太甚。大丈夫明战明胜,休要这般促狭。现在我与你约,请暂且停止攻城,容我成列出战,与你决一胜负,若我败衄(衄:鼻衄,鼻子流血。),愿把此城奉献。"

赵匡胤哈哈大笑道:"你无非是个缓兵之计,我也不怕你使刁。限你半日,整军出来,我与你厮杀一场,赌个你死我活,教你死而无怨。"

皇甫晖道:"大丈夫一言既出,驷马难追,请将军后退三里,在下好整军出城,一赌胜负!"

赵匡胤朗声说道:"好!"遂停止攻城,后退三里,列阵而待。

约有一盏茶工夫,内城门轰然而开,涌出一群唐兵。

南唐的军队开始从城门里鱼贯而出了,赵匡胤按兵不动,不少将领劝他突袭南唐兵,他连连摇头。

后周军开始议论了:"我们的先锋,难道要学宋襄公!"

赵匡胤置之不理。

真正想学宋襄公的是皇甫晖,因为他格信宋襄公的信条:"彼渡河未半不可击之"、"不列阵不可击之!"

可赵匡胤不是宋襄公,他也不想学宋襄公。他是在等机会,也是在等人。那个人一旦出现:"太祖拥马项直入,手刃晖中脑,并姚风禽(擒)之。"这里的太祖,便是赵匡胤。晖呢?自然就是皇甫晖了!只有一点,在下有些不解,赵匡胤明明是使棒的,这次怎么使起刀来?但不管怎样,翻遍所有史书,皇甫晖都是死在赵匡胤手中!

唐兵见二帅一死一俘,而且是片刻之间,吓得屁滚尿流,活像惊兔一般,一个比一个跑得快!引得赵匡胤哈哈大笑。

他突然不笑了,表情十分严肃地下了一道命令:南唐兵可以追,也可以抓,但不可以杀!

稍停,又下了一道命令,南唐兵可以抓,但只能抓都头以上的将校!

赵匡胤下过这两道命令,带着他的亲兵,缓辔入城,先是出榜安民,继之又将所俘之南唐将校,由李继勋押解,向柴荣报捷。

柴荣受俘后,命窦仪前往滁州城接管财物。

赵匡胤见天使来到,忙将所缴之物一一登记造册,交给窦仪。俄而,又有所悔:"想我赵匡胤,马不停蹄,赶往滁州,以五千兵对敌十八万,三战三捷,此乃从征将士之功,理应犒赏。可我,一文未赏,若再有战,谁还愿意为我卖命!"越想越是后悔,夜见窦仪,欲取库中金帛赏军,窦仪婉言相拒:"公既克滁,滁中之物,公尽行取去,也无不可。今已登记造册,成为官物,没有皇帝诏书,下官不可私自支付,请公勿怪!"

良久,赵匡胤说道:"郎中之言是也,末将错矣!"这话虽然说得有些勉强,但窦仪之大名,已经刻在心中。

过了一日,赵匡胤命王全斌负责清乡,捕得"强盗"一百七十三人,依法应当斩首。将要行刑时,赵普面谒赵匡胤,问之曰:"这些强盗,明公可亲自审否?"

赵匡胤道:"未审。"

赵普道:"既然未审,仅凭王将军一言,便将他们定为强盗。况且,王将军亦未审过一人,这可是一百多条人命呀!这一百多人的背后,包括他们的亲属、朋友,少说也有几千人。请明公慎之!"

赵匡胤笑回道:"书生所见,未免太迂,须知此地人民,本为俘虏,我将他一律赦罪,已是法外施仁,今反作盗贼,若不杀之,如何儆众?"

赵普道:"南唐虽系敌国,但百姓何辜?况明公素负大志,极思统一中原,奈何吴、越(吴、越:指春秋时期的吴国和越国。)相视,自分畛域?王道不外行仁,还乞明公三思!"

赵匡胤略思片刻说道:"你说的很有道理,但滁州之克,不到一月,有许多事情,需要我亲自处理,忙得晕头转向,实在顾不上审讯这些强盗。你若不怕劳苦,就请你代为审讯吧。"

赵普受命之后,整整审了两天两夜,方将这一百七十三个"强盗"审了一遍,还报赵匡胤:"明公,在一百七十三个'强盗'之中,真正为盗的只有三个,属于小偷小摸的十六人,余之皆为无辜。在这些无辜之中,有四十七人,乃是得罪了明公的将士,才被诬为强盗。"

赵匡胤有些不信,亲去州衙,提审那些因得罪周军而为"强盗"的。他审了九个,便不审了。

说来既可笑,又可气。这九人之为"盗",全是后周将士捏造,内中有五个,乃是不让后周军的将士睡他老婆,抑或是他的儿媳、闺女而为"盗"的;内中有三个,没有拱手交出后周将士所喜欢的金帛,抑或是爱物,而为"盗"的;还有一个叫驴娃的,更是可笑,他正在家门口的茅厕里大便,赵匡胤的亲兵三毛也来大便,硬逼驴娃给他腾位,驴娃没有答应,引来了五十多人围观,于是驴娃便成了"盗贼"。

赵匡胤越审越气,把正在吃饭的三毛传来和这一个不肯让茅坑的"盗贼"对质。初时,三毛拒不承认,等到五十多人上堂作证,他才默认。

赵匡胤将惊堂木"啪"地一拍吼道:"把他拉出去砍了!"

三毛这才慌了,"扑通"朝地上一跪,一边告饶,一边磕头,把额头都磕出了血。

在场的十几个亲兵,一齐跪下为三毛求情,赵匡胤硬是不准,皱着眉头儿说道:"三毛之为实在可恶,就因为人家不肯让茅坑,便要诬人家为盗,要人家的命。滁州新下,我正千方百计地笼络人心、安抚百姓,却出了三毛这档事情,若不重处,何以向滁州人交待?什么时候才能把滁州稳定下来?汝等硬要为他求情,那便是要陷我于不义了!"

众亲兵面面相觑,若是继续为三毛求情,他们不敢。若是不再为三毛求情,三毛便死定了。要知道,三毛虽说性子暴躁,但他是一个老兵,武艺高强,打仗勇敢,又乐于助人,在这十几个亲兵中,受过他恩惠的,就有六人,他们实在不愿意要三毛死!

"诸位弟兄!"三毛扭过身子,朝众亲兵拜了三拜,说道:"感谢诸位弟兄为我三毛求情,先锋爷说得对,我所做之事实在让人气愤。先锋爷拿我开刀,一可杀一儆百,二可稳定滁州人心,我三毛死得值!"说毕,又是三拜,众亲兵还拜。

三毛又将身子转了回来,面向赵匡胤,拜了三拜,抬头说道:"先锋爷,我三毛不争气,惹您生气了! 二十年后,我三毛还做您的亲兵! 我走了,请您多保重!"说毕,又向赵匡胤拜了三拜,方才站了起来。

赵匡胤的眼中蓄满了泪水,深情地叫了一声:"三毛、三毛,我的好兄弟! 你别急着走,咱弟俩对饮三碗美酒,再上路不迟。"

杀了三毛,赵匡胤又传令一道,将王全斌所捕之人,除了三个真盗该杀之外,全部释放。

第二天,那些被释放的人,邀集了上千人,敲锣打鼓,来给赵匡胤送万民伞(万民伞:绅民为颂扬地方官的德政而赠送的伞。伞上缀有许多小绸条,上写赠送人之名。送万民伞的意思是说这个官像伞一样遮蔽着一方的老百姓,送的伞越多,表示这个官越有面子。)。自此,滁州的社会秩序大为好转,当地百姓袭击大周官兵的事情再也没有发生。赵匡胤叹道:"古贤人有言,'天下可以马上得之,不可以马上治之。'我还有些不大相信,今始信矣!"自此,分外器重赵普,凡有疑义,必与之相商。

这一日,二人就减少田赋之事商议到子时三刻,赵匡胤刚刚睡下,军吏来报,说是他的老爹到了。

赵匡胤不大相信,父子二人虽说一同随柴荣征讨南唐,但各有所差,几个月没有见面了。他仅仅知道,一个月前,父亲受皇上所遣,与韩令坤一道,率兵两万,前去攻打扬州;也知道扬州已为父亲和韩令坤所克。

扬州位于江北要塞,号称南唐的东都,战略地位十分重要,刚刚为父亲所据,有多少事情要做,父亲哪有闲工夫来看自己? 然军吏言之确确,赵匡胤不得不随军吏来到东城门,登上城头,一辨真假。

果真是老爹到了。赵匡胤又惊又喜:"爹,您咋会来到了这里?"

赵弘殷已在城下站了将近半个时辰。

是时,虽说春已将至,但寒冬未尽,风刮在脸上、身上,依然很冷。赵弘殷双手抱膀,在冷风中站了将近半个时辰,儿子才出面,心中不免有气,哆嗦着嘴唇,语带讥讽道:"看你哩!"

其实,这怪不得赵匡胤,半夜三更,你来叫城门,城门吏能不对你进行盘问? 你说你是赵匡胤爹,城门吏就信了? 当然不信,又不敢贸然去报赵匡胤,找几个你认识的军吏来一辨真假,这有什么错? 且是,一旦确认你是赵匡胤的爹,便立马去报告赵匡胤。而赵匡胤又不会飞……这么多工作,不到半个时辰便做完了,你应该表扬城门吏和你的儿子,你恼什么恼?

赵匡胤见爹爹生气了,忙道了一声:"这……"欲要解释。

赵弘殷皱着眉头儿说道:"这什么这,你还不快快打开城门,接爹进城!"

赵匡胤面现犹豫之色。

不只犹豫,还伴有痛苦。

赵弘殷一脸诧异道:"儿啊,你这是怎么了?"

赵匡胤没有急于回爹的话,"咚咚"向爹磕了三个响头方才说道:"爹爹,香孩儿虽说不孝,但香孩儿知道服从王命。如今,我大周正与南唐交战,为了防止奸细混入,朝廷再一次重申了'夜禁'之命,父子虽是至亲,但城门关禁乃是王家之事,王家之事大于天,故而,孩儿不能因父亲之命,而违背王命!香孩儿不孝,香孩儿向爹请罪!"说毕,又磕了三个响头。

城上城下的人都愣住了,谁也不会想到会是这样一个结局!

谁也不会想到,军界六臣头之一,又是一城之主,又是远离朝廷,又是有名的一个大孝子,会因为"夜禁"把自己的亲爹拒之城外,而这个爹又非一般的爹,是一个军界元老,是一个将军级的人物!

赵弘殷也愣住了。

但他只愣了片刻,立马自责起来。他是一个老将军,他知道军人的天职是什么,他不只理解了儿子,原谅了儿子,还深深地感到不安:"我怎能这样,为了见到儿子,竟把'夜禁'的古制抛诸脑后!儿子如果也像自己这么糊涂,打开了城门,这事要是让皇上知道了,可比害眼厉害得多!"

他含泪说道:"胤儿,你做得对,你回去吧!等五更三点的钟声敲过,你再来接老爹进城。"

赵匡胤哽咽着说道:"孩儿不走。孩儿让人去拿两条稿荐(稿荐:用麦秆织成的床垫。)、两条厚棉被,咱父子二人,一人睡在城下,一人睡在城上。"

赵弘殷点头说道:"如此也好。"

不一刻儿,稿荐和被子全拿来了。赵匡胤亲手把稿荐和被子吊下城,赵弘殷接了稿荐,铺好后,拥被而坐,赵匡胤也来一个拥被而坐。父子二人,一个城上,一个城下,诉说着离别之情……直到解除"夜禁"的钟声敲响,赵匡胤才冲出城门,跪迎老爹进城。

赵弘殷打了一辈子仗,身上布满了箭疤、刀疤和枪疤,又上了年纪,攻打扬州的时候，又与驻守扬州的南唐大将马希崇大战了一百多个回合，仗虽然胜了，但累得吐血，昏睡了一天一夜，经韩令坤反复劝说，这才同意回汴京治病。但要回汴京治病得经皇上同意，他这是去寿州向皇上告假的，途经滁州境，闻听滁州为儿子所克，便顺道来看一看儿子，这才到了滁州城下。谁知，儿子硬是不给他开门，不得不在城下露宿了一夜，刚一进城便旧病复发。赵匡胤日夜侍奉在侧，为他延医诊治，为他端茶送水、端屎端尿、更衣换褥，一晃十几天过去了，病情仍不见好转。

就在这时，柴荣突然来了命令，要赵匡胤带上高怀德、李继勋及二千人马，迅速赶往扬州西北的六合镇，一是阻止从扬州溃退的周军，保住扬州；二是选择战机，攻打唐军，遏止唐军进攻的势头。至于滁州，可让王全斌留守。

双方不正在谈判吗？且是，在谈判一事上，南唐又十分主动，怎么又打起来了？而且，从柴荣的命令来看，似乎后周有些不抵南唐了！

李璟之所以要找柴荣谈判？还是因赵匡胤而起。

赵匡胤不但出人意料地占领了滁州，而且出人意料地把它稳定住了。这两个出人意料，把整个江北战争的格局全给打乱，寿州成为一座孤城、死城。这时候不管你刘仁赡有多大本领，有多少坚守寿州城的决心，其他人动摇了，害怕了，甚而绝望了。

别人害怕，甚而绝望都不可怕，可怕的是连南唐的国王李璟也绝望了。于是，他做了一件非常及时，而且绝对明智的事情，遣使去和柴荣谈判。而且，遣去的两个使者的身份也颇高，也颇有名气，一个叫钟谟，一个叫李德明，都是南唐的翰林学士。

李璟遣使来见柴荣，也可以说是谈判，也可以说是求和，甚而还可以说是投降。

你看，南唐二使来见柴荣，都带了一些什么东西？金器一千两、银器五千两、缯锦两千匹、牛九百头、酒两千斛，这是犒军的。此外，还为柴荣赶制了皇帝的御服，献上了珍贵的药材。此外的此外，还要奉表称臣，同是一个国家，我向你后周称臣。也就是说，本来是弟兄两个，内中一个突然改口问另外一个叫爹，连爹都叫了，你还不允许我求和吗？

可柴荣愣是不允许。

他没有李璟明智！

他没有李璟明智的原因，是他过高地估计了自己！对于钟谟、李德明的到来，柴荣一身戎装，"盛陈甲兵而见之。"钟谟、李德明入帐后，不容开口，柴荣劈头便是一顿呵斥："尔主自谓唐室苗裔（唐室苗裔：大唐皇室的后裔。），比他国应当更知礼义。尔主与朕只隔一水，未尝遣一介修好，惟泛海通契丹，舍华事夷，礼义安在？且汝等欲说令我罢兵耶，朕非六国愚主，岂汝等口舌所能移耶！汝等可归语汝主，亟来见朕，再拜谢过，则无事矣。不然,朕欲观金陵城(金陵城:南唐的国都。),借府库以犒军,汝君臣得无悔乎!"

钟谟、李德明虽然口才不错,但未及施展,便被柴荣震住了,吓得面无人色,灰溜溜地返回南唐。

李璟被后周军吓坏了,铁了心要求和,一次不成,再来一次。

二次所遣之使,是泗州牙将王知朗。王知朗怀揣李璟写给柴荣的书,来到柴荣帐外。

柴荣虽说接了李璟之书,但拒而不见王知朗。

柴荣不见,自然有他不见的理由,你李璟上一次遣使求和,向我奉表称臣,我都没有答应,你这一次给我的书中竟然自称唐皇帝,我见你的使者作甚!

李璟二次求和不成,不得不求助于契丹、北汉和后蜀。于是,修书三封,封之于蜡丸,遣使携蜡丸前往契丹、后蜀和北汉。是时,寿州除了寿州城外,全为周军所据,出海口之水路已经不通,去契丹的使者只好走陆路,行至深州,被符彦卿抓获,由张琼押送柴荣大营。

照理,押解一个南唐的使者,根本不用张琼出马,但有关契丹的一些事情,需要面奏柴荣,故而,才有了张琼的寿州之行。

契丹,没有音信;北汉,按兵不动;后蜀,自顾不暇。唯一可以依靠的就是南唐自己。如果寿州城被攻克,南唐的北部屏障就会被撕开一个巨大的口子,周师过淮河、长江,都不过是时间问题了!

李璟不敢再恼下去。

不仅不敢再恼下去,还得向后周低头、再低头!

这一次去见柴荣的两个使者,无论是地位,抑或是声望,比前两次都高,而且高得多。

宰相孙晟为正使,礼部尚书王崇质为副使,手捧南唐向后周称臣的奉表上路了。表称:

自从唐朝天祐(天祐:唐哀帝年号,时间为904—907年。)以来,海内分崩,或跨据一方,或改朝换代。臣继承祖先事业,奄有江表之地。但当时看那群乌鸦落足未定,臣欲归附凤凰哪里去找?而今不同,天命已有所归,大周声教泽被远近。我唐愿比两浙吴越、湖南武平,仰奉正朔,谨守疆土。恳求周师收敛征伐之威,赦我后服之罪,从我这个下国开始,做大周的外臣,如此,安抚边远的德政,谁还会不服呢!

这求和的表章,已经够卑微了,柴荣应该答应。

且是,李璟遣孙晟来见柴荣的同时,还奉上黄金千两、白银十万两、罗绮两千匹。

且是,孙晟还答应去掉帝号,割寿、濠、泗、楚、光、海六州之地,每年输送金帛百万给后周,以此条件,请求罢兵。

可柴荣仍然不答应,他如果答应了如何实现王朴《平边策》的第一步战略目标——尽有江淮之地!

孙晟知求和无望,便遣王崇质回国,将柴荣欲要尽得江淮之地的想法面奏李璟。

李璟再一次发怒:"奶奶的,你柴荣欺人太甚! 有道是,'兔子急了还会咬人',我贵为一国之君,难道连兔子都不如!"

于是,他把孙晟的死活丢在一边,挑选六万精兵,拜他的弟弟齐王李景达为诸道兵马大元帅,授陈觉为监军,起用前武安节度使边镐为应援使,杀奔江北,直逼扬州,要与周军来一个鱼死网破。

李景达的武功、战绩,都在刘仁赡之下,但因他是现任皇帝的弟弟,排在了三大战将的榜首。韩令坤自知不敌,遣使向柴荣求援。

柴荣正要遣兵援助韩令坤,南唐的二号战将(实为一号)林仁肇率兵三万,从常州杀来。且一连三战,杀得周军人仰马翻。

当然,杀败周军的不只林仁肇,还有刘仁赡,刘仁赡被周军围困了几个月,憋了一肚子气,闻听林仁肇到了,忙率部出城,夹击周军。

柴荣自顾不暇,见了韩令坤的求救表章,忙遣使滁州。

赵匡胤接到圣旨,进退两难,若是不去救援扬州,君命难违;若去呢? 父亲病成这样,怎能一走了之? 何况,父亲之病,又是因他而得!

赵普站了出来,一脸平静地说道:"君命不可违,请明公即日前行。至于尊翁,普愿代尽子职。"

赵匡胤道:"为父尽孝之事,何敢烦君?"

赵普道:"公姓赵,普亦姓赵,彼此本属同宗。若不以名位为嫌,公父即普父,一切视寒问暖,及进奉药饵等事,统由普一人负责,请公尽管放心!"

赵匡胤拜谢道:"既蒙顾全宗谊,此后当视同手足,誓不相负!"

赵普慌忙答礼道:"普何人斯? 敢当重礼。"

赵匡胤再一次拜谢了赵普,自选精兵二千,即日东行。

军至六合,闻韩令坤弃扬州城而西走,赵匡胤大愤道:"扬州是江北重镇,若复被南唐夺回,大事去矣!"

说毕,派兵一支,由高怀德带领,拦截扬州溃军,戒之曰:"凡扬州周兵,哪里来,哪里去,如不听劝,断其足!"

遣走了高怀德,又给韩令坤致书一封。书曰:"总角故交,素知弟勇,今闻怯退,殊出意外。弟如离扬州一步,上无以报主,下无以对友,昔日英名,而今安在? 况且,弃城而逃,军法不容。再之,愚兄已到六合,有什么事,兄可以帮你。请弟三思!"

韩令坤读了赵匡胤之书,满面汗颜,当即率部,重返扬州城。

李景达只知韩令坤弃城而走,并不知韩令坤又折了回来,分兵一万,给了一个叫陆孟俊的大将去扬州安抚百姓,自己则带着大军杀奔寿州。

韩令坤闻听陆孟俊率兵来到,立马召集众将士,开了一个誓师大会。他在会上,先是自责弃城而走之事,说自己太晕,差一点成了一个不忠不孝、不仁不义之人;差一点从天堂走向地狱。继而慷慨激昂地说道:"我正愁无颜面见皇上,面见同仁,上天给了我一个机会,陆孟俊竟然带了一万人马来到扬州城下,我欲借陆孟俊的人头,来洗刷自己的怯懦之名,我还想借陆孟俊的人头立功赎罪,我更想借陆孟俊的人头给弟兄们争一些富贵,希望弟兄们支持我! 拼命杀敌,杀得越多越好! 弟兄们说行不行?"

众将士轰然应道:"行!"

韩令坤这一番讲话,发自肺腑,算得上是知耻而后勇。同时,也激发了众将士的斗志。他看在眼里,喜在心中,一连向众将士作了三揖,将右手猛地一挥,高声说道:"出发!"遂大开城门,一马当先冲了出去。

城外,陆孟俊未及列阵,突见周兵像疯了一样杀了过来,大吃一惊。大声喊道:"弟兄们,快快迎击周军!"

话刚落音,韩令坤已经冲到跟前,陆孟俊忙绰枪去迎,勉强战了六个回合,环顾南唐其他将士,不是做了周军的刀下之鬼,便是落荒而逃。他暗道了一声"完了"。虚晃一枪,拨马而逃。

韩令坤冷哼一声,拍马直追。但追了将近五里之地,还没追上。

韩令坤不追了,从箭囊中取出雕翎箭,搭在弓上,"嗖"的一箭,将陆孟俊射落马下。周军见了,飞奔而至,将陆孟俊摁倒在地,用绳索捆了个结结实实。

韩令坤见敌之主将被擒,敌军大队已溃逃渐远,鸣锣收兵。韩令坤得胜回城,命人将陆孟俊关进囚车,正拟派员押解寿州,交柴荣处置。忽从帐后闪出一个妇人,哭着对韩令坤说道:"请将军为妾做主,将贼千刀万剐,为妾报仇。"

此妇,乃韩令坤新纳之妾杨氏。韩令坤见她如此说,便轻声问道:"你与陆孟俊有何深仇大恨,竟要将他千刀万剐?"

杨氏哭诉道:"妾乃潭州人氏,三年前陆孟俊攻入潭州,杀妾家二百三十六口,惟妾身一人为唐将马希崇所匿,方得免死。今仇人当前,如何不报?"

原来,杨氏颇有姿色,妩媚动人,马希崇贪其美色,从刀口将她救下,纳为小妾。走到哪里,带到哪里。一年后,马希崇移驻扬州,又将她带到扬州。前不久,扬州为韩令坤所破,马希崇急于逃命,抛下了如花似玉的杨氏,杨氏又为韩令坤所得,一夜云雨,快意非常,便将这朵残花收为小妾,宠爱有加。听了杨氏之言,即转身面向陆孟俊。

苦主就在眼前,陆孟俊自知无法儿抵赖,便承认杨氏所言,俱是事实,并请求速死。

按照惯例,两军交战,不杀战俘,但陆孟俊所为,太可恶了!况且,他的苦主,又是韩令坤所爱之人,韩令坤不只要杀他,还要剐他。当即令军士摆设香案,上供杨氏父母牌位,点燃线香一把,插入香炉之内,命杨氏先行拜告。拜毕,令军士打开囚车,提出陆孟俊,剥去衣裳。再令军士提来几桶冷水,将他全身上下,洗得干干净净,推到案前。

陆孟俊虽说凶残,却不失为一硬汉,明知韩令俊要剐他,并不害怕,冷目视之。

韩令坤趋步上前,一只手抓住陆孟俊头发,一只手拔出腰刀,朝陆孟俊的胸膛划去,并取出他的心肝五脏,放在案上,祭奠杨氏父母。尔后,亲自操刀,细割陆孟俊之肉,不多不少,割了二百三十六刀,割得只剩下一个骨头架子,韩令坤这才住手,命军士将这俱骨头抛到荒郊野外,喂饲野猪野狗去了。

陆孟俊被剐的消息传到李景达耳中之时,他正在去寿州的路上,忙召集众将商议。若按李景达的意思,拨马而还,夺回扬州,为陆孟俊报仇。但大多数人不同意,他们认为,扬州城高墙厚,而韩令坤又太厉害,不如去攻打六合。六合若下,扬州城便成了囊中之物。

不能取扬州,焉能取六合?可叹南唐这些人,全是呆鸟。他们哪里知道,在六合城里,还有一个比韩令坤更厉害的人物在等着他们。

李景达竟然听信了这些呆鸟之言,率大军掉头东向,浩浩荡荡地杀向六合。

杀向六合之举,本身就是一着臭棋。

真正的好棋,扬州既然丢了,就让它丢了吧!不能因为丢了扬州,就改变了你李景达的计划。你李景达的计划是进军寿州,是与林仁肇和刘仁赡联手,痛击柴荣。你这五万生力军如果出其不意地出现在寿州,那柴荣就死定了。柴荣如果死了,扬州不战而得!

李景达呀李景达,放着这么一着好棋你不走,你偏要走臭棋。

但如果按照你李景达的意见,杀向扬州,这一步棋虽说臭了点,但还没有达到臭不可闻的地步,这一步转攻六合之棋,可是臭极了,而且还是臭不可闻!

李景达的这一步棋虽说臭不可闻,也把周军吓得够呛。

要知道,从兵力上讲,周军才是唐军的二十五分之一! 以一对二十五,胜利的希望几乎是零,若是驻守六合城的周军统帅不是赵匡胤,早就弃城而去。

即是弃城而去,柴荣也不会怪罪的,至少说,他还为后周保存下来二千名将士。

可这支周军的统帅偏偏就是赵匡胤!

二十二　刀斫皮笠

三个厢主将那二十八个待斩之人的皮笠又仔细地检查了一遍,仍是一无所获。

众将士知道赵匡胤的厉害,他们的脑海中早已印上了那二十八颗血淋淋的人头。

曹彬私给赵匡胤"御酒"之事,不知怎的让柴荣知道了,将曹彬召到跟前,厉声问道:"你知罪么?"

放眼天下,单打独斗,赵匡胤已经罕有对手了!

且是,赵匡胤自从军以来,从没打过一次败仗。这一次如果弃城而去,抑或是为李景达所败,岂不是他一生的耻辱!

有辱声誉之事,赵匡胤不会干。

面对二十五倍之敌,面对生死考验,赵匡胤下达了一连串让人瞠目结舌的命令。

首先令军士将营帐后撤,移到靠近山脚的一片树林内外,并命军士于营帐之外,席地饮酒,且是赤手空拳,敞胸露怀。

二是,让军士在营内营外、要道路口,竖立周军大旗,每面旗上则印一斗大的"赵"字。

李景达将至六合,谍人来报,周军移至山脚,遍扎营寨,不少士兵在帐外饮酒作乐,很是悠闲自在。

李景达忙问:"周军有多少人马?"

谍人摇首道:"不清楚。"

李景达又问:"主将何人?"

谍人回曰:"赵匡胤。"

李景达倒抽一口凉气:"这可是一个厉害角色。"忙命唐兵就此止步,安营扎寨,掘堑设栅。

因李景达不知周兵虚实,扎寨之后,固守不出,赵匡胤故意气他,拿出来一套花里胡哨的行头来装饰他的坐骑。他本人则穿一副锃亮锃亮的铠甲,头上戴一束缀有大红缨子的雁翅大帽,手持蟠龙大棍,来到唐军大营之前,走来走去。高怀德怕他出意外,忙劝阻道:"二哥,你这样做,太张扬了,南唐人若是认出你来,给你一箭,抑或是奔着你来,那麻烦可就大了。"

赵匡胤不屑一顾地说道:"愚兄此为,就是要给南唐人一个机会,让他们从此知道我是谁!"

正因为赵匡胤太张扬,将南唐兵迷惑住了。堂堂五万精兵,守在壕中不出来。

正因为他太张扬,李景达恼羞成怒,命令上百名弓箭手,对着他放箭。连赵匡胤自己也觉着,他这一次必死无疑。关键时刻,一条黑汉,伏在了他的身上,替他挨了两箭,当即昏厥过去。

这个黑汉叫张琼,虽说没有和赵匡胤喝鸡血酒,但他们的感情比喝了鸡血酒还铁。

一月前,张琼奉符彦卿之命,押解南唐遣往契丹的使者来到柴荣大营。公事完毕,自滁州寻到六合,看望他的二哥。当赵匡胤要去李景达壕前张扬的时候,他毫不犹豫地跟了上去。

赵匡胤死里逃生,一边命人将张琼抬回营中诊治,一边继续张扬。

赵匡胤一连张扬了四天,李景达坐不住了。他本来是要奇袭六合的,如今竟让六合的守将赵匡胤在他壕前晃来晃去,再不有所行动,怕要被将士和国人耻笑呢!

但他不知周军虚实,不敢贸然发动全面进攻。于是,便从五万南唐精兵之中,又挑出五千精兵的精兵,亲自带领,向周军来一次试探性的进攻。

谁知,这一试,试出一群疯子来。

赵匡胤的铠甲,比四天前还要锃亮,坐骑也装饰得比四天前更加花哨。他一见唐兵出壕,手持蟠龙大棍,飞马杀了过去。

唐军中有认识赵匡胤的,失声叫道:"赵匡胤,赵匡胤来了!"未战已是先怯。赵匡胤的装束,已经起到了先声夺人的效果。

唐军的战斗力虽说不及周军,但毕竟人多,两下金鼓齐鸣,喧声震天。这一边是目无全房,誓扫淮南;那一边是志在保邦,争雄江右。双方自巳牌杀到未牌,不分胜负,两军都有饥色,赵匡胤鸣金收军,李景达也不相逼,退回寨中去了。

赵匡胤回到寨中,把将士们集中在检阅台下,清点人数,伤亡不过数十人,点了点头说道:"伤亡不算大!"

清点过人数之后,他又要检查众将士的皮笠。因江淮多雨,当地人出行,或戴斗笠,或戴皮笠,周军走乡随俗,一人发了一个皮笠。而且,每个将士的皮笠都是一样,有什么好检查的! 但赵匡胤要检查,谁也不敢说个不字。于是,乖乖地站在原地,等候检查。赵匡胤走下检阅台,一一进行检查。

待检查完毕,他回到检阅台,念了二十八个名字,让他们各持皮笠,站到检阅台的西北角。

赵匡胤背负双手,来到西北角,手指这二十八人,怒斥道:"汝等跟我多年,应该知道我的脾气,我最恨那些尿包蛋,吃着朝廷的俸禄,却不肯为朝廷出力,每逢战事,畏缩不前。战场上,不是你死,就是我死,难道敌人会自毙吗?"斥毕,喝令亲兵,把这二十八人一一捆住,推出去斩首示众。

被捆的人大喊冤枉,众将士也一脸茫然。这些人都是一同出生入死的兄弟,怎么说杀就杀了呢? 于是,纷纷上前,为这二十八人求情。

赵匡胤对众将士说道:"你们是不是认为,我冤枉了这些人,是在滥杀无辜?"

众将士不敢回答,但从他们的眼神来看,赵匡胤就是在滥杀无辜。

赵匡胤不傻,他能读懂众将士的眼神,轻咳一声道:"诸位,这二十八人死得一点儿也不冤。诸位若是不信,请到台上,查看他们的皮笠,看有无特别之处?"

众将士你瞅瞅我,我瞅瞅你,皆站着不动。

没奈何,赵匡胤开始点名了。

他点了三个,全是厢主。这三个厢主走上检阅台,赵匡胤让他们逐个查看那二十八个待斩之人的皮笠。他们一连查了三遍,这二十八人的皮笠,与台下将士的皮笠并无不同之处。

赵匡胤道:"你们再检查一遍,再仔细地检查一遍。"

三个厢主又将那二十八个待斩之人的皮笠仔细地检查了一遍,仍是一无所获。

赵匡胤提示道:"你们再好好看一看他们的皮笠,上边有无剑痕?"

三个厢主又一次查看了二十八个待斩之人的皮笠,异口同声道:"有,全都有。"

赵匡胤恨声说道:"既然有,就该杀!"

众将士虽然不敢反驳,但心中一万个不赞成。

赵匡胤道:"单凭皮笠上有剑痕,便要杀人,你们肯定不服气。但你们没有想一想,今日临阵,众将士都戴有皮笠,为何你们的皮笠上没有剑痕,偏偏这二十八人的皮笠上有?"

众将士无语。

略顿,赵匡胤继续说道:"今天出战,敌众我寡,凭的是一口真气。如果大家齐心协力,奋勇当先,绝不会是这么个不胜不败之局。战斗进行了三刻之后,我转到后边督战,见一些将士退缩不前,特用剑斫他皮笠,作为标记。若不将他们正法,岂不要大家效尤!大家如果都学他们,这仗还怎么打?"

众将士听了赵匡胤的解释,吓得面面相觑。转眼间二十八颗血淋淋的人头,呈上检阅台。赵匡胤令传示各营之后,方才将尸首与尸体合在一处埋葬了。

翌日,赵匡胤升帐,召集众将士,面谕道:"昨日打了一个不胜不败之仗,吾甚耻之。今日之战,希望诸位能够人人奋勇,个个当先,以一当十,以十当百。果真如此,敌人的兵再多,也是无用,请诸位好自为之!"

众将士异口同声道:"先锋放心,吾等一定奋勇杀敌,管教李景达一败涂地!"

赵匡胤频频领首。

"高怀德、慕容延钊听令。"赵匡胤突然说道。

高怀德和慕容延钊,双双跃出队列,趋前三步,拱手说道:"先锋有何吩咐?"

"我给你二人拨兵千名,令你二人统领,先从间道绕至江口,埋伏起来,倘若唐兵败走,渡江南归,你二人可乘机杀出,我亦当前来接应,前后夹击,我料李景达那厮,不被杀死,也要溺死了!"

高怀德、慕容延钊领命而去。

赵匡胤命众将士饱餐一顿,俟至辰牌(辰牌:上午七至九点。)一刻,传令出兵。众将士踊跃出寨,走了里许,方见唐兵整队而来。赵匡胤高声说道:"众将士,立功的时候到了,冲啊!"

众将士闻言,个个如下山猛虎,人人如出海蛟龙,扑向唐军,越是敌兵多处,越要向前杀入,吓得唐军心惊肉跳,纷纷后退。

"奶奶的!你周军再凶,不及我南唐兵多。我以十抵一,还怕斗不过你周军么!"

李景达自恃兵多,命部下分做两翼,包抄周军,不想围了这边,那边冲破,围了那边,这边冲破。忽有一彪人马,由李继勋带领,持着长矛,杀奔唐之中军,竟将李景达马前的帅旗砍倒,吓得李景达面如土色,连忙勒马后退,李继勋紧追不舍。眼看就要追上,斜刺里杀出一个边镐,截住李继勋厮杀,李景达方才逃了一命。

唐兵见帅旗已倒,元帅惊逃,还有何心恋战?顿时大溃,沿途弃甲抛戈,不计其数,周军见了,纷纷捡拾。赵匡胤下令,要众将士杀敌为第一要务,即使地上有一坨金子,也不准捡,违者砍头!

众将士知道赵匡胤的厉害,他们的脑瓜中早已印上了那二十八颗血淋淋的人头。于是,已经捡得唐军之物的,全都抛下,拔足向唐军杀去。

李景达带着残兵败将,没命地乱跑,满以为跑到江边,乘船飞渡,得脱虎口,"蓦"地一声炮响,鼓角齐鸣,斜刺里闪出一支周军,拦住去路。李景达不知所措,险些儿跌下马来。幸亏边镐和马希崇有些胆量,各挥舞着一柄大刀,冲过来拦住周军。

高怀德和慕容延钊见了,忙挺枪而出,一个直取边镐,一个直取马希崇。直取边镐的是高怀德,两马相交,战了不到二十个回合,边镐已经气喘吁吁,恰在这时,赵匡胤率军追来,边镐虚晃一刀,纵马而逃,追踪李景达去了。

李景达呢?早已跑到江边,觅得一条小船,乘乱渡江而去。唐兵尚有两万多人,挤在江边,乱嚷嚷一片。等到周兵追至,似砍瓜切菜,一个儿也不肯留情,眼见得尸横遍野,血流成渠。有一些会水的,解甲投江,凫水逃生。就是那些不会水的,出于逃生的本能,也纷纷跳进江中,扑腾了几下,便沉到水中,再也没有露头。

边镐乘马跑到江边,见了这里的惨状,有心拨转马头,与周军拼命,为死难的将士报仇。可他的脑海中,突然浮出堆积如山的金银财宝和成群的美妾,遂打消了掉转马头的念头,且朝马屁股上狠狠抽了一鞭,那马长嘶一声,跃入江中,半沉半浮,将边镐驮过江去。

马希崇见边镐已逃,哪敢恋战,也是虚晃一刀,逃生去了。但他比边镐聪明,反其向而逃,毫发无损地逃回了金陵。

六合之战,赵匡胤以二千兵力,击败了南唐五万精锐之师,创造了五代时期战争史上以少胜多的奇迹。

六合之战,南唐精锐尽失,全国夺气。

六合之战,使柴荣看到了希望,振奋了精神,向南唐军展开了一连串的反攻,硬把林仁肇和刘仁赡逼进寿州城。

原本以为,寿州是一座孤城,内无粮草,外无救兵,就是不打它,它也挺不了多久。谁知,它竟然挺了两个月!

攻呢?

攻了十几次,也未能把它攻破。

天气越来越暖,江淮一带进入了梅雨季节,天空经常是阴云密布,淫雨霏霏,道路泥汴,粮草供应成了问题。加之将士们长期征战在外,士气有些低落。

不能再这样耗下去了。

不能再这样耗下去的办法只有两个,一个是撤围还汴;一个是留下一万人继续围城,其他人马由自己带领,前往六合,与赵匡胤合兵一处,开辟新的战场——直捣金陵!

第一个办法,柴荣不想干。

两个多月前,李璟遣使求和,愿意去帝号,愿意割寿、濠等六州之地,柴荣没有答应,如今却要放弃寿州,岂不让人耻笑!

第二个办法,有点不大可行。

由于多雨,淮河与长江的水位骤涨,南唐巨大的战舰开始纵横水面,想到哪里,就到哪里。可周军呢? 连一条船都没有,士兵大都是旱鸭子,莫说泗水过长江,连坐船都会头晕。

怎么办? 柴荣在肚中一遍又一遍地问自己,愁得连饭都吃不下去。

范质轻轻地走进柴荣行宫,帮他分析。

"陛下,与赵匡胤会合,兵发江南决不可行。船,要命的是我们没有船。没有船我们就是一群瘸子、拐子、瘫子,连路都走不稳,抑或是根本就不能走,还硬要跑过去跟人摔跤,岂不是自找其辱!"

柴荣轻轻将头点了一点。

范质继续说道:"是的,为了寿州,耗费了我大周无数的兵饷,就这样空手而归,实在是心有不甘! 但是,您已经离开汴京半年了呀? 您是一国之君,除了战争,还有许多事情需要您去做。依臣愚见,倒不如回驾大梁(大梁:古城名,在今河南省开封市西北。开封简称汴,又称汴梁,抑或汴京,曾七为国都。),一边养兵,一边处理国事,甚而也可赶造战船。数月之后,兵也养好了,船也造好了,梅雨也停了。就是梅雨再来,咱有自己的船,怕它个鸟! 陛下若是还不放心,可留一员大将,继续围攻寿州,且总管江北一切事务。"

柴荣又将头点了一点说道:"卿言甚是,但卿以为,这留守江北的大任,何将可担?"

话刚落音,李重进走了进来。范质朝他指了一指。

柴荣喜道:"就是此人了!"

李重进不知道柴荣所说的"此人",就是指的他李重进,一脸歉意地问道:"陛下,臣是不是来的不是时候,打断了您和范大人……"

柴荣笑道:"卿来得正是时候,卿若晚来一步,朕还得遣使召卿呢。"

李重进道："陛下召臣,定有所遣,抑或所谕。"

柴荣道："正是。"

李重进道："有什么事,陛下尽管差遣。"

"朕御驾亲征南唐,已半年有余。因梅雨之故,对我用兵十分不利,朕欲还驾大梁,休养数月,再图江南。朕欲拜卿为都招讨使,继续围攻寿州,兼管江北事务,不知卿意下如何?"

李重进铿声说道："这是陛下对臣的信任,陛下尽管还都,臣一定不负陛下之托!"

柴荣大喜道："卿肯替朕操劳,朕十分高兴。"遂将声音抬了一抬,高声喊道："供奉官(供奉官:唐以中书、门下两省官及御史台官为供奉官。)何在?"

曹彬应声而至,躬身问道："陛下有何圣谕?"

"美酒伺候,朕要宴请李爱卿。"

君臣三人刚刚饮了三樽,军吏来报,南唐马希崇率部来降。柴荣一脸兴奋地说道："好,太好了!让他进来,朕赐他美酒三樽。"

由于马希崇来降,柴荣酒兴更浓,君臣四人直喝到鼓打一更。

柴荣睡至翌日午后,方才醒来,当即颁旨一道:拜张令铎为常州防御使;拜李重进为都招讨使,留守江北,给兵一万;自率范质、马希崇等还都,还把南使孙晟等人,一起带了回去。

将行之时,又颁旨一道,因赵匡胤在外久劳,亦饬令还朝,六合驻军,由慕容延钊统领。

赵匡胤接旨之后,与高怀德一道,引军还滁,探望父亲。

是时,赵弘殷依然卧病在床,见儿子到来,老泪纵横。赵匡胤将老父安慰一番,特意制作一辆大车,车上设有软榻。他将老父背到车上,置于软榻之上,并延一名医,随车护送,缓缓北行。回到汴京,安顿好父亲,立即上朝复命。柴荣慰勉有加,对赵匡胤说道:"这次南征,二弟功劳最大,就是贤伯父,也为克扬州,立了大功,朕当重赏。"

赵匡胤推辞道："臣随陛下南征,确也取得了一些意想不到的战果,但这些战果的取得,一赖陛下之福;二因判官赵普,为臣出了不少主意,是个人才,可堪大用。"

柴荣不傻,知道赵匡胤这么说,是在为赵普讨封呢,既没说行,也没说不行。

自南唐回到汴京,不到十天,赵匡胤的老爹死了。

第二天早朝,柴荣颁旨,封赵弘殷为检校司徒,兼天水县男(县男:封爵名称。亦称开国男,始于晋,为正五品上阶。);封赵匡胤为归德军节度使,兼点检都虞侯如故;封赵普为节度推官。

赵弘殷的得封,虽说是喜事,但不是大喜。真正的大喜是赵匡胤当上了节度使。

点检都虞侯虽说位高权重,非皇帝的近臣是不能担任此职的,但它的职级却低于节度使。且是,节度使可以节镇一方,开府建牙。赵匡胤一家,世代为将,但从没一人,能够开府建牙,而赵匡胤可以开府建牙了。

柴荣封过赵匡胤父子和赵普,又颁旨三道。第一道:凡从征南唐之将士,半天训练,半天休息,每月的伙食费,在原有的基础上,增加粮十斤,钱一百文。

第二道:拨款一百万贯,建造大船。

第三道:挑选健卒三万人,组成水师,原打算让赵匡胤统领,因他突然死了父亲,改由张永德、马希崇负责督练。颁过这三道旨后,柴荣便致力于筹钱之事。讨伐南唐的费用,大都来源寺院。但寺院的油已经榨干了,若再次对南唐用兵,钱从何来?

当然是田赋了!

既要多收田赋,又不能增加百姓负担,那只有在土地上做文章。

五代之时,由于连年战争,出现了大量无主荒地。柴荣规定,无论是谁,都可以在无主的荒地上耕种。田主三年后归来,土地归还一半;五年后归来,归还三分之一;超过了八年,即使田主归来,也不再归还。但是,田主如果是被契丹掳去的,则另当别论。

这样一来,不只是国家多收了田赋,老百姓也得到了好处,按照史书的说法,"活生民无数"。

尔后,柴荣把精力转向了京都的扩建。

在此之前,开封虽说六为国都。魏已久远,开封城是什么样子,不得而知。但后梁做国都时,开封是一个县,一个县的县城该有多大!柴荣不同于后梁的朱温,他要中兴华夏。要中兴华夏,就得有一个像一个大都市的窝。于是,他征调十万民伕,加筑外城,扩宽街道,经过三年的经营,开封城旧貌变新颜,不仅道路宽阔,街衢林立,还把城市分割为若干封闭的里,作为居住区,实行里坊制。

开封的扩建正式启动之后,柴荣又把目光移到司法和文化事业上。

首先请王溥主持了《大周刑统》,让人民有法可依;让王朴主持修订历法,制成《显德钦天历》;让魏仁浦主持修补了五代十国期间散乱无章的历史。

而后,下诏搜求散落在民间的各种珍贵典籍,建立了国史馆。

他好像是知道自己短暂的生命不容许他虚抛光阴一样,每时每刻都在做事。

相对柴荣来说,赵匡胤要清闲多了。

他虽说清闲,但心中不好受。

他总觉着老爹是因他而死,哭得昏倒在地。

活着没能很好尽孝,便想把丧事办得隆重一些,以补心中的愧疚。

但他家里没钱,他爹的官最大做到五品,还是在死前几天封的。为妹子赵玉容的事,又被米福德敲诈了几次,几将倾家荡产。他自己虽说做到点检都虞侯和节度使,因柴荣志在统一中国,把钱看得很重。为了筹钱,连铜佛像都不放过,还能给官员多高的俸禄?

俸禄本来就少,赵匡胤又喜欢结交朋友,家里边经常是高朋满座,每宴必是美酒佳肴,一次闲谈之中,曹彬说他家里有两坛御酒,赵匡胤立马来了兴趣,跟到曹彬家中,饮了几口,那酒果然好,遂放开肚子,喝了个酩酊大醉。临走,还把剩下那一坛也给带走了。自此,隔个三五天,他就向曹彬要御酒。曹彬也不好意思拒绝,一要便给。不知这事怎么让柴荣知道了,将曹彬召到跟前,一脸愠怒地问道:"曹彬你知罪么?"

曹彬慌忙跪下,一脸惶恐地回道:"臣不知,还请陛下明示。"

"你做得好事,竟把朕的御酒偷偷送人!"

"没有啊,臣从未把御酒私自送过任何人!"

柴荣见他不承认,越发生气,厉声问道:"你真的没送过人?"

"真的没送过人!"

柴荣把御案"啪"地一拍道:"赵匡胤你送过没有?"

曹彬长出一口气:"送过。"

柴荣道:"那你刚才为什么不承认?"

曹彬道:"臣只送给赵匡胤一坛,那一坛御酒还是臣的姨母送给臣的。"

曹彬所言,全是实话,因为曹彬的姨母是郭威的贵妃,三个月前五十大寿,柴荣赐给她御酒十坛。

但柴荣不信,因为他得到的消息,每隔三五天,赵匡胤便要从曹彬那里带走一坛御酒,而曹彬作为供奉官,职责之一便是掌管御酒。

柴荣打鼻子里"哼"了一声,说道:"你貌似忠厚,说瞎话连脸都不红。你送给赵匡胤的御酒不是一坛,是十六坛!"

曹彬突地打了一个冷战:"是的,我送给赵匡胤的酒确实是十六坛。这事皇上咋会知道这么清楚? 看来,我以后做事得小心点。"

柴荣见曹彬没有辩解,以为他默认了,轻叹一声,说道:"朕再抠,还在乎十几坛酒吗? 卿既是国戚,又是朕的近臣,无论什么事,都应该率先垂范,更不能做那些违法之事。卿不会不知，莫说偷出十六坛御酒，就是半坛，也是杀头之罪。卿说叫朕怎么办？"

曹彬回道："启奏陛下，臣没有盗御酒。"

柴荣将脸一沉，问道："你没有盗御酒，送给赵匡胤的御酒从哪里来的？"

曹彬道："臣送给赵匡胤的御酒，只有一坛是真的，其余的全是臣自己掏钱买的。"

"你自己掏钱买的？"

曹彬将头点了一点。

"在哪买的？"

"在曲院街敦义坊的都曲院（都曲院：后周继承前代，对酒实行专卖制度，又称榷酤，也可民酿民卖，但须经官方批准。汴京的榷酤机构称都曲院，在曲院街之敦义坊。），陛下尽可遣人去查！"

柴荣道："朕相信你。不过，朕尚有两疑，赵匡胤向卿索取御酒，卿可以直接拒之，为什么要自己买酒，还硬要充御酒？"

"赵都虞侯是陛下的御弟，向臣索要点酒，臣怎好意思拒绝！不好意思拒绝，又没有御酒可给，便自己掏钱买酒送给他。但臣从未说过，臣给他的是御酒呀！"

"照卿之说，因为赵匡胤是朕的御弟，向卿索要酒，卿不好意思拒绝。那么，朕再问卿，他要是索要卿的头，卿给不给？"

"当然不给！"

"为什么？"

"因为酒不是头。头，臣只有一颗。酒呢，臣可以掏钱去买。当然，赵都虞侯向臣索要御酒，臣可以直截了当地说，臣虽然掌管御酒，但臣没有权力给你。想喝，你可以找皇上去要呀！按照赵匡胤的性格、您两个的关系，他肯定会找您索要，您也不会不给他，更不会一次只给一坛。赵匡胤好客，口子一开，那可是个无底洞呀！再说，别的大臣见赵都虞侯轻而易举地从您这里得到了御酒，也来向您索要怎么办？"

柴荣将头点了三点，说道："卿做得对，朕错怪了卿！"

曹彬和柴荣的这一番对话，不知怎的又传到了赵匡胤耳朵里，他十分感谢曹彬，觉着这个人厚道、可交。但对柴荣又有了新的认识，初次见到柴荣的时候，他觉着这个人有些软弱，出于同情之心，帮了他一把。柴荣初继帝位，面对北汉和契丹的进攻，力排众议，御驾亲征，他方才知道，柴荣并不软弱。随着岁月的流转，他越来越认识到，柴荣不仅是一个强者，而且还带有几分霸气，就是与秦皇、汉武相比，也并不比他们逊色。这一次，他又认识了柴荣的另一面——阴险。他有些害怕柴荣了！

二十三　常相士说梦

小鸽子哽咽着说道："妾梦见了死去的表哥，他哭着喊着妾的乳名，要妾为他报仇。"

符秀英见柴荣辗转反侧，还伴有叹息之声，问其有何心事，柴荣长叹一声说道："朕想杀了赵匡胤！"

张永德弹劾李重进的密折，竟然到了李重进手里，而李重进又将这封密折双手递给张永德……

赵匡胤出于对老爹的愧疚，想厚葬老爹，但手中无钱，正想着找谁去借，张永德来了，不是借，而是白白地送给了他一百两银子。

谚曰："福无双至，祸不单行。"刚刚葬过老爹，贺金蝉又死了，撇下了两个女儿，一个儿子——赵姣、赵娣和赵德昭。

老爹的葬礼很隆重，妻子呢？也不能太寒碜。钱，要命的钱！

张永德又不失时机地出现了，送给赵匡胤一百两银子，把赵匡胤感动得差一点给张永德下跪了。自此，赵匡胤把张永德视为没有喝过鸡血酒的兄弟、恩人，但他这一生最对不起的便是这位兄弟加恩人！

通过御酒之事，赵匡胤开始怕柴荣了。还有一件比索要御酒更为严重的事情，赵匡胤并不知道。若是知道，会把他吓死。

正如柴荣所说，"朕再抠，还在乎十几坛酒吗？"他在乎的是曹彬的不忠，在乎的是王法！同时，也让百官知道，你们都干了些什么，朕清清楚楚，都给朕老实点！

而后一件事情，是要杀人了。且是，第一个要杀的便是赵匡胤。

这件事情的始作俑者是小鸽子。

小鸽子虽然堕入青楼，但她不想在那里待一辈子。她的爹虽说死了，但还有一个瘫子老妈和一个傻子哥哥。她十五岁那年,老爹死了,老爹生前在一家当铺当伙计,老爹是被冤死的。冤死老爹的是他的掌柜,掌柜丢了一个和田玉酒壶,硬说是小鸽子的老爹偷走了,把小鸽子的老爹送到了牢里。为赔掌柜的玉壶,小鸽子自卖自身,堕入了青楼。米福德来嫖她的时候,出手阔绰,还出钱为她哥哥买了一个女人,还答应她再从赵匡胤那里敲点钱为她赎身。

可是,米福德突然失踪了,她怀疑是被赵匡胤谋害了。

她恨透了赵匡胤。

她要为米福德报仇。

怎样报?通常的办法是告状。可赵匡胤父子都是将军一级的人物,开封府不敢管。要告,只有告御状了,可我小鸽子又不是米福德的亲属,凭什么去告!况且,皇上会因为一个妓女去治赵匡胤的罪!不行,告御状这条路行不通。

行刺呢?自己一个弱女子,如何行刺?要行刺,必得出重金收买刺客。为筹集重金,她频频接客,最多一天接了九次,差一点血崩。好不容易凑了一百两银子,可一连找了五个杀手,杀手们一听说要行刺赵匡胤,溜得比兔子还快。

正当她无计可施的时候,常相士来了。

你别看常相士将近七十岁了,又患过中风,嘴还有点歪,眼也有点斜,可好色不减当年,相面所得,全都送给了妓院。小鸽子听说他给周太祖相过面,并且认定周太祖久后必要坐龙位,还劝说柴仁将女儿柴一娘嫁给了周太祖。故而,每当常相士来嫖的时候,她百般奉迎,且是,自己出钱,买酒肉、买夜宵招待常相士,常相士有些受宠若惊了。

妓女们接客,虽说全都是为了钱,但对那些年轻的、长得俊的、有地位的、出手阔绰的嫖客,无不笑脸相迎,尽心服侍,恨不得让他把家安在妓院;但对那些年老的、抑或是面丑的嫖客,虽不敢冷脸相向,绝不会尽心服侍,只想让他早点干完那事,立马走人。常相士就属于立马走人的那一种。如今,小鸽子把他当做宝贝一样的看待,使他又回到了五十年前的那种感觉。他不再去别的妓院,也不再嫖别的妓女。小鸽子这里成了他的家,二人俨然一对恩爱夫妻。

忽一深夜,小鸽子哭了起来,把常相士惊醒,忙不迭声地问道:"鸽子,怎么了?你这是怎么了?"

小鸽子哽咽着说道:"妾做了一个梦,梦见了死去的表哥。他哭着喊着妾的乳名,要妾为他报仇。"

"你表哥叫什么名字,他的仇人是谁?"

"妾的表哥叫米福德,他的仇人叫赵匡胤。"

常相士"啊"了一声道:"你说的赵匡胤,是不是现正做着点检都虞侯的赵匡胤?"

"正是这个赵匡胤。"

"米福德是干什么的,又因为什么和赵匡胤结下大仇?"

小鸽子便把米福德老爹如何救赵弘殷,赵弘殷如何把女儿赵玉容许配给米福德,以及赵弘殷如何悔婚,一五一十地给常相士讲了一遍。

常相士听了许久无语,小鸽子试探着问道:"听说您给周太祖相过面,是不是真的?"

"是真的。"

"既然是真的,您能不能带妾去见一见太后,求他出面,为妾的表哥报仇。"

常相士道:"我带你去见太后没有问题,但那赵匡胤可不是一般人呀,他是周太祖的爱将,又是当今天子的义弟,太后不一定把米福德的冤屈说给当今天子。就是说了,当今天子也不一定会治赵匡胤的罪。"

"这……这……照你这么说,俺表哥的大仇就无法儿报了!妾,妾那屈死的表哥呀……"小鸽子放声痛哭。

"别,别哭。乖乖,别哭。我有一个法儿,也许能为你表哥报仇。"

一听说有法儿为米福德报仇,小鸽子立马不哭了:"您,您有什么法儿为妾的表哥报仇,说出来听听。"

"为了米福德,当今天子决不会杀赵匡胤。若是为了柴家的江山,莫说杀一个赵匡胤,就是十个赵匡胤他也会杀!"

"您这话把妾给说糊涂了,杀不杀赵匡胤,和柴家的江山有什么关系?"

"现在是没有关系,咱可以把它扯上关系!"

"怎么扯?"

常相士让小鸽子点亮蜡烛,将整个屋子,包括床下,都看了一遍,确信无人隐藏,这才把他的计谋小声说给了小鸽子。

小鸽子欢天喜地道:"这主意不错。您若能为妾的表哥报了大仇,妾自赎妾身,做您的老婆。"

"好,咱一言为定。我明天午后便去面谒当今。"

"为什么要等到明天午后呀?明天吃了早饭您就去,妾求求您了。"一边说一边晃动着常相士的双膀。

"傻妞，上午皇上要会见大臣，哪有时间见我！"

"噢，原来这样，那您就明天下午去吧。"

第二天午后未时三刻，常相士便来到了乾元门（乾元门：宫廷的正门，又叫宣德门和正阳门。），自报家门，说要面谒皇上。

守门吏虽说不认识常相士，但听说过他的大名，当即进宫去向柴荣禀报，柴荣道了一声"请"，便去便殿等候。

约有两刻钟，常相士在卫士的前导下来到了便殿，本来要向柴荣行三叩九拜之大礼，被柴荣拦住了，改为稽首。

行过稽首礼，柴荣便让常相士平身、落座。

"常爱卿，咱君臣二人，总有快二十年没有见面了吧？"

"十八年，整整十八年。"常相士毕恭毕敬地回道。

"卿这次来谒朕，怕是有什么事情要朕办吧？"

"正是有一件事情。"常相士回道。

"请讲。"

"请陛下屏退左右。"

"这……"柴荣犹豫了一下，让殿上的侍禁（侍禁：禁军中的小头目。）、禁卒、宦官全都退到殿后。

"讲吧。"柴荣道。

"请陛下赦臣死罪，臣方敢讲。"

柴荣的眉头微微皱了一皱说道："朕赦你无罪，讲吧！"

"臣昨夜做了一梦，太白金星邀臣去瀛洲，一路上闲聊之中得知，陛下削减寺院，且毁佛铸钱的事，让佛祖知道了，他很生气，亲自去找玉皇大帝，告了陛下的御状。玉皇大帝答应佛祖，要选一个方面大耳的出来闹周，且把陛下取而代之……"

他见柴荣的脸色很难看，端茶杯的手还微微有些发抖，暗自说道："事成矣！"但口中却道："臣这只是一个梦，但臣对大周一片忠心，不说出来憋得难受，请陛下别把这事放到心上。臣告辞了。"

柴荣向常相士摇了摇手："别，别急。"又抬头向殿角叫道："刘公公，把常相士带到曹供奉那里，让他给常相士五十两银子、十匹布。"

刘公公高声应道："臣遵旨"。说毕，趋到常相士跟前，轻轻说道："请跟我来。"

送走了常相士，柴荣再也无心办公，背负双手在殿上踱来踱去。晚膳，吃了不到平日的一半，便早早地上床歇息去了。但他上床之后，辗转反侧，还伴有叹息之声。符秀英见他举止反常，赔着小心问道："陛下，您莫不是有什么心事？"

柴荣"嗯"了一声。

"能不能把您的心事说给臣妾听一听？"

"这……"柴荣长叹一声，说道："朕想杀了赵匡胤！"

符秀英"啊"了一声，惊问道："为什么？"

柴荣便把常相士的话复述了一遍。

"一个梦您也当真？"

"但这个梦是常相士做的，就不是一般的梦了！"

符秀英故意问道："既然这样，您就立马杀了赵匡胤，还叹息什么？"

"朕和赵匡胤有八拜之交，杀他于心不忍；再说，他是朝廷重臣，不能说杀就杀，得找一个冠冕堂皇的理由，这个理由朕又找不出来。"

"嗨，陛下，臣妾说一句不该说的话，大臣中谁都有可能造您的反，但赵匡胤不会！"

"为什么？"

"赵匡胤是一个义士，有古侠之风。凡行侠之人，把惩恶扬善看得比天还大。要不，臣妾和他非亲非故，为了臣妾，他大闹赌院，差一点儿把命丢了。还有赵京娘，也是与他非亲非故，他不仅救她，还千里相送。谋反，乃十恶不赦之罪，像赵匡胤这样的人会干吗？况且，正如陛下所言，您二人又是结拜兄弟，他更不会谋反了。"

"照爱卿这么说，那常相士在胡说八道了？"

"不，臣妾不这样认为。据您说，常相士只是说有一个方面大耳的人要乱咱大周，可天下这么大，长得方面大耳的岂止赵匡胤一人？！"

柴荣心中豁然开朗："朕明白了，朕知道该怎么做了。"

不到一盏茶工夫，柴荣便睡着了，还伴有轻微的鼾声。

第二天，早朝后，柴荣单独召见了陶谷，让他留心一下，五品以上的官员中，凡方面大耳的，拉一个名册给他。

午后，柴荣又分召见了张永德、韩通、郭从义，让他们留心一下步军司、马军司和点检司所辖之军主以上的将军，凡方面大耳的，拉一个名册给他。

两个月后，陶谷、张永德、韩通和郭从义相继复命，对于那些上了名册的人，除了赵匡胤，柴荣分别给予处治，或明杀、或暗杀。

转眼到了严冬，柴荣回驾已有六个多月，江北的战局越来越糟。

从前,南唐的赋税和徭役十分繁重,怨声载道,后周大军入境后,沿途百姓箪食壶浆以迎。初时,因柴荣在军,周军将士尚不敢胡来,柴荣还驾汴京之后,李重进便纵兵四处抢掠,发扬了五代十国时军队的风格,于是南唐的老百姓们也就对他们不客气了,遍地烽火,林仁肇乘机收复了不少失地,要不是因父丧而回金陵,恐怕早就把李重进赶出了江北。

柴荣坐不住了,欲要御驾亲征,一因战船还没有造好,二因"方面大耳"的人还没有处理完。改封李重进为征南大元帅,专务攻打寿州城之事。另拜张永德为征南都招讨使,掌驻江北诸州的周军。

张永德受命之后,率军一万日夜兼程,赶到了江北,驻军下蔡。

柴荣未曾遣张永德前去江北之时,李璟已派两支大军前往江北。

第一支的元帅是朱元,先锋是李平,二人渡江之后,分兵两路,朱元为一路,进攻舒州,三天而城破,舒州守将刘庆义差一点儿被他活捉;李平为一路,进攻蕲州,五天而破,蕲州守将刘守忠,化装而逃。

朱元收复了舒州,乘胜进军扬州,不战而克,又挥兵滁州。王全斌倒是奋力抵抗了七八天,为滁州百姓所卖,又一个易服而逃。

第二支的元帅是李景达,他是奉命解寿州之围的,但被上一次的失败吓破了胆,率军到达濠州后,便停下来不走了。消息传到李璟耳中,按照常理,要么敦促李景达进军,要么易帅,可李璟没有这么干,硬是让林仁肇夺情,另率一万人马去救寿州。

林仁肇可没李景达那么戾包,受命后乘战舰直奔寿州。听说张永德驻军下蔡,且搭了一座浮桥,连通江北和中原,便弄了一百多条小船,每个船上装满了干柴,等南风一起,便顺流而下,距浮桥尚有五六里的时候,点燃船上干柴。张永德听说南唐军到来,也弄了十几条大船,连在一起,置于浮桥南边的河道里,严阵以待。今见一百多个大火球向他飞来,又是顺风,脸都吓白了。

林仁肇虽说看不到张永德脸色,但他知道,张永德这次死定了!

谁知,火船距张永德的大船约有两箭之地,风向突然转了,南风变成了北风,且比刚才还大,林仁肇的船不进反退,毫不留情地向林仁肇的水师烧去。林仁肇刚才还在洋洋得意,这会儿他的脸色也变了,变得比张永德刚才的脸色还要难看。

林仁肇知道自己败定了,弃船登岸,拣了一条小命。

连主帅都逃了,莫说虾兵蟹将了,有的登岸,有的跳水,生还的不及十之五六。

林仁肇虽说打了败仗,但不甘心,收集残兵败将,重整战舰,要找张永德复仇。

林仁肇重整战舰的时候,张永德也没闲着,打造了一条百余丈长的大铁索,横在淮河上,又在铁索的两侧楔了十几排木桩。同时,出重赏招募了一批熟悉水性的勇士,每顿款以细米、精肉和美酒。

林仁肇只想着复仇,把战舰开得飞快,直奔下蔡,距浮桥约有一箭的距离,被铁索和巨木挡住,有心遣一批勇士去砍断铁索,一来急切间寻不来大斧,就是找到了大斧,有河道中的木桩挡着,战舰无法儿靠近铁索,此路不通。有心遣勇士登岸,去拔铁索两头的楔子,可两岸尽是周军的弓箭手,莫说你上岸,恐怕一露头,就会变成刺猬。

正当林仁肇一筹莫展之时,张永德养了二十几天的那些勇士,已经潜到了南唐军的船下,用铁索将他们连在一起。伏在两岸以及站在浮桥上的周军,变戏法似地变出一个个灌满了猛火油(猛火油:即原始的石油。),且又点燃了的竹筒,向南唐的战船掷去。

顷刻,南唐的战船上火光冲天,林仁肇和他的将士被烧得焦头烂额,不得不又一次跳水而逃。但这一次比上一次要惨得多,生还的十不及三。

张永德一连打了两个大胜仗,且打得轻而易举。而一连两次败在他手中的还是南唐武功最高、最有血性,绰号"林虎子"的林仁肇。哈哈,南唐军就这么一回事!

而李重进呢?围一座孤城,是一座连吃饭都成了问题的孤城。可是,围了七八个月,却攻不下来,是不是他有异心?

也许是出于对柴荣的忠心,也许是出于报复心理。

郭威生前,为立储之事犹豫了二年,他原本想立张永德,一是张永德比较厚道,张永德若是做了皇帝,张永德的儿子还会做皇帝,张永德的身上虽说没有他郭威的血脉,但张永德的儿子身上有。李重进也想当太子,他也有当太子的资格,他身上虽说没有郭威的血脉,但有郭威老爹的血脉,因为郭威的老爹是他外爷。于是,他就暗中和张永德争,还拼命地讨好郭威。

这一争,应了古人一句话:"鹬蚌相争——渔人得利。"他俩争的结果,柴荣拣了一个大便宜。

也不能说柴荣当皇帝是拣的!

就他仨和郭威的关系,首数张永德,李重进次之,柴荣又次之。但柴荣有柴荣的优势,他的爷爷是郭威的恩人,他的姑妈是郭威的贤内助,他本人既有张永德忠厚的一面,又有李重进刚毅的一面,可谓是集二人之长——柔中有刚。

但张永德不这么认为,他认为他的皇帝没有当上,完全是李重进干扰的结果。

故而,他恨李重进。加之,又出于对朝廷的责任心。

于是,他秘密上书柴荣,说李重进对寿州城围而不打,抑或假打,是心怀二志。

柴荣接到张永德的密折,如何处置,很是认真地思考了一番。李重进是先帝的外甥,自己又对他不薄,他不相信李重进会背叛朝廷。既然李重进不会背叛朝廷,就不能惩治。但张永德为人厚道,又是先帝的女婿,检举也是出于一片忠心,若不惩处李重进,如何向张永德交待?总不能说,李重进不会背叛朝廷,你多心了!

不能说,绝不能这样说!

能不能这样?我把张永德密折转给李重进,让他自己去找张永德解释,一来消除误会;二来等于告诫李重进,连张永德这样有名的厚道人都对你有了疑心,你若不早一点把寿州城给朕拿下,全国人恐怕都要怀疑你有二志了!

对,就这么办!当即给李重进修书一封,连同张永德的密折,遣使送给李重进。

李重进读了圣谕和张永德的密折,除了对柴荣的感激之外,便是恨,恨得咬牙切齿。

“张永德,我操你祖宗八辈,竟给老子来这一手!”

恨归恨,骂归骂,但他还得去见张永德,因为这是周天子的圣谕。

于是,他带了七八个亲兵,骑马去了下蔡。张永德听说李重进来了,忙出帐相迎,午宴十分丰盛,酒是御酒。张永德出征之时,柴荣赐他御酒三坛,他舍不得喝,拿出来招待李重进;佐酒的菜,不仅有天上飞的、地上走的,还有水中游的,而且把鲍鱼、鱼翅也端了上来。

二人先是对饮,继之猜拳,李重进喝到十二碗的时候,满脸通红,连话都有些说的囫囵了。

“老弟,还喝不?”张永德问。

“喝,咋不喝呢!你我同朝为官,又都是皇亲国戚,比喝过鸡血酒的盟兄盟弟还亲。”李重进吐吐拉拉地说道。

张永德违心地说道:“老弟所言甚是!”他先将李重进面前的酒碗斟上了酒,又将自己面前的酒碗斟满。

“咱俩也不再猜拳了,干脆碰三碗得了!”张永德说。

“好!”李重进立马附和。但当张永德端起酒碗与他碰的时候,他变了卦。

“姐夫,趁着小弟还没有喝醉,小弟让你看一样东西。”

张永德道了一声“好”,将酒碗放到了桌上。

李重进从怀中掏出张永德写给柴荣的密折,双手递给张永德。

张永德接过密折,只扫了一眼,面如血涌,几不成语道:“这信,你是从何处得来?”

李重进不紧不慢地回道:"是皇上遣使送给小弟的!"

"这……老弟,愚兄这样做,完全是为了大周,你不会介意吧?"

李重进回道:"若是小弟介意的话,也就不会来了。不过,姐夫呀,咱俩的交往可不是一天半天,小弟做得不对的地方,姐夫尽管指出,大可不必去惊动皇上,你说呢?"

"是,是老哥一时糊涂,听信了谗言。老哥这就向老弟赔礼道歉。"说毕,站起身来,向李重进作了一揖。

"哎、哎,你我弟兄不必如此!"李重进虚虚地拦了拦。

张永德不听,一连向李重进作了三揖,这才坐下。

李重进这一次下蔡之行,既完成了皇命,又玩了张永德的难看,二人的误会不仅没有消除,反而更深了。这种结果,乍一看来,与柴荣的初衷背道而驰。其实,这才是柴荣心中想要的结果。

但不管怎么说,李重进回到寿州城下,加紧了对寿州城的进攻。

李景达见朱元和李平屡败周军,不敢再在濠州停留,亲率五万大军,来到寿州城外紫金山(紫金山:在今安徽寿县东北、淮河南岸。)上,扎下了十八座连环营寨,重重叠叠,互为犄角。

李重进忙遣使向张永德求救,一因张永德兵少,只及李景达的五分之一,不敢轻举妄动;二因朱元、李平又分别从滁州和扬州赶来,他得迎战这两支部队,分不出兵力去援助李重进。

张永德靠不住,李重进只能靠自己,他把部队分为两部分,一部分由自己率领,架设云梯,强行攻城;一部分则由他的副将带领,专门盯着李景达,只要他敢来犯,便迎头痛击。

幸亏李景达胆小,只是虚张声势,并不真的向李重进发起攻击。他若真的向李重进发起进攻,李重进真的死定了。

寿州城被困,前后算来,已有八个月了,城中早已断粮,出现了人吃人的现象。

刘仁赡的小儿子刘崇谏不想吃人,又不想死,力劝老爹投降,老爹不听,他便约了几个年轻人,欲缒城而逃,被刘仁赡知道了,抓起来处以腰斩之刑,任你谁来讲情也不中。

城中的军民,见刘仁赡把自己的儿子都杀了,再也不敢说逃命或投降的话,只有拼命守城而已。

城外的李重进没辙了。

可李景达的劲来了,向李重进的副将发起了猛攻,李重进不得不将自己所率领的周军又分出三分之二去援助他的副将。

消息传到汴京，柴荣慌了，不得不再一次御驾亲征。

且是，仿效李璟，也来了一次夺情，拜赵匡胤为先锋，高怀德、石守信为副先锋。出师之前，柴荣下令，将扣押在汴京的南唐使者——宰相孙晟斩首祭旗。

尔后，自统大军五万，以范质、魏仁浦为监军，于后周显德四年（公元 957 年）二月十七日出汴京城，直奔寿州。高怀德和石守信则率领水军先行一步。

当水军出现在颍水之时，吓得南唐军魂飞魄散，后周人这次居然不是骑着马来的，而是乘着巨大的战舰！

南唐军胆怯了，南唐水军纷纷后撤，高怀德他们没动一刀一枪，便进入了淮河。

由于水军在前边带路，柴荣的大军很顺利地来到了下蔡，歇兵三日，杀向寿州。

因为赵匡胤是先锋，更因为他的性格，赵匡胤一如前妆——亮甲红缨，杀向南唐军的营寨，不到半个时辰，便把南唐军的先锋大寨攻破。其他周将，见先锋如此英勇，都不甘落后，奋力向前，又攻破了南唐军的六座营寨。余之十一个营寨的南唐军将士，知败局已定，各谋生路，或开了小差，或哗变为匪，或干脆竖起了降旗。李景达和陈觉化装成樵夫溜回了金陵城。

从赵匡胤一马当先进攻南唐的先锋寨起，不到一天时间，五万南唐军，不，不只五万，这五万南唐军是李景达直接率领的，若加上朱元、李平率领的这一支，南唐军应该是七万。

不到一天时间，七万南唐军，就这么完蛋了。

是时，刘仁赡就站在城头上，他若不是亲眼看见，打死他他也不相信赵匡胤如此生猛，南唐军如此不经打！

正因为他看见了，他不仅痛心，还有些绝望。他知道，他所苦撑着的寿州城的末日已经来到了。他两眼一黑，栽倒在地，就此不省人事。他的同僚趁他不省人事的时候，竖起了降旗。可怜的刘仁赡被他的同僚抬到了柴荣面前，原想着，因为他的顽抗，柴荣第一次御驾亲征时被他挡在城外两个多月，柴荣还驾后，他又把李重进挡在城外八个月，这一次，他死定了。

可是，柴荣不但没有杀刘仁赡，还说他是一个忠臣，当众封他为检校太尉（检校太尉：后周及宋的一个荣誉职位，地位很高，类似于宰相，但没有具体的职权，是武官的最高职务和最高荣誉称号。）兼中书令，并要后周的将士们向刘仁赡学习。但刘仁赡不知道真的昏迷，还是假装昏迷，他没有起来谢恩。

刘仁赡闭着双目,静静地躺在榻上,躺了七天之后,他便升天了。

柴荣不只为刘仁赡发丧,且又追封他为彭城郡王(郡王:封爵名称。西晋武帝即位,分封子弟,以郡为国,始有郡王之称。后周沿置。),封他的长子刘崇赞为怀州刺史,赐大宅一处。

南唐皇帝李璟听说刘仁赡殉国,非常悲痛,追封刘仁赡为太师中书令,赐谥忠肃。意犹未尽,半个月后,又追封刘仁赡为卫王,立祠祭祀。后来的宋朝,也将刘仁赡列入祀典,赐祠额"忠显",世代祭祀不断。

一个人死后,不但被本国的皇帝追封为王,且立祠祭祀,又被敌国的皇帝追封为王,亦立祠祭祀,这个人便是刘仁赡,他是中国历史上得到如此殊荣的第一人,也是唯一一人。

李璟厚封刘仁赡,这在情理之中,因为他是为南唐而死的。

柴荣厚封刘仁赡,就有些出人意料了。但仔细想来,又在情理之中,除了前边所说的那个原因之外,他这样对待刘仁赡,是做给南唐人看的——你看看,刘仁赡如此"待"朕,朕不只不计前嫌,还封他为王。你们不要跟着李璟干了,过来吧,高官厚禄在等着你们!

他这一招很毒,连南唐的枭将朱元,也带着一万多人马投了后周,这件事对南唐将士的影响很大,军心开始动摇了。柴荣只须坐镇寿州城,分遣各将,攻击南唐军盘踞的那些州城,从而占有整个江北应该没有问题。况且,寿州城的陷落,南唐在江北的门户被彻底打开了,江北的南唐军已成惊弓之鸟。

可是,柴荣没有这么做。他突然宣布要还驾汴京,还带走了赵匡胤、高怀德和石守信。

二十四　天下英雄属二弟

柴荣一举打败了杨无敌父子,照理应该乘胜追击,直捣太原,但他又下达了一道让人不可思议的命令——还驾汴京。

张光祚见周军势大,劝乃父出降,乃父不仅不听,反拔刀将张光祚砍倒在地。众将士一脸愕然。

柴荣盯着赵匡胤的双眼说道:"二弟方面大耳,一派帝王之相,久后恐要居九五之尊呢!"

在后周军面前,李璟屡吃败仗,但他绝不是一个笨人,当柴荣第一次御驾亲征南唐的时候,他吃了几个败仗,自知非柴荣对手,一而再再而三地遣使向柴荣求和,这便是他的明智之处。

这一次,听说柴荣二次御驾亲征南唐,便一连遣了三批使者,去北汉和辽国游说。

他之所以要一连遣了三批使者,乃是接受了上一次教训。你抓吧,你后周总不能把朕的三批使者都抓住,只要有一批使者,抑或是一个使者抓不住,朕就能联系上北汉和辽国!

也不知是南唐的这些使者太精,抑或是符彦卿他们盘查不严,三批使者全都安全地抵达北汉和辽国。

能够当使者,大都是苏秦、张仪之流,他们凭着三寸不烂之舌,硬把北汉和辽国说动了,双方同时发兵,进攻后周的天雄和高平。驻守天雄的是沙场老将符彦卿,柴荣第一次御驾亲征南唐的时候把他派驻天雄,就是为了防备辽国。辽国对符彦卿一向很畏惧,若不是南唐使者的反复游说,若不是怕柴荣成为第二个秦始皇,从而一扫六合,他根本不会倾全国之兵来进攻后周,符彦卿防不胜防,边境线上被撕开了三个口子,不得不向柴荣求援。

北汉那边，经高平之战，老实了三年，也是由于南唐使者的反复劝说，也是怕柴荣灭了南唐成为秦始皇，也是倾全国之兵向后周杀来。驻守高平的董宗本，读者还记得吧？原本是后晋的随州刺史，赵匡胤初出江湖，第一站是复州，不受欢迎。第二站便来到了随州，同样不受欢迎，甚而还屡遭董宗本儿子董遵诲的欺辱。这父子二人虽说有眼不识泰山，但打仗还行，历经后晋、后汉、后周三朝，老爹当上了开府建牙的节度使，儿子则当上了军主，随父亲镇守高平。父子二人见北汉兵杀来，慌忙应战，也是因为寡不敌众，连吃败仗，遣使向柴荣求援。

柴荣带着原班人马，马不停蹄地赶到天雄，辽军不战而退。

辽军为什么不战而退？是他们很怕柴荣吗？说是，也不全是。因为辽军进军后周的目的是为了救南唐，这一招是在汉人的兵书上学的，叫做围魏救赵。辽军通过攻击后周，也就是围"魏"，把柴荣从南唐调到了天雄，解了"赵围"，也就是南唐的围，目的已经达到，就不想和后周军纠缠了。

辽军不战而退，柴荣当即挥戈高平，北汉军也来一个不战而退。

柴荣发怒了，这不是在耍人吗？你不战，我战，挥戈杀向北汉。前进两舍之地，突然闪出一军，挡住去路，领军的元帅和先锋就是那个在五代的英雄榜中位列第四和第五的杨衮父子。

杨衮父子，此时的身份已经是汉人了。

他父子之所以变成汉人，一因北汉以五千户汉民来换杨衮父子；二因杨衮得罪了辽国权臣高勋，在辽国待不下去了。

没等柴荣发令，赵匡胤冲了出来，手持蟠龙大棍，指名要找杨衮厮杀。

也没等杨衮发令，杨业绰一柄大刀扑向赵匡胤。

赵匡胤忙举棍来迎，二人你来我往，大战了一百个回合，不分胜败。石守信手持银枪，跃马而出，高声叫道："二哥，您暂退一旁，让小弟会一会杨业！"

赵匡胤道了声"好"，勒马退到一旁，观看石守信和杨业厮杀。

杨业虽说已经战了一场，依然精神抖擞，与石守信杀得难解难分。高怀德跃马而出，高声叫道："石兄，小弟也想向这个姓杨的兄弟讨教几招，请你给小弟一个机会！"

石守信还没来得及答话，杨衮爆喝一声道："尔这是做什么？尔仗着人多，想打车轮战是不是？尔果然有种，和本帅战上三百回合！"

高怀德高声应道："莫说三百回合，就是战上三千回合又该怎样！"说毕，拍马舞枪直奔杨衮。

杨衮见了，不慌不忙地迎了上去。

这一个血气方刚，得高家枪真传；那一个乃沙场宿将，二人各展平生所学，直杀得天昏地暗。

其实，他们二人就是不战，天也该黑了。柴荣突生一念，我的人多，北汉人少，他的元帅和先锋又被我的两员大将缠住，我若指挥三军，乘势掩杀过去，北汉必败无疑！

想到此，高声叫道："三军听令，我众敌寡，咱一齐掩杀过去，汉军必败，冲啊！"

他正要纵马向前，被范质拦住："陛下，您该做的事是运筹帷幄，发号施令。冲锋陷阵，是众将士的事，您应该相信您的将士！"

柴荣轻叹一声，将马勒住。

果如范质所言，后周将士听了周天子的命令，一个个跃马挺枪，奋勇争先。

杨业父子见了，欲抽身指挥北汉军反击，石守信和高怀德缠住不放，气得杨衮哇哇大叫，一连三刀，杀退了高怀德。

但为时已晚，北汉军全线溃退。

不只溃退，被后周军追得到处乱窜，遗下两千多具尸体。

北汉军败了。

北汉军败得很惨。

杨无敌父子变成了杨跑跑。

尽管变成了杨跑跑，但他父子二人的大名，深深地印在赵匡胤、高怀德和石守信的脑海里。

直到此时，赵匡胤才真正知道在英雄榜中，郭威把自己的名字排在杨衮父子之后，并不是自谦。

柴荣一举打败了杨衮父子，也就是说打败了北汉军的精锐之师，照理，应该乘胜追击，直捣太原。但他又下达了一道让人不可思议的命令——还驾汴京。

难道是汴京出事儿了？众将士纷纷猜测。

不是汴京出事儿了，是柴荣的身体出事儿了。

柴家世代富豪，可以说柴荣是在蜜糖罐里长大的，十七八岁的时候因受骗一事离家出走，浪迹天涯，甚而做起了贩伞贩炭的营生，饥一顿饱一顿。当了天子后，一心振兴大周，不只事必躬亲，还要南杀北战，积劳成疾，犯病时，头晕目眩，伴之腹痛。昨夜，竟然咯起血来，晕得连头都抬不起来。范质、魏仁浦、赵匡胤劝他还驾汴京治病，他说啥也不同意。没奈何，众人一齐跪在他的榻头，进行苦谏。

"陛下,您是万乘之尊,您的身体不只是您自己的,更是三千万国人的。只要您能万万岁,这便是国人之福! 只要您能万万岁,何愁灭不了北汉!"范质劝道。

"陛下,现已进入小暑,兵法云,'暑不用兵'。小暑还好说,若是到了酷暑,烈日如火,大地变成一个蒸笼,光着脊梁,坐在树荫下摇着扇子还嫌热,咱若是继续对北汉用兵,将士们就得穿上沉重的铠甲……"赵匡胤不再往下说了。

他不说,柴荣也知道他想说什么,长叹一声说道:"好,朕听诸卿的,还驾汴京。"

柴荣回到汴京,一边治病,一边处理朝政。但他无时无刻不在关注着征讨南唐的周军。自他离开南唐,双方倒也打过几次仗,互有输赢,但谁也奈何不了谁,柴荣心中很是着急。他的病情虽说控制住了,但御医说非得静养半年。莫说半年,就是半月他也做不到。可是,夏天不是用兵的季节,他耐着性子等到了秋天,仍旧让王朴、韩通、郭从义留守汴京,以赵匡胤为先锋,高怀德、石守信为副先锋,点军三万,大小战船二百二十艘,第三次御驾征讨南唐。因失城之事,被降为厢主的武行德自荐要做副先锋,柴荣欣然允之。

周军大队人马从水路出发,行到一个叫十八里滩的地方。谍人来报,自十八里滩始,沿途的岸上布满了唐军的营帐,连绵二十几里。柴荣忙叫战船靠岸。孰料,南唐早有准备,沿着两岸百米的水域,全都揳上了木桩,且揳的还不是一排,是六排。

"哼,几个臭木桩子也想挡住朕!"柴荣一声令下,船在水中停了下来,上百个周军跳下船,去拔木桩。

岸上箭如飞蝗。

下水的周军丢下十几具死尸,慌忙爬上船来。

看样子,靠拔掉木桩登岸,此路不通。

要想登岸,办法有两个,一个是顺流而下,一个是掉头。

但要把上百条大船全部掉过头去,谈何容易!

且是,兵贵神速。这么多船若是一掉头,岂不是要引起唐军的警觉,他们若是也掉头布防,这仗可就被动了!

顺流直下,也不可取,还是那句老话,"兵贵神速,"我军的行动已经暴露,若是顺流直下,唐军还会来一个沿途布防……正当柴荣凝眉深思的时候,赵匡胤来了:"陛下,这船,既不能掉头,也不能顺流直下。"

柴荣反问道:"那就永远停在这里?"

赵匡胤道:"不是永远停在这里,是暂且停在这里,每隔一刻,咱遣一百个士兵下水,装模作样地去拔木桩,等岸上的唐军一放箭,便立马撤回。等到鼓打二更,臣带上一千个骑兵,乘上小船,悄然前行,寻机登岸,打他一个措手不及。"

柴荣轻轻颔首道:"这倒是个办法。"遂依计而行。二更的更鼓刚刚敲响,赵匡胤、石守信、武行德,便率领五十条小船出发了。前行不到八里之地,将船停下,赵匡胤第一个跃马入水,半沉半浮地向对岸游去。石守信、武行德紧随其后。

骑兵们见正副先锋官带头跳下了水,哪个还敢怠慢?"扑通"、"扑通",争先恐后地跃马下水,向对岸游去,不一刻儿尽登对岸。赵匡胤依然是亮甲红缨,手持一条蟠龙大棍,直捣唐军营盘。唐军毫无防备,又是深夜,正在梦中,闻听周军杀来,手忙脚乱,有的连衣服都没有穿,抑或是穿了上衣,没穿下衣;抑或是穿了上下衣,没穿鞋子,胡乱抢了一件兵器,跑出帐篷,与周军撞了个满怀,不死即伤。那些慢了半拍的唐军,聪明一点的弃城而逃。也有一些傻蛋,硬要往周军刀口上撞,便成了刀下之鬼。赵匡胤一连捣毁了南唐的八座营寨,斩敌五千,俘敌一万。其他营盘的唐兵,也不知周军来了多少,不战而溃。赵匡胤凯旋而归,向柴荣复命。

柴荣拍着赵匡胤的肩头赞道:"天下英雄属二弟!"

说毕,又传旨一道:"赏赵先锋银一百两、帛二十匹、酒十坛。"

从征将士,皆有所赏。

因柴荣贩过伞卖过炭,深知钱来之不易。故而,他当上皇帝后,任你是谁,也不管你立了多大功劳,可以嘉奖你,也可以给你官帽,但从未赏过任何人一两银子,抑或是半匹帛。今日之为实属破例,受赏的将士又惊又喜,高呼万岁。

赏过赵匡胤及骑兵,柴荣又颁旨一道,让赵匡胤乘胜追击,兵开泗州。

赵匡胤带着三千骑兵,改乘大船,径奔泗州城,率先登岸,依然是亮甲红缨,到城下叫阵。

城中守将范再遇,是姚凤的内侄,久闻赵匡胤"恶名",见这个丧门星前来挑战,心中害怕,当即竖起降旗。

赵匡胤入城后,做了两件大事,一是禁止周兵掳掠,违令者斩;二是张榜安民。州人大悦,争把刍粟(刍粟:刍,喂牲口的草粮。粟,古代称之为"禾"、"稷"、"谷",也是粮食的统称。)献给周军。

柴荣得报大喜,命赵匡胤移师攻打濠州。

濠州团练使(团练使:地方武官,置于唐。唐在不设节度使的地区,设团练使,掌统本区或本州军事,常以刺史兼领。五代和宋亦沿置,但无职权,亦不驻本州,仅为武臣迁转之阶,其地位高于刺史而低于防御使。)郭廷谓自知没有能力与周军对抗,叫参军(参军:参军之号,始于东汉末,本为参谋军事之意,为刺史佐官,至三国魏,幽州已有参军的设置。自晋以后,始以参军为正式官称。至隋唐,参军分为三级,九至七品不等,但参军的地位有所下降,长官对参军、簿、尉,且可杖罚。)李延邹不肯起草降表,并大骂郭廷谓贪生怕死,不战而降,有负君恩。郭廷谓大怒,拔剑杀之,自作降表,举城而降。

柴荣召见了郭廷谓,好生勉励一番,且问之曰:"天长之守将,韬略如何?"

郭廷谓答曰:"很一般。"

柴荣又道:"卿能不能为朕收复天长?"

郭廷谓道:"能!"

柴荣大喜:"既然这样,朕命卿统率濠州原班人马,去取天长,若何?"

郭廷谓又道:"敬从圣命!"

说毕,当即率领濠州军马去取天长。而守卫濠州之重任,责无旁贷地落在了赵匡胤肩上。

遣走了郭廷谓,柴荣又令高怀德去取扬州。自率大军,杀向楚州。

楚州防御使张彦卿,闻柴荣御驾亲征,督兵登城。张彦卿之子张光祚,随父登城,见周军气盛,心中害怕,劝乃父开城投降。张彦卿故作糊涂道:"儿呀,你是不是和刘崇谏喝过鸡血酒?"

张光祚回道:"没有。"

张彦卿道:"既然没有,你咋和刘崇谏一个腔调?"

张光祚反问道:"儿并不认识刘崇谏,父帅此话何意?"

张彦卿回道:"老父也没有什么意思,老父只是觉得你和刘崇谏活像一对孪生兄弟,刘崇谏已经死了,你独自一人活在世上也没意思!"说毕,拔剑出鞘,将张光祚刺倒在地。

正当众将士一脸惊愕之时,张彦卿扬刀说道:"吾等受唐天子厚恩久矣,今朝廷有难,吾等理应为唐天子解忧,有敢言降者,犬子便是尔等之鉴!"

众将士见防御使杀子以示抗周之决心,又惊又怕,全都发誓,坚决与楚州共存亡。

南唐将士既然存了一个与楚州城共存亡的心理,你柴荣还能将城攻下吗?

不可能!

一千个不可能,一万个不可能!

李璟听说张彦卿效法刘仁赡,杀子以示抗周之决心,大为感动,遣大将边镐率兵两万，驰援张彦卿。

边镐受命，率领大军星夜兼程，进驻清口，与楚州城连为犄角，互相呼应，柴荣想了又想，乃调赵匡胤前来助战。

赵匡胤受命，当即调集水师，溯淮河北上，将到清口，已是黄昏，众将都劝赵匡胤，找一个港口，停泊战船，让将士们睡上一觉，养足精神，好去攻打唐军。

赵匡胤连连摇手道："不可，不可！清口之唐军，做梦也不会想到，我军这么快便来到了清口，因而无备。我正好趁他无备而乘夜掩袭，捣破唐营，为什么要中流停泊呢？"言毕，命各船扬帆疾驶，直达清口。正如赵匡胤所料，唐军无备，虽有逻卒，巡至半夜，不见动静，便都回营安睡，等赵匡胤率兵杀到营盘门口，方才惊醒，忙敲响警锣，但为时已晚，被赵匡胤劈头一棍，打碎了天灵盖。

赵匡胤率先闯进唐寨，见人就打，武行德及周军将士紧随其后，或用枪刺，或用刀砍，杀死唐兵不计其数。赵匡胤杀入后帐，不见边镐，料他先行逃走，遂带着百骑，从帐后急出，向前追赶，约行五六里，见前面隐隐约约有个奔跑的黑影，当即加鞭疾驰，急行里许，才得追着，这黑影果真就是边镐，当即将他生擒。

赵匡胤破了清口，率部急趋楚州，与柴荣相会，并力攻城。城中势孤援绝，哪里抵挡得住！

周军已经破了楚州城，张彦卿率领残兵败将，与周军巷战，直战到兵尽刀缺，仍不肯降。战到最后，没有了兵器，张彦卿操起板凳当兵器，舍命抵抗，直到被周军刺中了后心，这才倒下，停止了反抗。守城将士千余人无一逃逸，无一投降，全部战死。周军这边，死伤的人比唐军还要多。因而，战斗结束后，不少人劝柴荣屠城，柴荣不干，反命人备了棺材，将张彦卿厚葬。随之出榜安民，休息数日，再行南下。

李璟闻报大惊，寝食俱废，默想了两天，乃遣陈觉奉表见柴荣，愿传位太子弘冀，听命中国，并献江南、江北之庐、舒、蕲、黄等十四州之地。

柴荣看了南唐之奉表，哈哈大笑，且对陈觉说道："朕兴师只是为了得到江北之地，今尔主举国内附，尚有何求？请转告尔主，朕答应撤兵，至于传位太子之事，大可不必。还有一条，他必须去掉帝号，以大周的年号为年号。"

陈觉当即回道："一切听从上国之命。"

柴荣道："为了尔国之事，朕三下南唐，如今就要走了，尔主难道不应当有所表示？"

陈觉道："有。"

"什么表示？"

"臣记性不好,说不全,五天后,臣给陛下一个准确的答复。"

柴荣知他不敢做主,也不说破,"呵呵"一笑道:"朕和卿开一个玩笑,不必当真。"

他敢不当真么!

你柴荣只要发句话,就可以叫他南唐国继续存在下去,也可以让他永远消失。

第六天午时,陈觉去而复来,除了向柴荣献上南唐国江北和江南十四州,六十县的人口、土地、田赋的图册之外,还带来了银十万两、绢十万匹、钱十万贯、茶五十万斤、米十万石、猪一千头、羊一千只、美酒一千坛,作为犒军之物。柴荣一一笑纳,凯歌还汴。

柴荣在凯歌还汴之前,又任命了一批防御使和刺史。诸如王全斌、慕容延钊、高怀德、石守信、李继勋等,让他们镇守庐、舒、蕲、黄四州及江北之地。柴荣回京后,从征之文武百官,依次行赏,或给以官帽,或给以金帛。赵匡胤得到的是金帛,而且最多:银三百两、帛五十匹。且是,柴荣还追赠他已死的老爹为太尉(太尉:官名。秦至西汉设置,为全国军政首脑,与丞相、御史大夫并称三公。汉武帝时改称大司马。东汉时又称太尉,历代多有沿置,但渐变为加官,无实权。至宋徽宗时,定为武官官阶的最高一级,其本身并不表示任何职务。一般常作武官的尊称。),又封他康健的老娘为南阳郡太夫人。连他的三弟赵匡义也被封了一个供奉都知(供奉都知:皇帝身边近侍,无品。)。

行赏结束,柴荣又把赵匡胤留下,款以美酒,谈了半个时辰。

赵匡胤的一些朋友,包括义社兄弟和慕容延钊、赵普等,或携美酒,或携金帛,纷纷来到赵匡胤家向太夫人祝贺。

其实,他们祝贺的不是太夫人,而是赵匡胤。

但不管是为谁而来,都是赵家的事,太夫人一面命赵匡义买酒买肉,整治酒宴;一面又遣小厮去向赵匡胤报告。可是,直等到午时七刻,赵匡胤方一脸醉态的回来。

他虽然醉了,还知道双手抱拳,向大家谢罪;也知道给大家敬酒,尽欢而散。

送客的时候,赵匡胤当着众宾客的面对赵普说道:"普兄,请你留步,小弟还想和你再喝几樽。"

赵普有些受宠若惊,但又担心赵匡胤喝坏了身体,笑拒道:"二弟,你今天已经喝的不少了,咱隔天再喝吧。"

赵匡胤道:"不行,我今天特想喝,你……你给我等着。"

赵匡胤送完客人归来,让赵匡义弄了四个菜、一壶酒,与赵普相向而坐,又喝了起来。三樽酒下肚,赵匡胤呕吐起来,赵普一边为他捶背,一边喊道:"三弟呢,端一盆凉水来。"

赵匡义应声而至,放下脸盆,又去端了小半簸箕草木灰,倒在秽物之上,等赵匡胤不吐了,便开始清理秽物。

赵普也没闲着,先是为赵匡胤洗脸,继之又为他找醋,可赵匡胤拒绝喝醋,连连摇手道:"我不喝,我没醉,我真的没醉。我直想哭……"说着说着,真的哭了起来,且是号啕大哭:"我……我……莫道是脸耳,就是心……心肝也很肥厚呢!若是陛下需……需要,只管操刀来……来……来取……"

赵普和赵匡义皆都吃了一惊。

赵普试探着问:"二弟,陛下说您什么了?"

"陛下也许是真的醉了,掏心掏肺地对我说道,有人告发我,说我从南唐回汴京时,带了两口大……大、大箱子,说那两口大箱子里,装的全都是金银财……财宝。这话,陛下若是不……不醉,他是不会说……说的。"

赵普和赵匡义异口同声地问道:"您怎么回答?"

"我,我说,臣确实从南唐带回来了两口大……大箱子,但那里边装的不是金银财宝,而……而是书。这两口大箱子,就……就放在臣的书房,请陛下遣使去查,若里边不是书,臣,臣自己把脑袋割……割下来,向陛下请……请罪!皇上说,朕相信你。不过,朕很想知道,你那箱子里都装的是……是……什么书呀?我说,有《孙子兵法》,还有《春秋》、《论语》、《孟子》、《韩非子》,等等。皇上又问:'作为一个武将,只须读一读兵书就可以了,还要读什么《春秋》和《论语》?我……我……呕、呕……"

赵匡义忙把脸盆端到赵匡胤跟前。

大概腹中的秽物已经吐尽,赵匡胤呕了许久,只是吐出几口浓涎液。

赵普一边用湿巾给赵匡胤擦脸一边问道:"后来呢?"

"后来……后来我对道,臣家世代习武,臣又是行伍出身,常被那些读书人轻……轻看,臣想读一些兵书以外的书,好让他们不……不再轻看臣。你俩说,我回答得对……对不对?"

"对,对极了!"赵普、赵匡义同声说道。

"可是……可是,皇上又将了我另外一————————一军!"

"什么军?"赵匡义问。

"陛下盯着我的双眼说道:'卿方面大耳,一派帝王之相,久后必要位居九王之尊!'"

"您怎么回答?"赵普和赵匡义一脸担心地问道。

"我……我听了陛下的话,吓得出了一身冷……冷汗。我猛喝了几口酒,故作镇静地说道,'臣不仅方面大耳,而且体壮如牛。不过,臣的躯体乃至性命都是属于陛……陛下。如果陛下喜欢,臣甘愿为您奉献一……一切。莫道是脸耳,就是心……心肝,也很肥厚呢! 陛下需……需要,尽管操刀来……来取,臣不会皱……皱一下眉头!'"

"听了你这话,陛下怎么说?"赵普问。

"陛下略有尴……尴尬地说道,'爱卿言重了。'我当即做出一副悲痛欲……欲绝的样子说道,'陛下适才所言,让臣心如刀绞,臣方面大耳,乃是父母所……所赐,陛下身登九五,却是天命所……所归。臣不能违父母之命而生就这个样……样子,就像陛下不能违……违天命而拒……拒绝王位。陛下以为臣该怎么办?'听了我的话,陛下开……开怀大笑道,'朕不过是酒后戏言,卿何必当真呢!'"

赵普长叹一声,如释重负道:"二弟所答,无隙可击。可是,也不知道您想了没想? 皇上这是对您起了疑心。"

赵匡胤道:"俺俩有八拜之交,我又对他忠心耿耿,他……他为什么对我起……起了疑心?"

赵匡义道:"功高震主!"

赵普摇头说道:"有这么一点意思,但真正的原因恐怕不止于此!"

赵匡义有些不服:"依普兄所见,真正的原因是什么?"

赵普道:"真正的原因是什么,愚兄先不说,愚兄给你讲一件事。两个月前,愚兄去上善茶楼饮茶,见几个老茶客在一块儿窃窃私语,隐隐约约听到了一些私语的内容,说是万花楼的小鸽子不知为了什么,对点检司的赵都虞侯恨得咬牙切齿。为了收拾赵都虞侯,拼命巴结一个姓常的老相士,这老相士被小鸽子迷住了,跑进皇宫,对当今天子说道,'他做了一个梦,太白金星对他说,方面大耳的人将要做天子。'周天子竟然信了,说要杀尽方面大耳的人。二弟也是方面大耳,是不是……"赵普将话顿住。

赵匡胤悚然一惊,怪不得前一时期,那些生得方面大耳的文武大臣,不是被朝廷杀头,便是失踪,可是……赵匡胤像是自语,也像是说给赵普听,"我也是方面大耳呀,且是我的脸比周太祖的还要方,那耳,也比周太祖的大,皇上为什么没有杀我呀?"

赵普想了一想说道:"皇上为什么没有杀您,依愚兄之见,原因有四。一是他和您有八拜之交,您又有恩于他,他不忍心杀您;二么,您对朝廷忠心耿耿,几次力挽狂澜,才使皇上得以坐稳天下,并开拓了疆土,他没有理由杀您;三么,他是一个雄主,一心要做第二个秦始皇,他还要靠您为他打仗,为他卖命,他不能杀您;四么,您不只有恩于皇上,亦有恩于皇后，而皇上对皇后言听计从，没有杀您，怕是枕边风起了不少作用！"

赵匡胤轻轻颔首道："如普兄所言，下一步我该怎么办？"

赵匡义怒气冲冲地说道："杀了昏君，哥哥当皇帝！"

赵匡胤脸色大变，厉声斥责道："你都胡说些什么？再胡说，我把你赶出去！"

赵普慌忙劝道："二弟，您别生气，三弟的话，也不是一点道理也没有。"

"你……"赵匡胤指着赵普的鼻子说道："三弟年幼无知，说出不知深……深浅的话。你咋还认为他……他的话有道理？"

赵普道："皇上确实够浑的……"

"你……你给我住口！"赵匡胤大声吼道。

"您别嚷，您听我把话说完。抛开您和皇上的私交不说，但就您对大周的贡献，皇上也不该对您起疑心。您若不是随机应变，恐怕您是死定了。君不以臣为臣，臣也不必以君为君呢……"

"你……你给我住口！"赵匡胤指着赵普气急败坏地说道。

赵普道："您别嚷，您听愚兄把话说完。"

赵匡胤道："我不听，不听！"

"不听，愚兄也要说。下一步嘛，得想法把常相士和小鸽子除掉……"

赵匡胤忙将赵普的话打断："我不听，我也不管！"

赵匡义道："您不管，我管。普兄，常相士和小鸽子的事包在小弟身上，你继续往下说。"

赵普点了点头，说道："下一步嘛，您为人要更加谦虚，切不可居功自傲；对于皇上么，要表现出更加忠诚。另外，愚兄听说，符太师的三个女儿，既美又贤，大女儿符秀英，已经做了皇后，不必再言；二女儿秀洁、三女儿秀凤，皆待字闺中，弟媳金蝉，已仙逝一年余，二弟可向符太师求婚，无论是娶了他的二女儿，抑或是三女儿，您便成了皇上的连襟，亲上加亲，又有皇后和太师为您撑腰，皇上若再想杀您，也得掂量掂量！"

赵匡胤连道："不可，不可！"

二十五　把丑丢到国外

韩熙载对李璟说道:"臣通过这一个月的观察,陶谷决不是什么正经人,臣想让他原形毕露,陛下以为若何?"

好姻缘,恶姻缘,奈何天! 只得驿馆一夜眠,别神仙……待到鸾胶续断弦,是何年?

柴荣怒斥陶谷:"你想风流,也该拣个地方,竟跑到国外去风流,还向妓女示爱,你把大周的人给丢尽了!"

听了赵普的招儿,赵匡胤连道两声"不可"。

赵普一共为赵匡胤支了三招,到底是哪一招不可呢? 赵普把这三招儿全在脑海里过滤了一遍:第一招,要他干掉常相士和小鸽子,赵匡胤明确表态不管,这一招不说了。第二招,要他以后更加谦虚,切不可居功自傲,这一招赵匡胤不会反对,也不说了。第三招,要他向符太师求婚,娶皇后之妹为妻,赵匡胤说"不可",恐怕指的就是这一招了? 对,就是这一招!

"二弟,愚兄要您向符太师的女儿求婚,您连道不可,莫不是觉着他的两个女儿不够漂亮,抑或是不够贤淑?"

"不是。"

"那到底为了什么?"赵普追问道。

"古礼,父母亡故,要守丧三年。在这期间不能外出做官,也不能住在家里。而要在父母坟前搭个小棚子,睡在里边,而且不能吃肉喝酒,不能与妻妾同房,还不能听丝弦之乐,不能洗澡,不能剃头,不能更衣,否则要惹人耻笑! 而我,不只出外做官,还喝酒吃肉,已经很不成样子了,如今再去向符太师求婚,岂不让人捣断脊梁骨!"

赵普道:"您也别太自责了,您做官,乃是皇上叫您做的,古礼称之为夺情。您喝酒,也是皇上叫您喝的,您能不喝吗? 皇上可以'夺情'让您做官,难道还不能'夺情'赐您一杯酒吗? 至于回家喝酒之事,更不能自责。何也? 您为父居丧,不喝酒是为了还报父母三年的怀抱(怀抱:《论语·阳货》:"子生三年后免于父母之怀。")之恩。可是,当您的父母同时受了皇封,您该不该贺?"

"该。"

赵普道:"既然应该,您还自责什么?"

"这……"赵匡胤非常武断地说道:"普兄说的虽然有一定道理,但居丧期间,我不会考虑续弦之事!"

赵普道:"好! 好! 咱今天就谈到这里。您今天喝了不少酒,咱隔天再谈,您歇息吧,我去三弟那里稍坐一会儿。"说毕,朝赵匡义使了一个眼色,一前一后走了出去。

三天后,小鸽子和常相士俱都失踪,万花楼议论纷纷,说他俩私奔了。老鸨找了半年,一无所获。

赵匡胤因为"夺情",才出任征讨南唐的先锋,南唐已经屈服了,割地求和,赵匡胤本应该交上先锋印,以及点检都虞侯和归德节度使之印,回家守丧,可柴荣不答应,他只能白天上朝,晚上为父守墓。

忽一日,南唐使者张向龙求见赵匡胤,送来白银三千两。赵匡胤一脸诧异地问道:"尔送错了人吧?"

张向龙道:"没错,就是送给您的。"

赵匡胤道:"送我这么多银子,我可享受不了!"

张向龙道:"您是上国的第一战将,吾主对您十分敬仰,略表一点心意,请您笑纳。"

赵匡胤轻轻颔首道:"我知道了,请尔转告尔主,银子,我赵匡胤全笑纳了,友情后补。"

张向龙不迭声地说道:"小意思、小意思,赵都虞侯能够笑纳,乃是看得起我们的大王,还说什么友情后补的话!"

送走了张向龙,赵匡胤立马去见柴荣,将三千两白银如数上缴朝廷。

柴荣慰勉有加道:"你真是朕的好兄弟,大周的栋梁之臣!"

安慰过赵匡胤,柴荣当即遣陶谷出使南唐,责问他们送赵匡胤三千两白银是何用意?

李璟见天使来到,亲自出宫相迎。陪同李璟的南唐大员有陈觉、韩熙载和顾闳中等。一路上,陶谷紧绷着脸,到了大殿,李璟忙命宫人献茶。陶谷连茶也不喝,一脸严肃地问道："李国主,你知道本使为甚而来吗?"

李璟一脸堆笑道："本主不知,还请天使明示。"

陶谷施着长腔说道："本使问汝,汝既然向大周称臣,为什么还要张向龙拿银子去贿赂赵匡胤?"

"这……"

陈觉双手抱拳道："天使,给赵匡胤送银子的事与吾主无关。"

陶谷一字一顿道："此事既然与尔主无关,难道与尔有关不成?"

陈觉道："天使所言甚是。"

"汝为什么要给赵匡胤送银子呀?"陶谷问。

"卑职想当宰相,吾主没有答应,卑职想通过赵匡胤,向吾主施加压力。"陈觉回道。

陶谷道："尔之言,本使不信。但尔既然这么说,本使想召张向龙,当面问个明白,尔说可不可以?"

陈觉转脸瞅着李璟。

李璟道："朕这就遣人去召张向龙。"

陶谷道："去吧。不过,本使的副使无事可做,能不能让他陪着国主的使者,一块儿去召张向龙?"

李璟迟疑了片刻,说道："也可。"

张向龙来了。

张向龙在大周副使的监督下走进大殿。

陶谷向李璟点了点头,李璟心中像十五个吊桶打水——七上八下,但又不得不问。

"张向龙,你是不是去过汴京?"

张向龙铿声回道："臣去过。"

李璟又问道："为何事而去?"

张向龙道："陛下是让臣说实话呢,还是说瞎话呢?"

李璟道："当然是说实话了。"说完这句话,心口咚咚乱跳。

张向龙道："陈监军乃三朝元老,又有大功于南唐,南唐的宰相之位空缺了一年有余,但陛下听信谗言,不肯把宰相一职授给陈监军。臣看不下去,自筹白银三千两,去见大周的一号战将赵匡胤,想叫赵匡胤出面压一压您。"

李璟怒目说道："你好大的胆子!"

张向龙道："臣这样做是为咱南唐着想。"

李璟道:"信口雌黄,拉出去斩了!"

陶谷忙道:"且慢!本使这次使唐,乃是周天子所遣,张向龙虽然该杀,但也得请示了周天子之后再杀。这样好不好?本使修一表章,将事之根末,详细上奏周天子,怎么处置,听凭周天子决断。"

李璟及一班大臣,齐声说道:"天使此言甚是。"

陶谷此来,乃是为了南唐向赵匡胤贿赂银子之事,此事既然已经责问过了,就应该回朝复命。可他假装腹疼,住在南唐不走了,这一住便是一个月。

李璟美酒佳肴相款,他却故意找茬,不是说酒酸了,再么说是饭咸了,且对李璟和南唐大臣颐指气使、挖苦讽刺,李璟敢怒不敢言。

某一天,陶谷突然对李璟说道:"本使出使汝国,已经一个月了,周天子岂能无念!但本使这病,三五天不可能痊愈,本使之意,让副使携上汝的表章,连同张向龙回国复命,汝说可好?"

李璟连道了两声"好"。是夕,设宴于千岁殿,为副使饯行。第二天,已时一刻,李璟亲自为副使送行,说是要向周天子贡上两个少女,并要她们即刻随副使去汴。话刚落音,陈觉领着两个少女来到千岁殿。

这两个少女,一个叫杨玉儿,一个叫秦莹莹,她们一下车,众人的目光全都看呆了。

漂亮,实在太漂亮了!漂亮得超过了御勾栏的无价宝和万人迷。

陶谷悄悄地将涌到嘴边的唾液吞下,暗自骂道:"奶奶的,早知有这两个美女要送周天子,我还装什么病!"可事到如今,他也不好意思说自己没病了,但他把对这件事的仇恨记在了李璟头上。

送走了副使,陶谷变本加厉地找茬羞辱李璟君臣,韩熙载忍无可忍,对李璟说道:"臣通过这一个月的观察,陶谷虽然衣冠楚楚,但决不是正经人,臣想让他原形毕露,陛下以为若何?"

李璟道:"卿若能让陶谷原形毕露,朕给卿官升一级。不过,他乃大周皇帝所遣,若没十分把握,就别轻举妄动!"

韩熙载拍着胸脯说道:"请陛下放心,臣有十成把握。"

李璟道:"既如此,卿就看着办吧。"

韩熙载道:"既然陛下这么说了,臣斗胆请求陛下,自今日始,不再用美酒佳肴招待陶谷,陛下也不再和他见面。"

李璟道:"这……也可。"

自此之后，招待陶谷的不再是美酒佳肴，而是粗茶淡饭，陶谷受不住了，询之驿馆人员，驿馆人员回曰："吾国穷，凡出使吾国的使者，三天之内，款以美酒佳肴，过了三天，便以粗茶淡饭相待。不知为甚，那美酒佳肴，硬让您享受了一个月，才变为粗茶淡饭。"

陶谷暗道："使者，你李璟也应当分一分什么使者？你南唐是我大周的附庸国，大周的使者，能与北汉等国的使者同日而语吗？你越这样待我，我越不走，看一看谁熬得过谁?!"

他心硬，但嘴不硬，肚子也不硬，撑了五天，撑不住了，题字于墙上："西川犬、百姓眠、虎扑儿、公厨饭。"驿吏一连看了三遍不懂，抄下来送给韩熙载。

韩熙载一看笑了，说这是"字谜"。

驿吏道："韩大学士，能不能说一说，这字谜怎讲？也好让下官长一长见识。"

韩熙载道："好，我这就讲给汝听。"

当即摇头晃脑讲道："'西川'即是蜀，蜀加上犬，是一'独'（獨）字；'百姓'为民，'眼'为目，合起来就是'眠'字；'虎扑儿'是指爪子，'爪'、'子'两个字合并是'孤'字；'公厨饭'是官家的食物，'官'字加上食（饣）字是个'馆'字，连起来就是'独眠孤馆'。"

驿吏恍然大悟："如此说来，他是寂寞了！"

韩熙载点了点头。

驿吏道："如此，为之乃何？"

韩熙载道："汝不必多问，本学士自有办法。"

当天晚饭之后，陶谷正在驿馆散步，走来一个绝色女子，敝衣竹钗，陶谷目不转睛地盯着她。当这位女子从他身边走过之后，突然又折了回来，低着头像在寻找着什么。

陶谷低声问道："这一女子，你是不是丢了东西？"

美女朝他瞟了一眼，一脸羞涩地回道："丢了一条手帕，不知官人可否看见？"

陶谷道："什么样手帕？"

美女回道："手帕倒是一般的丝帕，只不过，那上边绣了一对鸳鸯，小女子特别喜欢。"

陶谷笑道："这样的手帕，在我大周汴梁，随处可见，三文钱就可以买一条。"

美女"啊"了一声，瞪大一双吃惊的美目，问道："三文钱就可以买一条呀？"

陶谷将头点了一点。

"三文钱就可以买一条绣有鸳鸯的丝帕?"美女有些不大相信。

陶谷点了点头说道："如果买上十条的话，每一条只须两文钱。"

"啊,才两文钱?! 您是在骗人的吧,买一条这样的手帕,在我们金陵,得花三十文呢!"

陶谷笑道:"如此说来,我也不用做官了,改做手帕生意,说不定呀,一个月赚的,比我一年的俸禄还高。"

"您,您好像不是俺大唐人?"

陶谷一脸自豪地说:"在下是从大周来的。"

"您在大周做什么官?"美女问。

"翰林学士兼翰林承旨!"陶谷一字一顿地回道。

美女惊叫一声:"啊,那您一定是一个学富五车的人了!"

陶谷也是一脸吃惊地问道:"学富五车? 你也知道'学富五车'?"

美女也是一脸自豪地回道:"当然知道!"

"汝既然知道,汝不妨说一说,'学富五车'是什么意思?'学富五车'这一成语,又出自何处?"

美女语如莺啼道:"'学富五车'嘛,形容学问渊博,语出《庄子·天下》,'惠施多方,其书五车'。"

陶谷击掌赞道:"才女也! 本使做梦也没想到,在南唐能够遇上这样一位才女! 才女可否到本使下榻之处稍坐片刻?"

美女道:"天使相邀,是小女子的荣幸,不过……"

"不过什么?"

"小女子还没有找到手帕。"

陶谷"呵"地一声笑了道:"不就一条手帕嘛! 像汝所说的这种手帕,本使房中就有十几条,全送给汝。"

美女又惊又喜:"真的吗?"

"真的!"

"好,小女子这就跟您一块儿去拿手帕。"

陶谷在前,美女在后,不一刻儿,便来到了陶谷的下榻处,陶谷打开箱子,取出一条鸳鸯手帕问道:"你丢的是不是这一种?"

"是,就是这一种。"美女频频颔首道。

"给,这一条就送给你了。"

美女接过手帕,连声道谢。

陶谷把箱子里的手帕全拿出来,数了数道:"美女,这手帕一共十二条,我把它全送给汝。"一边说一边往美女手里塞。

美女欲接又止:"您已经送了小女子一条,这些您就留着自己用吧。"

陶谷又是"呵"地一声笑道:"傻妞,我一个大男人,要这么多手帕干啥?"

"您,您可以送人呀!"

"送人?"陶谷摇了摇头,说道:"我谁也不送,就想送给汝,汝若是不要,我可要生气了!"

"好,好,'恭敬不如从命。'"美女双手接过手帕,又道了两声"谢谢"。

"不就几条手帕吗,值不得谢,坐,请坐。"陶谷朝他对面的竹圈椅指了一指说道。

美女又说了一声"谢谢",方才落座。

陶谷欲要为美女倒茶,美女慌忙站了起来,给陶谷和自己各倒了一杯。

二人一边喝茶,一边闲聊。

"美女,怎么称呼?"

"俺姓秦,小名弱兰。"

"芳龄几许?"陶谷问。

"一十七春。"

"仙居何处?"陶谷又问。

"就住在驿馆的后边。"

"啊,如此说来,咱们还是近邻呢!"陶谷惊呼一声说道。

"小女子能做天使的近邻,是小女子的荣幸!"

陶谷哈哈大笑道:"美女真会说话。"

秦弱兰谦谦地一笑,说道:"天使过奖了! 天使如此谬赞小女子,小女子有一不情之请,不知当不当讲?"

陶谷笑嘻嘻地说道:"你我一见如故,有什么话,但讲无妨!"

"天使是上国的翰林,学富五车,小女子想向您求一副字,不知天使给不给小女子这个面子?"

陶谷一脸轻薄地说道:"给,给! 小美女长得如此之美,又如此会说话,莫说向本使讨一副字,就是要本使的心肝,我也摘给汝。"

秦弱兰一脸娇态道:"这可是您说的,小女子不要您的心肝,只要您的字,您能不能这会儿就写一副给小女子?"

"可以！但有个条件,汝得给我研墨。"

秦弱兰向他抛了一个媚眼,娇嗔道:"这事还用您说吗?"

秦弱兰研墨的时候,陶谷色眯眯地盯着她,还时不时说一些挑逗的话,秦弱兰虽然没有接腔,但从表情上来看,还是很乐意听的。

等秦弱兰将墨研好,陶谷挥笔而就,字如游蛇,又如龙舞。那条幅的内容,是一首词。词名《风光好》,词曰:

> 好姻缘,恶姻缘,奈何天!只得驿馆一夜眠,别神仙。琵琶拨尽相思调,知音少。待得鸾胶续断弦,是何年?

这哪里是一张条幅,分明是一封求爱信?

条幅写毕,陶谷又摇头晃脑地念了一遍,色眯眯地瞅着秦弱兰:"美女,本使给汝写的这张条幅如何?"

秦弱兰回道:"写得好极了!"

"这可是一首词呀,是为汝写的词,汝可知道它的含义?"

"这……"秦弱兰的脸微微有些泛红。

"要不要本使给汝解说一遍?"

"不,不用,小女子看得懂。"秦弱兰一脸羞涩地说道。

"既然看得懂,那我就不用多说了,我……"陶谷一边说一边往秦弱兰身边凑。

秦弱兰笑脸相迎。

陶谷左手捉住她的右手,另一只手放在她的右胳膊上,轻轻地摩挲。

摩挲了一会儿之后,改换了招儿,一只手揽住秦弱兰小蛮腰,一只手按住秦弱兰的小腹。按小腹的那只手不断地上移,一直移到秦弱兰的丰乳方才停了下来。

"别,别这样!"秦弱兰一边说一边去掰陶谷按在她乳房上的那只手,但并未十分用力。

这样一来,陶谷愈发放肆,又改换了招儿,向更为敏感的地方发展。

秦弱兰不干了,一边推他一边说道:"天使,实话给您说,小女子的父亲,便是这个驿馆的驿吏,驿馆的人全都认识小女子,小女子若是在这里待的时间太久,他们怕是要嚼舌根的,这样一来,对您不好,对小女子更不好。您若真的喜欢小女子,您就放小女子走,明日午后,您去水上楼开一个房等我,我一定让您如愿。"

她这一说,陶谷不好再说什么,便将双手撤回。送秦弱兰走的时候,还一再叮嘱:"弱兰,你可要说话算数,我明日午后在水上楼等你。"

秦弱兰道:"您放心,小女子一定说话算数。"

第二天中午,陶谷扒拉了一碗米饭,便急匆匆去了水上楼,开了一个房间,要了一壶茶,一边喝一边等秦弱兰。可是,直等到太阳西沉,也不见秦弱兰来,一脸失望地回到了驿馆。

第二天中午,陶谷又是胡乱地吃了点午饭,疾步来到水上楼。又是等到太阳西沉,又是一脸失望地回到了驿馆。

虽说失望了两次,可他并不绝望,他觉着,秦弱兰的私处都让他摸,不会有意不来赴约,定是遇到了什么麻烦,脱不开身。我明天还去水上楼等她,不信她不来。

谁知,李璟不给他时间。第二天中午,李璟在天福宫宴请他。他推了三次,都没有推掉。

这一次的御宴虽说不算丰盛,可南唐的文武大员几乎都出席了,多达一百余人。因为是宴请陶谷的,陶谷理所当然的坐了首席。宴会上,陶谷又拿出一副天使的派头,对李璟及其南唐大臣指手画脚。

酒过三巡,李璟一脸讨好地说道:"天使,寡人新得一位美女,歌唱得特好,容貌亦好,寡人欲召她进宫,唱几首歌为天使一助酒兴如何?"

陶谷"嗯"了一声道:"也可。"

不一刻儿,秦弱兰一身艳妆地走进宫来,向李璟和陶谷拜了三拜,柔声说道:"小女子唱得不好,还请大王和天使原谅。"说毕,便展开歌喉,唱了起来。

秦弱兰刚进来的时候,陶谷并未把她认出来,直到她开口说话,方才认出,又惊又喜:"这不是我朝思暮想的秦弱兰嘛!她倒真也会装,见了我如同路人,我……"

陶谷正在暗自思忖,秦弱兰的歌声响了起来,而且唱的就是陶谷为她即兴而作的《风光好》:

> 好姻缘,恶姻缘,奈何天!只得驿馆一夜眠,别神仙……

"好,唱得好!"南唐的文武大臣,一边高声喝彩,一边用异样的目光瞅着陶谷。

陶谷面如血涌,无地自容。宴会还没结束,他便溜出天福宫,卷起铺盖,悄悄地出了金陵,回到了汴京。

他原以为,回到汴京,他出使南唐的这件丑闻就不会有人知道。故而,照常上朝下朝。

谁知,这事儿并没完,在汴京的大街小巷,突然有人唱起了《风光好》。

不到十天,这《风光好》竟然在汴京城走红,大人小孩都会唱。不但会唱,他们还知道这首歌是陶谷写的,是为秦弱兰写的。而且,他们还知道,秦弱兰并不是什么驿吏的女儿,而是金陵城的一个名妓。

这件事很快传到了宰相范质的耳里,范质又把这件事的始末,原原本本地上奏了柴荣,柴荣很生气,把陶谷召进内殿,痛骂了一顿:"好你个陶谷,表面上道貌岸然,一副正人君子的模样,却干出如此丢人丧德的事。你想风流,也该拣个地方,竟跑到国外去风流,还向一个妓女示爱,你把大周的人给丢尽了!"

吓得陶谷浑身乱抖,趴在地上不住地磕头。若不是柴荣爱才,他头顶上那个乌纱帽,怕是戴不成了!

陶谷确实有才,但他自恃才高,又热心仕途的迁升,见后学有文采者,一定极力赞誉,对于那些达官有名望者,则巧为诋毁排斥。

有一个叫何承裕的人,人品好,有才名,但嗜酒狂逸,喝多了酒和伶人混在一起,不是唱歌,便是演戏,深为士大夫所不齿,但柴荣爱他有才,问陶谷:"朕想让何承裕做知制诰(知制诰:南北朝时期设置的官员,负责起草诏书。),卿以为如何?"

陶谷立马回道:"让何承裕做一个伶人还差不多,若让他做知制诰,有伤国体,恐怕不妥。"

因陶谷这一句话,何承裕没有当上"知制诰"。于是,何承裕便充分发挥他"伶人"的天赋,跑到陶谷家里,给他唱挽歌。且是,这挽歌里边还嵌上了陶谷的名字。

陶谷非常生气,责之曰:"我又没有死,你唱什么丧歌?"

何承裕回道:"陶学士也不是长生不老的人,早晚得死。我早些儿给你唱,你还能听到。若是等你死了,我再来唱,那还有什么意思?"

陶谷说不过他,只得放下架子,用好酒好肉招待何承裕,堵他的嘴。等陶谷出使南唐,向妓女求爱的事传到何承裕耳里,他立即跑到宫门,要面见天子。周天子虽说没有见他,但他的来意周天子已经知道了——我何承裕和伶人混在一起,有辱风雅,不该做知制诰,可陶谷他向南唐妓女示爱,把人都丢到了国外,还该做翰林学士吗?

宰相范质也劝柴荣,让他撤了陶谷的职,可柴荣终因爱其才,而不忍撤之。

陶谷向妓女示爱之事,到了这里,本该圈上一个句号。谁知,到了明朝,著名画家唐寅,也就是唐伯虎,根据这件事,画了一幅《陶谷赠河图》,并题诗一首:"一夜姻女象逆旅中,短词聊认识泥鸿。当时我作陶学士,何必尊前面发红!"

唐寅这一弄,陶谷更加出名了,且让历史也知道了,直到一千多年后的今天,还被人们作为笑谈。

转眼到了显德六年,周军经过半年多的休整,可谓是兵强马壮,正拟出兵北汉,范质谏道:"北汉乃一撮尔小国,若非辽国为它撑腰,只需遣一偏师,就可以把它搞定。倒不如先伐辽邦,收复被契丹人占领的燕云十六州,断北汉之援。若把北汉的援给断了,北汉就成了无源之水,扫平它易如反掌!"

柴荣沉吟良久道:"卿言是也。"遂下诏亲自征辽,收复燕云十六州。

燕云十六州包括幽、蓟、瀛、莫、涿、檀、顺、蔚、新、妫、儒、武、朔、云、应、寰等州,分布在今天的河北、山西的北部,历史上一直是中原疆土,直到公元936年,后唐的天平节度使石敬瑭想当皇帝,便向契丹称臣,借兵来灭后唐,许之曰,事成之后割让燕云十六州给契丹。于是,契丹主率兵五万,帮助石敬瑭灭了后唐,石敬瑭做了皇帝,不只把燕云十六州割给了契丹,还恬不知耻地称辽主为"父皇帝"。

这是中原,也可以说这是中国的耻辱!故而,柴荣一当上皇帝,便暗下决心,要收回燕云十六州。

这还不单单是雪耻的问题,由于燕云十六州割给了契丹,从而使中原王朝无险可守,一直处于契丹铁骑的威胁之下。要想解除这种威胁,唯一的办法就是北伐,夺回燕云十六州。

要打仗,就得有战将,柴荣第一个就想到了赵匡胤,来了个二次夺情,拜赵匡胤为水路领兵大元帅,韩通为陆路领兵大元帅,分水旱两路北进,到沧州会合。柴荣则带着李重进、张永德、王彦超、曹彬等十数员大将,乘坐龙舟,步赵匡胤之尘,作为后应。

赵匡胤这一路,也是战将如云,除了高怀德、韩令坤、慕容延钊、李继勋、王政忠、刘庆义等人之外,还有赵普、李处耘以及潘美等。他们乘着战舰,顺风顺水,第一站是瀛洲,第二站是莫州,此二州之各县,自石敬瑭割让给辽邦后,已多年不见兵革,突然见大队周军到来,一个个心惊胆战,逃得无影无踪了。于是,赵匡胤便挥戈宁州。

宁州刺史王洪,接到周军北伐的情报,忙向辽主请求救兵。谁知,辽主那里兵尚未遣,周师已经打到了城下。王洪自忖,凭他手下那数百名老弱残兵,万难守住宁州城,倒不如开城乞降为上策。

赵匡胤不战而下宁州城,以王洪为向导,进抵益津关(益津关:唐置。故址在今河北霸县。五代晋初地入契丹。周显德六年(公元 959 年)世宗收复其地,建为霸州,与瓦桥、淤口合称三关。)。关中守将佟廷辉,登关南望,见河中周舰,一字儿排着,旌旗招展,戈戟森严,大惊失色,正不知如何是好,忽听关下有人大叫道:"快快开门!"

佟廷辉俯视叫关之人,乃是宁州刺史王洪,大声问道:"王大人,你不在宁州守城,来此何干?"

王洪仰头说道:"快快开关,我有要事和你商议。"

既然有要事商议,佟廷辉不能不开关了。

佟廷辉将王洪迎到大帐,刚一落座便问道:"王大人,您说有要事相商,但不知相商何事?"

王洪道:"周军这次北伐,周天子御驾亲征,水军统兵大元帅,又是那个出了名的恶魔赵匡胤,我自知非周军对手,为了全城百姓,降了周军。"他一边说一边观察佟廷辉的反应。

佟廷辉勃然变色,手按长剑,厉声斥道:"王洪,辽主对你不薄,你竟敢背主求荣,还要为周人游说,就不怕我杀了你吗?"

二十六　神秘的木牌

柴荣听说曹彬回来献俘,抱病升帐。他盯着俘虏李在钦看了许久问道:"汝可是中原人氏?"

赵普开导赵匡胤:"您是节钺重臣,又位列朝班,乃禁军中八大巨头之一,距皇帝的宝座,仅一步之遥。"

柴荣见了"点检做天子"的木牌,头"轰"地一下大了。这不就是谶语吗? 一种不祥之感涌上心头。

王洪见佟廷辉发怒,微微一笑说道:"大人说话差异,你说我背主求荣,我王洪承认。但我王洪想问你一个问题,在后唐清泰三年以前,咱们的主人是谁?"

"是唐废帝。"

"咱们的仇人呢?"王洪追问道。

"是,是辽国。"佟廷辉的回答,显然没有刚才那么有底气了。

"咱们的主人既然是唐废帝,现在为什么变成了辽主?"

"是,是晋高祖石敬瑭将咱们卖给了辽邦。"

"什么晋高祖,呸,地地道道的大卖国贼,中国历史上最无耻的卖国贼,为了当皇帝,认贼作父,还公开称辽主为'父皇帝',全国人都跟着他丢人! 我们真正的祖国是大周,我们真正的主人是周天子。我这一次'降周',不是背主,而是回到了故国的怀抱,回到了真正的家! 我这样做,若是背主求荣的话,那天底下就没有道理可讲了! 我把话说到这个份上,你若是还执迷不悟,还要为辽邦守城,那才真是叫认贼作父,数典忘祖了! 何况,凭你手下那几百将士,能抗得住天兵吗?"

听了王洪这一番慷慨激昂的话,佟廷辉犹如醍醐灌顶,双手抱拳高拱,身体略弯,向王洪行一礼道:"王大人这一番话,乃是肺腑之言,使我幡然醒悟,我不能再为仇人卖命了,我要回归故国!"

王洪凭着三寸不烂之舌,说降了佟廷辉。佟廷辉大开城门,将周军迎进城去。赵匡胤进城后,对佟廷辉好言抚慰了一番。本应去沧州和韩通相会,但赵匡胤听说,韩通之军,被滞留在淤口关一带,没有五七日赶不过来,他便自作主张,进军契丹的另一名关——瓦桥关。

佟廷辉得知周军要进攻瓦桥关,建言道:"此去瓦桥关,不过数十里,但水路狭隘,不便行船,大帅若要前行,须舍舟登陆,方可前进。"

赵匡胤点头称是,将行之时,遣义社十兄弟之一的王政忠与王洪一道还守宁州,并留下刘庆义、刘守忠及周军数百,助佟廷辉守益津关。自率水军,舍舟登岸,直捣瓦桥关。

瓦桥关守将姚内斌,不知道赵匡胤的厉害,竟然率领数千骑,出来截击,被赵匡胤打了个落花流水,姚内斌逃回关中。赵匡胤将瓦桥关团团围住,攻打了一日一夜,未曾攻下。

翌日,韩通率陆军赶到,告诉赵匡胤,淤口关已为周军所破。赵匡胤听了大喜,驱马来到瓦桥关下,高声喊道:"请姚内斌答话。"

姚内斌来到关上,双手一拱道:"你我刀戈相向,有本事你就将敝关攻下,没本事你就撤兵,咱俩有何话可说?"

赵匡胤道:"姚总兵此话差矣,你我虽说刀戈相向,实是万不得已。本帅问汝,你的祖先是不是中原人?"

"当然是。"

"在后唐清泰三年之前,瓦桥关为何国所有?"赵匡胤又问。

"为后唐所有。"

"后唐今为何国?"赵匡胤紧追不舍。

"为……为后周国。"

"汝说得对,瓦桥关本来就是中原的版图,汝也是中原人,为石敬瑭所卖,不得已屈从于辽邦,这不能怪汝。如今,王师已到,汝不但不迎接王帅,回归故国,反而据关以抗王师,难道汝真的要抛弃自己的故国,甘心服侍胡虏吗?"

"这……"姚内斌有些语塞了。

"这一次周天子御驾亲征,瀛、莫、宁三州,一是畏惧天子的威严,二是怀念故国的亲友,望风而降,唯独你负隅顽抗。你道本帅真的拿不下瓦桥关吗?非也!本帅念及关内的百姓都是中原人，不忍相煎太急。汝如果一意孤行，害得全城百姓玉石俱焚，汝便是千古罪人！是据守还是归顺故国？你自己看着办吧！"

姚内斌犹豫了许久，说道："此事关系重大，请元帅假以我一天时间，容我仔细考虑考虑，再作答复。"

赵匡胤道："大丈夫一言既出，驷马难追，汝明日若是不降，管教汝粉身碎骨，悔不可及！"言毕返营。

赵匡胤刚刚回营，有军吏来报，李重进率领禁军，呼喝而来，为周天子开道。赵匡胤急忙邀上韩通，出营接驾。

柴荣入营巡视、慰问各营将士，将士们欢声雷动。

是夜，柴荣留宿营中。

第二日，姚内斌牵牛携酒，来到周营。

赵匡胤大喜，立即带他去见柴荣。姚内斌向柴荣行过三叩九拜之礼，递上降表。

柴荣接了降表，将他褒奖一番，拜为汝州刺史。

姚内斌叩头谢恩毕，导柴荣入关。

柴荣入关，置酒遍宴群臣。宴间，柴荣异常兴奋地讲道："此次北伐，从汴京出发，所向披靡，兵不血刃，仅用了四十二天，连下辽虏三州三关十七县，这是三军用命的结果。照这个打法，不须仨月，燕云十六州尽可收复！"说得群情激昂，欢声雷动，振臂高呼："吾皇万岁！"

柴荣摆了摆手继续说道："为了更大的胜利，众将士今日喝它个一醉方休。尔后，休兵三日，挥戈幽州。真将士，真勇士，咱们幽州见！"

又是一个群情激昂，欢声雷动。

可偏在这时，张永德不识时务地站了起来，还说了一些不识时务的话。

老实人呀，张永德被称为后周第一老实人，并不是没有道理。

"陛下，我北伐四十二天，得燕南各州，确实应该大喜大贺。但是，燕南各州，虽说原本是我中原的。可他们脱离中原，已经二十九年。凡二十岁以下的年轻人，皆生于辽国，到底是辽人，还是中原人？他们的心是向汉还是向曹，很难说。我们应该想办法来巩固新收复的地盘，不要急于进攻幽州。再之，辽主失了燕南，一定会调集精兵强将据守幽州。加之幽州地势险要，地理复杂，不可贸然而进。"

听了张永德的话，柴荣很不高兴，但今天是庆功宴，他不便发火，把一肚子不快，强压在心里。群臣从他瞬间而变的脸色中，多少看出了一点门道：皇上对张永德的话不感冒,张永德触了霉头。

宴会结束后,柴荣召见了李重进,与之语道:"朕御驾亲征,志在扫平辽邦,完成收复南北,统一中原的宏愿。今已攻克了瓦桥关,燕南各州亦为我所有,有人却在这个时候心存怯意,难道叫朕半途而废,就此罢手不成? 朕决不罢手! 朕命卿率兵万人,明天出发,继续北伐,朕率大军随后跟进,不捣平辽都,决不收兵!"

李重进虽说与张永德明争暗斗,但他对张永德之言,很是赞成。但见柴荣态度坚决,只好诺诺连声,退出大帐。

李重进刚走,柴荣又召曹彬进帐,命他率骑卒五千,进攻易州。

翌日,李重进率兵北行,未到固安,守吏已逃避一空,城门大开,一任周兵拥入。李重进一边出榜安民,一边扫除县衙,恭候周天子。

柴荣进了固安县城,休息一日,启驾北行。前行数里,被一条大河拦住去路。只见岸边绿树成排,河中流水潺潺,抛块石头到水中试探,许久不见起泡,可见河水不浅。询问土人,叫作安水河,水中本有渡筏,因对岸辽人听说周军北伐,将筏收藏起来。

"哼! 幼稚,将木筏收藏起来,就挡得住我柴荣吗!"柴荣当即命各军采木作桥,限五日必须完成,自率军还宿瓦桥关。不意,到了夜间,旧病复发——头晕目眩,伴之腹疼吐血,吃了两天药,稍有好转,闻曹彬前来献俘,抱病升帐。

献俘者并不是曹彬本人,乃是他的裨将。裨将参拜了柴荣说道:"曹将军亲冒矢石,易州为我军所克。易州刺史李在钦,亦为我军所俘,现押在帐外,请陛下发落。"

柴荣道:"押进来。"

左右忙押李在钦进帐。

柴荣盯着李在钦看了许久,问道:"汝可是中原人氏?"

李在钦昂首回道:"过去是,现在不是。"

柴荣见他出言不逊,心中有气,一脸愠怒地问道:"你现在是何方人氏?"

"辽国。"

"哼,认贼作父,拉出去砍了!"柴荣大声命令道。

李在钦一点儿也不害怕,大声说道:"柴荣,我们在辽邦已经生活了二十几年,早已与辽人融为一体。你硬要兴兵来犯,还美其名曰,叫收复失地! 哼,你枉想,你根本就不是辽帝的对手……"

柴荣暴跳如雷道:"快拉下去,拉下去五马分尸!"

他的头又开始晕了,眼睛又昏又花,连帐上的将士也看不清了……急忙退入后帐,吐了小半碗血,又吃了两天药,病情愈发重了。

众将见柴荣病得不轻,欲劝他班师,又怕触了圣怒,大家都拿眼睛看着赵匡胤。

赵匡胤不傻,岂能不知众将看他的用意?双手抱拳道:"我与诸位的想法,也是一样,我这就代表诸位,入谏陛下,让他早日班师。"

众将异口同声道:"拜托了!"

赵匡胤来到柴荣后帐,趋至御榻之前,问过了安,还没来得及劝柴荣班师,柴荣倒先开了腔:"卿可告诉诸将,朕不过是偶染小疾,休养几天就会好了,叫他们不要为朕担心,好好地练兵,等朕的病好了,即刻渡河北伐。"

他这一说,赵匡胤不敢再劝。承想,皇上自己说,人家是偶染小疾,而且还要诸将好好地练兵,继续北伐,你赵匡胤非要说皇上的病很重,应当班师。如果这样,那赵匡胤岂不成了第二个张永德?

赵匡胤不是张永德,张永德也没有赵匡胤这么聪明。张永德若是有赵匡胤这么聪明,决不会干那些被人卖了还帮人数钱的事。

赵匡胤从后帐出来,把柴荣的话原封不动地学给了众将。

众将除了叹息,只有抓紧时间练兵了。

赵匡胤那时,还没有当皇帝的野心。不但没有野心,而且对柴荣既感恩,又害怕,但感恩是第一位的。他见柴荣病成这样,还在想着北伐,还在想着统一中原之大业。于是,他对柴荣又多了几分敬佩。因为多了几分敬佩,便多了几分忧愁。

吃晚饭的时候,赵普来到赵匡胤大帐,说是要蹭他的饭。赵普蹭他的饭,也不是一次两次了。

吃过了饭,赵普又提出要喝茶。

他二人一边喝茶,一边闲聊。赵普是有备而来,聊了几句,便把话题引到了柴荣身上,小声问道:"二弟,您以为,北伐还能继续吗?"

"能!"

"何以见得?"赵普又问。

"圣上雄心勃勃,志在收复幽云十六州,岂能半途而废!"

"可是,圣上的龙体允许吗?"

"允许。"赵匡胤答。

"何以见得?"

"圣上亲口对我说,他是偶染小疾,休养几天就好了。"赵匡胤答。

"他要么是骗您,要么是自欺欺人!"

"何以见得?"

"我私下问了御医,御医说,皇上这病,已经犯了多次了,且一次比一次重,这一次怕是有些不妙呢!"赵普压低声音说道。

赵匡胤吃了一惊:"有这么严重吗?"

赵普使劲将头点了一点说道:"大变在即,二弟应当早作打算!"

赵匡胤一点儿思想准备也没有,一脸茫然地问道:"你让我作何打算?"

"您与皇上有八拜之交,情同手足;您又是他的重臣,他对您恩宠无比,且是爱屋及乌,恩及贤伯父和贤伯母。假如改朝换代,新天子还会这样待您吗?"

"不会。"赵匡胤不假思索地回道。

"故而,愚兄才让您早作打算!"

"怎么打算?"赵匡胤问。

赵普向赵匡胤的身边凑了凑,几乎贴着他的耳朵说道:"自己做皇帝。"

"啊!这不行,坚决不行!"赵匡胤一口回绝。

"您不做,难道是想让李重进做,抑或是张永德做?"赵普反问道。

"就他二人相较,还是张永德做好一些。"

"要张永德做皇帝,李重进会答应吗?"赵普问。

"这……李重进不会答应。"赵匡胤答。

"李重进若是不答应,必然兵戈相向,这一相向,国家必乱,遭殃的还是三千万苍生,您忍心看着让天下三千万苍生遭殃,让历史再回到五代之初吗?"

赵匡胤无语。

既然你不说话,就说明这事有成,有道是,"猴不钻圈多敲锣。"赵普继续劝道:"为了天下三千万苍生,这皇帝您当仁不让!"

赵匡胤将头使劲摇了一摇说,道:"你真是个书生,这做皇帝的事,能是你说了算,抑或是我说了算?"

赵普道:"咱俩虽然说了都不算,但咱们可以努力呀!"

"努力就可以做皇帝?你这是白日做梦!"

"梦也可以成真!譬如西楚霸王项羽,少时乃是一个逃犯的侄儿。秦始皇出游会稽,随逃犯偷偷观之,见秦始皇车驾甚盛,羡而说道,'彼可取而代之!'这话,在世人听来,简直是白日做梦,可这个梦不是日后成真了吗?再如汉高祖刘邦,未帝之时,曾徭

(徭:劳役。古代国家强迫平民(主要是农民)从事无偿的劳役,一般有力役、军役及其他杂役。)咸阳,观秦始皇出游,喟然叹息曰,'嗟乎! 大丈夫当如此也!''徭'是何意,我不说你也知道,一个徭者,竟然想享受皇帝的待遇,这也是白日做梦。可这梦,不照样也变成了现实吗? 一个杀人犯的侄儿和一个徭者想做的事,都做成了,您为什么做不成?"

赵匡胤长叹一声道:"此一时,彼一时也。能不能做皇帝,第一是天命,第二是机缘。"

赵普道:"若论天命,您早该做天子。您出生之时,不只赤光绕空,且有一股异香,围裹您之体,经宿不散,这是大贵之兆! 若论机缘,项羽和刘邦与您相差千里。他俩是干什么的? 一个是亡人,一个是徭者。您呢? 是节钺(节钺:符节和符钺,古代授予将帅,作为加重权力的标志。)重臣,又位列朝班,乃禁军中八大巨头之一,距皇帝的宝座,仅一步之遥。"

"不只一步之遥吧? 是三步。不,是三十几步!"

赵普反问道:"哪有那么多呀?"

赵匡胤道:"在我之上,有侍卫亲军步军都指挥使、侍卫亲军马军都指挥使和殿前都点检。在这三人之上,还有四个宰相。这七个人,权且算作七步。但与我平起平坐的三司的副都指挥使、都虞侯和节度使,有二十几个,每一个人都有可能变成我前进的坎!"

赵普道:"与您平起平坐的这一些官员,您不必计算。据愚兄所知,当今天子之所以能坐稳江山,且又能开拓疆土,皆您之力也。他们对您崇拜得五体投地,没有人敢站出来和您抗衡! 至于四个宰相,您也不必考虑。何也,自后梁以来,从没有文人站出来争夺皇帝的先例,也从没有听说有哪一位开国皇帝是文人! 如此算来,与您有一拼的只有三个人,第一个人是符彦卿,符彦卿既是侍卫亲军步军司的头,又是节钺重臣,还是当朝太师。中国自古以来,能够祸害国家的,是四种人:一是皇亲国戚,二是宦官,三是朝廷重臣,四是悍将,而在这四种人中,符彦卿占了三种,正因为他占了三种,行事格外小心,从不与文武大臣和节度使们私下交往,故而,他的朋友很少,关键时刻,没有多少人会支持他的。没有人支持他,他就不敢有当皇帝的欲望。故而,在您的竞争对手中,符彦卿可以排除在外。"

赵普喝了半杯茶,继续说道:"您的另两个竞争对手,那就是李重进和张永德了。愚兄刚才已经说过,他二人之中,无论谁当皇帝,另一个人必然拼死反对,故而,谁也当不成。"

赵匡胤反问道："他二人谁也当不了,就会轮到我吗?"

赵普道："不一定。"

赵匡胤没有凑腔,但从他的眼睛来看,分明是要赵普说下去。

"禁军三司的三个统帅当不了皇帝,再往下排,就应该轮到三司的三个副帅了。郭从义虽说也是副帅,但他在朝中没有根底,他当不了。最有竞争力的是韩通,要想挫败韩通,您必须再上一个台阶。也就是说,您得先当上三司的正头。要想当上三司的正头,就得把三司的正头扳倒一个,只有扳倒了一个您才能补上去。您若是做了三司的正头,韩通就没有资格和您争了。"

赵匡胤道："你打算扳倒谁呢?"

"张永德。"

"为什么要选张永德,而不是符太师和李重进?"赵匡胤一脸不解地问道。

"符彦卿是当朝太师,咱很难把他扳倒,就是能把他扳倒,韩通是他的副都指挥使,替补他的只能是韩通,这等于自己给自己树立了一个强敌。李重进也不能扳,何也? 道理和符彦卿一样,即使扳倒了李重进,皇上也不会让您接替李重进,而得罪郭从义。"

赵匡胤长叹了一声道："说来说去,那只有该张永德倒霉了?"

"只有他倒霉了,作为他的副手,您才会顺顺利利补他的缺!"

"不!"赵匡胤非常坚决地说道："谁都可以倒,唯独张永德不能倒。他是我的上司,又是情同手足的兄弟,且还有恩于我!"

赵普道："您这样想未免有些太迂腐了,自古至今,不少人为争皇帝的宝座,大动干戈,甚而父子兄弟相残,您和张永德的关系,能赶得上父子兄弟吗?"

赵匡胤道："我和张永德的关系虽说赶不上父子兄弟,但我还是要把我刚才说过的话重复一遍,'俺俩是情同手足的兄弟,他还有恩于我',我赵匡胤这一生,不想做一件对不起朋友的事,更何况恩人了! 我今日有点累,想早一点儿休息,你走吧。"

赵普见赵匡胤下了逐客令,不能不走了,但他没有回自己的军帐,而是去了赵匡义的军帐,商议扳倒张永德之事。

起初,赵匡义不愿干,不愿干的原因,是他二哥不同意扳倒张永德。

赵普"呵呵"一笑道："三弟,你咋真傻呢! 你二哥和张永德的感情再深,能深过他和皇上吗? 你二哥和皇上,是喝过鸡血酒的结拜兄弟。张永德虽说有恩于你二哥,只不过送给了你二哥二百两银子。而皇上呢? 他送给您二哥的东西,可比二百两银子贵重得多,那是两顶硕大的官帽:一顶是殿前司副帅、一顶是节钺一方的节度使。不,不只两顶,除了送给你二哥的两顶官帽之外,还给贤伯父和贤伯母一人送了一顶。可是,愚兄要他取柴家天下而代之的时候,他并未坚决反对,如今,会因为张永德曾经送他二百两银子,而反对倒张吗?"

赵匡义何等聪明,经赵普这么一点,便知道该怎么做了。二人就如何倒张之事,密议了半个时辰。

又过了两日,柴荣的病越来越重了,那血一吐就是大半碗。赵匡胤来看他,柴荣一脸哀伤地说道:"朕本想乘收复燕南之地之威,一举荡平北辽,哪知偏在这个时候病了,延误了战机,这该如何是好?"

赵匡胤试探着说道:"想必是北辽气数未尽,才使陛下染上小疾,不能一举荡平北辽。倘若陛下顺天行事,暂时放下平辽之事,臣想,上天必定降福陛下,待陛下龙体康复之后,再议北伐之事如何?"

柴荣迟疑半晌,同意了赵匡胤的建议。

翌日,柴荣抱病召见众将,口谕三旨,第一道旨是,改瓦桥关为雄州,命韩令坤留守;第二道旨是,改益州关为霸州,命王彦超留守;第三道旨是,调还各路兵马,启驾还京。

将至汴京,柴荣的病情有所好转。多日没有理政了,各地的奏报装了五麻袋。他强撑着起床,从麻袋里取出奏报,一件一件地翻看,不太重要的,随手扔到一边,重要一些的,放在案头批阅。处理第一个麻袋的公文,他只用了三刻钟。处理第二个麻袋的公文,他用了半个时辰。第三个麻袋打开后,里边竟然藏了一个黑乎乎、油光光的鹿皮包囊,将那包囊解开,里边是一块三尺长的木牌,本质虽好,却已有些朽烂,可见年代已久。仔细一看,木牌上有五个大字:"点检做天子!"柴荣的头"轰"地一下大了,这不是谶语吗?一种不祥之感袭上心头,暗自忖道:难道这是上天在向朕示警吗?如果真的是这样,自己在这个世上,恐怕时日不多了,自己的儿子年仅七岁……想到这里,不寒而栗!他将木牌狠狠地摔在地上。

稍停,他又将木牌拾了起来,那上边的五个大字,经他这么一摔,似乎比刚才还要刺眼。

"点检做天子!"他将这五个字默念了三遍。暗自思道:张永德乃先帝女婿,我的表姐夫,算得上地道的皇亲国戚。何况,我一向对他不薄,为了他,我特意成立了殿前都点检司,让他做该司的统帅,他能这么没良心,要篡我的江山!

不,良心这事和权力相比,特别是和皇权相比,实在微不足道。西汉末年,王莽篡汉,建国为新。王莽也是地道的皇亲国戚,朝廷对他也不薄,封他为安汉公,他却毒死了汉平帝,铲除了皇权路上的绊脚石,而这个汉平帝,还是他的女婿;北周杨坚是皇帝的外公,地道的皇亲国戚,但他比王莽做得还要绝,直接废了自己的外孙而当上了皇帝,连过渡都省了;石敬瑭,是后唐明宗的女婿,不也是篡了唐明宗的天下,而创建了后晋……

他不敢往下再想,他的头又开始晕了,眼睛也花了……

他伏在御案上歇息了一会儿,将木牌收入麻袋,剩下的那两麻袋公文,他再也无心看了。

他随着龙舟,晕晕乎乎地回到了汴京,所办的第一件事,就是免去张永德都点检之职,改任检校太尉、同平章事,擢赵匡胤为殿前都点检、检校太傅(检校太傅:检校,是官制用语。起初是代理的意思,隋唐皆有。即尚未实授其官,但已掌其职事。中唐以后,使职、外官多带中央台省官衔,其加三公、尚书仆射、丞郎等高级官衔者,称检校官,为寄衔之意,仅表示官品高下,不掌其职事。五代沿之。北宋前期置检校太师、太尉、太傅、太保、司徒、司空等。)。

赵匡胤升了官,成为禁军三司的三巨头之一,既高兴又内疚。虽说赵普和赵光义在他面前从未说过"点检做天子"的木牌是他俩干的,但他肚如明镜。

一因他内疚,二因他怕同僚们怀疑是他给张永德下的绊,故而,推说自己德望不足,三次上书柴荣,不肯就职,皆被柴荣驳回。

这事被张永德知道了,登门相劝:"胤弟,哥知道你为什么不愿就职,你是怕你占了哥的位子,哥不高兴。你千万不要这样想,哥已经被罢了殿前都点检的官,位子在空着,你不干,自会有人来干。听说李重进那个王八蛋,已经向皇上荐了郭从义,皇上没有答应,他又准备荐韩通呢!韩通若是当了都点检,必与李重进沆瀣一气,祸害朝廷。为了大周的江山,你就不要再推了。"

赵匡胤听了这话,愈发内疚,一脸感激地说道:"永德兄,我听您的!不过,我有些纳闷,您这都点检干得好好的,皇上突然把您免了,这究竟是为了什么?"

张永德一脸愤怒地说道:"还不是因为李重进这个王八蛋在背后使的坏,弄了一块写有'点检做天子'的木牌塞到了公文袋里,引起了皇上对我的猜忌,才罢了我的都点检!"

赵匡胤拍案而起:"这个李重进,真不是个东西,我这就去和他理论理论!"

张永德慌忙起身相拦:"不可,万万不可!你若是找李重进前去理论,这事肯定要传到皇上耳中,皇上必定要查,这事是谁告诉你的?而告诉你的这人,又是听谁说的?

你怎么回答？算了,算了,君子报仇,十年不晚,你还是早一点儿上任吧!"

赵匡胤长叹一声,复又坐下。

柴荣见赵匡胤答应出任殿前都点检,心中很是高兴。这一高兴,病就轻了许多。

他的病轻了,符皇后的病却加重了。

半年前,符皇后用膳的时候有哽噎感,先是吃干的食物才有这种感觉,两个月后,吃稀饭也会有这种感觉。药倒是吃了不少,这种感觉反而越来越严重了,以致发展到背痛。可每当柴荣问她病情的时候,她总是说,没事,比以前好多了。

柴荣是五代十国中的第一雄主,他即位之初,便向精于术卜的王朴问道:"朕当几年?"

王朴答:"臣孤陋,辄以所学推之,三十年后非所知也。"

柴荣十分欣喜地说道:"若如卿言,朕当以十年开拓天下,十年养百姓,十年致太平足矣!"

为实现这一宏伟目标,柴荣励精图治,锐意改革,南征北战,破高平之阵,复秦风之地,三下南唐,又收燕南三关三州十七县,哪有时间来关心符秀英? 故而,听符秀英说她的病没事,就信以为真,转而忙乎他自己的大事去了。当他平辽归来,符秀英强打精神来服侍他。他只觉得符秀英瘦了,也没多想。可每次用膳,符秀英都推说用过了。直到有一日,南唐闻听他龙体有恙,遣使送来了一斤血燕。他不愿独享,非逼着符秀英陪他一块儿吃。符秀英勉强喝了几口汤,剧烈地咳嗽起来,他这才警觉了,一再追问,符秀英方才说了实话,说她患的是噎食(噎食:食道癌的俗名),已经到了晚期。

柴荣大惊失色道:"这……这是真的吗?"

符秀英轻轻点了点头。

"你……你为什么不早说?"柴荣又是生气又是心疼地大声责问。

符秀英苦笑一声说道:"这是一个绝症,谚曰,'紧噎慢噎,七个半月。吃麦不吃豆,吃豆不吃麦。'臣妾就是说给陛下,只能让陛下分心,于病无补。臣妾得这病已经半年了,臣妾还有一个半月的阳寿,臣妾还可以服侍陛下一个半月,臣妾……"

二十七　柴荣的小算盘

王蛾儿的哥哥王继勋,十一岁的时候和小伙伴打架,吃了一点亏,硬生生把人家的耳朵咬掉。

柴荣为什么要选赵匡胤做儿子的顾命大臣,不是因为他和自己是结拜兄弟,也不是因为他战功卓著……

张琼断然说道:"就是全天下人都推二哥做皇帝,二哥也不能做!"

柴荣一把将符秀英揽到怀里,泪流满面道:"朕不要卿走,朕要遍请天下名医,为卿治病;朕要卿看着朕是如何统一天下的;朕还要卿看着朕是如何把一个分崩离析、满目疮痍的中国治理成一个贞观(贞观:唐太宗年号(627—649 年)。贞观期间,唐太宗及其大臣以隋亡为鉴戒,"夙夜孜孜,惟欲清静","俭以息人,使百姓安乐",继续推行均田制,选拔人才,开创开科取士(考试)制度,从而使人口增加,经济也得到了较快发展。此一时期,被史家誉为"贞观之治"。)盛世!"

符秀英又是一声苦笑:"臣妾何尝不想看着陛下一统天下,来一个'显德盛世'呢!可是,臣妾所患,乃是绝症,张玑(张玑:汉末医学家,名玑,南阳郡人,潜心医学,总结了汉以前的医疗经验,著有《伤寒杂病论》一书行世。被后人称为医圣。)、华佗(华佗:汉末医学家。沛国谯人。精内、外、妇、儿、针灸各科,外科尤为擅长。发明麻沸散,给患者麻醉后施行腹部手术,被世人称之为神医。)再生,也治不好臣妾的病,陛下就不要再为臣妾的病操心了。"

"卿不要胡思乱想,什么绝症不绝症,只要积极治,比卿重得多的病也有治好的。"

符秀英叹道:"好,臣妾听陛下的。"

略顿又道:"臣妾有两件心事,说出来不知道陛下愿不愿听?"

柴荣想也没想,回道:"朕愿意听,什么事? 卿说吧。"

"臣妾蒙陛下所爱,立为皇后,臣妾想在死神没有到来之前,亲眼看着训儿坐上储君之位,臣妾这样想是不是有些贪得无厌?"

柴荣道:"训儿不仅是你的儿子,也是朕的儿子。朕明日便策立他为太子。"

符秀英忙起身拜谢。拜毕,复又说道:"臣妾即使不离陛下而去,但臣妾已无精力侍奉陛下了。臣妾有两个妹妹,您也知道,一个叫秀洁,一个叫秀凤,皆都天生丽质,端庄贤淑。但二人相较,秀凤比秀洁略胜一筹,相面的也说,秀凤有皇后之命,既然她有皇后之命,臣妾恳请陛下,将她纳入后宫,一旦臣妾离陛下而去,可以由她来补臣妾之缺。"说毕,一脸期待地瞅着柴荣。

柴荣笑问道:"你倒会为朕来点鸳鸯,可你又不是不知道,秀凤才几岁呀?十四!这样合适吗?"

符秀英道:"您别看秀凤才十四岁,她的个头比十六七岁的女孩儿还要高,也比十六七岁的女孩儿成熟。"

柴荣道:"既然这样,朕依卿。朕明日便叫王宰相择一个黄道吉日,将秀凤接进宫来。"

符秀英又道了一声"谢陛下",自嘲道:"臣妾刚才还对陛下说道,臣妾有些贪得无厌,这不是自谦,臣妾不是有些贪得无厌,而是十分贪得无厌。臣妾给陛下说了两件事,陛下全答应了,给足了臣妾面子,可臣妾还想说一件事,陛下不会生气吧?"

柴荣道:"卿和朕谁跟谁呀?卿是朕的皇后,伸手摸住肋巴骨——不是外人。何况,卿说的事,都很在理,朕能不答应吗?还有什么事,卿尽管说。"

符秀英未曾说事,先向柴荣拜了一拜:"多谢陛下对臣妾的信任!"

柴荣道:"不必多礼,说,坐下说。"

"殿前都点检赵匡胤与陛下是结拜兄弟,又曾有恩于臣妾,亦为大周的社稷立下了汗马功劳。可他的夫人已经死去二年有余,碍于居丧之礼,至今未娶。陛下为了征南唐和北伐,'夺情'让他出来领军,可不可以再来一个'夺情',赐他一个夫人呢?"

柴荣道:"赐婚可以,但赵匡胤的眼光极高,一般的女子,很难入他的眼,你叫朕赐谁呢?"

符秀英道:"有一个女子,陛下若是肯赐给赵匡胤,他一定满意。"

"爱卿所说的这一女子是谁呀?"

"是彰德节度使王饶的女儿,名叫王蛾儿。"

柴荣将头摇了一摇。

符秀英问:"王蛾儿长得不够美吗?"

柴荣道:"朕没有见过王蛾儿,但她的父亲和哥哥都十分英俊,据此而断,王蛾儿一定也是一个美人儿。"

符秀英问道:"如陛下所言,那一定是王蛾儿不够端庄,抑或是不够贤淑了?"

柴荣道:"王蛾儿是否端庄贤淑,朕不知道。但朕知道她的父亲,性格有些暴躁,而她的哥哥王继勋的性格,比乃父还要暴躁,十一岁的时候和小伙伴打架,吃了一点亏,硬生生把人家的耳朵咬掉。有这样的父亲和哥哥,她能贤淑到哪里去?"

符秀英道:"谚曰:'有其父必有其子。'陛下以其父的性格来推断其女的性格,应该是对的。但是,也有例外。五帝之一的舜,乃父是一盲人,生性歹毒,冥顽不化,甚而连自己的亲生儿也要谋害。可他的儿子舜,却是一个十分仁德的君主。史书说,他的仁德像上天一样无所不在;他的智慧,像神明一样无所不能。接近他,便感到恰似太阳一样的温暖,仰望他,就觉得他像白云一样高洁。再如五帝时的鲧,位列四凶(四凶:除了鲧之外,还有共工、三苗和驩兜。)之首,可他的儿子禹,是一个大贤、大仁、大智、大德之人,舜对禹十分赏识,及老,禅之为天子。禹即位后,建国夏,享国近五百年,传十七帝。可见,有其父也不一定必有其子!"

柴荣驳道:"卿说的这两个人,都是大贤之人,那王饶的女儿,岂能和帝舜和大禹同日而语!"

符秀英道:"王蛾儿的德行虽说赶不上帝舜和大禹,但她确实端庄贤淑,且又心地善良。"

"何以见得?"柴荣问。

符秀英便给柴荣举了一个例子。

王蛾儿八岁那年,跟着奶奶去邻村走亲戚,刚一走出村子,见两个十二三岁的少年,爬上树扒老鸹(老鸹:即乌鸦。)窝,害得老鸹在树顶上乱飞乱叫,忙大声喊道:"小哥哥,你不要扒了,你若是把老鸹窝给扒了,让这几个老鸹住哪里呀?"

少年回道:"我不管它们住哪里!我只知道,这一个老鸹窝的柴够俺家做两顿饭呢!"

王蛾儿想了一想说道:"小哥哥,你扒老鸹窝,不就是要它的柴吗?我给你买两担柴,请你放过它。"

少年道:"真的吗?"

王蛾儿道:"真的,你若不信,咱俩拉钩!"

少年忙溜下树,对王蛾儿说道:"来,咱俩拉钩。"

王蛾儿用小拇指头勾住少年的小拇指头,一边拉一边唱:"拉钩上吊,谁反悔谁是小狗!"

拉罢了钩,少年便让王蛾儿兑现诺言。王蛾儿急着走亲戚,给了少年十五文钱,这钱买两担柴绰绰有余。

柴荣听了这个例子,笑着说道:"一个八岁的小妞,出于童真,救了老鸹的家,倒也挺可爱的,但成人以后,没有了童真,是不是还会那么善良,就很不好说了。"

符秀英道:"如果这一件,不能证明王蛾儿善良的话,臣妾还可以再举一件事情。"

"卿说吧。"

去年,王蛾儿的脚背上长了一个疔疮,疼得她连路都走不成,还伴有头晕、心烦、口干,一连请了三个名医诊治,病情未见好转,反而加重了。忽一日,村中来了一个游方郎中,郎中说,只要给他二两银子和一个新鲜的蜂窝,他包管将王蛾儿的病治好,若是治不好,倒找二十两银子。

这两点要求对王蛾儿一家来说,容易极了,故而,王蛾儿的奶奶不假思索地答应了。可是,王蛾儿不干,她说:"为了我,让那么多可爱的小蜜蜂失去了家,我不忍心,我这病就是不治,也不能去捣蜂窝。"

游方郎中被王蛾儿的善心深深地打动了,改用其他偏方,硬是把王蛾儿的疔疮治好了。

柴荣轻轻颔首道:"如此说来,王蛾儿确实是一个不可多得的女子,朕依卿。"

柴荣说了这话的第十天,赵匡胤奉旨成婚,那新娘便是王蛾儿。而柴荣在四天之前,已经把符秀凤迎进宫中,封为贵妃。

符秀英就在赵匡胤奉旨迎亲的第二天,含笑辞世。柴荣为她哭昏过去。

刚刚葬过了符秀英,范质来报,王朴在去巡防河道的途中突然昏倒在地,已被抬到家中……

柴荣还没有等范质把话说完,便大声说道:"銮驾伺候,朕要去看王宰相。"

到了王朴府邸,接驾的是王朴的妻子和长子。这孩子也不过十二三岁,虽说一脸悲痛,但掩饰不住他那英俊的面庞和聪明。

这孩子叫王侁,二十七年后,杨业就是死在他的手里,铸成北宋初期最大的一次忠良之殇……

柴荣对王侁甚是喜爱,见了他总是抚摸着他的小脑袋问这问那。可他今日没有心情问,径直进了院子,来到王朴榻前,握着王朴的手轻声唤道:"王爱卿,朕看你来了,你醒醒,朕看你来了……"

也不知是心灵相通,抑或是回光返照,王朴慢慢地醒了过来,见柴荣坐在榻前,一脸的惊喜,欲起,起不来;欲说话,说不出来,唯有流泪而已。

柴荣俯下身子,轻声劝道:"王爱卿,朕知道你想干什么?你是想给朕行礼呢。不必,不必。你什么都不要想,你只管好好治病,只有治好了病,你才能帮朕治理国家,才能和朕一块儿喝酒,一块儿纵论天下……"

听他这一说,王朴泪如泉涌,竟然哭出声来。哭着哭着,突然"哏"地一声,将头歪在一旁。

柴荣大声叫道:"御医呢,御医呢,还不快快上前抢救!"

御医慌忙上前进行抢救,但他们毕竟不是神仙,哪有回天之力!大周第一名臣王朴,抛下他所为之奋斗的事业、他的天子、他的老婆孩子,溘然而去。

柴荣一边哭一边诉说道:"王爱卿,你不能走啊!你是朕的萧何,没有你坐镇汴京,安抚百姓,使粮道源源不断,朕哪能三征南唐,继又收复燕南之地!王爱卿,你是累死的,你是为了朕,为了大周江山活活累死的!朕只知道叫你干事,却不知道关心你的身体,朕对不住你呀!"

他又一次哭昏过去。

第一次哭昏过去是为了他的爱妻,这一次是为了王朴,而王朴仅仅是他的一个臣子!在场的人无不动容,哭声一片。

柴荣被抬进皇宫。

他一连遭受两次沉重的打击,彻底垮了。

他知道自己在世的日子不会太多了。于是,便抓紧时间做了三件事。

第一件事,册立符秀凤为皇后。

第二件事,托孤。文臣方面,他选了三位宰相——范质、王溥、魏仁浦;武将方面,他选了一个——赵匡胤。

第三件事,将李重进和张永德外放,一个去做扬州节度使,一个去做澶州节度使;让侍卫亲军步军司的副都指挥使韩通,权领侍卫亲军马军司之事。

柴荣所办的这三件事,都是经过深思熟虑的,都是为了巩固他的大周江山。

先从第一件事来看,他之所以要册立符秀凤为皇后,而不册立那两个既比符秀凤进宫早,又比符秀凤漂亮,还生有皇子的妃子——杨贵妃和秦贵妃。因为符秀凤不只是太子柴宗训的亲姨,她的背后还有一个强大的老爹——符彦卿。符秀英将死之时,把符秀凤荐给柴荣,为的就是让符秀凤做皇后,为的就是让这个未来的皇后好好关照儿子!

再看第二件事,选了四个顾命大臣,而其中三个都是文人,在那个人人都是刀斧手的时代,文人是做不了皇帝的,选三个文人做顾命大臣,柴荣放心。在放心的同时,又出现一个问题,在那个人人都是刀斧手的时代,单靠文人,巩固江山便成了问题。故而,在顾命大臣中,不能没有武将,只是武将不能太多,一个足矣。而这一个武将便是赵匡胤。

他为什么要选赵匡胤? 如果回答说因为赵匡胤和他是结拜兄弟,那就错了! 结拜兄弟的关系再铁,能铁得过姐夫和表兄弟? 而他的姐夫张永德,以及表兄弟李重进,不仅没有受命托孤,反被外放,出守边疆……那么,一定是因为赵匡胤忠于大周,每一次打仗,必身先士卒,而且在必输必死的情况下反败为胜? 又错了! 那么,到底是什么原因让柴荣选中了赵匡胤?

赵匡胤虽说位居点检司的点检,位高权重,但他资历较浅,年纪也太轻,就是他作怪,也没有号召力。等他有了资历,有了号召力的时候,七岁的小皇帝已经长大了。

就这,柴荣还不放心。因为不放心,才在任命顾命大臣的同时,把李重进和张永德外放,省得他们在汴京作怪。对于鲁莽、暴躁而又忠于大周的韩通,特别加以重用。侍卫亲军步军司的统帅虽说还是符彦卿,柴荣怕他驾崩之后,北汉与契丹勾结,乘丧发难,让符彦卿依然镇守天雄。不只要他镇守天雄,一旦朝廷有变,符彦卿便可从天雄起兵勤王。这样一来,侍卫亲军步军司的真正掌舵人和侍卫亲军马军司的掌舵人都是韩通。而韩通和赵匡胤又是死对头,用韩通来牵制赵匡胤,借给他赵匡胤一个天大的胆,他赵匡胤也不敢作怪。

柴荣做完这三件事,于显德六年六月十八日夜,安详地闭上了双眼,年仅三十九岁。翰林学士太常卿窦仪奉上谥号叫睿武孝文皇帝,庙号世宗。

根据柴荣遗诏,年仅七岁的太子柴宗训在灵前即位,尊符皇后为太后,一切典礼,概从旧制。

在四位顾命大臣中,只有赵匡胤一人是军人。五代自梁始,掌握国家权力的都是军人。赵匡胤虽说位列顾命大臣之末,但他说话极有分量,他一边与范质、王溥、魏仁浦一道,谨慎地辅佐幼主处理军国大事,一边不露声色地做着他蓄谋已久的事情。

第一步,他找到了三相之首的范质,一脸真诚地说道:“我是归德的节度使,却把归德的事全交给了赵普赵推官,而他一个人又忙不过来,能否把赵普晋升为刺史,再给他派一个推官,由他二人来掌归德之事,我也好静下心来,帮您辅佐朝政。”

范质道:"点检所说极是,那就这么办吧。"

就范质一句"那就这么办吧",赵普得以升任归德刺史。而推官的桂冠,落到了苗训的头上。

有苗训来做推官,赵普便放开手脚去做大事。

在他所做的大事之中,位列第一的是为赵匡义做媒。

为了这件位列第一的大事,赵普马不停蹄地跑到天雄,经张琼和史延德引荐,见到了符彦卿。

符彦卿非常热情地接待了赵普。酒过三巡,符彦卿方才问道:"赵大人来天雄可有什么贵干?"

赵普笑嘻嘻地回道:"想吃老太师的四色礼(四色礼:古俗,男女结婚的第二天,新郎要答谢媒人。答谢的方式,宴请一顿,并送四样礼品:猪肉条、酒、粉条、鱼等等,称之为四色礼。)。"

符彦卿道:"噢,你是来为老夫的女儿秀洁提亲的?"

赵普道:"正是。"

"不瞒赵大人,我那秀洁儿有些小恙,暂且不想谈论婚嫁之事。"

"什么恙?"赵普问。

"请赵大人谅解,此事不便奉告。"符彦卿答。

话说到这个份上,赵普还能再说什么,只有喝酒而已。

宴后,赵普暗自向张琼和史延德打听,方知符秀洁十二岁时患了癫痫,猝然晕倒、不省人事、口吐白沫、面色苍白、瞳孔放大、伴之遗尿,且一年一犯,一次比一次重,要不,作太后的就不是符秀凤了。

既然找到了符彦卿不愿嫁女的原因,还怕这媒说不成么?赵普当即给符彦卿修书一封。书曰:

符太师钧鉴:

惊闻二小姐贵体有恙,心甚忧之。但二小姐之恙,也并不可怕,若是对症下药,少则三服,多则六服,永不再发。

小侄虽说不谙医道,但小侄之恩师陈抟,却是精于医道,尤擅治癫痫之病。但癫痫又分两种,一为内因性,一为外因性。内因性之癫痫,来自遗传,大都得自幼时,内伤脾胃居多;外因性来自后天,多因脑外伤、肿瘤、脑炎、梅毒、血管等病变引

288

起。一般郎中，凭着师父传的医术，见了癫痫病人，不问来由，概用一个药方，碰巧也有治好的，但治不好的居多。

二小姐所患之癫痫，乃是属于外因性。小侄的妹妹也是十二岁时突发癫痫，病状与二小姐同，吃了恩师的三服药便好了，至今未发。

现将小侄小妹吃过的药方照列于后：蝉衣五钱、钩藤一两、天麻五钱、朱砂二钱、郁金五钱、川芎五钱、明矾四钱、制全蝎五钱、防风五钱、僵蚕一两、制蜈蚣三条、甘草五钱。以上各药共研细末，炼糊为丸，如绿豆大，每次服一二钱，早、晚各一次，如若发烧，用生地、元参、麦冬各三钱，煎水送服。

以上是犯病时所用之药方。另有一方，未犯病即可用之。方曰：鳖一只，用慢火熬之，待熟，加之油、盐调味，每天吃一只，连吃五天，抑或七天，抑或九天。病即瘅之。

赵普本就下榻在符彦卿的节度使署，随时都可以拜见符彦卿，为什么还要采用书信的方式？

道理很简单，符彦卿并未说他女儿患了癫痫，若是当着面怎么问？况且，外因性癫痫由多种原因引起，内中有一种乃是由梅毒引起，可人家符秀洁还是个黄花闺女，你怎么说？像符秀洁患的这种癫痫，发作时，常伴之遗尿，你又怎么说？

有许多话当面不可以说，但信可以说。于是，赵普便采用了书信的方式，这便是赵普处事的精明之处。

符彦卿下午接到赵普的信，晚上便邀赵普共进晚餐，仍是由张琼和史延德作陪。晚餐后，又将赵普单独留下，除了表示谢意之外，还直言不讳地问道，赵大人为小女子做媒的那一公子——姓甚名谁，何方人氏？

赵普笑微微地回道："小侄说的这位公子，太师也认识。太师不只认识他，还认识他的父亲和他的哥哥。"

"这人到底是谁呀？还请赵大人明示。"

赵普一字一顿道："赵匡义"。

他原以为，报出赵匡义的大名，符彦卿一定是又惊又喜，满口答应。谁知，符彦卿许久没有凑腔。

赵普有些沉不住气了："老太师，您是不是觉着赵匡义有过一段短暂的婚史，而咱二小姐还是一个黄花闺女，有些……"

符彦卿将头一连摇了三摇，说道："老夫不是这个意思。老夫觉着小女配不上赵家三公子。"

赵普道："您这是自谦。"

"老夫不是自谦，赵三公子虽说有过一段婚史，但那女子已经死了，又没留下小孩。老夫见过赵三公子多次，他不仅相貌堂堂，且又文武双全。有相士观察过他走路，说他龙行虎步，乃是一个贵人。小女呢？你也见过，虽说不算丑，但她那病……唉，不配，实在不配！"

赵普道："老太师若是为了二小姐之病而拒之，大可不必！小侄已经说过，二小姐这病包在小侄身上，若是治不好，请太师拿小侄试问。但如果太师另有所想，小侄也不敢勉强。"

符彦卿道："老夫绝无他想。"

"老太师既无他想，为什么不同意这门亲事？"

"这……"符彦卿略顿又道："汝为小女做媒之事，赵点检和赵三公子是否知道？"

"知道，当然知道，若是他弟兄二人不知道，就是借给小侄一个天胆，小侄也不敢跑来做媒！"

"既然他弟俩知道，老夫还有何话可说！您可按照'六礼'之礼走吧。"

赵普忙站起身来，拱手说道："多谢老太师，大功告成，小侄明晨便想返汴，报之点检兄弟，争取早日前来纳采，请老太师多多保重！"

符彦卿还了一礼说道："诚如此，老夫不再挽留，老夫静候佳音。"

张琼和史延德在赵普的下榻之处，等到亥时三刻，方见赵普哼着小曲儿回来，忙迎上前去："大功告成了？"

"成了！"赵普喜滋滋地回道。

"成了就好！请问普兄，还打算在这停留多久？"张琼问。

"明晨就走。"

张琼"啊"了一声道："这么急呀！"

"愚兄还得去常州一趟。"

史延德问道："去常州做甚？"

赵普咧嘴一笑道："暂不奉告。"

史延德自我解嘲道："您就是说，小弟也不想听。"引得赵普哈哈大笑。

张琼道："赵兄，您既然明晨就走，小弟营中，尚有美酒两坛，小弟这就去搬来，为您饯行。"说毕,也不管赵普是否同意,起身而去。不一刻儿,又折了回来,后边跟了四个小兵,前两个一人搬了一个酒坛,后两个一人端了两盘下酒之菜。三雄也不猜枚,只管用大碗来碰,顷刻儿把一个酒坛喝了个底儿朝天。

打开第二坛的时候,赵普说道:"咱别急着喝,近日,有几句犯禁的话,在汴京城悄悄流传,不知二位贤弟听到没有?"

"什么话?"张琼、史延德问。

赵普小声说道:"点检做天子。"

张琼"嗨"了一声道:"这不是陈年老话吗? 听说,为了这句话,柴大哥才将永德兄的殿前都点检给撸了,换成了二哥。"

赵普道:"是有这么回事。不过,张永德的殿前都点检,已经给撸了三个多月,这话又冒了出来,引得不少人找我,要拥立我的二弟,你们的二哥做天子呢!"

张琼恨声说道:"可恶! 这些人是在害二哥呢!"

赵普道:"他们要拥立你二哥当皇帝,怎么是害他?"

张琼道:"我二哥侠肝义胆,把义气和忠君看得比天还大,而当今天子,不只是他的君王,也是他的盟侄,他能去取而代之吗? 谁再说这样的话,你把他交给我,我把他千刀万剐!"

史延德也跟着起哄:"对,对于这些陷二哥于不义的人,就应该千刀万剐!"

赵普不死心,又试探着说道:"可是,当今天子年纪太小,李重进、张永德窥伺帝位久矣;北汉和契丹又对我大周虎视眈眈,若是不推一个年纪大一点的人做天子,天下怕是要大乱呢! 于是,一些好心人才打算推我的二弟,你们的二哥。"

"不行!"张琼断然说道:"就是全天下人都推二哥做皇帝,二哥也不能做!"

"为什么?"赵普问。

"二哥若是取当今天子而代之,那是自毁英名,怕是要和王莽一样,落千世之骂名!"

赵普把脸转向史延德:"史弟,你对这件事怎么看?"

史延德回道:"小弟觉着琼哥说得对。"

赵普虽说十分失望,反哈哈大笑道:"二位贤弟,真是一身铮骨,真是你们二哥的好兄弟,处处事事为你们二哥着想。来来来,愚兄代你们二哥,给你们一人敬一碗。"

敬过酒后,赵普推说明晨还要上路,不再喝了。

翌日晨,赵普自天雄出发,马不停蹄,半个月便赶到了常德。常德防御使张令铎本来就和他认识,也知道他是赵匡胤的族兄,故而,热情款待。酒足饭饱之后,张令铎方才问道:"赵刺使千里迢迢来到敝地,有何贵干?"

赵普又是那句老话:"为吃四色礼而来。"

张令铎道:"老夫膝下,一犬三凤,犬子早已成婚,大女、二女业已出嫁,赵大人此行定是为小女而来。赵大人能不能说一说那公子姓甚名谁,何方人氏?"

"这位公子么?姓赵,名匡美……"

"赵大人所说的这个赵匡美,是不是赵点检的四弟?"

赵普道:"正是。"

张令铎将头摇了一摇,说道:"赵点检一家,世代为将,老夫怕是高攀不起。"

赵普心中暗道,你确实有些高攀不起。你爹是干什么的,是做木匠活的,赵家之所以主动和你结亲,是因为你和韩通好,想把你安插在韩通的步军司,一旦有变,你好牵制韩通。口中却道:"什么高攀不起,往前查八代,谁不是平民一个!说实话,下官此次前来,是受赵点检之托。若非赵点检所托,下官如何知道,大人膝下有一千金,已到及笄之年,还尚未婚聘?"

"这……既然赵点检看得起老夫和小女,老夫还有何话可说!那就让他按婚聘之礼,早日前来纳采吧。"

赵普连道两声"痛快",快马加鞭,回汴京复命去了。

赵匡胤见赵普胜利归来,忙置酒为他接风。宴毕,赵普将天雄和常德之行一一告之。

赵匡胤虽然口中说道:"这事老兄办得不赖,愚弟一家深为感谢!"但脸上有一种说不清是生气还是失望的表情。

他应该生气,张琼、史延德和他堪称莫逆之交,可关键时刻,他们竟然不支持他。

其实,他不应该生气,张琼、史延德虽说和你赵匡胤是莫逆之交,可他们跟着符彦卿干了十年,而当今天子乃符彦卿的亲外孙,你说,他二人能支持你赵匡胤取而代之吗?这是其一。其二,在他二人心中,你赵匡胤乃侠客的化身,所谓侠客,最看重的是行侠仗义,而今,你要取代柴宗训,不说一个义字,单就一个忠字,也实属不该。张琼、史延德不支持你,从情从理,并不错!

至于错与不错,有待后世评说。赵普汇报过天雄和常德之行,便返回归德去了。

送走了赵普,赵匡胤不知和范质等三相说了一些什么,三相居然照着赵匡胤摆下的棋,一步不差地走了下去。

侍卫亲军步军司既然设了副都指挥使,殿前司为什么不能设?

三相道:"应该设。"

三相同意了,一个七岁的皇帝娃娃,岂会反对!

于是,赵匡胤的莫逆之交慕容延钊得以坐上了殿前司副都点检的宝座。

正副都点检都有了,那么,一直空缺的殿前司的都虞侯怎么办?

补!

于是,补韩令坤为殿前司的都虞侯。而此人和慕容延钊一样,也和赵匡胤是莫逆之交。

殿前司空缺的都虞侯一职给补了,侍卫亲军步军司的都虞侯一职因韩通的升迁,一直空着,该不该补?

该!

于是,赵匡胤的弟弟赵匡美的未来老丈人张令铎,坐上了侍卫亲军步军司的都虞侯宝座。

哼!你韩通还想牵制我,我已在你背上揿了一枚钉子,到时候看咱谁牵制谁!赵匡胤在心里边默默地说道。

这样一来,殿前司和侍卫亲军步军司都有了副都指挥使,唯侍卫亲军马军司没有,怎么办?

设!

于是,郭从义由侍卫亲军马军司的都虞侯迁为副都指挥使。

郭从义升迁了,遗缺怎么办?

补!

于是,高怀德坐上了侍卫亲军马军司都虞侯的宝座。

至此,掌管禁军三司的八巨头禁军三司:每个司设正、副都指挥使(都点检)和都虞侯,俗称三巨头。一个司三个巨头,三个司应该是九个巨头,因韩通一兼二职,为八个。除了韩通之外,都是赵匡胤的人。

赵匡胤应该有所动作了。

可赵匡胤迟迟不动。

二十八　陈桥兵变

从初一到初三,中间隔了一天,在这一天之中,赵匡胤和赵普一连走了两步臭棋。

苗训指着西边的天空,对楚昭辅说道:"今日有些奇怪,你看,这太阳的下边,复有一个太阳!"

也是天该灭周,后周的唯一忠臣韩通,刚一走出金殿,内中发急,跑步入厕,拉的屎比尿还稀,还伴之腹疼。

虽说赵匡胤连做梦都在想着当皇帝,但他不想强夺硬取,更不想流血。他想把来自各方面的阻力降到最低限度。为了降到最低限度,他想尽办法争取、讨好那些有可能反对他称帝的人。故而,当远在扬州的李重进的母亲七十大寿的时候,他不但送了二百两银子的寿礼,还亲自前去拜寿,自辰时一刻来到李重进家,直到未时三刻才离去,期间不只亲自张罗李老夫人的寿宴,还代李重进迎来送往。消息传到扬州,把李重进感动得差一点儿哭了。

转眼到了严冬,在一个大雪纷飞的夜晚,赵普约上赵匡义,敲开了赵匡胤的卧房。

赵匡胤一开门,见来者是赵普和自己的三弟,有些奇怪地问道:"这样的天气,你俩还跑出来串门?"

赵普道:"雪大天寒,我和三弟特来讨杯酒喝。"

赵匡义正把冻红的双手互相搓着,听赵普这么一说,随口诵道:"晚来天欲雪,能饮一杯无?"

赵匡胤听了这话,哈哈大笑道:"能,能! 莫说饮一杯,就是十杯,二哥也招待得起。"

说毕,命仆人前去准备酒菜。

不一刻儿，仆人将两荤两素四盘菜端了上来，外加一壶酒。

三雄边喝边聊。聊着聊着，赵普把话题一转，说道："那事已经水到渠成，你看什么时候揭盒？"

赵匡胤回道："别急，再等一等。"

赵普道："您是不是还在担心韩通？"

赵匡胤道："韩通倒是其次，我所担心的是我和先帝是结拜弟兄，先帝生前对我又这么好，如今，他尸骨未寒，我便去夺他儿子的江山，朝野会怎么看我？会不会落一个王莽那样的下场？"

赵普道："二弟的担心有些多余。是的，您和先帝确实是结拜兄弟，但他心中从没有把您当作真正的兄弟来看待。若是把您作为真正的兄弟来看待，还会暗中监视您吗？还会为几坛酒把曹彬叫去追问？还会因为您从南唐拉了两箱书回来，而对您旁敲侧击？他不把您作兄弟，您也不必把他作兄弟！就是把他作兄弟看待，现今的天子不是他，而是他的儿子。况且，若不是您冒着生命危险，几次扭转战局，他大周的江山早就完蛋了。且是，外有强敌契丹和北汉，内有悍将李重进，他一个七岁娃娃，能把江山坐稳吗？这江山迟早要改姓，与其改为他姓，倒不如改为咱老赵家！故而，您就是'夺'了他的江山，也不必愧疚！至于朝野怎么看您？这就要看您坐了江山后怎样处置柴荣的后人和文武百官，您若是善待柴家，善待文武百官，朝野不但不会反对您，还会歌颂您！"

赵匡胤一脸兴奋地说道："多谢普兄开导，我这心里有数了。"

赵普追问道："您心中既然有数，这宝盒啥时候掀呀？"

赵匡胤笑道："你就是我的张子房，至于宝盒什么时候掀，怎么掀，我一概不管，由你和匡义来定。但我有一个条件，我什么也不知道，一切都是被迫的，我说这话，你应该明白吧？"

赵普忙道："愚兄明白！"

转眼到了显德七年（960 年）正月初一，爆竹声此起彼伏，人们早早地吃过了饺子，互相拜年，互道祝福，汴京城沉浸在一片节日的欢乐气氛之中。

汴京城外，自北向南，有两匹铁骑飞驰而来，入外城景阳门，再入里城薰风门，直奔文德殿之西的宰相府。

万岁殿前，小皇帝柴宗训在一群太监、宫女的陪伴下，正尽情地嬉戏，而符太后则坐在一旁，笑眯眯地瞅着他。

一阵急促的脚步声由远而近，符太后有些不悦，暗自思道："谁竟如此没有教养，进了后宫,还敢如此走路!"她正想呵斥,话到唇边,又咽了回去。

你道来者是谁?是宰相范质、王溥和魏仁浦,他仨并排儿跪在符太后面前,一脸惊惶地奏道:"太后,北方边疆的镇州、定州遣使来报,北汉联合了契丹人,兴兵南侵,锐不可当,请朝廷派兵增援。"

符太后还不到十五岁,听两个宰相这么一说,脸都吓白了。

小皇帝刚刚踏进八岁的门坎,虽还不知道害怕,但他从三个宰相和太后的表情上,也看出了一些端倪,一定是出了什么事,而且还不是好事!他不再嬉戏,两只明亮的小眼睛在母后和三个宰相之间睃来睃去。

三相见符太后良久无语,便齐声说道:"太后,北汉人和契丹人既然打来了,咱不能置之不理!"

符太后已经六神无主,反问道:"依三位爱卿之意,这事该怎么办?"

范质道:"立即派兵增援!"

符太后哭丧着说道:"都在过年哩,派谁呀?"

范质道:"派赵匡胤,赵匡胤智勇双全,勇冠三军,从没打过败仗。且是,他和先帝有八拜之交,又是顾命大臣,可命他为征北大元帅,择日北上。"

符太后道:"让赵点检率兵北上御敌,我同意。但孰为先锋,带多少人马,还请三位宰相教我。"

范质道:"赵点检久经沙场,孰可为先锋,以及带多少兵马,就叫他自己定吧。"

符太后道:"好,就按范爱卿说的办!"

赵匡胤一接到要他率兵北上御敌的圣旨,便与范质、王溥和魏仁浦一块儿相商。相商的结果,让慕容延钊任先锋、郭从义为副先锋,率领一万人马,先期北上;命侍卫亲军步军司都虞侯张令铎、侍卫亲军马军司都虞侯高怀德,以及数地镇帅,如石守信、王审琦、张光翰、赵彦徽等,各率本部人马,随自己出征。

古时出兵,和女子出嫁一样,得选一个良辰吉日。经窦仪一番认真推算,出兵之日定在正月初三。

从初一到初三,中间只隔了一天,在这一天之中,赵匡胤及其赵普,一连走了两步臭棋和一步无用之棋。

从古至今,有不少人想办大事,甚而想改朝换代,多因事不机密,也就是说因泄密而身首异处,所谓的大事也为之流产。可赵匡胤他们,在未办成大事之前,自己散布自己的谣言,弄得汴京满城风雨。

汴京城的居民,不同于一般的居民,不包括宋朝,这里曾六为国都,每逢改朝换代,总要大乱几日,甚至几十日,家家被抢,户户死人,乃是司空见惯的事情。如今,"主少国疑",而且"外敌出现",再加上赵匡胤又在集结各镇之兵,再加上"点检做天子"的谣言,弄得人心惶惶,纷纷逃往城外。

昔日,柴荣仅仅因为看到一块"点检做天子"的木牌,便不问来历地摘了张永德的官帽。如今,"点检做天子"之谶传遍大街小巷,市民惊骇,相率而匿,柴荣若是活着,你赵匡胤丢掉的就不仅仅是官帽了,而是人头!你赵匡胤是不是觉着柴荣死了,没有人奈何得了你!是的,你的羽翼已经丰满,禁军三司的将军,除了韩通外,全是你的人,你若是造反,任何人也奈何不了你!但是,你别忘了,你还是后周的臣子,你若造反,全国一定会出现不少勤王之师。别的人不说,单就李重进这一支,就足够你头疼一阵子。还有那个张永德,你别看他这会儿和你挺好的,但你一旦要夺大周的江山、他妻侄的龙椅,他绝不会和你站到一起。还有……还有那个韩通……到那时,鹿死谁手,还不好说呢!这一步棋虽臭,但多少还有一些道理,通过谣言,试一试民心的向背。但这东西敢试吗?

由于谣言四起,"市民惊骇,相率而匿。"而这个谣言的来历,你赵匡胤心里比谁都清楚,你却故作害怕,躲在家中。

躲进家中也就算了,你还在家人面前自我表白:"唉,外边都在传我要造反了,满城轰动,我该怎么办呀?"

话刚落音,回家探母的赵玉容,从厨房里拎了一根擀面杖冲出来,照他背上乱打,一边打一边喝骂:"大丈夫临大事,可否当自决,来家内恐吓妇女为耶!"

赵匡胤又羞又愧,默然而出。这第二步棋,虽说不算太臭,但纯属无用。

赵匡胤被妹妹赶出家门,本来要回点检司的,鬼使神差,竟然去了仇人韩通的府邸。

不全是鬼使神差。

五代以前的京城是由赤县(赤县:唐、宋、元各代,京都所治的县。)县尉负责巡警捕捉等事,朱温建立后梁,为防止兵变,逐渐加强中央集权,京师进驻重兵,分厢进行巡逻,代替了赤县县尉的职能。这些分厢进行巡逻的军人,称之为军巡。是时,韩通除了掌领侍卫亲军步军司和马步司之外,还掌管军巡。赵匡胤此来,是有意和他套近乎,同时,也想打听一下"谣言四起"后,朝廷及其重臣的反应。

大年初二,顾命大臣赵匡胤前来拜访,韩通不能不见,还得置酒相款。

期间,韩通的儿子韩徽,这个背虽然有点驼,但是心明眼亮的年轻人,几次暗示他的父亲乘机干掉赵匡胤。

放眼中原,赵匡胤虽说已经没有对手了,但是,两手难敌四拳,这里何止才有四只拳头,四百只也不止!况且,韩通想要他的命,根本用不着拳头,只需在酒中做点手脚,就可以大功告成!但韩通不干。韩通不干,自有韩通的理由。禁军三司,他虽说独领二司。但他所领之二司,一是以副都指挥使名义领的;一是权领。而赵匡胤虽说只领一司,但他是这一司实实在在的头,因而,他的官位高韩通一级。且是,赵匡胤又是顾命大臣,若是仅仅因几句谣言将他杀了,怎么向朝廷和国人交待!故而,韩通没有杀他,也不敢杀他。反过来,韩通如果将赵匡胤杀了,抑或是将他软禁,让朝廷另外遣将去抵御契丹和北汉,朝廷能因此怪他的罪吗?

不会!

赵匡胤不傻,韩驼子的暗示,他肚如明镜,喝了几樽酒后,借口家中有事,匆匆离开韩府,但他的背上早已冷汗如雨。

如果说,刘邦鸿门宴脱险,拣了一条性命,那是因为刘邦势力远不如项羽,不敢不去。可你赵匡胤,官比韩通大,且是,韩通又没请你,你自入虎口,若是因此而丢了性命,那才是自找呢!你说,你赵匡胤走的这第三步棋臭不臭?臭!臭不可闻!

赵匡胤侥幸拣得一命,于显德七年正月初三辰时一刻,带着七万大军由景阳门出汴京,北上迎击北汉和契丹的联军,但走了一天,才走了四十里,在一个叫陈桥驿的地方,赵匡胤传令安营扎寨,休息一晚,明日再行。

此时,天色尚早,点检司的楚昭辅走出营盘,到处溜达。忽见归德节度使署推官苗训独自一人站在野外的山坡上,仰首望空,他悄悄地走到苗训身边,笑问道:“苗推官,一个人在这里,看什么呀?”

苗训扭头一看,见是赵匡胤的亲信楚昭辅,指着西边的天空说道:“今日有些奇怪。你看,这太阳的下边,复有一个太阳!”

楚昭辅顺着他的手指远眺,果见日下有日,互相摩荡,甚感惊讶,正待要问,忽地来了一群将士,为首的是李处耘,他们望着天上的两个太阳,高声议论。

稍顷,上边的太阳渐渐消失,留下的这个太阳,格外明朗,日旁复有紫云环绕,端的是祥光绚彩,乾德当阳。楚昭辅向苗训问道:“这兆主何吉凶?”

苗训小声说道:“天下要易主人了!”

楚昭辅吃了一惊:“什么?天下要易主人了?”

苗训“嘘”了一声,小声说道:“你不会小声点,轻议皇帝的废立,可是杀头之罪!”

楚昭辅伸了伸舌头,向周围的人扫了一遍,压低声音问道:“何以见得天下要易主人了？且是,那新主人又是何人?"

苗训压低声说道:"你是点检亲人,不妨与你实说,本来天无二日,可今日偏偏就出现了两个太阳,故而,有一个非落不可。落的这个太阳,就是周天子,留下的这个太阳,是应验在点检身上。"

楚昭辅大喜道:"你是说,点检要做天子了!"

苗训道:"正是。"

"点检什么时候能够当上天子?"楚昭辅问。

苗训道:"当年,点检与吾师陈抟在华山斗棋。点检问之前程,吾师送了他几句谶语——'二龙相遇,义结金兰,空送佳人千里路。遇郭而安,历周而显,两日重光,囊木应谶……'从点检下华山以来,吾师的谶语一一应验,而今,又出现了两日重光,点检立马就要做天子了。"

苗训和楚昭辅的对话,声音尽管不大,但周围的人还是听到了。他俩尽管走了,但众将士仍在议论这件事,直到留下的这个太阳也落了,这才返回军营。不到半个时辰,天上有两个太阳的奇闻传遍了全军,众将士三五一堆,交头接耳,且是神秘兮兮。而赵匡胤浑然不觉,独自一个坐在帐中饮酒,不知不觉已酩酊大醉。

赵匡胤的几个亲信,诸如高怀德、高怀亮、楚昭辅、王彦升、罗彦环、李处耘、潘美、田重进等,他们没有喝酒,故而睡不着。

就是喝了酒,也不一定睡得着。他们几个凑到一块儿商量了许久,拿不定主意,便一齐涌到赵普帐中,向他讨教。

赵普故作糊涂道:"尔等真的看到天上有两个太阳?"

李处耘拍着胸脯说道:"真的,这是末将亲眼所见,不信,汝等可以问一问楚都押衙!"

楚昭辅慌忙应道:"刚才,天边确实出现了两个太阳,看到的不只我和苗推官,恐怕有几百人呢!"

高怀德立马接腔道:"既然天象已经显示,要点检做天子,吾等干脆就立点检为天子,也好抢个拥立之功!"

王审琦当即附和道:"对,圣上新立,况兼纤弱,吾等身临大敌,虽出死力,何人知晓?不如应天顺人,先立点检为天子,然后北征,诸位以为如何?"

众将士异口同声道:"高将军和王将军所言甚是!"

赵普冷不丁插了一言:"高、赵二位将军所言甚是,但赵点检会答应吗? 他不只是先帝的义弟,他还是当今皇上的顾命大臣!"

"这……"众将士你瞅瞅我,我瞅瞅你,不知如何回答是好。

赵普又道:"作为臣下,私下议论天子废立之事,论法当斩!不只斩汝等个人,还得诛灭九族。汝等不怕灭族,我赵普怕,汝等还是及早离去为好!"

他一边说,一边赶众将士走。

众将士不得不走。帐中只剩下两个人,一个是赵普,一个是赵匡义。

赵匡义一脸担忧地问道:"您把他们赶走了,这戏还怎么唱?"

赵普"呵呵"一笑道:"你不必担心,他们还会回来的!"

果如赵普所料,不到喝一盏茶的时间,离去的人全都折了回来。

赵普故作一脸诧异地问道:"你们这是要做什么?"

众将士道:"大周有律,凡聚众谋反者灭族,吾等不想死,更不想灭族!"

赵普道:"吾等之意……"

众将士齐声说道:"吾等铁了心要立点检为天子,如有反对者,格杀勿论!当然,这个'如有反对者',也包括你!"一边说,一边拔剑出鞘。

赵普连连摇手道:"别这样,有事好商量。"

众将士道:"不用商量,你说,你愿不愿意拥立点检为天子?"

"这……"赵普欲言又止。

众将士持剑逼向赵普。

赵普一边后退,一边说道:"诸位,有话好说,好说……"危急关头,赵匡义站了出来,双手一拱说道:"诸位,吾乃赵点检亲弟赵匡义,吾兄愿不愿做天子,岂能由他自己说了算!今日,已经到了一更一点,汝等可各回各营,等到明日鼓打五更之后,汝等可去中军帐相会,赵点检若是一意辜负诸位之意,我赵匡义第一个不答应!"

他这一说,众将士逐渐散去。

翌日,五更之鼓还未敲响,众将士已来到了中军大帐,争呼万岁,寝门侍卒,摇手制止道:"点检尚未起床,请诸公幸勿高声!"

众将士道:"今日策立点检为天子,难道尔等尚未知么?"

侍卒未及回答,赵匡义已率众趋入,乱哄哄地来到赵匡胤榻前。赵匡胤被众人惊醒,睡眼蒙眬地问道:"出什么事了?"

赵匡义道:"主少国疑,众将士要立您为天子!"

这一说,把赵匡胤的酒劲全吓跑了,几不成语道:"你,你怎么说出这样的话?众将欲图富贵,陷我于不义,情可原之,你是我的亲弟弟,怎么也混在他们中间起哄,难道不怕灭族吗?"

赵匡义深作一揖道:"二哥所责甚是。但您忘了一句古训,'天与不取,反受其殃。'二哥未曾出仕之时,陈抟老祖有言,'两日重光,囊木为谶',今日已见两日重光,二哥当为天子。二哥如果一味推让,冷了众将士的心,就此散去,二哥岂不成了有罪之人?"

赵匡胤深思有顷道:"且侍我出谕诸将,再做计较。"

赵匡胤一边说,一边走出帐篷。众将士见赵匡胤出来,高叫道:"主少国疑,吾等愿意拥立点检为天子!"

"不行,不行!"赵匡胤一边摇手一边说道:"敝人无德无能,不足以做天子! 大家还是选那些有德有能的人来做天子吧!"

话未落音,高怀德、李处耘、楚昭辅等已捧进黄袍,硬披在赵匡胤身上,且一齐下拜,三呼万岁。

赵匡胤一脸惊惶道:"这怎么行! 我赵匡胤世受国恩,无以为报,今日又做天子,让天下人怎么议我?"

赵普大声说道:"天命攸归,人心所向,明公若再推让,反至上违天命,下失人心。若为大周起见,但教礼遇幼主,优待故后,也就对得起先帝了!"

说到此,众将士已拥赵匡胤上马。赵匡胤勒马对众将士说道:"汝等硬要拥我为帝,这是对我的极大信任,我不能给脸不要脸,但我有几句肺腑之言,汝等若是听从,我就勉为其难。汝等若是不听,即使将我扶上坐骑,我也不会去坐什么龙椅!"

众将士异口同声道:"吾等既然拥立您为帝,当然会以您的马首是瞻,有什么话,您尽管吩咐,吾等一定照办。"

赵匡胤高声说道:"太后、幼主,我当北面事之,汝等不得冒犯! 京内大臣,与我并肩,汝等不得欺凌;朝廷府库,及士庶人家,汝等不得侵扰! 如从我命,我当重赏,反之,戮及妻孥。汝等同意吗?"

众将士齐声回道:"同意!"

于是,赵匡胤整军还汴,且遣楚昭辅及客省使潘美先行一步。

楚昭辅的任务是,安顿赵匡胤家人,以防有人浑水摸鱼,害了家人性命。

是时,赵匡胤的家人全躲在相国寺中,当楚昭辅把赵匡胤黄袍加身的喜讯面告杜四娘,杜四娘面静如水,淡淡地说了一句:"吾儿素有大志,今果然成功了!"

相对楚昭辅而言,潘美的差事不但艰巨,且还有着极大的风险。

潘美的任务是,将"点检做天子"的消息通报给汴京的皇帝和重臣。

人家的龙椅坐得好好的,你突然来说,这个龙椅赵匡胤要坐,你下去吧!

那小皇帝虽说刚刚跨进八岁的门坎,他说要杀你,谅你潘美的人头肯定保不住。

潘美是冒着杀头危险来的,这个差使,原本让高怀亮承担,可潘美自告奋勇,才抢得了这一差事。

正因为他抢得了这一差事,赵匡胤才对他刮目相看,为他日后的发迹打下了一个坚实的基础。

潘美受命后,单人单骑,纵马狂奔,进入汴京城,后周君臣还没有下早朝。潘美昂首上殿,向符太后、小皇帝,以及在殿诸臣,宣布了一件骇人听闻的消息——赵匡胤行至陈桥,众将士哗变,拥立赵匡胤为天子。赵匡胤率兵南来,正在途中。

这一消息,使所有的人都惊呆了。首席宰辅范质,突然伸手抓住了身边另一宰辅王溥的一只手,愤然大叫——仓促遣将,吾辈之罪也!

王溥不但没有回应,反面现痛苦之色,事后才知道,他是在忍疼——范质养尊处优,指甲留得比妙龄女孩还长,因过度紧张,手又握得太紧,指甲深深陷进王溥手背的皮肉之中。

正当两个宰辅惊慌失措之时,韩通挺身而出:"兵来将挡,水来土掩。都中尚有数万禁军,韩通不才,愿意带着他们登城守御,陛下和太后可传檄天下,速令勤王;镇帅之中不乏忠义者,倘得他们星夜前来,协力讨逆,何患乱贼不平?"

太后惶恐无计,移目范质:"范相国,这事你看怎么办?"

范质回道:"韩副都指挥使所言甚是……"

范质的话还没有说完,韩驼子一脸惊惶地闯了进来,结结巴巴地说道:"叛军距汴京城不到三里了!"

韩通也不待太后下诏,自作主张道:"太后,请您速颁一旨,诏告天下各镇帅,让他们起兵勤王。臣这就去召集禁军!"

太后将头点得如鸡啄米一般。

韩通抢步出殿,太后移目范质:"范爱卿,这勤王的旨怎么写?"

范质道:"拟旨的事,可找陶承旨。"

而这一天,陶谷因病在家,未曾上殿,没奈何,改由曾做过翰林学士,现任别驾郎中的窦仪来拟。

旨还没有拟好,范质、王溥、魏仁浦的家人一齐闯了进来:"叛军前队,已开进城了,相爷快回家去！"

三相听到这个急报，丢下太后和小皇帝，一溜烟地跑出金殿，各回各家去了。

窦仪见了，长叹一声说道："太后，大势已去，您也就不必再勤什么王了，臣去矣！"说毕，抛笔于案，下殿去了，抛下太后母子二人，抱头痛哭。

也是天该灭周，后周的唯一忠臣韩通，刚一走出金殿，内中发急，跑步入厕，拉的屎比尿还稀，出厕前行不到半里之地，又开始内急起来，但这一次拉的不是屎，也不是尿，是沫，还伴之腹疼。就这样，走上不到半里之地便要进一次茅厕，硬把时间给耽搁了，等他第五次从茅厕出来，迎头撞上了赵匡胤的先头部队王彦升。王彦升见了韩通，高声喊道："韩侍卫快去接驾，新天子到了！"

韩通瞋目骂道："接什么鸟驾！尔等贪图富贵，擅拥叛逆，天地不容，等死去吧！"说毕，急向家门驰去。

王彦升素来性情残暴，听了韩通之言，气得三尸爆炸、七窍生烟，拍马紧追上去。韩通驰入门口，正欲叫门，不妨王彦升驱马赶到，手起刀落，将韩通砍死在家门口，一不做二不休，王彦升闯进韩通家里，将韩通一家七十余口，尽行杀戮，然后出来迎接赵匡胤。

此时，赵匡胤已率领大军，由明德门入了汴京城。

入城之后，赵匡胤命将士一律归营，自己退居公署。过了片刻，罗彦环、王彦升、李处耘、田重进、潘美等，将范质、王溥、魏仁浦等拥入署门。赵匡胤见了，呜咽流啼道："我受世宗厚恩，被三军逼迫至此，违负天地，怎不令人汗颜？"

范质刚说了一句赵点检，罗彦环厉声喝道："什么赵点检，分明是赵天子！"言毕，竟拔剑出鞘，吼道："我后周南有后蜀、南唐，北有北汉、契丹，无不对我虎视眈眈，一个不到八岁的小娃娃，如何做得了吾等之主。为大周计，吾等拥立点检为天子，哪个再有异言，如或不肯从命，我的宝剑绝不留情！"

王彦升、李处耘、潘美、田重进等亦拔剑出鞘，大叫道："还有吾等的宝剑呢，也不是吃素的！"

王溥见了，面如土色，降阶下拜，口呼万岁。范质、魏仁浦长叹一声，亦降阶而拜，口呼万岁。赵匡胤忙下阶，将他仁人一一扶起，好言抚慰一番。

范质试探地问道："明公既为天子，如何处置幼君？"

赵普在旁代答道："可请幼主法尧禅舜，将皇位传给点检。点检的为人你们也知道，绝对会善待周室的。"

"我已传令军中，对于太后和幼主，任何人不得侵犯！"赵匡胤补充道。

范质道："既如此，应召集文武百官，准备受禅。"

赵匡胤拱手说道："请三公为我召集，我不会薄待汝等！"

当天下午申时，范质、王溥、魏仁浦将文武百官召集到朝堂，左右分立。少顷，赵匡胤在石守信、王审琦等的簇拥下从容登殿。

禅位仪式将要开始的时候，赵普这才发现，竟然没有禅位诏书，那汗"刷"地一下冒了出来，顺脖子流。

禅位仪式，竟然没有禅位诏书，这可是一个天大笑话。正当赵普不知所措之时，陶谷不慌不忙地站了出来，且从袖子里摸出禅位诏书，递给窦仪。

窦仪展而读之，声若洪钟。

> 天生蒸民，树之司牧。二帝（二帝：即唐尧和虞舜。）推公而禅位，三皇（三皇：传说中的远古三个帝王。究竟是哪三个，有六种说法。）乘时而革命，其揆一也。惟予小子，遭家不造，人心已去，天命有归，咨尔归德军节度使殿前都点检，兼检校太尉赵匡胤，禀天纵之姿，有神武之略，佐我高祖，格于皇天，逮事世宗，功存纳麓，东征西讨，厥绩隆焉。天地鬼神，享于有德，讴歌讼狱，归于至仁，应天顺人，法尧禅舜，如释重负，予其作宾。于戏钦哉，畏天之命！

窦仪读诏毕，宣徽使（宣徽使：也称宣徽院使。唐中业置宣徽南北二院。二院长官为宣徽使和宣徽副使，由宦官出任，总领内诸使。五代及宋沿置，然以大臣任之。）引赵匡胤退至北面，拜受禅位诏书。尔后，更换衣帽：头戴皇冠，身穿衮龙袍，被众大臣拥至崇元殿，坐上龙椅，接受文武百官朝贺。"万岁""万岁"的声音，响彻殿庑。礼成，即命范质等入内。胁迁幼主及符太后，改居西宫。可怜这个十几岁的嫠妇，七龄有奇的孤儿，只落得凄凄楚楚，呜呜咽咽，哭向西宫去了。当下由群臣会议，取消周主尊号。改称郑王。改符太后为周太后，命周宗正郭玘祀周陵庙，仍饬令岁时祭享。一面改定国号，因赵匡胤开府建牙于归德宋州，特称宋朝，以火德王，色尚赤，纪元建隆，大赦天下。追赠韩通为中书令，厚礼收葬。首赏佐命元功，授石守信为归德节度使，高怀德为义成军节度使，张令铎为镇安军节度使，王审琦为泰宁军节度使……擢慕容延钊为殿前都点检，所遗副都点检一职，令高怀德兼任。韩通的步军副都指挥使一职，令石守信兼任。郭从义因守制归里，所遗侍卫亲军步军司副都指挥使一职，由王审琦兼任。赐皇弟赵匡义为殿前都虞侯，改名光义。赵普为枢密直学士（枢密直学士：枢密院官。五代后唐以崇政院直学士改置。宋、辽沿置。宋枢密直学士与观文殿学士并重,掌侍从、备顾问,其兼签书枢密院事者掌枢密军政文书。)、苗训为承旨。周宰相范质,依前守司徒兼侍中;王溥守司空,兼门下侍郎;魏仁浦为尚书右仆射,兼中书侍郎,均同平章事。一班攀龙附凤的人员,一并晋爵加禄。除周之三相处,凡周之百官,基本上都原职留任,并派出使者向各镇通告。从此,方面大耳的赵匡胤,遂安安稳稳地做了宋朝第一代祖宗,史称宋太祖。

二十九　朕不忍也

　　赵匡胤朝拜过太后，带着一班近臣，去后宫溜达，撞见了柴荣的小儿子，众臣都主张杀，唯有潘美一言不发。

　　李筠劈手抓住魏仁浦胳膊，指着郭威的遗像说道："跪下！"

　　李筠不但不听儿子的劝告，反遣使北汉和后蜀，约定起兵之日。

　　赵匡胤封过那一班攀龙附凤的人员和后周旧臣，便开始封赏家人。尊高祖眺为僖祖文献皇帝，曾祖珽为顺祖惠元皇帝，祖敬为翼祖简恭皇帝，妣（妣：母已死称妣。但古时，母未死也有称妣的。）皆为皇后。封父赵弘殷为宣祖昭武皇帝；母杜四娘为皇太后，居滋德殿；封夫人王蛾儿为皇后。

　　封过家人，赵匡胤便率领百官前去滋德殿朝拜太后。可太后不但没有喜色，反面带愁容。赵匡胤想问又不敢问，以目示赵普。

　　赵普会意，仰首望着太后，笑眯眯地问道："太后，臣闻，'母以子贵'。今子贵为天子，太后反有忧色，何也？"

　　太后轻启玉唇道："先圣有言，'为君难'。天子置身民上，果能制治得宜，却也风光，倘或失道，恐怕将来欲做一个匹夫尚不可得，尔等道可不可忧？"

　　赵匡胤再拜说道："谨遵慈训，不敢有违！"

　　朝拜过太后，众文武大都散去，只有赵普、慕容延钊、石守信、高怀德、潘美、赵光义等一班近臣，陪着赵匡胤在后宫溜达。正行间，有一宫女抱一婴儿，从寒香殿旁趋出，一见赵匡胤，立马退了回去，且面有惊慌之色。

　　赵匡胤将眉头微微一皱，暗自思道："这皇宫里怎么会有婴儿呢？"扭头对赵普说道："去，把这个抱婴儿的宫女给朕叫过来。"

　　赵普道了一声"遵旨"，趋至寒香殿后，将宫女叫了回来。

宫女朝赵匡胤"扑通"一跪,一脸恐惧地说道:"小女子参见陛下。"

"这一女子,你怀中所抱婴儿是何人之子?又怎么会来到宫中?"赵匡胤语气平静地问道。

宫女小声回道:"此婴乃先皇周世宗之子。"

赵匡胤把脸一沉,斥道:"胡说八道!"

宫女面如涂蜡道:"小女子没有说谎,小女子也不敢说谎。"

"你不敢说谎?你这谎说得够大了!先皇一生育了七个儿子,已经死了三个,在世的这四个,朕没有不认识的。且是,最小的叫柴熙海,已经三岁了,从哪里又蹦出来这么一个小不点儿?"

宫女结结巴巴回道:"启奏陛下,这个小不点儿是小女子所生,符皇后未薨之前,叫小女子帮她服侍先皇,小女子……小女子……"

赵匡胤把手摆了一摆,说道:"朕已经明白,汝不必说了!"

他移目众臣:"卿等以为,这个小不点儿应该怎么处置?"

赵普等人异口同声回道:"杀!"只有潘美默不作声。

赵匡胤移目潘美:"潘爱卿怎么不说话呀?"

潘美深作一揖回道:"臣不知道说什么好。"

赵匡胤道:"爱卿怎么想就怎么说。"

潘美道:"陛下既然这么说了,臣就把心里话说出来。臣与陛下曾北面共事世宗,若劝陛下杀死此子,有负世宗;若劝陛下不杀,又恐陛下生疑。"

赵匡胤深思良久,叹道:"夺人之位,杀人之子,朕不忍也!"

潘美慌忙跪倒在地,呼曰:"陛下圣明,黎民之福也!"

赵匡胤叹道:"卿也别夸朕,这一婴儿虽说也是世宗的血脉,但其母没有名分,母子二人住在宫中多有不便,朕将他交给爱卿抚养,可随爱卿之姓,爱卿以为如何?"

潘美慌忙应道:"臣遵旨!"遂将这个婴儿带回家中,改名潘惟吉。此子官至刺使,直到宋仁宗时期,才恢复了本姓。

赵匡胤虽说做了皇帝,并没有沉浸在喜悦之中,他清醒地知道他的宝座并不太稳,他最担心的是那些手握重兵、镇守一方的节度使,他们之中,比自己资历老的大有人在。且是,他们之中的绝大多数,都是经周太祖和周世宗之手提拔起来的,他们会拥护自己称帝吗?特别是李重进和符彦卿!

他的担心有点多余,全国十几个节度使居然没有一个人反对他称帝。他所最担心的那个李重进,不但不反对他称帝,还要进京觐见,当面谢恩。

赵匡胤慌忙遣潘美带着御旨和一百坛御酒,前去扬州,一方面犒赏李重进,一方面阻止李重进来京。

旨曰:"君主元首,臣僚股肱,相隔虽远,同为一体。君臣名分,恒久不变,朝觐之仪,岂在一时?"

遣走了潘美,赵匡胤总觉着还少点什么,隔了一天,他方才想到,符彦卿是幼主的外公,他之所以没有站出来反对我赵匡胤称帝,大概是光义的功劳。光义和符秀洁订婚,已经半年多了,应该让他们成婚,这样一来,符彦卿就更不会反对我了!主意已定,忙让窦仪择了一个黄道吉日,将符秀洁迎进家中。办完了赵光义婚事,他又想起了张永德,张永德乃先帝乘龙快婿,因赵普他们耍了一个阴谋,被明升暗降,做了检校太尉、同平章事,我既然向李重进和符彦卿示好,就不能冷落了张永德。想到此,传旨一道,让张永德入宫觐见。

张永德接到圣旨,心惊肉跳,一般来讲,午后皇帝是不会召人入宫的。且是,此时已经不是午后,是晚餐前夕了。难道赵匡胤对我不放心,迫不及待地对我下手了?就是明知道他对自己下手,张永德也不敢不去。何也?张永德若是去,赵匡胤要杀要剐的只能是他一个人,他如果抗旨不遵,被杀的恐怕要是九族了!

张永德硬着头皮进宫,见了赵匡胤,慌忙跪倒在地,口称"罪臣参见陛下!"

赵匡胤趋步而前,双手将张永德扶起,一脸嗔怪道:"永德兄,今晚你我是私下叙旧,何来参见二字,更莫说罪臣了! 坐,请坐!"

张永德听了这话,心中热乎乎的,再拜说道:"承蒙陛下错爱,罪臣……"

赵匡胤指着张永德的鼻子说道:"看看,你又来了,你是朕的哥哥,何来罪臣之说!你如果再敢自称'罪臣'二字,朕可真叫你做罪臣了!"

张永德点头哈腰道:"好,好! 罪臣永不再说'罪臣'二字!"一边说,一边坐在了赵匡胤对面。

赵匡胤忙命宫人上酒。二人相向而坐,边饮边谈,宛如平时。

赵匡胤突然将话题一转说道:"永德兄,朕对不起先帝。朕之为帝,实属无奈,朕早就想自杀而谢先帝。可是,先帝已薨,幼主又无能力掌控天下,卿说朕该怎么办呀?"

张永德违心地劝道:"陛下此言差矣! 历史进入五代之后,战争连绵不断,烽火千里,民不聊生,唐明宗有感于此,天天在宫中焚香向上天祈祷,愿上天早生圣人,为生民之主,混一中原。上天不负唐明宗之祷,才降下了您,您若再生退志,不只屈了黎民之望,也对不住唐明宗!"

这话,赵匡胤听了很受用,先将张永德的酒樽加满,又将自己的酒樽加满,举樽说道:"听了永德兄这一番肺腑之言,朕豁然开朗,朕不死了。朕不只不死,朕还要和永德兄一道,把大宋治理好。来来来,咱君臣二人,共饮三樽。"

三樽酒下肚,赵匡胤口授一诏,拜张永德为武胜军节度使,加官侍中(侍中:官名。秦始置,两汉沿置,无定员,侍从皇帝左右。南朝宋文帝时,始掌机要,梁、陈相沿,北魏尤重其职,呼为小宰相。隋代改称纳言。唐代复称侍中,并一度改称左相,成为门下省的正式长官,但因为官位特高,仅作为大臣加衔,非有同平章事的头衔,即不为宰相,与南北朝不同。北宋优存其名,南宋废。)。

节度使已是节钺重臣,封疆大吏,再加官侍中,那地位比当朝宰辅也差不了多少,把个张永德感动得涕泪交流,避席而拜曰:"陛下如此信任微臣,微臣余生唯陛下之命是从,上刀山下火海,万死不辞!"

赵匡胤双手将张永德扶起,微笑着说道:"永德兄言重了,永德兄为后周统一大业,出生入死,屡建大功,但朝廷对不起永德兄!"

张永德怔了一怔,没有凑腔。

赵匡胤继续说道:"朕听说,爱卿受命征讨南唐,因军资不继,将祖传的通天犀带送交当铺,换得十五万贯,充作军资,但朝廷至今未曾给过永德兄一文钱。朕今日不只代朝廷将那十五万贯还卿,再赠卿十五万贯,以作奖励!"

张永德二次跪倒在地,动情地说道:"陛下万岁! 万岁! 万万岁!"

赵匡胤一脸微笑说道:"万岁是不可能的,朕只想再和卿痛饮十樽,卿敢不敢?"

张永德道:"陛下和臣对饮,是臣的荣幸,莫说对饮十樽,就是对饮二十樽,臣也奉陪到底!"

赵匡胤笑道:"那咱就对饮二十樽吧!"

二十樽酒下肚,君臣二人俱都"醉"了,但赵匡胤还可以站起来送客,张永德却被宫人抬上玉辇,送到家中。

送走了张永德,赵匡胤禁不住笑出声来,张永德呀张永德,就凭你那酒量,也敢和我赵匡胤对饮? 喝死你!

但不管怎样,我赵匡胤称帝,你是拥护的,只要你拥护,只要符彦卿不反对,李重进即使作怪,我赵匡胤也不会怕他!

他高兴得有些早了。

普天之下所有的节度使没有一人敢出来挑战他,这是不争的事实。但三个月之后,他的龙椅已经坐稳,昭义节度使李筠跳了出来,公然向赵匡胤叫板——灭宋复周。

在赵匡胤心中,有可能反对他称帝的,李筠绝对排不到前三名,可他硬是抢了个第一。

他之所以要抢这个第一,他以为,朝中不买赵匡胤账的大有人在,譬如李重进、张永德和符彦卿等,他若是起兵反宋,他们一定会支持他。他还以为他若是起兵反宋,北汉、后蜀,甚而辽国和南唐,也会出兵援助。但这还不是他决定造反的主要原因,主要原因是他对自己太过自信,他觉着凭自己一人之力,完全能灭了大宋,故而,大言不惭地说道:"吾乃周朝宿将,与周世宗义同兄弟,禁军军校皆吾旧人,闻吾起兵,必定倒戈归顺!"

他太高看了自己。

正因为他太高看了自己,当赵匡胤的使者魏仁浦带着赵匡胤的亲笔诏册和三十坛御酒来到潞州,他竟拒而不见,后经他的儿子李守节苦苦相劝,他才不得不跪接了赵匡胤的圣旨。可是,当他依照常礼宴请魏仁浦的时候,竟对魏仁浦冷嘲热讽。

酒过三巡,李筠突然说道:"魏大人,人都道我李筠是一武人、粗人,差矣!我李筠早年读过三年私塾,对于《诗经》上的一些名诗,背得滚瓜烂熟,你信不信?"

魏仁浦一边点头,一边说道:"我信。"

李筠笑道:"我看得出,你这是言不由衷,口中说信,肚中一百个不信,管你信不信,我非给你背一首,一来拽一拽文,二来助一助酒兴。"

说毕,重重地咳嗽一声,摇头晃脑的背道:"《诗》曰:'尸鸠在桑,其子七兮。淑人君子,其仪一兮。'魏大人,你知道这首诗的意思吗?"

魏仁浦将头轻轻摇了一摇。

"这首诗的意思是说,'君子当专一诚信,不能朝秦暮楚,自毁德行!'我李某虽一介莽夫,却不敢忘故主之恩——来人哪,把周太祖之像挂到宴会厅上。"

像刚一挂好,李筠便趋至像前,"扑通"一声跪了下去,磕了三个响头,泣声说道:"周太祖,您率领臣下,南杀北战,九死一生,方挣出了大周国的锦绣江山,可您去世不到六年,这江山便易了姓,您说叫老臣怎么办?"说到此处,号啕大哭,经左右一劝再劝,这才止了哭声。

他忽地扭过头来,朝魏仁浦连连招手。魏仁浦犹豫了一下,向他走来。

李筠劈手抓住魏仁浦的胳膊说道:"跪下!"

"我……"

李筠怒斥道："周太祖不只是我李筠的故主，也是你魏仁浦的故主，见了故主，你不应该跪吗？"

魏仁浦万般无奈，只得跪了下去。

"磕头呀，你咋不磕头呢？"李筠得寸进尺。

魏仁浦勉强向郭威画像磕了三个头。李筠扭头拍着魏仁浦的肩头说道："你不忘故主，真忠义之士也！走，愚兄和你喝个一醉方休！"

说毕，挽着魏仁浦的胳膊，二次入席，但魏仁浦滴酒不进，宴不欢而散。李筠借口喝醉，让儿子李守节陪伴魏仁浦。

魏仁浦已经领教了李筠的厉害，一刻儿也不愿在潞州停留，打道回汴。李守节执意要送，一直送出昭义地界，相别之时，李守节拜伏于地道："魏大人，家父生性粗鲁，且又饮酒过量，致使失常。今日之事，请魏大人且莫放在心上，更莫要禀告皇上。我李氏一门，全靠魏大人垂怜！"说毕又拜，叩首出血。

魏仁浦双手将李守节搀起，劝之曰："贤侄的心意老朽尽知。令尊之为，老朽不会妄奏的。但愿贤侄回去，劝告令尊，当今天子之为天子，上天早有兆示，请他不要逆天而行，方可世代富贵！"

李守节叩首说道："天使叔叔之嘱，愚侄谨记在心。愚侄向天使叔叔发誓，愚侄父子，绝对忠于大宋，若有二心，天雷击之！"

魏仁浦道："愚叔相信你，贤侄请回，愚叔还要赶路呢！"

李守节长身而立，与魏仁浦拱手相别。

魏仁浦回到汴京，经过一番深思，将昭义之行一字不漏地道给了赵匡胤。

赵匡胤听了，许久方道："李筠不忘故主，乃人之常情，卿也不必放在心上。"

魏仁浦诺诺而退。

若是此事就此打住，李筠也不会造反。偏在这时，北汉皇帝刘钧遣人送来一个蜡丸，丸中有一密函，函曰："李大人，虽说您长期与我北汉为敌，但那是各为其主，朕不怪之。但李大人之主，已为赵匡胤所废，你若再与朕为敌，不只是不识时务，乃是对故主不忠了。李大人之为人，一向侠肝义胆，岂能做出不忠不义之事？为兄计，莫如扯旗造反，灭宋自立，来一个流芳万世。诚如是，朕发精兵以助之。何去何从，请兄三思！"

李筠将北汉皇帝的密函一连看了三遍，决定反宋。但李守节是他唯一的儿子，此等大事，不能不告知。

311

李守节听了乃父之言，谏之曰："昭义一隅，恐不足当大梁，还乞父亲持重，幸勿暴举！"

李筠怒斥道："孺子晓得什么？赵匡胤欺弄孤寡，诈称辽、汉犯边，出兵陈桥，买嘱将士，回军逼宫，废少主，幽太后，大逆不道，我还好北面事他吗？今日为周讨逆，纵然不成，死亦心甘！"

李守节涕泣劝道："父亲就是举兵，亦须预策万全。依孩儿想来，不如将北汉来书，寄去汴京，宋主见我效忠，必当去疑，那时我可相机行事，袭他不备了。"

李筠喜道："吾儿之计甚好，我这就遣你南去，一来赍递北汉来书，二来窥伺宋廷举动。倘遇故人，亦可约为内应。事关机密，你应慎行！"

李守节领了父命，即日南下。一到汴京，便上殿朝觐赵匡胤，呈上北汉密函。赵匡胤阅了密函，对李守节说道："卿父不受敌惑，朕甚感激。朕封卿为皇城使（皇城使：拱卫皇城的官员，掌皇城出入启闭的禁令，常以君主亲信充任。始置于唐中期，历代沿置。至宋，主皇城司事，掌宫门出入，并率领所属伺察臣民动静，充皇帝耳目。）。"

李守节慌忙跪地，口称："谢主隆恩。"拜谢而去。

李守节未曾走出殿门，赵普问道："陛下，李筠遣子前来，到底有何用意，陛下不能不防！"

赵匡胤笑回道："不管李筠有何用意，他遣子前来，将北汉主之密函呈朕，以示对朕无有二心，满朝文武皆见，仅此一点，朕已知足矣。至于他反与不反，朕诚心待他，且又留其子为皇城使，又是满城文武皆见。若反，他是自掘坟墓，谁会怜之！"说得赵普频频额首。

皇城使本乃拱卫皇城的官员，赵匡胤拜李守节为皇城使，乃是向李筠示好：李筠你听着，朕把掌皇城出入启闭的大权交给了你儿子，也就是说，朕把自己的身家性命交给了你儿子，你还要朕怎么着？至少说，你不要造反，只要你不造反，方能与朕同享富贵！

可李筠不这么想，他以为赵匡胤把他儿子留在汴京，那是羁押，那是对他极大的不信任。故而，他将赵匡胤的使者扣押起来。此事，为李守节所知，忙作书寄父。书曰："据孩儿所知，各镇俱都奉表归顺宋廷，若只昭义一处窃发，必败无疑，请父亲勿作他念，一心事宋。"

书达昭义，李筠不但不听，又遣使北汉和后蜀，约定起兵之日。

谁知，赴二地之使，俱为宋廷所获。赵匡胤阅了李筠之书，气冲牛斗，传旨召李守节进宫。

恰好赵普和赵光义在侧,二人不约而同地问道:"陛下召李守节进宫,欲当何处?"

"朕要他修书乃父,劝他收回反心,若是乃父执迷不悟,乃父起兵之日,便是他人头落地之时!"

赵普反问道:"李筠性格粗暴,常以生肉为食,他如果存了一个反心,迟早非反不可,倒不如……"

忽有内侍来报:"启奏陛下,扬州从事(从事:官名。汉以后三公及州郡长官皆自辟僚属,多以从事称之。如从事史、从事中郎、别驾从事、治中从事等。)吕余庆求见。"

赵匡胤高声说道:"有请!"

赵普的眉头微微一皱,问道:"吕余庆?这名字耳熟的很,是不是做过定国军掌书记的那个吕余庆?"

赵匡胤回道:"正是。"

赵普道:"臣听说,吕余庆的父亲吕琦,曾做过后晋的兵部侍郎,和周太祖有八拜之交。吕余庆得以做扬州从事,又是李重进力荐的结果。对于这样的人,您应该心中有数。"

赵匡胤一脸微笑地说道:"卿只知其一,不知其二。吕余庆的父亲与周太祖有八拜之交,这倒不假,但朕的先考(先考:考,原指父亲,后称已死的父亲。)救过吕琦的命,关键时刻吕余庆知道该听谁的。"

话刚落音,吕余庆疾步而入,直趋赵匡胤,行以稽首之礼。

礼毕,赵匡胤命内侍为吕余庆看座。吕余庆不坐,拱手说道:"你们好像在商量军国大事,臣来的不是时候,臣先到殿外避一避。"

赵匡胤道:"卿来的正是时候。坐,请坐,朕有话问卿。"

他这一说,吕余庆不得不坐了。

"请问爱卿,卿此次进京,是为公,还是为私?"

"这……这……这……"吕余庆似有难言之隐。

赵匡胤指了指赵普和赵光义说道:"他俩是朕的股肱之臣,不必顾忌,有什么事尽管说。说吧!"

吕余庆解开衣服,从内衣里边取出一张密函,双手呈给赵匡胤。

赵匡胤展而读之。

李筠兄勋鉴：

　　逆贼赵匡胤，举家受周室之大恩，然世宗尸骨未寒，便来了一个陈桥兵变，黄袍加身，废幼主，囚太后，犯十恶不赦之罪。不管是论资历、论军功，还是论官爵，你我兄弟，哪一个不在他赵匡胤之上，可如今，反要向他屈膝称臣，实吾等之羞也！愚弟听说，逆贼篡国之后，遣魏贼仁浦为使，册封尊兄，被尊兄大大地羞辱了一番，真真让人解恨！兄真大丈夫也，弟自愧弗如。但尊兄果有灭宋复周之意，起兵之后，愚弟当在扬州应之。扬州之五万兵马，唯尊兄马首是瞻。

　　赵匡胤将密函朝御案上"啪"地一拍骂道："好你个李重进，当面叫哥哥，背后掏家伙！朕这就御驾南征，拿你李重进开刀！"

　　赵普将手一连摇了三摇说道："不可，不可！"

　　赵匡胤睁着一双怪目道："为甚？"

　　"李重进虽说暗通李筠，但世人不知，而李筠却明目张胆地扣押天使，陛下尚未出兵讨伐，反去御驾亲征李重进，叫朝野怎么去看陛下？"

　　赵匡胤一把抓起密函，抖了一抖说道："有这张私通李筠的密函作证，还不够吗？"

　　赵普道："这张密函固然可以作证，但如果有人对它本身产生了怀疑，怎么办？"

　　赵光义代兄答道："不会有人这么混蛋，硬要和朝廷唱对台戏，去怀疑密函！"

　　赵普摇了摇头，说道："请三弟不要把话说绝，如果这张密函的来历不是愚兄亲见，连愚兄也会认为它是假的。何也？陛下初登大位，遣使扬州，李重进表现得很是恭顺，甚而还要来汴觐见陛下。这样的人，会在不到三个月突然变脸，去勾结李筠造反？"问得赵光义张口结舌。

　　赵匡胤若有所思道："爱卿的话颇有一定道理。若依爱卿之见，李重进的事，应当何处？"

　　赵普道："臣斗胆请教陛下一个问题，如果李重进和李筠联合反叛大宋，咱大宋将会怎么样呢？"

　　"将会非常麻烦！"

　　"但就他二人来说，谁造成的麻烦会更大一些？"赵普又问。

　　赵匡胤沉思有顷道："李筠。"

　　"为什么？"赵普又问。

　　"就国内影响而言，李筠不如李重进。李重进是周太祖外甥，又久典禁军，但他所处的地理位置不如李筠。李重进的背后是南唐和吴越，但南唐和吴越都是大宋的附属国,朕只需动一动嘴,他们便会在李重进的背后插上一刀。到那时,李重进将会腹背受敌,非完蛋不可! 李筠呢? 李筠的背后是北汉和辽国,彼二国皆为我大宋之宿敌,他们会不遗余力地支持李筠。"

赵普频频颔首道:"陛下圣明! 陛下既然对天下大事了如指掌,如何处置李重进,定然是了然在胸,还须臣再来饶舌吗?"

赵匡胤一脸春色道:"卿说得对,李重进的事,朕知道该怎么做了。李守节怕是已经到了宫门。卿等可去茶室饮茶,等朕打发走了李守节,咱接着说。"

赵普率先站了起来,次之赵光义,次之吕余庆,拱手告别了赵匡胤,在内侍的前导下来到茶室。刚一落座,赵光义便迫不及待地问道:"普兄,以您揣测,李重进的事陛下会怎么处置?"

"会想办法稳他。"赵普回道。

"会稳到什么时候?"吕余庆问。

"会稳到杀了李筠。"赵普回道。

赵光义将信将疑。

赵普也不解释,端起茶杯说道:"来,咱喝茶,咱边喝边恭候皇上。"

一壶茶刚刚喝完,内侍在门外高声喊道:"天子驾到!"

三人慌忙放下茶杯,趋至门外,跪迎赵匡胤。

赵匡胤来到茶室,面南独坐。赵普、赵光义和吕余庆各就各位。赵普、赵光义东向坐,吕余庆西向坐。

等赵匡胤将一杯茶下肚之后,赵光义拱手问道:"陛下,那李守节可否答应修书乃父?"

赵匡胤道:"那书不用修了。"

赵光义微微一愣:"为甚?"

"朕决定放李守节回昭义,这书还用修吗?"

赵光义一脸焦急地说道:"那李筠之所以没反,乃是因为儿子,您把他的儿子放归昭义,他再也无了顾忌,不反何为?"

赵匡胤一脸平静地说道:"朕就是要他反呢! 且是,反得越早越好!"

赵光义、吕余庆听了赵匡胤的话,一脸不解。

试问,有哪一个做天子的,希望他的大臣造反,且是还创造机会让他的大臣造反?

三十　李筠反宋

刘钧也气：你李筠明明知道，我大汉的江山，是被郭威篡了去，可你的大帐里，却要悬挂郭贼的遗像，还要"志在复周"，呸！

李筠出阵，单挑石守信，正杀得难解难分，忽有一军赶到，为首者乃慕容延钊，突入叛军阵内，将叛军冲作数段。

卫融正在梦中，被叛卒叫醒，奔至厩中，跨上坐骑，飞马出城，被王全斌瞧见，大声喝道："叛贼休走，吃我一枪！"

赵光义、吕余庆听了赵匡胤的话，一脸的困惑。赵匡胤移目赵普，半是调侃半是认真地说道："学士大人，你给他俩讲一讲吧。"

赵普双手抱拳道："敬从圣命！"说毕，转脸对赵光义说道："李筠、李重进是长在朝廷身上的两个毒瘤，三弟说，人身上长了毒瘤是早一点割好，还是晚一点割好？"

赵光义回道："当然是早一点割了好。"

"所以呀，咱要创造条件让李筠造反。只有他造反了，咱才能出师有名，早一点儿将毒瘤割掉。若是不将李筠这颗毒瘤割掉，他就会和李重进勾结到一块，南北若是同时起兵，朝廷就会腹背受敌，那麻烦可就大了！为了减少麻烦，只能叫李筠早点儿造反。陛下，您说臣说得对不对呀？"

赵匡胤道："卿是谁呀？卿是朕的张子房，岂能不知朕的心！"

赵普心中甚是得意，口中却道："陛下过奖了！"

赵光义"噢"了一声道："听普兄这么一讲，三弟我茅塞顿开。陛下创造条件让李筠造反，这一步棋高，太高了！"一边说一边竖起了大拇指。

略顿又道："三弟今日受益匪浅，三弟虽说不才，但三弟也已经猜到，李重进的事该怎么处置了！"

赵匡胤笑微微地问道："你说该怎么处置？"

"在李筠没有造反之前，得稳住李重进。怎样才能稳住李重进，这就要看吕从事了……"

"说下去。"赵匡胤鼓励道。

"吕从事就不必再去昭义了，随便找个地方躲上十几天，再回扬州，谎称已经见到了李筠，也送交了密书。李筠说，灭宋兴周之事比天还大，不能鲁莽从事，等他和北汉、辽国沟通之后，再决定起兵日期。一旦起兵日期定下，自当遣使奉告，让李重进耐心等待。陛下，小弟猜得对不对？"

赵匡胤一脸欢喜道："你猜得对，又一个朕的张子房。"

说毕，移目吕余庆："卿就照着都虞侯的话去做，朕不会亏待卿的！"

吕余庆忙避席谢恩。

吕余庆离开皇宫的时候，赵匡胤赏赐其白银五百两，绢五十匹。这么多的赏赐，若是在周世宗为帝的时候，想也不敢想。

二十日后，吕余庆回到扬州，按照赵光义之计，硬是把李重进稳住了。

李筠那一方，见儿子安全归来，又惊又喜，照着赵匡胤所布之棋，一步不差地走了下去。先是命他的幕僚草定檄文，历数赵匡胤不忠不孝罪状，布告天下。继之，遣使赴汉、赴辽、赴蜀以及河东(河东：唐方镇名。开元十八年(730 年)，改太原府以北诸军州节度为河东节度使。治所在太原(今山西太原市西南晋源镇)。长期领有太原府及石、岚、汾、沁、仪、忻、代等州。)，告之兴兵灭宋之事，并恳请他们发兵相助。

北汉主刘钧接到李筠来书，当即表态，到了李筠起兵之日，出兵往助。河中节度使范守图是李筠的儿女亲家，接到李筠来书，对于他起兵反宋之事十分支持，但他心有余而力不足！何也？他的副使联络了两个军主，想夺他的宝座，他不敢离开老窝。

后蜀呢？因为遣蜀的使者为宋之守将所拘，根本就没有见到李筠之书，故而，不可能有什么消息。

辽国倒是收到了李筠之书，但辽主穆宗有"睡王"之称。他能睡，这倒不假，但到底是真能睡还是假能睡，史书说法不一。但他一睡数日乃不争的事实。因而，朝廷大权旁落，掌握辽之大权的辽臣，害怕辽穆宗一旦醒来，收回大权，故而，千方百计地对付辽穆宗，哪还有心思管李筠的事。

李筠见后蜀和辽国无有音信，怒之曰："全当大年三十拾了一只兔子，有它过年，无它也照样过年！兵发泽州。"

进军泽州的,乃李筠手下第一枭将儋珪。李筠曾一脸骄傲地宣称:"吾有儋珪枪、拨汗马,何忧天下不平哉!"

李筠所说的拨汗马,指的是他坐骑,这匹拨汗马,日行七百余里,毫无倦意。

儋珪枪呢?指的便是儋珪的一条银枪,重达三十七斤,在这条枪下,不知折服了天下多少英雄好汉!遗憾的是,郭威不认识他,故而,在排列天下英雄榜时,没有把他计算在内。

是时,坐镇泽州的宋将是张福,尚不知昭义事变,闻听儋珪到来,忙开城迎之。那儋珪见了张福,顺手一枪将张福刺于马下,麾兵入城,据住泽州,驰书告捷,李筠大喜。从事间丘仲卿献计道:"公孤军起事,势甚危险,虽有河东援师,恐未必足恃。大梁甲兵精锐,难与交锋,不如西下太行,直抵怀孟,寨虎牢,据洛邑,东向争天下,方为上计。"

李筠摇首说道:"吾乃周朝宿将,与世宗义同兄弟,禁卫军皆吾旧部,闻吾起兵讨逆,定会倒戈归吾,况有儋珪等骁悍绝伦,何愁不踏平汴梁哩!"

仲卿见他如此自负,默然而退,不知所向。

北汉主刘钧,本来对李筠无甚好感,见他一举而下泽州,忙率兵来会。

李筠得报,亲至太平驿迎谒,拜伏道旁。刘钧见他执礼甚恭,一高兴,便当面封他为西平王。

封不封王李筠倒不在乎,他在乎的是刘钧带了多少人马。

你别看李筠嘴巴上那么自负,但他心中明白,单凭他的力量,是灭不了宋的,他得找几个帮手。谁知,邀兵之书发出之后,辽国、后蜀都不理他。北汉不只理他,皇帝还御驾前来,帮他打宋,把他感动得差一点儿流出了眼泪。

北汉主御驾前来,照李筠的估计,至少得带五万人马,可刘钧只带了五千,令他大失所望。

五千就五千吧,兵书云:"兵不在多而在精。"谁知,这五千人马一点儿也不精,老的老少的少,连那五百匹坐骑也瘦得差一点儿飞了起来。

兵羸马瘦也就罢了,你刘钧还要我出钱出粮来养你的军队,你别忘了,赵匡胤不只是我李筠的敌人,也是你刘钧的敌人!何况,你既然封了我西平王,我就成了你的臣子,我是在为你打仗的呀!

李筠越想越气,这一气呀,对刘钧就不那么恭顺了。

刘钧更气,朕为你李筠打仗,向你要点钱要点粮还不应该吗?可你还和朕斤斤计较。况且,你明明知道,我大汉的江山是被郭威篡了去,朕与后周的血仇积压了两代,你偏要在你的大帐里悬挂郭贼的画像,还要"志在复周",呸!不打了,朕不打了,朕要撤兵回国。

不行,朕这一次带兵援助李筠,国人皆知,一仗不打,撤兵回国,怎么向国人交待?何况,那赵匡胤不只是李筠的敌人,也是朕的敌人!

刘钧几经权衡,决定不走了,但向李筠提了一个条件——给他派监军(监军:官名。古代监军仅为临时差遣,事毕即罢。北魏时于诸军镇置监军,或称监某地军事。唐中叶以后,朝廷不信任将帅,常遣内庭宦官为监军,出监节帅,遂成为常设官。监军权力极大,常挟朝廷之势,与节度使分庭抗礼,甚至凌辱命官,侵夺节度使之权。),且一派就是两个——宣徽使卢赞、平章事卫融。

李筠也不想让刘钧走。北汉的部队,尽管不能打,但只要不走,李筠就可以对他的将士说,我们的天子,御驾前来,灭宋不成问题!再之,朝廷给节度使派监军,是再正常不过的事了,何况,在李筠的军中,不是没有监军,有,叫周光逊。李筠遣使向刘钧求援的时候,害怕刘钧不出兵,将周光逊囚了起来,槛送刘钧,以表灭宋的诚意。

既然不想让刘钧走,军中又无监军,李筠不得不答应了刘钧所提出的条件。

其实,李筠要灭宋兴周,根本不需要向刘钧称臣,仅凭他自己的力量也就够了!

何也?

李筠已经占领了泽州。而泽州在昭义节度使署的所在地潞州之西,面向太行山。李筠占领了泽州,只须冲上太行山,再以太行之险,一冲而下,直接占据黄河上游,进而控制沿岸的粮仓,断了宋都汴京的漕运之路,赵匡胤就是有天大的本事,也得举手投降。

可是,李筠放着正路不走,非要向刘钧称臣,还非要等着刘钧到来之后,再上太行。但当刘钧来了之后,又为粮草和助饷之事讨价还价,坐失良机。

赵匡胤比他聪明,赵匡胤得知李筠夺了泽州,立马遣石守信为元帅,高怀德副之,率军北征。石守信、高怀德将行之时,赵匡胤嘱之曰:"二卿此行,慎勿纵李筠西下太行,须迅速进兵,扼住要隘,自可破敌,朕亲为后应便了。"

遣走了石守信和高怀德,赵匡胤又命驻守真定的慕容延钊和章德军留后王全斌率部向泽州靠拢;命范质出巡澶州,严防契丹南下;升河北邯郸团练使(团练使:唐地方武官,置于不设节度使的地区,掌统本区或本州军事,常以刺史兼领。五代时其名称有骑军团练使、巡边团练使等。宋沿唐制,诸州亦置,但无职掌,亦不驻本州,仅为武臣迁转之阶,其地位高于刺史而低于防御史。)郭进为防御使,以抵御北汉。

颁过四道旨,赵匡胤还不放心,又遣郭从义前去扬州,赐李重进铁券,以安其心,这才松了一口气,正要御驾亲征,汴京城出了一件不大不小的事情。

王彦升,大家还记得吧?就是那个在赵匡胤陈桥兵变的当天,杀了韩通全家的那个王彦升。赵匡胤对他很感激,碍于舆论说了一句这样的话,"王彦升违旨而行,终生不得受节钺!"也就是说,王彦升这一辈子就别想当节度使。

节度使虽说能开府建牙,威名八面,但有些比他小的官的威风程度,并不一定比节度使差。譬如说铁骑左厢都指挥使,也就是一个厢主而已,可他负责汴京的治安,凡设在汴京的衙门,以及住在汴京的文武百官,谁敢不卖他的账!故而,铁骑左厢都指挥使一职,非天子心腹是不能做的。

王彦升做了。

王彦升仗着有功于大宋,做了铁骑左厢都指挥使后,借巡逻之机,对汴京城的居民,也包括文武百官,进行敲诈。因为大家都知道他和当今天子的关系,没有人敢抗争,更没有人敢告发。他频频得手之后,竟把一双贪婪的眼睛盯上了当朝宰辅王溥,半夜三更,猛敲王溥的大门,史称"王溥惊悸而出"。问曰:"王厢主深夜造访,莫不是宫中出了什么事?"

王彦升回曰:"也没出什么事,只是,下官巡逻至此,又饥又渴,想讨杯酒喝。"

王溥忙命家人整治酒宴。

酒过三巡,王溥说道:"王厢主,在下不胜酒力,您喝三樽,在下奉陪一樽如何?"

王彦升道:"相国既然不胜酒力,卑职也不敢勉强。卑职深夜至此叨扰,难道只是为了几樽酒么?"

王溥道:"那您为了什么?"

王彦升道:"为了什么,相国又不傻,还要我说明么?"

王溥道:"卑职愚蠢,请王大人明示。"

王彦升怒而离座,甩袖而去。

王溥为此一夜未眠,第二天早朝,向赵匡胤说道:"陛下,臣这几日贱体有恙,想告老还乡,万望陛下恩准。"

赵匡胤一脸诧异地说道:"李重进勾结北汉,要夺大宋江山,朕欲御驾亲征,以卿为留后,卿却要告老还乡,是何用意?"

王溥被逼无奈,道出了实情。赵匡胤道:"不少人向朕奏报,说是一些人自以为朕之为帝是他们拥立的结果,王彦升便是这样的人。殊不知,朕之为帝,一乃天意,二乃幼帝之禅让!"说毕,传王彦升上殿,杖四十大板,逐出汴京,后周之旧臣,额首称庆。

赵匡胤赶走了王彦升,自任元帅,率领五万禁军于五月二十一日从汴京出发,直扑太行山。

行前,赵匡胤召赵光义入宫,吩咐道:"此行,朕胜,自不待言;如不利,则使赵普分兵守河阳另作计较。"

赵光义频频颔首。

赵匡胤有些多虑了。

石守信、高怀德奉旨之后,日夜兼程,赶至长平,望见前面有敌营驻扎,当即列阵搦战。李筠跃马而出,望见石守信、高怀德,便大呼道:"石、高二将军,为何甘心附逆,快快倒戈,随我杀入汴京,尚可悔罪补过!"

石守信大怒道:"老匹夫听着,你是唐、晋旧臣,为什么改事周室?唐、晋亡国,你却坐视,而今大宋受禅,故君无恙,你反跋扈猖獗,是何道理?快快下马受缚,免你一死!"

李筠无言以对。

石守信见李筠词穷,大吼一声,挺戟出阵。李筠忙上前应战,二人你来我往,战了三十个回合,不分胜负,各自收兵。

翌日,李筠出阵,单挑石守信,二人正杀得难解难分,忽有一军赶到,为首者乃慕容延钊,突入叛军阵内,将叛军冲作数截。李筠自知败局已定,虚晃一枪,逃命去了。

宋之诸将,跃马追了十几里,见追不上,拨马而返,献上敌之首级,共三千余颗,石守信一一记录,复与慕容延钊、高怀德商议进兵。慕容延钊道:"王将军全斌正绕道进捣泽州,我等应当前去接应才是。"

石守信道:"慕容兄所言甚是。"当下传令拔寨,三军并进,约行数十里,已至大会寨。这寨倚山而建,甚是坚固,李筠收集残兵败将,在此把守。石守信指挥宋军,猛扑数次,都被矢石射回。高怀德面见石守信,愿引兵三千,拿下大会寨。

慕容延钊劝曰:"高将军且慢,吾闻王将军全斌将至泽州。王全斌若是到了泽州,敌军必乱。敌军若是一乱,这大会寨还在话下吗?"

石守信点头称是,遂依慕容延钊之言,择地立营,休兵一宿。次日,再去进攻,不克。越日又攻,依然不克。石守信对慕容延钊说道:"寨中坚守如故,并没有内溃情状,想是王将军全斌未到泽州呢!"

慕容延钊道:"王将军既然未到,咱也不必硬等,愚兄有一良策,可让李筠束手就擒。"

石守信忙道:"贤兄既然有了妙计,理应告知小弟,难道非要小弟妄猜么?"

慕容延钊道:"非也!"遂将他的妙计说给了石守信。

翌日,慕容延钊纵马而出,大呼曰:"李筠反贼,快出寨来,与我斗上三百个回合。"

寨卒入报李筠,李筠冷哼一声,手提大刀,跃马出寨,与慕容延钊战了二十余个回合,不分胜败。石守信见了,跃马而出,高声说道:"慕容兄,小弟曾听人言,李筠这厮狂妄得很,言说,天下很少有人能接他二十招的,而你,已经接了他二十五招,请暂退一旁,看小弟怎么擒他!"

慕容延钊道了一声"好",虚晃一刀,勒马回阵。

石守信挺戟直扑李筠,战了五十余个回合,装着力怯,气喘吁吁地说道:"慕容兄,叛贼果真厉害,小弟杀他不过,还是由你生擒他吧!"

慕容延钊高声应道:"元帅莫慌。"一边说一边飞马出阵,复战李筠,石守信勒马退出。

顷刻间李筠与慕容延钊又战了三十几个回合,李筠越战越勇,石守信怕慕容延钊有失,忙挺戟来助。李筠高叫道:"莫说汝二人战爷一人,就是再上两个,爷也不怕!"说着,舞动大刀,越战越紧。寨内卢赞、卫融见了,拍马出寨,各执兵器前来助阵。慕容延钊佯为失色,拨马回阵,石守信亦装着害怕的样子,虚晃一戟,拨马而走。

李筠大叫道:"想逃,没门!"拍马向石守信追去。石守信不得不返身再战。慕容延钊带着宋军且战且退,退了三里,索性不再战了,放马奔驰。

李筠与卢赞、卫融等奋力追赶,追到卧虎岭下,蓦听一声炮响,八千名宋军从岭上飞身而下,呐喊着杀向叛军,为首者是高怀德和高怀亮。慕容延钊、石守信也一齐杀回。卢赞、卫融料不能胜,竟引军北走,剩得李筠一支孤军,如何支撑,慌忙返奔。他手下的兵士,被掳被杀被伤的不计其数。将至大会寨,遥见寨外已竖起大宋赤帜,正惊疑时,王全斌率领宋军,从寨内杀出,李筠不敢应战,率领残兵败将,向西北遁去。王全斌也不追赶,将石守信、高怀德等人迎进寨中。刚一落座,石守信便问道:"王将军,你不是奉旨潜往泽州吗?怎的会在这里,又怎的夺了叛贼之寨?"

王全斌回道:"我奉旨之后,原本要潜往泽州,因见路上多山,崎岖得很,恐孤军有失,所以中途返辔,想与元帅会兵一处,共讨李筠。将至大会寨,路人纷纷传言,说是宋军为叛军所败,叛军尽皆出寨,追杀宋军去了。我又气又急,本想麾军追杀叛军,转而一想,倒不如先端了他的老窝,李筠即使得胜回来,没吃的没住的,用不着我动手,他就得跑。哎,你们不是被叛军打败了吗?怎么又反败为胜?"

石守信笑回道:"我们那是佯败,我们在卧虎岭上埋了八千名伏兵,只须把李筠引到卧虎岭,他必败无疑!"

王全斌轻轻颔首道:"噢,原来这样!"

话刚落音,殿前侍卫飞马来报,御驾距此不及半舍之地。石守信等忙出寨相迎,将赵匡胤拥至寨中。

赵匡胤在寨中歇了一夜,下令亲征泽州。要征泽州,必得翻越太行山,山路险峻,乱石嵯峨,赵匡胤跳下马来,将一块大石头抱在怀中,移到别处。众将士见了,争相抱石别移,顷刻平出一条大道,宋军得以顺利前行。

将至泽州,有谍人来报,李筠北遁之时,途中与卢赞、卫融相遇,合兵一处,在泽州城外,择险扼守,扎下数营。

赵匡胤道:"残兵败将,有何惧之,明日辰时一刻,朕当亲去,拔他几寨!"

慕容延钊道:"叛贼已成惊弓之鸟,何用陛下亲自出马,臣和怀德便可将他们拿下!"

赵匡胤道:"诚如此,那就有劳二位将军了。"

王全斌拱手说道:"陛下,还有臣呢!"

赵匡胤道:"那卿就作他们的后应吧。"

翌日辰时一刻,慕容延钊和高怀德率兵一万,直扑叛贼大寨。李筠得报,与卢赞并辔出寨。慕容延钊挺枪来战李筠,高怀德则截住卢赞厮杀。四匹马搅做一团,盘旋了好几个回合,只听高怀德叫了一声"下去!"把卢赞刺落马下。

叛军中闪出一位金盔铁甲的将军,边走边喊:"高怀德休得逞威,我来也!"

高怀德举目视之,乃是河中节度使范守图,大声喝道:"叛贼,天子御驾亲征,还不快快下马受降!"

范守图冷笑一声道:"什么天子?分明是一个专会欺负孤儿寡母的逆贼。"

高怀德见他出言不逊,暴喝一声,挺枪杀向范守图,只八个回合,便将他生擒过来。

卫融见了,飞马出阵,欲将范守图抢回,宋军中飞出一将——王全斌,截住卫融厮杀。战不到十个回合,卫融力怯,虚晃一枪,拨马回阵。王全斌也不追赶,拨马杀向李筠。李筠以一敌二,险象环生,不得不拨马而逃,躲进泽州城里。

宋军追至城下,四面围住,日夜攻打。儋珪受命守城,见宋军势大,竟缒城遁去,气得李筠跺脚大骂。李筠继室刘氏劝李筠夜遁,还保潞州,李筠犹豫不决。

这一犹豫便是三日,雄鸡刚刚一啼,有小卒来报,泽州南门被宋之龙捷左厢都虞侯李汉超攻破。

李筠长叹一声，对刘氏说道："我身受周室大恩，未能灭宋复周，只有以死来报周室了，我欲自焚，你可速速遁去。"

刘氏摇首说道："不，妾不走。妾要和您一道死，到了阴曹地府咱还做夫妻。"

李筠叹道："我自知已无生理，所以甘心赴火，你肯从死，志节可嘉；但你有孕在身，倘得生男，将来或可报仇，快快逃生去吧！"

刘氏见他说得有理，号泣而去。

李筠见刘氏已去，来到柴房，将柴点燃。瞬间，满室都是大火。大火冲出门窗，冲出屋顶，把整个节度使署的房子，全给引着了。真个是烈焰冲天，照彻全城。

卫融正在梦中，被小卒叫醒，也不戴盔披甲，奔至厩中，跨上坐骑，飞马出城，被王全斌瞧见，大声喝道："叛贼休走，吃我一枪！"

卫融装作没有听见，继续前逃。王全斌拍马急追，直追了六七里，方将他赶上，只三个回合，便将他生擒。

宋军攻入城后，逢人便杀，后被赵匡胤止住，一边令人灭火，一边出榜安民。他一直忙到午时二刻，正要用膳，各将争来献俘，这俘虏中的官职，卫融最大，故而，赵匡胤亲自审问了他。

"李筠死了，你的主子刘钧听说也开溜了。你怎么办？降了朕吧，朕不会亏待你。"

卫融原本是个胆小鬼，每逢与敌对阵，一看形势不妙就开溜。就援助李筠来讲，他已经开溜了两次。赵匡胤向他劝降，他可以说降，也可以说不降。可他，也不知头上的哪根筋出了毛病，竟然回答说："你敢负周，我不负汉！"

赵匡胤和柴荣是结拜兄弟，柴荣又对他那么好，尸骨未寒，他便篡了人家的江山。故而，最忌人说他负周。卫融这句话戳到他的疼处，勃然大怒，命卫士用铁戒尺猛地击打卫融额头，血流满面。

原以为这样一打，卫融必然求饶。谁知，他不但不求饶，反大呼道："死不负主，死也值得了！"

他这一呼，赵匡胤突然意识到，卫融是个忠臣。当年，柴荣征南唐，被南唐大将刘仁赡挡在寿州城外一年多，可当刘仁赡病得不省人事，被唐之监军将他献给了柴荣，柴荣不但不杀，还封他为天平节度使，兼中书令。七天后，刘仁赡病逝，柴荣不只为他发丧，还追封其为彭城郡王。柴荣这样做为什么？是叫他的臣民看的，是叫他的臣民引以为楷的！柴荣不杀敌国的忠臣，我赵匡胤更不能杀！想到此，赵匡胤忙命卫士住手，还遣医为卫融治伤，然后遣使北汉，要以卫融交换李筠送给北汉的周光逊。但是，北汉不同意,也可能是周光逊已经被刘钧杀了。但不管什么原因,赵匡胤对待卫融是真诚的,而刘钧的做法让人寒心。于是,寒了心的卫融降了大宋,官拜太府卿(太府卿:南朝梁天监七年(508年)始置,掌金帛府弩及关津市肆,统左右藏令、上库丞、太仓、南北令等。北魏太和年间改少府为太府卿,掌财物库藏。自北齐至五代,均为太府寺长官,备置一员。宋初以三司掌廪藏贸易等,太府卿为寄禄官。)。

赵匡胤破了泽州,休兵两日,率领大军浩浩荡荡开向潞州。李守节闻报大惊,忙去向刘钧求救,哪知刘钧已遁去多时了。正彷徨无计,宋军来到城下,高宣宋天子之旨——李守节若是举城而降,可免去死罪。李守节听了,忙出城迎驾,匍匐乞死。

赵匡胤手指李守节说道:"汝父为逆,汝数劝之,可见忠心未泯。汝既然忠心未泯,朕岂能不分善恶,专事弩戮么?今特赦汝,授汝为团练使,但愿汝能改过自新,忠于大宋,朕之愿也!"

李守节叩头出血,三呼万岁。

赵匡胤在众将士的簇拥下,欢天喜地进入潞州城,安民已毕,遍宴群臣,并令李守节坐在首席,赐他袭衣锦带,银鞍宝马。李守节感激万分,匍匐地上,磕了好几个响头。

宴过群臣,赵匡胤又颁一旨,免除潞州、泽州当年的租赋,二州百姓欢呼雀跃,加之赵匡胤不只不杀卫融和李守节,还授以官职,北疆百姓争颂圣恩。

赵匡胤见北疆已稳,班师还都,正要遣使去扬州观察李重进的动静,南唐遣使入朝,赍表贺捷,并呈淮南节度使李重进密书。赵匡胤看过了密书,拍案骂道:"李重进作死!"

三十一　宋天子的心结

李重进见大势已去,返回署中,命家人取薪举火,先将妻子投入火中,然后奋身跃入……

树林里突然飞出六支响箭,直奔赵匡胤。赵匡胤一只手接了一支,其他四支擦着他的头顶飞过。

赵普对吕余庆说道:"你可别小看了戏,好戏可以兴邦,坏戏可以亡邦,愚兄要你编的这个戏事关大宋社稷。"

李重进闻听李筠起兵反宋,且一举而下泽州,又是欢喜,又是不解,将吕余庆召进密室,问之曰:"汝自潞州归来,对本帅言道,李筠亲口告汝,一旦起兵日期定下,自当遣使奉告,可他已经夺了泽州,为什么还不见他的使者到来?"

吕余庆回道:"也许他忘了。"

李重进道:"这么大的事他会忘吗?"

"要么就是使者在路上出了问题,要么就是李筠有意不告知大人。"

李重进眉头微皱道:"使者在路上出了问题也有可能,但他若是有意不把起兵的日期告知本帅,就没有道理了!"

吕余庆反问道:"李筠起兵为了什么?"

"为了灭宋复周。"李重进回道。

吕余庆追问道:"李筠如果真的为了复周而起兵,就应该把郑王……不,不是郑王,应该称幼主才对。他李筠如果真是为了复周,就应该把幼主和世宗的几个儿子接到潞州之后才起兵。可他没有这么做,空谈什么灭宋复周! 他不是复周,是在害周,是想叫赵匡胤杀了幼主和世宗的骨血! 只有杀了幼主和世宗的骨血,他一旦灭宋成功,就可以自己当皇帝。"

李重进破口大骂道:"这个李筠,想不到竟如此卑鄙!"

吕余庆道:"正因为他卑鄙,才不会把起兵的日期告知大人。承想,大人如果知道了他起兵的日期,一定会率部响应,南北夹击,赵匡胤肯定要完蛋。但赵匡胤完蛋之前,一定会杀了世宗的几个儿子。李筠不是要复周吗?世宗的几个儿子已经死了,只能在太祖和世宗的亲属中挑选一个人出来继承大统。在太祖和世宗的亲属中,血缘关系比较近的男子只有两个——张永德和您,而您又是灭宋的功臣,这天子的龙椅非您莫属,若是您做了天子,那李筠不是白忙活了一场吗?"

李重进听了频频颔首:"以从事之见,本帅该当何处?"

"让他们鹬蚌相争——坐收渔人之利。"

李重进道:"这主意不错。"遂按兵不动。

谁知,李筠不堪一击,从建隆元年(960年)四月起兵反宋,前后不过六十四天,便被宋军灭掉。李重进慌了,又将吕余庆召进密室,问曰:"李筠如此不经打,实出本帅意料。赵匡胤即将还汴,我该怎么办?"

"联合南唐和吴越,择日兴兵汴京。"

"南唐和吴越都是宋的附属国,他们会跟本帅一道反宋吗?"

"会!"吕余庆答。

"为什么?"李重进又问。

"南唐、吴越臣服于宋,特别是南唐,实属万不得已。您若挑头反宋,他们必定支持。"

李重进道:"诚如此,那就有劳从事去南唐和吴越一趟。"

吕余庆拱手说道:"敬从大人之命。"

李重进当即修书两封,付与吕余庆。

吕余庆携了李重进之书,先到南唐,次到吴越。南唐李璟,闻听吕余庆到了,命太傅冯延巳出郭相迎,设宴太和殿。宴后,吕余庆将李重进密书呈给李璟。

李璟展而阅之。书曰:

淮南节度使李重进,奉书南唐大王麾下:重进乃周室之懿亲(懿亲:至亲,古时特指皇室的宗亲。),藩镇(藩镇:唐代初年在重要各州设置都督府,睿宗景云二年(711年)设河西节度使。玄宗时,在边塞诸州地设十节度经略使,通称"藩镇",亦称"方镇"。)之旧臣,受先帝大恩,不忍背负,今将举兵入汴,乞大王援助一旅之师,联镳齐进,声罪致讨,若幸得成功,重进当拱手听命,还爵朝廷,少效臣节于万一,宁敢穷兵黩武为哉? 惟大王垂谅焉!

李璟阅毕,对吕余庆说道:"节度使大人邀吾与他共讨汴京,这是看得起南唐。但事关重大,请从事大人到驿馆稍息片刻,容吾之君臣商议后告禀大人。"

吕余庆道:"且慢,下官有几句话想请教唐主。"

李璟道:"大人不必客气,有什么话尽管讲来,请教二字实不敢当!"

吕余庆道:"以李筠之强,又有北汉和河中节度使范守图为他撑腰,起兵六十四天,便为朝廷所灭。李节度使若是起兵反叛朝廷,以唐主之见,将会是鹿死谁手呢?"

"这……"李璟不敢回答。

吕余庆道:"唐主不愿回答,下官代唐主回答。失败的肯定是李节度使。"

李璟心中暗道:这个吕余庆有些怪,他明明是李重进的从事、心腹,又是携李重进密书而来,应该是鼓动我跟着李重进反宋,而他竟然说李重进反宋肯定要失败,既然李重进要失败,我若是跟着他反宋,岂不是自掘坟墓!

吕余庆见李璟不接他的话,知道他心存顾忌,索性把宝盒掀开,直截了当地说道:"反宋的事,您也不必和群臣商议了,您也不必把自己绑在李重进的破车上。"

李璟一脸忧愁道:"如果我拒绝了李重进,李重进岂能善罢甘休,遭殃的又是南唐百姓!"

吕余庆道:"李重进这边你不能拒绝,不但不能拒绝,还要表现得很积极,暗地里却遣一使者,带上李重进的密书前去面谒宋天子,说明事情的根由,不只可以避祸,还会转祸为福。"

李璟转忧为喜,双手抱拳道:"多谢吕大人指点迷津,本主当遵嘱而行。内侍何在?"

内侍应声而入,躬身问道:"吾主有何吩咐?"

李璟道:"吕大人对我南唐厚爱有加,本主无以为报,速去府库取象牙筷子两双、虎骨一架、祁红茶十斤、犀牛角两只,送到吕大人下榻之处。"

吕余庆连连摆手道:"不可,不可! 这么贵重的礼物,吾受之有愧! 况且,我还要前去吴越,带这么多东西成什么话?"

李璟道:"那好,恭敬不如从命。大恩留当后报。"

吕余庆见大功告成,辞别了李璟,径奔吴越。

送走了吕余庆,李璟当即遣使去了汴京。

赵匡胤看了李重进写给李璟的密书,骂过了李重进之后,转语唐使:"尔等竭诚事朕,朕心甚慰,尔可回去,告之尔主,守住要隘,勿使叛兵侵入,朕即日发兵,征讨扬州。"

唐使拜谢而去。

翌日,赵匡胤颁旨两道,第一道,历数李重进不轨之罪,免去他的所有官职爵位。第二道,命石守信、王审琦、李处耘、宋偓四将,分领禁军,出征淮南。

李重进闻报,大惊失色,忙遣吕余庆和扬州都监安右规分赴南唐和吴越,邀他们带兵来会,共抗宋军。谁知,唐及吴越之兵未出,宋军已至,没奈何,遣手下两位得力干将——向美和湛敬领兵御宋,自己则坐镇扬州,静候佳音。

佳音倒没来,传来的全是败耗。李重进正要添募兵士,前去增援,忽闻赵匡胤御驾南征,吓得张口结舌。许久,才缓过神来,忙遣使去催南唐、吴越之兵,湛敬狼狈逃回,报称向美阵亡,兵士死伤大半。李重进愈发害怕,面如土色。蓦闻城外喊声大震,鼓角齐鸣,料知宋军杀到,勉勉强强地登城一望,但见宋军如蚁、矛戟如林,迤逦而来,长约数里,内中竟有两支大军,分别打着南唐和吴越的旗帜,旗帜下站着吕余庆和安右规,这才知道,自己被吕余庆出卖了,喉头猛地一紧,"咔"地吐了一大口鲜血。左右欲拥他下城,他连连摇手。

须臾,宋军大旗开处,石守信等人拥着赵匡胤来到城下,只见他依然是红缨亮甲,手持蟠龙棍,神采奕奕,李重进见了,只觉得天旋地转,左右慌忙扶住,这才没有倒下。

良久,李重进长叹一声,对左右说道:"我本周室旧臣,理应一死报主,今将举族自焚,汝等自己逃生去吧!"言罢,下城入署,令家人取薪举火,先将妻子投入火中,然后奋身跃入,一道青烟,化为焦骨了。

李重进一死,全城大乱,兵士也纷纷逃匿,宋军或骑马、或步行,鱼贯而进,拿住湛敬等数百人。至赵匡胤入城,查究逆党又有数百人,尽皆枭首。

翌日,赵匡胤论功行赏,南征之将士以及南唐、吴越的将士,皆有所赏。且又效潞州之为,遍宴从臣,正喝得高兴,吕余庆站了起来,拱手说道:"陛下,臣有一不情之请,还请陛下成全。"

赵匡胤笑微微地说道:"朕得以这么快剿平叛贼,全仗爱卿之力,爱卿有什么要求,尽管来提,朕能成全你的,一定成全。"

"臣事李重进有年,不忍见他暴骨扬灰,还乞陛下特别开恩,许臣收拾烬余,藁葬野外,臣虽死亦无恨了。"

赵匡胤道："依卿所奏，朕不罪汝。"

撤宴后，吕余庆带了几个随从，前去寻找李重进骸骨，贮棺出埋。

平定了李重进之乱，赵匡胤觉着放眼天下，再也没有哪股势力敢向他叫板了！故而，他很高兴，也很得意，回到汴京，隔三岔五总要骑上马到汴京城外狩一次猎，抑或是坐上御辇在城里巡视一遍。

一连发生了两件事，虽说处理得都很得当，也很有英雄气概，但他不敢再得意。

第一次事件，是他从尉氏狩猎归来，树林里突然飞出六支响箭，直奔赵匡胤，赵匡胤一手接了一支，其他四支擦着他的耳朵和头顶飞过。侍卫们拔刀在手，或护驾，或奔向树林。赵匡胤高声叫道："都别动，叫他射，就是射死了朕，也轮不到他当皇帝！"

也不知这一声高喊震住了刺客，还是刺客一射未中，逃之夭夭。等侍卫们冲进树林，连鬼影儿也没有找到。

赵匡胤喊过一阵之后，突然发现，这箭有些异常，异常之处是，箭杆上裹了一张帛，打开帛，上边有两行字："篡国之贼，天下共诛之！"

赵匡胤没有声张，把六支箭全收了起来，带回宫。

如果说第一次遭遇刺客，那里在汴京城外，从尉氏到汴京城，少说也有一百里，防不胜防，但第二次遭遇刺客，就有些让人担忧了！

这一天，赵匡胤坐着御辇，在御街（御街：从皇城正门宣德楼一直往南，长 307 米，名叫御街。北宋前期，每逢皇帝有大事出宫时可以戒严，平时就是菜市场，俨然一集市。）上缓缓而行，从两旁的阁楼上突然飞出两支冷箭，正中御辇。侍卫们或护驾或捉贼，随行的大臣不知所措，百姓们也乱成一团。赵匡胤跳下轿子，和上次一样，喝住了侍卫："都别动，叫他射。还是上次那句老话，就是射死了朕，也轮不到他当皇帝！"

侍卫、随行的大臣和百姓见赵匡胤如此镇定，也安静下来。只听赵匡胤冲着来箭的方向继续喊道："古圣人言，'死生有命，富贵在天'。帝王创业，自有天命，不能强求，亦不能强拒。从前周世宗在日，见有方面大耳的将官，一概杀死，朕终日侍侧，未尝遇害，可见得大命所归，汝等这些刺客，想谋杀朕，那是白日做梦！"

喊毕，拔下御辇上的两支箭，重登御辇，继续往南巡视。途中，他悄悄把裹在箭杆上的帛书取下，仍是前次那句话："篡国之贼，天下共诛之。"

赵匡胤虽说仍在巡视，但他的心思早已不在这里。按说，我赵匡胤得以为天子，是众将士趁我喝醉，硬将黄袍披在我的身上，何来篡国之说，可李筠非这么说，包括李重进，也包括卫融。要除去这个恶名，单靠杀了李筠、李重进看来是不行的。即使将有这种看法的卫融俘而释之,甚而封官,也是不行的。赵匡胤想得头疼也没有想出来解决这一问题的高招,回宫之后,将他的几个亲信——石守信、慕容延钊、韩令坤、高怀德、赵普、苗训、赵光义等召到皇宫,商议对策。

石守信当先说道:"这有什么好商量的,陛下只须颁旨一道,对于那些周室宗亲,该抓的抓,该杀的杀,不就万事大吉了吗!"

赵匡胤摇手说道:"此法不可行,万万不可行。在周室宗亲中,拥护朕称帝的,也不是一个两个,譬如符彦卿、曹彬、张永德等等,怎可一概抓而杀之!就是他们反对朕称帝,也是人之常情,怎可一杀了之!"

苗训道:"陛下说得对,单靠杀人不是办法。当年夏桀王杀人少吗?殷纣王杀人少吗?秦始皇杀人少吗?杀来杀去,把他们的江山给杀掉了!夺取江山可以靠杀人,但要坐江山就不能单靠杀人了!"

石守信道:"靠什么?"

苗训道:"靠怀柔、靠社情民意,靠一种叫文化的东西,把全国的人心捆到一处,使人人都知道,能做天子的人是天命所归。"

石守信讯笑道:"诚如苗大师所言,你就找一种文化的东西,把全国的人心捆到一处,让他们知道能做天子的人,乃是天命所归,让他们不再造反,不再充当刺客,全心全意地保护大宋江山!"

苗训道:"将军所言并非什么难事,完全可以做到。"

石守信道:"怎么做?"

苗训故作高深道:"天机不可泄露。"

石守信欲要再言,被赵匡胤摇手止之:"诸位爱卿,朕突然有些发困,隔日再议吧!"

众人听了,一齐站了起来,双手抱拳,向赵匡胤告别。

赵匡胤拱手说道:"恕不相送!"一边说一边向苗训丢了一个眼色。苗训会意,留了下来。

赵匡胤问道:"卿有何法,让国人觉着朕之得国,是天命所归?"

苗训道:"陛下听说过《推背图》吗?"

赵匡胤道:"听说过。"

苗训道:"您知道此书为何人所撰?内容又是什么?"

赵匡胤答道:"为唐人李淳风和袁天罡所撰。凡六十图象,以卦分系之。每象之下有谶语,并附有'颂曰'诗四句,预言后代兴亡变乱之事。"

苗训道："陛下所言甚是，这《推背图》就是预言后代兴亡变乱之事，而且颇为应验，国人信之。咱可把《推背图》多多抄写几册，颁行天下。这得国不就正了吗？"

赵匡胤有些不解道："朕之得国，《推背图》上并没有写呀？"

"怎么没有？"苗训高声诵道："此子生身在冀州，开口张弓立左猷。自然穆穆乾坤上，敢将火镜上心头。"

赵匡胤道："此诗怎解？"

"陛下父子，生长涿郡，地当冀州，开口张弓，乃是一个'弘'字；穆穆乾坤，乃是应得天下；陛下定国运，以火德王，所以称作火镜。有《推背图》做证，陛下还会怕人说您得国不正吗？"

赵匡胤一脸欢喜道："卿言甚是，抄写、发放《推背图》的事就交给爱卿了。"

苗训奉诏之后，立即组织了上百人抄写《推背图》。此事引起了赵普的忌妒，我赵普虽说帮赵匡胤披上了龙袍，坐上了龙椅，但并没有使他的帝位稳固下来。苗训这一招解决了赵匡胤的得国不正问题，其功并不比我赵普小。且是，苗训得陈抟老祖真传，本事比我大，久而久之，怕是要盖住我呢！他越想越是后怕，正不知如何是好，有一个参与抄写《推背图》的翰林悄悄地告诉他，苗承旨够胆大的，把《推背图》都改了。

赵普忙问："他是怎么改的？"

翰林道："他把第十五卦第三十八象的'颂曰'诗，与第三十七卦第四十一象的'颂曰'诗调换了一下位置。"

赵普道："你能不能把苗承旨没有改过的《推背图》和改过的《推背图》各给我找一本？"

翰林道："这有何难，明日戌时之前，下官把这两本《推背图》给您送来。"

翌日，距戌时还差一刻，翰林便将两本《推背图》送了过来。

赵普翻开两本《推背图》一对照，果如翰林之言，心中暗喜。送走了翰林，他揣上两本《推背图》，直奔福宁殿。

赵匡胤见赵普到了，忙起身相迎，并命内侍看座献茶。

"普兄寅夜进宫，莫不是有什么大事要向朕奏？"

赵普道："也没有什么大事，不过这事也不算小。"

赵匡胤道："请讲。"

"臣斗胆向陛下核实一件事，陛下是不是要苗承旨组织人在抄写《推背图》？"

赵匡胤将头点了一点。

赵普道："是不是抄出来后还要颁行天下？"

赵匡胤又将头点了一点。

"陛下看过《推背图》吗?"

赵匡胤将头摇了一摇。

"《推背图》问世至今,已有三百多年的历史了,留落世上的决不是一本两本,看过它的也大有人在。若是将篡改过的《推背图》颁行天下,恐要适得其反呢!"

赵匡胤见赵普话中有话,便道:"普兄有话不妨直说。"

赵普从身上掏出两本《推背图》,分别翻到第十五卦,置于龙案之上:"陛下请看,同是《推背图》,又同是第十五卦第三十八象,可所附的四句'颂曰'诗却不一样。"

赵匡胤低头一瞧,见新抄的《推背图》上的"颂曰"诗就是苗训给他背诵的那一首,"此子出生在冀州,开口张口立左猷……"而那个有些陈旧的《推背图》上的"颂曰"诗,却是"更有真人坐中土,治化何曾用兵武。天下钟磬一齐鸣,众圣迎王登九五。"

"这是怎么回事?"赵匡胤移目赵普。

"这是苗承旨为了讨好您,将《推背图》的第十五卦第三十八象的'颂曰'诗和第三十七卦第四十一象的'颂曰'诗互移了位置。"

赵匡胤故作一脸怒色道:"这个苗承旨,真是糊涂,连《推背图》的话也敢胡乱移动。真是该死! 不过,为抄《推背图》,动用了上百人,立马把它停了,怎么向朝野交待? 何况,这事还是经过朕御批了的!"

有道是,"听话听声,锣鼓听音。"赵普比猴还精,立马意识到,苗训"篡改"《推背图》,赵匡胤不但知道,而且还很支持,让他把抄写、颁发《推背图》的事停下来,他不会同意的。

怎么办?

难道就此罢手,输给苗训不成!

不能罢手,更不能输给苗训!

为这事,他想了三天,也没有想出来解决的办法。新任给事中(给事中:官名。秦始设。初为加官,后为正式官名。西汉沿置,东汉省,魏复置。为将军、列侯、九卿,以及黄门郎、谒者等的加官。均给事殿中,备顾问应对,讨论政事。隋唐以后为门下省之要职,职在侍中及门下侍郎之下,掌驳政令之违失。唐一度改称东台舍人,旋复旧称。)吕余庆见他一连三天愁眉不展,下朝后将他拽到遇仙正店(正店:宋时,大型酒店,称之为正店。),此店是汴京城最大的酒店,前有楼,后有台,仅陪酒的妓女就有数百人。可赵普无心喝酒,也没兴致召妓,吃了几个汴京包子便要走。

经过前楼的大堂,忽然多了一个说唱的瞎子。那瞎子脚踩节板,左手持尖板,右手持鼓板,正摇头晃脑地唱《韩信算卦》。

赵普的邻居老二爷就是一个说唱的艺人,其得意之作便是《韩信算卦》,赵普听得次数多了,竟能把它一字不漏地背下来。

他不只能把《韩信算卦》背下来,他还知道这个戏的编剧是陈平。起因是,刘邦杀了韩信等三位汉之开国功臣,他们的一些亲信,以及那些同情他们的人,纷纷扯旗造反,弄得刘邦焦头烂额,陈平献计,让编一个戏,"把韩信写成一个坏人、伪君子,让人觉着该杀,唱遍全国,乱不平自平矣。"于是,才有了《韩信算卦》……

编一个诬蔑韩信的戏就可以止乱,如果编一个赵匡胤应该为帝的戏,唱遍全国,那会是什么样子? ……"乱不平自平矣!"

赵普越想越高兴,对吕余庆说道:"我这会儿又特想喝酒,走,去寒舍小酌几樽。"

吕余庆道:"想喝酒咱再折回去,干吗要去打扰家人呢?"

赵普道:"酒店太嘈杂。"

吕余庆道:"好,恭敬不如从命。"

二人来到赵普家中,脸对脸,喝了大半坛酒,赵普方才说道:"吕大人,我想编一个戏,但你知道,我肚中墨水不多,想请你代劳,不知肯不肯给愚兄这个面子?"

吕余庆道:"陛下刚刚平定二李之乱,百废待兴,百业待举,您作为皇上的第一谋臣,应该考虑大事,反倒去编戏,令人费解!"

赵普道:"你可别小看了戏,好戏可以兴邦,坏戏可以亡邦,愚兄要你编的这个戏事关大宋社稷。"

吕余庆道:"既然如此重要,我答应您,您打算编一个什么样的戏?"

"水猫子传奇。"

"水猫子是什么?"吕余庆问。

"水猫子就是水獭,又称水鬼、水狮鬼,属于半水栖动物,长得像人又像猿猴,大都生活在有水的地方,善于游泳和潜水。"

"这样的一个怪物,你编它的戏,与大宋的社稷何干?"吕余庆又问。

"我说的水猫子,不是真正的水猫子,而是一个人,这个人的绰号叫水猫子。"

吕余庆"噢"了一声道:"你说的这个人,一定是水性极佳。"

赵普道:"正是。"

吕余庆道:"水性好不好与大宋社稷有何关系?"

赵普道："有关系。"

"什么关系？"

"这个绰号叫水猫子的人，是当今天子的祖父翼祖简恭皇帝赵敬。"

吕余庆将点轻轻点了一点说道："愚弟知道了，这个戏怎么写，还请尊兄划一个道道出来。"

赵普道："这个戏怎么编，由你来斟酌，愚兄可以把发生在水猫子身上的奇事讲给你。"

八十多年前，在大海的旁边住了一位姓杨的人家，主人叫杨富国，家财万贯，乐善好施，除了严冬和酷暑之外，每天总要搬个小凳子，坐在海边的一棵大树下喝茶。有一个叫水猫子的小伙子，天天午后从他面前跳入海中捕鱼，不到半个时辰便满载而归。他有点好奇，每当水猫子归来的时候，他便邀水猫子一块儿喝茶。喝了一个多月，他才问道："壮士高名上姓。"

水猫子回道："在下姓赵，单名一个敬字。"

杨富国又问："壮士天天下海捕鱼，除了鱼鳖虾蟹之外，可看到过什么稀奇古怪之物？"

水猫子想了一想，说道："看到一个土龙，卧在海底，有两丈多长，张着大口。"

杨富国"噢"了一声道："诚如此，那够吓人的！"

第二天午后，杨富国面前多了一条凳子和一张八仙桌，桌上还有四盘菜和一大壶酒。

一见水猫子到来，杨富国便邀他入座，还亲自为他斟酒。喝过了酒，杨富国方才说道："壮士，老夫想托你办一件事。"

水猫子道："请讲。"

杨富国从桌子下搬出一个红木匣子说道："这匣子里有一个灰袋子，请壮士把这个灰袋子塞到土龙口里，老夫当有重谢。"

水猫子笑回道："小事一桩，用不着谢。"

杨富国道："老夫一定要谢。这不……"他抓起桌子上的褡裢，抖了一抖说道："这里边是五十两碎银，等你办完事上来，老朽就把它赠给你。"

水猫子欲待再拒，话到唇边又咽了下去，双手接过红木匣子，跃入水中，潜入海底，来到土龙头前，打开红木匣子，取出灰袋子，正要往土龙口中塞。一只硕大的老鳖游了过来，高声叫道："且慢！"

水猫子扭头一看，除了一只大老鳖外，莫说是人，连个鬼影儿也没有，正感诧异，从大老鳖口里吐出一串话："赵敬，你知道不知道这袋子里装的是什么？"

水猫子回道："知道，装的是灰。"

大老鳖又问："什么灰？"

水猫子如实回道："不知道。"

大老鳖道："我就知道你不知道。这袋子里装的是骨灰，是杨富国爹妈的骨灰。"

水猫子一脸困惑地问道："杨富国的爹妈既然死了，应该入土为安，为什么还要把他们烧成灰，还要让我把他们的骨灰塞进土龙口里？"

大老鳖回道："是想让他的后代做真龙天子哩！"

水猫子叹道："谚曰，'人心不足蛇吞象'，这话一点儿也不假。杨员外家财万贯，仍不满足，还想做天子！"

大老鳖道："故而，我才赶来劝你，赶紧转回去，把你爹妈的尸体扒出来，烧成灰，装到袋子里，塞到土龙口中，让你的后人也做一做天子。"

水猫子道："这……受人之托，反取而代之，有些不妥吧？"

三十二　杯酒释兵权

赵匡胤见雷德骧竟敢还嘴，从侍卫手中夺过柱斧，朝雷德骧嘴上抡去，硬生生将他的两颗门牙敲了下来。

赵匡胤道："人生短暂，如白驹过隙。所以人人都想要富贵，无非欲多积金银，厚自娱乐，令子孙不至穷苦罢了。朕为卿等打算……"

赵匡胤怫然变色："李汉超系朕重臣，汝女若嫁了他，比嫁农家子应该好上千倍万倍。且是，关南若没有李汉超，你的子女，你的家产，能保得住吗？"

大老鳖见水猫子犹豫不决，劝道："这有什么不妥，从古至今，为了能当上天子，父子兄弟相残的大有人在，你和杨富国非亲非故，为什么要死心塌地给他做事？"

"这……"水猫子仍是有些犹豫。

大老鳖轻叹一声道："你真是一个信人！这样好不好？你把这个红木匣子放在这里，我代你看管。你转回去把你爹妈的骨头烧成灰，明天带来，与杨富国爹妈的骨灰一并儿塞进土龙口里，这样一来，你既不负杨富国之托，还能让自己的后人也做一做皇帝，岂不两全其美！"

水猫子一连将头点了三点，说道："你这主意不错，我听你的！"说毕，向大老鳖深作一揖，游到岸边。

杨富国见水猫子空着手上岸，以为大功告成，将褡裢硬往水猫子手里塞，水猫子不收，二人你推我让，足有半刻钟。

水猫子见推不掉，便从褡裢里取出五两碎银匆匆地走了。

是夜，鼓打二更，水猫子悄悄来到爹妈的墓地，扒出他俩的尸骨，烧成了灰，装入一个黑布袋里，于第二天午时一刻，来到海边，跃身入水，游到土龙身边。大老鳖正坐在红木匣子上闭目美神，听到水响，忙睁开双眼，闪到一边。水猫子向大老鳖点了点头，将手

337

中的骨灰袋子塞到土龙口中。

只听"吧嗒"一声,土龙的嘴巴合住了。

水猫子忙用手去掰,没有掰开。大老鳖跑过来帮助掰,也没有掰开。正无可奈何时,发现不远处的海底有一块锅片,忙拣了过来,去撬土龙的嘴,不但没有撬开,连锅片也断为两截,其中一节留在土龙嘴里。大老鳖也不知从哪里弄来一根小木棒,继续撬,又把木棒撬断了,半截留在土龙口里。

水猫子无计可施,急得团团转:"这……这可怎么办呀?受人之托,应当忠人之事,我……我……唉!"

土龙的头上突然冒出一缕青烟,升到一丈多高的地方停了下来,幻化成一条金龙。水猫子和大老鳖见了,忙一齐跪了下去。那金龙口吐玉玑道:"赵敬,汝不必自责,此乃天命。汝虽说做的善事远不如杨富国,但汝是尽力而善,且又积了不少阴德,这果应该结在汝的后人身上。但因汝误把锅片和木棒塞入土龙之口,那就只有让姓郭的和姓柴的先做几年天子,尔后才由汝的后人来做。至于杨富国爹娘的骨灰袋,可挂在土龙角上,让他的后人做一个保驾的将军,也算对得起他了。"

水猫子高声说道:"多谢金龙指点迷津!"说毕,一连磕了三个响头。

等他抬起头时,金龙已经不见了。

水猫子将红木匣子打开,取出骨灰袋子,挂在土龙角上,向大老鳖千恩万谢之后,携着空匣子返回岸上。

也不知道他心中有愧,还是因为有了银子,不想再从事摸鱼捕虾的营生,带着全家,迁居涿州定居下来。

吕余庆听了水猫子奇事,大喜道:"这事真够奇了,编成戏,肯定受人欢迎。我这就回去动笔,后天此时,就可将剧本拿出来,请您斧凿。"

赵普双手抱拳道:"这就有劳贤弟了。"

隔了一天,吕余庆便将《水猫子传奇》的剧本写了出来,赵普一口气将剧本看完,觉着写得很好,寅夜进宫,将剧本呈给了赵匡胤。赵匡胤也觉着剧本写得不错,演出的事让赵普全权办理。

这一办理,全国的戏班都在演《水猫子传奇》。且是,每演出一场,由所在州县补银三两。

《推背图》虽说发行得比《水猫子传奇》早,但能够看懂《推背图》的人并不多,故而,街谈巷议的全是《水猫子传奇》,议论《推背图》的寥寥无几。

苗训也不是一个善茬，见赵普盖过了自己，岂能善罢甘休！哼，你赵普会编戏，难道我苗训就不会吗？

他连夜赶写了一个剧本，叫《宋天子华山斗棋》。这个剧本从赵匡胤关庙卜卦写起，一直写到"华山斗棋"。但"斗棋"的结果，赵匡胤不是输了，而是连赢三棋，逼得陈抟老祖不得不为他说谶——点检做天子！而且剧本的结局也很精彩。十年后，陈抟一觉醒来，骑上毛驴周游全国，行至函谷关前，路人纷纷说道，赵匡胤当了皇帝，他鼓掌大笑道："好了，好了，天下自此太平矣！"说罢又笑，笑得前仰后合，竟从驴上跌了下来。

剧本写好后，苗训呈给了赵匡胤，赵匡胤赞不绝口，说这个本子比赵普的《水猫子传奇》还好。既然写得比《水猫子传奇》好，岂能不演？！

这两个剧一演，加之《推背图》的发行，国人恍然大悟：原来是这样，赵匡胤得以为天子，乃是天命所归，并不存在篡国的问题！

既然是天命所归，那么，后周的遗老遗少，抑或是对赵匡胤不满，甚至妒忌的人，就不能再拿赵匡胤得国不正这件事向赵匡胤叫板了！自此，既无了刺客，更无人敢起兵造反，赵匡胤松了一口气。

松了一口气的赵匡胤，将苗训擢为殿中侍御史，将赵普擢为兵部侍郎（兵部侍郎：兵部属官。隋初，兵部侍郎为兵部下属兵部曹的主官。隋炀帝时定侍郎为各部尚书之副，兵部侍郎始上升为兵部尚书的副职。唐因隋制，兵部侍郎为正四品武官。）、枢密院副使（枢密院副使：枢密院官。五代后唐清泰元年（934年）始置。宋沿置，为枢密使之贰，协掌枢密等政。宋以枢密院为最高军事机构，与中书同掌文武二柄，号称"二府"。），以酬编剧之功。

赵匡胤从小就很淘气、贪玩，而且，弹弓也打得不错。封过苗训和赵普，经常把朝中大事交给三个宰相和赵普处理，自己跑到御花园打鸟，乐此不疲。

某一日，赵匡胤又在御花园打鸟，殿中丞（殿中丞：唐宋殿中省及辽殿中司官，负责朝廷的"食"、"药"、"衣"、"舍"、"乘"、"辇"等事。）雷德骧言有急事面奏，赵匡胤立即收起弹弓，接见雷德骧。

谁知，雷德骧所奏之事一点儿也不急，他说他最近读了一本好书——《孝经》（《孝经》：儒家经典之一，十八章。作者是谁说法不一，以孔门后学所作一说较为合理。论述封建孝道，宣传宗法思想，汉代列为七经之一。）。自古以来，有为的帝王，无不倡导以孝治国，大宋亦当如是，应当将《孝经》颁行天下。

赵匡胤听了，差一点儿把鼻子气歪，指着雷德骧的鼻子斥道："这事有多急呀？这事就是再等上十年去办也不为晚,滚!"

雷德骧不紧不慢地说道:"臣以为再怎么的,也比打鸟玩要急一些。"

赵匡胤见他不只不滚,还敢顶嘴,愈发恼怒,从随侍的侍卫手中夺过柱斧(柱斧:是一种手中掌玩的文具类用品,用玉做成,样子恰似一柄如意。),朝雷德骧嘴巴上抢去,硬生生将雷德骧的两颗门牙敲了下来。

雷德骧一声不吭,慢慢地弯下双腿,跪在地上,把自己的门牙慢慢地捡了起来,装在衣服里。

赵匡胤见了,高声骂道:"你把牙藏起来,还想拿这个来控告朕吗?"

雷德骧不卑不亢道:"臣不会控告您,也不敢控告您。不过,陛下既为天子,一言一行自然会由史臣记录在案!"

赵匡胤听了大悔。是啊,作为天下之主,一言一行至关重要,为这点小事让史官给记下来,流传下去,让世人和后人怎么看我?唉,我咋这么鲁莽呢!他忙弯下腰,双手将雷德骧扶起,不只道歉,还赏他白银一百两、绢十匹。从此,他再也不去御花园打鸟了。

赵匡胤不打鸟了,既不想天天坐在宫殿里批那些没完没了的奏章,又想了解民情,于是,每隔两三天,便要微服出行一次。一日,微行至赵普家,赵普慌忙出迎,导入厅中,拜谒已毕,赵匡胤劝道:"陛下,天下初定,人心不稳,您要慎行才是。"

赵匡胤笑道:"如有人应得天命,任他所为,朕亦不去禁止。"

赵普道:"应得天命的真龙天子虽然只有陛下一人,但是,有一些乌鳖杂鱼缺乏自知之明,譬如李筠,在龙门下跃跃欲试。何况,还有一些比乌鳖杂鱼要高级得多的鱼类,譬如李重进,他们做梦都在想着如何过龙门而得以成龙!是的,他们已经死了,不再对大宋构成威胁。但是,陛下敢不敢保证,那些手握重兵的将帅,就没有跳龙门的欲望吗?一旦有了这个欲望,他们就会乘间窃发,祸起萧墙。所以,为陛下计,总请自重为好!"

赵匡胤复笑说道:"在将帅中,握有重兵的,没有人超得过慕容延钊、石守信和王审琦。但他仨具是朕的故人,岂能生变,卿这是多虑了。"

赵普道:"臣也知道他们不会有不臣之心,但是,据臣观之,这三个人都没有统帅的才能,管不住下边的将士。倘或军中胁令生变,他们亦不得不唯众是从了。"

赵匡胤将头点了一点,说道:"爱卿说得对。正因为国家初定,人心是否归向朝廷,尚不得知。故而,朕才微服出行,暗自察访。"

赵普道:"但教权归天子,他人不敢觊觎,自然太平无事了,何须陛下亲劳!"

赵匡胤又将头点了一点。

一日复一日,眨眼之间到了建隆二年(961年),内外各将帅依然如故。赵普心中着急,但又不便再说,唯恐泄漏出去,触怒了这一群武夫。直至到了仲夏,赵匡胤召赵普入便殿,开阁乘凉,从容而谈。谈着谈着,赵匡胤突然长叹一声。

赵普关切地问道:"陛下是不是遇到了什么烦心事?"

"朕在想一件事。"

"什么事?"赵普问。

"卿说,为什么从唐朝末年到显德七年,五十三年间,换了六姓十四君,还不算那些自称国主之类的二皇帝,他们篡窃相继,变乱不休,朕欲息兵安民,定一个长久之策,卿以为如何而可?"

赵普起而对曰:"陛下有如是之想,乃国人之福也。依臣愚见,五季(五季:梁、唐、晋、汉、周五个朝代。)变乱,统由方镇太重,君弱臣强,若将他兵权撤销,稍示裁制,何患天下不安? 这事,臣去岁也曾向陛下启奏过。"

赵匡胤摇手说道:"卿勿复言,朕自有处置。"普乃退出。

但是,又过了一个月,并没有见赵匡胤有所动作。

赵普暗自叹道:"唉,这个宋天子,如此优柔寡断,让人担忧!"

赵匡胤不是优柔,更不是寡断。君弱臣强,是一个顽疾,要解决这一顽疾,得出重拳,下猛药,方能见效,且一劳永逸。在这一方面,越王勾践和汉高祖刘邦便是成功的典范。当他二人为王为帝之后,对于那些可能威胁他们王(帝)位的功臣、宿将,来了一个"狡兔死,走狗烹",一一剪除,一黑到底。但这样做,既伤了兄弟们的感情,又容易让人诟病。我赵匡胤不能学!

能不能找到这样一个法子,既剥夺了诸将的兵权,又不伤兄弟感情?

经过一个月的苦思冥想,他竟真的找到了这样一个法子。

次日,早朝后,赵匡胤让有司(有司:古代设官分职,各有专司,因称官吏为"有司"。)设宴便殿,召慕容延钊、韩令坤、石守信、高怀德、王审琦、张令铎等入殿。酒饮之半酣之时,赵匡胤屏退了侍候的宦官。

他端起酒杯,同诸将一道又干了三杯,突然发出一声长长的叹息。

诸将见了,异口同声地问道:"你我君臣,正喝到酒酣之时,陛下因何叹息?"

赵匡胤又是一声叹息,方才说道:"朕若非众卿的帮助,也不会有现在这个地位。但是,你们哪里知道,这皇帝不好当啊,还不如做个节度使逍遥自在。不瞒众卿,朕自受禅以来,已是一年有余,没有一夜睡过安稳觉!"

341

众将听了面面相觑，良久，避席问道："陛下贵为天子，还有什么事办不到，值得忧愁呢？"

赵匡胤独自饮了一杯酒说道："朕与卿统是故交，何妨直告。皇帝这把宝椅谁不想坐呀？"

众将听了，不由得心里一惊，赶忙伏地叩首道："陛下何出此言？如今天下已定，谁敢复有异心？"

赵匡胤又一次举起酒杯，一饮而尽，黯然神伤道："朕也知道，卿等不会有异心，可是，假如卿等的麾下（麾下：部下。）贪图富贵，暗中怂恿，一旦变起，将黄袍加汝等身上，汝等虽然不想干，能行吗？"

轻轻的几句话，在慕容延钊等听来，却如五雷轰顶。皇帝这不是在怀疑他们有反心吗？若是受到了皇帝的怀疑，这小命还保得住吗？越想越是害怕，顿首再拜，泣曰："臣等虽然愚昧，却断断做不出这等事来。请陛下开恩，为臣等指示一条生路！"

赵匡胤道："卿等请起，各就各位，朕有数语，与卿等熟商。"

慕容延钊等人遵旨起身，坐回原处。

赵匡胤道："人生短暂，如白驹过隙，忽壮忽老忽死，谁也不会活几百岁！所以，人人都想要富贵，无非欲多积金银，厚自娱乐，令子孙不至穷苦罢了。朕为卿等打算，不如释去兵权，出守大藩，拣择良好田园，购置数顷，为子孙立些长业，自己多买歌童舞女，日夕欢饮，借终天年，朕且与卿等约为婚姻，世世亲睦，上下相安，君臣无忌，岂不是一条上策么？"

话说得如此明白，诸将若是还不醒悟，那真是傻得香臭不分了！

老实说，皇帝能把心里话讲出来，也确实把他们当作自家兄弟。这比当年越王勾践对待文种，汉高祖刘邦对待韩信、英布和彭越，好了千倍万倍。于是，众将二次跪地，拜谢道："陛下怜念臣等，掏心掏肺，真可谓生死骨肉了。"

御宴结束后，望着渐去渐远的几个悍将，赵匡胤心里像十五个吊桶打水——七上八下。这次摊牌的结果会怎么样呢？结果有两个，一个是他们自动放弃兵权，一个是率领禁军杀进宫来。但第二个可能性应该不大，他自己安慰自己。尽管这样，他一夜未眠，觉着这一夜特别长。

彻夜未眠的不只赵匡胤，慕容延钊他们也是一夜未眠，第二天早朝的时候，全都黑着眼圈，众口一词，皆称身体有疾，呈交了辞呈，这可把文武百官给搞蒙了，递辞呈的这些人可都是皇帝的亲信和爱将呀！突然都辞起官来，这是为甚？

答案藏在赵匡胤和赵普肚中，但他俩都不会说。几杯酒就解去了禁军大将们的兵权，赵匡胤心中乐得比吃了喜梅子还喜！

不杀功臣的皇帝历史上只有两个，一个是汉光武帝刘秀，再一个便是赵匡胤。

赵匡胤强忍住乐，对拱手交出禁军指挥权的这些将领并没有一撸到底，让他们全部回到藩镇任他们的节度使，而且每人赏银千两，帛绢各一百匹。

这一次，目的是解除禁军将领的兵权。赵匡胤如愿以偿，历史上把这件事称之为"杯酒释兵权"，传为佳话。

但要彻底解决君弱臣强的问题，单单解除禁军将领的兵权是不够的。从唐朝的安禄山、史思明算起，一直到五代十国，敢于向皇帝叫板的，大都是藩镇的节度使。

故而，未隔多久，赵匡胤又把永兴军（军：这里所说的军，不是军事编制单位的军，乃是一个行政区划。宋朝的地方行政区划，基本上是两级制，即府、州、军、监为一级。州是普通的州，每个州管辖几个到十几个县；府，只有四个，设在比较重要的地方，譬如国都开封；军，设在军事要地，抑或是边疆地区；监，始置于五代，原为设在矿冶、铸钱、牧马、盐产区的货务管理机构，北宋改为政区。监有两种，一种与府州平，一级与县同。）节度使王彦超、安远军节度使武行德、保大军节度使杨廷璋，以及"夺情"复出的护国军节度使郭从义等召入朝中，设宴后苑。

酒过三巡，赵匡胤从容说道："在座的都是老臣，久居藩镇。而大宋新立，王事泱泱，弄得诸位连个安生觉都睡不稳，朕心中实在过意不去……"说至此，突然把话顿住。

老于事故的王彦超慌忙避席而跪，说道："臣本来就没有什么功劳，忝膺荣宠，今已衰朽了，幸乞赐骸骨，归老田园。"

赵匡胤亦离座，双手将他扶起，且嘉慰道："卿可谓谦谦君子了！"

武行德等不知赵匡胤之意，又有些恋权，反历述平昔战功，唠唠叨叨，把赵匡胤听得直皱眉头，冷笑道："这都是陈年老账了，说它做甚？"

武行德碰了一鼻子灰，不敢再言，宴不欢而散。到了翌日早朝，内侍高喧天子之旨，昨日赴宴之人，除了王彦超，皆罢去节度使之官。且是，这几个藩镇，也不再置节度使了。这几个藩镇的防务则另遣将帅守之。命李处耘屯延州、王继勋守庆州、董遵诲屯环州、王彦升守原州、杨信镇灵州、李汉超屯关南、田重进守易州、李崇矩领棣州；又令郭进镇西山、韩重赟成晋州、刘廷让守隰州、李继勋镇昭义。诸将家族留居京师，给以厚俸。所有在镇军务，可便宜行事。每次入朝，必召对命坐，赐宴赐金，因此诸将多尽死力，西北得以无虞。惟关南之地，忽有几个老汉来京，控告李汉超强占民女，以及借百姓钱不还之事。

赵匡胤当即召见了告状人,问之曰:"李汉超强占了谁的女儿?"

内中那个姓王的老汉叩头回道:"小民的女儿。"

赵匡胤道:"你一共有几个女儿?"

"五个。"

赵匡胤又道:"都嫁了什么人?"

"全都嫁了农家。"

赵匡胤又问:"李汉超未到关南时,辽人曾来侵扰否?"

"年年入寇,苦不堪言。"

赵匡胤道:"现在呢?"

"现在辽人不敢来了。"

赵匡胤怫然变色道:"李汉超系朕贵臣,汝女若嫁了他,比嫁农家子应该好上千倍万倍。且是,关南若没有李汉超,你的子女、你的家产能保得住吗?区区小事,竟然跑到京城来告御状,什么叫刁民,汝便是刁民。念汝一大把年纪,朕不再追究,下一次若敢再告状,定斩不饶!"说毕,喝令卫士将他逐出皇宫。

与王老汉同来的几个老汉,见赵匡胤发怒,吓得全身冒汗,两腿乱颤,欲溜,被赵匡胤叫住:"这一老汉,李汉超借你多少钱?"

老汉战战兢兢回道:"一百二十贯。"

赵匡胤道:"除了你之外,他还借过别人吗?"

"借过。"

"大概有多少?"赵匡胤问。

"大概有一万八千多贯。"

"你知道李汉超的年俸是多少吗?"赵匡胤问。

"不知道。"

"不知道你听着,李汉超一身二职,二职的年俸加起来不少于两万贯,他欠你们的不就一万八千多贯吗,他还得起。他真还不起,朕替他还。你回去后,可转告那些债主,叫他们不要害怕!"

老汉叩首说道:"小民谨记在心!"

赵匡胤把手一挥:"你可以走了。"

告状人一走,赵匡胤便召潘美进宫,让他携钱两万贯,前去关南,传谕李汉超:"你赶快送还民女,并清偿债务,朕这一次不予追究,此后慎勿再为！如果入不敷出,尽可告朕,莫说两万贯,就是二十万贯,朕的府库不缺,何必向民借贷呢！"

李汉超既羞愧又感动,向着汴京的方向跪了下来,一连磕了九个响头,涕泪交流道:"陛下,臣对不起您！臣立马将所占所借之人财归还。臣自此之后,定要善待百姓,不借、不贪,不拿百姓一文钱,做一个大宋的良臣！"

他说到做到,将所借之钱全部归还,将所强占之民女亲自送回家中。

也不知是赵匡胤的话点醒了梦中人,抑或是因为女儿对李汉超有些依依不舍,王老汉坚决不同意李汉超退人,而且说,李汉超硬要退人的话,他还要去告御状。这事又一次惊动了赵匡胤,经赵匡胤恩准,李汉超方将王氏女收为偏房。

刚刚处理完关南百姓告御状的事,环州又来了几个军卒,击敲鸣冤,控告董遵诲十件不法之事:一、吃空饷;二、召妓;三、强迫麾下的将士与他赌博,而且每赌必须赢;四、强占将士之妻……

消息传到董遵诲耳里,吓得面如土色,将全家人召到一块,安排后事,弄得全家人号啕大哭。当赵匡胤遣使召他进宫的时候,他向使者恳求说,能不能宽限我一刻钟,让我给祖先上炷香。

他进宫时做好了必死的准备。

他也真该死。

当年,赵匡胤逃离夹马营,前去投奔他的父亲,他见赵匡胤盖过了自己的风头,便拼命地挤兑、羞辱赵匡胤,甚而还要拳脚相加,逼得赵匡胤不得不卷起铺盖走人！

如今,赵匡胤贵为天子,操生杀之大权,自己又不检点,干了这么多不法之事,只要赵匡胤能给自己留个全尸,抑或是莫问罪于九族,便是万幸了！

谁知,他进宫之后,赵匡胤连一句责怪的话都没有说,反将军卒的御状交他过目。

他读过御状,伏地叩头,叩得头破血流:"臣罪该万死,臣罪该万死！臣无复他求,臣只想恩请陛下,看在卧病在床的老父薄面,赐臣一个全尸,并赦了臣的全家！"

赵匡胤一脸微笑道:"论汝之罪,应该斩首,但汝父子二人,俱是朕的故人,且都有功于周室和大宋。朕一不杀故人,二不杀有功于大宋的人。但愿卿自此改过自新,朕愿足矣！"

董遵诲做梦也没想到会是这样一个结局,感动得涕泪交流,复三叩九拜道:"今蒙赦罪,乃再造之恩,臣若是不能改过自新,天雷击之！"

赵匡胤起身离座,扶起董遵诲,并设宴相款。宴间,问了乃父近况,又问乃母。一说到乃母,董遵海的眼泪扑簌簌地落将下来。

赵匡胤惊问道:"爱卿这是怎么了?"

董遵海泣对道:"严慈陷之幽州,至今未归。"

赵匡胤恍然大悟道:"朕知道了,当年,宗本伯父乃辽降将赵延寿部下。及延寿被执,伯父携你南归,把伯母留在了幽州。朕说得对不对呀?"

董遵海叩首说道:"陛下所言极是。"

赵匡胤道:"诚如此,伯母的事,你就不必担心,朕自会处置。"

董遵海拜谢而去。

两个月后,赵匡胤出银两千两,贿赂边民,边民将董遵海生母送归大宋。董遵海的感激之情,无以言表,唯有叩首,再叩首而已。

赵匡胤如此厚待董遵海,朝中大臣很是不解,也包括赵光义,面谒赵匡胤,询问原因。

三十三　雪夜定策

赵匡胤的一番话,把赵光义听得一愣一愣的:"您这几招太绝了。可是,您这几招把三司头儿造反的事给堵住了,藩镇呢?您打算怎么办?"

为了不让大臣们交头接耳,赵匡胤传旨在官帽两边各加了一根又硬又长的翅,每一边伸出去一尺多。

正在做着美梦的赵普被"笃笃"的敲门声惊醒,一脸不高兴地问道:"谁呀?"

早朝结束,赵光义没有走,弟兄二人就李汉超的事聊了一阵,赵光义方将话题转到了董遵诲身上。

"二哥,我有些不解。当年,董遵诲那样对待您,您不但不治他的罪,反而袒护他,甚而花钱赎他的老娘,这是为什么?"

赵匡胤微微一笑回道:"我知道这件事的处理,朝中大臣多有不解。但我既然这么做了,就有我做的道理。是的,当年,为兄我不得志的时候,董遵诲多次羞辱为兄,莫说董遵诲法犯十条,就是一条不犯,朕寻他一个罪名,将他杀了,大臣们也不会非议为兄,但仅仅落了个不会'非议'而已。如果我不杀他,朝野会怎么看,朝野会说我肚大量宽,是个明君,连羞辱过我的人都如此相待,何况周室的遗老遗少!"

听赵匡胤这么一说,把赵光义佩服得五体投地,由衷地赞道:"二哥想事,就是高常人一筹。不,不是一筹,是十筹!"

赵匡胤微微一笑说道:"你还用拍你二哥的马屁吗?"

"不,我说的是真心话……"

赵匡胤将手轻轻摇了一摇,说道:"我知道你说的是真心话。刚才的话,我还没有说完呢。说实话,董遵诲如果真的做了十件不法之事,我也不会饶他!"

赵光义一脸诧异道:"他如果没做,他就应该上书辩解呀,他为什么不上书?"

"他不想辩,也不敢辩。因为他知道我恨他,辩解也无用,甚而越描越黑。"

"那您咋知道董遵诲没有做不法之事?"

赵匡胤道:"不是说他没有做不法之事,而是说,他不可能这么坏!"

赵光义道:"何以见得?"

赵匡胤道:"他如果真像军卒控告的那么坏,又是吃空饷,又是赌博,他手中一定积攒了不少钱。他如果真的有钱,岂能把亲生母亲置于辽国而不顾?"

"如此说来,董遵诲母亲流落辽国之事,您早已知晓?"

赵匡胤将头轻轻点了一点。

赵光义笑道:"听二哥这么一说,又让小弟长了不少见识。"

赵匡胤笑了笑,转向了另一个话题:"对于解除禁军将领兵权,和撤去部分藩镇的节度使这两件事你怎么看?"

赵光义道:"这两件事做得都很好,把'君弱臣强'这一顽疾彻底给解决了。不过,我有一点想不通,同样是节度使,为什么有的撤,有的不撤?"

赵匡胤笑着回道:"你是说也应该把慕容延钊、石守信他们的节度使一并撤掉,一黑到底?"

赵光义轻轻颔首。

赵匡胤将头轻轻摇了一摇说道:"不能那样做。"

"为什么?"赵光义问。

"慕容延钊、韩令坤、石守信、高怀德、王审琦、张令铎,虽然也是节度使,但他们和武行德等人不一样。他们原来是三司的头,为了'强干弱枝',我刚刚把他们贬到了藩镇,若是这一次,再把他们的节度使也给撸了,那就把他们得罪苦了,下药太重太猛,会适得其反。至于王彦超,他的节度使我为什么没撸,原因有二:当年,我避难的时候,去投王彦超,想谋一个差事,他像打发乞丐一样,用十贯铜钱把我礼送出境,我之所以不撸他的节度使,这和不治董遵诲的罪同一个道理。其二,王彦超很乖,也很会说话,年初,我宴请各节度使喝到微醉之时,我故意大声问他:'王爱卿,当年你在复州,朕去投靠你,你为啥不收留朕?'我这一问,引得众人都把目光投向了王彦超。王彦超立即避席跪倒,叩首说道,'启奏陛下,当年臣不过是个防御使,一勺的浅水怎么能容得下大龙呢! 再说,要是陛下当年真留在臣那个小地方,陛下还会有今天吗?'细想想他说的也有道理。还有一件事,他做得让我十分满意,我宴请他和武行德等几位节度使的时候,话说得够明白了,要他们交出兵权,武行德几位不想交,而且一个劲地表功,唯有王彦超愿意交,而且说自己'素乏功劳,忝膺荣宠'。像这样的人,既用着放心,又落了个宽宏大量的好名声,我何苦要撸他的节度使?"

赵光义频频颔首。

"哎,我尚有一疑,索性一并儿问了。"

赵匡胤将头点了一点。

"三司的几个头儿的官帽被您摘了,但只要三司存在,就不可能不任命新的头儿,您何苦要撸慕容延钊他们呢?"

赵匡胤道:"是的,只要三司存在,就得任命新的头儿。但新的头儿,绝不可能与慕容延钊他们同日而语。"

"为什么?"

"慕容延钊、韩令坤、石守信他们,是我的故交,大宋的开国元勋,又在三司典兵经年,他们若是振臂一呼,不会没有将士响应。而新任三司的头儿,就不可能有这种号召力。再之,在三司几个头儿之中,最容易造反的是殿前都点检。为防患于未然,我将慕容延钊的都点检和韩令坤的副都点检免职之后,这两个职务不复再设。其实,要堵绝三司的头儿造反,单靠以上两项措施还不够。我打算把将领的调兵权从统兵权中剥离出来,把调兵权交给枢密院。这样一来,将领虽有'握兵权',但也仅仅是负责训练、职守、迁补赏罚而已。哪怕是调一个兵,也得去找枢密院。而枢密院呢? 名义上是全国最高的军事机构,但它仅仅是皇帝的一个喉舌而已,它只能接受皇帝的命令,然后由它发布由哪位将军具体'统兵','兵无常帅,帅无常师';'兵不识帅,帅不识兵'。但仅仅把握兵权和调兵权分开,还不能把将领造反之事完全堵绝。因为,凡做到将军的,谁没有几个亲信、一群亲兵! 我打算颁这样一道旨,无论是什么级别的将帅,都绝对不允许拥有心腹的亲兵,严禁军人培养自己的私人势力,违令者斩!"

这一番话,听得赵光义一愣一愣的:"您这几招太绝了。可是,您这几招,把三司头儿造反的事给堵绝了。但自唐以来,藩镇造反的事数不胜数……"

赵匡胤道:"这个你不用担心,之前,藩镇之所以敢造反,那是因为藩镇不仅拥有自己的军队,藩镇的节度使还是当地的最高行政长官,掌握着数州郡的政权和财权,我打算分三步棋走,削夺其权,制其钱谷,收其精兵。"

赵光义道:"您能不能把这三步棋怎么走,说得更详细一点?"

"可以。'削夺其权',就是将节度使驻地以外,兼领的州郡划为京师直属,官员由朝廷派遣,直接对朝廷负责。对于那些一直盘踞一方的节度使或调离或罢免;'制其钱谷'，就是在州府之上设路（路：宋初设置的行政机构，每十个左右的州为一路，初设之时，仅负责一路的财赋。后职权渐重，每路设二司——监司和帅司。监司包括：漕司（即转运司，长官称转运使），负责一路的财赋和监察；宪司（即提点刑狱司，长官称提点刑狱公事），负责一路刑狱；仓司（即提举常平司，长官称提举常平公事），负责一路的仓库。宪司和仓司也有监察责任，即行政纪律的监督。因而，路一级可视为监察区。帅司，即安抚司，长官为安抚使。安抚使同时兼任某州、某府的地方官知州或知府。因此，安抚使下设有管军队的幕职官和管地方事务的曹掾官。安抚使兼禁军首领又兼任地方长官，权限较宽。为防止安抚使权力过大造成危害，因而安抚使要受路一级监司的监察，同时要受到"走马承受"的监视，"走马承受"可直接向朝廷汇报安抚使的情况。），负责征收所属州县的财赋。征收之后，留下州县必要的开支，余之全部上缴朝廷；'收其精兵'，就是让各藩镇所辖厢军（厢军：赵匡胤把军队分为四种：禁军（中央军）、厢军（各州的镇兵）、乡兵（地方武装）和番兵（宋代在西北和北方地区招募的少数民族所组建的军队）。）中骁勇善战的人选送到京城补入禁军，并在地方上招募强壮的民众到京城当禁军，这样一来，京城的禁军集中了全国的精锐，留在地方上的军队，大都是老弱病残，他们没有能力和朝廷对抗！"

赵光义轻轻颔首道："好，好！这样一来，掌兵的人，就是想作怪，也做不起来。不过，要真正医治'君弱臣强'这一顽疾，仅仅管住武臣还不行，还得管住文臣，特别是宰相，不能让他独自坐大。"

赵匡胤道："三弟所说甚是，宰相乃一人之下，万人之上，他若是坐大，把天子都架空了，仍然是君弱臣强。怎么才能不让他坐大？我有两个设想，一是提高枢密院的地位，让它与中书门下（中书门下：宰相机构，掌握人事权、副署权、监督权、谏诤权等，其负责人被称为"宰辅"，也就是宰相。）平起平坐，称之为'二府'。中书门下又称为东府，枢密院又称为枢府、西府。二者互不隶属，自成体系，一个负责行政，一个负责军事，直接对皇帝负责，以此来削弱宰相之权。此外，在'二府'之下设'三司'——盐铁、度支和户部，把国家的财政大权，从宰相手中剥离出来。"

赵光义鼓掌说道："诚如此，大宋江山固若金汤矣！"

赵匡胤道："我还有一个想法，想把你肩上的担子再压一压。"

赵光义强压欢喜道："为二哥做事，为大宋做事，就是累死也心甘，有什么担子，您尽管压。"

"我想封你为开封府府尹、同平章事。光美呢？我也想给他加一加担子，封他为山南西道节度使。"

赵光义立马附和道:"二哥这样做好。谚曰:'打虎亲兄弟,上阵父子兵'。不只打虎需要亲兄弟,治国也得要亲兄弟!"

翌日早朝,赵匡胤宣布了对赵光义和赵光美的任命。弟兄俩谢过圣恩,走马上任。赵匡胤则照着他的设想,认认真真地去做,不到二年时间,赵匡胤把全国的军政大权全部收到自己手中,治好了二百多年来所形成的顽疾——君弱臣强,达到了强干弱枝的目的。但他还不满意,在礼仪体制上刻意打压宰相。

在中国古代,宰相的地位极为崇高,尤其是秦汉时期,宰相可以和皇帝一起接受百官的叩拜;要是在街上遇见宰相,皇帝还要下车向宰相施礼。到隋唐时代,宰相的身份虽然没有那么尊贵了,但上朝议论国事之时,不仅有座位,还有茶水伺候。

我赵匡胤的龙椅没有坐稳之时,你们这些做宰相的与我面对面的坐着商讨国事,倒还说得过去。如今,通过我赵匡胤几年的努力,龙椅稳如泰山,你们还要和我面对面地坐着商讨国事,就十分不该! 我是谁? 我是大宋的天子! 你们是谁? 你们是我的臣子,哪有臣子和天子平起平坐之理!

为了不让宰相们和自己平起平坐,赵匡胤玩了一个小花招。

一天早朝,赵匡胤突然对宰相范质、王溥和魏仁浦说道:"朕的眼睛有些昏花了,你们把奏章亲自送上来吧。"

范、王、魏三人都是读书人,哪知道赵匡胤的花花肠子,便离开座位,双手将奏章递给赵匡胤。

赵匡胤一边接奏章,一边向小宦官使了个眼色。小宦官心领神会,将他三人坐的凳子搬走了。对于这个意想不到的举动,三位宰相心中就是有一百个不快,既不敢问,亦不敢发作。自此,朝议时,他们既无凳子可坐,也失去了茶水伺候的待遇,只能和普通官员一样,站在朝堂上与皇帝商讨国事了。

撤了宰相的凳子,朝堂上再也没有人敢坐着和赵匡胤说话了。

每当早朝之时,赵匡胤高高在上,摆着天子的架子端坐于龙椅之上,听大臣奏事、议事,尔后发号施令。这本来是很严肃的事,一些大臣却不以为然。在他们眼中,赵匡胤既是皇帝,又是他们的战友加兄弟,置朝堂上的规矩而不顾,经常在下面交头接耳,这是对赵匡胤的极不尊重。这种情况若是发生在陈桥兵变之前,实在算不了什么。可是,现在双方的角色变了,赵匡胤觉着再这样没大没小、没尊没卑,简直不成体统! 赵匡胤几次想发火,忍住没发。后来,他想了一个办法,传旨在官帽两边加了一根长翅,一边伸出去一尺多。官员们戴上这样的帽子上朝，别说交头接耳，就是想稍微挨近一点儿都很困难。从此，朝堂上再也没有交头接耳的现象出现，朝堂之风为之一新，赵匡胤整日里春风满面。

他一高兴，便生出了改年号的念头。于是，召赵普入殿商之。

赵普问："陛下想改一个什么年号？"

"我心中没数，你可召集翰林们先议一议，看用什么年号好。但有一条，别人用过的咱不能用。"

赵普道了声"遵旨"，谢恩而出。翌日，早朝后，赵普留了下来，对赵匡胤说道："臣与几位翰林，议了半夜，觉着'乾德'这个年号不错。乾者，乾坤也；德，道德也。"

赵匡胤连道了两声"好"，把建隆四年，改为乾德元年。

忽一日，南唐遣使来报，李璟薨，欲立太子李煜为王，恳请天子册封。赵匡胤忙遣曹彬为使，前去南唐吊唁老王，册封新王。册封之事一结束，曹彬便要返回，经李煜苦苦挽留，又勉强住了一夜。第二天，李煜遣陈觉、韩熙载来送，并以黄金二百两、绢三十匹相赠。曹彬坚辞不受，登舟而去。李煜不死心，命陈觉、韩熙载驾轻舟去追曹彬，务要将礼送上。曹彬有心再拒，怕落一个沽名钓誉的名声。于是，将金、绢收下，回到汴京后全部上交朝廷。

就在曹彬出使南唐的第三天，吴越王钱俶遣使来汴，请求天子册封吴越王的嫡长子钱惟濬为太子。赵匡胤满口答应，遣陶谷为使，前去册封。

陶谷出使南唐，向妓女示爱，闹得满城风雨，这事赵匡胤不可能不知道，但他为什么还要让陶谷去呢？道理很简单，他要报恩。当年，"陈桥兵变，黄袍加身"之后，他虽然已经做了天子，但这天子并不合法。因为，没有举行禅让仪式，而要举行禅让仪式，就得有禅位诏书。赵普对此事尽管十分积极，但他没有做过京官，也许是不懂，也许是太高兴，把这事给忘了。而后周的三个宰相，有意看他的好戏，就是知道也不会提醒。若不是陶谷站出来救场，这人可就丢大了。因而，赵匡胤十分感激陶谷，有心将他的官提一提，可三个宰相全都反对。官不能提，只有派他几次肥差，也算一个补偿。而最肥的差，莫过于出使宋之附属国了。谁知，陶谷这一出，又闹了一个天大的笑话，使中国的成语辞典上，又多了一个成语。

陶谷奉命出使吴越国，吴越王设宴款待，他不知听谁说陶谷喜欢吃螃蟹，于是，搞了个螃蟹宴。这些螃蟹品类繁杂，有河蟹、有海蟹，从大到小，自蝤蛑（蝤蛑：一种海蟹。）到彭蜞（彭蜞：一种小蟹。），摆了十几种。陶谷尽管喜欢吃螃蟹，但你不能尽是螃蟹呀！

陶谷很不高兴,指着这些螃蟹讥讽道:"真是一蟹不如一蟹。"成语"一蟹不如一蟹"盖为此出,意思是一个不如一个,越来越差劲儿。

陶谷可能是吃螃蟹太多的缘故,患了红眼病,吴越国的宰相听说他喜欢蟋蟀,于是便弄了十个金钟(金钟:蟋蟀的一种。),装在华丽的笼子里,提着去看他。陶谷很高兴,逗了一会儿突然说道:"金钟、金钟,怎么不是金子呢?"

说者也许无意,可听者有心,宰相回去后立马做了十个金蟋蟀给他送来。陶谷为了表达谢意,赋诗一首:《乞与金钟病眼明》。但事过不久,他便后悔了,害怕这首诗也会像上次出使南唐一样,传入国内。于是,一踏入大宋设在边境的驿馆,便在墙上赋诗一首:"井蛙休恃重溟险,泽马曾嘶九曲滨"(诗的意思是说,井底之蛙依仗江南河流纵横之险没什么了不起的,我国早晚灭了你们。),令属下抄之,飞马入京传诵。等到赵匡胤见到这首诗时,陶谷已经回到汴京半个月了。赵匡胤将陶谷召到宫中,将写在帛上的诗摔到他面前,斥道:"朕正在千方百计安抚南唐、吴越,你却要早晚灭了人家。这诗如果让吴越人看到了,会是一个什么后果?"吓得陶谷匍匐在地,叩头请罪。

赵匡胤轻叹一声道:"你呀,墨水喝的不少,但要你来治国不行。有些事,可以不做,也可以说;有些事,只能干,不能说;有些事,可以做,也可以说,但要把握住说的时间。像灭南唐的事,只能悄悄地进行,但不可以说。"

陶谷叩首说道:"陛下圣明!"

又过了半个月,时间进入了腊月二十三。二十三俗称小年,朝廷特意给官员们放了一天假。吃过午饭不久,便下起了鹅毛大雪,到了吃晚饭的时候,那雪已有一尺多深。宋以前,人们一天只吃两顿饭,但自后周开始,经过三个皇帝的努力,国泰物丰,到了赵匡胤执政的第二年,人们可以吃三顿饭了。加上又是过小年,人们都猫在自己家中,包饺子、炕火烧、喝年酒、侃大山、睡大觉。正在做着美梦的赵普被笃笃的敲门声惊醒,一脸不高兴地问道:"谁呀?"

"爹,我是承宗。"——承宗者,赵普长子也。

"有事不会明天再说,半夜三更的!"赵普一脸不耐烦地说道。

"皇上驾幸咱家了!"赵承宗既高兴又激动地说道。

赵普悚然一惊:"真的?"

"真的!"

赵普一跃而起,飞快地穿好衣服,跑到客厅,果见赵匡胤坐在厅中,纳头便拜:"臣接驾来迟,罪该万死!"

赵匡胤笑嘻嘻地说道:"罪该万死的是朕,打扰了爱卿的好梦。爱卿请起,快快请起!"一边说一边伸手去扶赵普。

"过小年哩,喝几杯吧!"赵普问。

赵匡胤笑回道:"朕此来,就是想讨杯酒喝。"

赵普忙对承宗说道:"快唤你娘,为之炙肉暖酒。"

遣走了儿子,他亲自为赵匡胤倒茶,笑问道:"夜半三更,陛下驾幸臣之寒舍,难道真的只是为喝几杯酒吗?"

赵匡胤轻叹一声道:"朕夜不能眠,一榻之外皆他人家也,故特来见卿。"

他突然想起,这不是朝堂,这是赵普的家,不能一直让人家站着呀!遂指了指右边的太师椅说道:"爱卿请坐。"

赵普谢过圣恩,方坐了下来。

不一刻儿,赵承宗端上来二凉二热四个菜,外加一壶酒。君臣二人一边喝,一边聊。聊着聊着,聊到了国家大事。

"爱卿,通过咱君臣几年的努力,军政大权已经收归朝廷,朕不必再为五代十国那种'你方唱罢我登场'的事担忧了。但朕的志向是统一华夏,下一步,卿说该怎么办?"

赵普直言不讳地说道:"照王朴说的办,先南后北。"

赵匡胤道:"为什么?"

"北方,有契丹族建立的辽国,对我大宋虎视眈眈,我不打他,他还想打我呢?我如果与他相斗,决无取胜的把握,正确的方针是,稳住它。在北方,除了辽国,尚有一个北汉,北汉并不可惧,但它是辽国的附属国,若一打它,辽国必上。咱既然不惹辽国,就不必再去招惹北汉了。至于南方,也就是江淮以南,除了南唐和吴越,还有后蜀、荆南、南平等六个不称国的政权,只有把这六个政权消灭了,才能消灭南唐和吴越。尔后,用以从江淮以南诸国获得的财富做后盾,用兵于北汉和辽国,何愁不能一统天下!"

赵匡胤击腿说道:"爱卿所言甚是,使朕茅塞顿开,就这么定了——先南后北。来,朕敬卿一杯。"

赵普道:"臣不敢!陛下如果认为臣说得对,臣陪陛下喝一杯。"

赵匡胤道:"好。"

君臣二人,喝了一杯又一杯,一边喝一边聊,直到鸡叫,方才结束。

大政方针既定,下一步便是如何实施的问题了。

按照赵匡胤的想法,首要的攻击目标,是荆湖地区。这个地区战略位置极为重要,它南通南汉、东临南唐、西迫巴蜀，在这个军事重地，盘踞着两股势力。一个是以江陵为中心的高继冲的荆南政权；一个是以郎州为中心的周保权的南平政权，在这两个政权之间，先讨伐谁，赵匡胤正犹豫不决之时，周保权遣使来到汴京。

此时的周保权，仅仅比退位时的周恭帝柴宗训大了不到三岁，一个十一岁的娃娃，遭遇到他父王的哥们张文表的挑战。不，不是挑战，是造反，如何不慌？他这一慌，赶忙向大宋求救。

赵匡胤面对南平的使者，不紧不慢地说道："贵使暂且退下，容朕朝议之后，给贵使一个满意的答复。"

南平使者千恩万谢地离开皇宫，住在驿馆等候消息，这一等便是半月。

赵匡胤为什么要南平使者等？因为，赵匡胤在等一个消息，只有这消息到来之后他才能决定，是不是进军南平。

信息来了，是赵匡胤派到荆南的使者带回来的。荆南，这是另一个名为藩臣，实同割据的小朝廷。它最初的统治者叫高继兴，是五代的开创者朱温手下的大将，官拜荆南节度使，使署设在江陵，四传至高继冲。宋若出兵援助南平，必得经过高继冲的地盘——荆南，若是高继冲不让过境，必有一场恶战。而出使荆南的使者还报，高继冲同意宋军过境。

有了高继冲这句话，赵匡胤决定出兵南平。但遣何将为帅，他又考虑了一天，这才决定下来：

命慕容延钊为援平大元帅，枢密院副使李处耘为监军，率龙捷左厢都虞侯杨信、龙捷右厢都虞侯楚昭辅、铁骑都虞侯田重进等十万将士，援助周保权。

大军将行之时，赵匡胤面谕慕容延钊和李处耘："江陵南逼长沙，东距建康，西迫巴蜀，北近大梁，乃是兵家必争之地。现闻他四分五裂，正好乘势收归，卿等可向他假道，乘隙入城，岂不是一举两得么！"

二将领命而去。

高继冲接到十万宋军南下援助周保权的消息，大吃一惊。宋使前来商议借道之时，明明说出兵一万，怎么变成了十万？况且，那宋使还说出兵之事当在一个月之后，怎么说出就出了呢？他有心把宋军挡在境外，但宋军借道之事，是自己亲口答应的。若不让宋军借道，赵匡胤岂能善罢甘休！唉，已经错了，那就让它错吧，但愿苍天保佑，千万莫让"唇亡齿寒"的悲剧在我高继冲身上重演！为了使这个悲剧不再重演，便派他的叔父高宝寅以犒军为名，前往荆门以探虚实。

高宝寅来到荆门，接待他的是监军李处耘，李处耘待高宝寅一团和气，宴会上不只有酒，还有八个艺妓为他载歌载舞。

到了晚上，慕容延钊又出面宴请高宝寅一行，那艺妓由八个增加到十六个，把高宝寅灌得酩酊大醉。

高宝寅尽管醉了，但他三番五次地询问："李监军呢，他怎么不来？"

慕容延钊一而再，再而三地给他解释，李处耘病了。

其实，李处耘没病。此时的李处耘，正率领数千轻骑，远离军营，直扑荆南首府江陵。正在等待高宝寅消息的高继冲万万没有想到，宋军从天而降。有心将宋军拒之门外，但人家是王师呀，于理不通！没奈何，乖乖地将城门打开，迎接李处耘进城。

李处耘进城之后，张榜于江陵城内。榜曰："荆南王高继冲，有感于自己年韶德薄，难胜治理荆南之大任，屡屡上书宋天子，愿意到汴京任一闲职，治理荆南之大任，由朝廷遣一能吏任之。朝廷见其心诚，准其所奏，特遣枢密院副使李处耘为荆南节度使，龙捷左厢都虞侯杨信为节度副使。"

荆南军民，对于宋军占领荆南，出奇的平静。不到三天，李处耘便完成了对荆南的接管和布防，静候慕容延钊的到来。尔后，挥师南平。

慕容延钊倒是来了，但他带来了一个很不好的消息，周保权遣使汴京，说叛贼张文表已经伏法，就不必再劳驾上国之军了，但他们对于朝廷发兵援助之事十分感激，愿意出白银一万两、牛一千头、羊两千只、粟五千石犒劳上国之军。

听了这个消息，李处耘顿脚骂道："儿戏，堂堂大宋的军队，能是你周保权这样一个乳毛未褪的娃娃招之即来，挥之即去的吗？慕容元帅，咱不要理他，继续向南平挺进！"

慕容延钊道："愚兄来见你，也正是这个意思。"

于是，留下杨信镇守江陵，十万宋军，加上三万荆南将士，在慕容延钊和李处耘的统帅下直扑荆南。

三十四　花蕊夫人

　　李处耘检阅俘虏，从中挑了几十个肥胖的，割肉作糜，分给众将士吃。又在一百多个少壮俘虏脸上黥字，放归郎州。

　　张琼把牙一咬，将头向墙上撞去，头破脑裂，霎时毙命，一缕冤魂，直冲九霄。

　　为了给费歌妓取一个满意的名字，孟昶秘密地招来心腹和智囊，陪他一起想，想了三天也没有想出来。

　　张文表原为衡州节度使，起兵后，第一个进攻目标便是潭州，一战而克，正要进攻郎州。南平大将杨世璠率军赶到，两军在平津亭相遇，大战了一天一夜，张文表兵败被擒，处以凌迟（凌迟：用刀刑人，最惨无人道的莫过于凌迟。凌迟就是一刀一刀地割人身上的肉，直到差不多把肉割尽，才断其首。所以，凌迟也叫脔割、剐、寸磔等。俗语所谓"千刀万剐"，就是指的凌迟。）之刑。杨世璠平了张文表之乱，自以为立下了不世之功，天天喝酒，夜夜歌舞，竟不知派兵去收复潭州。

　　慕容延钊闻之笑曰："这是杨世璠想送我一个大礼呢，俘他后我得好好关照他！"说毕，挥兵潭州，不战而克。在潭州休兵三日，留下楚昭辅镇守，慕容延钊率军杀向郎州。

　　面对十三万宋军，把周保权吓哭了。后经谋士提醒，在王宫召开御前会议，商议对策，牙将张从富第一个发言，他力主抗宋，慷慨激昂地说道："我南平据有湖南全境，可调动之将士不下八万，若是一刀不搏，便向宋廷投降，不是显得我南平君臣有些太窝囊了吧！况且，郎州城又高又厚，有固若金汤之誉，即使不能战胜宋军，退而自保应该没有问题！我为主，宋军为客，他宋军就是围城，能围多久？围一个月、两个月、半年？他就是想围我半年，他带来的粮草能吃半年吗？莫说半年，恐怕连两个月也吃不了。等他粮尽的时候，自然就会退去，何足深虑！"

　　南平诸将，听了张从富的话，觉得言之有理，遂整缮兵甲，决计抗宋，陈大兵于三江口。

距澧江尚有一舍之地，慕容延钊令宋军就地扎营，遣田重进为使，前往郎州劝降，来一个不战而屈人之兵。田重进奉命之后，带从骑百人飞驰郎州城下，呼之开门。张从富在城上问曰："来将何人？"

田重进答曰："吾乃大宋天子驾下铁骑都虞侯田重进，特来传达圣旨，宣谕德意！"

张从富冷笑道："有什么德意？无非想窃据郎州。汝可归语宋天子，我处封土，本是世袭，张文表已经荡平，不劳贵军入境，彼此各守疆界，毋伤和气！"

田重进怒斥道："什么各守边境，尔之郎州，难道不是大宋疆土吗？"

张从富道："名义上是，实际不是。"

田重进道："汝满嘴喷粪，难道不怕王师发怒吗？"

"有怒尽管发，这里不是江陵！若要强来占据，我也不怕，请看此箭！"言毕，即将一箭射下，把田重进气得哇哇大叫，但此次前来只带从骑百余，怎是张从富对手，含恨而退，还报慕容延钊。

慕容延钊见南平不可"理喻"，传令三军，杀向岳州。

去岳州，必得经过澧江。在此之前，张从富已通令湖南，凡境内之桥一概拆除；凡境内之船，无论大小，一概装满巨石，沉在水路滩头，叫你宋军，有河不能过，有船不能行，乖乖地给我回去！

任何人都可以回去，李处耘不会。这是他第一次作为主帅，领兵出征。尽管他不是主帅，可他自以为是。在宋军中，监军可以监督元帅，这是不争的事实，连元帅都能监督，还能不是主帅吗？

他用不容置疑的口气对慕容延钊说道："面对十三万大军，湖南人居然敢于反抗，这不只是对朝廷的蔑视，更是对你我的蔑视！小弟请兵一万，作为先锋，直捣澧江，进而岳州。"

李处耘主动请战，作为元帅，岂有不允之理！

于是，李处耘率领一万宋军，径奔澧江，遥见对岸摆着敌阵，旗帜飘扬。李处耘佯装渡江，暗中却分兵三千，绕进上游，潜行南渡。那张从富只知防着李处耘，不料斜刺里杀到一支宋军，冲入阵内，慌忙麾兵对仗，战不数合，那对岸的宋军，渡江杀了过来，他自知不敌，率领从骑百人，逃回郎州。

这一仗，李处耘大胜，杀敌两千，俘敌八千余人。李处耘检阅俘虏，从中挑了几十个肥胖的，割肉作糜，分给他的将士吃。且是，又从俘虏里挑出来一百个少壮，在其面上黥字,放回郎州。被黥的逃回郎州,报称宋军好吃人肉,顿时全城惊骇,纷纷逃避,包括周保权和张从富。李处耘要的就是这个效果,他没动一刀一枪便占领了郎州城。通过拉网式的搜捕,捉住了张从富和周保权。李处耘随手一剑,把张从富捅死。若不是慕容延钊出面阻拦,周保权亦要身首异处了。

战报很快就传到了赵匡胤手里,从出兵到现在,不足一百天,实战中一天收服荆南,十天攻破郎州,生俘高继冲和周保权,共得十七州、八十三县、户二十三万七千。

战果够辉煌了。

但这种辉煌不是赵匡胤所要的那种。

打仗不可能不杀人。

但看你怎么杀?在战场上,双方刀枪相见,不是你死,便是我死,敌人不但要杀,且杀得越多越好!一旦敌人败了,抑或是投降了,就不能再杀,再杀就是滥杀,就是缺德,就要失去民心。项羽,力能拔山,气能盖世,却败给了一个小混混刘邦。何也,原因很多,其中一个主要原因,就因为他滥杀降卒,坑杀秦之降卒四十万于新安,民视其为恶魔。

周保权父子掌控湖南十余年,并无大恶。这一次抗击宋军,乃是出于自身之私利,想世为藩王,罪不至死。其将士听命于藩王,何罪之有?你李处耘竟然择肥胖者,割肉作糜,广施将士,令人发指!这种做法,除了五代之外,闻所未闻!五代之吃人恶习,来自唐末黄巢,黄巢传之朱温,朱温又传之赵思绾。到了赵思绾,达到顶峰造极,他不只吃人肉,而且大张旗鼓地开人肉宴。可这三人,下场如何呢?黄巢倒也明智,自杀身亡;朱温被亲儿所杀;赵思绾被郭无畏所杀,因赵思绾而死者达三百余人,他的亲人、他的家属无一幸免!

你李处耘打了胜仗,且是打了大胜仗,但你败坏了我大宋的名声,若是杀你,你有大功于大宋,且对朕有拥立之功;若是不杀你,你这种做法不只败坏了大宋的名声,对朕统一中国极为不利,本来可以投降的,因为害怕大宋军吃人,势必要顽抗到底!

怎么办?

赵匡胤迟疑不决。

他这一迟疑,李处耘吃人的弊病立马就出现了,周保权虽然被抓,且又押解汴京。但是,湖南的民情似烈焰升腾,兵民齐叛,这边刚刚镇压下去,那一边又冒出个反宋的大帅,弄得李处耘焦头烂额。

慕容延钊本来应该帮助李处耘的,但因李处耘吃了人肉,性情大变,不只对外凶残,在自己的军队中也大开杀戒,尤其是慕容延钊的亲兵,稍一有过,便立即问斩,既不向慕容延钊请示,也不顾及慕容延钊的面子,硬把慕容延钊给气病了,一命呜呼。

慕容延钊一死,迫使赵匡胤痛下决心,颁旨四道。第一道,将李处耘调离湖南,黜为淄州刺史;第二道,赦去周保权死罪,授右千牛卫大将军(右千牛卫大将军:武官名。唐置,有左右之分,正三品。掌宫廷侍卫及仪仗。宋沿置,为环卫官,多用来安置宗室、赠武臣。辽、金亦有,元以后废。);第三道,拜高继冲为武宁节度使;第四道,大赦荆南、湖南所有叛乱者,而且免除当年茶税、夏税的一半,及各种无名杂税……

四旨一颁,荆南和湖南的叛者,纷纷放下武器,乱不平而自平矣。

赵匡胤原本想乘收服荆湖之威,进军后蜀,朝中出了一件闹心的事情,军校(军校:辅助将帅的军官。)史桂和石汉卿有密折上奏,言说侍卫亲军步军司的副帅张琼克扣军饷、密结柴宗训、养私兵百人,有不轨之心。赵匡胤当即召张琼入殿,面责之。

张琼听了他的"四大罪状",气不打一处来,恨声说道:"二哥,小弟是一个什么样人,别人不知道,您还不知道吗?您听说的这四条罪,全是诬告!"

赵匡胤道:"不一定吧,有道是,'无风不起浪'。譬如,朕听人讲,你经常往柴宗训那里跑,有没有这事?"

"有。但不经常,我自从入京做了侍卫亲军步军司的副都指挥使以来,快一年了,只去过四次。"

赵匡胤道:"四次还少呀?"

张琼道:"我只去了四次,您就嫌多。您呢?您也去了四次,又该怎么说?"

"你,你怎么能和朕比?"赵匡胤一脸愠色道。

"怎么不能和您比?他爹是咱们的大哥,您能去看他,我为什么不能去看他?"

赵匡胤将御案"啪"地一拍:"大胆,给我掌嘴!"

话刚落音,石汉卿跑了过来,一连扇了张琼六个嘴巴,扇得张琼满嘴是血。

张琼瞋目骂道:"姓石的,狗仗人势,爷饶不了你!"

石汉卿把脸转向赵匡胤,将头轻轻摇了一摇,说道:"陛下,您看,他身犯四罪,却无一点儿悔改之意,还要秋后算账,说他有不轨之心,看来,千真万确!"

赵匡胤怒道:"押到狱中,交刑部(刑部:六部之一,掌管法律、刑狱事务。)严加审问!"

有生以来,张琼这是第一次坐牢,而且,坐的还是他一向视为比喝过鸡血酒还铁的哥们的牢。而且,为了这个哥们,他差一点死了两次!

他百思不得其解,以他的为人,以他和赵匡胤的关系,赵匡胤不至于非要相信诬告者而不相信他!

但是,赵匡胤偏偏就不相信他!

莫不是他也昏了?

他就是昏了,也不应该这样对我。谚曰:"打人莫打脸,揭人莫揭短。"谚又曰:"士可杀而不可辱"。我张琼这一生,何时受过这么大的羞辱! 罢罢罢,人生百岁也是死,不如早死早托生!

言毕,解下所系腰带,托狱吏寄给妻子,把牙一咬,一头向墙上撞去,头破脑裂,霎时毙命,一缕怨魂,直冲九霄。

其实,他的被羞辱,并不能全因赵匡胤"昏了",他也有一定责任,如果三七开的话,他的责任是三。

首先,他投错了人,他不该投到符彦卿门下,更不该对符彦卿那么忠心! 赵匡胤站住脚后,几次想把他和史延德调到身边,征求他的意见,他总是说,符彦卿待他不薄,他不好意思张口,直到赵匡胤当了三年皇帝,符彦卿告老还乡之后,他才得以做了侍卫亲军步军司的副都指挥使。史延德虽说从天雄调到了许州,仅仅做了左厢都校(都校:唐末,建新军,军之下为都,都的长官称都将,后改称都校。五代及宋沿之。)。

其二,赵匡胤有了想当皇帝的打算,赵普自告奋勇,去了天雄,一是为赵光义做媒,二是游说张琼和史延德。你二人很不明智,竟然说:"二哥若是取当今天子而代之,那是自毁英名,怕是要和王莽一样,落千世之骂名,谁要再劝让二哥做天子的话,你把他交给我,我把他千刀万剐!"关键时刻,你不支持赵匡胤,还算什么盟兄盟弟! 赵匡胤当了皇帝,没有收拾你,还把你的官儿一提再提,让你做了步军司的副帅,这就很不错了。可你,还要往柴宗训那里靠……

其三,赵匡胤去看柴宗训,是出于对柴宗训的内疚。更重要的原因,是想落一个贤名,是想稳住后周的那些遗老遗少。你呢? 你张琼去看柴宗训就不一样了,你是不忘故主,你是在揭赵匡胤的伤疤。不知道你张琼怎么想,反正赵匡胤是这么想的!

有此三因,赵匡胤收到史桂和石汉卿的密折才会勃然大怒,才会召你张琼入殿面责。可你既不解释,又不承认自己有罪,反而顶撞他,他不打你打谁? 他不关你关谁?

赵匡胤责你也罢,打你也罢,关你也罢,目的只有一个,叫你不要再去看柴宗训了。你只要不去,百官中就没有人敢去。

张琼一死,赵匡胤的目的达到了。自此,文武百官中,再也没有一个人私自去看柴宗训了。

目的虽说达到了,但赵匡胤并没显得多么高兴,他也不敢高兴。张琼是谁呀?张琼是他的患难之交,是救过他两次命的恩人,所犯之罪并未坐实,死了。这让他怎么向世人交待!

查,他命刑部在十天之内,将张琼的事查一个水落石出。

查的结果,第一条和第四条纯属子虚乌有,第二条和第三条事出有因。

张琼调到汴京后,确实去看过柴宗训四次,还是受符彦卿之托。符彦卿之所以要张琼代他去看柴宗训,皆因辛五州而起。辛五州是史桂的内弟,原在侍卫亲军步军司供职,经史桂周旋,出任郑王府——也就是柴宗训府邸所在厢的巡检(巡检:官名。始于宋代。设于关隘要地及汴京四厢,或管数州数县,或兼管一州一县,或管一厢,以武官任之。在州县主掌"缉捕盗贼、盘诘奸伪。"在汴京,主掌防火、防盗、解送公事、申报平安等。)。此人既贪色又贪财,借巡逻之名,每隔三五日,便造访郑王府一次,又吃又拿。甚而,每一次造访,还要符太后亲自给他敬酒。为这事,符彦卿曾托过二女儿符秀洁,让她转告赵光义,让赵光义出面管一管这事,可赵光义始终不肯出面。没奈何,他找到了张琼,但他知道张琼性子烈,不敢以实话相告,只是说,秀凤母子太寂寞了,有时间了你代老夫多去看看。按照符彦卿的想法,张琼既是赵匡胤的铁哥们,又是赵匡胤的恩人,还官居步军司的副帅,只要他常去看柴宗训,辛五州就不敢过分胡来。谁知……

至于养私兵百人之事,也可以说是空穴来风,也可以说是事出有因。

张琼上调汴京,巡视四厢防务,发现当年两个缺胳膊少腿的亲兵在大街上行乞,遂唤之家中,养了起来。这一养,招来了大麻烦,前来投奔他的亲兵越来越多,截至他被召之时,已经有二十几个,而这些亲兵全部有疾。

赵匡胤听了刑部的奏报,把肠子都悔青了,他亲自去给张琼吊唁,拍棺痛哭道:"张琼,朕的好兄弟,你受屈了!有了委屈,你就应该自明,你为什么不自明呢?你不只不自明,还寻了短见,你即使不为朕,也该为了弟妹和孩子好好活呀!琼弟,你放心,朕一定要为你报仇,那两个诬陷你的奸宄之徒,朕处以凌迟之刑;辛五州,朕将他发配荒岛。卿不只有大功于大宋,且有恩于朕,朕封卿为忠王,封御妹陶三春为长公主(长公主:皇帝之姊妹称长公主,"仪比诸王"。)。"

安葬了张琼,赵匡胤便开始筹划讨伐后蜀之事。

伐蜀,乃是赵匡胤统一中国的既定方略——也是先南后北的重要方略。

也许是三相真的老了;也许是他们对撤去凳子一事耿耿于怀;也许是他们知道赵普

与赵匡胤的特殊关系,赵普迟早要取代他们,倒不如自己辞职,省去许多烦恼。不管出于什么原因,三相不干了。他们同时上书,请求辞去宰相职务,而且还推荐赵普为他们的接班人。

赵匡胤早有拜赵普为相之意,见三相诚心诚意地辞职,又诚心诚意地举荐赵普,将三相好生夸了一番,这才同意他们辞职。三相故作欢天喜地的样子,离开了皇宫。

他们这种欢喜,既有装的成分,又有发自内心的高兴。

赵普,你不是急于当宰相吗?但你知不知道,新拜之相须有在任宰相的署敕,我们三个一齐被罢,谁给你署敕呀?你娃子自以为聪明,比起我们这些老姜,还是嫩了点!当年,禅位大典是你一手操办,结果,把禅位诏书给忘了,若不是蹦出来一个陶谷,你娃子哭都哭不出来眼泪!这一次呀,还能再蹦出来一个陶谷,抑或是张谷、王谷?就是再蹦出来一个陶谷,抑或是张谷、王谷,已经没了宰相,如何署敕?

三相高兴得有些早了。当赵匡胤和赵普发现这个问题后,确实惆怅了几天。但这个问题很快就被窦仪解决了。

"陛下,前朝旧例,新拜之相一定要有现任宰相署敕方才有效,这话并不错呀!"

赵匡胤道:"正因为这话没有错,朕才犯难!"

"犯什么难?"窦仪问。

"朕已经让三个宰相辞了职,哪儿来的现任宰相?"

窦仪笑道:"有啊!"

"谁?"

"同平章事担当的就是宰相的职任呀!"

赵匡胤恍然大悟,忙传御弟赵光义入殿,让他在诏书上签了字,赐予赵普。

于是,赵普名正言顺地当上了宰相。

赵普,本来就是"先南后北"方略的拥护者,因而,他当上了宰相后,便加快了这一方略的实施——伐蜀。

后蜀的孟昶也没闲着。

孟昶是后蜀开国皇帝孟知祥的三儿子。孟知祥只当了一年皇帝,便撒手人寰,把龙椅传给了孟昶。

孟知祥虽然只做了一年皇帝,但他创下的基业非常好。这里不仅富饶——有"天府之国"之称,而且安全,不论谁做皇帝,都可以躲在剑门蜀道的天然屏障后面睡大觉,但不能堕落。孟昶初登大位的时候并不堕落。他开始堕落是在干掉了他爹留给他的两个顾命大臣之后。

皇帝喜欢女人，甚而纳上几百个妃子，也不算堕落。

问题是，孟昶一见美女就要往身边搂，几乎把全川有点姿色的女子都拉进了后宫。

美女多了，就得多盖房子。为盖房子，每年的支出不少于六十万贯。

用于美人的俸禄、吃喝玩乐和香粉费，远远大于盖房子的开支。

孟昶把美女分为十二个等级，最末一级的美女，其俸禄比翰林学士还高。每个美女每个月的香粉费是十贯钱，十贯钱可以买将近二十石粮食。

到了发俸禄和香粉钱的时候，孟昶怕有司克扣，就亲自发。几千个美女排成长队，从他的面前一一走过，由他亲自发放。直到有一个姓费的歌妓走进他的视野，他才把发放俸禄和香粉费的权力交给了有司。

费歌妓被搂进皇宫时十七岁，正赶上孟昶在皇宫里举办选美大赛。费歌妓凭借两项绝技脱颖而出。

第一项绝技自然是费歌妓的美貌，至于她美到什么程度？拥有数千美女的孟昶，第一次看见费歌妓的时候，差一点儿把口水都流了出来。

费歌妓的第二项绝技——厨艺。她不慌不忙地为孟昶做了三个菜：一是米粉蒸肉，一是红烧鸭舌，一是麻婆豆腐。按照比赛的规矩，每一道菜孟昶只须尝几口就行了，可孟昶硬是把三盘菜一扫而光。

在没有得到费歌妓之前，孟昶和大多数贪色的帝王一样，左拥右抱，甚至还会为晚上到哪个宫女的寝宫过夜而烦恼。得到了费歌妓之后，他变了，不再左拥右抱，也不再为去哪个寝宫而烦恼。

他只用情于一人——费歌妓。

这不单单是因为费歌妓的美貌和厨艺，还因为她的气质和才华——能歌善舞、出口成章、吟诗答对，且又善解人意。

这样一个可人儿，当然不能叫她费歌妓了！若是叫费歌妓，那是对她的亵渎！叫她美女呢？既有点俗，又有点埋没了她。

那么，到底应该给她取一个什么名字呢？而这个名字，不仅要好听，还得叫得响，还得让全国人都知道，这个名字不是随便起的，只有费歌妓、费娘娘才配得起叫这个名字！

为了给费歌妓取一个满意的名字，孟昶秘密地招来心腹和智囊，陪他一起想，想了三天，也没有想出来。

费歌妓见孟昶一连三天没出宫殿，和几个人嘀咕，还以为遇到了什么麻烦事，问他，他也不说,硬把他拽了出来,去御花园赏花。那一天,风和日丽,百花争艳,引来蜂蝶翩翩起舞。费歌妓来到牡丹花前,用纤纤玉指轻轻地抚摸着怒放的牡丹花,语如莺啼道:"这牡丹花真好,既娇艳又高贵,怪不得武则天把它封为国花,在洛阳遍植牡丹。"

侍女立马奉承道:"费娘娘比牡丹花还要漂亮,乃花中的花蕊!"

孟昶双掌一拍,异常激动地说道:"有了,有了!"

他这一激动,把众人吓了一跳,费歌妓瞅着孟昶,小心翼翼地问道:"陛下,您有了什么?"

孟昶一脸欢喜地问道:"朕为你想到一个好名字,这名字很有诗意,全天下独一无二!"

费歌妓一脸喜悦道:"如此好的一个名字,那就请陛下早一些儿赐给臣妾吧!"

孟昶道:"这不仅是你的名字,也是你的封号……"

费歌妓故作迫不及待的样子,说道:"陛下,请您不要再吊臣妾的味口了,您再吊,臣妾怕是要急疯了呢!"

孟昶连道了两声"好",一字一顿,把他为费歌妓所取的名字说了出来——花蕊夫人!

费歌妓一脸满意,一脸幸福地跪了下去:"谢陛下隆恩!"

于是,从那天起,费歌妓、费娘娘成了花蕊夫人,而花蕊夫人又成了蜀国最响亮的名字。

至于那个很会奉承人的侍女,因为一句话,得到了一百贯的赏钱,并从一个普通侍女,一跃而为女侍中(女侍中:后宫女职,主掌后宫嫔御。)。

费歌妓,不,应该叫花蕊夫人才对!

花蕊夫人本来就喜欢牡丹,如今,又因为牡丹得到了花蕊夫人的封号。于是,她对牡丹更加喜欢了,甚而,达到了酷爱的程度。

因为花蕊夫人酷爱牡丹,又因为她是皇帝孟昶最心仪的女人,枢密院使王昭远,本来是负责军事的,偏要管起皇家花园的事。他亲自坐镇,把皇宫内外花草尽皆除去,全部栽上牡丹,后因花蕊夫人的一句话——本宫也喜爱栀子花,栀子才得以保留下来。

王昭远之所以要这么做,是因为他是孟昶的儿时伙伴,因而,他最了解孟昶,跟着孟昶干,想升官发财,不在于你多么能干,也不在于你立了多大功劳,而在于他对你的印象如何!孟昶如此宠爱花蕊夫人,为花蕊夫人做事还能错吗?

没错,花蕊夫人一出门,看到的全是盛开的牡丹和栀子,那心情可想而知。

只要花蕊夫人高兴，孟昶就会跟着高兴。后因她不经意的一句话，后蜀的国都成都变成了花的海洋，确切地讲，是牡丹的海洋。

那一句话是——"人都说，'洛阳牡丹甲天下'，也不知咱成都的牡丹和它相比如何？"

孟昶拍着胸脯说道："什么'洛阳牡丹甲天下'，咱要叫'成都的牡丹甲洛阳'！"

皇帝这一拍胸脯，慌坏了满朝文武，王昭远又来了一个坐镇指挥，花了三十万贯在御花园的后边另辟一地，打造了一座华丽的牡丹苑。每当牡丹花盛开之时，孟昶便叫宫女们在牡丹花丛中载歌载舞，每隔几日还要举行一次盛大的牡丹宴，邀请文武百官饮酒作诗。诗必须要写牡丹，写好之后，交给花蕊夫人点评，花蕊夫人认为好的奖钱十贯，差的罚酒三杯。

有一个叫耿有心的，官居吏部侍郎，因吏部尚书一职空缺，想再上一个台阶，便把目光盯上了花蕊夫人，掏了二十贯钱买了一首写牡丹的长诗，在牡丹宴召开的前一天，找到花蕊夫人，以讨教新作为名，把一颗罕见的夜明珠（夜明珠：传说中夜间能放光的宝珠。）送给花蕊夫人，花蕊夫人坚辞不受，他硬将夜明珠放在几案上，逃也似地跑出了皇宫。

第二天，"牡丹宴"上，耿有心抑扬顿挫、摇头晃脑地朗诵了自己花钱买来的大作，引来一片赞扬之声。可花蕊夫人点评的时候，把参赛的诗或多或少都进行了赞扬，唯独不提耿有心的。孟昶有些不解，当面问道："耿侍郎的诗写得也不错呀，卿怎么……"

花蕊夫人朝孟昶道了一声万福（万福：唐宋时妇女相见行礼，多称"万福"，后亦以称妇女所行的敬礼。），说道："启奏陛下，耿侍郎的大作确实不错，但他的人品，臣妾实在不敢恭维！"

此言一出，满座皆惊。

花蕊夫人瞄了耿有心一眼，见他满脸通红，用近乎哀求的目光瞅着自己，略略迟疑了一下，说道："今日，陛下设下牡丹宴，宴请众卿，是为了让众卿开心，不愉快的事，少提为好。来来来，大家共同举杯，喝他个一醉方休。"

众人听了，一齐举起杯来，一饮而尽。

花蕊夫人让侍女将众人的杯斟满，又道了一声干杯，一饮而尽。

花蕊夫人平日并不怎么喝酒，今日竟陪着大家，一连喝了十二杯。

牡丹宴结束后，孟昶扶着花蕊夫人回到后宫，方才问道："爱卿今日是怎么了，这么能喝？还非喝不可！"

花蕊夫人不但没有回答,反推着让孟昶出去。

孟昶不走,一脸诧异地问道:"卿这是怎么了?"

"我,我想吐……"

"那你就吐吧!"

"我,我怕秽气冲撞了您。"

"你说这话不是显得有些外气吗? 若是把咱俩对换一下,朕喝醉了你没醉,你看朕想吐,能起来就走吗?"

花蕊夫人连连摇手道:"臣妾不会,臣妾不会干这事!"

孟昶反问道:"你自己不干的事,为什么非要朕干?"

花蕊夫人苦笑一声道:"您呀,您呀,唉,您为什么对臣妾这么好? 呕、呕……"

侍女见了,忙端了一个盂盆向她走来,刚放到她面前,只听"哗"地一声,一股秽物像箭一样射进盂盆……她哕(哕:方言,即呕吐的意思。)得一塌糊涂。

孟昶轻轻为花蕊夫人捶背。

哕过之后,花蕊夫人腹中好受多了,在孟昶的搀扶下安寝去了。

三十五　王全斌灭蜀

孟昶越听越烦,高声对花蕊夫人说道:"你尽管陪朕享乐,国家大事,不是你们这些女人应该妄议的。"

史延德带了一百多个军卒,半裸着身子,在漫天寨下骂阵,什么难听骂什么,骂得王昭远坐不住了,倾寨而出,来捉史延德。

孟昶对花蕊夫人说道:"爱妃放个屁都是香的,爱妃的话,想必更香了。讲吧,朕不会生气。"

第二天,孟昶旧话重提,花蕊夫人方将耿有心的所作所为和盘端出。

孟昶笑嘻嘻地问道:"那颗夜明珠呢?"

花蕊夫人忙让侍女将夜明珠取来,呈给孟昶。

孟昶二目为之一亮,双手接过夜明珠,一边把玩,一边赞道:"这颗夜明珠,比鹅蛋还大,真是世所罕见! 唉,那耿有心给你送了这么一个贵重的东西,无非是想让你在点评他诗的时候,夸他几句,你为什么不干?"

花蕊夫人将玉首轻轻一摇,说道:"事情远没有陛下想的那么简单,耿有心送臣妾夜明珠的用意,绝不仅仅是为了让臣妾在'牡丹宴'上夸他几句,从而得到十贯钱的赏赐! 他想的是吏部尚书的宝座,如果让他真的得到了这个宝座,如果让一个靠行贿、靠走夫人之门的人当上官,他会是一个什么官呀? 特别是,这吏部尚书还不是一般的官,是管官的官!"

"你知道这颗夜明珠的价值吗?"孟昶问。

花蕊夫人道:"当然知道。"

孟昶道:"你如果拥有了它,换成钱,十辈子也吃不完。"

"它再值钱,能有陛下值钱吗?《诗经·小雅·谷风之什》说,'普天之下莫非王土,

368

率土之滨莫非王臣'。陛下拥有天下,我拥有陛下,这还不够吗?"

"那,那你打算如何处置这颗夜明珠?"孟昶问。

"上交朝廷府库。"

听了她的话,把个孟昶感动得差一点儿流出了眼泪,他一把将花蕊夫人揽到怀中,狂吻了一阵说道:"你真好,你在朕所见过的女子中是最好的一个!别的女子喜欢朕,讨好朕,为的是富贵,只有你想的是朕,是大蜀的社稷,朕有福,从今之后,朕只爱你这一个女人,生不同时死同穴!"

花蕊夫人最想听的就是这句话。孟昶爱她,她也爱孟昶。

正因为她爱孟昶,才处处为孟昶着想,为后蜀的社稷着想,当她听说孟昶要在摩河池上为她建造一座豪华的水晶宫时,忙加以劝阻。可孟昶不听,硬是把水晶宫建成了。

水晶宫建成后,刚好夏天来临,孟昶邀花蕊夫人去住,花蕊夫人一进门便惊呆了,这水晶宫真是够豪华了,楠木为柱,沉香为栋,珊瑚嵌窗,碧玉为户……

"陛下,建这座水晶宫花了多少钱?"

孟昶漫不经心地回道:"一百万贯。"

啊,一百万贯!一百万贯能买多少粮食呀!能买二百万石,这二百万石粮食够五十万人吃一年呢!可为了我花蕊,硬把这么多粮食,从农夫粮囤里挖出来,变成一座房子。如此的浪费,如此的奢靡,必将引起国人的怨恨。唐太宗有句名言,"水能载舟,亦能覆舟。"若是引起了国人的怨恨,这大蜀的大舟会是什么样子?

花蕊夫人越想越后怕,脱簪跪地,谏道:"为了臣妾,陛下不惜花一百万贯建造水晶宫,臣妾既感激又惶恐。臣妾听说,现今的宋天子意欲统一天下,发兵征我大蜀,还请陛下励精图治以防不测。"

孟昶越听越烦,高声说道:"你尽管陪朕享乐,国家大事,不是你们这些女人应该妄议的,请你以后不要再议论国家大事了!"

一句话,把花蕊夫人噎得许久说不出话,只有强颜欢笑,陪孟昶吃饭、喝酒、睡觉、唱歌、跳舞、作诗,醉生梦死。

转眼之间,到了宋乾德二年,赵匡胤一切准备就绪,只需找一个合适的借口,就可以进兵后蜀了。而孟昶偏偏给他提供了一个很好的借口。

孟昶之所以要给宋提供伐蜀的借口,源于宋之出兵荆南和南平。

宋之出兵,不到一百天,荆南和南平皆为宋兵所败,连他们的大王也成了大宋的阶下之囚。明眼人一看便知,宋天子下一个征讨的目标一定是后蜀了。

后蜀宰相李昊向孟昶进谏道:"臣观宋氏启运,不类汉、周,将来必要统一海内,为我大蜀计,不如遣使朝贡,免得它来侵犯。"

孟昶犹豫不决,商之于王昭远、韩保正、李进。这三人全是纨绔子弟,素不知兵,连孟昶的母亲都说他们只知口出大言,实乃赵括(赵括:战国时赵将。马服君赵奢之子,空谈其父所传兵法,实际不会指挥作战。曾代廉颇为将,在长平为秦将白起所败,其所率之四十万赵卒,被秦军活埋。)之流,用之,国之祸也。

可孟昶不听。

王昭远不只会拍孟昶的马屁,他还要做孟昶的诸葛亮。诸葛亮经常手持一把羽扇,王昭远别出心裁地执一把铁如意,自以为这样更风流倜傥。

他学的只是诸葛亮的形,但没有学诸葛亮的神,得知李昊劝孟昶降宋,愤然说道:"李昊该杀!蜀道险阻,外扼三峡,岂宋兵所能飞越?陛下尽可安心,该怎么玩,还怎么玩。"

孟昶听他这么一说,遂打消了向宋称臣的打算。

既然不想向宋称臣,就得设法应对宋军的进攻。不只应对,而是先下手为强。俗谚不俗:"先下手为强,后下手遭殃。"

于是,他们想到了北汉。

北汉与宋是世仇。

王昭远在征得了孟昶的同意后,遣枢密副使孙遇以及兴州军校赵彦韬、杨蠲等人,带着蜡丸密书去见北汉的皇帝,邀其出兵,夹击汴京。

也不知是上天有意成全赵匡胤,抑或是后蜀当亡,在这三使之中出了叛徒。三使在穿越大宋国境的时候,赵彦韬把蜡丸连同两个同伙——孙遇和杨蠲,一并交给了赵匡胤。

赵匡胤将蜡丸敲碎,取内中之书视之,书曰:

　　早岁曾奉尺书,远达睿听,丹素备陈于翰墨,欢盟已保于金兰,洎传吊伐之佳音,实动辅车之喜色。寻于褒汉添驻师徒,只待灵旗之济河,便遣前锋而出境。

赵匡胤阅毕蜡书,哈哈大笑道:"朕正要发兵西征,苦无借口,偏他先来寻衅,朕出师有名矣!"遂抛书于地,调兵遣将。

命忠武军节度使王全斌为西川(西川:唐方镇名,简称"西川"。唐至德二年(757

年)分剑南节度使西部地置。治所在成都府(今成都市)。辖境屡有变动。长期领有成都府及彭、蜀、汉、眉、嘉、邛、简、资、茂、黎、雅以西诸州。唐末,王建即以此为根据地建立五代前蜀。)行营都部署(都部署:五代后唐时所置的行军统帅,初名为部署,其地位本在招讨使之下,后都部署升为行军的主帅,但事毕即罢,非为定制。宋沿称,但仅在与辽、夏毗邻的沿边地区设置。也有例外,其职,掌军队的屯戍、守卫等事,为地方的军事长官。);都指挥使刘廷让、王政忠为副;枢密副使王仁赡、枢密承旨(枢密承旨:枢密院都承旨的简称,始置于五代,乃枢密院承旨司的长官。)曹彬为都监(都监:始置于三国魏,以宦官任之,掌监察宫廷之事。至宋,在路、州、府、军均置之,以武官充任。),率兵六万,分道入蜀。

行前,赵匡胤面询诸将道:"卿等以为西川可取否?"

左厢都校史延德抢先回道:"西川一方,倘在天上,人不能到,原是无法可取,若在地上,难道六万大军,尚不能平定一隅么?"

赵匡胤移目王全斌问道:"王将军以为呢?"

王全斌铿声答道:"史都校所言甚是,百日之内,臣等若不能克蜀,自杀而谢天下!"

赵匡胤大喜,嘉之曰:"卿等久经疆场,又有如此之雄心,朕复何忧。俟凯旋之日,朕亲去城外迎接,置酒相款!朕尚有一言,请卿等牢记,这一次伐蜀,但若攻克城寨,所得财帛,尽可分给将士,朕只欲得他土地,此外无所求了。"

王全斌等叩首说道:"敬遵圣命!"

赵匡胤又道:"朕已为蜀主治第汴溪,共计五百余间,供帐什物,一切具备,倘或蜀主出降,所有家属,无论大小男妇,概不得侵犯,好好的送他入都,来见朕躬,朕当令他安居新第呢。"

略顿,又道:"王爱卿之忠勇,朝野皆知,但卿之脾气有些太躁,作为平蜀的元帅,且记勿要妄杀才是!"

王全斌再拜而出,分兵两路伐蜀。王全斌及王政忠、王仁赡等,为第一路,亦称北路军,由凤州出发,从陆路进;刘廷让及曹彬等,为第二路,亦称东路军,由归州出发,从水路进。两路大军浩浩荡荡杀向西川。

孟昶得知宋军来攻,命王昭远为北面行营都统,赵崇韬为都监,韩保正、李进为正副招讨使(招讨使:官名。始置于唐,掌招抚、讨伐之事,多以大臣、将帅或地方军政长官兼任,兵罢则撤。唐后期视其行军情况,又设有南面、东面、西面等招讨使。五代时又有行营南、北面招讨使等。北宋不常置。),且令宰相李昊在郊外为王昭远等人饯行。席间,王昭远挥动着铁如意,慷慨激昂地说道:"我此行何止是战胜宋军,以我手下的三万雕面(雕面:在脸上刺字。)恶少,取中原易如反掌耳!"说完,只见他手持铁如意,如同诸葛亮手拿羽毛扇一般,趾高气扬地率兵出发了。兵至罗川,闻宋师王全斌等已攻克万仁、燕子二寨,进拔兴州,乃亟派韩保正、李进率军五千,前往拒敌。

韩、李二人,行至三泉寨,正值宋军先锋史延德带着前队骤马冲来。李进舞戟出迎,战到第六合,史延德用棍拨戟,轻舒左臂,将李进活擒过去。

韩保正高声叫道:"宋贼莫走,吃我一刀!"一边叫一边舞刀杀向史延德。

史延德冷笑一声,挺棍迎战韩保正,又战了十余合,杀得韩保正气喘吁吁,正想着如何逃命,被史延德一棍打下了马,又被宋卒活捉过去。蜀军将士见正副招讨使被擒,为之胆寒,哪一个还敢再战,拨马而逃。史延德乘胜追击,越过三泉,直抵葭萌关。

葭萌关与剑门关在同一座山脉之间,葭萌关在前,剑门关在后,中间是利州。葭萌关的险峻,不亚于剑门关,可谓是飞鸟难逾,是中国历史上最难破的军事险塞之一。三国时蜀国大将姜维,就是在这里挡住了钟会的十万伐蜀大军。

要过葭萌关,必有栈道(栈道:又名"阁道"、"复道"、"栈阁"。始修于战国,在今川、陕、甘、滇诸省境内峭岩陡壁上凿孔架桥连阁而成的一种道路,是当时西南地区的重要交通要道。)才行。

而栈道呢?已被蜀军烧毁。宋军再牛,也不会突然之间变成飞鸟,飞过葭萌关。何况,他们还带着刀枪剑戟和那么多辎重!

就是他们变成了飞鸟,已经飞过了葭萌关,也过不了后蜀第一军事强人王昭远那一关。

王昭远已经率领后蜀的主力军抵达利州,在那里严阵以待。就是飞过了利州,还有剑门关。

他们太低估了宋军。

宋军有的是办法。

宋军硬是越过了葭萌关,来到距利州三十余里的漫天寨。

宋军是怎么越过葭萌关的,至今还是一个谜。

漫天寨建于漫天山上,易守难攻。王全斌决定智取,让史延德带着一百个壮健军卒,半裸着身子在寨下骂阵,什么难听骂什么,骂得王昭远坐不住了,倾寨而出,来捉史延德及其骂阵的宋卒,史延德拔腿就跑,宋卒紧随其后。王昭远追了十余里,还没追上,赵崇韬小声对王昭远说道:"咱追了十余里,并没见一个持械的宋卒出来,莫不是宋之诱兵之计？"

王昭远听他这么一说，大吃一惊，忙鸣金收兵。

谁知，他那收兵的锣声刚刚响了两下，招来了两路宋军，从左右两面杀了过来。

史延德及其骂阵的宋军，变戏法似地变出百来个刀枪剑戟，各持一件在手，杀了回来。紧随其后，是数不尽的宋军，领军的竟是这一次征蜀的元帅——西川行营都部署王全斌。

手拿铁如意的王昭远，见三路宋军杀来，把学了诸葛亮十几年的儒雅之相尽皆抛去，面如涂蜡，拍马先逃，蜀军为之大溃。宋军乘胜追击，驰至寨下，凭着一股锐气，踊跃登山。王昭远自知难守，弃寨而奔。宋军冲入寨中，夺得的器甲粮草不可胜数。

王昭远逃走之后，忽发神经，收集溃卒，前来叫阵，三战三北，乃西渡桔柏江，焚去桥梁，退守剑门。

王全斌知剑门险峻，恐一时难以攻下，乃就地驻扎，一边歇兵，一边探听刘廷让、曹彬的消息，再定行止。

刘廷让、曹彬自汴京与王全斌别后，直扑地扼三峡、为西蜀江防第一重门户的夔州。行至锁江，距夔州尚有三十里，闻听蜀中守江制置使高彦俦，与监军武守谦，率兵扼守，并在夔州城外的锁江上面，筑起浮桥，上设敌棚三重，夹江列炮，专防宋军之船。

刘廷让与曹彬经反复计议，决定舍舟步进，寅夜袭击。蜀兵只防备水路，陆路全然不顾，骤被宋军自陆路攻入，立即溃散。刘廷让等夺得浮桥，进军城下，蜀军武守谦欲开城门搦战，高彦俦劝曰："宋军跋涉而来，利在速战，不如坚壁固守，休与交锋，待他师老粮尽，士无斗志，那时彼竭我盈，一鼓便可退敌了！"

武守谦摇手说道："汝之说不可行！我武守谦熟读六韬（六韬：中国古代兵书。传为周代吕望——姜太公所作。现存六卷，即文韬、武韬、龙韬、虎韬、豹韬、犬韬。），久怀灭宋之志，今宋军攻来，不与之战，国人岂不要骂我怯敌呢？"遂领麾下千余骑，大开城门，跃马出战。

曹彬见了，挺枪过来，两马相交，双枪并举，战了不到三十个回合，武守谦自觉不支，虚晃一枪，驰向城中。

曹彬打鼻子里"哼"了一声："想跑，晚了！"拍马直追。守城军卒，放武守谦进城后，忙来关闭城门，晚了一步，被曹彬一连刺倒五人，闯进城去。身后之宋军，亦纵马入城。

武守谦见曹彬进城，忙返身再战。高彦俦引军来助武守谦。

刘廷让引着大军，蜂拥入城，双方混战了半个时辰，武守谦自知必败，当先遁去。高彦俦身中数枪，奔向府第，整衣及冠，望西北方向拜了三拜，自焚而亡。

刘廷让克了夔州，一边出榜安民，一边礼葬高彦俦遗骸，继而进军西北，所向披靡。万、施、开、忠等州，次第收降，峡中郡县悉定，乃驰书报知王全斌。

王全斌得知东路大捷，大喜，暗自思道：我攻不下你的剑门，我可以出兵扫清周围之敌，再寻机进军剑门。王全斌主意已决，遂发兵益光，途中掳得蜀军谍人，赐其酒食，劝他投降。

那谍人见宋军如此强大，知后蜀必败无疑，又吃了王全斌的肉，喝了王全斌的酒，便将另一条入蜀之路，秘密告知："益光江东，越大山数重，有一狭径，地名来苏，由此径通过，即可绕出剑门南面，与官道会合，前途没甚险阻了。"

王全斌厚赏了蜀之谍人，并依谍人之言，自来苏径趋青疆。途中，分兵三千，付与史延德，让他潜袭剑门。

王昭远闻听宋军已至青疆，大惊。留一偏将守剑门，自引大军至汉源坡，来阻王全斌。

谁知，王全斌尚未见着，剑门失守的消息已经报到，吓得王昭远魂不附体，举措失常。

俄尔，尘头大起，号炮连声，王全斌自青疆杀来。王昭远在胡床（胡床：亦称"交床"、"交椅"、"绳床"。一种可以折叠的轻便坐具。）上唉声叹气，闻报，双眼一黑，栽倒在地。赵崇韬将他扶上胡床，掉头而去，布阵出战，一连二战，皆败北。赵崇韬召集败卒，还想再战，而他的坐骑不想再战了，驮着他直往后退，气得赵崇韬使劲抽打坐骑。那坐骑不甘让他鞭打，忽地一个前立，将他摔倒在地，独个儿逃生去了。

宋军见赵崇韬落马，蜂拥而至，将他生擒。

蜀之溃卒中，有一个受过王昭远的恩惠，逃回寨中，将王昭远抱坐马上，加鞭疾奔。那马驮着二人，一路狂奔，力不能胜，勉强行至西川，忽地一个前栽，将王昭远和蜀卒撂倒在地，自己则口吐白沫，一命呜呼。

蜀卒背着王全斌走了一里多地，累得气喘吁吁，遂将王全斌藏匿在驿馆之中，悄然离去。

未几，宋之追骑涌进驿馆，仔细搜索，见王昭远缩作一团，也不管什么都统不都统，将他铁索上头，似猢狲（猢狲：猴子的别称。）般牵将去了。

剑门之役，后蜀军损失了一万多人马，更要命的是，国都的大门被打开了。

孟昶不知王昭远战败的消息，依然过着醉生梦死的生活，他不只逼着花蕊夫人陪他饮酒,还非要花蕊夫人穿上男装,扮成一个得胜的将军,而他自己则装成败将,他在前边跑,花蕊夫人手提宝剑在后边追。他脚下一滑,摔了个仰面八叉,花蕊夫人赶紧来扶,他趁机扳住花蕊夫人双肩,狂吻起来。

许久,花蕊夫人双手将他推开,娇笑道:"你真的败了!"话一出口,便觉不妥,正想着用什么话圆一圆场。孟昶嬉皮笑脸地说道:"本将军败给爱妃,虽败犹荣,好头颅一颗,愿爱妃摘去。"

"岂敢,岂敢! 哎,臣妾有一言,如鲠在喉,说出来陛下千万莫要生气。"

孟昶道:"爱妃放个屁都是香的,爱妃的话,想必更香了,讲吧,朕不会生气。"

"臣妾听说,宋廷兴兵来犯,我军出师不利,宋军若是攻下葭萌关,怕是就麻烦了!"

孟昶信心十足地说道:"他攻不下来!"说毕,还一脸戏谑地吟道:"越时西施汉时燕(燕:指赵飞燕。汉成帝皇后。善歌舞,体轻如燕,站在人的手掌上能迎风而舞,故称飞燕。),万里江山伴红颜,但使花蕊夫人在,岂怕宋将破关山!"(此诗借自唐朝诗人王昌龄的诗句,原诗为《出塞三首》(其一):"秦时明月汉时关,万里长征人未还。但使龙城飞将在,不教胡马度阴山……")

花蕊夫人捋着孟昶的长髯娇嗔道:"陛下嘴上说的好听,恐怕心里却是倘若宋主动雷霆,拱手江山又红颜呢!"

"怎么会呢,朕的美人! 朕的心肝!"孟昶一边说一边又向花蕊夫人吻去。

二人正在牡丹园调情,宰相李昊闯了进来,连道了两声"不好":"陛下,我军不仅丢了葭萌关,连剑门关也丢了,王昭远为宋军所俘。"

孟昶惊得几乎跳了起来,把花蕊夫人用力一推,高声说道:"撞钟上殿!"

百官听说失了剑门,面面相觑。

孟昶大声问道:"剑门已失,宋军已经杀向魏城,诸卿以为应当何处?"

大殿上死一般的寂静。许久,老臣石斌献计道:"宋师远道而来,粮草有限,而我尚有大军十四万,不说打败他们,就是拖,也会把他们拖垮。"

孟昶目扫众臣,起身问道:"谁愿意为朕领兵拖住宋军?"连问三声,无一人应腔。凄然说道:"我父子推衣解食,养士四十年,现在大敌当前,竟然无一人肯为我效命!"说到这里,潸然泪下。

一蜀将趋进大殿,跪而奏曰:"宋军已破魏城,现已向成都杀来!"

孟昶失声说道:"这么快呀!"

他颓然坐下,两眼发直,过了半晌,声嘶力竭地叫道:"没有人去为朕抵挡宋军,朕自己去。枢密副使何在?"

枢密副使慌忙应道:"臣在!"

孟昶道:"快去集合将士,朕要亲自上阵杀敌!"

李昊出班劝道:"陛下,您能亲自上阵杀敌,其勇可佳。但是,宋军个个如狼似虎,异常凶猛,仅凭陛下一人,势难抵挡。倒不如纳土宋廷,尚可自全。"

孟昶六神无主,闷了一会儿才说:"事已至此,朕也顾不得什么了,卿为我草表便是。"

李昊立刻修表,表既缮成,由孟昶遣通奏尹审征,赍送宋军。王全斌许诺,乃令马军都监康延泽,领着百骑,随审征入成都,宣谕恩信,尽封府库而还。

越日,王全斌率大军入城,刘廷让等亦引兵来会,孟昶迎谒马前,王全斌下马抚慰,待遇颇优。孟昶又遣弟弟孟仁赟带着降表驰往京城。表云:

> 先臣受命唐室,建牙蜀川,因时势之变迁,为人心之拥迫。先臣即世,臣方卝年,猥以童昏,谬承余绪。乖以小事大之礼,阙称藩奉国之诚,染习偷安,因循积岁。所以上烦宸算,远发王师,势甚疾雷,攻如破竹。顾惟懦卒,焉敢当锋?寻束手以云归,上倾心而俟命。当于今月十九日,带领亲男诸弟,纳降礼于军门,至于老母诸孙,延残喘于私第。陛下至仁广覆,大德好生,顾臣假息于数年,所望全躯于此日。今蒙元戎慰恤,监护抚安,若非天地之重慈,安见军民之受赐?臣亦自量过咎,谨遣亲弟诣阙奉表,待罪以闻!

李昊本前蜀旧臣,前蜀亡时,降表亦出昊手。蜀人夜书昊门,有"世修降表李家"六字,这也是一段趣闻。总计后蜀自孟知祥至孟昶,凡二世,共三十二年。赵匡胤接得降表,便命吕余庆知成都府,并命孟昶速率家属来京授职。孟昶不敢怠慢,便挈族人启程,由峡江而下,径至汴京,待罪阙下。赵匡胤御崇元殿,备礼见孟昶。孟昶叩拜毕,由太祖赐坐赐宴,面封孟昶为检校太师兼中书令,授爵秦国公;孟昶母以下,凡子弟妻妾及官属均赐赍有差。就是王昭远、韩保正、李进一班俘虏,也尽行释放。

赵匡胤对孟昶这般厚恩,世人不解。一月后方才知道,赵匡胤这般对待孟昶,皆因花蕊夫人。赵匡胤闻听花蕊夫人艳丽无双,极思一见,故而,才厚待孟昶君臣,包括子弟妻妾。

孟昶老母肚如明镜,但已经到了赵匡胤屋檐之下,不得不低头,当即带着孟昶妻妾,入宫拜谢,花蕊夫人当然在列。赵匡胤一一传见,俟到花蕊夫人拜谒,才至座前,便觉有一种香泽扑入鼻中,仔细端详,果然是国色天姿,不同凡艳,及折腰下拜,几似迎风杨柳,袅娜轻盈,嗣复听娇语道:"臣妾徐氏(徐氏:一说花蕊夫人乃蜀臣徐国璋的女儿,故自称徐氏,这是她的乖巧之处。)见驾,愿皇上圣寿无疆!"这两句话虽是老生常谈,但出自花蕊夫人口中,便觉得珠喉宛转,呖呖可听。

赵匡胤当下传旨令起,且命与孟昶母李氏,一同旁坐。孟昶母请入谒六宫,当有宫娥引导前去,花蕊夫人等也即随往。赵匡胤尚自待着,好一歇儿方见数人出来,谢恩告别。赵匡胤呼孟昶母为国母,并允她随时入宫,不拘形迹,孟昶母唯唯而退。

赵匡胤睁着双眸,盯着花蕊夫人良久无语。花蕊夫人瞧了赵匡胤一眼,忙将玉首低了下去。为这秋波一转,害得这位英明仁武的宋天子心猿意马,几乎废寝忘餐。且因继后王氏于乾德元年崩逝,六宫虽有妃嫔,都不过寻常姿色,此时正在择后,偏遇这倾国倾城的美人儿,怎肯轻易放过? 无如罗敷有夫,未便强夺,踌躇了好几天,想出一个绝好的法儿来。

一夕,召孟昶入宴,饮至夜半,孟昶才告归。越宿,孟昶竟患疾,胸间似有食物塞住,不能下咽,迭经医治,终属无效。奄卧数日,竟尔毕命,年四十七岁。赵匡胤辍朝五日,素服为孟昶发哀,葬费尽由官给,追封孟昶为楚王。赠其母布帛千匹。其母李氏,在孟昶未死之前奉旨特赐肩舆,时常入宫,每与赵匡胤相见,辄有悲容。

赵匡胤尝语道:"国母应自爱,毋常戚戚,如嫌在京未便,他日当送母归。"

李氏问道:"使妾归至何处?"

赵匡胤答曰:"归蜀。"

李氏道:"妾本太原人氏,倘得归老并州,乃是妾的夙愿,妾当感恩不尽了。"

赵匡胤欣然说道:"并州被北汉占据,待朕平定刘钧,定当如母所愿。"李氏拜谢而出。及孟昶病死,李氏并不号哭,但用酒酹地道:"汝不能殉于社稷,贪生至此,我亦为汝尚存,所以不忍遽死。今汝死了,我生何为?"绝食数日而死。

赵匡胤葬过李氏,便召花蕊夫人进宫。

花蕊夫人进得宫来,满身缟素,愈发显得丰神楚楚、玉骨姗姗。

赵匡胤有些呆了。

三十六　宰相须用读书人

赵匡胤叹道:"一个溺器,尚用七宝装成,那么,所食之物,又将用何器贮之?奢靡至此,不亡何待?"

赵匡胤强忍住火,对陶谷说道:"翰林们起草文书,皆翻前人旧作,改换一下词语罢了,正所谓'依样画葫芦'而已,有什么劳苦可言!"

花蕊夫人的真爱,乃是孟昶,为了活命,才作了赵匡胤的皇妃,但要她在赵匡胤之外再睡别的男人,她不干!

花蕊夫人见赵匡胤色眯眯地瞅着她,脸微微一红,袷衽一拜,语如莺啼道:"陛下传召臣妾,可有什么教谕?"

赵匡胤道:"也没什么教谕,只是想和爱卿说说闲话。朕听说你在蜀中曾作过宫词百首,能不能给朕吟上一首?"

花蕊夫人刚刚死了男人,而她的男人又死于眼前这个男人之手。她真想一刀杀了眼前这个男人!

但她不敢。

因为她不想死。

既然不想死,就得听赵匡胤的。

她沉吟片刻,轻声吟道:

初离蜀道心将碎,

离恨绵绵,

春日如年,

马上时时闻杜鹃。

378

三千宫女皆花貌，

共斗婵娟，

髻学朝天，

今日谁知是谶言！

赵匡胤将头轻轻点了一点说道："初离自己的家园，'心将碎'也好，'春日如年'也好，朕都理解，但'髻学朝天'何解？"

花蕊夫人道："当年，蜀主自作自谱了一曲，名叫'万里朝天'，让臣妾吟唱。臣妾这一吟唱全蜀的人都跟着高歌起来。宫里的女子，因追赶时尚，皆梳着朝天的髻子，到蜀主跟前邀宠，时人谓之'万髻朝天'。哪知这'万髻朝天'的谶，却是来朝拜你这大宋的天子啊！"

赵匡胤道："爱卿很会说话，但朕有一言相问，请爱卿如实回答。"

花蕊夫人将头点了一点。

"有人说，孟昶之亡，亡之于女人，卿对这话怎么看？"

花蕊夫人道："对于这个事，臣妾不想解释，臣妾给您作一首诗怎样？"

"好。"

花蕊夫人略思片刻，低声吟道：

君王城上竖降旗，

妾在深宫哪得知。

十四万人齐解甲，

更无一人是男儿。

赵匡胤击掌说道："好诗，好诗！来人，美酒伺候！"

乘着酒兴，赵匡胤把花蕊夫人揽到怀中，抱上御榻。

从此，花蕊夫人成了赵匡胤最宠爱的女人。

孟昶母子俱死，花蕊夫人又做了皇妃，赵匡胤便命有司将孟昶宅中的帐被、器具收还大内。有司遵旨往收，并将所收之物，开列了一个单子，呈给赵匡胤，上边赫然写着，溺器一个。

赵匡胤拍案斥道："你们几个脑瓜子进水了，连一个溺器也要收回！这成什么话？"

有司回道："启奏陛下,这不是一个一般的溺器。"

"不就一个溺器吗,难道是金子做的?"赵匡胤问。

"它虽说不是用金子做的,但它比金子做的还贵重。"

"贵在何处?"赵匡胤又问。

"乃用七宝装成"。

赵匡胤道："汝等之话,朕有些不信。"

"溺器现在殿外放着,陛下若是不怕污了圣目,臣等取来,让陛下亲自过目若何?"

赵匡胤道："那你们就去取吧。"

有司将溺器取来,呈给赵匡胤。果真是七宝装成,精致异常,叹道："一个溺器,尚用七宝装成,那么,所食之物,又将用何器贮之? 奢靡至此,不亡何待!"言毕,飞起一脚,将溺器踢出一丈多远,落地后,"噗"地一声,化作数块。

赵匡胤继续往下看,只见那单子上写着镜子三个。

"溺器乃七宝装成,镜子呢? 镜子用什么装成?"赵匡胤问。

有司答道："镜子倒很一般,用铜所做,只是那镜子背面所镌的年号与大宋的年号不符。"

赵匡胤道："怎么不符?"

"那铜镜上镌的是'乾德四年铸'。可咱大宋才刚刚进入乾德三年。"

赵匡胤道："有这等事,快把那铜镜呈上来,朕要亲睹。"

铜镜呈上来后,果如有司所言,赵匡胤传旨,召赵普入殿。

赵普上得殿来,行过君臣之礼,问道："陛下召臣,有可赐教?"

赵匡胤指了指御案上的铜镜说道："你自己拿去看吧!"

赵普趋到御案前,拿起铜镜,看了又看说道："这不就是一个普通的铜镜吗,有什么好看的?"

赵匡胤沉着脸说道："你看一看它的背面,是什么字?"

赵普将镜的背面对着自己,小声念道："乾德四年铸。这,这是怎么回事? 难道这镜是从咱大宋传去的?"

赵匡胤道："不可能。这三个都是老镜子,咱大宋建国才几年呀? 七年! 就是一建国就铸了这三个镜子,也不可能这么旧! 何况,咱大宋刚刚进入乾德三年,这镜子显示的却是'乾德四年铸'。"

"这……"赵普无语。

赵匡胤抬头对侍臣说道:"传众翰林上殿。"

不一刻儿,八位翰林一齐儿趋上殿来,站了一排,行过君臣之礼,齐声问道:"陛下召臣等前来,有何赐教?"

赵匡胤拿起御案上的铜镜说道:"朕三年前改元,曾面谕赵普,让他与尔等相商,年号不得袭旧,为什么这镜子的上面,也有乾德二字呢? 还是乾德四年铸? 这是怎么回事?"

众翰林面面相觑,不知所对,独窦仪深作一揖说道:"蜀主王衍,曾用过'乾德'的年号"。

"始于何时?"赵匡胤问。

"始于后梁贞明五年?"窦仪答。

"距今几年许?"赵匡胤又问。

"距今四十六年。"窦仪又答。

赵匡胤将头点了一点说道:"这就对了。这面铜镜的背面锃亮锃亮,应该有四十几年的历史了。唉! 看起来宰相须用读书人,像窦爱卿便是宰相之材!"

赵匡胤这一句话不打紧,把赵普吓了一跳,自此,他便处处挤兑窦仪,害得窦仪生了一场大病。

赵匡胤欲拜窦仪为相之念并非始于今日。

五代及宋,窦仪一家可谓是名门望族,其父其兄,又以词学闻名于世。窦仪十几岁就写得一手好字和文章,二十岁考中进士。他的四个弟弟——窦俨、窦侃、窦偁、窦僖,也相继考上进士。《三字经》说,"窦燕山,有义方。教五子,名俱扬。"这里所说的窦燕山,便是窦仪的父亲。如果让窦仪作了宰相,这对于笼络五代的遗老遗少,肯定大有补益! 何况,赵匡胤又起自于行伍,对于造成五代纷乱的局面,肚如明镜,他曾意味深长地对赵光义说道:"马上可以得天下,但不能治天下。秦始皇不懂这个道理,所以二世而亡。汉代的皇帝,懂得这个道理,以儒生治国,享国四百余年,咱应该学习汉代的皇帝呀!"

为了学习汉代的皇帝,他的宝座尚未坐暖,就率领群臣前往太学参拜孔子和孟子,并下令重塑孔子塑像,修缮祠宇。为表示重视,拿了近二十年蟠龙大棍的赵匡胤,亲自提笔,为孔子作赞。紧接着又颁布了令全国将士吃惊的圣旨:"朕要求所有武臣一律读书,以知晓治国之道。"

颁过这道圣旨,意犹未尽,又颁旨一道:"文臣治州"。也就是说,每个州郡,乃至县令,均由文人来当。赵光义有些不解,面询之,赵匡胤直言不讳地说道:"派一百个文臣到地方,即使人人贪污,危及不了朝廷,但若是有一个武臣作乱,就可能危及朝廷了。"

正因为赵匡胤有了这样一个心理,全国的州、郡、府、县之长,全由文人担任。甚至,连政事堂(政事堂:唐宋时宰相的总办公处。唐初始有此名,设在门下省,后迁到中书省。开元十一年(723年)改称中书门下,中书门下设吏、兵、户、刑、礼五房。北宋就中书省内设政事堂,简称"中书",与枢密院分掌政、军,号称"二府"。元末改制后,遂以尚书省的都堂为宰相办公之处,因亦称都堂为政事堂。)的吏员,也换上了知书达理的儒生。

赵匡胤既然想重用文人,窦仪便是最佳人选。但要他做宰相,赵普竭力反对,他直言不讳地对赵匡胤说道:"窦学士文笔有余,经济不足,不可以为相。"

是时,赵匡胤还离不开赵普,听了赵普之言,也就不再提窦仪拜相之事。

但通过这件事,赵普在赵匡胤心中的形象打了一个很大的折扣。不让窦仪为相,但也不能让你赵普独相。经过一番深思熟虑,他决定在宰相之下,再设一至两个副相。但就副相的称谓,他犯难了。因为,在他的印象中,设副相的事,亘古及今,未曾有之。

正当他想得头疼欲裂的时候,花蕊夫人一句话让他豁然开朗。

"陛下,您那翰林院的一群翰林,哪一个不是学富五车,您倒不如召他们进殿一问,也许会有解决的办法。"

赵匡胤双掌一拍道:"爱妃这个主意不错。"当即传召众翰林进殿。

众翰林听了赵匡胤的话,又是一个面面相觑,不知所对。

赵匡胤叹道:"若是窦爱卿在此,不会这般冷场!"他将手轻轻一挥道:"汝等去吧。"

陶谷回到家中,越想越不是滋味,备了一份厚礼,前去探望病中的窦仪,故作漫不经心地问道:"自秦而今,有没有设过副宰相?"

窦仪道:"有!"

"何代何朝?"

窦仪道:"唐朝。"

陶谷道:"唐朝何年?"

窦仪道:"唐武德、贞观年间,以尚书省左右仆射、侍中、中书令为宰相,以他官参议国政,称为'参知政事',或称为'参议政事',位次于宰相,不押班(押班:朝会时领班。每次朝会只有一人领班,领班者在前,余官随班升政事堂朝谒。),不知印(知印:主持用印。旧制,凡宰臣更日知印。"宋承唐制,以同平章事为真相之任,无常员。若任同平章事的有若干人,则这若干人可分日知印。")。"

陶谷"噢"了一声,又说了几句闲话,便离开窦仪府邸来见赵匡胤,拜之曰:"臣受了圣训之后,回到家中,查阅古书,副宰相之设,唐已有之,名曰'参知政事'。"

赵匡胤道:"爱卿辛苦了!"

第二日早朝,赵匡胤突颁一旨,拜吕余庆、薛居正为参知政事,与宰相、枢密使及副使,合称"宰执",为国家最高政务官。

陶谷原以为他曾有恩于赵匡胤,而且副宰相之名讳,又是自己提出来的,当一个副相应该没有问题,谁知那副相竟与自己无缘,心中很是不满,独自儿喝了一会儿闷酒,去见赵匡胤,一连拜了三拜,却不说话。

赵匡胤笑问道:"陶爱卿不召而至,想是有要事相奏,说吧。"

陶谷道:"臣自后周已入翰林院,所起草的各种文档,怕是有几尺高吧,臣自以为,没有功劳也有苦劳,陛下以为呢?"

赵匡胤本来对陶谷素无好感,又见他居然向自己邀功,心甚鄙之,但因他在自己最困难的时候帮了一个大忙,强忍怒火道:"翰林们起草文书,皆翻前人旧作,改换一下词语罢了,正所谓'依样画葫芦而已',有什么苦劳可言!"

陶谷听了这话,自感要官无望,拜谢而去,回到翰林院,在墙上题诗一首:"官职须由生处有,才能不管用时无。堪笑翰林陶学士,年年依样画葫芦。"

自此,中国便多了一个成语——"依葫芦画瓢",或"依样画葫芦"。

陶谷没有当上副相,自甘堕落,倚老卖老,甚而变着法儿敛钱敛物。有一个姓权的翰林有匹好马,陶谷相中了,想要,便直截了当地说了出来。

权翰林很会说话:"陶学士看中了我的马,那是我的荣幸。但是,这匹马太野,不好摆布,若是献给您,一旦将您踢伤,抑或是将您摔伤,那是在下的罪过。这样好不好?我再骑二年,将它好好调教调教,到那时,我也该离职休养了,我再把它献给您。"

陶谷连道:"好,好!"

他嘴上说"好",心中十分不快,正好有道密诏,让陶谷来写,他便对权翰林说道:"汝的破体字(破体字:古代简体字。),写得非常好,今有一个密诏,就由汝来写吧。"

权翰林不知是计,很高兴地答应下来。他写了不到一半,陶谷拿起密诏,一脸怒色道:"帝王密诏,乃国家机密大事。未经皇帝批准,你就敢写,如果密旨泄露,罪将不赦!"

权翰林又惊又怕,自知上了陶谷大当,但陶谷所说并非妄语,此事若是追究起来,不说灭族,掉脑袋不成问题。但他又没有证据加以证明,乃是陶谷害他。只有打掉牙往肚里咽,哭着向陶谷哀求道:"陶学士,在下错了,请您念起同朝为官的份上,放在下一马。"

陶谷道:"这事好说,你那匹马……"顿口不言,只以二目瞅着权翰林。

权翰林忙道:"我把它送给您,这会儿就送。"

陶谷笑了:"你还算明事理。"

权翰林失去了爱马,心中很不好受,便想方设法要报这一箭之仇。他通过宫女牵线,认识了花蕊夫人,送以重金,想通过花蕊夫人之手杀了陶谷。

是的,赵匡胤确实很爱花蕊夫人,几达言听计从的地步。但赵匡胤对花蕊夫人的宠爱程度,远远赶不上孟昶,孟昶可以为花蕊夫人不上朝。

孟昶还会为花蕊夫人设"牡丹宴",甚而还会为花蕊夫人而诏令全国种植牡丹。

这一切一切,赵匡胤都不会干。故而,花蕊夫人虽说与他同床共枕,但她并没有忘记孟昶。不只没忘,还深深地爱着、思念着孟昶。赵匡胤不在的时候,她便为孟昶画像,画了一张又一张。画了撕,撕了再画,直到她满意,才不再画了,并把这张她最满意的画像偷偷地供奉起来,每天都要上香叩拜。

忽一天,这个秘密被赵匡胤发现,一脸疑惑地问道:"爱妃供奉的是哪一位神仙呀?朕看既不像关羽,也不像灶君,更不像观音菩萨,倒像故去的孟卿,你说呢?朕的爱妃!"

花蕊夫人吃了一惊,但她很快便镇静下来,娇嗔道:"陛下哪儿的话呀!这是张仙,只要诚心诚意地对他烧香祈祷,就可以生儿子。臣妾是想早一天为陛下生一个皇子呢!"

赵匡胤一脸欢喜道:"难得爱妃对朕这一片真心,朕祝爱妃早生贵子!"

这事,不知怎的传了出去,宫中一班妃子,谁不想生男抱子,故而,俱来向花蕊夫人求"张仙"之像,花蕊夫人来者不拒。

妃子们求到"张仙"像后,也都供奉起来,朝夕跪拜。

连皇妃们为了早生贵子,都敬起了张仙,老百姓能不敬么?

于是,这个由花蕊夫人捏造出来的人物,就成了送子的张仙,举国敬奉。

在历史上,就历代皇帝而言,赵匡胤是一个最不爱色的皇帝。如果他爱色,千里送京娘,岂能一尘不染!

这样一个皇帝,尚且被花蕊夫人迷住,可见花蕊夫人长得有多美!

他的弟弟赵光义,原本就是一个色鬼,仗着自己年轻,变着法儿讨好花蕊夫人,试图分得一杯爱情之羹。

他错了,花蕊夫人的真爱,乃是孟昶,为了活命,不得不和赵匡胤故作恩爱。但要她在赵匡胤之外,再去睡一个男人,她不干!

她不只不干,还很瞧不起赵光义。你赵光义凭什么当上开封府尹兼同平章事,位列宰相。不就因为你有一个好哥哥吗?可是,你连你哥哥喜欢的女人也想染指,你算个什么东西!

正因为花蕊夫人以为赵光义不是一个东西,每次见之,冷脸相向。

这且不说,她还暗地里劝说赵匡胤:"陛下的皇位,理应传给儿子。可皇子德昭,已经十六岁了,还是庶民一个。你若不早一点儿立他为太子,怕是有人要觊觎皇位呢!"

这话已经说得够明白了,赵匡胤不傻,含笑说道:"爱妃为朕的江山,话说到这个地步,朕无复他言。但是,朕既然位继大统,得为大宋社稷考虑。朕已经让三弟作了开封府尹,若再立德昭儿为太子,三弟怎么想,国人怎么想?爱卿这一番美意,朕已知之。"

话说到这个份上,花蕊夫人还有何话可说!

赵匡胤也不让她说,颁旨一道:"拜皇子赵德昭为贵州防御使。"

作为一个皇子,虽然不是嫡长子,但嫡长子已经死了,他便是嫡长子。按照惯例,莫说封嫡长子为防御使,就是封为太子,也名正言顺。

但赵光义不这么想。

他之所以不这么想,自有他不这么想的理由。

自五代始,能够做京都府尹的,理所当然的储君了。就是不是储君,我是皇上的亲弟,古之王位的继承,有嫡立嫡,无嫡立长;抑或是兄终弟及。无论从哪个角度考虑,我赵光义都应该当皇帝。可你这个花蕊夫人,非要劝皇上立赵德昭为太子,赵德昭若是当了太子,那就把我赵光义做皇帝的路给堵死了!不行,我得设法除去这个多嘴多舌的女人!

为除掉花蕊夫人,赵光义设想了好几套方案,但都觉着不妥,不得不铤而走险。他深信,他的二哥,不会因为一个女人,一个臭名远扬的女人,和他翻脸。

于是,乘狩猎之机,一箭射死了花蕊夫人。

赵匡胤见自己心爱的女人,被赵光义射死,恨不得生食赵光义之肉。

但当赵光义跪在他的面前,痛哭流涕道:"陛下,二哥,小弟不慎射杀了花蕊夫人,是杀是剐,听任二哥所为。但小弟有一言相告,女人是祸水,不能因为一个女人,伤了咱兄弟和气,更不能因为一个女人,坏了大宋社稷!"

他这么一说，弄得赵匡胤左右为难。许久，长叹一声说道："你去吧。"

花蕊夫人一死，权翰林的礼也算白送了。

但因为花蕊夫人的死，赵匡胤和赵光义的关系，发生了微妙变化。

过去，赵匡胤经常去赵光义府邸看望赵光义。有一次，赵光义生病，赵匡胤亲自替他灼艾草治病，赵光义皱着眉头儿叫疼，赵匡胤忙移艾草自灸，笑劝道："你也太娇气了，并不怎么疼呀！"说毕，又移艾草灸赵光义，赵光义才不再喊疼。

还有一次，赵匡胤在宫中举行宴会，赵光义喝醉了，不能骑马，赵匡胤站起来，亲自搀扶着他，送到宫殿的阶梯上。赵光义的亲信姚茹见了，忙迎上前来，赵匡胤当即赐他控鹤官的衣带及器物财帛，勉励他尽心尽意地侍奉赵光义。

赵光义的府邸地势较高，用水得到金水河去取，赵匡胤遣工匠十余人，制作了一个大水轮，把金水河里的水送进赵光义府邸。

兄弟俩这一微妙变化，被赵普捕捉到了。在赵普未做宰相之前，他与赵光义可以说亲密无间，但自从当了宰相，二人的关系也发生了微妙变化。这是因为，二者皆相。按照旧制，赵光义虽然位列宰相，但是虚的，他的职责，是干好开封府的事，可他仗着是皇弟，非要插手宰相府的事情。而赵普呢，个性极强，权力欲极浓，不想让他插手，久而久之，便有了矛盾。但他顾忌赵光义与赵匡胤的关系，处处让着赵光义。但自他看出了赵匡胤与赵光义之间的关系起了微妙变化之后，便不再让赵光义了。

陈从信是赵光义的亲信之一，开封城几乎无人不知，可当陈从信的邻人控告陈从信的叔父以重修院墙为名，占了他家一尺土地，赵普便把陈从信的叔父抓了起来，重责四十大板，且判令归还所占之地，弄得陈从信很没面子。其实，真正没有面子的是赵光义。赵普这一招，叫打狗给主人看。

正当二赵明争暗斗之时，川中来了急报，乃是文州刺史全师雄聚众作乱，王全斌屡战屡败，遣使向朝廷乞援。

赵匡胤有些不信，向使者问道："王全斌率兵六万，只用了六十六天，便灭了后蜀，为朕拓疆四十六州、二百四十县，难道连一个全师雄都对付不了？"

使者欲言又止，经赵匡胤再三逼问，方才说道："王都部署克蜀后，日夜饮宴，不恤军务。曹（彬）都监屡请旋师，王都部署不但不从，反怂恿部下掳掠子女，劫财夺物，蜀民咸生怨望。为防蜀兵作乱，陛下诏令蜀兵开赴京师，给予了大批的钱粮。而王都部署发给蜀兵的只有一半，另一半留以肥己，以致蜀兵大愤，行至绵州，竟揭竿为乱，自号兴国军，相从者十余万，推蜀之文州刺使全师雄为帅。王都部署遣将朱光绪领兵千人往抚乱众,那知朱光绪妄逞淫威,先访拿全师雄家族,一一杀之,只有师雄一女,姿色可人,他便把她饶命,纳为小妾。全师雄闻报大怒,遂攻据彭州,自称兴蜀大王。两川之民,群起响应,愈聚愈众。王都部署命副都部署王政忠率兵往讨,屡战屡败,王副都部署阵亡,王都部署再遣都监王仁赡往讨,大败而归,成都大震。是时,城中降兵,尚有二万七千人,王都部署恐怕他们从贼,尽诱入夹城中,杀得一个不留。于是,远近相戒,争拒官军,西川四十六州,同时哗变。"

赵匡胤拍案骂道:"这个王全斌,真是一个浑人,出兵之前,朕一再嘱他,切记勿要妄杀才是,他偏不听,惹出这么大的麻烦。真是该杀!"

赵普忙出班奏道:"陛下,当务之急,不是追究谁的责任,而是遣将平息蜀乱。况且,王全斌有灭蜀之大功,请陛下三思。"

赵匡胤轻叹一声道:"卿言是也。"遂启用老将符彦卿为援蜀大元帅,党进为先锋,率兵三万,径奔西川。

王全斌在向汴京乞师的同时,遣东路军刘廷让、曹彬等出击全师雄。刘廷让廉谨有法,曹彬宽厚有恩,两人入蜀,秋毫无犯,军民畏怀。此次从成都出兵,仍然严守军纪,不准扰民。沿途百姓,望着刘、曹两将军旗帜,额手相庆。到了新繁,全师雄率众来战,才一对垒,前队多解甲往降,弄得全师雄莫明其妙,没奈何麾众退回。哪知阵势一动,宋军即如潮入,大呼:"降者免死!"

贼众闻言,抛戈弃械,纷纷投顺,剩得若干悍目,来斗宋军,不是被杀,就是受伤,眼见得不能支持,掉头逃去。全师雄奔投郫县,见宋军追至,转走灌口。

王全斌闻刘、曹得胜,星夜前进,至灌口袭击全师雄。全师雄势已穷蹙,不能再战,杀开一条血路,逃入金堂,身上已中数矢,鲜血直喷,仆地而亡。

全师雄已死,叛军群龙无首,加之符彦卿又率宋军赶到,叛军大惧,或逃、或匿、或降,两川乃平。

逃匿之叛军,并不甘心失败,纷纷潜往汴京,把王全斌等将领在蜀地的种种罪行,写成状子,通过不同渠道,呈给赵匡胤。

赵匡胤命有司前往查处,有司还报说,蜀民所告全是实事。但杀降之事,与曹都监无关。

赵匡胤立马召王全斌、王仁赡、刘廷让、曹彬、史延德等人上殿,责之曰:"王全斌,汝征蜀之时,朕亲口对汝说过,勿要妄杀才是。可你就是不听,滥杀降卒,且一杀便是两万多人,汝自己说,汝该当何罪?"

此言一出,把王全斌吓得面无血色,匍匐于地。曹彬深作一揖道:"陛下,请听小臣一言。"

赵匡胤将手一摆说道:"不关爱卿之事,请勿多言!"

曹彬道:"杀降卒之事,与臣有关。"

赵匡胤道:"何关?"

曹彬道:"全师雄叛乱,统兵十余万,声势浩大,若是蜀之二万七千余降卒,在成都呼应,我大宋之军,死无葬身矣!有鉴于此,王都部署商之于小臣,欲来一个先下手为强,剪除蜀之降卒,小臣亟表赞同。陛下若要问罪的话,当斩的应该是小臣,请陛下三思。"

曹彬话音未落,王仁赡、刘廷让、史延德等,亦匍匐于地,一齐请死。

赵匡胤见诸将一齐请死,长叹一声道:"如此说来,杀降之事,也不全怪王全斌。但杀降和克扣降卒军饷等事,论罪当诛,念起诸位六十六天为朕灭了后蜀,朕将尔等死罪免去,每人降职一级,罚俸一年!"

王全斌等人齐声呼曰:"陛下圣明,陛下万岁,万万岁!"自此,伐蜀之事,画上了一个句号。

皇后,乃后宫之主。国不可一日无主,后宫亦然。然后宫自王蛾儿病逝一年有余,未曾立后。期间,赵匡胤商之赵普,欲立花蕊夫人为后,赵普曰:"花蕊夫人乃是亡国之君的宠妃,陛下将她纳入后宫,已有大臣非议,怎可立为国母,遭天下人耻笑!"

因赵普这一番话,使赵匡胤放弃了立花蕊夫人为后之念。但他实在太爱花蕊夫人了,不想再立她人为后。

三十七　赵京娘托梦

　　杨无敌在前边跑,党进在后边追,直追到城边还不肯罢休,逼得杨无敌跳进了护城河。

　　赵匡胤梦见赵京娘款款来到榻前,跪泣道:"二哥,小妹冤呀,小妹和二哥瓜清水白,却死于流言蜚语,您已经做了皇帝,为什么还不为小妹雪冤?"

　　赵匡胤见众人答不出来,满面不悦道:"朕再问汝等一个问题,那秤的一斤,为什么是十六两,而不是十七两、十八两呢?"

　　花蕊夫人死了。

　　死了的花蕊夫人,不可能复生。既然她不能复生,就不存在吃醋的问题。

　　赵匡胤决定要立皇后了。但宫中的妃嫔,没有一个入赵匡胤的眼。忽然,他脑海中闪过一个人影:娇小玲珑,楚楚动人,那是左卫上将军宋偓的长女,两年前的春节,这位小美人曾随母亲入宫朝见,她那娇美的容貌给赵匡胤留下了深刻的印象。于是,赵匡胤下诏,命令宋偓将长女送进宫来。

　　是时,宋氏只有十六岁,她用心学习宫廷礼仪,第二年,即开宝元年二月,由太史择定吉日,册立为皇后。

　　是时,赵匡胤已经四十二岁,可谓是老牛吃嫩草。而这个嫩草,既年轻美丽,又性情温柔,还讲究礼法,每逢赵匡胤退朝,整衣候接,所有御馔亦必亲自检视,旁坐待食。久而久之,赵匡胤把爱花蕊夫人的那一片心思全移到了宋氏身上。

　　赵匡胤喜欢美女,也爱美女,但爱而不迷,他无时无刻不在想着他的统一大业,无时无刻不在关注着邻国的局势。

　　北汉,他的宿敌。老王刘钧暴病而亡,养子刘继恩得以位继大统。消息传到汴京,赵匡胤击案说道:"可以向北汉用兵矣。"遂命昭化军节度使李继勋,副使刘守忠,督军北征。

李继勋受命之后，整军北伐，兵至铜锅河，连破汉兵。刘继恩忙遣使向辽国求援。

司空郭无为与刘继恩一向不和，密嘱供奉官霸策，杀死刘继恩，立继恩之弟刘继元为帝，文武百官多有不服，包括号称"无敌"的杨业。郭无为怕这些不服的大臣作乱，或杀或贬。杨业见情况不妙，假装患病，辞职回了麟州老家。消息传到汴京，赵匡胤大喜道："天助朕灭汉矣"，欲要御驾亲征，被赵普劝阻，遂拜刘廷让为元帅，率兵两万，驰援李继勋，二人在太原城下相会，合围太原。眼见得太原岌岌可危，刘继元不得不召回杨业，封为讨宋大元帅。恰在此时，两万辽军也赶了过来。

"杨无敌"虽说也有走麦城的时候，但对付李继勋、刘守忠和刘廷让还是绰绰有余，一连三战，打得宋军落花流水，宋军不得不回兵汴京。"杨无敌"在辽军的配合下，进寇晋、降二州，大掠而去。赵匡胤闻报大怒，欲斩李继勋和刘廷让。

吕余庆劝道："陛下，胜败乃兵家常事。况且，杨业素来无敌，李、刘二位将军败给了他，也不算丢人。请陛下法外开恩。"

赵匡胤想了一想，叹道："吕爱卿所言，也有道理。朕这就法外开恩，将李继勋、刘廷让死罪免去，各降一级，分别前往许州和陈州任职。"

稍顿又道："前次，朕便要御驾亲征，为宰相所阻。看起来，要灭北汉，非朕亲征不可！"

于是，刚刚过了新年，赵匡胤便命吕余庆前往各州，征集粮草及其他物资，调往潞州和晋州。同时，又命滑州、郑州、泉州、许州、陈州、汴州等二十七州的刺史，率领所部赶往潞州待命。

开宝二年（969年）二月一日，赵匡胤下达了出兵北汉的命令，兵分三路，以曹彬和党进为第一路，率兵两万杀向太原。以李继勋、刘廷让为第二路，带兵两万，在曹彬、党进兵发十天后跟进；第三路由自己作统帅，带兵两万为后援。为了防止辽军援助北汉，赵匡胤又拜已告老还乡的石守信为北面都部署，驻军宋辽边境。

石守信接到圣旨，走马上任。

一个天大的好消息从辽国传了过来，辽国皇帝穆宗死了。

他是被他的几个近侍杀死的。

辽穆宗是一个非常残暴之人，嗜酒好杀，喜怒无常。

他还非常迷信，竟然听信女巫的鬼话，杀人取胆做长生药，他的大臣稍有小过，甚而某一句话他不愿听，就将他们处以炮烙、铁梳、断足、腰斩之刑；他还非常喜欢狩猎，且是狩完了猎还要宴饮,近侍宫女和厨师们稍有差错,便拉出去斩首,弄得他们整日提心吊胆。几天前,他狩猎归来欢宴,随从官员喝醉了酒,近侍们慌忙用热毛巾为他敷额,只因动作慢了一点,扬言要将他们全部问斩。几个近侍又惊又怕,一不做二不休,将他活活掐死。

石守信得了这个消息,遣使飞马上报赵匡胤。

赵匡胤听了哈哈大笑,又一次说道:"天助朕灭汉矣!"

也不知出于什么目的,赵匡胤将要御驾亲征北汉的时候,突然要宴请三个老宰相——范质、王溥和魏仁浦。

席间,他微笑着对魏仁浦说道:"朕后天就要出征了,卿不该敬朕一杯酒吗?"

魏仁浦慌忙起身,为赵匡胤斟了满满一杯酒。

赵匡胤举起酒杯,却没有喝,盯着魏仁浦说道:"酒都敬了,难道还不该说一句祝福的话吗?"

魏仁浦不慌不忙地说道:"欲速则不达,唯陛下慎之。"

这能是祝福吗?这是在往赵匡胤的头上泼凉水,而且,还是在赵匡胤即将出征之时。若是换了一个皇帝,恐怕要问他一个扰乱军心之罪!

可赵匡胤微微一笑,不但没有治魏仁浦的罪,反邀他作随军的参赞,其真正的用意,是想让魏仁浦见证一下,我赵匡胤是如何灭掉北汉的!

随行参赞的除了魏仁浦,还有苗训。

但是,事情远没有赵匡胤想的这么简单,他刚刚走到潞州区域,居然遇到了连绵不断的大雨。

二月中旬,对于位于北方平原的潞州和太原来说,也包括开封,还处在寒冷的冬季。冬季里突降大雨,而且一降就是十八天,这是亘古未曾有过的事情。

御驾被滞留在潞州,莫说十八天,就是滞留一天,战局也许就会发生意想不到的变化。

正当赵匡胤为滞留潞州而犯愁的时候,宋军抓到一个北汉谍人,他亲自审问,想从谍人口中得到两路宋军及北汉军民的确切消息。

谍人的回答,让他龙颜大悦——刘继元是昏君,为了自保,向太原城的老百姓横征暴敛,弄得许多人家无米下锅。这还不算,还强迫饿得前心贴后心的老百姓为他修城、守城,稍有不从,便斩首示众。太原城的百姓苦啊!他们引颈而望王师,甚而口出怨言……

说到这里,谍人故意把话停住。

"什么怨言?"赵匡胤问。

"他们说,莫不是大宋天子把我们给忘了呀!"

赵匡胤听了,哈哈大笑道:"怎么可能呢!朕这次御驾亲征,就是要救北汉人于水火。"说毕,赏了谍人五十两白银和一身新衣服,送出大帐。

说来也怪,送走了北汉谍人,雨也变得小了,赵匡胤抱着救北汉百姓于水火的雄心壮志,驱兵进入汉境。

曹彬、党进、李继勋、刘廷让所率之两路大军,早已攻到太原城下。

途中,他们也曾和杨业的部队在团柏谷相遇,大概是杨业觉着自己的实力太弱,以区区五百骑兵,对付不了三万宋军。也许是有意诱敌深入,一触即溃,逃回了太原城。刘继元不分青红皂白,将杨业就地免职。

李继勋、刘廷让等人,在太原城下纵情大笑:"杨业呀杨业,你号称'无敌',一触即溃。自此以后,你连与哥们对阵的机会都没有了,干脆叫'杨死敌'吧!"

攻城,一定要赶在天子到来之前把太原城攻下来。

有这种想法的不只李继勋和刘廷义,曹彬、党进亦如是。

太原城又一次岌岌可危了,刘继元不得不再一次启用了杨业。

杨业不只善战,而且善守,宋军使尽了吃奶的劲,也没有把太原城拿下。即使赵匡胤到了之后,又攻了一个多月,太原城岿然不动。

丢人呀,宋天子御驾亲征,攻了一个多月,竟然拿不下一座孤城,这叫赵匡胤的脸面往哪儿搁?

于是,一些将领对赵匡胤建议说,应该增调军队加大攻城力度。赵匡胤尚未回答,旁边闪出一人道:"陛下身边已有雄兵百万,尚且未用,还需增调军队吗?"

赵匡胤一脸困惑道:"能上战场的兵,全都上了战场,哪来的'尚且未用'的百万雄兵?"

苗训笑着用马鞭指向位于太原城东南方的汾水,赵匡胤望着滚滚汾河,会心一笑。

很快,在太原城的东南方,建起一座人工大坝,将汾河从中截断。位于太原城这一带的水位越升越高,当水位高过太原城地面约四五尺的时候,赵匡胤命令掘堤放水,汾水灌进太原城,给太原军民的生活及防御带来了很大困难,但由于杨业的存在,太原城稳如泰山。

赵匡胤怒道:"强攻,朕就不信,千疮百孔的太原城,能挡得住朕!"

于是，宋军将攻城的部队，重新进行了部署，城南李继勋、城西刘廷让、城北曹彬、城东党进，赵匡胤一声令下，四面出击，或直接攀登城墙，或用巨木撞击城门，忙碌了一天，成效不大。

更要命的是，犹如瓮中之鳖的北汉军，竟敢出来偷袭宋军，且是，他们还知道吃柿子专拣软的捏。

在围城的四路宋军中，就数刘廷让的名气小，能力和经验也相应弱一些。杨业便把偷袭的第一个目标选中了他。

鼓打四更，杨业亲自带队，缒下城墙，杀向正在做美梦的刘廷让和他的将士。宋军仓促应战，刘廷让死在乱箭之中，若不是来了援军，刘廷让的部队也会和他一样，集体完蛋。

这一支援军，原本是负责重修汾河桥的，听到了城西门的喊杀声，立即赶了过来。这一支援军的头儿叫杨信，就是当年哄骗赵匡胤骑烈马的那一个。赵匡胤论功行赏，让杨信取代了刘廷让的位子。杨业的第一次偷袭，虽然没有完全达到预期目的，但至少说是打了一个大胜仗，士气为之大振。

于是，杨业决定，不断地偷袭，我不指望能杀你多少宋军，我只骚扰你一下，叫你睡不成安生觉。

第二个偷袭的目标，他选中了城东门的党进。

他为什么要选党进？

国为党进是个粗人，带兵完全依照西汉的飞将军李广，故而，军纪很差，还嗜酒，为喝酒常常误事。他希望党进今晚又喝多了酒。

党进今晚确实喝了酒，但不醉。

他既像李广，更像张飞，粗中有细。他断定，杨业如果还要偷袭的话，下一个目标，一定是他。

既然知道杨业要偷袭他，岂能不做准备！

他如何准备不得而知，只知道他在天还没有完全黑下来时，便坐在大帐之中，召了十几个"艺妓"，一边喝酒一边看表演，还不时地纵声大笑。杨业偷袭他的时候，他已经喝"醉"了，还吐得一塌糊涂，"艺妓"们全都在围着他转，或为他捧盂盆接秽物，或为他揩嘴，或为他捶背，忙得不亦乐乎。杨业见状大笑，高声说道："党进，你的死期到了！"一边说一边抡刀砍向党进。

党进慌忙右闪，顺手抓起椅子，来挡杨业。

只听"当"地一声,大刀砍在椅子上,竟然火花乱飞。

杨业大吃一惊,偷袭只能是攻其不备,如今,党进不但有备,连椅子都是铁的,上当了,上大当了!

想到此,杨业扭头便走。

党进大喝一声道:"杨业休走,世人号称你无敌,爷今日倒要和你一较高低!"

杨业哪有心听党进唠叨,向帐外跑去。

谁知,那十几个"艺妓"不放他走,一个个掣剑在手,对他进行围追堵截。直到此时,他才明白,这十几个"艺妓"全是假的。他们是党进的军校,全都是男扮女装,且一个个身手不凡!

他不能再跑了。

若是不把这十几个"艺妓"击败,他就是想跑,也跑不了。

众"艺妓"虽说身手不凡,但比起杨业还是逊色不少,不一刻儿被杨业杀得七零八落,一死一伤。

这一下惹恼了党进,挺着一个三十多斤的大铁棒杀向杨业。

平心而论,党进的武功不如杨业,但杨业自知上了党进的当,先自失了锐气;加之,又与众"艺妓"这一番血战,耗去他不少体力;加之,又担心他带来的那五百将士的生死,哪有心和党进一较高低!

于是,杨业在前边跑,党进在后边追,直追到城边还不肯罢休,逼得杨业跳进了护城河,游到了城下,由城头顺下来一个大箩筐把他拉了上去。

杨业回到太原城,虽说再也不敢出来偷袭了,但他加强了城防,这样一来,那城更加难攻了。

按照常理,我攻不下你的城,我可以围你的城,直到把你围死在城里。

天渐渐变热,还不到五月,便热得像下火一样,莫说攻城,就是坐在树荫下也是汗流不止。

更糟糕的是,由于放水淹城,致使城外的洼处,积满了污水,道路泥泞不堪,苍蝇蚊子肆虐,将士中患病的十之三四,上吐下泻。且是,辽国的援军,又向太原杀来。

辽穆宗被杀之后,辽人立马拥立了新的皇帝——耶律贤,史称辽景宗。辽景宗上台后,废除了辽穆宗的一切苛政,提拔了一批贤才,巩固了自己的地位,闻听赵匡胤御驾征汉,两次遣将救援北汉,虽被石守信击退,但石守信的损失也相当严重。

辽帝连败两次,不得不将最精锐的部队拉了上来。

　　第一支部队的头儿,乃辽国的北院大王(北院大王:北院,乃辽的北衙机构。辽官制,分北、南二院。北院治宫帐、部族、掌国之政。南院治汉人州县、租赋、军马之事。两院的长官统称大王。)耶律乌珍,第二支部队的头儿乃南院大王耶律斜珍,自后周至大宋,两个大王一齐率兵来对付中原之军,这还是第一次。

　　两支大军出发的日子相隔十天,按照辽景宗的想法,耶律乌珍先行一步,等他和宋军打得难解难分之时,突然来了一支生力军,不愁宋军不败!

　　谁知,耶律乌珍惧于赵匡胤威名,到达距太原城两舍之地停了下来,想等耶律斜珍到了再打。

　　皇帝御驾亲征,把一个孤城围了两个多月,竟然拿不下来,赵匡胤不想丢这个人。于是,他听从了苗训的建言,二次决汾河之水来淹太原城。但是,太原城依然如故。

　　赵匡胤没辙了,闻听两支辽军已经会师,立马就要向宋军发起进攻。加之,军中患病的越来越多,赵匡胤决定撤军,撤军之前,来一个釜底抽薪,把北汉境内的居民内迁山东、河南一带,北汉的国势,从此一天不如一天。

　　赵匡胤回到汴京后,作了一个梦,死了十几年的赵京娘来到他的御榻之前,跪泣道:"二哥,小妹冤呀!小妹和二哥瓜清水白,却死于流言蜚语,二哥早已做了皇帝,为什么还不为小妹雪冤?小妹恨你,恨你,恨你!"

　　赵匡胤悚然一惊,醒了过来,却不见京娘踪影,仔细一想,乃是南柯一梦。

　　他自言自语道:"京娘小妹,朕知道你死得屈,朕有负于你。朕明日便启驾蒲州,为你申冤。"

　　第二日,辰时三刻,赵匡胤启程西行,十八天便来到蒲州,列了一个名册,对蒲州知州说道:"卿可传册中之人,明日巳时一刻,到州署等候,朕要亲自审问,但不许暴露了朕。"

　　知州诺诺连声道:"臣遵旨。"

　　赵匡胤又道:"除了册中之人,再询之赵京娘父母,散布赵京娘流言的,都是哪些人,一一拘捕到案!"

　　知州忙道一声"是"。双手接过赵匡胤所列之名册,暗自思道:此一干人,天子要亲自审问,必定是案情重大。遂遣了如狼纵虎一班差役,按照名册所列,以及散布赵京娘流言的人,一一锁拿到州,跪在州署堂下。

　　到了巳时一刻,赵匡胤身穿知州之服,缓步登堂,将堂下所跪之人,一一扫过:赵京娘的父亲、母亲、哥哥、嫂嫂、两个姊娘,并十几个妇人。

赵匡胤将惊堂木"啪"地一拍说道:"本官提汝等到来,汝等可知为了何事?"

众"犯"异口同声道:"小民不知。"

赵匡胤指了一指赵员外说道:"你有一个闺女,叫赵京娘,是也不是?"

赵员外叩头回道:"是。"

赵匡胤又道:"后汉乾祐元年,你是不是带着京娘,前去木铃关奔丧,途经枫叶岭,被两个山大王掳上山去?"

赵员外又叩头说道:"正是。"

"这两个山大王见京娘貌美,把她留下,欲做压寨夫人,却将你赶下山去,有无这事?"赵匡胤又问。

"有!"

"有一个姓赵的好汉,路见不平,拔刀相助,不只救了你的女儿,还将她送回小祥村,有无此事?"

赵员外显摆道:"您说的那位好汉,乃当今天子。"

赵匡胤将惊堂木"猛"地一拍道:"别节外生枝,本官问你什么,你便回答什么,若再节外生枝,小心屁股!"

赵员外忙叩首说道:"小民谨记。"

"爷再问你一遍,那姓赵的好汉不只救了你的女儿,还将她护送回家,有无此事?"

"有。"

"那姓赵的好汉为什么要救你的女儿,还要送你的女儿,乃是义气所激。但他也曾有过犹豫,孤男寡女,千里同行,恐怕有人乱嚼舌根。有鉴于此,上路之前,他特意请人在京娘的臂上点了一颗'守宫砂'。后因这颗守宫砂消失了,汝等便怀疑她与那姓赵的好汉有染,气得她自缢而死,有无此事?"赵匡胤又问。

"有。"赵员外答道。

"一般来讲,女子点了'守宫砂',只要不行房事,'守宫砂'就不会消退。但是,本官又听说,点了'守宫砂'的女子,数日内不得用水去洗,反之,'守宫砂'也会消失,你信不信?"

赵员外道:"这,小民没有听说。"

赵匡胤道:"既然没有听说,爷今日便让汝等长一长见识。"

说毕,在知州的仆女之中,选四位年轻仆女,并且在每人的右手臂上点上"守宫砂"。将这四个点了"守宫砂"的仆女,与赵员外等一干"人犯",拘于一室,让内中两个仆女,天天沐浴;另两个不沐,不只不沐,连手脸也不让洗。七天之后,天天沐浴的侍女的"守宫砂"不见了,另两个侍女的"守宫砂"鲜艳如初。

赵匡胤二次升堂,向赵员外问道:"你女儿的'守宫砂',是不是因为与那姓赵的好汉有染才褪去?"

赵员外一连叩了三个响头回道:"大人,非也,非也!"

赵匡胤又将惊堂木一拍,大声问道:"到了此时,汝等是不是还认为,赵京娘因为不贞,才没了'守宫砂'?"

堂下众人叩头回道:"小民错了,小民有罪!"

赵匡胤冷哼一声道:"汝等自己无知,反倒嚼京娘的舌根,致使京娘,没有死在两个山大王之手,反死在尔等手中,论罪当斩!"

听到"论罪当斩"四字,众"犯"无不股栗,叩头如捣蒜,连声求饶。

赵匡胤道:"念汝等已经知罪,死罪免去,每人重责四十大板,以示惩戒!"

差役们正要将众"犯"拖下去行刑,赵匡胤说道:"且慢,赵京娘父母,固然有罪,但念他们年事已高,改杖为罚,罚他们出银一百两,为京娘建一个香祠,以表京娘之贞。"

说毕,移目赵员外问道:"汝愿不愿出资为京娘建一香祠?"

赵员外叩头回道:"小民愿意。"

赵匡胤回到汴京,忙中偷闲,微服上街,察看民情,转到武成王庙前,停了下来。

武成王庙前,有一汤姓油饼店,专卖蒸饼、糖饼、装合、引盘之类,尤以蒸饼闻名于汴。赵匡胤未帝之时,常到这里卖蒸饼吃。

但这一次停步,不是为了蒸饼,是油饼店前吵闹声将他吸引来了。

油饼店的掌柜原是一个白胖白胖的老头,现在的掌拒,不到三十岁,瘦得像根干柴棍儿。

饼案前站着一个儒生,高挑个儿,深蓝的眼睛,声音略微有些嘶哑,还有点尖。

他右手提了一个布兜,内中装了五个蒸饼。他将布兜往饼案上"咚"地一蹾问道:"掌柜的,你这一个蒸饼,到底有多重?"

掌柜把眼一翻问道:"怎么了?"

"我问你这一个蒸饼到底有多重?"儒生把刚才的话又重复一遍。

"四两。"掌柜没好气地回道。

"你给我称一称,这五个蒸饼是多重?"儒生沉着脸说道。

"我不称。"掌柜断然拒绝。

儒生道:"为什么?"

掌柜一脸无赖道:"我的秤坏了!"

儒生道:"坏了可以去其他店找一杆嘛!"

掌柜一脸揶揄地说道:"找呀,你去找呀,只要你能找来,我再送你两个蒸饼!"

儒生一连去了八家饼店和食店,两手空空地回来。他一把抓起饼案上的布兜,欲走。

掌柜一脸讥笑道:"借不来秤,可以买一杆嘛,就这么走了,多没劲!"

儒生气乎乎地回道:"算你厉害! 但是,我告诉你,你这一个蒸饼,莫说四两,连三两也不到。"

掌柜道:"你又没称,你说这话,不怕龙抓吗?"

儒生道:"你咋知道我没秤? 实话告你,我在家已经秤过了,这五个蒸饼,一共是十四两半。每一个蒸饼,连三两也不到。但就我自己来说,我再穷,也不会在乎几两蒸饼,我来找你,是想讨一个公道。做生意讲的是诚信,童叟无欺。可你,自接了你岳丈的油饼店,蒸饼越做越小,再这样下去,谁还会买你的蒸饼,你这店迟早非要关门不可!"

掌柜冷笑道:"我的蒸饼,怎么没人买呀? 如果真的没有人买? 你那布兜里的五个蒸饼,是卖给狗了!"

"你……"儒生气得浑身乱抖,指着掌柜的鼻子说道:"你知道这秤,为啥由十三两变成十六两?"

掌柜道:"我不知道。你若是知道,请给大伙说一说。"

他所说的大伙,乃是围观者,几近百人,内中也包括赵匡胤。

儒生说:"我不说,我也不想说,俗语不俗,'人在干,天在看';俗语又说,'举案三尺有神明!'举案三尺有神明你懂不懂?"

掌柜手指儒生说道:"酸! 酸! 酸!"

儒生冷哼一声,扭头便走。赵匡胤在背后喊道:"这一儒生,请留步!"

儒生也许没有听见,也许正在气头上,不想和人扯淡。赵匡胤越喊,他走得越快。

赵匡胤欲要追赶,新任殿前司控鹤指挥使(控鹤指挥使:控鹤,源自唐后圣二年(699年)所置的控鹤府,控鹤的长官称控鹤官,或控鹤监,掌侍从。控鹤指挥使乃是宋殿前司控鹤厢的长官,泛称厢主。)的田重进带着十几个侍卫寻来,一见赵匡胤,忙跪了下来,口称:"末将护驾来迟,请陛下恕罪!"

赵匡胤一脸不悦道:"去,去,去,快去,追那个儒生。"

围观者一见十几个侍卫向赵匡胤下跪，且那个侍卫头儿还口称"末将护驾来迟，请陛下恕罪。"便猜到眼前这位儒生打扮的汉子便是当今天子，一齐跪了下去，口呼"陛下万岁!"

田重进正要去追那个儒生，见这么多人下跪，忙命众侍卫保护赵匡胤，亲自开道，将赵匡胤护送到皇宫。

翌日，早朝后，赵匡胤将赵普、赵光义、吕余庆、薛居正及一班翰林留下，开口便道："诸位爱卿，朕想向汝等问一个事，古时的秤，一斤是几两?"

众人面面相觑，不知所对。赵匡胤有些不高兴了，提高了声音问道："如今的秤，一斤是十六两，汝等不会不知道吧?"

众人异口同声道："知道。"

"那么，朕问汝等一个问题，那秤的一斤为什么是十六两，而不是十七两、十八两呢?"

众人又一个个面面相觑。

三十八　我叫你不读书

赵匡胤越说越气,抓起御笔照赵普脸上画了一道,一边画一边说:"我叫你不读书,我叫你不读书!"一口气画了他十几笔。

党进回道:"陛下,平日,臣见那帮文臣酸儒,爱掉书袋拽文,臣也来一次,好让陛下知道,臣也读书了。"

刘𬍛固执地认为,群臣因为家室所累而不能尽忠于他。因而,凡想做官之人,必须阉割。故而,在南汉,只有"金榜题名"时,没有"洞房花烛夜"。

赵匡胤一连两问,见众臣答不出来,便指着赵普问道:"卿为大宋宰相,卿可知一斤为啥是十六两?"

赵普拱手说道:"臣不知。"

赵匡胤冷哼一声,高声叫道:"控鹤指挥使何在?"

田重进高声应道:"臣在。"

"卿速去武成王庙前之汤姓蒸饼店,把昨日与店家争论的那位儒生请来。"

不到两盏茶的时间,田重进便将那位儒生带到大殿。

那儒生不知皇帝因何召他,来到大殿,匍匐于地。

赵匡胤道:"这一儒生,不必害怕,朕不管问汝什么,汝要据实回答。"

儒生战战兢兢回道:"敬遵天子之命。"

赵匡胤问道:"古之秤一斤是几两?"

儒生磕了一个响头,方才回道:"十三两。"

"为啥是十三两,咋不是十四两呢?"赵匡胤问。

儒生又磕了一个响头回道:"十三两代表十三颗星,这十三颗星也有讲究。"

"什么讲究?"赵匡胤问。

"这十三颗星代表北斗七星和南斗六星。"

"天上的星星多了，为啥只选北斗七星和南斗六星来代表？"

儒生每一次回答赵匡胤问题的时候都要磕一个响头，这一次也不例外："回陛下，因为南斗六星主生、北斗七星主死。如果做生意的人短斤少两，生前减寿，死后不得托生为人。"

赵匡胤"噢"了一声："原来这样。那么，朕再问汝，秤的一斤为啥又由十三两变为十六两？"

"因为，做生意也不容易，就因为偶尔短斤少两而减人家的寿，还不叫人家托生为人，处罚有些过重。故而，又在秤上加上三个星。这样，一斤便由十三两变成十六两。"

"增的是哪三颗星，所增之星又有何解？"赵匡胤问。

"增的是福、禄、寿三星。福星主吉祥，禄星掌管人间的荣禄贵贱，寿星掌管人的寿命。做生意如果还要短斤少两，那就根据轻重而进行处罚了。短一两'减福'，少二两'亏禄'，短三两'折寿'。如果经常短斤少两，那才惊动'北斗七星'和'南斗六星'。"

赵匡胤频频颔首道："有意思，有意思！哎，汝家居何处，姓甚名谁，令祖令尊是做什么的？"

儒生回道："小民姓卢，名多逊，家居怀州河内。祖父卢更启，好读书，后唐之时，考中明经科，出任新乡主簿。父亲卢子元，后晋天福年间考中进士，任集贤院学士（集贤院学士：集贤院文史官，掌搜集图书，撰写文章，校理经籍，以及推荐逸才，评价学术著作等工作。唐开元十三年（725年）初置，由五品以上官充任。五代及宋初沿置。），汇集后晋、后汉及大周初年的刑法赦条为两卷，并加以注释，取名为《大同续编赦》，出而为河南少尹（少尹：州（府）县的副长官。唐初沿前制，京兆等诸府置治中，后避高宗讳，改称司马。玄宗开元初改为少尹，府置二员，从四品。宋沿置，后世废。），因遭权臣王峻迫害，弃官教书。"

赵匡胤又"噢"了一声道："怪不得卿如此博学，乃出自于书香世家也。"

卢多逊忙叩首说道："陛下高看小民了。"

赵匡胤把手摆了一摆道："卿不必多言，请卿听封！"

卢多逊又磕了一个响头，挺直了腰杆，一脸恭敬地瞅着赵匡胤。

赵匡胤高声说道："朕封卿为集校院学士，子承父业！"

卢多逊一连磕了三个响头，朗声说道："谢陛下隆恩，祝陛下寿比南山！陛下万岁，万万岁！"

赵匡胤将手一摆道:"卿可平身,列班于翰林之后。"

卢多逊谢恩而起。

赵匡胤把手向赵普一招道:"来,来御案前。"

赵普趋前几步,站在御案前。

赵匡胤指着赵普斥道:"朕曾当面对你说道,'宰相须用读书人。'意在告诫你,要多读书。可你就是不听,遇到事了,一问三不知。"

他越说越气,抓起御笔,照赵普脸上画了一道,一边画一边说道:"我叫你不读书,我叫你不读书!"一连画了他十几笔,方抛笔于案,说了声"退朝",拂袖而去。

第二日早朝,赵普带着一个大花脸上朝,文武百官见了,既惊奇又好笑。但不敢笑。

赵匡胤敢笑,一边笑一边问道:"赵爱卿,你为啥不把脸洗一洗再来上朝?"

赵普拱手说道:"启奏陛下,臣脸上之杰作,乃陛下所赐,臣不敢洗,此其一也;其二,臣昨夜读了一夜书,也没时间洗。"

赵匡胤不再笑了,正色说道:"赵爱卿知错能改,社稷之福也。朕给卿一日之假,回去好好将脸洗一洗,补一个好觉。"

赵普谢恩而去。

赵匡胤目送赵普出了大殿,方对百官说道:"马上可以打天下,但不能治天下。要治天下,必得用文臣。卿等之中,武臣居多,希望你们这些武臣从今日开始,要好好读书,且莫让朕也给汝等画一个大花脸。"

众武臣异口同声道:"臣等遵旨!"

赵匡胤继续说道:"要用文臣治天下,可文臣从哪里来?"

他自问自答道:"从儒生中来。可儒生又从哪里来? 从学校来,自今日始,朝廷要大办学校,不只朝廷要办,也提倡私人来办,对于私人学校,视其规模,官府可给予一些补贴。但是,不是每一个儒生都能做官,做官就得牧人,品学兼优者,方可胜任。同是儒生,怎样才能断定某人优,某人不优? 自汉而始,采取举孝廉的办法,但这种办法弊大于利。何也? 同是儒生,如果其中一个的爹爹,抑或是舅舅是朝中显贵,而另一个的爹爹、舅舅俱是村夫,让州县举荐的时候,他们一定会举荐那个爹爹,抑或是舅舅是朝中显贵的儒生。有鉴于此,咱选拔官员,不再叫州县推举,而是考试,谁考的好谁上。"

于是,赵匡胤大力兴办学校,其中,尤以四大书院——江西庐山白鹿洞书院、湖南长沙岳麓书院、河南登封嵩阳书院和河南商丘应天书院最负盛名。

除了这四大书院,汴京有国子监、太学;州郡和县,亦有官学。入学门槛很低,每年的学费为二千文钱,相当于四五石米的售价。

是年,赵匡胤重开科场,录进士十六人,全部派到各州郡县任职。

翌年,又开科场,取进士三十人。陶谷之子陶邴名列第六。赵匡胤有些怀疑,对薛居正说道:"朕听说陶谷的儿子是一个纨绔子弟,陶谷又很是溺爱,怎么会考个第六名呢?卿可将所有录取的举子进行一次复试。"

复试的结果,陶邴由第六名退到了第十九名。赵匡胤仍然觉得这里边有猫腻,将这三十个进士召到讲武殿接受召对,内中尤以武济川、刘浚等三人表现极差,他们才质疏陋,应对失次,赵匡胤很生气,不仅把他们的进士给拙了,还让新任殿中侍御史苗训去查三人的背景,查的结果,武济川和主考李昉是同乡,另两位的父亲是朝中显贵。赵匡胤大怒,把李昉由翰林学士贬为太常少卿,副主考官和考官则全部褫职。

为了防止考官们徇私舞弊,自此之后,科举考试又增加了两个项目——复试和殿试(殿试:由皇帝亲自召对复试奏名进士和举人的办法,称之为"殿试",又称"御试"、"廷试"。唐朝武则天曾在洛阳殿策问贡士,但未形成制度。殿试作为"常式",始自赵匡胤。)。

为秤的事,引起了赵匡胤对文化的重视,又由文化引起了兴办教育和重开科举之路,为此赵匡胤忙乎了将近两年。

忙乎了将近两年的赵匡胤,又想起了"一统中国"的大业和"先南后北"的方略,在未曾用兵南汉之前,先得稳住北方。于是,便遣新任镇安军节度使党进去防秋(防秋:古代,与中原王朝接境的少数民族部落,往往趁着秋高马肥时南侵。中原王朝一入秋,便调兵前往边境,称之为"防秋"。)。

党进勇武过人,能征善战,但他是一个文盲,文盲得连自己统帅了多少人马也记不住。属吏提醒他:你作为一个统帅,经常受到皇上召见,皇上一旦问起你统帅多少兵马,你怎么办?党进想了良久说道:"你不用为我担心,我把我统帅人马的数字,写在笏(笏:古时朝中大臣,上朝手持的手板,根据等级不同,笏的材质亦不同,有玉、象牙、竹片。笏上面可以记事,作用类似便签条。)上,皇上问我的时候,我看着回答。"

果然有一天,赵匡胤召见他,问他统帅了多少兵马,他盯着手中的笏,看了许久,愣是一个字也不认识。

赵匡胤见他不回话,自顾自地盯着手中的笏,看得满头大汗,笑问道:"党爱卿,你咋不回朕的话呢?"

"我……我……臣……臣……臣……"党进灵机一动,高举着笏说道:"启奏陛下,臣所统领的人马，全在这笏上。"引得赵匡胤哈哈大笑。

党进这一次"防秋"，按照惯例，出发之前，须在皇宫侧门向皇帝辞行，说一些效忠皇上、誓死保家卫国的话。但如果是边臣武将，接到诏书，不必到汴京向皇帝辞行，直接带着部队就可以出发。党进作为边臣武将，完全不用来汴京向皇帝辞行。党进不干，非得去说两句，属吏苦劝，他不听。属吏拗不过他，去就去吧！但又不能让上司丢人。于是，把要说的话写在笏上，一遍又一遍地教党进读。党进读了一百多遍，说："我记住了。"便跑到汴京去面圣。

他抱笏跪地，说了声："陛下，臣这次奉命去'防秋'……"但下边如何说，他记不起来了，忙去看笏，那上面的字，还是一个也不认识，大窘。

赵匡胤笑眯眯地问道："说下去。"

党进一急，脱口说道："臣闻古风朴略，愿官家（官家：宋时，称皇帝为官家。上古，五帝官天下，三王家天下。意思是说皇帝的功德超过了五帝和三王。）好好休息。"

此言一出，别说赵匡胤，就连那些侍卫也都笑得前仰后合。

赵匡胤止住笑，向党进问道："古风朴略与皇帝好好休息有什么关系？"

党进回道："平日，臣见那帮文臣酸儒，爱掉书袋拽文，臣也来一句，好让陛下知道，臣也读书了！"

"噗嗤"一声，赵匡胤大笑起来。笑了一会儿，指着党进说道："爱卿不只忠勇，还善解朕意。读书好，读书好！若是人人都读书，就不会再出现五代十国那种'君不君，臣不臣；父不父，子不子'，兵骄将悍，弑君如儿戏的局面了！"

说毕，命有司取帛十匹、钱一百贯，赏给党进。

"防秋"之将，向皇上辞行，从未有人受过如此之赏，党进可谓第一人。此事在朝中议论纷纷，有人说，党进是个二百五（二百五：中原俗语，缺心眼的人。），因祸得福；有人说，党进很精，他是故意装憨，酷似唐代的安禄山。为此，吕余庆和杨信还打了一个赌，赌注是白银一百两，杨信认为党进是个二百五。吕余庆认为党进故意装憨，监赌人是苗训。为了这个赌，双方各遣了一个谍人，前往党进驻守的地方，观察党进的一举一动，两个月汇报一次，输赢由苗训裁决。

两个月后，双方的谍人返回汴京，讲了党进两件事。

第一件，党进脚患小疮，幕僚去看他，出门时说了一句"烂了"，被党进听见，他一跃而起，跑出去抓住那幕僚，左右开弓，边打边骂："你这个混蛋，我奉命抵抗辽贼，驻守边陲，偶尔脚生小疮，这能算病，你偏说烂了，诅咒我，你他妈的一定是辽贼的奸细！"打了那个幕僚十几个耳光,还不解恨,喝令军士,又将那幕僚拖出去重责四十军棍。

第二件,党进骑马巡逻,街中有一说书艺人,正在说韩信算卦,内中有一个情节,说韩信九里山下活埋母。党进听了心中很不高兴,问说书人,你说的那个九里山下活埋母的人是谁?

说书人回道:"韩信。"

党进勃然大怒,骂道:"你算个什么东西,也配说韩信? 你知道不知道,韩信是武将,爷也是武将。韩信是战神,战无不胜,攻无不克,爷虽说不是战神,可爷也从未吃过败仗,连杨无敌都被爷撵得乱窜。你在爷的地盘上说韩信的坏话,分明是影射爷,你这不是欠揍么?"说毕,又是左右开弓,把说书人的脸都打肿了。

听了二谍人的讲述,苗训沉吟良久道:"看起来党进真是个二百五!"

就因为苗训这一句话,吕余庆输了一百两银子。

吕余庆不服,说,咱们继续赌。如果党进真是个二百五,二百五得连自己统帅了多少兵马都记不住,他那武艺是咋学的,咋记的?

苗训一想也对,但已经判吕余庆输了,怎么改口? 就是想改口,杨信会答应吗? 想了一想,同意他们继续赌,但把赌注翻了一番。

杨信不想赌了。不想赌的原因,正是听了吕余庆那一番话。

但吕余庆不答应,说是他不赌可以,必须退回那一百两赌金。杨信不想退,不想退就得继续赌。

第二年秋,赵匡胤遣田重进前去"防秋",党进回京后升任侍卫亲军马步司都指使兼都巡检(都巡检:宋置。宋初,将汴梁城分为四厢,每厢设一巡检,负责巡逻及防火、防盗、解送公事等任务。后在厢巡检之上,又置两个都巡检(一个在旧城,一个在新城),由侍卫亲军步军司长官兼任。)。

党进好动,天天都要带上一群军巡(军巡:由禁军组成的巡逻队伍。)上街巡逻,但凡见到市井间有买鸡、鸭、鹅喂鹰喂鹞的,一律抓起来,又是打又是骂:"尔等是父母养大的,还是鹰鹞养大的?"

被抓的人慌忙回道:"是父母养大的。"

党进又骂:"尔等既然是父母养大的,为什么有了钱不去买肉供养父母,反而去喂鸟,该不该打?"

被抓人点头哈腰道:"该打!"

"既然该打,每人打你们二十军棍,把鹰、鹞给爷留下,滚!"

党进将留下的鹰鹞带回家,一一掐死,做成美味,独自享用。

忽一日,他刚一上街,见一汉子站在猪肉铺前买肉哺鹰,气不打一处来,指着那汉子骂道:"狗日的,爷三番五次告诫你们这些养鹰养鹞之人,不得买肉哺鹰哺鹞,你却不听,故意和爷做对。爷今日要亲自教训教训你!"说毕,将手中的巡逻大棒,高高地举了起来。

那汉子忙道:"将军息怒,这鹰这鹞,都是开封府尹赵大人让养的。"

党进冷哼了一声,说道:"赵府尹让养的怎么了?你别拿赵府尹吓唬我,我这就亲自给他说去!"

汉子不迭声地说道:"是,是,小人该死!"

党进掉头对肉铺掌柜说道:"割十斤肉,选精的。"

掌柜割好了肉,双手递给党进。党进接过肉,对汉子说道:"这么好的鹰,应当饲之以精肉。拿去吧!"

不远处的两个谍人,将这一切一切全都看在眼里,慌忙去向苗训、吕余庆和杨信汇报。还没等苗训开口,杨信便认输了,把上次赢的一百两银子全给了吕余庆不说,又倒赔了一百两。

这事不知通过什么渠道,传到了赵匡胤耳中,自此,赵匡胤改变了对党进的看法,对所有的武将也多了几分戒心。

即使有了戒心,也不能表露出来,因为他还要一统天下。

要一统天下,就离不开党进这样的悍将。

但是,在他的心中毕竟对党进划了一道。故而,当他决定要征讨南汉的时候,为择帅,他将朝中的十几员大将一一从脑海中筛过,党进被毫不客气地筛掉了。

不只党进,连王全斌、曹彬也被筛掉了。

王全斌和曹彬自出师征讨后蜀,到后蜀投降,前后不过六十六天。这样的人,还没资格做领兵元帅吗?

有!

但我赵匡胤偏偏不让你们做。何也?我不能让某一个人立功太多,以至于功高震主!

王全斌、曹彬不能用,那么,石守信和高怀德能不能用?也不能用。

因为他俩在征讨潞州李筠的时候已经立过大功。特别是石守信,征讨淮南的李重进,他又是宋军的统帅。

慕容延钊呢?已经死了,他就是不死,也不能用。因为征讨荆湖,已成就了他的英名。

至于韩令坤、李继勋、王审琦，都为朝廷立过大功，名气已经不小了，还是让他们安度晚年吧！

赵匡胤选来选去，选中了并不出名，也没有多少战功的潘美。

为什么要选潘美？原因有三。其一，潘美勇。赵匡胤陈桥兵变，潘美一人一骑，驰入汴京，将"点检做天子"的消息通报给后周的皇帝和重臣，这样做是有很大风险的，一般人不会干，可潘美干了。其二，潘美仁。赵匡胤在后宫发现了周世宗柴荣的小儿子，从臣皆叫他斩草除根，唯有潘美默不作声。问之，实话实说，不忍负世宗。其三，潘美没有名气。

实践证明，赵匡胤选对了，也成就了潘美作为宋初第一战将的美名。

开宝元年（968年）九月一日，赵匡胤颁旨，拜潭州防御使潘美为征南大元帅，道州刺史王继勋为监军，率兵三万，刻日征讨南汉。

大军将行之事，赵普面谒赵匡胤："陛下，新任枢密院直学士李崇炬生于南汉，长于南汉，对南汉关隘山河，十分熟悉，能否让他作为潘美的副帅？"

不知为甚，赵匡胤对李崇炬印象不佳，沉吟良久，勉强同意了。

是时，南汉的国王叫刘铢，继位时才十六岁。他的始祖叫刘隐，后梁时据有广州，被封为南海王。刘隐死，弟陟袭位，僭号称帝，改为龑。龑传子玢，玢为弟晟所弑。晟子名铢，也就是现在的这位大王。

刘铢不只又昏又淫，还疑心极重，他固执地认为，群臣因为家室所累而不能尽忠于他，因而，士人若想当官，对不起，必须阉割。故而，在南汉，只有"金榜题名"时，再无"洞房花烛夜"。

刘铢最信任的人有三个，两个是太监——龚澄枢和李托，再一个是绰号叫樊胡子的女巫。朝中之事皆委之三人，自己则躲进深宫，饮酒玩女人。

他不知从哪里得了一个波斯女子，不仅丰艳，而且善淫，精于房中术。遂大加宠幸，赐号媚猪；更喜观人交媾，选择美少年，配偶宫人，裸体相接，自与媚猪往来巡察，见男胜女，乃喜；见女胜男，即将男子鞭挞，或加阉刑。群臣有过，概下蚕室（蚕室：阉人之密室。），阉后便可出入宫闱。又作烧煮剥剔刀山剑树等刑，或令罪人斗虎抵象，辄为所噬。每岁赋敛，异常繁重，所入款项，多筑造离宫别馆，及购买奇巧玩物。内宦陈延寿，制作精巧，出入必随。延寿劝刘铢除去诸王，以免后患。于是，刘氏宗室，屠戮殆尽，故臣旧将非诛即逃。

闻知宋军来伐，刘铢这才慌了，忙召龚澄枢、李托及樊胡子商议对策。

龚澄枢朗声说道："大王不必害怕。臣见宋军灭了后蜀，料他必来犯我。臣已遣都统李承渥购了五百只大象,屯在贺江,加以训练,如今已经训练得差不多了,正好用来抵御宋军!"

刘铄大喜道:"诚如此,朕高枕无忧矣!烦卿为朕退敌。"

李承渥受命,率领大军十万,赶着一个庞大的象队,前去汉之北鄙,迎击宋军。

不料,李承渥还没有见着宋军的影子,昭、桂、连三州,已为宋军所克,正朝着韶州方向挺进。

韶州系岭南锁钥,此城若失,广州也就完蛋了。李承渥虽说不大懂兵,但也知道韶州的重要,驱众星夜来到韶州城北,驻军莲花峰下,列象为阵,每象载十余人,人人手执长矛大刀,专待宋军。

宋军何时见过这样的战阵,一个个惊慌失措。

潘美心中也慌,却故作镇静地说道:"这有什么可怕?众将士可搜集强弩,尽力攒射,管叫它众象返奔,自遭残害呢!"

众将士遵令而行,各用强弓劲矢,向大象射去。大象虽说皮糙肉厚,但它从未挨过如此粗劲的弩箭,掉头狂奔,骑象各兵,纷纷坠地。象阵后边的汉军躲得快的,逃得一命;躲得慢的,死于象的蹄下,宋军乘势掩击,又杀了不少汉兵。李承渥见大势已去,抱头窜还,方保了一条性命。宋军兵不血刃,克了韶州。

刘铄听说失了韶州,战栗失容,环顾诸臣,皆都面面相觑。

"诸位爱卿,宋军既然夺了韶州,不日便要来犯广州了,哪一位爱卿愿意为朕领军前去迎敌?"

刘铄一连问了三遍,无一人应腔,哭着回到了后宫。

宫中有一个叫梁鸾英的老宫女面谏道:"陛下不必害怕,臣妾的养子郭崇岳,颇知战略,陛下若拜他为将,定可退敌。"

刘铄听了大喜,当即召郭崇岳入殿,面加慰劳,授招讨使,令与大将植廷晓、左仆射(左仆射:官名。尚书副职,汉献帝始置。隋唐为尚书省长官,与侍中、中书令皆为宰相。宋代亦为宰相之职。)萧漼等,统兵六万,出屯马迳。

郭崇岳受命之时,发出狂言,管叫宋军有来无回。谁知,他根本不敢与宋军交战,只是躲在马迳,日夜祈祷,想请几位天兵天将来退宋军,偏偏神鬼无灵,宋军大进,英州、雄州,均已失守,大敌已进压泷头。郭崇岳闻报,掉头便逃,一口气跑回广州,面无血色地对刘铄说道:"宋军已到泷头了,看来马迳也是难保,依臣之见,应固守广州城,再图良策!"

　　刘铱大惧,半晌才道:"不如着人请和吧!"当下遣使赴潘美军,愿议和约。潘美不许,斥退来使,进兵马迳,立营双女山下,距广州城仅十里。

　　刘铱也不与百官商议,命一个叫乐范的太监搜集船舶十余艘,装载妻女金帛,拟航海亡命。不意,乐范率一千多名禁军先行一步,盗船遁去。使刘铱叫苦不迭。走是不可能了,复遣萧漼,至宋军乞降。潘美送萧漼赴汴,自率军进攻广州城。刘铱越加害怕,欲开城出降,郭崇岳入阻道:"城内兵尚有数万,何妨背城一战。战若不胜,再降未迟。"

　　刘铱想了一想,点头同意了。于是,郭崇岳乃与植廷晓出兵山城,据水置栅,夹江以待。宋军渡江而来,廷晓、崇岳出栅迎敌。怎奈,宋军似虎似熊,挡着便死,触着便伤,汉兵十死六七,廷晓亦为宋军所杀,崇岳奔还栅内,严加扼守,刘铱又遣其弟刘保兴出助。

　　潘美语诸将道:"汉兵编木为栅,自谓坚固,若用火攻,彼必大乱,这乃是破敌良策呢。"遂分遣丁夫,每人二炬,挨夜静近栅,乘风纵火,万炬齐发,列焰冲霄,各栅均被燃着,可怜栅内守兵,都变得焦头烂额,逃无可逃,连郭崇岳也被烧死了,只有刘保兴逃回城中。

　　情势如此危急,龚澄枢、李托等人不思如何集军退敌,反在宫中商议道:"北军远来,无非贪我珍宝财物,我不若先行毁去,令他得一空城,他不能久驻,自然退去了。"

　　于是,哥几个找来一帮军士,纵火焚烧府库宫殿,一夕俱尽。

三十九　教化大于兴学

赵匡胤突然向众臣问道："朕要尔等好好读书,尔等说一说'水性杨花'何解,又出于何处?"

窦仪附和道："抓教化就是抓道德,抓怎么做人,做一个什么样的人,秦相李斯、唐相李林甫,不是没有知识,只是没有道德罢了!"

赵匡胤掂着那个曾经敲掉过雷德骧两颗门牙的玉柱斧,一步步向雷德骧走去。

龚澄枢、李托等人自焚府库,引得广州城内大乱。宋军乘机来到城下,架设云梯,强行攻城。城克之后,生擒北汉主刘鋹,以及刘保兴、龚澄枢、李托等,并宗室文武九十七人。

有阉侍数百人,不仅不躲避,反盛服求见潘美。潘美大怒道："我奉诏伐罪,正为此等,尚敢来见我么?"遂命一一缚住,斩首示众。总计,南汉自刘隐据广州,至刘鋹亡国,凡五主,共六十五年。当时广州有童谣云:"羊头二四白天雨,"人莫能解,至刘鋹亡国,适当辛未年二月四日,天雨二字,取王师如及时雨的意思。

赵匡胤闻听宋将已将刘鋹押到汴京,亲至明德门受俘,遣卢多逊斥责刘鋹反复不臣以及焚烧府库之罪。

刘鋹虽说昏庸,但极为乖巧,叩首至地曰:"臣年十六僭位,龚澄枢、李托等俱先考旧人,每事统由他俩作主,臣不得自专。所以,臣在国时,真正的国主是龚澄枢等,臣实似臣子一般,还乞陛下明察!"

卢多逊还报赵匡胤,赵匡胤降旨一道,将龚澄枢、李托等一班佞臣推出午门斩首。至于刘鋹,不但不杀,还赐其衣服冠带,并授检校太保(检校太保:检校、官名,始置于隋,原意为检查考察,带"检校"二字本有职事。至唐,改为三公及各部尚书的加官。宋沿唐制,用以优待无职可升者。太保:古代帝王辅官。)右千牛卫大将军,封恩赦侯。刘鋹谢恩退朝,当有大宅留着,等他居住。弟保兴,亦得受封为右监门左仆射,萧漼以下各降官,俱授职有差。潘美等凯旋后,把刘铱的美珠四十六瓮,黄金一千两、白银五千两、帛一百匹,也一并带回汴京。

赵匡胤闻之,又颁旨一道,将刘铱之私财全部归还刘铱。刘铱为报皇恩,亲自动手,用美玉珠结成一条龙,头角爪牙,无不毕具,且极巧妙,当下入献大内。赵匡胤见了,叹之曰:"铱好工巧,习与性成,若能移治国家,何至灭亡?"左右皆唯唯称是。

赵匡胤如此厚待刘铱,百官多有不解。赵光义亦不解,问之赵匡胤。赵匡胤道:"天下还没有一统,如此厚待刘铱,乃是为了招抚未附之国,拿他先做个'表率',以示大宋的'天恩厚泽'。"

这话倒也冠冕堂皇,但赵匡胤的深意绝非仅此而已!

乾德二年,宋灭后蜀,对于亡国之君孟昶,赵匡胤待之甚厚,招来了一些非议,说赵匡胤这样做,是为了讨好花蕊夫人!如今,若是太薄待了刘铱,岂不要授人以柄,让人乱嚼舌根了:你看看,孟昶因为有个漂亮老婆,宋天子便对他那么好;刘铱没有漂亮老婆,所以,宋天子才这么对待他……

赵国胤如此厚待刘铱,"招抚未附之国"是个幌子,其真正目的,乃是为了洗刷自己。刘铱虽然乖巧,但还不够聪明,赵匡胤曾请孟昶饮酒,把他饮到了阎王殿,那是因为孟昶的夫人花蕊太漂亮。你呢?你那个自以为很美的"媚猪",赵匡胤根本看不上。既然看不上,他还用得着毒死你吗?

可刘铱怕,某一次,赵匡胤宴请群臣于讲武池,他第一个到场,赵匡胤一高兴,便赐他美酒一杯。

刘铱不喜反惊,"扑通"一声,跪伏在地,泪如雨下道:"臣承祖父基业,违拒朝廷,致劳王师征讨,罪固当诛,陛下既待臣不死,臣愿做个大梁百姓,沐德终身。承赐厄酒,臣未敢饮。"

赵匡胤见一杯酒把他吓成这样,哈哈大笑道:"卿是不是以为此酒有毒?差矣,卿对大宋如此忠心,朕舍得要卿死么?"说毕,命左右取过刘铱之酒,一饮而尽,另酌一厄赐给刘铱。

刘铱大惭,叩首谢恩,一饮而尽。

不一刻儿,群臣齐至,有司高喧圣谕——开宴。

酒过三巡,赵匡胤突然问道:"诸位爱卿,朕要卿等好好读书,不知卿等读了没有?"

众文武一齐避席回道:"读了。"

"既然读了,朕问众卿一个问题,'水性杨花'何解?"

有几个文臣,当即答道:"乃是说女子轻浮,用情不专。"

"语出何处?"

赵匡胤这一问,众文武都傻了眼,唯有卢多逊不慌不忙地站了起来对道:"语出《唐高祖秘史》。"

赵匡胤道:"能不能说得具体一些?"

卢多逊道:"能。"

"请讲。"

"唐高祖的两个宠妃,一个姓张,一个姓尹,俱都多情,见唐高祖年迈,遂与皇长子李建成、皇三子齐王李元吉私通。有人告之秦王李世民,李世民不信,徐世绩则道,有什么不信,张、尹二妃,俱都是水性杨花之人,建成和元吉,不只年轻英俊,还都是王爷。"

赵匡胤将头点了一点,复又问道:"依卢卿之言,西施是何等样人?"

卢多逊再拜回道:"也是一个水性杨花之人。"

赵匡胤道:"何以见得?"

卢多逊回道:"她与范蠡一见钟情,并私订终身,但当范蠡将她献给吴王夫差之后,她又一心一意地爱着夫差。"

赵匡胤道:"可她实际上一直在充当越国的奸细,用自己漂亮的脸蛋和玉体来腐蚀夫差,使夫差由强者变为弱者,进而亡国。由此看来,她还是很有主见,也很坚强的!"

卢多逊道:"西施是够坚强了。"

"她为什么如此坚强?"赵匡胤问。

卢多逊回道:"这是教化的结果。"

赵匡胤道:"请说具体一点。"

"西施未曾去吴之时,越王勾践把她和另外三个美女关在宫中,进行了为期半年的培训,勾践还亲自为她们授课,大讲《东周忠义传》。要她们学习、效法卫国的弘演(弘演:春秋时卫国大夫,出使陈国归来,闻卫懿公被狄兵杀死于荥泽,忙赶去寻尸,寻得卫懿公一肝,拔出佩剑,自剖其腹,纳懿公之肝入内,以身作棺。)、晋国的介子推(介子推:晋文公重耳,在国外流浪其间,介子推舍官相随。途中,重耳因饥饿不能行,介子推割股煮羹以进。)和程婴(程婴:晋国宰相赵盾门客。当赵盾一家遭到满门抄斩之时,程婴与赵盾的另一门客公孙杵臼,舍命救出赵盾孙子赵武。后因朝廷追查甚急,程婴与公孙杵臼相商,一个舍儿,一个舍名。于是,公孙杵臼和他的儿子惨遭杀害,程婴则背了十几年卖主求荣的骂名。),为奴为仆,要忠于主人,为人臣的要忠于君王。这几个人在西施的脑海里打下了深深的烙印,故而,她可以出卖自己的肉体,但绝不出卖她的国家、她的君王,这便是教化的威力!"

赵匡胤轻轻颔首道:"如此说来,单单兴学还是很不够的,还得狠抓教化。"

窦仪附和道,陛下说的极是,兴办学校是为了让国人多识字,长知识。抓教化就是抓道德,抓道德就是教人怎么做人,做一个什么样的人,秦相李斯、唐相李林甫,不是没有知识,只是没有道德罢了。故而,教化比兴学还重要!

赵匡胤频频颔首道:"窦爱卿所言甚是,以后,咱一手抓学校,一手抓教化。"

他突然把话锋一转说道:"窦爱卿听封。"

窦仪忙避席跪地。

赵匡胤朗声说道:"朕封卿为礼部尚书。"

窦仪谢恩而起,正要归座。

赵匡胤又道:"为了教化国人,朕想编一部《先贤传》,内中不只要收古今忠烈之士,也要收古今大孝之人。此事,朕想让卿和卢爱卿主持。"

窦仪忙又跪了下去,卢多逊亦跪,二人高声说道:"敬从圣命!"

赵匡胤道:"武成王庙内,配飨的贤人共七十二人,朕觉着内中有不少人不配称为贤人,请二卿一一审之,若有不配者,可从武成王庙清除出去。"

窦仪、卢多逊铿声回道:"敬从圣命。"

从面部表情来看,赵普、陶谷有些不悦,特别是赵普,岂止是不悦,是很难看。

卢多逊见了,不由得喜形于色。窦仪心中虽说也很高兴,但面静如水。宴会一结束,窦仪、卢多逊便来到武成王庙,将悬挂在两廊的"七十二贤",逐一进行审查。

这七十二贤,姓名如下:

> 周公、石碏、管仲、鲍叔牙、曹刿、柳下惠、弘演、介子推、先轸、赵衰、狐偃、百里奚、蹇叔、弦高、公孙敖、老子、伍子胥、申包胥、孙武、孔子、墨子、荀子、颜回、孟子、文种、范蠡、祁奚、逢丑父、程婴、孟子、豫让、吴起、乐毅、孙膑、荆轲、孟尝君、信陵君、平原君、春申君、廉颇、蔺相如、张良、萧何、韩信、彭越、曹参、陈平、灌婴、周勃、纪信、狄青、霍去病、董仲舒、张骞、苏武、班超、冯异、马援、耿纯、祭遵、寇恂、王霸、卓茂、宋弘、杨震、孔融、关羽、诸葛亮、魏征、秦琼、张巡、郭子义。

审查的结果,淘汰了十三人,他们依次是:弦高、伍子胥、吴起、孙膑、孟尝君、信陵君、平原君、春申君、廉颇、韩信、彭越、陈平、周勃。

名单呈给了赵匡胤，赵匡胤一边看一边点头："卿选得很准。这十三个人确实不配称贤人。他们之中，要么地位卑下，譬如弦高，不就一个贩牛的吗；有的不忠不孝，譬如吴起，杀妻求将，且闻母丧又不回家丁忧；有的不仁不义，譬如韩信，问了人家的路，却又杀了人家。再如伍子胥，楚平王对你即使有百般不是，你曾经做过他的臣子，你灭了他的国家，就已经够过分了，还要鞭他的尸……不过，一下子淘汰了十三个，有点多。像弦高，虽说地位卑下，但作为一个贩牛的，当国家遇到危险时，挺身而出，这种机智，这种爱国之心，要大力提倡！"

卢多逊忙道："那就把弦高留下吧。"

赵匡胤继续说道："廉颇虽说事主不专，但他是在国君昏庸、小人当道的情况下才离开赵国的，而他离开赵国后，又没有做一件对不起赵国的事。况且，那时的国和现在的国还不一样。那时的国，都是在周天子的统一领导下，这一国不用我，我就去其他国家。再之，有一出戏叫'将相和'，演了一千多年，你把他给捋了，剩了一个相，这戏还怎么演？"

这一番话，把窦仪和卢多逊给逗乐了，卢多逊抢先说道："那就把廉颇也留下吧。"

赵匡胤道："即使把他二人留下，淘汰的还有些多。"

窦仪道："若是陛下嫌臣等淘汰的'贤人'还有些多，那就把战国四公子也留下吧。说实话，在战国四公子的去留一事上，臣和卢承旨犹豫了很久。"

赵匡胤道："为什么？"

窦仪道："战国四公子是义气的化身，在历史上影响很大。"

"什么义气的化身，分明是四个结党营私、沽名钓誉的小丑，如果国人都效法他们，这国早就乱成一锅粥了！"

卢多逊点头哈腰道："陛下训诫得对，使卿等又长了不少见识。"

"若把弦高和廉颇留下的话，贤人还剩六十一个，读着不顺，有这么几个人，卿等考虑一下，可不可以补上？"赵匡胤又道。

卢多逊立马问道："哪几个？还请陛下明示。"

"董狐，中国历史上，秉笔直书第一人，可不可补上？"

窦仪、卢多逊道："可。"

"羊续，不知二位爱卿听说过没有？"

"听说过。"

赵匡胤道："既然听说过，就请二位爱卿说一说，他的绰号叫什么？"

"悬鱼太守。"

"为什么叫悬鱼太守?"赵匡胤又问。

卢多逊抢先把悬鱼太守的来历,讲了一遍。

南阳因是汉光武帝刘秀的家乡,故称帝乡,汉光武的儿子汉明帝有一句名言,"洛阳帝都多近臣,南阳帝乡多近亲。"因为多近亲之故,南阳多豪强之家,而且这些豪强之家多有不法之事,羊续任南阳太守后,对这些不法豪强进行打击。豪强想向他行贿又不敢,于是,便商请南阳府丞出面给羊续送了一条四斤重的鱼。羊续刚上任,还要指望府丞给他干事,没有婉拒,只是将这条鱼悬之于庭。府丞见羊续收了他的鱼,很高兴,隔了几天,又送了一条更大的鱼——八斤。羊续指着庭上那条已经发臭的鱼说:"我正想托人把它送还给你,你又来了。你把它一并拿走吧!"

府丞哈哈一笑道:"不就一条鱼吗?您竟如此认真?"

羊续一脸严肃地说道:"我为什么不认真?是的,这条鱼值不了几个钱,可你为什么不把它送给那些叫花子,抑或是那些穷人呢?因为我是太守。我如果收了你的鱼,你就会给我送羊、送猪、送牛、送马、送金、送银。你为什么要给我送这些东西?你要么是有事求我,要么你想行下春风望秋雨。我若不答应你的请求,不为你办事,你会骂我;我若答应了你的请求,为你办事,就不能秉公办事,抑或是徇私枉法。我今天作了一个太守,官也不算太大,但我的俸禄足以让我天天有鱼吃。但如果我徇私枉法,我这官一定干不了多久。这官若是一丢,这俸禄也就没有了,我就是想吃鱼,也没钱买,你也不会再给我送了。"

这一番话说得府丞面红如血,灰溜溜地走了,喊都喊不住。羊续便在那条臭鱼的下边悬了一个木牌,上书:"此鱼乃××府丞所送。"

卢多逊讲完了"羊续悬鱼"的典故,拜而问曰:"陛下,臣讲的对不对呀?"

赵匡胤轻轻额首道:"对。"

略顿又道:"谚曰,'千里去做官,为的吃和穿。'你不让做官的贪点便宜,很难做到,但不能太贪,太贪了百姓遭殃。百姓若是遭了殃,势必要造反。百姓若是造了反,朝廷完了,贪官也完了。故而,朝廷一定要反贪治贪。要治贪单靠杀人不行,要靠教化,要选一些像杨震、羊续那样的廉洁之士来做官。"

窦仪、卢多逊心悦诚服地说道:"陛下圣明,那就把羊续加上吧。"

"中国乃文明古国,出了一些圣人,譬如孔子、孟子等。但还出了不少文豪、诗人和词人,譬如屈原、李白等等,可不可以让他们也配飨武成王呢?"

"陛下圣明!"

赵匡胤又道:"郎中是给人治病的,人吃的是五谷杂粮,岂有不患病之理,可古人硬要把郎中列入巫的范畴!这不对,也是对郎中的不敬。这样行不行,在郎中里选几个出类拔萃的,让他们也配飨武成王,譬如张仲景、孙思邈等等。"

"陛下圣明。"

"汉代的张衡,发明了一个什么玩意呀?"赵匡胤问。

窦仪、卢多逊异口同声道:"地动仪。"

"对,就是地动仪。听说这个玩意儿能测出一千多里外的地震?是不是这样?"

窦仪、卢多逊立即附和道:"是这样。"

"有人说这是奇技淫巧,不管它是什么,能测出一千多里外的地震就是本事,是大本事,也应该配飨武成王。"赵匡胤用不容置疑的口气说道。

"陛下圣明!"

"以上共是几位呀?"赵匡胤问。

"七十位。"

赵匡胤"噢"了一声道:"还差两位,这两个空缺谁来补呢?"

窦仪、卢多逊没敢接腔,只听赵匡胤自言自语道:"哎,以上七十位贤人,都是古人,能不能从五代以来的贤人中选两位加进去?譬如王朴,再譬如窦燕山。"

窦仪又惊又喜,避席辞曰:"令尊之功之德,不配配飨武成王。"

赵匡胤道:"怎么不配?窦燕山以词学闻名于世,又历仕四代,养了五个儿子,皆中了进士。可谓是教子有方,让他配飨武成王,就是给普天下为父为母的树一个楷模。"

窦仪拜而说道:"谢陛下!"

七十二贤人的名单议定之后,窦仪、卢多逊立马安排了十一个画家来画新增十一位贤人之像,三天乃成,取代了伍子胥等十一位有这样那样"瑕疵"的贤人。

至于编撰《先贤传》的工作,窦仪、卢多逊抓得也很紧,半年而成,除了七十二贤,又增加了十八个忠臣孝子。每人五百至一千字,共计十一万字。赵匡胤亲自为该书题写了书名,颁发全国。

审定七十二贤,这是在给国人和后人树立楷模的,赵普没有参加;编书,而且编的还是《先贤传》,不只是为国人和后人树立楷模,编书人也会因此流芳千古,也没有让赵普参加。加之,前次,赵匡胤给赵普画大花脸的事,于是有不少人认为赵普失宠了,便开始搜集他的资料,告御状。那个被赵匡胤敲掉两颗门牙的雷德骧,也不知是好了伤疤忘了疼,还是想再捞几个赏钱,直接闯进讲武殿,告赵普的御状。说赵普强买老百姓的房子和土地,而且还收受京官和地方官的贿赂,且是,成千贯、成万贯地收,单李崇炬,一次就向他行贿了一万二千贯。他是大宋的大贪官、大蛀虫,十恶不赦。雷德骧说这话的时候,"辞色俱厉",唾沫星子乱飞。

此时的赵匡胤,一只手拿着柱斧,一只手在翻阅《先贤传》的初稿。他虽说没有让赵普领导或参与《先贤传》的编写,那是他觉着赵普读书少,文化低,并不想将他一脚踢开。何也? 国家初定,天下还没有一统,他还得用赵普。

既然还得用赵普,就得维护赵普的面子,你雷德骧只不过是一个小小的殿中丞,竟敢闯上殿来告当朝宰相,且又说话不知高低,是可忍,孰不可忍!

于是,他掂着那个曾经敲掉过雷德骧两颗门牙的玉柱斧,一步步向雷德骧走来。

雷德骧慌了,虽说门牙没有了,其他牙还在,不想让赵匡胤再敲,可又不想服输,更不想求饶,怎么办? 怎么办?

当赵匡胤来到他的跟前,刚刚将斧子扬起来的时候,他说了一句很诙谐的话——"陛下,别,别打。千万别打,臣不想用牙换您的赏赐! 臣已经没有了门牙,也不想再失去任何一颗牙!"

这话把赵匡胤逗乐了,哈哈大笑起来。笑了一会儿,用玉柱斧指着雷德骧的脸说道:"朕才不会打你呢,朕府库中的金帛,是用来买辽国将士的人头,不是用来赔你牙的! 朕只是想吓一吓你。"

雷德骧又来了一句诙谐的话:"早知陛下如此看重金帛,臣就不会求您了!"

赵匡胤听了,又是一阵哈哈大笑。

赵匡胤突然将笑声收住,一脸严肃地说道:"你状告当朝宰相,以下犯上。朕虽说不再敲你的牙,但也不能轻而易举地将你放过。"

雷德骧哭丧着脸问道:"陛下打算如何惩罚臣呀?"

赵匡胤没有回答,反向两个内侍努了努嘴说道:"喏,揪住这个姓雷的耳朵,在殿上转圈。"

两个内侍得旨,趋向雷德骧,一人揪住雷德骧一只耳朵,拽着他在讲武殿上转圈。

转了十八圈,赵匡胤方才叫停,对雷德骧说道:"朕这次既没有亲自动手,更没有敲掉你的门牙,不怕史官来记。但愿自今之后,你不要再告宰相了。你若是不听,朕还让你在殿上转圈。但若是再转,那就不是十八圈了,而是一百八十圈。你说,你还告不告?"

雷德骧很勉强地回道:"臣不告了。"

赵匡胤将手轻轻一挥,说道:"卿可以走了。"

赵普自赵匡胤给他画过大花脸后,便开始读书了,而且只读一本——《论语》,但他的心机在文武百官中绝对是排名第一。遗憾的是,有人告他的御状,而且还是很多人,他竟然没有觉察,依然我行我素,凡他认准的事,非办不可。

自从抬高了枢密院的地位,枢密院与中书门下平起平坐,但枢密院长官——枢密院使,一直空缺。对于这个人选,赵匡胤曾考虑过慕容延钊和韩令坤,未及任命,他两个都死了。有心任命高怀德,而高怀德是他妹夫,不折不扣的外戚,他害怕会蹈东汉覆辙——外戚专权。王全斌平蜀立了大功,本想任命他为枢密使,因他平蜀时杀人太多,告他的状子雪片似地飞到汴京,故而作罢。潘美征讨南汉归来,赵匡胤又想任命潘美,但又怕他的资望不足以服众将。想来想去,决定启用老将符彦卿,赵普坚决不同意。于是,赵匡胤避开赵普,直接把任命的诏书发了下去。赵普知道后,中途把它扣留下来,而且还拿着诏书去见赵匡胤质问:"臣几次给您说过,此人是外戚,又德高望重,不能做枢密使,您为什么非要封他为枢密使呢?"

赵匡胤强压怒火道:"他是外戚不假,但他是后周的外戚,可后周已经亡了这么多年,他还能兴什么风浪?"

赵普说:"他不只是后周的外戚,他也是大宋的外戚!"

"什么叫外戚,你懂吗?"赵匡胤抬高了声音问。

赵普不紧不慢回道:"臣懂!"

"既然懂,那你就说一说什么是外戚?"

"外戚么? 就是外家的亲属。特指帝王的母族和妻族。"赵普一字一顿的回道。

"符彦卿是朕的母族,还是朕的妻族?"

赵普回道:"皆不是。"

"既然不是,你为什么硬要说他是外戚呢?"

赵普回道:"可他是您的御弟的岳丈呀!"

"御弟能和帝王相提并论吗?"赵匡胤质问道。

"肯定不能。但您这个御弟,不同于一般的御弟,他既是宋都的最高长官,又位列宰相,还掌管着殿前司的禁军,比当年的您还要威风,若是再让他的岳丈掌管全国军队,一旦作乱,后果不堪设想!"

赵匡胤道:"对于符彦卿,朕非常的了解,俺俩自世宗时就有交往,感情很深,他肯定不会辜负朕的！赵光义更不会，因为他是朕的亲弟弟！"

赵普只是将头轻轻摇了摇，又轻轻地说道："周世宗和陛下是喝过鸡血酒的兄弟，他把陛下一步一步地提拔到都点检的位置上，难道他对陛下还不够好吗？至于光义，是您亲弟弟不假，可唐太宗李世民，也是太子李建成的亲弟弟呀！那诏书还是不发的好！"一边说一边将诏书双手呈给赵匡胤。

赵匡胤愣了一下，默默地接过诏书。

四十　各吹各的号

一个六品京官，竟敢如此侵凌相权，赵匡胤就是再宠弟弟，也不会放任到这种地步，立马把赵光义招来，狠克了一顿。

子时三刻，突然有人敲门，董贵迷迷糊糊地把门打开，一条麻袋将他当头罩住，拖到荒郊，抛入一古井。

赵匡胤当即吟道："鸡叫一声撅一撅，鸡叫两声撅两撅……"众儒生掩口而笑："这么粗俗的句子，也能称诗吗？"

三天后，赵普向赵匡胤呈上两份荐人的奏折，一份推荐李崇炬做枢密使，一份推荐吕余庆的弟弟——太常寺丞（太常寺丞：太常寺属官，协助太常卿掌管陵庙礼仪，及寺内诸事务。）吕端做秘书郎（秘书郎：掌经籍图书校阅的官吏。）。

赵匡胤虽说收回了任命符彦卿的诏书，但作为一个宰相，总和皇帝顶牛，心里能舒服吗？况且，赵普所推荐的李崇炬，又有过给赵普行贿的嫌疑。至于吕端，由太常丞改为秘书郎，属于平职调动，应该不成问题，但因他正生着赵普的气，冷声说道："枢密使的事，暂放一放。"

赵普道："秘书郎呢，总可以定下来吧？"

赵匡胤沉着脸道："都放一放。"

赵普道："枢密院不可能长期无主……"

赵匡胤非常武断地说道："朕已经说过，这事暂放一放，你就不要再提了！"

第二天，赵普又将推荐李崇炬和吕端的奏折呈了上去。

赵匡胤扫了一眼，扔到一旁。

第三天，赵普再一次将推荐李崇炬和吕端的奏折呈了上去，赵匡胤连看都不看："赵普，你是不是还要推荐李崇炬和吕端？"

赵普点头称是。

赵匡胤道:"朕不准。"

赵普道:"您为什么不准?"

赵匡胤道:"朕就是不准,你能把朕怎么样?"

赵普道:"选拔人才,是为国家着想,陛下不能凭借自己的好恶专断!"

赵匡胤越听越气,蛮横地说道:"朕就是凭借自己的好恶专断,你又把朕怎么样?"一边说,一边将赵普的奏章撕成六片,甩袖而去。

赵普跪在地上,将赵匡胤撕碎的奏章,拣了起来,放在袖子里,退朝回家,将它粘接起来。过了几天,等赵匡胤怒气平息之后,又带着它上朝呈给了赵匡胤。赵匡胤冷哼一声,抛到地上。赵普弯腰将它拾起,等到赵匡胤退朝,尾随其后,走进内宫大门,站在门口不言不语。宫门的侍卫,见宰相站在门口不走,便向赵匡胤禀报。赵匡胤恶狠狠地说道:"他想站,就叫他站吧!"

谁知,赵普硬是不走,且一站便是三个时辰。赵匡胤长叹一声道:"国不可一日无君,枢密院岂能长期缺使,赵普如此坚持,看来,他是对的。"

说毕,命内侍转告赵普,陛下已经同意他的请求,叫他回家。

赵匡胤虽说同意了赵普所请,但心中总像吃了一个苍蝇——他赵普不该受李崇炬之贿,且一受便是一万二千贯!

也许是赵普真没有受贿,也许是赵普还不该罢相。南唐李煜,见宋廷灭了后蜀和南汉,害怕下一个目标,便是南唐,于是,遣使送给了赵普一万两银子,请他从中斡旋,放过南唐。

赵普虽说很贪,但他并不糊涂,深知灭南唐之事,乃大宋的既定国策,这一国策,他无力扭转,便很知趣地将南唐送来的银子上交府库。

赵匡胤笑而拒道:"这钱是送给卿的,卿就把它留下。不只留下,还得回书李煜,感谢他的厚礼。"

赵普叩头说道:"臣已知错,请陛下谅之。"

赵匡胤笑回道:"诚如此,朕就夺卿之所爱了。"

赵普拜谢而起。

未几,李煜遣使向宋廷进贡大象,赵匡胤便将他送给赵普的一万两银子,原封不动地赏赐南唐,且语之曰:"羊毛出在羊身上,请李国主好自为之!"

使者还报李煜,大骇。自此,再也不敢做小动作了。

但不管怎样，通过这件事，有关赵普贪财、受贿的说法，从赵匡胤脑海中一概抹去。

赵普笑了。

谚曰："要想人不知，除非己不为。"

雷德骧告御状的事，很书便传到了赵普耳里。因通过上交李煜一万两贿银之事，赵匡胤便认定，雷德骧是诬告。故而，当赵普提出商州缺一户部参军（参军：王公府、军府及州郡佐官。始置于魏晋。到了唐宋，虽有其名，但无实权。），想让雷德骧补任时，赵匡胤很爽快地答应了。

雷德骧到了商州，商州知州便到处打听，雷德骧作为京官，外放后，少说也该弄个知州、知府当当，怎么才做了一个户部参军？这内中必有文章！

打听的结果，雷德骧竟敢告当朝宰相的御状，这还了得！于是，便开始打压雷德骧，寻了他一个错，将他贬到了大西北的灵武。雷德骧一是气，二是水土不服，大病了一场，差一点死去。

这事，与赵普一点关系也没有。承想，当朝宰相，对已经贬往外地的芝麻官，还会继续找碴寻事？可雷德骧的儿子不这么想，他要为父报仇，几次跑到汴京告御状，由于没有人敢为他引路，也没有人敢为他转呈状纸而作罢。

一个月后，出现了转机。

赵光义虽说位列宰辅，但那只是一个荣誉职务。可他不这么想，既然我位列宰辅，我就得干宰辅的工作。故而，屡屡插手中书门下——也就是宰相府的事。

插手一次，赵普忍了。

插手两次，赵普又忍了。

谚曰："事不过三。"

当赵光义一而再、再而三地插手宰相府的事时，赵普便不高兴了。

岂止不高兴，是很不高兴。

偏在这时，出了一件非常令人不愉快的事情。

开封府有一个判官叫姚恕，是赵光义的幕僚加心腹，不知为了何事，去求见赵普。是时，赵普正在家中大宴宾客，管家将姚恕让进客厅，连茶也不斟，转脸和一个年轻婢女说闲话。

姚恕很不高兴，"喂"了一声道："我有事要见你家相爷，烦你前去通报一声。"

谚曰："相府丫环七品官。"我是相府的官家，何至七品？应该是六品以上。你姚恕也是六品，见了我趾高气扬，牛什么牛？莫说我们相爷正在宴请宾客，就是闲着没事，我不给你通报，你能把我怎样？于是，冷声说道："我不是已经说过了吗，俺家相爷正在宴请宾客。"

"可我有事找他。"

管家道："俗话不俗，既来之，则安之，宴席快要结束了，你就耐心地给我等着吧！"

姚恕勃然大怒，甩袖而去，将出大门的时候，撞上了赵普的儿子赵承宗，一再道歉、挽留，姚恕非走不可。赵普闻讯赶来，亲自向他道歉，还当众掴了管家一个耳光，姚恕这才勉强折了回来。赵普重整酒宴，款待姚恕，可姚恕借口胸疼，滴酒不沾。赵普问他找自己有什么事，他也不说。

一个小小的六品京官，竟敢这样对待当朝宰相，分明是以下犯上，侵凌相权！

姚恕何以如此？不就因为他背后有个大靠山赵光义吗？

赵普作为当朝宰相，一人之下，万人之上，何以要如此"善待"姚恕？不只是"善待"，是有点低声下气了。

赵普虽说经常挤兑赵光义，但那都是在暗中进行。只有一次，为陈从信家的事公开叫板，但事过不久，他便后悔了。再不济，赵光义是皇上的亲弟弟。而皇上并没有把弟弟抛弃之意，还是不和他闹翻为是。正因为赵普存了个不和赵光义闹翻为是的心理，才如此善待姚恕，但姚恕不知高低，谱摆得有些太大。赵普越想越气，便把这件事上奏赵匡胤。

一个六品京官，在朝廷眼中，比芝麻也大不了多少，竟敢如此侵凌相权，赵匡胤就是再宠弟弟，也不会放任到这种地步，立马把赵光义招来，狠克了一顿。且颁旨一道，把姚恕外放澶州的一个小县做知县，由六品官降为七品官。

赵普不失时机地站了出来，对赵匡胤说道："陛下，姚恕虽说对臣有些不敬，但臣的管家有错在先，您如果因此而贬姚恕，那是在害臣！"

赵匡胤眉头微皱道："为什么？"

"谚曰，宰相肚中行舟船。前相范质有一句名言，'人能鼻吸三斗醇醋，方可为相。'仅仅因为姚恕对臣有些不敬，就将他外贬，国人岂不要说臣心胸太小了吗？"

赵匡胤道："将姚恕外贬，不干你事！"

赵普道："此事由臣引起，怎能说不干臣事？请陛下收回圣命。陛下如果实在不愿收回的话，有一个去处，可以安置姚恕。"

"什么去外？"

"澶州判官出缺。"赵普回道。

赵匡胤默想一会儿说道:"就依爱卿之见吧。"

赵普此举,实乃沽名钓誉,但一般人看不出来。故而,好评如潮。

赵光义虽然也精,但就其智商和心机而言,都比赵普逊上一筹。

莫说逊上一筹,就是逊上两筹,也不至于连赵普的这个小小的把戏都看不出来。

他看出来了,但他不说,反而带上几个佐官,包括姚恕在内,前去相府致谢,被赵普留下,一直喝到半夜。

请注意,此时的汴京,由于商业的繁荣,特别是饮食业的繁荣,"夜禁"已经取消。要不,赵光义也不敢喝到半夜才走。

姚恕的智商和成府,又比赵光义低了几个档次,一而再,再而三地对赵光义说,赵普不是个东西,他所做的一切,都是为了自己,都是在沽名钓誉。

赵光义把脸一沉,说道:"人家是沽名钓誉,你也钓呀!"

姚恕落了一个大没趣,悻悻地离开汴京,前去澶州上任。

在澶州,他结识了一个马贩子,姓董,名贵,字金德,是前枢密院直学士、右谏议大夫(谏议大夫:官名。始置于东汉。源自于西汉的谏大夫,掌议论,属光禄勋,无定员。宋初置谏院,以左右谏议大夫为谏院之长。)冯瓒的内弟。

姚恕不只认识冯瓒,二人还是词友呢。赵匡胤对冯瓒非常赏识,曾经对赵普感叹——冯瓒这个人,当世之真奇士也!

赵普为保相位,凡赵匡胤称赞的人,特别是那些有才的文人,赵普一概打压,譬如窦仪、李昉、薛居正、吕余庆等等。就连有才无德的陶谷和卢多逊,他也没有放过。

如今,突然冒出来一个文人冯瓒,而且,赵匡胤对他的评价如此之高,甚而超过了窦仪,把赵普的心吓得"咯噔"一下。

但赵普毕竟是赵普,是一个做了近十年宰相的赵普。他不仅很快稳住了情绪,且有了应对之策——避席拜而对曰:"陛下看人真准,冯学士确实是旷世之才!但有点太年轻,后蜀刚刚平定,需要派遣大量的官员,若是能让冯学士前去知一重州,历练个年二半载,宰相之佳选也!"

赵匡胤使劲儿将头点了一点,说道:"卿言甚是。"

于是,冯瓒被委任为辛州知州。

半年后,辛州的判官刘岞,悄悄来到汴京,状告冯瓒受贿枉法之事。

赵匡胤传旨冯瓒,让他入京对质。

冯瓒奉旨入京,行至潼关,被大理寺(大理寺。官署名。始置于夏,掌刑狱、司法。

隋唐时期,刑部为中央司法行政机关,大理寺为中央最高审判机关。宋大理寺组织略同于唐制,但职任空疏,司法实权为审刑院所掌握。)的官员截住,从他的行李中搜出了五千两银子、五百两黄金。把冯瓒给弄愣了。

他的行李,虽说是仆人打理的,但他一一过目,何来这么多金银?

但这些金子银子,明明是从他的行李里搜出来的,叫他说明来源,他说不出来。其结果,被赵匡胤免官流放,发配到沙门海岛。刘岵因告发有功,接替了冯瓒的知州。

经过一个多月的接触,董贵和姚恕成了无话不谈的朋友。董贵便将冯瓒被人栽赃的事,告诉了姚恕,而且,他还怀疑冯瓒的仆人被刘岵买通了,而刘岵的背后,有一只看不见的手在操纵着刘岵。

姚恕脱口说道:"你指的是赵普吧?"

董贵将头点了一点。

姚恕道:"你既然知道陷害你姐夫的人是赵普,为什么不去汴京告御状?"

董贵长叹一声道:"那御状能是好告的! 况且,我手中并没掌握赵普、刘岵一伙栽赃我姐夫的真凭实据。"

姚恕道:"为你姐夫打理行李的那个仆人,今在何处?"

董贵道:"在辛州开了一个很大的妓院。"

"你敢不敢断定,你姐夫真的被人栽了脏?"

"敢!"

"你为什么敢这么肯定?"姚恕又问。

董贵回道:"因为我一直在跟着我姐夫。"

"你姐夫在辛州做官时,你也在跟着吗?"

"跟着。"

姚恕复又问道:"大理寺的官员搜查你姐夫行李的时候,你也在跟着吗?"

"没有。"

"为什么?"

董贵回道:"我老娘病了,我在我姐夫回汴的前两天已经回了老家。"

姚恕道:"既然你确信你姐夫是被人栽了脏,你就把这事写出来,呈给皇上。"

董贵又是一声长叹:"实话给您说,这状子早就写出来了,我也曾揣着它去汴京住了十几天,花了不少钱才说通了两个太监和一个宫女,让他们代转,一连转了三封,皆石沉大海。"

姚恕"嘿嘿"一笑,说道:"我给你修封书,你只要见到收书人,他一定会帮你将状子呈给皇上,说不定,皇上还会亲自召见你呢。"

董贵似信非信道:"您说的这人是谁呀?这么厉害!"

姚恕一字一顿道:"翰林学士卢多逊。"

董贵喜道:"这个人我听说过,皇上特别宠他。他只要肯出面,我姐夫的冤屈一定能雪。"

姚恕十分肯定地说道:"你放一百条心,他会出面的。"

于是,董贵怀揣状子和姚恕所修之书,踏上了去汴京的道路。

他万万没有想到,他这一去,便是进了鬼门关。

将至汴京的时候,宿于悦来客栈。子时三刻,突然有人敲门,他迷迷糊糊地将门打开,一条麻袋将他当头罩住,拖到荒郊,抛入一口古井。

姚恕做梦也不会想到,董贵会突然失踪,他独个儿坐在判官的宝座上,还在那里静候佳音呢!

佳音没有候到,候来了一道诏书:姚恕道德败坏,不可为父母官,着大理寺锁拿归案。

姚恕不肯就范,连声问道:"这是从何说起,这是从何说起?"

来锁拿他的官员,沉声说道:"我也不知。但我是奉诏行事,请你不要让我为难!"

直到姚恕被带到大理寺方才知道,他犯了强奸罪。

他强奸的对象,乃是澶州第一大美人郭娇娇。

郭娇娇自诉道:她的男人,叫白富山,一个偶然的机会,认识了姚恕,便请姚恕到他家喝酒。姚恕见郭娇娇长得漂亮,便心存不轨,趁白富山入厕之机,将郭娇娇拉入怀中,又亲又摸,被如厕归来的白富山撞见,扇了姚恕四五个耳光。姚恕怀恨在心,指使一个山盗咬定白富山是他的窝主,把白富山下了大狱。郭娇娇救夫心切,来求姚恕,姚恕请她喝酒,似醉非醉之时,欲行不轨,她坚决不从,姚恕又气又怒,差一点儿把她的乳头咬掉。

赵匡胤闻听大怒,御笔一挥,将姚恕处以斩刑。

赵普、赵光义,为了权力明争暗斗,赵光义的判官,竟然逼得当朝宰相向他赔礼道歉。随着事态的发展,赵光义又登门向赵普致谢。第一个回合,打了一个平手。

第二个回合,赵光义彻底输了,而且付出了沉重的代价——他的佐官,他的幕僚,他的心腹,因为"强奸"一个美女而丢了脑袋。你说,赵光义这人丢得大不大?

其实，还不算大。

一个月后，由于赵普的谏言，赵匡胤免去了赵光义的殿前都虞侯之职。是啊，一个人身兼三职——宰相、京城的最高长官、保卫朝廷的殿前司的副统帅，这个人若是起了二心，那确实是一件很可怕的事情！尽管他是自己的亲弟弟！特别是赵普反问赵匡胤的那句话——李世民也是太子李建成的亲弟弟呀！

赵光义见哥哥对他起了疑心，表面上老实了许多，还想方设法讨好赵普，暗地里却命人砸赵普的"黑砖"——到处散布谣言：赵普一人"独相"，权力几与皇帝相等，他的"堂帖"——由宰相颁行的书面命令，"与诏令无二"，甚至大于诏令。

这话一传再传，传到赵匡胤耳中，他冷哼一声，将窦仪召入殿中，与之语也："窦爱卿，你觉着赵普这个人怎么样？"

窦仪避席回道："启奏陛下，赵宰相对陛下一片忠心。且是，赵宰相对于大宋的稳定和发展，有大功焉！"

赵匡胤道："但此人心胸狭隘，不配为相。"

窦仪道："陛下以为，孰可为相？"

赵匡胤道："远在天边，近在眼前。"

窦仪"啊"了一声道："陛下在说老臣呢？"

赵匡胤道："正是。"

窦仪将头摇了摇，说道："老臣一是没有那个本事，二是坟园也没有那个风脉。"

赵匡胤道："什么风脉不风脉，赵普如果倒了，朕便拜卿为相。"这话说得够直了，窦仪岂能不懂！他把头使劲摇了一摇，说道："陛下让臣父配飨武成王庙，臣之一家已经感恩戴德，不敢复有他想。但老臣只想劝告陛下一句话，赵宰相虽说有这样那样的不是，他的存在是陛下之福、大宋之福！"

赵匡胤道："请爱卿把话说得更明白一些。"

窦仪道："老臣已经说得够明白了。老臣近日贱体欠恙，老臣告辞了！"也不等赵匡胤恩准，拱了拱手走了。

对于窦仪的话，赵匡胤不解，他也没有再问窦仪，此事便告了一个段落。赵匡胤和赵普相安无事。

赵匡胤自武成王庙前偶遇卢多逊，越发把私访当做一种了解社情民意和发现人才的重要途径。故而，每隔十天半月，便要微服私访一次。

某一日，他又换上便服，独自来到位于相国寺东边的一座酒楼，见七个儒生正以公鸡为题咏诗饮酒,赵匡胤拱手说道:"列位,在下也想凑一个热闹,如何?"

众儒生见他相貌不凡,欣然同意,但有一个条件,要他先吟诗一首,作为入席礼。

赵匡胤朗声说道:"恭敬不如从命。"当即吟道:"鸡叫一声撅一撅,鸡叫两声撅两撅……"

众儒生掩口而笑:"这种粗俗的句子也能称诗吗?"

赵匡胤明知他们在讥笑自己,也不计较,微微一笑,又吟了两句:"三声唤出扶桑日,尽扫残星与晓月!"

在笨拙粗俗的前两句的铺垫和映衬下,后两句奇峰突起,众儒生愣了片刻,突然一齐立起,拍手说道:"好诗,好诗,吾等不及也。请高才上座。"

赵匡胤谦让了一番,方才落座,与众儒生一边饮酒、一边吟诗作对,约有半个时辰,突然问道:"汝等都是汴京人吧?"

众儒生异口同声回道:"吾等都是汴京人。"

"汝等既然都是汴京人,能不能说一说汴京城最近发生了哪些奇事、怪事,抑或是不平之事?"

一儒生回道:"怪事倒没有听说,但有一件事,就发生在天子脚下,既令人气愤,又令人好笑。"

赵匡胤道:"说来听听。"

四十一　天下第一鼓

　　刘老汉养了一头大猪,他指望用猪换棺材,不想这头猪丢了,他便跑到宫门口,敲响了登闻鼓。

　　赵匡胤失眠了,南唐、吴越为啥要给赵普送金子、银子,还不是认为赵普可以左右国家大事? 看来,朕给他的权力太大了!

　　赵匡胤喝醉了酒,指着赵光义说道:"三弟龙行虎步,贵不可言,你的福德怕要在我之上呢。"

　　有一个叫赵元因的儒生,就住在汴京城仪和坊(坊:古代也称里,是城市中最基层的组织单位。坊之上为厢,厢之上为府。),考了三次,皆名落孙山,加之他又嗜酒,岳父一家人都看不起他,包括他的妻子。他岳父就住在他的隔墙。杨信将军的小舅子又住在他岳父的隔墙。也不知什么时候,他的妻子和杨信的小舅子勾搭上了。后来,他的妻子干脆搬到杨信的小舅子家去住,二人出双入对,俨然一对夫妻。他忍无可忍,闯到杨信小舅子家大闹了一场。杨信的小舅子将赵元因告到了分巡检(分巡检:又叫厢巡检,以次都指挥使充任。每厢量地远近,置铺若干,每一铺置巡警六人,职在防火、防盗、报时。),说他家的传家宝——玉观音丢了,怀疑是赵元因偷的。这玉观音价值连城,有一个南唐商人给了他一万两银子他都没有卖。

　　分巡检一是想讨好杨信,二是杨信的小舅子又给他上了大供。于是,带着一群如狼似虎的巡警搜查赵元因的家,硬是把这个玉观音"搜"了出来,不容分说,将赵元因枷送开封府。开封府将赵元因判了死刑。

　　赵元因母亲七上开封府为儿申冤,开封府置之不理,没奈何跑到宫门,要告御状。来了八次皆被守宫人挡在门外。她竟异想天开,买了一面大鼓,背到宫门,对守宫人说道:"每个县衙的门口都置了一面大鼓,老百姓若是有冤,把鼓一击,县太爷就会登堂审案。这皇宫门外也应该置一面大鼓,老百姓若是有冤屈,把鼓一敲,天子也像县太爷那样登上金銮殿审案,天下就不会有冤民了。"

她这一番话,把守宫人笑得直不起腰,许久,指着赵元因母亲说道:"你呀你,你真逗!知县咋能和天子比?"

"怎么不能比?"赵元因母亲问。

"一个知县管多少人呀?少的几千,多的也不过十几万,天子管多少人呀?管三四千万!哪一天不是闻鸡而起,一直忙到鼓打三更,哪有时间管尔等这些鸡毛蒜皮小事!"

赵元因母亲将头摇得像拨浪鼓:"您这话不对,老妪的儿子,遭受了不白之冤,在你们眼里,是鸡毛蒜皮之事,可在老妪眼里,是比天还要大的事情!如果我元因儿被屈杀了,我也就不打算活了,我若是一死,我那躺在病床上的老头子也活不了多久。虽说受冤的是一个人,可这一个人连着他的爹娘,他的儿女,他的老亲旧眷……"说到这里,号啕大哭起来。

守宫人虽然同情她,但要在宫门置一大鼓,这不是他们能够做主的事,好说歹说,才将赵元因母亲劝走,可那面鼓她非要留下不可,还反复叮嘱守宫人:"我的这个想法,你们可要转呈天子呀!天子是少有的明君,他不会让一个土都快埋住脖子的老妪失望的!"

听那儒生讲了赵元因的冤情,及其赵元因母亲如何逗笑之后,赵匡胤心中沉甸甸的:"列位,你们之中有认识赵元因母亲的吗?"

众儒生异口同声道:"吾等全都认识。"

赵匡胤道:"既然汝等认识赵元因的母亲,那就烦列位转告赵元因母亲,让她明日亥时四刻,去皇宫门前击鼓申冤。"

众儒生道:"吾等就住在皇宫附近,每天都要从皇宫门前走上几趟,那门口并没有鼓呀!"

赵匡胤道:"往日没有,明日就会有的。"

众儒生不信,反问道:"你怎么知道?"

赵匡胤道:"朕……"忙改口说道:"在下怎么知道,列位就不要管了。列位只管陪着赵元因母亲前去皇宫门口击鼓也就是了。在下告辞了!"说毕,扬长而去。

"哎!"一红鼻子儒生说道:"这个人相貌堂堂,浑身上下有着一股逼人的英武之气,到底是一个干什么的?"

另一儒生道:"他不只有着一股英武逼人之气,说话又如此口满,好像他就是当今天子。"

又一儒生道:"是啊,在皇宫门前置不置鼓,莫说他也是一个儒生,就是当朝宰相,也不敢做主,他竟然说,让赵元因的母亲明天去皇宫门前击鼓申冤,好像那皇宫就是他的,他想干什么就干什么?"

红鼻子儒生道:"咦,你莫说,刚才那人恐怕就是当今天子!"

众儒生"吞儿"一声笑了:"你也真敢想,当今天子能来到这个破酒楼,能和咱们这一帮穷儒生吟诗作对?"

红鼻子儒生道:"你们别嘲笑我,我看他就是当今天子。"

"何以见得?"众儒生问。

"他说了一个字,不知诸位留心没有?"

众儒生道:"什么字?"

红鼻子儒生道:"他曾说了一个'朕'字,但立马改口,又称在下。敢称'朕'的人,不是当今天子,又会是谁呀?"

众人"咦"了一声,面面相觑。

白面儒生说道:"别发呆了,咱们追上去,一问便知。"

众儒生破门而出,哪里还有赵匡胤的影子,不由得顿足叹道:"失之交臂,失之交臂矣!"

红鼻子儒生劝道:"诸位不要气馁,他如果真是当今天子,咱们明天陪着元因兄的母亲进宫,还怕见不到他吗?"

众儒生道:"言之有理。"

第二天亥时三刻,众儒生拥着赵元因母亲来到皇宫门前,那里果真置了一面大鼓,还是赵元因母亲背来的那面鼓。赵元因母亲既高兴又激动,跪在鼓前,磕起头来。

众儒生不约而同地跪了下去,对着大鼓磕头。

赵元因母亲磕了九个响头,爬了起来,颤抖着双手擂响了大鼓:"咚咚咚、咚咚咚……"

鼓音刚落,一宦者来到皇宫门前,将赵元因母亲带到垂拱殿。赵匡胤端坐在御案之后,由内侍呈上赵元因母亲的诉状,他仔细地看了一遍,就一些具体的内容又问了问,方才说道:"赵老夫人,如果你说的全是实情,三天后朕会给你一个满意的答复,你放心地去吧。"

赵元因母亲拜谢而出,喜滋滋地来到皇宫门外,将宋天子审案的经过一一叙说一遍。众儒生大喜,将赵元因母亲拥到与赵匡胤相遇的那座酒楼,中间设了一个赵匡胤的牌位,众人分坐两边,举杯相贺,直喝到未时三刻,尽欢而散。

第四天午时一刻,赵元因无罪释放。赵元因的妻子和杨信的小舅子则被判以充军之刑。有关此案的几个枉法之人,譬如分巡检等等,全被褫职,把个赵元因母亲感动得泪流满面,逢人便讲,当今天子好啊!开天辟地以来,第一圣明之君!

为了报答圣明之君,她把自己的田产全部卖掉,又磕头爬跪,求爷爷告奶奶,筹了五十两银子,为赵匡胤建了一个生祠。

消息传到赵匡胤耳中,甚为欣慰,御笔一挥,赏赵元因母亲白银一百两,且把赵元因由一穷儒擢为翰林使(翰林使:掌宫廷内侍待诏官。始置于唐。至宋属光禄寺,掌供酒、香茗、汤果,备游幸和饮宴,且兼掌翰林院执役者名籍及轮流宿值。)。

"皇宫门前,既然设了鼓,就得给它起个名字。于是,窦仪问赵匡胤:"陛下,县衙前所置之鼓,谓之堂鼓,皇宫门前所置之鼓又该如何称之?"

赵匡胤默想良久道:"叫登闻鼓。"

刚开始,老百姓不敢敲,直到一个姓刘的老汉出现才蜂拥而至。

刘老汉是个单身汉,养了一头猪,养了三年,长有二百多斤。他指望卖了这猪给自己买棺材。谁知,猪丢失了。他便来到皇宫门前,敲响了登闻鼓。赵匡胤立马升殿,听他说明了原委,斥道:"你这个老不死的,丢一头猪也来找朕,拉下去,责四十大棍。"

赵匡胤这一说,把刘老汉吓哭了,一边哭,一边诉说原因。赵匡胤仔细一想,是啊,丢头猪对富人来说不算个事,可对这个老汉,关系到身后之事。忙改口说道:"汝不要哭了。朕来问汝,汝居住在何厢何坊?"

刘老汉回道:"旧城第二厢第十六坊。"

赵匡胤当即命令一个近侍,带着刘老汉去见旧城第二厢的分巡检,让他为刘老汉寻猪。

皇帝下了命令,分巡检哪敢怠慢,出动所有巡警,找了两个时辰,方把刘老汉的猪找到,立马上奏赵匡胤。

赵匡胤得意扬扬地说道:"老百姓丢了一头猪居然来找朕,由此看来,天下不会有冤民了!"

连丢了一头猪都敢去找天子,拥有近四千万人口的一个国家比丢头猪大得多的事数不胜数。

于是,国人纷纷涌向汴京,为敲这个登闻鼓排了几里的长队。鼓好敲,案不好问。赵匡胤就是不早朝,不吃饭,一天也不过审理二十几件。没奈何,颁旨一道:对敲登闻鼓的人数进行限制,一天只受理二十人。也就是说,一天只允许二十个人去击登闻鼓。

这一限制,那些丢猪的、丢羊的,抑或是丢牛、丢马的,很知趣地走了。

但那些蒙冤的百姓就是等上三天、十天,甚而一个月也没有一个走的。

此时的大宋,拥有近四千万人口,遭受乡绅、地霸、各级官吏乃至巡警欺负的,哪一天不是以千计? 而宋天子一天只受理二十个。

为了获得敲登闻鼓的权利,最公允的办法便是排队,可那队实在太长,一排便是几里。

于是,一些"机灵人",便去给守登闻鼓的行贿。

守登闻鼓的人得了贿赂,便生尽千方百计让这些"机灵人"提前击鼓。为这,那些"奉公守法"的排队人与守鼓的宫人打了起来,弄得赵匡胤不得不出动巡警平乱。

本来是想给百姓办好事,结果弄成这样。且是,每天要审理二十件案子,赵匡胤如何受得了! 他有心撤了登闻鼓,但又怕国人说他半途而废。想了许久,想出一个两全其美之法:一是把击登闻鼓的人数扩大一倍。二是让中书门下和刑部各抽十个人,代他审理案件,他自己则每月抽出三天——初五、十五、二十五来接待击鼓人。

作为皇帝,日理万机,再加上每月还要抽出三天时间来接待访民(击鼓人),够忙了,但赵匡胤仍要挤出一些时间微服私访。

他私访的地点不只是街上,也不只是城郊,还有官员的私邸。

某一日,晚饭后,赵普送走吴越国的使者归来,吴越使者送他的十坛"海物"摆在庑(庑:古代堂下周围的房子。)下,还没来得及收藏,赵匡胤微服而至,弄得他张皇失措。

"那是什么?"赵匡胤指着一连串的十个坛子问道。

赵普不敢虚言,据实奏对:"是吴越王遣人送来的海产。"

赵匡胤笑着说道:"既然是吴越王送来的海产,一定不错,把它打开看看吧。"

赵普不敢违旨,吩咐仆人打开坛盖,在场的人全傻了眼。原来,坛中放的并不是什么海产,而是灿灿闪光的瓜子金。

赵匡胤把脸一沉:"海产和金子等价吗?"

赵普满头大汗,惶恐地向赵匡胤请罪:"吴越使者说是海产,臣也没有开坛,实在不知道里边是金子。"

赵匡胤冷声说道:"吴越国既然送来了,你就收下吧! 他之所以送你这么多金子,在他看来,国家大事统由你来做主呢!"

说毕,拂袖而去。

这一夜,赵匡胤失眠了。

先是,南唐送赵普一万两银子。如今,吴越又送他这么多金子。

看来,朕给他的权力太大,以至于让南唐和吴越认为,他赵普可以左右朝廷了!

看来,不能让他一人独相了!

第二天早朝,赵匡胤颁布了一道御旨,参知政事吕余庆、薛居正和宰相赵普一同"知印、押班、奏事。"

这样一来,吕余庆和薛居正虽然还是副相,但已经拥有和宰相一样的权力,赵普独相的局面被打破了。

雷德骧的儿子雷有邻,眼尖得很,从这一个微妙的变化中看出了端倪。他在宫门前守了十几天,有三次该轮到他了,他却让给了后边的人。直到赵匡胤当值,他才不再谦让,当仁不让地敲响了登闻鼓。

赵匡胤亲自接见了他。

尽管赵匡胤对他的父亲雷德骧印象很深,尽管赵匡胤很想扳倒赵普。但是,雷德骧的被贬并不冤枉,他喝醉了酒,站在大街上撒尿,被巡警逮了个正着,没有将他的官儿彻底撸了,已经是法外开恩。至于赵普指使商州知州迫害雷德骧之事,并无真凭实据,若以此处罚赵普,于法于理于情都有些说不过去。

于是,赵匡胤放过了赵普。

赵匡胤虽说放过了赵普,却将雷有邻留在了身边,授官秘书少监(秘书少监:秘书省副长官,佐秘书监掌宫廷图书典籍)。

雷有邻仅仅因为告了当朝宰相的状而得官,这预示着什么?

这预示着宋天子要收拾赵普了。

苗训见势不妙,向赵普劝道:"表哥,有句古谚,叫'急流勇退',你已经做了十年宰相,该歇一歇了。"

赵普道:"大宋还没有一统天下,国家还有许多事情等着我去做,譬如法律有待重订、流民如何招抚、荒地如何开垦、黄河如何治理,以及官吏如何选拔和考核,盐、茶、酒的专营问题等等,我如何歇得下去!"

苗训叹道:"您是歇不下去。但是,朝廷如果想让您歇,您不歇也得歇。"

赵普道:"皇上不会让我歇的。"

苗训反问道:"您咋知道皇上不想让您歇?"

赵普道:"昨天皇上还在找我商议,说是让我和窦仪在前代法律的基础上,参酌轻重,删定重编《宋刑统》。"

苗训道:"诚如此,我来问您,雷有邻因为告了您的御状而得官,这作何解?"

"这……也许皇上觉着雷德骧并无大过,却一贬再贬,还差一点儿命丧灵武,授雷有邻一官作为一个小小补偿。"

苗训道:"事情怕是没有这么简单。我劝您好好学一学越大夫范蠡,来一个急流勇退,且莫再让'飞鸟尽,良弓藏,狡兔死,走狗烹'的悲剧,在您身上重演。"

赵普默想良久,回道:"此事关系愚兄的富贵贫贱和荣辱进退,你容愚兄再好好想一想。"

苗训拱手说道:"既然这样,小弟先行一步。表兄什么时候想通了,就什么时候去华山相会。"

说毕,扬长而去。等到赵匡胤见到苗训的辞官奏章,派人去追,他已离开汴京二百余里了。

赵普犯了和越国宰相文种一样的病,硬是不走。其结果,苗训走了不到十天,汴梁城那些"机灵人"和赵普的那些政敌、私敌,包括赵光义在内,或明或暗,掀起了一场倒普风波,揭发赵普种种不法的御状,雪片似地飞到了赵匡胤那里:

——朝廷三令五申,不得私自贩运秦陇一带的大木,赵普以建造府邸为名,遣他的亲信前往秦陇,购办巨木,连成大筏,运到汴京,公然出售,赚银三万两。

——赵普私自换取供给皇上御膳的菜园子,来扩大他的府邸。

——朝廷三令五申,四品以上的官员不得通婚,他却与枢密使李崇炬结为儿女亲家。

——朝廷三令五申,官员不得经商,而赵普不仅经营旅店、酒店,还贩卖骡马,牟取暴利。

——赵普独揽相权,千方百计地排挤、贬低皇弟开封尹。

——堂后官(堂后官:一称堂吏、省吏。唐、宋中书门下省的属吏,因其在都堂之后,分房办事,故称。宋初,中书门下设孔目、吏、户、兵、礼、刑五房,各房置堂后官三人,其中一人记录皇帝旨意,一人抄录公文,一人校对印发。)胡赞、李可度受贿枉法,刘伟假造摄牒得到官位,王洞曾向李可度行贿,赵孚授予西河之职却装病不去赴任,这些都得到了赵普的包庇。

在倒普风波中,幕后主持乃是赵光义,但冲锋陷阵的却是卢多逊、雷有邻和三司使的赵玭等。据史书记载,每召对,卢多逊"多攻普之短。"逊父闻之,叹曰:"赵普是开国元勋,小子无知,轻诋先辈,将来恐不能免祸,我得早死,不致亲见,还算侥幸哩!"

卢多逊以为乃父年老昏聩,不听,"攻普如故"。

赵匡胤早就想扳倒赵普,见了这些状纸,如获至宝,遂命翰林学士陶谷拟定草诏,即日将赵普充军。诏未及发,故相王溥闻之,"闯宫谏上",遂改赵普充军为贬官,令为三城节度使。

赵普为什么倒台,他肚如明镜。

他知道赵光义的为人。

他也知道,只有他才能制约赵光义。他走了,赵光义就会独自坐大。等赵匡胤一觉"醒来",突然发现三弟的院子里龙盘虎踞,深不可测,已经晚了!

故而,他明明知道,赵光义在捣他的蛋,不仅不揭破,离京之时,在给赵匡胤的书中,还有意向赵光义示好——外臣谓臣轻议皇弟开封尹,皇弟忠孝全德,岂有间然!

陛下,你的弟弟是完美的人,你可以全心全意地去爱他!

也有人认为,赵普此语乃是出于牢骚。

还有人认为,赵普是在向赵匡胤示警——小心您的三弟!

更有人认为,赵普在向赵光义讨好,是在搞政治投机,一旦赵光义做了皇帝,可东山再起!

赵匡胤不知怎么想,在赵普被贬不到一个月,加封赵光义为开封府尹兼晋王,位在宰相之上。

于是,赵光义变成了当年的柴荣。

可柴荣是太子,是要接皇帝班的。赵匡胤这么安置赵光义,为了什么?真让人费解!

可赵光义心里清楚。去年,百官为赵匡胤祝寿,赵匡胤喝醉了,指着赵光义说道:"三弟龙行虎步,贵不可言,你的福德怕是还要在朕之上呢!"

赵光义不但贵不可言,其"福德"怕是还要在赵匡胤之上,这意味着什么? 这意味着赵光义要做皇帝。不但要做皇帝,其福和禄比赵匡胤还好呢! 自那一刻起,赵光义要做皇帝的欲望愈来愈强了。

为了这一欲望,他暗地里积蓄力量,网罗了一大批仁人志士,抑或是谋士,譬如宋琪、程羽、贾琰、石熙载、陈从信、张平、郭贽、商风、柴禹锡、杨守一、赵镕、周莹、王显、杨守素、王延德、窦喔等。甚而,连程一服也网罗到了他的门下。

对于赵匡胤身边那些近臣,他也刻意笼络,逢年过节,总要有所表示,甚至连田重进、党进和杨信都不放过。

要知道,这些人都是京中的禁军将领,是赵匡胤睡觉时为他看守大门的人!

这些情况,没有人敢给赵匡胤说。

敢说的人,赵匡胤把他贬出京城,包括这个人的亲家李崇炬——由号称二执政之一的枢密使,贬为一个五品刺史。

因倒赵普之风波,卢多逊得以升任参知政事。

有升必有降。

因倒赵普之风波受到连累的不只李崇炬,还有数百个五品以上的贪官。

赵匡胤说,宰相如此之贪,中书门下呢?查!凡五品以上的官员,查!

谁知,这一查,几乎是无官不贪,只是多少问题。有关人员将这一情况上奏赵匡胤,赵匡胤沉吟良久道:"传朕的旨,凡贪污受贿十贯以内的,三年不得升迁;凡贪污受贿一百贯以内的,降职一级;凡贪污受贿一千贯以内的,流放十年;凡贪污受贿一千贯以上的,杀头。"

此诏一颁,被杀的贪官是二十八位,举国为之震惊,吏治也为之一新。

整顿过吏治,赵匡胤一方面让窦仪出面,重修《宋刑统》;一方面又在谋划一统天下之事。

根据王朴的建言,一统天下的方略,乃是先南后北。自柴荣到赵匡胤,基本上是遵照这一方略行事的。但也有例外,那是迫不得已。

在南方,现存的国家只有两个,一个是吴越,一个是南唐。

四十二 这计并不高明

就在大周后准备捉奸的时候,她还在暗自向上天祷告,李煜的情人是谁都行,但千万不要是我的妹妹!

李煜弄不明白,樊若水只不过是一个落第举子,大宋天子为什么这么重视! 直到大宋灭了南唐,他方才知道,南唐之亡,这个樊若水"功不可没!"

赵匡胤的反间计并不高明,但居然成功了。半个月后,从南唐传来消息——林仁肇死了。

吴越国建于公元 907 年。

它不是打出来的,是后梁太祖朱温加封的。首位国王叫钱镠,被朱温封为吴越王,自此他所管辖的地域便称吴越国。

正因为如此,吴越国底气不足,自钱镠始,便制定了一个心向中原的国策——"子孙善事中国,勿以易姓废事之大礼。"直截了当地告诉子孙后代,不管中原地区谁当了皇帝,我们的态度只有一个——"善事"。

它要"善事"中原,就得接受中原皇帝的指令。于是,从后梁开始,直至大宋,中原皇帝叫它干什么,它便干什么。

其实,中原皇帝也并未叫它干一些出格的事,只是要它紧紧地盯着南唐,包括南唐之前的吴国,绝不允许让它跳过长江去。

吴越做到了。

吴越如此听话,出兵打它于情于理有些不通,赵匡胤也不忍心下手。

对吴越不忍心下手,那只有与它毗邻的南唐倒霉了!

南唐,经过周世宗两次御驾亲征,知道了中原皇帝的厉害,不仅自去帝号,奉周正朔,还"愿意听命中国",并献庐、舒、蕲、黄等十四州地。

但南唐大臣多有不服，暗中与大宋较劲，甚而拉拢大宋权臣，一次送给宰相赵普白银一万两。当然，送这么多银子，国王若是不同意，谁也不敢送，也没有银子可送。

遗憾的是，同意送银子的国王死了，他的儿子李煜，并未有当国王的欲望，硬被大臣们按到了国王的宝座上。

李煜确实不是一个做国王的料。

他一生最痴迷的两件事：写诗词、泡美妞。

他还在做太子的时候。

他还没有大婚的时候。

他已经知道泡妞了。

他所泡的第一个妞，是个宫女。这个宫女，娇小玲珑又博学，负责静修堂的卫生，兼管图书。他每一次来到静修堂时，这位宫女好像是未卜先知，把他所想读的书放在书案上。

他曾对这位宫女信誓旦旦地说道："此生，非她不娶！"

可是，他的父王硬要他娶另外一位女子。这位女子，是周宗的长女，名叫娥皇。而周宗不只是南唐的开国功臣，还官居大司徒，也就是事实上的宰相。他拗不过父王，就在迎娶周宗长女的前一天晚上，他为那个宫女写了一阕词——《乌夜啼》："林花谢了春红，太匆匆！无奈朝来寒雨晚来风。胭脂泪，留人醉，几重时？自是人生，长恨水长东。"

但当他很不情愿地将周宗长女迎娶宫中之后。

但当他例行公事般地掀起新娘的盖头之后，他惊呆了。

他没有见过历史上的娥皇。

历史上的娥皇是尧的女儿，长得很美。

尧还有一个女儿叫女英，也长得很美。

尧有心叫舜继承他的帝位，便把两个女儿一齐嫁给了舜。

数十年后，舜出外巡视死在了江湘之间。娥皇和女英赶到那里，扶竹而哭舜，她俩的眼泪染竹成斑，此竹被后人称之为"潇湘竹"。

眼前的娥皇：双目流盼，如秋水一般明净；玲珑小嘴，如樱桃一般诱人；如玉脖颈，颀长优雅；纤纤酥手，如香菱一般白嫩。

历史上的娥皇长得有多美，李煜没有见过。

但他深信，眼前的这位娥皇，不会亚于历史上的娥皇，包括有四大美女之称的西施、王昭君、貂蝉和杨贵妃!

他慢慢地,小心翼翼地将一双有点颤抖的手伸向了娥皇……

周娥皇不仅貌美如仙,她还多才多艺,唱歌的水平在南唐无人可及。

她还会跳舞,跳起舞来如风摆杨柳。

她还弹得一手好琵琶——琴声悠扬悦耳,连训练有素的琴师也不如她。别说听她弹琵琶,就是看上一眼她怀抱琵琶的样子——美轮美奂,也是一种享受。

李煜本来就多情,喜欢泡美妞,如今,一个比天仙还美,且风情万种的妙人儿就坐在他的怀里,他还有心去处理朝事吗?

当然不会。

他把自己的所有时间用在娥皇身上,陪她游玩,陪她唱歌跳舞,陪她吃饭喝酒,甚而还为她作诗作词,还和她调情。

他曾为周娥皇写过许多诗,仅录两首于后。

其一,《浣溪沙》:

> 红日已高三丈透,金炉次第添香兽,红锦地衣随步皱,佳人舞点金钗溜,酒恶时拈花蕊嗅,别殿遥闻箫鼓奏。

其二,《一斛珠》:

> 晓妆初过,沉檀轻注些儿个。向人微露丁香颗,一曲清歌,暂引樱桃破。罗袖裛破殷色可,杯深旋被香醪涴。绣床斜凭娇无力,烂嚼红茸,笑向檀郎唾。

好一个"烂嚼红茸,笑向檀郎唾。"这种调情的方式,太浪漫了,古今少有。

多情也好,浪漫也好,都得有个度。周娥皇二八妙龄,又摊上了如此一个风度翩翩、温文尔雅、多才多艺,而又贵为人主的美少年,岂能不倾心,岂能不浪漫!浪漫得花间树下,也成了他们做爱的地方。久而久之,受了风寒,周娥皇病倒了。卧床两个多月,病情不但没有好转,而且加重了。

在她卧床期间,李煜衣不解带,亲自侍候她,为她宽衣,为她喂药喂饭。看着日渐消瘦、面容憔悴的李煜,周娥皇哭了。她一边哭一边劝道:"陛下,臣妾这病一天半天难以好转,您不只是臣妾的皇上,您更是南唐的皇上,您不能老守候在臣妾榻前,您应该去干您应该干的事情。"

李煜道:"你不要说了,朕只是你一个人的皇上,你一个人的男人,朕哪里也不去,朕就要守着你!"

他这一说,周娥皇哭得愈发厉害了:"陛下,臣妾谢谢您,臣妾遇到您这样一个男人,臣妾就是死了,臣妾……"

李煜赶紧伸手将她的嘴捂住:"朕不要你说,你不会死,你永远不会死!"直到周娥皇将头轻轻点了一点,他才将手放开。

忽一日,周娥皇对李煜说道:"您一个人照看臣妾有些太累,臣妾有一个妹妹,刚满十五岁,能不能让她进宫,帮您一把?"

李煜道:"既然你有这么一个妹妹,何不早说,那就让她来吧。"

周娥皇聪明一世,糊涂一时,犯了一个让她把肠子都悔青了的错误——她的妹妹,也就是历史上所说的小周后,进京不久就爱上了李煜。更让她伤心的是,李煜竟然也爱上了她的妹妹。

李煜和小周后的私情,李煜不会告诉周娥皇。不,相对小周后而言,应该称周娥皇为大周后了。

李煜和小周后的私情,李煜不会告诉大周后,小周后更不会告诉大周后。

谁告诉的她?

词。

词可以言志,也可以寄情。

李煜和小周后一番缠绵之后,词兴大发,为小周后填词一首,词名《菩萨蛮》,词曰:

> 花明月黯笼轻雾,今宵好向郎边去!衩袜步香阶,手提金缕鞋。画堂南畔见,一向偎人颤。奴为出来难,教君恣意怜!

李煜喜欢写诗填词,写了诗词,还要谱成曲子,让宫女学唱。这一唱,露了马脚。

大周后卧病在床,无事可做。你看她口口声声劝李煜不要管她,去做自己该做的事情,但她骨子里,一刻也不想让李煜离开。

如今,李煜不仅离开了她,还有了新欢。从词中看,这新欢似乎很主动——"今宵好向郎边去"。且是"衩袜步香阶,手提金缕鞋。"把女子偷情之事写得惟妙惟肖。

这一女子是谁呢?

"奴为出来难。"这一女子,要么是家中有夫,要么是家教甚严,故而"出来难"。

但她还是出来了,且又有了巫山云雨。而在巫山云雨的过程中,要么初次承欢,要么是矫揉做作,"教郎恣意怜!"

这一女子到底是谁呢?

凭着女人的第二感觉,她觉着这一女子就是她的亲妹妹。但她又自我否定。

妹妹的为人她知道——善良,善良得连走路都生怕踩死蚂蚁,怎么会去夺亲姐姐之爱呢?

就在她故意装睡、准备捉奸的时候,她还在暗自向上天祷告,李煜的情人是谁都行,但千万不要是我的妹妹!

可当她捉奸成功的时候,她惊呆了,她无语,她头晕,她"咔"地吐了一口鲜血,摇摇欲倒,若非李煜扶得及时,她非摔倒不可。

她定了定神,从李煜怀中挣脱出来,踉踉跄跄逃回芙蓉宫,用被子蒙头,哭了一天一夜。

她突然不哭了,掀开被子,对跪在榻前的小周后,气若游丝地说道:"嘉敏……"

她指了指坐在榻上的李煜说道:"这个男人,是姐一生所爱。你既然爱他,就应该像姐一样,爱他到天荒地老!"

小周后"嚎"了一声道:"姐,嘉敏对不住您,嘉敏该死……"

大周后朝小周后一连将手摆了三摆说道:"你不必说了,你也不应该死。"

她又朝李煜指了一指说道:"这个男人,是女人的克星,也是姐的一生所爱,姐走了之后,你要代姐好好侍奉他……"

"娥皇,你不要说了,你不会走,朕也不让你走。"李煜泪流满面地说道。

大周后苦笑一声道:"您不让臣妾走,可臣妾的心已经死了,非走不可。但愿臣妾走了之后,您要善待小妹。"

李煜忙道:"你放心,朕会善待嘉敏的。"他忽觉失口,忙改口道:"你不能走。朕向玉帝发誓,自今之后,朕和小妹一刀两断,只对你一个人好,也只爱你一个人,爱到天荒地老,永不分离!"

大周后又是一声苦笑:"陛下,您不必发誓,男人的心臣妾懂。男人就像馋嘴的猫,没有不吃腥的。臣妾说是臣妾走后,让您只爱小妹一人,只是说说而已,也没指望您能办到。但臣妾有一个不情之请,只要您能办到,臣妾就是死了,也可以含笑九泉了!"

李煜哭着说道："爱妃，有什么事您尽管说，只要朕能办到的，朕一定给您办。"

大周后道："您曾多次给臣妾说过，要立臣妾为皇后，臣妾无福，但愿臣妾走后，这皇后的桂冠，请您把它亲自戴到嘉敏头上。"

小周后"嚎"地一声哭道："姐姐，您不会……"

大周后将手摆了摆说道："嘉敏，你不要说了，姐只想听陛下一句话。"

李煜忙道："爱妃，你不会走。但是，你如果真的走了，朕就把为你准备的皇后之冠，亲自戴到嘉敏头上。"

大周后凄然一笑道："但愿陛下不要负一个将死之人！"

当天深夜，大周后驾鹤西去。

李煜没有负约，就在大周后枢前，含泪追封周娥皇为昭惠皇后；封周嘉敏为昭德皇后，史称小周后。

小周后的容貌并不比她姐差，甚而，在唱歌跳舞方面还略胜乃姐一筹！

但是，正如大周后所言，猫儿哪个不爱腥。李煜在爱小周后的同时，又爱上了一个叫窅娘的女子。

窅娘的容貌较之大小周后相去甚远，但她脚小，且把那脚又裹成了一个新月状，每每跳起舞来，有回旋凌云之态。有人特意为她写了一首诗，内中有两句广为流传——"莲中花更好，云里月常新。"

这诗一传两传传到了李煜耳中，招来一看，其脚果如新月，一高兴，便将窅娘留了下来，且册封为贵妃，一有闲暇便抱住窅娘脚，又嗅又吻。这事，不知怎的传了出去，南唐女子，十一、二岁便开始裹脚，以新月状为美。从此，裹脚成为中华民族一个风尚，一个害人的风尚！

正当这风尚将兴未兴之时，赵匡胤出现了。

他说，他很想念李煜，让他来汴京一趟。

李煜很忙，不只要为大周后发丧，还要立小周后为后，更深层次的原因，他怕赵匡胤将他扣留于汴京。于是，很委婉地拒绝了。

事实上，他拒绝得对。赵匡胤要他来汴京的目的就是想扣留他，以和平的方式将南唐收入大宋的版图。

李煜婉拒了赵匡胤，赵匡胤又玩了一个花招，让他将一个叫樊若水的人的家属，一个都不能少，安全送到汴京。

李煜不认识樊若水，问遍群臣，方才知道，樊若水是一落第举子。

李煜弄不明白,一个落第举子,大宋天子为什么这么重视?直到大宋灭了南唐,他方才知道,南唐之亡,这个樊若水"功不可没"。

樊若水者,中原人也。但他从小长在江南,年少时曾参加南唐科举,成绩不是数一也是数二。但南唐硬是不予录取,一气之下,跑到汴京,面谒赵匡胤。赵匡胤问他:"汝除了文章可圈可点之外,还有何能?"

樊若水默想良久回道:"现在一无所能,但愿陛下假小民三个月,小民会给您一个满意的答卷。"

说毕,拜谢而出,回到南唐,以钓鱼为名,跑到采石矶(今安徽市马鞍市西南);以钓鱼为名,暗测江面的阔狭和水流缓急情况。曾从南岸系着长绳,用舟引至北岸,往返十数次,尽得江面尺寸,不失纤毫。返回汴京后,上书赵匡胤:"要灭南唐,可造浮桥济师。"

赵匡胤得书大喜,立即召见樊若水,若水呈上长江图说,赵匡胤仔细审视,所有曲折险要,均已载明。至采石矶一带,独注及水面阔狭,更加详细,不禁大喜道:"得此详图,虏在目中矣。"遂拜樊若水为右参赞大夫,复遣使南唐,务要将樊若水的家眷一个不少安全送到汴京。

李煜不知赵匡胤之深谋,加之,他正在和小周后、窅娘打得火热,不假思索地回道:"可!"

赵匡胤得寸进尺,俟南唐使把樊若水的家眷送到汴京,旧话重提——他很想念李煜,要李煜速来汴京一叙。

李煜接诏,"百忙之中",抽暇商之群臣,群臣都不同意他去汴京。

他也不想去。

他一天也不想离开小周后和窅娘。

大周后在世之日,回娘家住了一夜,他彻夜难眠,为之作诗一首。诗曰:

> 云一緺,玉一梭,澹澹衫儿薄薄罗,轻颦双黛螺。秋风多,雨相和,帘外芭蕉三两窠。夜长人奈何。

他若是去了汴京,一来一回,少说也得一个月,这一个月内,他该做多少首诗呀?

但是,既然奉大宋为正朔,大宋的话不能不听。

于是,便遣他的弟弟李从善代他去汴京面谒赵匡胤。

李从善面谒赵匡胤之时，卑躬屈膝，一再向赵匡胤表示，不只奉大宋的年号为正朔，还愿意取消南唐的国号，把玉玺的印文改成江南国主，还请求赵匡胤赐诏呼名。

赵匡胤不但恩准了李从善的请求，还赐银两万两。还让他的宠臣卢多逊陪李从善畅游相国寺及洛阳的龙门石窟。

游完龙门石窟归来，赵匡胤颁旨一道——拜李从善为泰宁节度使。

这样一来，李从善就不能走了。

他的汴梁之行，乃是代兄而来。如今，赵匡胤不让他走，且授以节度使之职，他既不敢拒绝，又怕乃兄起疑，便修书一封给李煜，说明情况。

李煜接到从善之书，忙致书赵匡胤，请求赵匡胤将他弟弟放归。

赵匡胤接书之后，下诏给李煜。诏书曰："卿弟从善多才多艺，朕想重用他，如今南北一家，何分彼此，愿卿不必多虑。"

话说到这个份上，李煜也不便多说，也不敢多说，只有遣使南唐以拜谒宋天子为名，来会李从善。

有道是："来而不往非礼也。"

赵匡胤见南唐使者频频至宋，便遣卢多逊为使，出使南唐。

在使者之中，有一个不知姓名的画家，也不知道通过什么渠道，见到了那个绰号叫林虎子的南唐第一战将——林仁肇，且为他画了一幅大肖像。但他没有把这副肖像交给林仁肇，而是交给了赵匡胤。

说到这个林仁肇，南唐无人不晓。

论官，杜仁肇只不过一个江南留守而已。但他的文韬武略绝不在已经死了的刘仁赡之下，且对大宋敌意很深。大宋灭了后蜀，他便上书李煜，声称宋可以灭蜀，也可以灭唐。且宋，虎狼之国也，犹如当年之秦国，与我大唐早晚必有一战，臣想趁它灭蜀，士卒疲劳之机，带五万唐兵，从寿春渡江北上，收复江北旧境。赵匡胤一旦发兵来战，臣便依淮河据守防御，同宋军决一死战。蒙陛下恩威打了胜仗，也可使国人受福；若出师不利，惹怒了赵匡胤，以至大兵压境，陛下可以诛戮臣全家，借此向赵匡胤谢罪。陛下若是还有顾虑，可在臣未曾出师之前，遣使告知宋廷，就说臣谋反叛逆，不服主命，那时宋廷也不会怪罪陛下了！

忠臣！

纵观五代及宋初之史，有臣如此，实属罕见！

有臣如此，乃南唐之福也。

可李煜不这么看,他不假思索地将林仁肇的建言给否定了。

他否定的原因有二:一是怕打仗,若是和宋军打起来,他就没有时间写诗填词和泡美妞了;二是他对林仁肇的忠诚度有怀疑。古人有句话,"人为财死,鸟为食亡",林仁肇凭什么要如此忠于南唐,为了南唐,不惜把全家人的性命也押了上去!我朝的军队也不过二十几万,你林仁肇一下子就带走了五万,你林仁肇拿了这五万人马若是另立山头,我南唐可就完了。

俗话不俗,"世上没有不透风的墙。"林仁肇的建言很快传到了赵匡胤耳中,使他吃了一惊:这个林仁肇,分明又是第二个刘仁赡。不,他比刘仁赡还刘仁赡,刘仁赡为了南唐,也只是舍了一个儿子,而林仁肇舍去的可是全家!此人不除,南唐就很难收服。

要除掉林仁肇,方法很多,但赵匡胤选择了离间计。

于是,便有了卢多逊的南唐之行。

于是,他手中便有了一副林仁肇的巨幅肖像。

于是,他便亲自出面,宴请李从善,而林仁肇的巨幅肖像赫然挂在集英殿的大殿中。

李从善一进殿,便看到了林仁肇的肖像,想问,没敢问。喝到五六分酒意的时间,他指着林仁肇的肖像问赵匡胤:"陛下,他是哪路神仙呀? 小臣咋觉着面熟得很。"

赵匡胤故意装醉,指着林仁肇的肖像,吐吐拉拉说道:"他不是神仙,他是你们南唐的林仁肇。"

赵匡胤压低声音说道:"不瞒爱卿,林仁肇觉着南唐主荒淫无道,早晚非要完蛋。故而,遣使来汴,愿意归顺大宋,为了表示诚意,把他的肖像送来做信物。朕已经答应他,他如果归顺大宋,朕就封他为枢密使,还把为孟昶建的那座院子赐给他。呕……呕……呕……"

宫女见了,忙去端放在殿角的痰盂,痰盂还没端到,赵匡胤大嘴一张,"哗"地一声吐出一连串秽物。

赵匡胤这一吐,把宫女们慌坏了,又是为他清扫秽物,又是为他捶背,直到他不吐了,方将他扶到寝殿。

这个反间计并不高明,但居然成功了。半个月后,从南唐传来消息——林仁肇死了。

是喝毒酒死的。

而这杯毒酒,乃是李煜所赐。

　　林仁肇一死,赵匡胤便加快了灭亡南唐的步伐,一面命吕余庆前往荆湖督造黄黑龙船,一面命卢多逊再次出使南唐,明确地告诉李煜——朝廷正在重修天下方志,史馆中独缺江南诸州的,让他每州抄一本,送给朝廷。

　　不就十几本州志吗,小事一桩,李煜命令翰林院连夜抄写各州州志,三天乃成,送给了卢多逊。

四十三　曹彬下南唐

　　曹彬出师之时,赵匡胤亲自为他送行,且解身上佩剑相赐,命之曰:"副将而下,凡有不从元帅之命者,先斩后奏!"

　　战火已经烧到了李煜的国都,按照常人推测,他一定是浑身发抖,抑或是千方百计调集军队,保卫金陵。错了……

　　比赛分为三十个组,每组二十人,各自互相诘难,胜出者方可参加第二轮比赛;第二轮分为三组,每组十人,还是互相诘难,胜出者再去参加第三轮比赛。

李煜送给大宋的哪里是州志,分别是国家级的顶端机密。

赵匡胤得到了这些顶端机密,江南十九州的山川地形、屯军情况以及人口状况,了然于胸。

他之所以没有立即出兵南唐? 他是在等,等那些黄黑龙船。

要造两千多艘黄黑龙船,没有半年时间是不行的。在这半年之内,赵匡胤集中精力做了三件事:一是鼓励垦荒,招抚流民,杀掉了一个刁难流民的知州。二是设监铸钱,发行"宋元通宝"。"取唐飞钱故事,许民入钱京师,于诸州便换",并在汴京设置便钱务,商人存入钱后获得票券,凭票券到各州可以支取现钱。这种汇兑方式解决了货币携带不便的问题。三是治理黄河,兴修水利,罢黜了治黄(河)不力的澶州知州杜二公。

杜二公何许人也?

杜二公可是赵匡胤的亲舅呀!

做过三件大事,船也造好了,理应即刻兴兵,征讨南唐,但因元帅的人选,赵匡胤又犹豫了几天。

李煜虽说昏庸,但南唐将士的战斗力较之后蜀、南汉强上十倍,这一点,赵匡胤还在未曾为帝之时已经领教过了。

若是灭了南唐，吴越不战自降。彼二国若是一灭，就可以用兵北汉和辽国了，一统中国才可以由设想变为现实。因而，对南唐的这一次用兵，非常重要。

既然重要，就得选一个能够担当，能够胜券在握的元帅。

这个元帅的第一人选，应该是王全斌，王全斌自出兵到灭了后蜀，只用了六十六天。

可是，这个人残暴好杀，引起民变，朝廷用了整整两年时间，才将后蜀彻底征服。况且，他已经灭了一国，若是再让他灭了南唐，功劳是不是有些大了点？

第二个人选，是潘美，潘美灭掉南汉，虽说比王全斌灭掉后蜀多用了一百零五天，但南汉没有发生民变，若是把朝廷用于平叛后蜀民变的时间计算在内，潘美灭掉南汉，反而比王全斌灭掉后蜀少用了五百多天。

但是，他和王全斌一样，已经取得了灭亡一国的赫赫战功，不能再让他赫赫了。

曹彬呢？

曹彬为人忠厚，在王全斌征讨后蜀时担任东路军的都监，为灭蜀立下了汗马功劳，足可以担当起灭唐之大任。

但是，对于曹彬在灭蜀中的表现，赵匡胤有些不满，害怕他重蹈征蜀覆辙——滥杀。为此，商之于窦仪。

窦仪极力推荐曹彬。而且，还固执地认为王全斌征蜀滥杀之事，一定和曹彬无关，并举了一个事例来证明曹彬的善良和宽厚。

周世宗在世之时，曹彬曾经做了一年多徐州知州。州中有一个姓王的小吏犯了罪，应当处以杖刑，这事前任知州已经定了，未及执行而调离。曹彬上任后，凡前任判的案子，一一执行，唯对这个小吏法外开恩，不仅将他释放，且还留在州衙，任职如初。过了一年，人们把这件事已经淡忘了，他却把这个小吏抓起来，杖了六十大棍。州衙的人对曹彬这一做法很不理解，询之曰："大人既然放了小吏，为何一年后又杖小吏？大人如果想杖小吏，当初就应该执行，为什么等了一年之后才来执行？"

曹彬回道："我听说这个小吏刚刚娶了老婆，如果马上对他用刑，新娘的公公婆婆就会认为这个儿媳妇克男人而厌恶她，甚至打骂她，使她生活不下去，不是跳井便是跳崖。所以，我才对他施以缓刑，过了一年再执行。这样做，既维护了法律，又使他不至于因为受刑而失去了老婆，而他的老婆也不会因为他受刑而失去男人。"

听了曹彬这一番话，州衙的人对曹彬肃然起敬。

讲到这里，窦仪反问赵匡胤："陛下，作为一州之长，考虑问题细致周到到如此程度，还会滥杀吗？"

赵匡胤若有所思道:"通过卿所讲的这件事来看,曹彬真够忠厚了,可事实上,他在征蜀的时候确实滥杀过降卒,且一杀便是两万七千多人,骇人听闻!"

窦仪摇头说道:"臣还是那句老话,曹彬不会滥杀,更莫说滥杀两万七千多人了!陛下若是不信,臣再给你讲一讲曹彬翻修房子的事。"

赵匡胤将头点了一点说道:"请讲。"

曹彬的房子,还是周太祖郭威所赐。

这座房子,是后梁一个翰林盖的。到了郭威代汉,已经有四十多年的历史了。因翰林一家为乱兵所杀,成了无主房,郭威便将它赐给了曹彬。

到了开宝年间,这房子已经破烂不堪,每逢下雨,外边大下,里边小下。甚而,连山墙也裂了一条大缝。经夫人和儿子反复劝说,他才勉强同意将房子翻修一下。儿子怕他反悔,立马请来了泥水匠和木匠,还雇了三十几个小工。正要动手拆房,他下朝归来,阻止道:"这房不能拆!"

儿子问:"为什么?"

"正值隆冬,墙壁为百虫所蛰,你这样做,岂不在杀生吗?"

硬是把翻修房子的日期改在了来年三月。

说到这里,窦仪又反问赵匡胤:"一个人,善良得不肯伤害过冬的虫子,还会去滥杀降卒吗?且一杀便是两万多人!"

赵匡胤若有所悟道:"诚如爱卿所言,曹彬不会滥杀。但是,在审理王全斌滥杀一案时,他亲口对朕说,王全斌曾商之于他,他极表赞同。"

窦仪道:"这事,臣曾私下问过曹彬。他长叹一声说道,'为杀降卒一事,王全斌确实征求过他的意见,但他不同意,王全斌把文案一摔说道:你同意不同意我都要干!'遂杀降卒两万七千多人。曹彬留了个心眼,把当时他没签字的文案收藏起来。"

赵匡胤将头使劲摇了一摇,说道:"卿的话,朕有些不信。曹彬既然收藏着他不同意杀降卒的文案,为什么当日朕审理王全斌滥杀一案时,他不把这个文案拿出来,而且还把杀降卒的屎盆子扣到自己头上?"

窦仪道:"这事臣也曾私下问过曹彬,曹彬说,'我和王全斌一道伐蜀,征西将军俱有罪,我独自清白,怕是要加重王将军和征西诸将的罪呢!'"

赵匡胤将头点了一点,说道:"诚如窦爱卿所言,那曹彬真是一个宽厚人,处处事事都为别人着想,难得,实在难得!"

窦仪避席拜曰:"陛下圣明!"

赵匡胤连连摇手道："爱卿别急,卿这只是一面之词,等朕看了曹彬没有在杀降的文案上签字的文案,方才算数。"

说毕,传旨曹彬,让他带上伐蜀之时那份杀降的文书,进殿面君。

不到两刻钟,曹彬气喘吁吁地来到崇政殿,参拜过赵匡胤,呈上了杀降的文书。

赵匡胤将那文书仔细地看了一遍,问道："曹爱卿,你既然一心一意成全王全斌,为何又把这杀降的文书藏起来?"

曹彬叩首回道："启奏陛下,自古至今,历朝历代,皆反对杀降。王将军不但杀降,且一杀便是两万七千多人。而陛下又是圣德之君,岂肯容他如此胡来!必然要问他的罪。这一问,不只他,臣也会受到连累。臣死不打紧,臣怕累及老娘,臣想留下此文书,让臣老娘进呈陛下,乞留臣老娘一命。"

赵匡胤长叹一声道："卿真是一个厚道人,大孝子,卿可为百官乃至万民的楷模。"

曹彬拜而谢曰："陛下有些高看了臣,臣不敢当。"

赵匡胤道："卿不必自谦,朕还有要事要说。"

曹彬道："敬听圣训。"

"朕欲收复南唐,以爱卿为帅,但愿爱卿不要负了朕望。"

曹彬再拜说道："臣一定不负陛下之望。"

元帅确定之后,副将就好办了,他们是:北宋第一战将潘美,侍卫亲军马军都虞侯李汉琼、控鹤指挥使田重进、颖州团练使(团练使:始置于唐。乃地方武官,置于不设节度使的地区,掌统本区或本州军事,常以刺史兼领。五代时其名称有骑军团练使、巡边团练使等。宋沿唐制,诸州亦置,但无职掌,亦不驻本州,仅为武臣迁转之阶,其地位高于刺史而低于防御史。)杨信、新任舒州团练使樊若水。

在未曾拜曹彬为帅之前,曹彬的官职也不低——宣徽南院使,这个官职在宋代由检校官员充任,抑或是兼领节度使、枢密副使等官职才能担当,但他的职权仅仅是掌内廷事务。而潘美当时的职务是山南东道节度使,不仅是握有重兵的封疆大吏,又有过灭亡南汉的赫赫战功,如今却让他做曹彬的副将,他会不会服从曹彬的领导呢?

另外三个副将,也都不是软茬儿,李汉琼是北宋出了名的悍将,又是赵匡胤的爱将。田重进和杨信,与赵匡胤的关系也不一般。让一个从未独当一面而又是周太祖内侄的人来领导以上四个将军,他领导得了吗?

为此,赵匡胤想了三天。

曹彬出师之时,赵匡胤亲自为他送行,并当着南征全体将士的面,将身上佩剑赐给曹彬,且命之曰:"曹元帅,副将而下,凡有不从元帅之命者,先斩后奏!"

略停又说:"曹元帅,朕知道卿的本事,这一次定能扫平南唐,自朕位继大统以来,南唐对朕,尚算恭顺,应以招降为主,更不要强攻城池,贪图速胜。对于李煜一门也要优待,朕已经在汴京为他建了一座宽大的宅院,等他来居呢!"

曹彬拱手说道:"臣一定谨记!"

赵匡胤小声说道:"待卿凯旋归来,当拜卿为相。"

曹彬面静如水,只是礼节性地拱手说道:"谢陛下。"

送走了曹彬,赵匡胤颁旨吴越,任命吴越王钱俶为升州东南面行营招抚制置使,并赐其战马二百匹,要他从东南方起兵助攻南唐。

钱俶接到赵匡胤的诏令,忙召集文武百官商议,出现了截然相反的两种意见。第一种意见认为,先王有命,要"子孙善事中国",既然善事中国,就得无条件地听命中国。况且,自吴越立国至今,南唐屡屡遣兵凌侵,死在南唐人手中的吴越人不是上千计,而是上万计。如今,宋天子要我们出兵助攻南唐,此乃向南唐复仇的良机,不能错过!

第二种意见则认为,南唐是我们的敌人不假,可它更是宋国一统天下的敌人,它若是被宋国吃掉了,我们怎么办?所以,我们不但不能出兵攻打南唐,还应该和南唐联合起来,共同抗击宋兵。

持第二种意见的人尽管不多,但他们的领头人很厉害——吴越宰相沈虎子。沈虎子为了让钱俶支持他的意见,讲了那个发生在春秋的典故——唇亡齿寒。

这是一个老掉牙的典故。

典故说,春秋时期的晋国,晋献公当政,欲灭虢国,向虢国的邻国虞国借道。在虞国君臣中,也形成了截然相反的两种意见。一种意见认为应该借道,一种意见认为不能借道。持后一种意见的以大夫宫之奇为首。宫之奇直言不讳地对虞君说道:"虢、虞毗邻,犹如唇和齿。谚曰'唇亡齿寒'。晋,虎狼之国也,吞噬同姓,非一国矣。虢若亡之,虞岂能独存乎!"虞君不听,借道于晋,晋灭虢后,顺手牵羊,把虞国也一道灭了。

沈虎子讲了这个典故之后,又发挥说:"南唐就是春秋时期的虢,咱吴越国就是春秋时期的虞。南唐若是归了宋的版图,咱吴越国还能独存吗?只要吴越国存在,您便是吴越的大王,吴越若是归了宋的版图,您就是汴京一个小小的老百姓。"

钱俶虽说没有沈虎子那么聪明,那么有才,那么口若悬河,但是,他头脑特别清醒。等沈虎子的高论讲完之后,慢腾腾地来了这么一句——"如果朕现在联唐反宋,你信不信赵匡胤会先来打朕?到那时,你觉得南唐能发兵来救朕吗?就是他来,能救得了吗?"

沈虎子回道:"陛下所虑甚是。您如果不听从宋的指令而去联合南唐,赵匡胤一定会恼羞成怒,也一定会来打咱吴越。李煜不傻,他一定也知道'唇亡齿寒'这个典故。既然知道这个典故,就不会坐视不理!"

钱俶脸上露出一丝浅浅的讥笑:"是的,李煜不傻。不只不傻,还绝顶聪明,若不绝顶聪明,他能写出那么多好诗好词吗?且是,那诗那词一写出来便有人吟唱,许许多多人吟唱,包括他的敌国人。人往往都是这一方面太强了,那一方面必然就有所缺。故,李煜在写诗填词上是一个天才,在治国方面却是一个白痴,一旦宋国攻打咱们的时候,他不会出兵,就是出兵,也救不了咱们。因为,对手太强大了,强大得直逼汉光武帝和唐太宗!"

沈虎子还想再劝,钱俶不想听了,把手轻轻一挥说道:"朕有些困了,卿去吧!"

沈虎子悻悻地离开大殿。

他这一走,就再也没有回来——因为,当天,钱俶便颁诏天下,把沈虎子的宰相给撸了。

十天后,钱俶以宋之升州东南面行营招抚制置使的身份,率五万吴越兵自杭州北上,进攻南唐的常州。

曹彬更没闲着,按照行前赵匡胤的旨意,将所部分作四路。

第一路:由曹彬亲自带领,樊若水为先锋,自汴京而荆南会合荆湖水军,自江陵沿江东进,攻取池州以东长江南岸各要地,直扑金陵。

第二路:由潘美带领,直奔和州,在江边待命。

第三路:由李汉琼带领汴京水军,沿汴河而下,经大运河取道扬州入长江,再向东去会合吴越军队攻取润州,迂回到东边去威胁金陵。

第四路:由田重进带领,前去黄州会合黄州之厢军,牵制武昌、湖口方面的南唐军,阻击其东下赴援,保障宋军主力东进。

讨伐南唐的号角已经吹响了,李煜居然还躲在后宫里泡妞写诗,欣赏窅娘的小脚。

直到曹彬的部队攻破了南唐的峡口寨,俘虏了来援的三个南唐的将军,李煜仍在做着他自以为该做的事情——泡妞写诗,欣赏窅娘的小脚。

曹彬马不停蹄,从峡口寨杀到池州,夺而据之。歇兵三天,又从池州杀到铜陵,一举而破南唐水寨,俘敌八百多人,缴获战船二百余艘。五日后,又攻下芜湖,当涂守将不战而降,宋军来到采石矶。又五日,大败南唐军于采石矶,俘敌一千余人,缴获战马三百多匹。一月后，曹彬重返采石矶，按照樊若水的设计，用大绳将巨船连成浮桥。浮桥既成，在江边待命的潘美立马趋了过来，踩着这座浮桥越过了长江。

继之，是曹彬的直属部队。

李煜再笨，也知道派遣一批谍人打探宋军行踪，当谍人还报李煜，言说宋军要在采石矶建一浮桥，李煜商之于清辉殿学士张洎。

张洎信心百倍地说道："长江江面如此之宽，想建浮桥比登天还难，不要理他！"

李煜虽然点头称是，但为了以防万一，遣镇海节度使、同平章事郑彦华率领一万水军，检点都虞侯杜真率领一万步军，对即将渡江的宋军进行阻击。

潘美过桥后，迎头遇上了南唐兵——也就是杜真的部队，二话没说，双方就杀到了一起。

郑彦华本应援助杜真，但他跑了。

他不只跑了，还带着他的一万水军。

战争可想而知——南唐军败了，败得一塌糊涂。

在遣郑彦华、杜真的同时，李煜听从了张洎的建言，致书钱俶："你我两国临近，唇亡齿寒。如果南唐灭亡，你就不可能再作吴越王，而是汴梁的一布衣耳。是助宋还是助唐，你自己斟酌吧！"

开弓没有回头箭，钱俶既然决定从宋伐唐。且是，兵已发出两月矣，岂能反悔，当即将李煜来书遣使送达宋廷，然后马不停蹄地杀向李煜。

李煜愣了，他不解，是自己的书中没有把事情说明白，还是钱俶太傻！

但是，没过多久，他明白了——这叫报应。数年前，他也曾做过这样的事，把刘铱给他的书转呈赵匡胤。唉，报应，报应啊……

潘美击败杜真，继续进军，一连攻破了南唐的五六处军事重镇和要害，他们依次是：新林寨、白鹭州、新林港……

曹彬尾随其后，将金陵城团团包围起来。

这时，另外的两路人马，也一齐向金陵杀来。加之吴越的这一路，共是四路，每天都有战报飞向曹彬，再转往汴京，记到他们各自的功劳簿上。

战火已经烧到了李煜的国都，按照常人推测，李煜一定是浑身发抖，抑或是千方百计调集军队，保卫金陵。

错矣！

大错矣。

李煜一没发抖,二没有千方百计地调集军队守城。

他还和从前一样,继续泡妞、写诗填词、欣赏宵娘的小脚。

他何以如此潇洒?

因为张洎对他说,对付宋军其实很容易,四个字——坚壁清野。

宋军不远千里而来,他不可能自带粮草,如果我们坚壁清野,他没了粮草,不走也得走!

李煜竟然信了,把保卫金陵城的大任交给一个年轻的武将世家之子,也就是当年和赵匡胤对阵的那个老将军皇甫晖的儿子——神武军(神武军:唐禁军名。肃宗至德二年(757年)置。时肃宗在凤翔,方收京城,以御林军减耗,乃置神武军,亦称御林天骑,制同御林。分作左右,与左右御林、左右龙武,合称北衙六军。乾元二年(759年),诏左右羽林、左右龙武、左右神武官员并升同金吾四卫,置大将军二人、将军二人统之。南唐沿唐之制。)大将军皇甫继勋,独自享乐去了。

按照常规,宋军围了金陵城,就该不分昼夜地强攻。

但曹彬不干。

这不单单因为他仁慈,而是因为他在出发之前赵匡胤叮嘱的那番话——对于南唐,应以招降为主,更不能强攻城池,贪图速胜。

金陵城被围了五个月,宋军并不像张洎说的那样——"他没了粮草,不走也得走。"

李煜总算清醒了——宋军不会自己走。

他将泡妞、写诗填词、欣赏宵娘小脚的种种爱好暂时收了起来,一边在金陵城进行总动员,凡十六岁至六十岁的南唐人,只要还能动,就得拿上家伙上城楼;一边遣修文馆学士徐铉前去宋廷游说赵匡胤。

徐弦的官并不大,但他很有名气,那名气大得连大宋和辽国都知道他。

他不仅满肚学问,还伶牙俐齿,老国王在世的时候,曾举办了一个百儒夺牛大赛,那牛可不是一般的牛,是用金子做的,重一斤半。说是百儒夺牛大赛,实际参加的足有六百人,这六百人各国都有。

比赛分为三十个组,每组二十人,各自互相诘难,胜出者方可参加第二轮比赛;第二轮分为三组,每组十人,还是互相诘难,胜出者再去参加第三轮比赛;能参加第三轮比赛,也就是决赛的只剩下三个人了,决赛的方法如前,徐弦击败了两个对手,成为金牛的得主。

如此一个牛人,竟栽到了赵匡胤手里。

那是五年前的事了。

南唐是宋的附庸国,按照惯例,年年得向宋朝进贡。这一年南唐的贡使是徐弦。

按照惯例,附庸国的贡使来到宋朝后,宋朝得派出一名押伴使(押伴使:又称陪伴客使,既无定人,也无定员,需要时由朝廷临时差遣。),全天候陪着这位贡使,直到这位贡使离境。宋朝那些大臣闻听南唐的贡使是徐弦,"惮其博学强辩之名"。谁都不愿意给他当押伴使,弄得赵普也无了主意,只得如实上奏赵匡胤。

赵匡胤想了一想说道:"让党进上。"

赵普吃了一惊:"党进? 党进连自己的名字都不会写,让他当徐弦的押伴使,行吗?"

赵匡胤道:"行!"

徐弦来到汴京,由党进出面接待,一路上徐弦出口成章,侃侃而谈,没完没了,党进充耳不闻,除了偶尔点头称是之外,默不作声。甚而,还时不时做出一些讨厌的表情。弄得徐弦很恼火——这是蔑视,这是对南唐的蔑视!

无论他如何发火,党进还是那个老样子,默不作声,或用眼睛做出一些反抗。

他没辙了,只有闭了嘴巴,也来一个默不作声……

受了这一番奚弄,他对赵匡胤又恨又怵,若不是南唐面临生死存亡关头,他绝不会再一次出使汴京。

要出使汴京,首先得过曹彬这一关。当南唐人用箩筐把他送下城后,曹彬不但没有为难他,还送给了他一匹良马。

他就是骑着曹彬送给他的这匹马去的汴京。当然,中间还要坐船什么的……

谢天谢地,这一次负责接待他的不是党进,而是一个翰林。但这个翰林耳朵有点聋。

就是不聋,有了上次的教训,他也很少说话,他要把话留下来给赵匡胤说,将他的博说强辩之才好好在赵匡胤面前展示一下。

他深信,他打仗不如赵匡胤,但他的博学、他的辩才远远超过了赵匡胤。他要凭着自己的三寸不烂之舌,让赵匡胤撤兵。

他有点太高看了自己。

他见了赵匡胤,当着数十个大宋的文武官员,慷慨激昂、口若悬河,陈说南唐对大宋如何忠诚,且反问道:"南唐主对待陛下,如子待父,未有过失,奈何见伐?"

说到这里,二目直直地盯着赵匡胤,看他如何回答。

四十四　卧榻之旁

赵匡胤不想和徐弦多费口舌,按剑说道:"如今,朕要一统天下,李煜却要独立一国,卧榻之侧,岂容他人酣睡!"

曹彬笑而回道:"李煜连个跳板都不敢上,他还会自杀? 何况,他真有勇气自杀,何必光着膀子,拉着棺材向咱们投降!"

赵匡胤把脸一沉,向徐弦责道:"朕要汝去吠李煜,汝为什么不干,难道汝想试一试朕的钢刀是否锋利吗?"

赵匡胤听了徐弦的责问,没有直接回答,反问道:"汝说完了吗?"

徐弦回道:"说完了。"

赵匡胤慢腾腾地说道:"汝既然说完,就不要再说了,朕只问汝一句话,既然汝说南唐和大宋是父子关系,请问,父子为两家,可乎?"

这一问,把徐弦问愣了。

是啊,我本身就是一个儒生,而儒学所推崇的是"三纲五常","三纲"之一便是父为子纲。既然父为子纲,儿子就不能和父亲分开而居!

这道理徐弦懂,但徐弦不想认输,狡辩道:"臣说大宋与南唐犹如父子,只是一个比喻,并非真正父子,分开而居,又有何妨? 李煜无罪,陛下师出无名!"

赵匡胤不想和他多费口舌,按剑怒曰:"有名无名,岂是汝说了算! 如今,朕要一统天下,李煜却要独立一国,卧榻之旁,岂容他人酣睡!"

话说到这个份上,让徐弦立马想起了一则寓言:一个小羊在河边饮水,狼走了过来要吃小羊。小羊问,你为什么吃我? 狼说,去年我在下游饮水,你在上游饮水,弄脏了我的水,所以我要吃你。小羊说,去年我还没有出生呢! 狼说,那一定是你的爸爸、妈妈……说毕,扑上去,把小羊吃了。

赵匡胤要一统天下,岂能容许南唐国的存在!

徐弦不好再说什么,他也不敢再说什么!因为,这里不是南唐,赵匡胤想要他的命,比掐死一只蚂蚁还要容易!

且是,赵匡胤已经手按宝剑,做出了要杀的姿势。

他不想死。

既然不想死,就不能再说什么,怏怏地返回南唐。

在这之前,金陵城外的南唐军和宋军恶干了三仗。其中一仗,南唐军的主将是朱令赟,他纠集了十万人马,对外号称十五万,坐着巨舰,直扑采石矶。他的意图很明显,利用南唐水军的优势,拦腰切断宋军的进退之路,然后顺江而下,直抵金陵,去拯救他的皇帝。

大宋方面,驻守采石矶的是南唐叛臣樊若水。

樊若水得到了朱令赟进军采石矶的消息,立即上报,请求调集重兵拦截朱令赟,而这个消息直接惊动了赵匡胤。

赵匡胤遣使来告,调兵已经来不及了,要樊若水在朱令赟进兵的必经之路的江面州浦之间,竖立桅杆形状的长木作为疑兵。

朱令赟见了这些长木,疑是"桅杆",不敢前进了。

这样一来,便贻误了战机,宋的增援部队蜂拥而来,向朱令赟发起攻击。

朱令赟自知不敌,效法诸葛亮搞了一个火攻。

他的部队在偏西南,宋军在偏东北。初冬的天气里罕见地刮起了强劲的南风,朱令赟命士兵把大量的猛火油倒进江里,然后纵火点燃,顿时一片火海向北漂去,弄得宋军惊慌失措。

也是天当灭唐,就在宋军即将溃败之时,风向突然变了,强劲的南风变成了强劲的北风,冲天的火焰扑向南唐军,把南唐的大船全部引燃,南唐军跑得快的拣了一命,跑得慢的,为大火所吞噬。

南唐全军覆没,在南唐水军中数一数二的名将朱令赟又气又恨,投火自尽。

李煜得到朱令赟全军覆没的消息,许久说不出话。

他知道自己完了,但还要坚持。

此时的金陵,已经被宋军围困了将近一年,城中虽然存粮充足,但柴却日见短缺,有些粮食不得不生食之。宋之将领劝曹彬攻城,但曹彬牢记赵匡胤之嘱,"不要强攻城池,贪图速胜",一忍再忍。

又忍了一个多月,曹彬不想忍了,射书城中,书曰:"南唐国主,我已等了你一年,也算仁至义尽,不能再等了,我将在本月二十七日破城,是战是降,你自己拿主意。"

李煜阅书大惊,回书曹彬,让他的儿子清源郡公李仲寓到宋营洽谈投降的条款。

曹彬答应了。

可是,曹彬等了十几天,仍不见李仲寓出城。于是,天天射书入城,催促李煜。

此时,李煜身边的主要谋臣,一个是陈乔,一个是张洎,二人相约来见李煜,言道:"金陵城楼高大,战壕又深,宋军围了我一年也没有把金陵城攻破,前不久又说二十七日破城,纯是吹牛,不必理他!"

经他俩这么一劝,李煜便不想投降了,遣使缒城而见曹彬,说道:"李仲寓正在准备行李,大约二十七日就可出城。"

曹彬微微一笑说道:"请汝转告你们李国主,我已经说过,二十七日破城,就是第二十六日李仲寓出城,已经有些晚了,何况二十七日才出呢!"

南唐使还报李煜,李煜只道了一声"狂妄",不再理会曹彬了。

到了十一月二十三日,曹彬突然病了,一病便是三天,滴水不尽,众将士慌了,一齐进大帐探望,且为他请来了七八个南唐的名医。

曹彬气若游丝道:"谢谢诸位,我的病不是药石所能医治好的。"

众将士听了,以为他的病很重,不少人竟呜呜咽咽地哭了起来。

"元帅,您到底得了什么病? 真不行了,咱回国去治。"不少将军都这么劝他。

曹彬长叹一声道:"其实,我的病并不难治,关键是诸位愿不愿帮我来治?"

众将异口同声道:"吾等当然愿意,怎么个帮法,还请元帅明示!"

曹彬道:"诚如此,我就直说了。"

众将道:"吾等洗耳恭听。"

曹彬见众将答应帮他治病,这才说道:"我这病,病在皇上要我'以征蜀为戒,幸得入城,慎毋杀戮。'金陵城指日可下,我担心汝等不遵军令,大开杀戒,抑或是效法契丹而打谷草,我回去无法向皇上交待。诸位若是诚心自誓,克城之后,不妄杀一人,不妄抢一钱,我的病便可痊愈了。"

众将齐声说道:"这有何难。末将等当着元帅之面,各宣一誓。"

言毕,遂焚香宣誓,克城之后,绝不妄杀一人,妄抢一钱。

待众将誓毕,曹彬一跃而起,谓诸将道:"我之病愈矣。今晚由本帅置酒,宴请诸位。明日卯时一刻,倾力攻城。"

众将道:"好!"

翌日，卯时一刻，曹彬亲自擂响了攻城的战鼓。陈乔、张洎二人相约：死守金陵城，乃你我二人之谋，金陵若破，你我一并殉国。

谁知，宋军破金陵城后，陈乔自缢身亡，张洎却不愿意死了，跪在陈乔尸前哭曰："陈兄，不是小弟负约，小弟如果也随你而去，大宋若向陛下问罪之时，何人为陛下辩解呀？"

曹彬冲进城后，所做的第一件事，是马上整列军队，然后军容整齐地来到南唐宫外。

李煜不得不降了。

他光着膀子，高举降表，带着三百口亲属和五个近臣，拉着棺材，牵着白羊来到宫外。

曹彬接了降表，挑了一千多名宋军，守卫皇宫，且命之曰："有私自进宫者斩！"尔后，才把李煜请到了他所乘坐的帅舰上。

李煜生于皇宫长于皇宫，虽说作了皇帝，但一直忙于泡妞和写诗，很少出过皇宫，更没坐过船，上跳板的时候，双腿乱抖，不得不让人扶着才能走上去。

因为赵匡胤交待有话，曹彬对李煜很客气，不只让他有椅子可坐，还请他喝茶。

一杯茶还没有喝完，曹彬突然说道："你赶紧回宫去吧，明日此时我还在这条船上等你。"

此语一出，莫说李煜吃惊，就连潘美、李汉琼、田重进等一班宋将也很吃惊。

按照常理，作为宋军俘虏的李煜，已经失去了自由，是不能乱动的。何况，还要叫他回他的皇宫！

"元帅！"李汉琼率先开口，指着李煜说道："他可是咱们的俘虏，不能再回南唐的皇宫了。"

潘美、田重进等人立马附和道："元帅，李都虞侯说得对呀！"

曹彬微微一笑说道："按朝廷大法，李煜确实不能再回他的皇宫了。但是，不知诸位刚才看见了没有，他出来投降，只带了四箱衣服五箱书，他到了汴京，虽说朝廷会供给他吃的穿的，但那都有定数，他好赖作了几年皇帝，挥霍惯了，你让他全凭几个俸禄生活，他受得了吗？倒不如趁皇宫的东西还没登记造册，让他回去收拾一些金银财宝再来，有甚不好？"

一番话，说得李汉琼等一班宋将频频点头，也把李煜感动得泪流满面。

李煜刚刚下船。

潘美突然说道："元帅，还是不能让李煜回宫！"

曹彬道:"为什么?"

"皇上一再交待,要元帅善待李煜一家,且为他建了一座宽大的宅院,等他去住。他回宫后,一旦自杀,咱们如何向皇上复命?"

曹彬笑而回道:"这事呀,诸位不用担心。李煜连个跳板都不敢上,他还会自杀?何况,他要是有勇气自杀,何必光着膀子,拉着棺材向咱们投降? 能如此忍辱的人,绝不会自杀!"

果如曹彬所料,翌日,李煜如约而至,还带了二百多箱装满金银财宝和丝绸的大箱子,坐上了曹彬的帅船前往汴京。随行的除了三百口亲属、三十几个宫人之外,还有包括张泊、徐弦在内的五个近臣。

曹彬在保证了李煜安全的同时,还号令全军,对于南唐的士大夫,既不能杀亦不能凌辱,甚而连他们的一草一木也不能动,违者,军法从之。

至于南唐的官方仓廪府库,曹彬一概不问,全都交给了转运使(转运使:始置于唐,初为差遣官,由朝廷特命大臣经理江淮米粮钱币物资的转运工作,供给京师及百官所需。后遂成为常设官。至宋,转运使的权力越来越大,诸路皆置,号称"漕司",不只掌一路财赋,还兼管边防、刑狱,还负责考察该路地方官吏和民情风俗。)去处理。班师时,曹彬的行李里,只有一些书籍和平常的衣服。

李煜虽说投降了,但还有许多善后工作要做,譬如任命官员、稳定社会秩序等等。故而,李煜去汴京的时候,曹彬没有一块儿回去,而是让田重进押解。

李煜来得汴京的消息,早有人报告了赵匡胤。根据惯例,出征的将军凯旋归来,要向皇帝献俘。

既然"献俘",就得举行仪式。举行仪式时,要在俘虏脖子上拴一根绳子——后来演变成把一条布带子挂在俘虏的脖子上。

对于李煜,要不要在他脖子上挂布带,文武百官争得面红脖子粗,说要挂的这一方引经据典,说这是历朝历代传下来的规矩,不能更改;说不能挂的这一方认为,李煜已经奉大宋的年号为正朔,已经是大宋的臣民了。说要挂的这一方立马反驳道:"诚如汝等所言,李煜已经是大宋的臣民了,哪有臣民不肯服从大宋朝廷诏令的道理! 如果硬说他是,那他便是大宋的叛民,罪加一等!"

正当第二方就要缴械投降的时候,赵匡胤重重地咳嗽了一声,慢悠悠地说道:"规矩也可以改吗? 况且,人家李煜并没有造反,是朕为了一统天下,硬把人家从江南抓了来,这脖子上悬带的事就免了吧。"

俗谚不俗,"千人打锣,一锤定音"。赵匡胤既然发了话,谁也不敢再坚持自己的意见。

布带子的事解决了,至于献俘的地点,又起了争议,一方说应该定在太庙,一方说应该定在宫门前。

赵匡胤问道:"为什么要定在太庙?"

回曰:"按照惯例,献俘后还要杀俘,用俘虏的头祭奠列祖列宗。"

赵匡胤又问:"有没有例外?"

"有。"

"什么情况下才能例外?"赵匡胤追问道。

"在献俘的前一天,君王喜得贵子,抑或是天像有亏,或日食、或月食、或地震;再不就是君王为了显示自己的'仁爱'和'圣明',也可以不杀俘。"

赵匡胤道:"朕不敢为了显示自己的仁爱和圣明而不杀俘,更不敢为了显示自己的仁爱和圣明而不用俘去祭奠列祖列宗,但朕已经明确表示,李煜的脖子上不用再悬带了。不用悬带的意思是什么? 就是向朝野公开宣告,李煜的罪被朕赦了! 既然赦了他的罪,就不能再杀他了。献俘的地点就定在明德殿下。"

众臣拜而呼曰:"陛下圣明!"

到了献俘之日,李煜穿了一身白色的衣服,手牵着一只白羊,口衔玉璧,带着随同而来的那些南唐人,提前来到明德门前,跪了二十排。

当赵匡胤在文武百官的簇拥下登上明德殿时,李煜高声说道——罪人李煜,向陛下请罪!

喊罢,便开始磕头,一连磕了九个,磕得头破血流。

赵匡胤朝卢多逊将头点了一点,卢多逊手捧圣诏,来到殿门口朗声读道:

奉天承运,皇帝诏曰:

上天之德,本于好生,为君之心,贵乎含垢。自乱离之云瘼,致跨据之相承,谕文告而弗宾,申吊伐而斯在。庆兹混一,加以宠绥。江南伪主李煜,承弈世之遗基,据偏方而窃号,惟乃先父,早荷朝恩,当尔袭位之初,未尝禀命,朕示以宽大,每为含容,虽陈内附之言,罔效骏奔之礼。聚兵峻垒,包蓄日彰,朕欲全彼始终,去其疑间,虽颁召节,亦冀来朝,庶成玉帛之仪,岂愿干戈之役? 骞然勿顾,潜蓄阴谋,劳锐旅以徂征,傅孤城而问罪。洎闻危迫,累示招携,何迷复之不悛? 果覆亡之自摄。昔者唐尧光宅,非无丹浦之师,夏禹泣辜,不赦防风之罪。稽诸古典,谅有明刑。朕以道在包荒,恩推恶杀,在昔骤车出蜀,青盖辞吴,彼皆闰位之降君,不预中朝之正朔,及颁爵命,方列公侯。尔庚我恩德,比禅与皓,又非其伦。特升拱极之班,赐以列侯之号,式优待遇。尽舍愆尤,今授尔为光禄大夫、检校太傅、右千牛卫上将军,封违命侯,尔其钦哉!毋再负德!

读毕,卢多逊双手捧诏步下明德殿。李煜惶恐受诏,匍匐谢恩。

卢多逊复又说道:"李将军,皇上宣汝等上殿。"

李煜道了一声"遵旨",带着他的原班人马,小心翼翼地登上了明德殿,在距御案尚有两丈远的地方跪了下去,口称:"罪臣李煜参见陛下。"

赵匡胤满面红光道:"朕不只赦了汝的罪,又封汝为侯,从今日始,汝便是朕的朝臣了,以后不能再自称罪臣。"

李煜叩头说道:"罪臣敬从……"

赵匡胤笑指李煜说道:"爱卿的年纪不大,记性却如此之差,朕刚说过的话,卿怎么忘了?"

李煜又一次叩头说道:"陛下所责甚是,臣以后再也不敢自称罪臣了。"

赵匡胤将头点了一点,说道:"记住就好。"

说毕,移目小周后:"周嘉敏听封。"

小周后叩头说道:"臣恭听圣命。"

"朕封卿为郑国夫人。"

小周后叩头谢恩。

封过小周后,赵匡胤又封了李煜的亲属大臣。但徐弦和张洎除外。

赵匡胤移目张洎,一脸寒霜道:"张洎,你身为李煜重臣,不但不劝李煜归顺朝廷,反而劝他抗拒天兵,甚而代他修书吴越,要吴越跟尔等一道抗击朝廷。"说到这里,从御案上拿起张洎起草的《致吴越王》书,扬了一扬问道:"这书是不是汝写的?"

张洎叩首答道:"这书确实是罪臣所写,'桀犬吠尧,吠非其主。《致吴越王》书只是其一,还有很多冒犯陛下的事,亦是罪臣所为,罪臣只求迅死!"

赵匡胤见他从容不迫、凛然不屈,且又言词慷慨磊落,不由动了惜才之心,微微一笑说道:"好一个'桀犬吠尧,吠非其主',朕今日不杀汝。不但不杀,还封汝为翰林学士,这样一来,朕就是汝的主人了,汝还吠不吠朕?"

张洎叩首说道:"不吠了。"

惹得赵匡胤哈哈大笑。

"那么,朕让卿吠违命侯呢?"赵匡胤又问。

张洎朗声回道:"吠!"

赵匡胤又是一阵大笑。

笑过之后,移目徐弦:"汝以博学强辩而闻名于世,汝所犯之罪与张爱卿相同,朕既然赦了张爱卿之罪,也就不能再杀汝了。朕只想问汝一句话,汝可要据实回答。"

徐弦叩首回道:"罪臣一定要据实回答。"

"朕如果也封汝为翰林学士的话,要汝去吠违命侯,汝干不干?"

徐弦不假思索地回道:"不干!"

赵匡胤把脸一沉问道:"为什么不干? 汝难道想试一试朕的钢刀是否锋利吗?"

徐弦昂首回道:"罪臣不想以自己的头去试陛下的钢刀,但臣知道,'故主也是主',不敢吠也。"

赵匡胤稍微愣了一下,继之又将头点了一点,说道:"卿言是也,朕戏汝呢。"

他将声音略略抬了一抬说道:"爱卿听封。"

所封之职,与张洎同。

午宴设在集英殿。李煜、张洎、徐弦坐在第一席上。赵匡胤理所当然地也坐在第一席,且是独坐一面。这一席除了赵匡胤,还有赵光义、薛居正、吕余庆和卢多逊。

君臣七人,一边喝一边聊,其乐融融。赵匡胤突然问道:"李爱卿近来又作词否?"

李煜避席回道:"做了十几首,不像样子。"

赵匡胤道:"可否吟一首助一助酒兴?"

李煜道:"敬从圣命。"

他略一思索,吟了他赴汴途中所做的《渡中江望石城①泣下》:

江南江北旧家乡②,三十八年③梦一场。

吴苑④宫闱今冷落,广陵⑤台殿已荒凉。

---

① 石城:石头城,今南京清凉山。
② 江南江北旧家乡:南唐据安徽、浙江、江苏、福建、广西等地,所以李煜称"江南江北旧家乡"。
③ 三十八年:李煜是年三十八岁。
④ 吴苑:南唐是取吴国而代之,所以李煜称旧时皇宫为吴苑。
⑤ 广陵:今扬州城。

云笼远岫①愁千片,雨打归舟泪万行。

兄弟四人三百口,不堪闲坐细思量。

这首词乃是他在国破之后,身将北去,南顾山河的永诀之作,一改花间词之风格,词白如话,凄婉悲怆。

李煜吟了这一词,不但没有起到以助酒兴,反而让宴席冷了场。

卢多逊见宴席冷了场,长身而立,双手一拱说道:"陛下,先贤有言,'物以类聚,人以群分。'诗词也有派,违命侯的诗属于花间派,大都写的是男女恋情和离愁别绪,不适应助酒。臣给您吟一首曹操的《短歌行》,以助酒兴如何?"

赵匡胤道了一声"好"。

卢多逊慷慨而吟曰:

对酒当歌,人生几何? 譬如朝露,去日苦多②。

慨当以慷③,忧思难忘④。何以解忧? 唯有杜康⑤。

青青子衿⑥,悠悠我心。但为君故,沉吟至今。

呦呦鹿鸣⑦,食野之苹⑧。我有嘉宾,鼓瑟吹笙⑨。

明明如月,何时可掇⑩? 忧从中来,不可断绝。

越陌度阡⑪,枉用相存⑫。契阔谈宴⑬,心念旧恩。

月明星稀,乌鹊南飞。绕树三匝⑭,何枝可依?

---

① 岫:山。
② 去日若多:去日:过去了的日子。苦多:恨多。
③ 慨当以慷:双声联绵词,此句拆开,以求协韵。慨当以慷,意为应当慷慨高歌。
④ 忧思:深藏着的心思。一作"幽思"。
⑤ 杜康:周代人。相传他是发明造酒之法的人。在这里借代酒。
⑥ 青青子衿:周朝学子的服装是青色的,此处借指有才干的读书人。
⑦ 呦呦:象声词,鹿的鸣叫声。
⑧ 苹:艾蒿,泛指野草。
⑨ 鼓瑟吹笙:以上四句,引用《诗经》成句,表示思慕贤才。
⑩ 掇:同辍,停止,断绝。
⑪ 越陌度阡:陌、阡,田间小道,此谓远道拜访。
⑫ 枉用相存:屈驾前来互相慰问。枉,枉驾。用,以;相存,互相慰问。
⑬ 契阔谈宴:两情契合,在一处谈心宴饮。
⑭ 三匝:好几圈。三,非实指;匝,周、圈。

山不厌高,水不厌深①。周公②吐哺,天下归心。

赵匡胤击案说道:"好一个'周公吐哺,天下归心!'喝酒,喝酒!"

他一边说一边将酒杯高高举起,一饮而尽。

---

① 厌:满足。
② 周公:即周公旦。《韩诗外传》说,周公"一沐三握发,一饭三吐哺,犹恐失天下之心。"

四十五　怒杀恶丐

　　曹彬回到家中,看到一满屋子的钱,哈哈大笑,且说了一句流传千古的至理名言——人生何必非要做宰相,好官亦不过多得钱耳!

　　党进这边,收到赵匡胤转来的密折,将诬告他的军校召到大帐,怒问道:"你看一看,这密折是不是你上的?"

　　乞丐先是一愣,继之大骂道:"红脸贼,爷和你无冤无仇,你来砸爷的场子,爷和你拼了!"一边骂一边扑向赵匡胤。

　　三个月后,曹彬凯旋归来。

　　若是常人,取得了灭亡一国的辉煌战绩——将南唐的十九州、三军、一百零八县,以及六十五万五千零六十五户的人口纳入到大宋的旗下,回到汴京,头一定会仰得像葱碑一样。谁知,他非常低调,低调得叫人难以相信。

　　他不声不响地回到汴京,向赵匡胤递了一个折子,便转身回家休息去了。

　　那折子上只有两行字。

　　第一行九个字:"奉敕江南勾当公事回。"

　　第二行八个字:"末将曹彬稽首敬呈。"

　　意思是说,我曹彬奉命到江南办完了公事,已经回来了。请陛下放心。

　　就在曹彬将至汴京的前一天晚上,宴请他的几个副将。潘美向他敬酒,并祝贺说:"一入汴京,元帅就要做宰相了,苟富贵,勿相忘。"

　　曹彬微微一笑说道:"此次南行,一仗天威,二遵庙算(庙算:庙堂的策划,指朝廷的重大策划。),乃能成事,吾有何功耶! 何况,宰相乃极品之官乎?"

　　潘美道:"元帅的意思是皇上不会拜您为相?"

　　曹彬将头轻轻点了一点说道:"太原尚未平定,陛下怎肯将宰相轻易授人?"

潘美摇首说道:"不,有道是,'君王口中无虚言',皇上既然亲口许您,他一定会兑现的。"

曹彬笑而不答。

十日后,赵匡胤大封南征将士,就连潘美也加了一个头衔——枢密副使。唯有曹彬,只是口头褒奖一番。

潘美悄悄冲曹彬竖了一个大拇指。

这个小动作不想被赵匡胤看到了,追问道:"潘爱卿,你在搞什么鬼?"

潘美忙跪倒在地,将他和曹彬那一番对话细述一遍。

赵匡胤被曹彬猜中了心事,有些不好意思了,加封曹彬为枢密使,领忠武节度使。此外,还赏曹彬铜钱二十万贯。

当天曹彬回到家中,看到了一满屋子的钱,哈哈大笑,且说了一句流传千古的至理名言——"人生何必非要做宰相,好官亦不过多得钱耳!"

封赏过征唐诸将,赵匡胤总觉着还缺少点什么?

立传,为这些征唐将军立传,颂扬他们的功德。

不,应该立传的不只这一次征讨南唐的将军,凡对大宋创立、为大宋抵御外侮和开拓疆土的将军,都应该立传,让他们流芳千古!

于是,诏令窦仪、卢多逊和陶谷,编写《大宋勋将传》。

传好写,但传主的顺序如何排,他三人不敢做主,上奏赵匡胤。

赵匡胤闭门想了一天,方将顺序敲定:

潘美的名字,赫然位居榜首,且在后边注明,大宋第一战将。

曹彬屈居第二,亦在后边加注,大宋第一良将。

曹彬之后,依次是符彦卿、慕容延钊、韩令坤、石守信、高怀德、王审琦、党进、王全斌、李汉超、张令铎、张光翰、赵彦徽、李继勋、王彦超、董宗本、王继勋、武行德、郭从义、张琼、杨信、田重进、史延德、李处耘、韩重赟、杨广义、刘庆义、刘守忠、刘廷让、王政忠、董遵诲、高怀亮、楚昭辅、罗彦环、王彦升……

成书之后,百官们对赵匡胤这个排序,多有不解,赵光义私下里问赵匡胤:"二哥,这一次征讨南唐,潘美是曹彬的副将,您为什么把他的名字排在曹彬之前? 还有,为咱大宋建立了灭亡敌国战绩的王全斌,为什么还排在党进之后?"

赵匡胤道:"你问得好,你就是不问,我也要在适当的场合给百官一个解释。正如你刚才所言,能够为大宋灭掉敌国的是四个人,王全斌算一个,但他平蜀又乱蜀,我没杀他,已属法外开恩。至于党进,不只排在了王全斌的前边,连那几个老节度使,也都排在了党进的后边。何也?党进虽说没有作过节度使,但他对大宋有大功焉——第一功,讨伐北汉时,把北汉第一枭将杨业撵得跳护城河;第二功,抵御北汉,我这次遣曹彬征讨南唐,最担心的就是北汉勾结辽国,出来捣乱,故而,才遣党进去镇守边疆,北汉兴兵来犯,被党进一举击退。此后,再也不敢轻举妄动了。若非党进挡住了北汉和辽贼,这南唐怕是不能征服呢?"

赵光义轻轻颔首道:"听您这么一说,小弟明白了,对于党进和王全斌这样的排名,实在是一高明之举。但是,您把潘美排在曹彬之前,又有什么深意呢?"

"征南唐,潘美确定是曹彬的助手,而且,就目前的官职来讲,他也没有曹彬的高。但我为什么要把潘美排在曹彬前边呢?原因有二:第一个原因,他为为兄扫平了南汉。但这个功劳,可以说也可以不说。因为曹彬为朕扫平了南唐。但潘美于宋于兄还有三件大功,曹彬不逮也!"

赵光义问:"哪三件?请二哥明示。"

赵匡胤屈指说道:"第一件,咱在陈桥黄袍加身之时,潘美一人一骑,驰进汴京,向后周君臣通报我黄袍加身之事,这样做,是有着很大风险的。后周小皇帝虽说奈何不了为兄,但要杀掉潘美,比掐死一个蚂蚁还要容易,但他成功地说服了后周小皇帝,禅位于为兄。第二件,大宋初建,陕州节度使袁彦蠢蠢欲动,要兴兵为后周复仇。此人凶悍至极,喝酒时以人肉佐之,而且还是生吃。为兄正在为这事犯难,潘美自告奋勇,前去说降袁彦,其结果,他真的把袁彦说降了。第三件,潘美导为兄为善,也就是不杀柴世宗的小儿子,使为兄落了一个仁君的好名声。"

赵光义又将头点了一点,说道:"有道理,您将潘美位列榜首确实应该!哎,小弟还有一惑,您把潘美名列诸将之首,这已经很够意思了,又为啥再给他戴上一顶'大宋第一战将'的桂冠呢?"

赵匡胤道:"这是为了突出曹彬。"

"突出曹彬?"赵光义反问道。

"对,就是为了突出曹彬。不知三弟留意了没有?同样的灭国之功,但战果不一样。王全斌灭蜀,使咱大宋得州四十六,得县二百四十五,得户五十三万多;潘美灭南汉,使咱大宋得州六十、得县二百一十四、得户十七万二百六十三;曹彬灭南唐,使咱大宋得州十九、得军三、得县一百零八,得户六十五万五千零六十五。灭国固然重要,但更重要的是得人。以此而论,他三人的战绩曹彬最大,王全斌次之,潘美又次之。况且,曹彬的官职又比潘美高。为兄虽说把潘美排了个第一，但也不能太薄待了曹彬，故而，为兄便给曹彬定做了一顶'大宋第一良将'的桂冠——他平蜀安属，征南唐又未妄杀一人，还能不是良将吗？"

赵光义附和道："应该是，应该是！"

赵匡胤又道："这样一来，又出现一个问题，潘美虽然位居《大宋勋将传》榜首，反倒不如曹彬荣耀了！于是，为兄也给潘美定做了一顶桂冠——大宋第一战将！"

赵光义由衷地赞道："二哥虑事如此之密，小弟难及万一。哎，小弟还有一疑，宋偓呢？《大宋勋将传》中怎么没有他的名字？"

赵匡胤道："他是国戚呀！"

赵光义反问道："高怀德、石守信、王审琦①也是国戚呀？"

赵匡胤被问住了，良久方道："那就把宋偓加上吧。"

赵光义追问道："加在何人之后？"

赵匡胤道："就加在董遵诲之后。"

赵光义道："那有些太委屈了宋偓。二哥你没想一想，宋偓做过节度使，资望和董宗本差不多，怎能把他排在董宗本儿子之后？"

赵匡胤道："那就加在董遵诲之前吧。"

一内侍急趋而至，把一份密折呈给了赵匡胤，赵匡胤看过之后，将密折递给赵光义。等赵光义看过，赵匡胤问："三弟，你说这事该怎么处理？"

赵光义道："党进勾结北汉，罪该当诛！"

赵匡胤道："错了，为兄让党进为我镇守边疆，他如果真的勾结北汉，兴兵反宋，那就应该在李煜投降之前。如今，南唐已经扫平，曹彬也已凯旋归来，他再兴兵反宋，不是自己找死吗？一定是有人想陷害党进！"

赵光义恍然大悟，再拜说道："二哥言之甚是！依二哥之见，这事该当何处？"

赵匡胤道："为兄想把这封密折，转交党进，让他自己处理如何？"

赵光义道："二哥圣明！"

正说着，忽有内侍来报："郑王薨了。"

赵匡胤大惊失色道："他才二十几岁，正当风华正茂之时，怎么说薨就薨了呢？"

---

① 高怀德娶了赵匡胤的妹妹燕国长公主，石守信的儿子石保吉娶了赵匡胤的女儿延庆公主，王审琦的儿子王承衍娶了赵匡胤的女儿昭庆公主。

赵光义道："他死了正好，免得……"

赵匡胤瞪了赵光义一眼："你胡说什么？"

斥过赵光义，赵匡胤转脸内侍："传朕的旨，辍朝十日。"

内侍道了声"遵命"，正要转身。赵匡胤将他叫住："传旨刑部，查一查郑王因何而薨！"

柴宗训"禅位"之后，整日提心吊胆，除了读书，便是练字，很少与外人交往，张琼死后，他更是闭门谢客。久而久之，对陌生人产生了一种恐惧心理。他所居住区的厢巡检赵二愣，明知他有这种心理，偏要到他家巡检，且一天换一个人，弄得他疲于应付，也害怕应付。没奈何，就让孔方兄代他应付，今日百钱，明日百钱，他又不会有屙金尿银，弄得他家三天两头断炊。

饥饿尚可忍受，精神上的摧残，让他生不如死。

他有一个小厮，叫二狗，比他小五岁，十三岁跟着他，鞍前马后服侍。忽一日，二狗被赵二愣带走。三天后，人倒是回来了，那是回来和他对质的。

二狗一见他，嘤嘤地哭个不停。巡警代二狗说道，柴宗训不是人，天天逼二狗和他睡觉，每一次睡之前，还拿刀划二狗的阳物，直到出血为止，并问柴宗训有无此事，把个柴宗训气得浑身乱抖，说不出话。巡警趁机敲诈他，让他拿出来一千两银子，帮他摆平此事。莫说一千两银子，就是十两银子，柴宗训也拿不出来。拿不出来巡警便要把二狗带走，让他在公堂上相见。柴宗训苦苦哀求，巡警不听，又把二狗带走了。柴宗训又惊又惧，又是害羞，悬梁自尽。

赵匡胤查明了柴宗训自杀的真相，把赵二愣凌迟处死，还割下他的脑袋祭奠柴宗训。

党进这边，收到赵匡胤转来的密折后，将诬告他的军校召到大帐，怒问道："你看一看，这密折是不是你上的？"

军校匍匐于地，叩首说道："末将知罪！"

党进斥道："在我眼中，你是一个性情耿直，敢作敢为的人。谁知，你竟会干如此污浊之事！你自己说，你调戏村妇，我将你痛责四十军棍，何错之有？你竟向皇上诬告我。若非皇上圣明，我这项上的人头已经搬家了。恼上来，我一剑杀了你！"一边说一边拔剑。

军校叩首如捣蒜："党将军，末将错了，请你饶了末将一命，末将为您做牛做马，以报大恩！"

党进已经将宝剑扬了起来,见军校额头上鲜血直流,可怜巴巴地瞅着他,心又软了。

"汝敢向皇上诬告顶头上司,真是狗胆包天!汝如果把狗胆用到该用的地方,那才是一条真汉子!"

军校问:"怎样做才是用到了该用的地方?"

党进道:"杀敌人,多杀敌人!"

军校又问:"自上次击败北汉兵之后,北汉对将军心存畏惧,半年来,再也没有犯过边,您叫末将怎么杀?"

党进道:"他不来,咱就去找他!我给你一月之假,你如果能给我提来一个北汉副将的人头,我不只不杀你,我还要给你记功,我还要上奏皇上,将你官升一级!"

军校道:"好!"

说毕,拜谢而去。不到一个月,确切地说第二十七天,他果真提了一颗人头来见党进。

这被杀之人,岂止是一个副将,乃是北汉的一个节度使!

党进遵约而行,将此事上奏赵匡胤,赵匡胤竟然准了党进之奏,擢军校为党进的副将。

在擢升军校之前,赵匡胤一直在思考一个问题,一个厢巡检才多大的官呀?竟敢如此凌辱柴宗训!

柴宗训再不济,他还是一个王爷呀!

对待王爷尚且如此,对待老百姓就可想而知了!

于是,赵匡胤领旨一道:"查,彻查巡警的不法之事。"

这一查,汴京的巡警半数以上都有不法之事。三年来,单因他们不法而出了人命的就有二百二十三起,二百七十八人。

赵匡胤震怒了,拍案说道:"杀,凡因巡警不法致人而死的,杀无赦!"

这一杀便是一百二十六人。

杀了不法巡警,赵匡胤又开始私访了。

这一日,赵匡胤来到相国寺的斜对面,一个新开张的文具店前,却是人头攒动。他挤进去一看,原是一个烂眼乞丐在强行乞讨。

乞丐右手拿着一把菜刀,左手前伸,手掌里躺了五文铜钱。他面向文具店的掌柜,一脸讥笑地说道:"亏你还是一个大掌柜呢,五文钱你也拿得出手?再加二十五文,我二话不说,拍屁股走人!"

店家耐着性子解释:"我这是小本生意,今天刚刚开张,给你五文钱,已经不少了,你快去别的地方讨吧!"

乞丐道："我哪也不去,我就向你讨。你访问访问,我烂眼张可不是一般的叫花子,少于三十文就别想让我走。当然,想让我走也可以。我这里有现成的刀,你只须接过去照我身上砍三刀,我就走。给,给……"一边说一边把刀硬往店家手里塞。

店家一边躲一边说道："我和你无冤无仇,为什么砍你?"

乞丐道："你不砍我,就得再加二十五文!"

店家哭丧着脸道："我虽说开张了,但只卖出三十文,岂能全部给你?"

乞丐道："你骗谁,开张有时了才卖出去三十文的货?"

店家道："真的,真的只卖出去三十文!"

乞丐道："我不信,你也别装穷,我只向你讨三十文。真的,就三十文,多一文不要,少一文不走! 要不,还是那句话,请你砍我三刀!"

赵匡胤实在看不下去,向乞丐劝道："卖个笔墨纸砚能有多大赚头? 给你五文钱已经不少了,走吧。"

乞丐曳斜着眼将赵匡胤上下打量了一番说道："哎,你这个红脸汉,我烂眼张是在向他讨钱,不是向你讨钱,与你何干?"一边说一边用刀指着赵匡胤。

赵匡胤把脸一沉说道："把你的刀收起来!"

乞丐道："嗨,嗨,你还敢命令我呢! 我就是不收,你能把我怎么样?"

赵匡胤道："这事由不得你。"话未落音,乞丐的刀已经到了赵匡胤手中,只听"呛啷"一声,甩刀于地。

乞丐先是一怔,继之大骂道："红脸贼,爷和你无冤无仇,你来砸爷的场子,爷和你拼了!"一边骂一边扑向赵匡胤。

赵匡胤拔出佩剑,照着乞丐的前胸连刺两下。也不管他是死是活,在一片惊呼声中,丢下宝剑,扬长而去。

赵匡胤回到宫中,遣一内侍,传话赵光义,听说有人大白天在相国寺前行凶,不知真假,若有此事,十天之内,要查个水落石出。

赵光义接了圣谕,不敢怠慢,忙命左右二厅(厅:汴京城的刑狱管理,实行二厅三院制。所谓二厅,即左厅和右厅,每厅置推官一员。后各厅又增判官各一员。)的推官谢安和白进,带着仵作、捕快,以及案发地点的巡警前去彻查。谁知,查了六天,莫说捉住凶手了,连有点儿价值的线索也没发现。

赵光义发了狠话："谢安、白进,你二位给本王听着,再有三天,你俩若是还找不到凶手,本王就拿你俩试问!"

谢安和白进害怕了,把铺盖搬到文具店里,日夜追查。这样一来,算苦了那些参与这个案子的捕快和巡警,吃不好,睡不好,还一天挨一次板子,打得皮开肉绽。

到了第九天夜里,几个捕快头和巡警头一齐来见谢安和白进,"扑通"朝他俩面前一跪。

谢安一脸惊诧道:"汝等这是干什么? 起来,快起来!"

巡警道:"属下不干什么,属下有几句心里话想给您俩说一说。"

谢安道:"有什么话起来说,起来,快起来。"

巡警道:"不,属下说完了再起来。"

谢安轻叹一声道:"那你就说吧。"

"今天已经是第九天了,这凶手是无望查到了。查不到,属下不死也得坐监。属下就是杀头抑或是坐监,那是属下无能,怪不得别人。但是,谢大人和白大人怕是也脱不了干系!"

谢安沉着脸说道:"汝等是在威胁我和白大人吗?"

巡警道:"属下不敢。"

谢安道:"既然不敢,汝说这话什么用意?"

巡警道:"属下的意思,吾等和二位大人,如今同坐在一条船上,而这个船又是破的。不只破,还没有舵,独个儿在大海上漂流,翻船是迟早的事。这船一旦翻了,咱们都得去喂鱼喂鳖! 倒不如咱们拧成一股绳,别让这条船沉,也就不存在危险了。"

谢安皱着眉头儿问道:"咱们若是拧成一股绳,这船就不会沉了?"

众人点头称是。

谢安道:"诚如此,汝等说一说,这绳咱怎么扭?"

巡警小声说道:"文具店的掌柜,属下了解,胆小怕事,家里又穷。咱若是多给他凑几个钱,再吓一吓他,让他把杀人的事担起来,这船还会沉吗?"

谢安和白进交换了一下眼色,向巡警问道:"你有把握说服这个店家?"

巡警信心十足道:"有。"

"唉,除了汝等说的这个法子,确实没有更好的法子了。不过,这事要做机密,若则,那后果我不说汝等也都知道。"

众人道:"知道。"

"至于钱,汝等商量个数,我该出多少,一文不少。"谢安道。

众人道:"钱的事您就不用管了。"

半个时辰后,巡警带着一百两银子,敲开了文具店的柴门,经过一番劝说和恫吓,店家答应把杀人的事承担下来。

到了翌日,层层向上汇报,一直汇报到赵匡胤那里,说是一个乞丐在相国寺前的文具店里强行乞讨,店家不堪其辱,连向乞丐刺了两剑,乞丐当场死去。

赵匡胤不动声色地说道:"很好,没有超出朕所限定的破案日期。但是,人命关天,卿等再回去仔细核查一下报朕。不过,卿等再来见朕的时候,把那件凶器也一并带来,朕要亲自过目。"

众人喏喏而退。

翌日,赵光义带着办案人员来向赵匡胤汇报。

赵匡胤问:"那个乞丐确实是文具店掌柜杀的?"

办案人员异口同声道:"启奏陛下,那个乞丐确实是文具店掌柜杀的!"

"内中没有冤情?"赵匡胤又问。

"没有!"办案人员回道。

"要是有呢?"赵匡胤又问道。

"没有,真的没有!"

赵匡胤冷声问道:"要是有呢,你该当何罪?"

"枉法之罪。"

"此罪应当何处?"赵匡胤问。

"罪……罪该当诛。"

赵匡胤扭头对当值侍卫说道:"把朕的剑鞘呈给晋王,让他自己来处理此事。"说毕,拂袖而去,吓得赵光义冷汗直流,双腿一屈,跪了下去。直到赵匡胤离去有时,才爬将起来,二目恶狠狠地盯着办案人员,从牙缝里挤出来一串话:"尔等狗胆包天,连皇上也敢欺骗!押回开封府,爷要亲自审问!"

这个案子,参与预谋的有几十个人,根本就保不住密,赵光义没费吹灰之力,便将案子弄了小葱拌豆腐——一清二楚。他便又带着有关人员进宫向赵匡胤汇报。

赵匡胤道:"具体案情就不要说了,你只须说一说涉案的有关人员打算怎么处理?"

赵光义道:"谢安、白进,以及参与密谋的全部斩首;虽然没有参与密谋,但兑钱的有关人员,全部充军。"

"还有吗?"赵匡胤问。

赵光义稍微犹豫了一下反问道:"依陛下之意,这些人该当何处?"

赵匡胤面如寒霜道:"杀人案就发生在天子脚下,又是大白天,你开封府都破不了,可见你开封府的人多么无能! 无能也罢,还知法犯法,制造冤案,这反映了什么?"

赵光义脱帽跪地:"陛下,臣错了,臣愿意领受朝廷处罚!"

赵匡胤叹道:"这事也不全怪你,'笼子大了,什么鸟都有。'偌大一个开封府,出几个坏捕快、坏巡警、坏刑官也不足为奇。可恨的是他们竟然集体作弊! 你的错,是用人不当和失察。这样吧,朕将你罚俸半年。你回去之后,把那些负责和从事侦破、刑狱、诉讼的人员好好来一番整顿,无德之人,坚决清理出去。至于巡警队伍的整顿,朕自会找他们的都巡检。"

赵光义拜谢而出。

四十六　和尚卖猪肉

慧明和尚正做着饭店生意，突然又改行，经营起猪肉铺来，而且还跑到相国寺来经营，美其名曰："烧猪院。"

对于大吃大喝问题，赵匡胤查了一个多月，各大酒楼前的车马倒是少了不少，但暴殄天物的现象依然存在，一顿饭吃掉两三头牛的事屡见不鲜。

赵匡胤批改奏章到深夜，突然想吃羊肉，嘴张了几张又合住了，内侍总管问之原因，他说，为他杀一只羊，过于浪费了。

不知为甚，赵匡胤这几夜连续做梦。第一个梦，梦见小和尚正色眯眯地盯着他的母亲，他抡起木头玩具在小和尚的头上轻轻地敲打……

第二个梦，梦见了昙云长老。长老道："公子的舅舅庇护不了公子，能庇护公子的只有达摩老祖……"

第三个梦，梦见一群张牙舞爪的小鬼，把绳索套在柴荣脖子上，要拉他去地狱。

第四个梦，梦见他的老娘："儿呀，你知道你为什么能够作天子？"

赵匡胤回道："爷奶的积德，坟园的风脉！"

杜四娘摆了摆手说道："差矣！周世宗不仅不敬佛，而且还抑佛。你的最大功德，托病不干……"

赵匡胤一连做了四个梦，便沉不住气了。选一个黄道吉日，来到相国寺进香，但当他真要向佛上香的时候，围绕着拜与不拜犹豫起来："高僧，汝看朕是拜，还是不拜？"赵匡胤扭头向赞宁问道。

赞宁双手含十，高喧了一声佛号——阿弥陀佛："不拜。"

赵匡胤问："为什么？"

赞宁答道："现在佛不拜过去佛。"

赵匡胤就腿搓绳,不再跪了。

他觉着这个赞宁既善解人意又会说话,便一脸和蔼地问道:"你是新来的吧?"

赞宁回道:"阿弥陀佛,陛下圣明,小僧来到相国寺还不到半年。"

"没来相国寺之前,在何处高就?"赵匡胤又问。

"说不上高就,早年在蛰龙寺出家,三十年前去了吴越,担任僧统(僧统:类似现在的佛教协会主席。),半年前到汴京,任相国寺执事。"

"哎,你说你曾经在蛰龙寺出家,你一定认识昙云长老了?"

赞宁回道:"不只认识,他对小僧还很器重,小僧得以去吴越光明寺做住持,便是因他所荐。"

赵匡胤将头点了一点问道:"你们住持呢?咋不见他出来接驾?"

"他身体有些小恙。"赞宁回道。

"既然有恙,那就让他安心养病去吧!从现在开始,你便是相国寺的住持。"

赞宁慌忙叩头谢恩。

"朕二十几岁的时候曾在相国寺待过一年,对佛门也算有缘,以后你多到宫里走走,咱好好聊聊。"

赞宁拜而回道:"阿弥陀佛,那是小僧之福!"

"为了便于走动,朕封汝为三品住持。"

赞宁因为接了一次圣驾,马屁又拍得很是地方,不只当上了大宋最大寺院住持,且捞了一个三品官帽,好生得意,每次出门,总要穿上官服,前呼后拥,排头很大。

这一日,赞宁正在汴京大街上行走,迎面来了七八位儒生,走在前边的这位叫张咏。

张咏不仅诗作得好,还会武功,兼之胆子又大,为和人打赌,半夜三更,独自一人跑到汴京城外的一个坟地里,挖开坟墓,搂住那个暴死的少妇,亲了个嘴。故而,在汴京城,他的名气很大。

按照常规,平民出行,遇见官员也在出行,平民必须给官员避道。可张咏不仅不避,反指着赞宁一行讥讽道:"郑都官(郑都官:原名郑谷,唐末著名诗人,有"逐胜偷闲向杜陵,爱僧不爱紫衣僧"诗句。紫衣僧,指做官的僧人,因时之高官皆穿紫色官服。)不爱之徒,时时作对。"

赞宁反唇相讥:"秦始皇未坑之辈,往往成群。"

张咏骂人不带脏字,赞宁骂人也不带脏字。二人经过这一次斗嘴,竟然成了朋友。

张咏在吴越时,结交了一个叫慧明的和尚,这货不好好念经,专门研究烹饪术,尤其是做肉菜，色香味俱佳。后受人撺掇，在吴越的国都开了一个饭店。

其实，也不是他不想好好念经，而是形势所迫，他不开饭店，连自己吃饭都成了问题。

何也？

还不是因为柴荣竭力抑佛，而吴越是后周的附庸国，他敢不抑吗？这一抑，寺院冷落，几天见不到一个香客，而僧人又靠香火吃饭……

他正做着饭店生意，突然又改行，经营起猪肉铺来，而且还跑到相国寺来经营，美其名曰："烧猪院。"

尽管他不开饭店了，但当赞宁来了贵客——包括张咏在内，他还得下厨房。

一日，大雪涌门的时候，张咏踏雪而至。慧明做了四个菜，二僧一俗边喝边聊，都有了几分醉意。张咏说道："赞宁长老，说老实话，咱俩没有交上朋友之前，我看不起你——认为你是个马屁精，谁知你竟然对佛法很有研究，而且还会作诗。"

慧明接口道："赞宁长老对佛法不只是很有研究，而且是非常精通！"

张咏"呵呵"一笑道："说你咳嗽，你便发喘，说你脚小，你便扶着墙走路。"

慧明道："真的，老衲不骗你，你如果不信，老衲给你举个例子。三十年前，赞宁长老伴着昙云长老云游吴越，吴越正在举办《南山律》佛法大会，赞宁长老一举夺魁，被吴越佛界称之为'律虎'。赞宁长老不只精通佛法，而且博古通今，天下没有他不知道的事情！"

"吹！吹！吹！小生这就问他一个问题，他如果能答出来，小生便服他。"

慧明道："你问吧，老衲断定，你不管问啥，也难不住赞宁长老。"

"少吹，小生开始问了。小生游学扬州，下榻的后院种了许多菜，只要是晴天，每到晚上，经常有青焰，但当走近的时候，火便散了，这是啥玩意儿？"

赞宁不假思索地回道："那叫鬼火。"

"既然是鬼火，为什么别的地方没有，独独这里有，难道真的是鬼点的火吗？"张咏又问。

"不是。这东西，不是别的地方没有，是你没有看到罢了。你下榻的那个后院，一定是一个古战场。士兵的血、战马的血入土为气，千年不散。于是，便有了鬼火。"

张咏颔首说道："你说得很对，小生曾在鬼火出现的地方使劲往下挖，发现很多人骨和断枪折箭，分明是一个古战场，小生服了你了，彻底的服了你了！"

这事一传两传，传到了赵匡胤耳里，正好有人给他献了一副十分神奇的画，画中是一头牛,白天看时,牛在栅栏外吃草;晚上看时,牛则归卧栏内,你说奇不奇?

赵匡胤曾把这副画展示文武百官,都说不出个所以然来。

于是,他便召赞宁入宫。

是时,在宫伴驾的,包括陶谷在内,一共有八个翰林。

赞宁将这副奇画细细地看过之后说道:"这画乃是日本人所做。"

赵匡胤问:"何以见得?"

"日本南都,水域很浅,当地人经常去拣海蚌吃肉,经常能看到海蚌内有余泪数滴,情况与这幅画的神奇之处差不多,昼隐夜显,道理应该是一样的。"

众翰林异口同声道:"荒诞不稽!"

赞宁大嘴一撇说道:"是否荒诞,请诸位去查一查《张骞海外物记》(《张骞海外物记》,又名《张骞海外异记》。)。"

赵匡胤忙遣使去皇家书库将该书调了出来,一查,果然有此记载。

赵匡胤叹道:"朕养了这么多翰林,竟然不如一个和尚!"

说得众翰林面红耳赤。

"赞宁听封!"赵匡胤口授一旨,加封赞宁为通慧大师,领二品翰林学士。

这一封,赞宁愈发红了,出入皇宫就像出入相国寺那么随便。

于是,就有人来巴结赞宁,走赞宁的门子,包括赵匡胤的结拜兄弟、官居殿前都指挥使(殿前都指挥使:殿前司武官,掌殿前司的骑兵。)的史延德。

史延德走他的门子,乃是为了张琼的二儿子张玉。

张琼死了不到一年,家中失火,房屋尽毁,陶三春亦被大火烧伤,不治而亡。没有烧毁的那几贯铜钱,不仅被张琼的大儿子张遇挥霍殆尽,还欠了人家一屁股债,活生生被债主逼死。张玉为了生存,去街上卖艺,被史延德撞见。他有心上奏赵匡胤,给张玉封个一官半职,但又怕赵匡胤不答应。

不答应的原因,他肚如明镜——概因在关键时刻,他和张琼不但没有帮他二哥,还说了一些不该说的话。

但他又不想让张琼的儿子永远这么落魄。

于是,史延德找到了赞宁,恳请他出面斡旋此事。赞宁倒是答应帮忙,但提了一个条件,让史延德请了一个画师,画三张画。第一张,画张琼赌院救驾。第二张,画张琼伏在赵匡胤身上为他挡箭。第三张,画张玉街头卖艺。

画到手后,赞宁携画进宫,和赵匡胤侃了一阵说道:"贫僧进宫路上,突然被人拦住,硬把三张画塞到贫僧手中。他说,这画中的人物,与陛下有过一面之交,托贫僧将它呈给陛下。"

赵匡胤道:"和朕有过一面之交的人太多了,他没有说这画中的人物姓甚名谁?"

赞宁回道:"他没说,不过贫僧觉着这画中的两个人,长得极像,好像一个土坯模具壳的一样。陛下若是不信,贫僧给您打开瞧一瞧。"

赵匡胤将头点了一点。

赞宁忙将第一张画打开。

赵匡胤失声叫道:"张琼,画得挺像。"

赞宁又将第二张画打开。

这一次,赵匡胤没有叫,一脸的凝重。

赞宁又将第三张画打开。

赵匡胤自言自语道:"这个街头卖艺的小孩,一定是张琼的儿子! 朕做梦也没有想到,张琼的儿子竟贫困如此。朕对不住张琼!"说到这里,潸然泪下。

他擦了擦泪眼,传旨一道:"宣张玉入宫。"

赵匡胤不仅召见了张玉,并赐宴集英殿。面对满桌子佳肴,刚开始张玉还有些拘谨,吃着吃着胆子大了,啥好吃他吃啥,撑得他站起来都有些困难。

赵匡胤笑微微地瞅着他:"吃好了?"

"吃好了。"

"你的年纪尚小,还不能独当一面,朕想让你去殿前司做一个散直(散直:殿前司的下级军官,级别比东西班首低一级。),磨练磨练再说,你看怎样?"

张玉憨憨地笑了一笑,说道:"只要能叫吃饱肚子,您让小侄干什么都行。"

"肯定能让你吃饱肚子。"赵匡胤笑回道。

"那,您打算让小侄什么时候上任?"张玉问。

"明日怎样?"

张玉稚声稚气地说道:"好! 小侄这就回去,借一身好衣裳,明天穿,免得穿得差了,给您老人家丢脸!"

赵匡胤道:"不用借了,朕已吩咐下去,宫中正在给你做衣服呢,还不止一身,晚饭后就可以送到家里去。"

张玉大喜道:"那就太谢谢二伯了。"

赵匡胤道:"二伯已经邀了几个大臣,商议朝事,他们这会儿正在垂拱殿等二伯呢,二伯就不陪你了。"

张玉忙道:"小侄也该走了。不过,小侄想问二伯一个事……"

赵匡胤一脸慈祥地说道:"有什么事,你尽管问。"

张玉指了指膳案上那些吃了还不到三分之一的佳肴问道:"这些东西,是不是撤下去的都要喂猪呀?"

赵匡胤道:"喂什么猪呀?这些菜撤下去之后,没有动筷的,抑或是好一些的菜,留给侍宴的内侍们吃。其余的,留给宫中的杂役吃。"

"嗨,想不到朝廷还这么节俭!若是在汴京的那些大酒楼里,吃剩的菜全都倒进泔水桶里,拿出去喂猪。不少穷人便千方百计讨好那些负责泔水的人,好从泔水桶里捞出一些能吃的东西。我刚才想,咱们吃剩下的这些菜,如果也拿去喂猪的话,还不如赏赐给小侄,也让小侄的那帮小兄弟好好美餐一顿。既然这些剩菜不是喂猪的,小侄就不拿了。"

赵匡胤不再笑了,一脸严肃地问道:"你刚才说的都是实话?"

张玉将头使劲点了一点。

"在那些大酒楼吃饭的都是些什么人?"赵匡胤又问。

"大都是当官的。"

"真有人为了捞泔水桶里的东西吃去讨好那些负责泔水的人?"赵匡胤追问道。

"不只是讨好,还给人家睡觉呢!"

"能不能举一个例子?"赵匡胤又问。

"住在小侄后边的小梅,爹是瘫子,妈是哑巴,挣不来一文钱,他们就靠小梅每天去泔水桶里捞一点东西吃,才没有饿死。东华门外有座大酒楼叫樊楼,不知道二伯知道不知道?"

赵匡胤道:"知道。"

"那樊楼可大了,有五座楼,每座楼都是三层,每天来樊楼吃酒的上千人。其中一座楼叫万花楼,负责泔水的是一个跛脚老头,他非要叫小梅和他睡,不睡就不叫她捞泔水桶里的东西。小梅本来就有点缺心眼,真给他睡了,被人逮住,差一点儿把他俩打死!"

赵匡胤越听脸色越难看。

他"呼"地站了起来,朝膳案上狠狠擂了一拳,想骂又没骂,坐了下去。

"张玉,你明天先不要去殿前司上任,你把你们坊里那些靠吃泔水生活的人家列个名单,呈给朕,越早越好。"

张玉道:"侄儿遵命!"

他向赵匡胤拜了一拜,说道:"小侄这就走了,请二伯保重!"

赵匡胤把头点了一点。

张玉还没有走到门口,赵匡胤唤道:"张玉,回来,二伯还有话要给你说。"

张玉立马折了回来。

赵匡胤掉头对侍宴的内侍说道:"去御膳房瞅一瞅,拣一些好吃的东西,装一个袋子,交给朕的这个小侄,让他带走。"

张玉婉拒道:"二伯,这桌子上的剩菜,足够我那几个小兄弟吃了。不用再麻烦这位宫爷了。"

赵匡胤道:"这事你不必管。你只管回去,把二伯交办的事办好。"

张玉不敢再说什么。

第二天一大早,张玉便把他所居住的景宁坊的那些靠泔水活命人家的名单呈给了赵匡胤。

赵匡胤颁旨一道,凡在这个名单的,按人口计,每人济粟一石、麻布一丈二尺、钱五百文。

这一济,景宁坊欢声雷动。不知谁带的头,众人朝着皇宫的方向,一齐跪了下去,磕头、磕头、再磕头。

但是,靠泔水吃饭的不只景宁坊有,其他坊也有。

于是,赵匡胤责成开府封,让他们组织人员,对汴京城的穷人来一个普查,根据穷的程度,分三等给予救济。第一等,救济之物,比照景宁坊;第二等,每人发粟一石、麻布一丈二尺;第三等,每人发粟一石。

汴京城的穷人笑了,高呼万岁。

但赵匡胤笑不出来,他做梦也没有想到,大宋建国十几年了,在这十几年当中,在国内的战争只有两次——李筠和李重进叛乱,且时间都不长,应该是国泰民安。可为什么,国中还有那么多穷人,穷得靠在泔水桶中讨生活?

这个问题,他至死都没有想明白,也想不明白!

但他有怜悯之心,他知道拿国库的钱粮去救济他们;他还知道动员民间的钱粮。为此,曾颁旨天下,让那些官员和富商大贾捐粮捐钱来救济穷人。但很不理想,而汴京城的各大酒楼依然是食客盈门,吃剩的鸡鸭鱼肉,招来了不少穷人。

于是,他又将张玉召到宫中,面授机宜,让他召集小伙伴,成立一个素衣队,潜入各大酒楼,搜集请客人和被请客人的姓名、职业以及消费情况,上报给他。经过对比,他从中发现,凡消费高的酒席,必有官吏参加,这内中岂能没有猫腻?

于是,他便责成有司,对这些请客人和被请的官吏一一进行讯问,凡为请托而吃的,一律处于重罚,甚至褫职。

查了一个月,各大酒楼门前的车马倒是少了不少,可暴殄天物的现象依然存在。一些富商大贾,为了摆阔,一顿饭吃掉两三头牛的事屡见不鲜。

赵匡胤听了张玉的禀报,问道:"他们都吃些啥,这么贵呀?"

"猴头、燕窝、鲍鱼、鱼翅、大虾、海参、鱼唇、鸡舌、鸭舌……"张玉正说着,赵匡胤叫停。

"鸡舌、鸭舌也不是什么稀奇之物,就是撑住他们吃,才几个钱呀?"

张玉回道:"二伯说得对,那鸡舌、鸭舌是值不了几个钱,但一变成宴可就值钱了!"

"变成什么宴?"赵匡胤问。

"变成千鸡宴,或者千鸭宴,那可值大钱了!"

赵匡胤若有所悟道:"你是说,他们用一千个鸡舌头,抑或是一千个鸭舌头做成宴席?"

张玉道:"二伯圣明!"

赵匡胤道:"明天中午,二伯给你派两千个巡警,到各大酒楼去查,凡一桌餐的花费在二十贯以上的食客,全部带到紫宸殿,二伯要亲自给他们训话。"

张玉道:"小侄遵命,小侄告辞了。"

"且慢。明日之事,你可暗中指挥,千万不要直接抛头露面!"赵匡胤叮咛道。

"小侄明白。"

第二天中午,被带到紫宸殿的食客近万人,紫宸殿容不下,不得不让被宴请者站到殿外。

赵匡胤开始训话了:"诸位,尔等是不是这样想,我请自己的客,花自己的钱,干你朝廷何事?错了!尔等错了!朕说这话,尔等也许不服,朕给尔等举个例子,尔等就会服了。"

"尔等都有儿子,抑或女儿。你的儿子,你的女儿,是你自己生的,自己养大的,你如果无缘无故把他们杀了,你就犯了法,朝廷就要治你的罪!同理,尔等请客,花自己的钱。但花自己的钱也不能胡花,也不能暴殄天物!尔等一顿饭,动辄一二十贯钱,甚而上百贯。不说上百贯,就是二十贯,尔等知道,这二十贯钱能买多少粟?"

赵匡胤自问自答道:"能买三千八百四十斤粟! 这些粟来之不易,唐朝大诗人李绅有一首诗,叫《锄禾日当午》(《锄禾日当午》:一般人认为,这首诗是李绅所作。李绅,字公垂,无锡人,元和进士,是中唐时期新乐府运动的倡导者和实践者之一。但也有人认为,这首诗是唐朝的另一位诗人聂夷中所作。)不知尔等读过没有?"

没有人应腔,没人敢应腔。

赵匡胤自拉自唱道:"'锄禾日当午,汗滴禾下土。谁知盘中餐,粒粒皆辛苦',尔等一顿饭吃掉的,哪里是粟? 分明是农夫的血汗,是一户八口之家一年的口粮!"

他顿了顿,又道:"尔等富了,尔等有钱了,尔等可以挥金如土,尔等可以暴殄天物! 但尔等知不知道,在汴京城中,尚有近万人,靠从泔水桶里捞食为生。有这样一个小姑娘,为了争得早一些'在泔水桶里捞食的权利',被迫和负责泔水的跛老头睡觉……"

说到这里,赵匡胤把话停了下来,环场一周道:"诸位,尔等不一定富可敌国,像陶朱公那样。但尔等肯定是富人,若不是富人,哪敢请一桌客就吃掉了一户八口之家一年的口粮? 富人并不可敬,可敬的是富而有仁、有德! 请尔等伸出仁爱之手,捐出一些钱来,救一救那些靠在泔水桶中捞食的穷人!"

说完这番话,赵匡胤走了。

送走赵匡胤,参知政事吕余庆开始训话。

"诸位,在没有开始认捐之前,我想给汝等讲一讲咱们皇上。咱们皇上如何英明、如何神武、如何伟大,国人有目共睹,我就不再讲了。但皇上如何克己、如何节俭,知之者恐怕就不多了。皇上经常告诫我们,说咱们都是从五代走过来的人。五代十国的国君,为什么像走马灯似地一样的换,原因很多,但腐败和奢侈是一个很重要的原因。所以,皇上非常节俭,节俭得叫人不可相信。"

吕余庆把众人扫了一遍讲道:"尔等车子的窗帘,有没有用苇草做的? 肯定没有! 但御车的窗帘,却是苇草做的。皇后曾劝皇上,让他换一个镶金边的帛窗帘。皇上不同意,他说,朕是皇帝,可以说,整个天下的财富都是朕的,不用说换上一个镶金边的帛窗帘,就是换上一个金窗帘也不为过。可是,话又说回来,整个天下的财富可以说都是朕的,也可以说不是朕的。确切地说,应该是天下人的。朕是在为天下人守财富,怎么可以滥用财富呢? 古语说,一个人要尽力去治理天下,而不应该用天下之力去供养一个人!"

吕余庆将话顿住,又扫了一下殿上众人,继续说道:"皇上的膳食,非常简单,每饭八个菜,四荤四素。一年前的一个深夜,皇上批改完了奏章,望着内侍总管王继恩,几次欲言又止。王总管便问:'陛下,有事吗?'皇上回道:'朕忽然想吃全羊。'王总管忙道:'臣这就立马告知御膳房。'皇上道:'你不要去告知他们。'王总管问:'为什么?'皇上回道:'如果让御膳房知道朕喜欢吃全羊的话,那么每天就会杀一只羊,过于浪费了。'一个羊才值几个钱,皇上为了害怕浪费而不食,可尔等呢? 一顿饭二十多贯,甚而上百贯!"

　　略顿,吕余庆又继续说道:"皇上不仅自己节俭,也不让家人奢侈。延庆公主未曾出嫁之时,穿了一件华丽的衣服,皇上十分反感,训诫道:'这衣服不要再穿了,皇家子弟要注意自己的影响,不要引领这股奢华的风气!'延庆公主忙回到香阁,换上一件很平常的衣服。皇上的小女儿永庆公主,下嫁魏仁浦魏相的儿子魏威信。回门(回门:古俗,婚典后的第二天或第三天,新娘、新郎一块儿去女方家拜见女方父母,女家要设宴款待,并宴请女家的亲朋好友。)时,前来向皇上请安,穿了一件贴锈铺翠的短襦(短襦:短衣。),很是华丽。皇上把脸一沉,说道:'当年,你姐穿的那件衣服,还没有你这件短襦华丽,我都不叫她穿,这事你又不是不知道,明知故犯!'永庆公主将嘴一撇说道:'啥明知故犯? 我和大姐不同,我这是婚衣。人一生不就结一次婚吗? 不能太苦了自己。何况,这一件短襦也用不了多少翠羽!'诸位,你道皇上怎么说?"

四十七　养虎为患

赵匡胤自言自语道："我曾三令五申,朝中大臣,不得私相往来,更不能交接外臣。光义他居然不听……"

在赵匡胤心中,潘美是他视为比喝过鸡血酒还要近的兄弟,竟然不顾朝廷的禁令,两次出入晋王府,去攀高接贵。

张齐贤以手划地,逐件陈述十件事。赵匡胤肯定了九件,张齐贤仍不满意,认为他讲的十件事都应该照办。

吕余庆一连问了三遍,没有人回答。

既然没有人回道,吕余庆那就自己说:"皇上听了永庆公主的话,口气变得愈发严厉,'就是婚衣也不能奢华,你穿什么衣服,那不是你一个人的事,因为你是公主。你穿什么衣服,宫里、宫外就会刻意仿效。羽翠的价格本来就很高了,这一仿效,买羽翠的人就会多起来。这一多,价格就会飙升,这一飙升。不但翠鸟遭殃,追求奢华的风气也将风靡全国!'一番话,说得永庆公主心服口服,脱掉了翠羽短襦。皇上如此节俭,尔等呢? 尔等就该杀头。今天,皇上法外开恩,给尔等一个赎罪的机会,请尔等不要错过。"

吕余庆讲完之后,便开始让这些请客人认捐,少则数百贯,多则上千贯,累计起来,将近八万贯。赵匡胤用这笔钱建了一座可容纳一千多人居住的居养院,用以收留那些无以为生的鳏寡老人。

通过这一次认捐,再也无人敢到大酒店猛吃海喝了。各大酒店的生意不及一个月前的五分之一。

由于各大酒店的萧条,张玉的素衣队便无事可做了。他正要奏请赵匡胤解散他的素衣队。赵匡胤又给他安排了新的任务——让他多多关注在京居住的那些高官的活动。

张玉问："二伯所说的高官，高到什么程度，还请二伯教一教小侄。"

赵匡胤道："武官在厢主以上，文臣在四品以上，每隔十天，你来给二伯报告一次。"

张玉轻轻颔首道："小侄遵旨。"

十天后，张玉将一本写满字的记事簿双手呈给了赵匡胤。

赵匡胤看了不到三分之一，眉头开始皱了，越往下看，皱得越紧。

张玉一脸惶恐地问道："二伯，是不是小侄的字写得太坏，您看不懂？"

赵匡胤道："不是。"

"再莫是小侄没有把事记清？"张玉又问。

"也不是。"赵匡胤回道。

"既然都不是，您咋会直皱眉头呢？"

"二伯想起了别的事情。哎，你的素衣队现在有多少人？"

"不到一百人。"张玉回道。

"扩，扩到三百人。等你扩到三百人，二伯擢你为殿前司的东西班首。另外，每个素衣队队员的年俸由一百贯涨到一百二十贯，且一月一发。"

张玉起而拜曰："谢二伯，十天之内，小侄便将素衣队员扩到三百人。"

赵匡胤又道："需要花钱，你不必去找计相（计相：官名。始置于汉，掌丞相府计籍的属官。至宋，计相之职渐重，位次于执政（宰相和枢密使），总领全国财用和贡赋等事。），花多花少，由二伯来批。"

张玉又一次拜曰："谢二伯。"

"你的素衣队，不只要关注在京居住的那些高官的活动，还要关注那些告老后居住在汴京的宰相、枢密使、节度使和防御使。"

张玉道："小侄听二伯的。"

张玉走了之后，赵匡胤又将那个记事簿从头至尾看了一遍，自言自语道："我曾三令五申，朝中大臣，不得私相往来，更不能交接外臣。光义居然不听。从张玉提供的情况来看，朝中重臣，出入开封府的，当在半数以上。别人来开封府赴宴，抑或是拜见赵光义还有情可原，我的老丈人宋偓，以及我的财神爷楚昭辅和我的禁军将领田重进，也去拜访他，特别是田重进，那可是我睡着了为我守大门的人呀！更令人费解的是赵普，他和光义素来不和，竟然也去造访光义！"

他突然想起了一件事，半年前，为编写《大宋勋将传》，赵光义一而再，再而三地为宋偓说话，看起来他们早有勾结。

楚昭辅呢？他什么时候和赵光义勾结上的？

赵匡胤背负双手，在殿内踱了几十圈，也没有想出一个究竟。其实，这事谁也不怪，要怪就怪赵匡胤自己，是他拿着鞭子把楚昭辅驱赶到赵光义的小圈子里的。

这事还得从半年前的那个午后谈起。那一日，赵匡胤正坐在便殿里想着如何收复燕云十六州，窦仪求见，赵匡胤忙道了一声"请"。

窦仪进宫，就今年科举考试的筹备工作，向赵匡胤做了汇报。赵匡胤听了比较满意，仅就考生资格说一些他的想法："人可以无才，但不可以无德。况且，这些人一旦考中，便要做官，一做官就要掌权，甚而掌很大的权。故而，有三种人不能叫他们参加考试。"

窦仪问："哪三种？"

"一是作奸犯科之徒，二是不孝之人，三是娼妓子弟。"

窦仪道："陛下所说甚是，臣一定照办。为了确保不让陛下所说的这三种人混进考场，臣打算让那些欲参加科考的人，由所在地的里坊出具清白证明。"

赵匡胤颔首说道："如此甚好！"

窦仪起而拜曰："臣告辞了。"

赵匡胤道了声："别急，朕还有一事，想听一听老爱卿的高见。"

窦仪一脸谦恭地说道："陛下太高看了老臣。"

赵匡胤将手摆了一摆，说道："老爱卿不必自谦，听朕说来，燕云十六州原本是中国之地，那个该杀的石敬瑭，为了当皇帝，竟将它割让给辽。朕有心将它收复，但不知是用武好呢，还是用金钱赎买好呢？"

窦仪拜而回道："臣之愚见，应该赎买。"

赵匡胤道："为甚？"

窦仪道："战争是一件可怕的事情，有道是'杀敌一万，自损三千。'何况，辽人以游牧为生，不怕打仗，打胜了，他就打'谷草'，大捞一把；打败了，拍拍屁股走人，照样放他的马？而中国人呢？兵马未动，粮草先行，未曾开仗，便想着他的几十亩地、他的牛、他的老婆孩子热炕头！如果能用金钱将燕云十六州收回来，此朝廷之福，国人之福也！"

赵匡胤频频颔首道："老爱卿之言，正合朕意。从今年开始，朕便把国库的节余存入柱库(柱库：赵匡胤为了赎回燕云十六州特建的钱库。柱库的钱除了用以赎回燕云十六州外，还有一个用途——国家有难时救急。)，等攒够三五百万两银子，就遣使去向辽人交涉，辽人性贪，他们会同意的。他们如果不同意，朕就用这笔钱招募勇士，打他个龟孙！"

窦仪还没有走,赵匡胤便传旨要计相楚昭辅进宫。

楚昭辅进宫后还没等赵匡胤开口,便呈上一份奏折:"粮仓里的储备粮,只能吃三个月,请陛下颁诏,让两浙路、淮南东路、淮南西路、江南东路、江南西路、荆湖南路以及荆湖北路等地的厢军,各率一百五十只民船,参与江淮漕运,若则,再有三个月,汴京城将无粮可供。"

赵匡胤召他来,乃是为了柱库之事,没想到他反来向自己叫苦,勃然大怒,拍案斥道:"楚昭辅,你知道不知道?国家的粮食没有九个月的储备,那就叫做不足。如今,你的存粮,只够汴京人吃三个月,这是你的失职。你自己戳的窟窿你自己补,朕不会给你增调一只民船!去吧,不,你给朕听着,朕要建立柱库,你得每年设法给朕节约五十万两银子,放到柱库去!"

楚昭辅口中称"是",心里却怕得要命,额头上冷汗直流。他想来想去,能救他的人,只有赵光义。于是,径直去了开封府。

赵光义听他说明来意,安慰道:"你从来没有求过本王,这个忙本王一定要帮。"把楚昭辅感动得热泪盈眶。

送走了楚昭辅,赵光义把他的几个大谋士——宋琪、柴禹锡、陈从信、程羽、程一服、贾琰等邀到茶室,一边喝茶一边商议如何帮楚昭辅渡过难关。

众谋士见赵光义实心实意要帮楚昭辅,便纷纷出谋献策,多数人的意见是要赵光义出面说服皇上,让他答应楚昭辅的请求。

至于节约五十万两银子存入柱库的事,多数人的意见是不要管这件事。

众谋士讨论的热火朝天,唯有陈从信一言未发。

赵光义指着陈从信问道:"依押衙(押衙:唐宋人对节度使以下武官的尊称,也用于称呼一般客人。)看来,本王应不应当帮楚昭辅一把?"

陈从信不紧不慢地回道:"应当。"

赵光义问:"怎么帮?"

"首先,要答应他,包括帮他筹集存入柱库的五十万两银子。"

柴禹锡大声说道:"银子的事不能帮他,偌大一个国家,堂堂一个计相,难道连五十万两银子都挤不出来吗?"

陈从信道:"正因为他能挤出来,咱才答应他。这样的空头人情,只要不是傻子,谁都会干!"

众人恍然大悟。

赵光义瞅着陈从信,一脸感激地说道:"这件事,本王知道该怎么做了。但楚昭辅求本王找皇上为他说情,增调两浙等七路厢军率民船参与江淮漕运之事,该不该帮?怎么帮?"

"该帮。但这事不一定非要惊动皇上。"

赵光义道:"这事不惊动皇上,谁有权力调动七路的厢军和民船呀?"

"七路的厢军和民船不须调动,问题就可以解决。"

"什么?七路的厢军和民船不须调动,问题就可以解决?"赵光义一脸惊诧地反问道。

陈从信将头点了一点。

"怎么解决?"赵光义问。

"只需改变一下原有漕运船只的管理办法,汴京城的吃粮问题便可以解决。"

赵光义将信将疑:"就这么简单!"

陈从信道:"就这么简单。"

赵光义道:"你能不能说详细一点?"

陈从信道:"可以。"他慢慢将杯中的茶喝完,又慢慢地说道:"从信曾经在楚地、泗水一带游历,知道漕运的弊端所在。概从驾船人缺乏食物,故意怠工,这是一误;其二,凡漕运所经过的州县,都要停船检查,耽搁了不少时间;其三,每一趟漕运,至少要耽搁十天时间。如果把我说的这三个问题解决了,不用再增一条船,汴京的吃粮问题便可解决。"

赵光义大喜道:"押衙说的这三个问题不难解决!"

当即命人去请楚昭辅,把陈从信的话向他学说一遍。

楚昭辅听了大喜,向赵光义千恩万谢,并提出一个请求,请陈从信到三司使帮他半年。赵光义很是爽快地答应了。

果如陈从信所言,只是改变了一下对漕运的管理办法,没有增加一条船便解决了汴京人的吃粮问题。从此,楚昭辅成了开封府的常客。

关于楚昭辅和田重进频频出入开封府的问题,原因何在,还没有等赵匡胤弄明白,在出入开封府的高官中,又蹦出来四个二品以上的高官——三文一武。

三个文臣是:李昉、卢多逊和陶谷。莫说又增三个文人,就是再增三十个,赵匡胤也不怕。

他有一句名言,就是一百个文臣"皆纵贪浊,未及武臣一也。"也就是说纵有一百个文臣作乱,也不及一个武臣作乱。他尽管这么说,口中却像吞了一只苍蝇。何也?这三个文臣,不是一般的文臣,是他视为近臣的三个文人!

武臣呢?也不是一般的武臣,是他视为比喝过鸡血酒还要近的兄弟,是他视为左膀右臂的人物,是比节度使还要厉害的武臣!

如此一个人物,竟不顾朝廷禁令,去攀高接贵,不到十天,两次出入开封府。

这个人就是大宋第一战将潘美!

张玉见赵匡胤看完了他的记事簿,一言不发,两条眉毛,皱得几乎要拧出水来。试探着问道:"二伯,小侄可不可以走了?"

赵匡胤摆了摆手说道:"别急。"

他右手支着下颏,凝眉沉思,大概过了喝一杯茶的时间,赵匡胤放下右手,移目张玉,说道:"你能不能帮二伯查一查,田重进和潘美,为啥突然和你三王叔热乎起来?"

张玉将头使劲点了点。

第十天晚上,张玉将第二本记事簿呈给了赵匡胤,并向他汇报了田重进、潘美和赵光义热乎的原因。

田重进的舅舅死了,田重进的表弟窦文举为老爹选了一块坟地,而这块坟地里有一座孤坟。窦文举也不和孤坟的侄儿协商,直接给扒了。孤坟的侄儿找他理论,他把人家给打死了,街坊邻居看不下去,联名把窦文举告到开封府,开封府把窦文举抓了起来,判了死刑。窦文举的妈求田重进为儿子说情,还给他下了跪,田重进便去求赵光义。赵光义法外开恩,改窦文举死刑为流放,而这个流放的地点是邓州老虎沟,而这个沟深不过丈二,因为邓州一马平川,很少有野兽,而有人竟发现这沟中有一个老虎出没,故而取名老虎沟。

赵匡胤越听越气,紧咬着嘴唇,脸色铁青。

张玉把话顿住:"二伯,您是不是不舒服?"

赵匡胤将头摇了一摇,说道:"二伯没事,你接着往下说。"

"那小侄就说一说潘美叔叔的事了。"

赵匡胤点了点头:"说吧。"

"潘叔叔和俺三王叔结了儿女亲家。"

张玉话音不高,却像一磅重锤,打在赵匡胤的头上。

他"呼"地站了起来,欲言又止,复又坐下。他将手一连摆了三摆,说道:"你去吧。"

潘美的家庭情况,赵匡胤再熟悉不过了,除了夫人,他还有三个小妾,共育有五儿八女,长子取名惟德、次子取名惟固、三子取名惟正、四子取名惟清、五子取名惟熙,八个女儿依次取名为端、庄、淑、雅、梅、兰、竹、菊。

赵光义的家庭情况他更清楚,五个王妃,为赵光义育了五子二女,长子取名德崇、次子取名德明、三子取名德昌、四子取名德严、五子取名德和;长女曰韫、次女曰玉。

光义既然和潘美结为儿女亲家,必定一方是男,一方是女,到底孰方为男,孰方为女,叫人难猜!

赵匡胤不猜了,传旨潘美进宫。

此时,亥时将尽,这么晚了,皇帝突然召见,潘美还以为宫中出了大事,汗流浃背地赶进宫来。谁知,赵匡胤独自坐在便殿里,一边看书,一边饮酒,一副悠闲自得的模样。

潘美欲行君臣大礼,被赵匡胤拦住了:"不必了。"

他朝对面指了一指,说道:"坐,请坐。"

等潘美落座后,小内侍立马趋了过来,为他斟酒斟茶。

赵匡胤对小内侍说道:"汝只须将酒壶、茶壶装满,放到御案上,去后边等着,不唤不要过来。"

小内侍道一了声"遵旨",躬身而退。

殿内只剩下赵匡胤和潘美,三杯酒下肚,潘美避席说道:"陛下深夜召臣进宫,不全是为了喝酒吧?"

赵匡胤将头轻轻摇了一摇,说道:"你想多了,朕召你来,就是为了喝酒。坐,坐下。"

等潘美坐下后,赵匡胤举杯说道:"来,喝酒,继续喝。"

又喝过三杯,赵匡胤轻叹一声,说道:"还不到亥时三刻,朕便批完了奏章,见时间尚早,就取出《大宋勋将传》来看,往事历历在目。唉,若非汝等力劝,若非汝等舍生忘死地为大宋开拓疆土,朕怎么会有今天? 每当朕看到这本书的时候,就想起了你们这些功臣,你们这些出生入死的弟兄! 特别是你,你为朕独闯周廷,又为朕收复南汉,你是朕的最好兄弟,你是大宋的第一战将……"

说到这里,赵匡胤的眼圈有些泛红。

潘美受到了感染,泪水在眼眶里打转:"陛下,您得以为万乘之君,乃是天命所归。臣能有今天,全赖陛下所赐! 汉光武常刘秀宴请功臣,喝到半酣之时,问之曰:'诸卿如果没有遇上朕,自己思量可以做到什么官?'邓禹率先答道:'臣可以做到郡中博士。'轮到马武回答的时候,他说,他可以做到守尉(守尉:郡守与都尉),捕捉盗贼。汉光武帝笑驳道:'汝自己不为盗贼就不错了,还望做什么守尉! 但是,汝如果努力一番,做到一个亭长(亭长:官名。始置于战国。战国时,各国在国与国之间的邻接地方设亭,置亭长,以防御敌人。汉时,在乡村每十里设一亭,置亭长,掌治安警卫,兼管停留旅客,治理民事。此外,设于城内和城厢的称"都亭",设于城门的称"门亭",亦置亭长,其职掌与乡村亭长同。)还是有希望的。'臣就是马武呀! 若是不遇到陛下,哪有今天!"

赵匡胤笑着说道:"你也太过自谦了。喝酒! 喝酒!"

又喝了三杯,赵匡胤故作漫不经心地说道:"光义这几年干得不错,干得不错的原因是他知道礼贤下士。故而,他的身边聚集了几十个文武兼备和有识之士。而且,朝中大臣也愿意和他结交,门前车水马龙。你也应该多到他那里坐坐呀!"

潘美的脑袋瓜儿像风车般地转了起来,莫非我和晋王结为儿女亲家的事他知道了? 他一定是知道了! 他要是不知道,岂能这么晚了还召我喝酒? 看来,他的醉翁之意不在酒呀! 既然他知道了,我就得实话实说,免得他生疑。

想到这里,潘美"嘿嘿"一笑,说道:"启奏陛下,臣已经去晋王府坐过两次了。"

赵匡胤"噢"了一声道:"去了两次,不多,不多,但不知是为公,还是为私?"

潘美道:"为私。"

"噢,你也有事求他?"赵匡胤问。

"不是。"

"那是为了什么?"赵匡胤又问。

"臣八女儿潘菊落地时,右手五指内握,无论怎么掰也掰不开。前不久,臣之贱妾带着潘菊去相国寺进香,被赞宁长老撞见,他硬说潘菊有望夫之相。且是,那握着的手,是给丈夫掌印的。这话不知怎的传到晋王耳中,晋王便让赞宁长老前来提亲,想要潘菊做他三儿德昌的媳妇。臣一再婉拒,可晋王不干,没奈何臣便答应了。为了商议订婚之事,臣去了晋王府两次。"

赵匡胤故作欢喜道:"你两家结亲好啊,一个是王爷,一个是大宋第一战将,可谓门当户对。况且,你女儿有望夫之相,而那个德昌,又是朕看着长大的,且特别聪明,有一次,朕带着他去万岁殿,他竟爬上了金龙椅,还像模像样地坐了下来。朕十分惊讶,问他:'天子好作吗?'他回答道:'听从天命罢了!'那一年,他才五岁,五岁的小屁孩,竟然说出这样的话,你说他是不是个奇才?"

潘美附和道:"是一个奇才。"但话一出口,他便后悔了,忙改口道:"少时有才,不算真有才,南朝江淹少时聪颖,六岁便能作诗,人称江郎,亦称神童。长大后灵性日退,所作之诗,不复成语,遂有江郎才尽之诮矣!"

赵匡胤笑指道:"你倒会自谦,这话若是让你亲家公知道了,怕是要和你翻脸呢!"

潘美亦笑。

"哎!"赵匡胤将话锋一转说道:"你的胆子不小啊!"

潘美吃了一惊:"陛下这话从何说起?"

"朝廷三令五申,一是朝中大臣不得通婚,二是朝中大臣不得私相往来,三是朝中大臣不得交接外臣。三条禁令,你犯了两条,不怕朕治你的罪吗?"

潘美反应倒还灵敏,"嘿嘿"一笑,回道:"臣不怕,臣私自往来的是晋王,臣通婚的也是晋王。"

赵匡胤反问道:"晋王不是臣吗?"

潘美道:"晋王是臣,但他不是一般的臣,他是陛下的亲弟弟,他还兼着宰相,每当陛下离开汴京,便委他为汴京留守。留守是干什么的? 留守是代陛下处理全国军政大事的! 况且,您爱晋王,又爱得有些过分,晋王患病,您亲自为他灸治,您怕他疼,便冒着灸伤自己的危险,在自己身上试灸后才去灸晋王。去年,百官给您祝寿,您喝高了,指着晋王对群臣说道:'晋王,龙行虎步,贵不可言,他的福德怕是还要在朕之上呢!'"

赵匡胤悚然一惊:"朕说过这样的话?"

潘美十分肯定地答道:"说过。"

赵匡胤道:"不可能!"

潘美道:"这事,史官已经记录在案,陛下若是不信,明日可召史官一问。"

第二日,赵匡胤召史官落实,果如潘美所言,又悔又气,真想自个儿扇自个儿几个耳光。

俗话不俗,"喜鹊、麻鹊旺处儿飞。"赵光义是自己捧大的,大得"贵不可言",既然这样,朝臣为什么不往他那儿飞呀? 现在他已经是王了,以后还要"贵不可言",那就是说,他要做天子了。既然赵光义要做天子,和朝臣往来有什么错? 和朝臣通婚又有什么错?

没有!

赵光义既然没有错,和他私相交往的人、通婚的人,何错之有?

他原本想敲打一下潘美,再通过潘美去敲打赵光义。谁知,他没有敲打住潘美,反让潘美给敲打了一下。

这一敲也好,把他给敲醒了。

495

什么是养虎之患？我自己的所作所为便是养虎之患！

正由于自己的过分信任和纵容，赵光义的声望和班底的力量几可与自己抗衡了。再不下手解决，自己养大的虎，反倒会吞噬自己呢！

这个问题该怎么解决？

赵光义是我的亲弟弟，又是我一手提拔起来的，我素来主张以忠义、孝悌治天下，若操之过急，打压过重，难免要遭世人非议！

不能急，不能急，一步一步来。

第一步，把光美推上前台，用光美来牵制光义。

第二步，让德昭多出面，一旦时机成熟，就立他为太子，绝了光义和拥戴光义的那一帮人的孽念。

第三步，迁都，摆脱光义在开封的势力。

他正想着心事，窦仪来报，今年的科举取士，复试（复试：宋初的科举考试，分三步走。第一步，由权知贡举（临时派遣的主考官）主持，录取后，交礼部再考一次，叫复试。第三步，凡合格者，皇帝进行面试，面试亦叫殿试，又叫御试。）已经结束，殿试何时举行？

赵匡胤口谕一旨："后日戌时三刻，在讲武殿进行。"

窦仪刚一转身，赵匡胤突然想起一个人来。

这个人他刚认识，是巡视洛阳时认识的。那时，他正骑着马走在去龙门石窟的路上，突然从道旁的树后蹿出来一个儒生，举着一本奏折，拦住马头，说有十大国策要献。

随侍的侍卫见了，忙飞奔过来，抓住儒生胳膊，要将他拖走，被赵匡胤制止住了。

"这一儒生，高名上姓，家居何方？"赵匡胤一脸慈祥地问道。

儒生用洪亮的声音回道："小生姓张，名齐贤，曹州冤句人。三岁时，遭遇后汉之乱，举家迁洛阳。因敬慕唐朝李大亮（李大亮：唐朝开国功臣，年59岁去世，家无余资，唐太宗恸哭不已，追赠兵部尚书。）的为人，自己给自己取了一个名字，叫师亮。"

赵匡胤点了点头，问道："你手中拿的是什么？"

张齐贤答道："《兴国十策》，小生花了五年心血，方才写成。"

赵匡胤道："诚如此，那就呈上来吧。"

张齐贤道："别急，小生想当面向陛下陈述。"

赵匡胤道："也可。但要说得简单一些。"

张齐贤道了声"遵旨"，以手画地，逐件陈述十件事，分别是：下并汾、富民、封建、敦孝、兴太学、举贤才、籍田、选良吏、慎刑、惩奸。

　　赵匡胤道:"你所说的这十件事,有九件可以作为国策。但'封建'一说,万不可行!"

　　"为什么'封建'一说不可行?"

　　赵匡胤道:"分封王室和功臣土地之事,始自周天子,至秦始皇已经废之,岂可再行!"

　　张齐贤梗着脖子说道:"要行。正因为秦始皇不搞封建,二世而亡。因而,小生劝陛下……"

　　赵匡胤将脸一沉说道:"你不要再说,朕不想听!"

　　张齐贤坚持要说,赵匡胤勃然大怒,命侍卫将他拖到路旁,拴在一棵树上。

四十八　在德不在险

赵匡胤尽管年过半百，童心未泯，让两个竞争状元的进士——王嗣宗和陈识齐，在殿上打了一架，谁赢谁是状元。

也许是赵匡胤气数该尽，不见赵普还好，这一见，使他彻底打消了让赵普复出的念头。

赵光义没有再辩，反而向他哥哥跪了下去，叩头说道："陛下所言甚是，但臣亦有一言，国家的兴亡——在德不在险！"

赵匡胤游完了龙门石窟，气渐渐消了，这才下诏，将张齐贤释放。

赵匡胤回到汴京，将张齐贤的《兴国十策》，仔细看了一遍，确实写得好，不仅问题找得准，理也说得透，语言还十分生动，叹曰："真宰相之才也。只可惜，看问题有些偏执，若是有人善加引导，改掉偏执的毛病，定能成为一代良相！"

为了让张齐贤成为一代良相，赵匡胤特意把前相王溥和魏仁浦召到宫中，要他们设法接近张齐贤，加以引导。

前不久，赵匡胤又将王溥和魏仁浦招来，询问张齐贤近况，二人异口同声道："张齐贤偏执的毛病已经改得差不多了，是不是也让他参加一下今年的科举考试？"

赵匡胤道了声："可以。"

没过多久，赵匡胤便后悔了，这样一个人才，应该留给我的儿子来用。为了让他能够一心一意辅佐我的儿子，我还得压他，让他从我儿子手里起来，让他感恩我的儿子！

但是，已经答应让张齐贤参加科考，作为一个皇帝，岂能出尔反尔！

但他知道，张齐贤只要参加科考，一定能被录取。不过，他也存了一个侥幸心理，李白那么有才，也没有听说他考中状元！考就让他考吧，考不上更好，即使考上了，还有殿试这一关呢！

因为赵匡胤关注着张齐贤，故而才把窦仪叫住："窦爱卿，有一个叫张齐贤的考生，不知考得怎么样？"

窦仪一脸喜色道："棒极了，全场第一个交卷，还考了个第一。"

赵匡胤的眉头微微皱了一皱，也没说话，只是将手摆了一摆，示意他可以走了。

窦仪一边走一边想，皇上为什么要问这个人？而且，这么多考生，他为什么单单问他一个人？看来，这个人与皇上有着莫大的关系。但是，又不像要关照的样子，甚而……看来，这张齐贤铁定的要落选！人才呀！难得的一个人才呀！科举考试的目的是什么？就是通过科举考试来选拔人才，而到手的人才，你弃之不用，搞这科举考试作什么？皇上，您不该，不该呀！

到了第三日戌时三刻，赵匡胤准时来到了讲武殿，但与往年相比，陪同他的官员有了很大变化。

按照惯例，殿试时，陪同皇上的官员，有如下诸人：晋王赵光义、参知政事薛居正、吕余庆、卢多逊、礼部尚书窦仪，吏部尚书李昉，翰林承旨陶谷。

这一次，赵光义、李昉和陶谷不见了，取而代之的是赵光美和赵德昭。

为什么没有了赵光义、李昉和陶谷，只有赵匡胤心里明白，为了打压赵光义，这样重要的活动，自然不能让他参加了。至于李昉和陶谷，他俩千不该万不该，作为皇上的近臣，还要去攀晋王的高枝！

卢多逊不是也在攀晋王的高枝吗？为什么独独把他留了下来。

那是卢多逊命好。

史延德死了老娘，想请卢多逊写墓志铭。

卢多逊可不是容易请的，他不只是大宋的第一大笔杆子，还位列宰辅，还是赵匡胤少有的几个宠臣之一。没想到，史延德一说，卢多逊便答应了。而且，那墓志铭写的非常好。史延德拿了一百两银子登门感谢，卢多逊说啥也不收。史延德无以报恩，便将卢多逊拜谒赵光义、皇上对此十分生气的消息透给了他。卢多逊又惊又怕，想了一夜，第二天去谒见赵匡胤。赵匡胤表情淡漠，全不似往日情景。卢多逊没话找话，说了一番后，话锋一转说道："陛下，臣真没有想到，晋王还会写诗填词呢！"

赵匡胤不置可否。

卢多逊径自说道："十几日前，晋王说他作了一个词，想请小臣雅正，而且还问，是他到小臣家呢，还是小臣去他家呢？人家贵为王爷，当然不能让王爷到小臣家了。于是，小臣便去了晋王府。谁知，他作的词不是一个，而是三个，全都叫《逍遥咏》。臣耐着性子将它看完,觉着写得并不怎么样,但又不敢直说,违心地将他的词赞扬了一番,且提出,要把它带回家好好拜读,晋王竟然同意了,你听听,这像词吗?"

说到这里,卢多逊高声吟道:"人救眼前急,何曾利益心。愚迷终浅见,达者智高深。若行须知应,余忧力不任。经书无限意,稽古便同今。逍遥安且定,但信莫怀疑。大海波中水,狂风树摆枝。乐天分造化,慧眼细观之。方雨无诸恶,恒将利益持。恍惚人难晓,天仙语默玄。修心无道理,终日自忙然。我命真中趣,长生认宿缘。权机饶使用,圣事不虚传。清虚闲静得……"

赵匡胤将手摆了一摆说道:"卿不必再吟了,朕知之矣!"

正因为赵匡胤"知之矣。"卢多逊的官位才得以保留下来。

在赵匡胤未曾到来之前,窦仪已经粉墨登场,把皇上如何求贤若渴以及科举取士的意义讲了一遍。尔后,宣布殿试规则:

一、众举子退到偏殿,由礼部组织众举子抓阄,依照抓阄排列出的顺序,标上序号一、二、三、四、五等等;尔后,由有关人员引导,依次前来殿试。

二、殿试的题目是,我心中的楷模,就这个题目,各讲各的,时间半刻钟,逾时者自行淘汰。

三、讲完之后,由有关人员带出,仍在偏殿等候。

赵匡胤一到讲武殿,窦仪便迎了上去。拜而问道:"可以开始了吧?"

赵匡胤将头点了一点。

窦仪高声喧道:"一号进。"

一号讲完,二号登场,四十个举子,像走马灯似的,你方"唱"吧,我方"唱",直"唱"到丑时四刻方才结束。

午饭是在讲武殿吃的。

按照惯例,参加殿试的举子,淘汰率为五分之一。往年,参加殿试的人数,控制在二十人,按照五分之四的规定,应该录取为进士的十六人。

今年,赵匡胤不知出于何种目的,将参加殿试的举子翻了一番。

这一翻,便是四十人。

往年,不用看这些参加殿试举子的水平,但就逾时这一项,也淘汰三四人。

可是,今年的举子分外精,竟然没有一个逾时的。

没有逾时的,就得看他们的讲演是否紧扣主题。

怪,这四十个举子的讲演,全都紧扣主题。

既然全都紧扣主题,那就得看他们的形象以及表达能力等等。

偏是,这四十个举子,不但形象俱佳,表达能力也呱呱叫。

众人的目光,全都聚焦在赵匡胤身上。

赵匡胤见陪同的官员,都在看着他,不慌不忙地说道,"今日的殿试,所有举子的表现,俱为上乘,应当全录。但是,按照惯例,必须淘汰五分之一,也就是说,在这四十个举子之中,得淘汰八人。"

说到此,他将话顿住,二目自左而右,将众官员扫了一遍问道:"众卿认为该淘汰哪几位?"

无人应腔。

"既然众卿不想讲,朕便说一说朕的看法。第七号、第十号、第二十一号、第二十五号,这四位举子应该淘汰。"

众人齐道:"陛下圣明!"

赵匡胤继续说道:"第三号也应该淘汰。"

此话一出,满殿皆惊。

第三号是谁呢? 第三号就是张齐贤。

众人皆认为,就殿试的题目来讲,张齐贤答得最好,好得叫人无可挑剔。

张齐贤一开口便道:"要说我的楷模,多得很。孔子曰:'三人一行,必有我师焉!'每三人之中,就有一个人可以做我的老师,只要能做我老师的,都是我的楷模!"

他说这话的时候,在场的人除了赵匡胤俱都频频颔首。

张齐贤略顿了一下,说道:"以何人为楷模,得因时因势而定。皇上若要一统天下,我便以霍去病为楷模——'匈奴不灭,无以家为';皇上若要官员清廉,我便以羊续为楷模——悬鱼于庭;皇上若要齐家,我便以窦尚书的令尊为楷模——教五子,名俱扬;皇上若要兴商,我便以弦高为楷模——把牛用以犒赏敌军;皇上若要听诤言,我便以魏征为楷模……"

赵匡胤既然敢于否定张齐贤,自有他的道理。

他的道理是张齐贤过于圆滑。

尽管此说难以服众,因为赵匡胤是皇上,没有人敢反对。

赵匡胤见没有人反对,继续说道:"依朕看来,第六号也该淘汰。"

众人又是一惊,且不说这第六号的楷模是周公,但就风度气质而言,在众举子中,可谓是鹤立鸡群。

"朕为什么要淘汰第六号举子呢？这位举子有些不识时务。诸卿没有想一想，周公是谁呀？周公是圣人中的圣人！况且，我大宋有幼主吗？"

众人这才恍然大悟，这小子犯了皇上的大忌，应该淘汰。

其实，更深层的原因，不是这个举子犯了赵匡胤的忌，而是赵匡胤敲山震虎，这个虎不是别人，乃是他的亲弟弟赵光义。

赵匡胤目扫众卿道："第十一号和三十二号也该淘汰。"

第十一号是张咏，他的楷模是范蠡。

第三十二号是孟进，他的楷模是诸葛亮。

范蠡不只被尊为财神，而且在一般人眼中，他无论是为官还是经商，都达到了世人难以企及的高度。特别是他能够急流勇退，世人只可望其向背而不及。

可赵匡胤不这么看，他认为，范蠡明知君主有过而不去谏，一走了之，此非真忠臣也；他不但自己一走了之，又将战国第一美女西施带走，有些太好色。

诸葛亮呢？忠于汉室，鞠躬尽瘁，死而后已，倒是可歌可泣。但是，他的心胸不够广阔，只相信自己，不相信别人，事必躬亲。再之，他不知审时度势，明知不可为之事，而强为之，非真智者也！

淘汰了张咏等人之后，还剩三十二人，这三十二人全部录为进士。淘汰者皆为举人。

进士确定之后，殿试只算进行了一半，下半时比前半时更出彩——点状元。

按照惯例，进士确定之后，把位于前两名的召上殿，再来一次考试，胜出者为状元。

第二次考试，由皇上亲自出题，也可以考《四书五经》，也可以考策论，也可以考诗词歌赋，无论考什么，都离不开嘴和笔。

但这一次考试，既不用笔，也不用嘴，用的是拳头！

若是考武状元，莫说用拳头，就是用刀枪剑戟，也不为奇。

可这是考文状元！

赵匡胤不管这些，他从小就十分顽皮，特喜欢捉弄人，尽管年近半百，童心不泯。但因为他是一个万乘之君，不得不把自己的顽皮和爱好收藏起来。今日，不知出于什么心理，他竟然发了童心，让两个竞争状元的进士——王嗣宗和陈识齐，在殿上打一架，谁赢了谁就是状元。

这真是别出心裁！

这哪里是在考状元，分明是一场恶作剧！

这种选拔状元的方法闻所未闻,可谓是"前无古人,后无来者!"

正在众人大感惊诧、面面相觑之时,反应敏捷的王嗣宗突发一掌,把陈识齐的帽子打掉在地,他双膝跪地,叩头说道:"陛下,臣胜之。"

赵匡胤龙颜大悦:"行,你就是状元了。"

王嗣宗忙叩头谢恩,三呼万岁。

封过王嗣宗状元,又封陈识齐为榜眼,陈识齐尽管一肚子不高兴,也不敢有所表现,唯有谢恩而已。

殿试,只须试出进士、榜眼、状元也就够了,并没有人事任免的内容。但赵匡胤不管这些,殿试结束,突然口谕一诏——封皇弟赵光美为秦王、皇子赵德昭为燕王。贬吏部尚书李昉为太常少卿。

赵光美作为皇弟,早就应该封王。况且,他的三哥赵光义,三年前已经封王了。

至于德昭,作为皇长子,按照惯例,一出阁就应该封王,赵匡胤没有这么干,想让他束冠后渐渐晋封为王。如今,他已经二十七岁了,又做了一年的防御使,再不封王就说不过去了。况且,为了抑止赵光义的野心,更应该封他为王。但突然贬了李昉,实在出人意料!

尽管出人意料,但众臣还是从中悟出了一些东西——皇上是在培养自己的儿子呢!

赵匡胤笑了。

他要的就是这个效果。

未几,吴越遣使来朝,赵匡胤面谕使臣道:"尔主对朕恭顺有加,可俺俩个,已经有两年多没有见面了,朕十分想念,请他来汴京一趟,酌一杯小酒,话几日家常。"

吴越使臣返归杭州后,便将赵匡胤的话学给了钱俶。

钱俶很为难,宋犹如当年之秦国,乃虎狼之国。这个老虎已经吃了后蜀、南汉和南唐,岂能把吴越放过!这一去,就不可能再回来了。但是,如果不去,惹恼了赵匡胤,那就会招来如狼似虎的宋兵,遭殃的不只是自己,乃是吴越国!

为去与不去,钱俶召开了三次御前会议。商议的结果,还是得去。

为了能使他平安回来,吴越的大臣,不仅为他祈祷,还为他造了一座塔,取名"保俶塔。"

在此之前,钱俶也曾来过汴京,接待他的是赵光义。但这一次换成了燕王赵德昭。

但赵匡胤并没有像他所说的那样,"十分想念",还要和他"酌一杯小酒,话几日家常。"

他来到汴京一个月了,赵匡胤只和他见过三次面,每一次见面,包括吃饭,没有超过半个时辰。

第三次见面,钱俶故意装醉,要给赵匡胤献词,赵匡胤同意了。至于他献的什么词,已经不知道了,但词中有几句明显是在发牢骚——"金凤欲飞遭掣搦,情脉脉,行将玉楼云雨隔。"

赵匡胤不但没有恼,还站起来走到钱俶身边,拍了拍钱俶的肩膀说道:"你放心,我不会扣你,更不会杀你! 后天我就让你走,尽朕一世,尽卿一世……"

钱俶哭了,"扑通"一声跪倒在地。

赵匡胤没有食言,送钱俶走的时候,还送给他一个黄包袱,嘱曰:"这里边的东西,只有等你离开大宋国境才能看。"

钱俶频频点头。

尽管钱俶很想知道这黄包袱里包的是什么东西,但他很听话,出了大宋国境,方才将包袱打开。他做梦也没有想到,那包袱里包的全是大宋大臣的奏章,而且这些奏章都与他有关——请求皇上把钱俶永远留下,不战而得吴越。

他又一次哭了,朝着汴京方向跪了下去,九拜之后说道:"陛下,臣这一生,绝对忠于您! 不,不是臣这一生,臣的儿子,儿子的儿子,世世代代,绝对忠于您!"

他回到杭州,再也不在西北殿坐卧,群臣不解,纷纷询之,他说道:"西北者,神京在焉,天威不违颜咫尺,敢宁居乎!"

忽有一翰林来奏,南唐一书生撰了一本小书,想面呈大王。

钱俶一脸不悦道:"不就一本小书吗? 你们翰林院看一看不就得了,也要烦朕!"

翰林道:"这不是一本普遍的书。这本书如果呈给宋天子,他一定会很高兴,比给他贡一千头大象还要高兴。"

"这是一本什么书呀? 如此金贵?"钱俶问。

"《百家姓》。"

钱俶有些失望:"一本写姓氏的书,能有多金贵?"

翰林道:"如果单是一本写姓氏的书,倒也不金贵。金贵在这本书乃用四言韵语写成,读起来朗朗上口。仅凭此,也不一定能引起宋天子的注意,能引起他注意的是姓氏的排列。该书收集了四百三十八个姓,在排列时,以'赵'居首,'钱'次之,'孙'、'李'又次之。您说,宋天子见了这本书能不高兴吗?"

钱俶道:"该书以'赵'居首,以'钱'次之,不用说,这个'钱'乃是本王了。'孙'、

'李'呢？何解？"

翰林道："'孙'是大王的王妃呀！"

"'李'呢？又何解？"钱俶问。

翰林回道："此书生乃南唐人，而他们的大王是李煜。且是，这书生本人亦姓李。"

钱俶"噢"了一声道："原来如此！"

遂传书生进宫，拜官翰林学士，并赐之金帛若干。

钱俶将《百家姓》一连读了十几遍，精印了三十册，遣使送达宋廷。赵匡胤看了《百家姓》，龙颜大悦，赏吴越黄金一万两，并诏告天下，把《百家姓》作为学堂的蒙学课本。

为了培养赵德昭，赵匡胤封他为王，又把他从后台推到前台接待吴越王。而这个活，原本由他的御弟、开封府尹、晋王赵光义干的，但他让德昭干了。既然让德昭干了，他又没有勇气立德昭为太子。

他有两个顾虑。

第一个顾虑，他多次向人标榜，他和赵光义可以称之为"兄友弟悌"的典范，如果立了德昭，无疑要惹恼赵光义，他害怕赵光义和他翻脸，更不想自打耳光。

第二个顾虑，害怕赵光义铤而走险。天子尽管操有生杀夺予之权，但当权贵的羽翼一旦丰满起来，天子也怕。知道刘邦不？刘邦是个无赖，比赵匡胤更加强硬不羁，他由于特喜欢小老婆戚夫人，爱屋及乌，就想把太子换成戚夫人所生的儿子如意。但是，她的大老婆吕雉只是给太子请来了四个白发苍苍的老头儿——商山四皓，给太子当伴读，刘邦便打消了换太子的念头。当戚夫人又一次要他换太子，他叹道："那商山四皓，可是出了名的四个贤者，如此之人，居然跑来给太子当伴读，若是强行废掉太子，恐怕天下要大乱呢！"

而这时赵光义所拥有的声望，已经远远超过了当年的商山四皓。况且，他在开封府经营了十几年，身边聚集了一大批文武幕僚。

尽管赵匡胤有顾虑，但德昭的太子非立不可，无非是缓一缓而已！

翌年四月，赵匡胤突然提出，想去巡视洛阳。行前，赵光义问他："二哥，您打算在洛阳停几天，对小弟还有什么嘱托？"

赵光义之所以要这样问，是因为赵匡胤每次出征或出巡都是让他作汴京留守，他不能不问。过去，只要他一问，赵匡胤就立马回答。可是，这一次，他等了许久，赵匡胤才缓缓说道："不用嘱托了，这一次你跟我一起走。"

赵光义没有一点儿思想准备，先是吃惊，继之是生气，学着他的二哥，缓缓地问道：

"我和您一起走,谁来作汴京留守呀?"

赵匡胤又来了一个缓缓地回道:"光美和昭儿。"

"好,很好!"赵光义违心地说了这三个字后,便加入了西巡的行列,一路上很少说话。

赵匡胤这一次西巡洛阳,除了祭奠他的父母之外就是玩。

玩了几天,他突然想起了赵普,赵普被贬为河阳三城节度使,只是挂了个名,一直没去上任,闲居洛阳。尽管赵普任相时,做了许多不法之事,但毕竟是老朋友了,又对大宋有过大功。

但仅仅如此,赵匡胤也不一定去看他。

赵匡胤需要有一个强有力的人站出来,为他顶住野心勃勃的赵光义。但遍观朝臣,能够站出来和赵光义抗衡的人一个也没有。

于是,他想到了赵普。

于是,有了洛阳之行。

也许是赵匡胤气数该尽,不见赵普还好,这一见,使他彻底打消了让赵普复出的念头。

他来到赵普家门口的时候,心情还很好。你看,曾经贵为宰相的赵普,多么清廉呀,清廉得连大门都是用极为简陋的柴荆所作,可进去之后,内边亭台楼榭,壮观瑰丽,但正厅中却一反常态,靠后墙放了一个式样古朴的大桌子,桌子左右两边各放了一张太师椅。

客厅东墙下,放了一张没有漆过的小桌子,小桌子的左右两边各放了一个用竹子编的小椅子。

客厅西墙下,放的也是竹椅子,一共六个。

赵匡胤轻声叹道:"老头儿终是不纯!"

单单因为这"老头儿终是不纯",赵匡胤也许还会让他复出。

关键的关键是,他不给赵匡胤说实话。二人闲聊了一阵,赵匡胤问:"爱卿不能老涡居在洛阳,应该到汴京城走动走动,看一看朕和那些老朋友。"

赵普将头摇了一摇,说道:"这人呀,不能清闲,清闲得久了,就会有了惰性。一旦有了惰性,哪里也不想去。"

赵匡胤很是不悦,哂笑道:"爱卿虽然哪里都不想去,但汴京还是要去的。而且,爱卿已经去过了,只是不想见朕罢了!"

赵普一脸诧异地问道:"陛下这话从何说起? 老臣自开宝六年出任河阳三城节度使至今,从未去过汴京!"

赵匡胤见他不愿意和自己交心,冷声说道:"没有去过就好! 请爱卿多多保重,朕告辞了。"弄得赵普一头雾水。

送走了赵匡胤,赵普还在想这个问题:皇上不仅说我去了汴京,而且还说我不想见他,简直把人枉冤死了! 是谁在皇上面前告了我的黑状? 最有可能的是赵光义。对,就是赵光义! 若不是他,皇上也不会如此相信。想到此,赵普破口大骂道:"赵光义你个王八蛋,你已经把我的宰相给整掉了,还不甘心,难道你想把爷整死,方才心甘。呸,爷不会死! 物极必反,该死的是你自己,爷要亲眼看着你是如何灭亡的!"

从赵普家里出来,赵匡胤突然觉得有些悲凉,被我视为左膀右臂的同胞弟弟赵光义,张着血盆大口,要吞噬我的江山;兄长加谋臣赵普,居然暗结赵光义;生死与共的好兄弟张琼,被自己逼上了绝路;义社十兄弟大都死了,没死的只有李继勋和王审琦,王审琦呢? 得了一场大病,已经两个月没有上朝了;而李继勋的能力有限,不可能担当起与赵光义抗衡的这副重担;老将王全斌倒能挑起这副担子,但他狂而好杀,人脉不大好;能够为朕分忧解愁,且又能与赵光义相抗衡的只有两个人——曹彬和潘美,曹彬既忠厚又不愿意多事,抱定一个主意,谁当皇帝,他便忠于谁,不可能为我赵匡胤挑这副担子。潘美呢? 已经和光义结为儿女亲家,只要他不死心塌地帮光义也就不错了,岂能指望他站出来和光义作对! 党进、史延德、李汉超倒也忠诚可靠,但是,有勇无谋,不可以托大事……王继勋怎么样?

赵匡胤突然想起了王继勋,王继勋乃孝明王皇后的同母弟弟、赵德芳的亲舅舅,勇冠三军,因他在战场上常用铁鞭、铁槊、铁树,军中称之为王三铁,如今官居保定军节度观察留后,兼领虎捷左右厢都虞侯,如果把他的官儿再升一升,由他出面抗衡光义,应该没有问题。

于是,他便召王继勋来洛阳伴驾。

谁知,王继勋还未曾到洛阳,雷德骧上书,揭发王继勋的种种不法之事,最要命的有两条。一、他曾放纵部下去抢民女,强逼成婚。二、专以切割奴婢身体为细小肉块为乐,先后被他切割的奴婢达数十人。后来,发展到吃人,被他吃掉的奴婢不下二十人。一天下大雪,王继勋家的院墙被雨水泡倒,奴婢们纷纷逃了出来,跑到开封府喊冤,赵匡胤有些不信,命窦仪前去查证落实。

但不管查证的情况如何,这国都不能再在汴京了——赵光义已经尾大不掉,在汴京的势力盘根错结,如果不迁都,就是强行立德昭为太子,他也不可能继承大统;就是继承了,宝座也坐不稳!

基于这种考虑,赵匡胤突然宣布,他要迁都洛阳。此言一出,群臣震惊。许久,不知谁带了一个头,众臣一齐谏道:"陛下,这都不能迁。"

赵匡胤沉声问道:"为甚?"

"东京汴梁,有汴渠之漕运,每年从江、淮运米数百万斛,京城里数十万兵丁都靠这个生活,陛下突然迁都,数十万兵丁吃什么?"

赵匡胤反问道:"诚如诸卿所言,光武帝刘秀建都洛阳,早就应该饿死了,何来一百九十五年的江山?"

众臣语塞。

一阵沉默之后,赵光义站了出来,拜而说道:"陛下,这都不能迁。"

赵匡胤道:"为甚?"

赵光义道:"汴京居于中原要冲,四通八达,尤其是水陆码头,从汉代起,就修有汴渠。隋唐之时,一再扩张,使它引入泗、连于淮,至江都而入海,占天下漕运之大利……"

赵匡胤道:"你不必说了,你所说的不能迁都之理由,仍是老生常谈,并无新意!"

赵光义反问道:"臣之谏没有新意,陛下执意要迁都,可有新意?"

赵匡胤回道:"朕要迁都,也说不上有什么新意。但朕觉着,汴京的地理条件,注定它不配成为一国之都。何也?"

赵匡胤目扫众卿一周,继续说道:"汴京四面旷野,一马平川,没有任何的天然屏障,只要有敌人渡过黄河,它就会直接暴露在敌人的铁蹄之下。请众卿回想一下,战国时孙膑的围魏救赵之所以能够成功,就是因为汴京无险可守,攻之必下。而洛阳,西有函谷,东有虎牢,皆为天下之险关,当年秦国就是因为这些关隘,独抗中原六国而无恙。"

赵光义没有再辩,反而向他哥哥跪了下去,叩头说道:"陛下所言甚是,但臣亦有一言,国家的兴亡——在德不在险!"

此言一出把赵匡胤给镇住了。

其实,赵匡胤不应该被震住了,他完全可以学一学汉武帝刘彻。

刘彻有一大臣,满口仁义道德,面对匈奴的猖狂侵略,数次劝谏刘彻,让他用"德"去感化匈奴。刘彻频频颔首,颔首之后把他派到了边疆,让他去感化匈奴。没过两个月,这个人便被匈奴砍了脑袋。赵匡胤完全可以把赵光义派到边疆,也让他去感化一下辽国,尝一尝在德不在险的滋味!

赵匡胤不但没有这么做,反而说了一句既是无奈又有些凄凉的话:"卿之言固善,然不出百年,天下民力殚矣!"

既然"卿之言固善,"这国都就不能迁了。国都若是不迁,在场的每一个人都知道了胜利的人是哪一个!

也许冥冥之中,真有感应这种东西,要不,还不到五十岁的赵匡胤,突然生出要死的念头。

四十九　王天方抢亲

宋皇后劝道："陛下，您今年还不到五十岁，龙体比金疙瘩还要结实，少说也能活一百岁，储君之事，不必如此着急。"

杨延昭虽勇，但因中了野蘑菇之毒，浑身无力，大寨被潘美、郭进攻破，兄弟二人杀开一条血路，逃往太原。

王全有将书案"啪"地一拍，吼道："石鸭子，你不要嘴硬，你和铁二蛋的事已经有人告发，而且，向你行贿的人也已经招认了……"

趁着没死之前，赵匡胤来了一个故地重游，带着几个心腹和数十个侍卫，缓缓地走向洛阳夹马营，又缓缓地向一条陋巷走去，轻轻地说："朕小时候曾经得到过一匹小石马，一不留心，便被小伙伴们偷走。朕一气之下，将它埋在了这里，不知它还在吗？"

话刚落音，侍卫们便立马去找镢头，按照赵匡胤指定的位置挖了下去，果然挖出了那匹小石马。赵匡胤蹲下身子，像抚摸自己的孩子一般，将小石马通身摸了一遍，方才说道："把它带回宫去。"

他已经来到洛阳一个月了，赵德昭几次遣使来催，说是有几件大事立等着他回去定盘子。

他不得不走了。

临行前，他再一次来到了安陵，哭拜于父母的坟前——"父亲……不孝子怕是不能再朝拜二老了！"

此言一出，把他身边的人都惊呆了，面面相觑……

更令人不解的是，祭拜过父母，赵匡胤登上了陵园的角楼，默默地四处观望，自南而东、而北、而西。又自西而南、而东、而北，终于在西北方向停了下来，注视良久，命人呈上弓箭，并吩咐道："朕生不当居此，死当葬此矣，此箭所落之处，即朕之皇堂（皇堂：即墓地。）也。"

说毕,"嗖"地一箭,朝西北方向飞去,飞了将近二百步,停了下来。

赵匡胤命侍卫将小石马埋在落箭之处,作为标记。

他心事重重地回到了汴京。

洛阳之行,并没有给他带来多少快乐,反而生出一种莫名的悲哀,幼时,光着脚丫子,却拥有一帮可以嬉戏,可以一块儿偷梨、偷瓜、偷枣的小伙伴,诸如慕容延钊、韩令坤等等。步入江湖不久,结识一群生死与共的好兄弟,诸如张琼、柴进、史延德和赵普等等;从军后,不仅结识了"义社十兄弟",还结识了比喝过鸡血酒还亲的几个兄弟,诸如潘美、田重进、王彦升、李处耘等等,以上这些人,亲密无间,无话不谈,没有他们的鼎力相助,我赵匡胤就不会有今日!

如今,做了皇帝,一句话可以让某人富贵,一句话也可以让某人贫贱,甚至死!

但是,却没有一个可以无话不谈的朋友!

赵普,若还是当年的赵普,传位德昭的事,不但可以和他谈,还可以让他担当起与赵光义相抗衡的重担!

潘美,若还是当年的潘美,为了我赵匡胤,单枪匹马回到汴京,晓谕后周君臣——赵点检已经在陈桥被众将拥立为天子了!但他,为了攀高接贵,和光义结为儿女亲家,传位德昭的事,绝不能和他商量,与虎谋皮……

他越想越感到悲哀。

宋皇后脚步轻轻地来到他的身边,柔声说道:"陛下,该用膳了。"

他猛地抬起头来,二目深情地看着宋皇后,看得她有些不好意思,一脸羞涩地说道:"黄脸婆一个,有啥好看的!"

赵匡胤"吞儿"一声笑了:"你呀你,才几岁,还自称黄脸婆呢!哎,朕想问你一个事,你怎么想,就怎么回答,行不行?"

宋皇后很郑重地把头点了一点。

论貌,宋皇后既赶不上贺皇后,也赶不上王皇后,但她柔顺好礼,赵匡胤娶她的时候,已经四十多岁,早过了不惑之年,从年龄上说,他已不大喜欢那种机灵活泼、天真稚气的女孩了,所以,他对宋皇后的举止非常满意,遇到什么犯愁的事,或多或少,会说给她听,但像今天这样直言不讳地征求她的意见,还是第一次。

"卿说一说,朕百年之后,这皇位应该传给谁?"

赵匡胤一开口,便是询问如此重大的问题,这一问题,若非皇上自己问,后宫和大臣私下议论,可是犯了大禁!

宋皇后拜而回道:"臣妾读书不多,况此等大事,岂是后宫轻议的!"

赵匡胤道:"是朕要你说的,不存在轻议的问题。"

宋皇后道:"诚如此,臣妾就斗胆妄议了。"

赵匡胤道:"什么妄议,朕要卿如何想,便如何说。"

宋皇后道:"臣妾斗胆向陛下请教一个问题——自古立储有没有什么规定,抑或是制度?"

"有。有嫡立嫡,无嫡立长,抑或是兄终弟及。"

"臣妾还想请教陛下一个问题,陛下一旦千岁万岁之后,祭奠您的将是何人?"

"是朕的儿子,儿子的儿子,朕的子子孙孙!"赵匡胤答。

"既然这样,陛下不是没有儿子,要立储,就应该立自己的儿子。"宋皇后不紧不慢地说道。

赵匡胤将头使劲点了一点:"朕知道该怎么做了。"

宋皇后将手轻轻摇了一摇,说道:"陛下别急,臣妾还想向您请教一个问题。立储之事,应该是'有嫡立嫡,无嫡立长',但如果是'嫡'或'长'不能胜任,该当如何?"

"那只有立贤了!"赵匡胤回道。

宋皇后紧追不舍:"就昭儿和芳儿相比,哪个更贤一些?"

"当然是芳儿了。"赵匡胤回道。

宋皇后再拜说道:"陛下圣明。昭儿也并非不贤,但昭儿的性格有些怯弱,让他杀一只鸡还要把双眼紧紧闭住,方才去剁鸡头。一个癞蛤蟆(癞蛤蟆:学名蟾蜍。)爬到他脚背上,吓得失声大叫。这一次,您让他做汴京留守,有两个州的百姓成群结队的来到汴京,敲响了登闻鼓,控诉他们的知州贪赃枉法。不,不只贪赃枉法,而是以吃人为乐,还摆过一场人肉宴。如此不法之徒,完全可以绳之以法,可昭儿迟疑不决,说要逮捕知州以上的官员,得请示皇上,弄得老百姓鼓噪起来,将登闻鼓也给砸了,且冲进宫去,与侍卫打了起来,死了几个人,这事您是知道的……"

赵匡胤沉思有顷道:"朕已经封昭儿为王,不只让他迎接吴越王,还让他做汴京留守,这等于向国人宣布,朕要立昭儿为储君。如果改立芳儿,怎么向国人交待?况且,光义你是知道的,对皇位垂涎已久,朕之所以急于推出德昭,就是想让光义绝了这个念头。"

宋皇后道:"三弟的念头绝与不绝那是另外一回事,但臣妾觉着,您是杞人忧天!您今年还不到五十岁,龙体比金疙瘩还要结实,少说也能活个一百岁。按一百岁计算,您还有五十多年阳寿。储君之事，大可不必如此着急！"

她这一说，赵匡胤豁然开朗，是啊，不说我活一百岁，就是八十、抑或是七十岁，还有二三十年阳寿。有了二三十年的阳寿，还培养不出一个储君吗？

想到此，欣然跟着宋皇后来到御膳房，又吃又喝，还和宋皇后碰了两杯酒。

两杯酒下肚，宋皇后避席拜而说道："陛下，臣妾有一不情之请，还请陛下恩准才是。"

赵匡胤道："请讲。"

宋皇后道："且不说立昭儿还是芳儿为储君之事，按照惯例，皇子一出阁，便得封王。德昭您已封为燕王，德芳呢，今年已经十七岁，该不该封王吗？"

赵匡胤道："应该封。但是，德昭封王，是在二十七岁之时，芳儿与德昭相差十岁，骤然封王，怕引起一些非议。"

宋皇后道："暂且不能封王，您可以给他封一个官，叫他做点事情，也好历练历练。"

赵匡胤道："这倒可以考虑。前宣徽南院使曹彬，晋升为枢密使后，此职一直空缺，可由芳儿担任。不，芳儿骤担如此之职，不一定胜任，可让宣徽北院使潘美晋升宣徽南院使，所遗宣徽北院使一职，由芳儿担任。"

宋皇后道："陛下圣明。但臣妾还有一不情之请。"

赵匡胤道："请讲。"

宋皇后道："您封光美为王的目的，就是想让他来承担与三弟光义相抗衡的重担，但光美的王是个虚的，有其名而无其实。三弟呢？不只是王，还是开封府尹，光美拿什么去抗衡光义？倒不如陛下也封光美一个有实权的官儿，譬如宰相，抑或是吏部尚书！"

赵匡胤将头摇得像个拨浪鼓："不可，不可矣！"

宋皇后问："有什么不可？"

赵匡胤道："光义以王之尊，去做开封府尹，已经尾大不掉，如果让光美再去做一个宰相，抑或是吏部尚书，又一个尾大不掉，朕怎么办？"

"这……"宋皇后欲言又止。

宋皇后的谏言，赵匡胤虽说没有完全采纳，但夫妻二人这一番对话，使赵匡胤信心倍增，把立储之事搁置一旁，开始谋划一统天下之事。要一统天下，就得对北汉用兵。

于是，在开宝九年（976 年）八月，赵匡胤颁旨一道，以侍卫亲军马军都指挥使党进为元帅，宣徽南院使潘美为都监，骁将郭进为先锋，李继勋、李汉超为副先锋；以石守信之子石保兴、石保吉,高怀德之子高金保,王审琦之子王承衍、王承干,魏仁浦之子魏威信等十人为副将,统兵十万去伐北汉。

北汉王刘继元听到宋军来伐的消息,一边命他的第一枭将杨业率领杨家将出面御敌;一边又向他的辽国皇帝耶律贤能求援。

此时,杨衮已死,杨业所率领的杨家将,仅仅是他的妻子折赛花,和他的六个儿子——延昭、延浦、延训、延瑰、延贵、延彬。

第一日,杨延昭出阵。宋这一方,出阵的是副先锋李继勋。

李继勋自以为是沙场老将,谁知,和杨延昭斗了不到十个回合,便被杨延昭刺下马去。

李汉超见了,大吼一声,去战杨延昭。二人大战了三十个回合,李汉超渐渐有些不支。

高金保救回李继勋后,复又来到阵前大叫道:"李叔叔暂息片刻,让小侄会一会这个杨无敌的大儿子!"

李汉超虚晃一枪,勒马退到一旁,高金保挺枪来战杨延昭,二人一来一往,大战了五十个回合,不分胜败。

石保兴挺枪出阵,亦叫道:"金保兄,请您暂息片刻,让小弟会一会杨延昭!"

话刚落音,正在为杨延昭撩阵的杨业鸣锣收兵。

第二日,宋军列好阵后,石保兴挺枪出阵,指名道姓要挑战杨延昭。

谁知,杨延昭昨日回营,吃了一些野蘑菇,上吐下泻,提不动枪,上不了马。杨业便要亲自出阵,折赛花劝道:"老爷,二十五年前,您将为妻抢到杨府,为妻忙于相夫教子,把功夫也给荒废了。但为妻觉着,为妻手中这杆银枪,对付挑战的宋贼,还是不成问题!"

杨业道:"不是不成问题,而是绰绰有余。"

折赛花道:"既然绰绰有余,为妻这就前去迎战宋贼。"

石保兴见折赛花挺枪出阵,哈哈大笑道:"蜀国无大将,廖化做先锋;北汉尚不如蜀,遣了一个老乞婆出阵,岂不贻笑大方!"

折赛花也不反驳,挺枪来战石保兴,石保兴初不为意,等战过十个回合之后,心中大骇——这个老乞婆,想不到枪法如此厉害,我得小心应战才是!

他二人一来一往,战了五十个回合,不分胜负。

郭进大声叫道:"保兴贤侄,请暂息片刻,让老叔来会一会这个老乞婆!"一边说一边挺枪杀向折赛花。

杨延贵见了,暴喝一声:"老匹夫休得无礼,吃我一枪!"迎面将郭进截住。

双方正杀得难解难分,杨家军后阵,突然有人高声喊道:"不好了,咱的大寨被宋军给端了!"

喊话的这几个人,原是北汉宰相郭无为的亲信,因郭无为暗结宋朝,为刘继元所杀。他的几个亲信,一心要为郭无为报仇,趁杨业与宋军对阵之时,在后边捣乱,以扰杨业军心。

他们这么一喊,正在为折赛花撩阵的杨业慌了,拨转马头,还奔大寨。正行走间,宋元帅党进,从斜刺里杀了过来,大叫道:"杨跑跑休走,吃我一棒!"

杨业拨马右走,党进紧追不舍。

忽有一白袍小将,挡住杨业去路,高叫道:"杨无敌,吾乃卫国公之子石保吉,久闻你的大名,很想向你讨教几招!"一边说一边挺枪刺向杨业,杨业闪身躲过。党进赶到,举起大棒,劈头向杨业砸去。

杨业不愧为杨无敌,一改那日被党进所追、跳河而逃的狼狈相,二目如炬,以一抵二,左劈右砍,越战越勇。

党进大声叫道:"吉儿,你暂退一旁,让老叔独自斗一斗这个杨跑跑,一较高低!"

他一连说了三遍,石保吉方才退了下来,勒马于旁观战。

转眼之间,党进与杨业又战了五十余个回合,党进有些不支了。石保吉正要上前相助,杨业次子杨延浦、三子杨延训、四子杨延瑰率领一军杀到,杨延浦高声叫道:"父帅,孩儿和延训、延瑰助您来了!"

杨业问道:"咱的营盘不是被宋军端了吗?"

杨延浦回道:"没影的事!"

杨业大喜道:"如此,老父就放心了!"说毕,返身又战党进。

那一边,杨延训已和石保吉杀到一处。

高怀亮跃马而来,被杨延浦截住。

王承衍跃马而来,被杨延瑰截住。

王承平等见党进他们战杨业父子不下,忙赶来相助,双方混战了半个时辰,杨业父子终因寡不敌众,败下阵去。途中与杨延昭、杨延彬相遇,方知大寨已被潘美、李汉超攻破,一家人垂头丧气地回了太原。

党进、潘美率领十万大军紧随其后,将太原城团团包围起来,日夜攻打。眼看太原城指日可下,忽而从汴京传来了一个惊天动地的消息,不得不撤围而回。

赵匡胤刚刚送走了北征大军,卢多逊进宫复命:"启奏陛下,您命臣率刑部和大理寺,到全国各地一查一查知州、知府和知县有无枉法之事,经查,不但有,而且非常严重!"

赵匡胤道:"占多大比例!"

"几占三分之一。"

赵匡胤"啊"了一声道:"这么大呀!哎,卿说一说,能够做知州、知府、知县的人,全都经过吏部的严格核查。而且,他们上任之前,朕还一一召见,慰勉有加,他们还这样做,这是为什么?"

卢多逊回道:"他们远离朝廷,又大权在握,没有人能管得住他们,久而久之,便为所欲为!"

赵匡胤沉思良久道:"前朝的天子是怎么处理这个问题的?"

卢多逊道:"通过天子出巡,而发现问题,就地解决。"

赵匡胤道:"天下这么大,靠天子一个人跑得过来吗?况且,天子日理万机,哪有时间出巡呀?"

卢多逊道:"有鉴于此,汉武帝将全国划为十三部,每部设一刺史,乘传周流(乘传周流:"传"指驿站的马车;"周流",意为到处巡视。),所察六条(所察六条:即刺史的职责有六,但主要还是针对官员及其子弟和地方黑恶势力为非作歹的行为。),每年秋八月出发,岁末到京师报告巡行结果。"

赵匡胤道:"可咱们现在的刺史,和汉武帝设刺史的初衷完全变了呀!现在的刺史,实际上等于郡太守,他还怎么去巡视、监督别人呀?但汉武帝设刺史这一招,实在高。咱抛开刺史,再置一新官怎么样?譬如在各州置一通判,由京官出任,职在知州之下,但可以监督知州。"

卢多逊击掌赞道:"这个办法不错!"

既然不错,就得立马实施,全国有州近一百个。一下子选近一百个京官,去各州任通判,哪有那么多京官呀?赵匡胤便颁旨赵光义,要从他的幕僚中挑选二十个支援朝廷,且列了一个名册,为首者宋琪,依次是程羽、贾琰、程一服、陈从信、马韶等等。

赵光义不傻,他知道他二哥这样做的用意何在,但又没有理由拒绝。

一下子调走了他二十个幕僚,而这二十个幕僚又是他幕僚中的佼佼者,为这事,他气得病了一场。

正因为他病了一场,程一服才得以留了下来。

赵光义病愈后,给程一服下了一个死命令:"你不是说你救过王继恩的命吗? 你无论用什么手段,一定要把王继恩给我拉过来。"

程一服频频颔首。

也许是上天有意保佑赵光义,他要程一服去拉王继恩,程一服还没有来得及动身,王继恩送上门来。

按照惯例,宦官可以收养儿子,王继恩收养的儿子叫王天方,是他的一个近门侄儿。王天方仗着王继恩的权势,横行乡里,大白天公然抢亲,先后被他抢到家中为姜的有四个。

这一日,他去通许县城闲逛,在比干庙,发现一个进香的少妇长得标致,便指示他的家丁尾随其后,等那少妇进香出来,便一拥而上,把她抢到王天方家中。

少妇的男人叫吴斌,胆小怕事,可他的姨父赵安全不怕事,得知外甥媳妇被人抢走,当即去找符彦卿。赵安全早年在符彦卿麾下吃粮,官至营指挥,符彦卿对他很器重,后因与敌交战,失去了一条腿而离开了符彦卿。符彦卿推托不过,遣他的家丁,持函去通许县衙走了一趟。通许县知县王全有对王天方之劣行,早就心存不满,欲治他一治,但又慑于王天方的后台太硬,没有下手。这一次,他不怕了。你王天方的后台再硬,也不过是一个宦官头儿,赵安全的后台,可是符老将军呀。且不说符老将军是晋王的泰山(泰山:岳父。),他还历经汉、周、宋三朝,德高望重,连当今天子也敬他三分!

王全有发签去传王天方,王天方听到消息,忙遣一家丁去向王继恩求救,王继恩大言不惭地说道:"不要理他,我就不相信,一个小小的七品芝麻官敢向我王继恩的儿子下手!"

王全有不但抓了王天方,还对他施以酷刑,王天方受刑不过,招认了抢占少妇之事,王继恩这才慌了,要请王全有吃饭,王全有不吃。没奈何,王继恩屈驾通许,拜访王全有,王全有不见。王继恩经多方打听,这才知道是符彦卿从中插手。他和符彦卿又素来不合,儿子呢? 又非救不可! 要想救儿子,非得找一个能压住符彦卿的人,而能压住符彦卿的人只有两个——皇上和晋王。皇上,他不敢求。

晋王呢? 曾几次向自己示好,因惧于朝廷的王法,不敢和他交往。如今,为了儿子,只有将王法暂置一旁,亲去求他了。但当他真要去求赵光义的时候又犹豫了——还是先见一见程一服吧。

为见程一服,他特意化了妆,二人在一个极普通极普通的小茶馆见了面。

程一服听王继恩说明来意,大包大揽道:"晋王对总管素有好感,总管的事,他一定会管,请总管放一百二十条心!"

和王继恩分手后,程一服回到开封府,又和赵光义密谋了半个时辰,方才去了通许。

王全有听说晋王驾前的大红人到了，忙迎到后衙，置酒相款。喝到酒兴正浓的时候，程一服不喝了。

"王大人，趁着还没有喝醉，我向你打听个事。"

王全有正要掂壶为程一服斟酒，听他这么一说，忙把伸出去的手又缩了回来："有什么事，大人尽管问，下官一定尽下官所知，如实回答。"

"我听说符彦卿将军经常插手贵县之事？"

"这……"王全有不知道该怎么回答。

"王大人不要害怕，实话告汝，我这次来乃是奉了晋王之命。大内总管王继恩你应该知道吧？他对朝廷忠心耿耿，不知因甚得罪了符老将军，他便唆使一个叫赵安全的出面状告王总管的儿子王天方，晋王听说了这件事很生气，特意把他的龙泉宝剑借汝用上几天。"说到这里，命跟来的小厮将宝剑，双手捧给王全有，并嘱之曰："对于王天方的案子，晋王希望汝能'秉公'而断，否则……"

王全有又惊又怕，又有些不解，试探着问："下官听说符老将军可是晋王的泰山呀，不知这事是真是假？"

程一服回道："是真的。但是，符老将军的女儿已经死了，这你应该知道吧？"

王全有道："知道。"

程一服道："死不死倒在其次，关键是……"

他压低了声音说道："你也知道，符彦卿的两个女儿嫁给了周世宗，而当今皇上的皇位得自周世宗的儿子，晋王不敢和周世宗的儿子走得太近，而符彦卿和他的女儿们不体谅晋王苦衷，多次逼晋王去看周世宗的王妃和儿子……下边的话，我就不用说了吧？"

王全有道："大人不必说了，下官知道这案子该怎么办了，来来来，咱喝酒。"

送走了程一服，王全有当即把一个叫石鸭子的老公差唤来，沉着脸问道："半年前，爷要你和铁二蛋押解赵大官人去葫芦岛充军，你还记得吧？"

石鸭子点头哈腰道："记得，记得！"

"你俩到底收了赵二官人多少钱，半道上把赵大官人给折磨死了？"王全有又问。

"没，没有，一文钱也没有收，赵大官人是自己病死的。"

王全有将书案"啪"地一拍吼道："你不要嘴硬，这事已经有人将你告发，赵二官人也已经招认了！"

石鸭子"扑通"朝地上一跪："小人该死，小人该死！请大人高抬贵手，大人之恩，小人没齿难忘！"一边说一边磕头。

王全有长叹一声道:"你好赖跟爷当了三年差,爷也不忍心问你的死罪。可是,人家已经把这事给捅了出来,爷也没有办法护你。不过,捅出这事的那个人,听说还是你一个换帖的哥们。"

石鸭子将头摇了一摇,说道:"不会吧,小人这一生只给两个人喝过鸡血酒。"

"哪两个?"王全有追问道。

"一个是铁二蛋,再一个就是赵安全,铁二蛋不会说呀,难道是赵安全?"

王全有将头点了一点,说道:"正是赵安全。"

石鸭子大怒道:"这个龟孙,我……"

王全有叹道:"俗话不俗,'画人画虎难画骨,知人知面不知心。'唉,谁叫你交友不慎呢,你就自认倒霉吧!"

石鸭子小心翼翼地问道:"大人打算治小人和铁二蛋一个什么罪?"

王全有道:"若照爷的本意,啥罪也不治。可是,你们的结拜兄弟已经把这事给捅出来了。若是按照国法,既受贿又杀人,二罪并罚,应当凌迟处死。"

石鸭子"啊"了一声,差点儿栽倒。

王全有又是一声长叹:"也不是没有生路,不过,爷担的责任可是有点太大了呀!"

石鸭子闻听还有生路,忙道:"大人,您只要能救小人不死,小人就是您的亲儿。"

王全有"吞儿"一声笑了:"你是爷的亲儿?你的年纪,差不多要长爷一轮呢?"

他这一说,连石鸭子自己也忍不住笑了:"小人不当您的亲儿也行,小人给您建一个生祠!"

王全有摆了摆手道:"你啥也不要说了,爷想救你,并不是要你报什么恩,你人好,又跟着爷干,爷连跟着自己干的人都庇护不了,谁还会跟着爷干呀?就是跟着爷干,也不会出真力、死力!"

石鸭子频频点头。

"可是,要救你不死,太难了。除非……"

石鸭子一脸殷切地瞅着王全有。

五十　风雪之夜

曹婆婆肉饼分店的掌柜,是曹婆婆的外孙女儿齐二娇,她不只貌赛西施,还猜得一手好枚,在汴京城罕有对手!

经过一番恫吓,吴斌不但不告了,还向王天方道歉,说抢他女人的不是王天方,他之所以要告王天方,乃是听了丫环的一面之词。

赵光义哭着说道:"二哥,小弟觉着您变了,小弟若是做错了什么事,您想打就打,想骂就骂。可您既不打也不骂,小弟……小弟……唉……"

石鸭子见王全有说了个半截话没了下文,催促道:"大人,能救小人和铁二蛋命的,只有您了。有啥话您尽管说,这恩小人和铁二蛋会记住的,永远记住的!"

王全有道:"记住记不住倒无所谓,关键是你们得想办法让赵安全别再胡说八道。"

石鸭子道:"这个容易,小人这就和铁二蛋一块儿去求他,凭俺们多年的交情,他不会再胡说八道了。"

王全有冷笑一声道:"凭你们的交情?你们如果真的有情,他会把这事说出来吗?"

"这……"石鸭子语塞。

王全有叹息一声,说道:"照你们的关系,你和铁二蛋去求他,他一定会答应你们,但就他那张臭嘴,他即是答应了你俩,你俩信吗?况且,他已经把你们的事给捅出来。且是,已经有人代他出首,爷不能不管吧?爷这一管就得提审他,他敢不实话实说吗?他若是不说,告发的人如何下台?最好的办法,叫他永远闭上嘴巴!"

石鸭子忽有所悟:"大人的意思,让小人和铁二蛋将他弄死?"

王全有把眼一瞪斥道:"胡说八道,至于如何让赵安全闭上嘴巴,那是你俩的事,与爷无关!"

石鸭子叩首说道:"小人该死,小人该死!"

　　王全有将手摆了一摆,说道:"你可以走了。"

　　石鸭子走到门口,又被王全有叫住,叮嘱道:"你别学偷驴的笨贼,驴倒是偷来了,可给驴主留了两行驴蹄印。"

　　石鸭子拱手说道:"小人和铁二蛋好赖干了二十几年公差,不会那么笨的!"

　　王全有道:"只要不笨就好!"

　　石鸭子出了县衙,径奔铁二蛋家。铁二蛋正要睡觉,见石鸭子来了,忙迎进家中,为他沏茶。

　　石鸭子拦道:"别沏了,哥有一件大事和你商量。"

　　铁二蛋笑问道:"什么大事? 难道是天塌了不成?"

　　石鸭子道:"对于你我来说,这事比天塌了还大!"遂将王全有告他的话一股脑儿倒了出来。

　　铁二蛋跺脚骂道:"赵安全,你个王八蛋,出卖朋友,算什么东西,你不得好死!"

　　石鸭子劝道:"事到如今,骂之何用! 咱得想一个办法,叫他永远闭口才是!"

　　铁二蛋道:"这个容易,我闭着眼睛也能摸到他的卧房,一刀把他宰了!"

　　石鸭子道:"诚如老弟所说,这叫凶杀案。出了这么大的案子,县衙能不全体出动? 若一出动,岂能笨得连这么一件简单的案子也破不了吗?"

　　铁二蛋道:"如你之见,这事应该怎么办?"

　　石鸭子道:"若依老哥之见,还得叫他永远闭口,还得叫县衙的弟兄们找不到驴蹄印。"

　　铁二蛋道:"你说这事行不通!"

　　石鸭子道:"为什么行不通?"

　　铁二蛋道:"你这种想法叫异想天开,既想做婊子,又想立牌坊!"

　　石鸭子道:"请老弟莫把话说绝,老兄有一现成的主意说给你听。小弟觉着,小弟这个主意,你不会反对。"

　　铁二蛋道:"你既然有现成的主意,就应该早说才是,捉什么迷藏!"

　　石鸭子道:"好,我这就说……"遂贴着铁二蛋耳朵,如此这般说了一阵。

　　铁二蛋击掌说道:"这主意不错!"

　　第二天,酉时一刻,石鸭子和铁二蛋一前一后来到赵安全家。

　　赵安全见两个盟弟到了,忙迎进客厅,欲以香茗相款,石鸭子拦道:"不必了,小弟和二蛋想请你出去喝几杯酒。"

赵安全把脸一沉,说道:"你这是什么话?你大哥再穷,也不至于穷得连一顿饭也管不起你俩!"

石鸭子道:"小弟不是这个意思,小弟听说,汴京城的曹婆婆,在咱县城的南门内,开了一家分店,专门经营曹婆婆肉饼,而那曹婆婆肉饼,在汴京城可是数一数二的小吃!且是,这分店的掌柜,又是曹婆婆的外孙女儿齐二娇,她不只貌压西施,还颇有酒量,猜枚,在汴京城罕有对手。小弟知道,大哥的枚在咱通许县也未曾遇到对手。小弟和二蛋想攀大哥去曹婆婆分店走上一遭,一来咱弟兄三人已经有十几天没有相聚了,咱敞开痛饮一番;二来也想让大哥和齐二娇划上几枚,大哥若是幸而赢了齐二娇,也算是为咱通许人争一个大脸儿。"

经他这么一说,赵安全不再坚持。三个盟兄盟弟,一块儿来到了曹婆婆分店,果见一个貌美如花的女子,在柜台前笑迎宾客。

石鸭子走上前去,双手抢拳道:"齐小掌柜,我们仨人来到贵店,并不是为了喝酒……"他朝赵安全指了一指,说道:"我这位仁兄,别无他长,但枚来得好,称之为通许县的枚王。你和他来上一百枚,一枚一两银子,你敢不敢?"

齐二娇把小嘴一撇,说道:"你也太小瞧了本小姐,莫说一枚一两,就是一枚十两,本小姐也奉陪到底!"

石鸭子道:"好,咱一言为定!"

铁二蛋道:"不好!"

石鸭子一脸惊诧地瞅着铁二蛋。

铁二蛋移目齐二娇:"齐大小姐,一枚十两银子,我这位赵大哥绝对不敢和你赌,因为,他腰中根本没有那么多银子。没有银子,也就没了胆气。人若是无了胆气,还能斗吗?不能了。但我这位赵大哥,除了枚好之外,还特别能喝酒。这样行不行?划枚,不管谁输了,输一枚掏一两银子,如果不想掏,或没有银子可掏,便喝一碗酒如何?"

齐二娇一脸豪爽地说道:"好!"

双方开始划枚,赵安全每输一枚,便喝一碗酒。齐二娇每输一枚,便掏一两银子。

他二人一口气猜了十二枚,赵安全输了九枚,便喝了九碗酒。

第二轮,赵安全又输了,而且输得很惨——十一枚。他想耍赖,石鸭子说道:"赵大哥,咱是一个男子汉,不能赖,你若喝不了,小弟替你喝。"

赵安全道:"那,那你就替吧!"

齐二娇不同意,指着石鸭子说道:"这是你赵大哥输的酒,任何人也不能替!但是,你如果真的能喝,等你赵大哥把这十一碗酒喝完,咱俩来!"

她这一说,赵安全不能不喝了。十一碗酒下肚,连站都站不住了。

石鸭子对铁二蛋说道:"二蛋老弟,你扶着赵大哥,小弟和这位齐小姐也干十二枚,小弟若是败了,你上。"

铁二蛋高声应道:"好!"

石鸭子和齐二娇划了十二枚——九比三!

石鸭子不想掏钱,喝了九碗酒。

按照约定,铁二蛋不得不上了,他和齐二娇也来了十二枚,战绩还不如石鸭子——十二比零。

十二碗酒下肚,铁二蛋也有些站立不稳。

齐二娇呵呵娇笑道:"三个大男人,斗不过一个弱女子,妄称男人! 呵呵呵……"

铁二蛋受不住了,大声说道:"你别狂,我和你再斗一百二十枚,你敢不敢?"

齐二娇昂首说道:"莫说再斗一百二十枚,就是再斗一千二百枚,本小姐奉陪到底!"

铁二蛋道:"好,真是巾帼不让须眉。来来来,咱俩就斗上它一千二百枚!"

石鸭子道:"二蛋,你疯了,咱是为斗枚而来的吗?"

他这一问,铁二哥醒悟过来,但又不愿意向齐二娇服输,大声说道:"我不是不敢和你斗,是因为我这位赵大哥喝醉了,我得把他送回家。"

说毕,他和石鸭子一人架住赵安全一只胳膊,送赵安全回家。行至三义桥,刚好桥上没有一个行人,忙将赵安全推下桥。尔后,二人也相继跳河。那河水不到一人深,赵安全喝了几口水,把酒也给喝醒了,正要喊救命,被他二人按入水中,半刻钟后,这才将他拖到水深处,大喊救命。在三义河岸边巡逻的巡警,听到呼救声,忙赶了过来,将他仨救上了岸,经过一阵抢救,石鸭子和铁二蛋慢慢地醒了过来,只有赵安全一人永远闭上了嘴巴。

石鸭子和铁二蛋闻听赵安全死了,号啕大哭。

赵安全虽说死了,王天方抢占民女的案子还在。只是说,赵安全一死,没有人再死死地盯着这个案子了。

只要没有人死盯,这个案子就好办了。

况且,吴斌又是一个胆小如鼠的家伙,经过一番恫吓,他不但不告王天方了,还向王天方道歉,说抢他的女人不是王天方,他之所以告王天方,是听了丫环的一面之词。

丫环呢? 也承认自己看走了眼,抢他家少奶奶的另有其人。

而这个"其人"，居然找到了，是一个杀了两个人还没来得及审问的山寇。

山寇代王天方顶缸，条件是帮他家翻修一下房子，给他家置二百亩地，再给他老妈一百贯钱养老。

这些要求，对于王天方来说真是小菜一碟，王天方不假思索地答应了。

于是，山寇被打入死牢。

于是，王天方昂首走出县衙。

于是，县衙大门口响起了震耳欲聋的鞭炮声。王天方在数十个小兄弟的簇拥下回到了家中。

当天晚上，赵光义收到一个绣有红心的锦旗，锦旗的下边还绣了一行小字——大恩不言谢，唯有一颗心！

自此，王继恩全身心地投入赵光义怀抱，经常给他通风报信，赵光义的心情才慢慢地好了起来。

他这一好，便学着他二哥，时不时微服去街上走走。

这一走，遇到了来自青州的小美女，那模样儿俊呀，俊得驴见不踢，狗见不咬。开封府有一个叫安习的三等幕僚，自告奋勇，帮赵光义把这个小美女弄到了开封府。

谁知，这小美女已经与人订婚，男方的舅舅在吏部供职。当男方得知赵光义抢了他的女人，又气又恨，立马找到他的舅舅，他的舅舅便将这事捅到赵匡胤那里。赵匡胤拍案而起，不仅杀了安习，还逼着赵光义交出了小美女。

这样一来，赵光义的人丢得可是大了！

他恨他二哥，恨不得一刀把他二哥宰了。

赵匡胤也许意识到了他要死，也许是无意而为，他秘密刻了一块石碑，趁立冬之日拜祭太庙的机会，把这块石碑置于太庙内一个夹室里面，用大锁锁之，且在夹室的四周围上长幔。

他口谕一诏："自今之后，每当四季祭祀过列祖列宗，朕要到这个夹室里焚香、明烛、跪读誓词。朕千岁万岁之后，新天子即位，也要到这个夹室焚香、明烛、跪读誓词。"

这块石碑上到底写了什么，在当时是没人知道的。到了靖康之变（靖康之变：靖康元年（1126 年）秋，金兵第二次南下，东、西两路军会师，合围汴京，闰十一月二十五日，汴京被金人攻破，钦宗皇帝亲往金营投降。金统治者在大肆掠夺后，于次年三月立宋朝投降派头目张邦昌为傀儡皇帝，改国号楚。四月初一，金军俘徽、钦二帝及宗室、后妃、官僚、百工等数千人，携带大批掠夺的金银珠宝、珍贵图籍北撤。北宋的统治至此结束，历史上把这一事变称为"靖康之变"。），汴京被金人攻破后，世人才知道这块石碑上面的内容——这块碑高七八尺，宽四尺上下，上面刻有赵匡胤定下的祖训：一、柴氏子孙有罪，不得加刑，纵犯谋逆，只于狱中赐尽，不得市曹刑戮，亦不得连坐支属；二、不得杀士大夫及上书言事人；三、子孙有渝此誓者，天必殛之。史称"勒石三戒"。

也有人说，在石碑的后面还刻有三句话：一、南人本性怯懦，心计较深，不得为相；二、宗室不得担任州厢以上的实职官员；三、皇亲国戚和宦官不得干政。此三句话，被称之为"小三戒"。

从"勒石三戒"来看，赵匡胤确实想善待柴荣后人。但不知为甚，他没有把善待柴荣后人的想法颁诏天下。而颁诏天下的结果，有百利而无一害！

他不只没有颁诏天下，反而做了一件让人不能不误解的事——把小符太后和柴荣的几个儿子迁到了房陵。

赵匡胤这一迁，负责柴家"警卫"和生活的那些势利小人，便认为柴家"失宠"了。变着法儿欺负柴家，敲诈柴家。最可恨的是那个叫成一弓的郎中，看中了柴老六——柴熙谨脖子上那个和田玉挂件，公开索要，柴熙谨不给，他便怀恨在心。未几，柴熙谨患了热厥症，郁火上升，心脏受迫，迷闷昏厥，不省人事。最有效的治疗方法是服"银菊汤"。该汤虽说以银花、菊花、覆花为主，但甘草必不可少。用了甘草，就不能用覆花。可成一弓非要用，且把覆花由三钱二增为三两二钱。这服药一吃，柴熙谨彻底完了。

符彦卿处理了柴熙谨的丧事归来，越想越气，径直进宫，告了一个御状。赵匡胤把御案"啪"地一拍吼道："这个成一弓，实在可恶，朕明日便颁诏刑部，拘捕这个混账郎中。"

这话被负责"监视"赵匡胤的那个姓黄的小内侍听到了，当即禀报了王继恩。

王继恩听了大惊，忙给程一服写了一个纸条，遣了一个小内侍送给了程一服。纸条是这样写的，符彦卿进宫告御状，皇上大怒，命刑部明日拘捕程一服大人。落款是，红心王。

赵匡胤要拘捕的明明是成一弓，在王继恩的纸条里怎么又变成了程一服？这个错不在王继恩，而在于那个小黄内侍，他硬把成一弓，说成了程一服。他之所以要把成一弓说成程一服，是因为他从来没有听说过有一个叫成一弓的郎中，而程一服的大名可是如雷贯耳。且是，程一服又直接导演了为王天方翻案一事，符彦卿不告他告谁？于是，他想当然地把成一弓说成了程一服。

程一服收到王继恩的便条，立马去见赵光义。

赵光义看了便条,惊出一身冷汗。他掏出帛巾擦了擦额头,背负双手,在屋里踱了二十几个来回方停了下来,盯着程一服沉声问道:"他们如果把你抓到刑部,必要动以大刑,甚而还要你死,你能不能守口如瓶?"

程一服回道:"能!但是,皇上盯的不是下官,而是王爷您呀!况且,下官只能管住自己的嘴,王总管、王全有和石鸭子、铁二蛋他们,是否能够管得住自己的嘴,那就很难说了!"

赵光义长叹一声,一脸沮丧地说道:"你的担心是对的!莫说参与王天方一案的有数十人,就是三二个,亦无秘密可言。不过……唉……"

程一服道:"王爷,事已至此,愁死也没用,倒不如……"他将话顿住。

赵光义见他良久不语,催促道:"说呀,倒不如怎么了?"

程一服道:"臣斗胆进上一言,事已至此,咱不能一味地躺倒挨拳。他不是说您龙行虎步吗?还说您贵不可言,其福德在他之上。倒不如将他……"做了一个砍头的动作。

赵光义摇了摇头,说道:"不可,不可也!"

"为甚?"程一服问。

"他可是我的亲哥哥呀!"

程一服道:"在皇帝中,唐太宗李世民,可以称得上数一数二的英主。但他不只亲手杀了他的哥哥李建成,还杀了他的三弟李元吉,又从他的父亲手中抢来了龙椅。若非如此,哪来的贞观之治(贞观之治:贞观,唐太宗年号(627—649年),贞观年间,唐太宗及其大臣房玄龄、杜如晦、魏征等,以隋亡为鉴,"夙夜孜孜,惟欲清静","俭以息人","使百姓安乐",注意休养生息,继续推行均田制,选拔人才,发展科举制度。致使贞观年间人口增加,经济得到恢复和发展,史称"贞观之治"。)?"

"这……你让我好好想想。"

赵匡胤也在想。

自从洛阳归来,他常做噩梦。在战场上,他从没有打过败仗,可梦中屡吃败仗,且还死过三次。虽说这是梦,不可当真,但总吃败仗,心中很不舒服。

这一日,赵匡胤正在垂拱殿与几个"执政"议事。宦者来报,华山陈抟求见。

赵匡胤大喜,忙道了一声"请"。

几个"执政"很识趣地走了。殿上只留下赵匡胤和陈抟。二人相向而坐,赵匡胤率先说道:"朕有一疑,正要遣使请您来汴,为朕决之。您不请自到,真个是'心有灵犀一点通'。"

陈抟笑回道："承蒙陛下夸奖，陛下身为万乘之君，还有什么事难得住您？"

赵匡胤道："实话相告，朕近来常作噩梦，且还薨了三次，朕想请教老祖，朕是不是真要薨了？"

陈抟将头摇了一摇。

"若朕不应当薨，朕想请教老祖，朕之寿还得几许？"

陈抟默想片刻道："今年十月廿日夜，晴，则可延长一纪；不尔，则当速措置。"

赵匡胤将头点了一点，说道："多谢老祖指点迷津。但朕有一不情之请，请老祖莫要拒绝才是。"

陈抟道："贫道知道陛下要说什么，但再有一个月，便是元始天尊的诞辰日，贫道已遍邀道友，在华山为元始天尊祝寿，敬请陛下谅之。"

赵匡胤轻叹一声道："诚如此，朕不敢强为老祖之难。但朕想留老祖再住三天，咱俩好好聊一聊，不知老祖肯不肯赏脸？"

陈抟道："敬从陛下之命。"

三天后，赵匡胤送走了陈抟，但陈抟之言却谨记在心。转眼到了十月廿日晚，赵匡胤登上太清阁瞭望，但见星斗灿烂，乃一个少见的晴夜，心中大喜，缓步下阁，命宫人置酒，自斟自饮，喝到半醉的时候，天气突然起了变化，先是东北风，刮得枯草落叶满天飞扬。俄尔，一股寒流卷着漫天大雪呼啸而至。赵匡胤的心"咯噔"一下，放下酒杯，走到门口，风雪迎面扑来，不由得打了一个寒战。

王继恩小声劝道："陛下，外面雪大又冷，小心受凉。请陛下还驾！"

赵匡胤不但没有还驾，反而又向院里走了几步，在风雪中站了下来。

王继恩忙折回御书房，从衣架上取下貂皮大衣，披到赵匡胤身上。

赵匡胤表情木然，但他的眉头却是越皱越紧，几乎要拧成一个八字。

难道今日就是我的末日吗？不，不会。我的身体一向很好，怎么可能会死呢？难道，难道有人要搞宫廷政变？不可能，自枢密院复置之后，除了我，没有人能调动一兵一卒！

他在风雪中站了两刻钟，冻得嘴脸乌青，在王继恩一再劝说下，这才回到了御书房。

王继恩慌忙为他揩去头上的雪，又帮他脱掉大衣，将大衣上的积雪抖落在地，挂在衣架上。

赵匡胤一边搓着冻红的双颊一边说道："朕只出去两刻钟，便冻得嘴脸乌青。党进他们,露宿太原城下,那该是什么滋味? 唉,朕之罪也!"

他叹息良久,指着衣架上的貂皮大衣对王继恩说道:"让枢密院将朕这件大衣,火速送达太原,让党都指挥使御寒。"

王继恩道了一声"遵旨",拿了大衣,躬身而退。

赵匡胤坐在蜡烛下一边饮酒一边读书,约有一个时辰,王继恩蹑足而入,小声说道:"启奏陛下,晋王求见。"

赵匡胤眉头微微一皱,说道:"天到这般时候,又大雪拥门,明日再见吧。"

王继恩低声说道:"这话,臣已代陛下说过了,可晋王执意要见。"

赵匡胤道:"那就让他进来吧。"

王继恩又道了一声"遵旨",躬身而退。不一刻儿,赵光义一身白雪走了进来。

他欲要行礼,赵匡胤指了指对面的椅子。他强行行了一礼,这才落座。

"三弟,天如此之晚,又大雪拥门,你来见二哥,可有什么要紧之事?"

赵光义回道:"也没有什么要紧之事。小弟听说,您把您的貂皮大衣赠送了征讨北汉的党进?"

赵匡胤道:"三弟的信息倒挺灵的。"

赵光义道:"不是灵,七年前,辽国向咱大宋进贡了两件貂皮大衣,您留了一件,另一件赐给了小弟。小弟听说,您将您这一件赐给了征讨北汉的党进,小弟大受感动。故而,小弟将您赐给小弟这一件还呈二哥。但这还不是小弟深夜来见二哥的主要原因。小弟饭后,整理书房的时候,翻出了一只玉蝈蝈(蝈蝈:一种像蝗虫的昆虫,翅短、腹大,雄的借前翅基部摩擦发声,对植物有害。雌的肚中有籽,可食。)和一只玉艾叶。小弟想让二哥欣赏一下。"一边说,一边从怀中掏出了玉蝈蝈和玉艾叶,双手呈给赵匡胤。

赵匡胤接过这两样东西,往事如烟,一一浮现在他的眼前。

那是一次秋游,赵光义因为感冒,没有去。赵匡胤、慕容延钊、韩令坤、杨信等,在黄豆地里捉了四十几只蝈蝈,烧熟后一人分了十二个,但当赵匡胤吃了六个之后,不再吃了。众人问他原因,他说道:"光义最爱吃蝈蝈,这六个留给他吧。"

至于那个玉艾叶,乃是赵光义生病,得用艾去灸,赵匡胤害怕灸伤了光义,冒着被灸伤的危险,先用艾自灸,尔后才去灸光义,而这时,他已经贵为皇帝了。

赵匡胤睹物思情,对赵光义说道:"这两样东西,你就留给二哥吧,作为咱兄弟二人友爱的见证。"

赵光义道:"敬遵二哥之命! 二哥,小弟这会儿想哭,也特想喝酒。"

赵匡胤道："你二哥贵为天子,还能没有你喝的酒吗?"

说毕,扭头对王继恩说道："再筛一壶酒,加四个菜!"

王继恩又道了一声"遵旨",又一次躬身而退。

不一刻儿,菜和酒一齐摆上了御案。赵匡胤与赵光义相向而坐,一连碰了八杯。赵光义以酒壮胆,对赵匡胤说道："二哥,当年,你吃几只蝈蝈,也在惦记着小弟。即使您作了天子,为了给小弟治病,冒着被灸伤的危险,自灸后才来灸小弟,那是一份什么情感? 可现在,小弟觉着您变了,小弟若是做错了什么事,您想打就打,想骂就骂,可您既不打,也不骂,小弟……小弟,唉……"说到这里,泪如雨下。

赵匡胤劝道："三弟,你也没有做错什么事。你喜欢美女,二哥也喜欢。对于美女,犹如做生意,得取之有道。你贵为晋王,要什么样的美女没有,不该去抢一个有夫之妇……算了,这事已经处理过了,不再说了,喝酒喝酒!"

他弟俩,又喝了二十几杯,期间,赵匡胤去了一趟御厕。

当赵匡胤去御厕的时候,赵光义将一包红粉粉倒进赵匡胤的御杯。

赵匡胤"醉"了,趴在御案上睡去。赵光义连叫了三声"二哥",他也没有应腔,便从怀中摸出一根六寸长的银针,用柱斧将它搋进赵匡胤头顶。

赵匡胤曾用这把柱斧,敲掉了雷德骧的两颗大牙。而今,还是这把柱斧要了他的命。

赵光义将银针搋进赵匡胤头顶之后,匆匆离去。

外边的雪越下越大,漫天飞舞,既像是为赵匡胤举哀,更像是声讨赵光义!

附：主要参考书目

薛居正：《旧五代史》。

欧阳修：《新五代史》。

脱　脱：《宋史》。

林　鲤：《中国皇帝全书》。

司马光：《资治通鉴》。

高天流云：《如果这是宋史》。

赵家三郎：《微历史@宋朝人》。

蔡东藩：《宋史通俗演义》。

黄燕生：《大宋文臣：兴邦还是误国》。

江　月：《宋朝很有趣儿》。

周宝珠：《宋代东京研究》。

谷成杰、刘锋：《宋祖江山》。

李　硕：《北宋——倡文偃武的时代》。

丁振宇：《微历史》。

毛元佑、雷家宏：《宋太祖》。

聂兆华、钟立恒：《宋太宗赵光义传》。

李　婍：《五代十国的那些后妃》。

纳兰秋：《宋朝其实挺有趣儿》。

余耀华：《五代实在太疯狂》。

钱宗武、孙光贵：《古代帝王诗词解读》。

叶之秋：《大宋最官场》。

张　平：《一本书读完历代趣闻逸事》。

黎　重：《一本书读懂大宋史》。

晏建怀：《帝国的脸谱——北宋官场众生相》。

责任编辑：王世勇

图书在版编目(CIP)数据

大宋天子——赵匡胤/秦 俊 著. -北京：东方出版社,2015.7

ISBN 978-7-5060-8141-2

Ⅰ.①大… Ⅱ.①秦… Ⅲ.①赵匡胤(927~976)-传记 Ⅳ.①K827=441

中国版本图书馆 CIP 数据核字(2015)第 078268 号

大宋天子——赵匡胤
DASONG TIANZI ZHAOKUANGYIN

秦 俊 著

東方出版社 出版发行

(100706 北京朝阳门内大街 166 号)

北京中科印刷有限公司印刷 新华书店经销

2015 年 7 月第 1 版 2015 年 7 月北京第 1 次印刷

开本：787 毫米×1092 毫米 1/16 印张：33.5

字数：578 千字 印数：0,001-6,000 册

ISBN 978-7-5060-8141-2 定价：69.00 元

邮购地址 100706 北京朝阳门内大街 166 号

人民东方图书销售中心 电话 (010)65250042 65289539